btb
Aus Freude am Lesen

btb

Buch

Augustas Haus birgt viele Gespenster. In seinen Ecken und Winkeln liegen die Stimmen eines ganzen Jahrhunderts verborgen. Es ist Segen und Fluch für Augustas Töchter und Töchterstöchter, letzte Zuflucht und geliebte Heimstatt, Zeuge unendlichen Leids, aber auch unbändiger Freude. Ein Sommerhaus der Begegnungen, das voller Geschichten steckt.
Wie schon in ihrem großen Erfolg »Die Aprilhexe« erweckt Majgull Axelsson in »Augustas Haus« ein ganzes Universum zum Leben. Diesmal läßt sie drei Frauen aus drei Generationen zu Wort kommen: Augusta, Alice und Angelica, die nicht nur durch Blutsbande, sondern auch durch ein ähnliches Schicksal miteinander verbunden sind. Obwohl sich die Zeiten geändert haben, ist die Sehnsucht nach Liebe die gleiche geblieben und der Kampf um ein selbstbestimmtes Leben nicht weniger schwierig. Die weiblichen Nachfahren von Augusta haben nicht nur ihr volles, kastanienbraunes Haar geerbt, sondern einem Familienfluch gleich auch die Aufgabe, für ein ungewolltes Kind zu sorgen. Alice ist es schließlich, die begreift, dass es nichts nützt, vor der Vergangenheit davonzulaufen, und dass es gefährlich ist, den Glauben an die Macht der Mythen und die Verbindung zum eigenen Herzen zu verlieren…

Autorin

Majgull Axelsson, geboren 1947, ist eine der erfolgreichsten und beliebtesten Autorinnen Schwedens. Für ihre Romane erhielt sie die wichtigsten Literaturpreise des Landes. »Augustas Haus« ist nach »Die Aprilhexe« das zweite Buch, das auf Deutsch erscheint. Es stand monatelang auf sämtlichen Bestsellerlisten und hat ihren Ruf als große Erzählerin nachhaltig bestätigt. Sie wurde dafür in Schweden zur »Autorin des Jahres« gewählt. Axelsson lebt mit ihrem Mann und ihren zwei Söhnen in Upplands Väsby.

Majgull Axelsson bei btb-TB

Die Aprilhexe. Roman (72472)
Rosarios Geschichte. Roman (72747)

Majgull Axelsson

Augustas Haus

Roman

Aus dem Schwedischen
von Christel Hildebrandt

btb

Die schwedische Originalausgabe erschien 2000 unter dem Titel
»Slumpvandring« bei Bökforlaget Prisma, Stockholm

Umwelthinweis:
Alle bedruckten Materialien dieses Taschenbuches
sind chlorfrei und umweltschonend.

btb Taschenbücher erscheinen im Goldmann Verlag,
einem Unternehmen der Verlagsgruppe Random House GmbH.

1. Auflage
Genehmigte Taschenbuchausgabe Dezember 2003

Umschlaggestaltung: Design Team München
Umschlagfoto: Photonica/Gullung
Satz: Uhl+Massopust, Aalen
RK · Herstellung: Augustin Wiesbeck
Made in Germany
ISBN 3-442-73130-5
www.btb-verlag.de

PROLOG

Der Fuchs sieht, was sonst keiner sieht.
Er ist ein Kupferfleck in einem Kupferwald, er durchstöbert den Herbst, er registriert alle Bewegungen und Gerüche. Deshalb schnürt sich seine Duftspur über verwinkelte Wege. Immer wieder hat er Abstecher ins dicht verwachsene Buschwerk gemacht, hat er unter den umgestürzten Wurzeln der toten Tannen die trockene Erde aufgekratzt, hat er versucht, sich in die Höhlenwelt pelziger Kleintiere hineinzuwinden, und seine Nase tief in den Teppich aus vermoderndem Laub auf der Erde versenkt. Hin und wieder hat er mitten in der Bewegung innegehalten und seine Ohren auf ein fremdes Geräusch gerichtet; kleine, prasselnde Töne, die sich wie ein zartes Spitzenmuster über das entfernte Dröhnen gelegt haben, das den Wald seiner Mutter stets erfüllt hat.

Denn es ist ihr Wald. In diesem Lustgarten aus tausend Düften ist ihr Geruch immer noch der stärkste. Er findet sich wie ein Versprechen in jedem Atemzug, ein trostreiches, wenn auch verlogenes Versprechen, das ihm verheißt, er könne, wann immer er wolle, zurückkehren in den Bau und wieder zu einem Welpen unter anderen Welpen werden. Oft bleibt er stehen und dreht den Kopf in ihre Richtung, schaut ein paar leere Augenblicke lang zurück, bevor er sich wieder umwendet und einige prüfende Sprünge macht, die graziösen Wühlmaussprünge eines erwachsenen Fuchses, die er in sich hat, um als Einzelgänger überleben zu können, ohne hungern zu müssen. Sekunden später eilt er weiter, fort von einer Sehnsucht zu einer anderen.

Deshalb nähert sich der Fuchs auf verborgenen Pfaden einer ganz anderen Welt, einer Welt, die den Wald seiner Mutter mit entfernten Geräuschen und fremden Düften erfüllt. Und deshalb steht er eines Morgens auf einer goldenen Lichtung und beobachtet seinen ersten Menschen.

Das gelbe Gras um sie herum ist steif vom Nachtfrost, ein paar braune Halme liegen in ihrer offenen Hand, sie muss sie ergriffen haben, kurz bevor sie erstarrte. Der Fuchs steht eine Weile im Farnkraut verborgen und betrachet sie. Vielleicht öffnet sie ja gleich die Hand und setzt sich auf, streicht sich über den kahlen Schädel, um das Laub und die bleichen Nadeln wegzuwischen, die wie Wundschorf auf der feuchten Haut liegen. Vielleicht wird sie sich dann die Arme um den Leib schlagen, um sich gegen die Morgenkälte zu schützen.

Aber sie bewegt sich nicht. Nachdem eine Ewigkeit vergangen ist, hat sie sich immer noch nicht bewegt und der Fuchs wird mutiger. Er kriecht unter dem Farn hervor und macht einen großen Kreis um sie, spitzt die Ohren, lauscht und vergewissert sich. Nein, sie wird sich nicht wieder bewegen, dieses Wesen wird sich nie wieder hinsetzen und mit der Hand über seinen kahlen Schädel streichen. Aber ihre Gerüche werden noch lange leben, die süßen Düfte, die die Lichtung erfüllen, die im gleichen Rhythmus, in dem der Morgen wärmer wird, sich verdichten und verstärken. Und jetzt kann der Fuchs nicht länger an sich halten. Die Lust siegt über die Vorsicht, treibt ihn zum Sprung. Einen Moment später steht er neben ihrem Körper und lässt seine Schnauze über das taufeuchte Weiße gleiten, das ihre Haut ist.

Er hat gerade angefangen, das Blut aufzulecken, das ihr aus dem Mund gelaufen ist, als ein Ast im Wald hinter ihm knackt und ein anderer Geruch zur Lichtung durchdringt. Er spitzt die Ohren und erstarrt, erwacht plötzlich aus seinem Rausch. Er zögert nicht länger. Sobald der neue Geruch seine Schleimhäute erreicht, huscht er davon und macht sich zwischen dem Farnkraut unsichtbar. Aber er bleibt nicht lange dort stehen, er eilt weiter durch Büsche und Gestrüpp. Jetzt führt seine Duftmarke geradewegs nach vorn. Er flieht.

Erst bei Einbruch der Dämmerung kehrt er zur Lichtung zurück. Jetzt ist sie nicht mehr golden, die Farben sind dunkel und braun geworden, das Gras ist von schweren Schuhen niedergetrampelt, und es liegt kein Mädchen mehr dort mit der Hand voller gefrorener Halme.

Der Fuchs jault auf aus enttäuschter Lust, beugt die Schnauze zu Boden und tröstet sich mit dem, was noch übrig geblieben ist. Ihre Düfte. Die Erinnerung an ihre tausend süßen Düfte.

I

Das Haus flüstert.

Sobald sie die Augen schließt, kann sie es hören. Leise, säuselnde Laute, unmöglich voneinander zu trennen und zu verstehen, als Wort oder Bedeutung nur zu deuten, weil sie in genau der Melodie geflüstert werden, die alle Sagen in sich bergen. Murmelnde Sch-Laute sickern aus unsichtbaren Winkeln hervor, kantige Konsonanten rollen wie Murmeln die Treppen hinunter, atemlose kleine Pausen drängen sich dazwischen und füttern die unhörbaren Sagen mit Bedeutung.

Immer wieder schlägt Alice die Augen auf, immer genau bei dem Atemzug, der sie zum Schlaf bringen soll. Beim ersten Mal begnügt sie sich damit, die Nachttischlampe einzuschalten, beim nächsten Mal steht sie auf und schließt die Tür, beim dritten Mal schiebt sie einen Stuhl unter die Türklinke. Es nützt nichts. Sobald sie wieder im Bett liegt, die Lampe ausgemacht und sich unter der roten Bettdecke zusammengekrümmt hat, fängt das Haus von Neuem an zu flüstern.

Eigentlich wundert sie das gar nicht. Alice hat so viele Nächte in Augustas Haus verbracht, dass sie weiß, wie viele Gespenster es in sich birgt. Einige davon sind ihre eigenen: In diesem Haus war sie einmal ein rundliches kleines Mädchen in den Sommerferien und ein magerer Teenager auf der Flucht. Hier hat sie einen Frühling lang frisch entbunden gelegen und blutend geschworen, nie wieder einem Mann zu nahe zu kommen. Hier schlug sie ein paar Sommer später ihre Decke zur Seite und brach ihren Schwur. Tage und Wochen, Monate und Jahre sind seitdem durch ihren Körper geströmt und haben sie neu erschaffen, aber durch all diese Verwandlungen hindurch hat sie das immer gleiche wortlose Versprechen in sich getragen. Sie hat immer gewusst, dass die

Stimmen eines ganzen Jahrhunderts in Augustas Haus verborgen liegen, dass sie schon lange dort in Winkeln und Ecken versteckt darauf gewartet haben, dass eine andere Zeit kommt. Ihre Zeit. Die Zeit der Erzählungen.

Und vielleicht ist ja jetzt diese Zeit gekommen. Vielleicht ist sie genau in dieser Nacht mit Alice in diesen Teil von Roslagen gekommen. Vielleicht ziehen deshalb die bleischweren Wolken so eilig über den Himmel. Vielleicht schnauben deshalb hunderte von Pferden in ihren Ställen vor Eifer, während sie alle im gleichen stürmischen Traum davondonnern. Vielleicht blitzen deshalb die Sonnenreflexe des vergangenen Sommers plötzlich in den leeren Ferienhäusern auf, die eben noch schwarz dastanden und blind zum Meer starrten, geschlossen für alles außer dem stillen Neutronenhagel, der ständig die Erde und alles auf ihr durchbohrt.

Die Nacht steckt voller Geschichten, dennoch ist alles vollkommen still. In Häverödal umhüllt das Dunkle eine Vergangenheit, die größer ist als die Zukunft, aber in Herräng brennt noch eine einsame Lampe vor dem Geschäft. Ein erster Frühlingswind streicht prüfend über das Land und lässt einen Eichenbusch sich traumverloren schütteln, während das Wasser im Tagebau der Glittergruvan schwarz und still daliegt, stumm und feierlich seine Geheimnisse für sich behält. Einige Kilometer weiter südlich versinkt Hallstavik umso tiefer in Dunst und Nebel, als die Wolken der Papierfabrik sich von den hohen Schornsteinen herabsenken.

In dem Werk bewegt sich die Nachtschicht wie beim Tanz. Es ist so spät, dass alle Bewegungen langsam geworden und alle Worte verstummt sind. Es klaffen große Lücken zwischen den Tanzenden, in den großen Sälen ist jetzt nur noch für jeweils einen oder zwei Menschen Platz. Deshalb sieht niemand die einsame Frau, die neu in der Schicht ist und plötzlich von einer unerklärlichen Angst ergriffen wird. Sie schließt die Augen und presst sich gegen eine Ziegelwand, versucht in ihr zu versinken, zu verschwinden, sich unsichtbar zu machen. Nach ein paar Sekunden ist es vorbei. Sie öffnet die Augen und holt tief Luft, zuckt dann von sich selbst peinlich berührt mit den Schultern und geht wieder zu ihrer Maschine.

Direkt vor der Fabrik, nur wenige Meter von ihrer Mauer entfernt, kauert sich eine kleine Kirche auf den Grund und wartet darauf, dass es Morgen und Zeit für die Beerdigung wird. Alles, was vorbereitet werden kann, ist bereits vorbereitet, die Leichendecke ist ausgeschüttelt und prüfend gemustert, jetzt liegt sie sorgsam zusammengefaltet in einem Schrank in der Sakristei. Vor dem Altar stehen zwei Böcke, auf die der Sarg gestellt werden soll, und an die schwarzen Tafeln hat man bereits die Nummern der Kirchenlieder gehängt, die gesungen werden sollen. Aber noch ist es still in der Kirche, alles, was man hört, ist einzig der Gesang der Fabrik, diese monotone Bassstimme, die Tag und Nacht, Sommer wie Winter, von Arbeitsanfall und Exporteinnahmen singt.

Wenn man genau hinhört, kann man den Gesang auch in den verstreuten Orten hören, die in den Wäldern zwischen Hallstavik und Herräng verborgen liegen und daran erinnern, dass Roslagen vor noch gar nicht so langer Zeit Wildnis und Urwald war, eine Gegend, in der man sich hinhocken und weggucken konnte, in der man so tun konnte, als hätte man die Befehle der Herren gar nicht gehört. Hier sind die Wege schmal und verwinkelt, hier verbergen sich viel-hundertjährige Grubengänge an heimlichen Stellen, hier schlafen fast vergessene alte Häuser in Eichenhainen.

Nordanäng ist so ein Ort. Hier liegen die Wohnhäuser dicht beieinander, aber nicht so nahe, dass man von einem Haus zum anderen sehen kann. Hölzerne Schuppen und schiefe Ställe, wild wuchernde Haselnussbüsche und moosbedeckte Felsen verdecken die Sicht. Man kann gut und gern mitten im Ort nackt in den Garten gehen, ohne gesehen zu werden, aber wer sich ein Geheimnis erzählen will, tut besser daran, nach drinnen zu eilen und die Tür hinter sich zu schließen. Hier tragen die menschlichen Stimmen weit, viel weiter als an anderen Plätzen. Wenn Alice ein Fenster öffnen und in die Nacht sprechen würde, könnte ihre Stimme bis zu dem weißen Haus reichen. Wenn Angelica ein anderes öffnen würde, würde sie sie hören können.

Aber keine von beiden öffnet eins. Sie wachen beide hinter geschlossenen Scheiben.

Sie wissen nicht, wie ähnlich sie sich sind, trotz aller gelebten und ungelebten Jahre, die sie voneinander trennen. Wie sie mit offenen Augen daliegen und die Hände ringen, jede in ihrem eigenen Bett und ihrem eigenen Haus, und versuchen, ihre Gedanken unter Kontrolle zu halten. Angelica ist am geschicktesten, sie starrt in die Finsternis und lässt durch all ihre Gehirnwindungen Ziffern tanzen. Kristoffer hat seinen rechten Arm auf ihre Brust gelegt; noch wagt sie es nicht, ihn anzuheben, sie muss warten, bis er so tief schläft, dass sie seinen Atem nicht mehr hören kann.

Kopfrechnen ist die beste Hilfe für denjenigen, der den vielen Gedanken ausweichen will. Das funktioniert überall, am Frühstückstisch und im Bus, auf dem Schulhof und im Bett. Das klappt sogar, wenn man in Hallstavik herumradelt und Reklame in die Briefkästen stopft. Niemand merkt, dass man rechnet. Man sieht ja aus wie eine vollkommen normale Person, rundum beschäftigt mit vollkommen normalen Sachen.

Manchmal rechnet Angelica mit Geld, manchmal mit der Zeit. Gestern war ihre wichtigste Antwort sechshundertdreiundzwanzig. Wenn der Morgen graut, wird die wichtigste Antwort folglich sechshundertzweiundzwanzig lauten. Vorausgesetzt, sie hat richtig gerechnet. Vorausgesetzt, eines der kommenden beiden Jahre ist nicht gerade ein Schaltjahr, das zu bedenken sie vergessen hat. In dem Fall wäre sie wieder bei sechshundertdreiundzwanzig. Wie auch immer, in weniger als einem Monat wird sie bei sechshundert Tagen sein. Dreiundzwanzig Tage kann man aushalten. Und noch sechshundert Tage dazu. Andere haben das auch schon geschafft. Andere haben ausgehalten, Geld gespart und sich dann zu ihrem achtzehnten Geburtstag eine Einzimmerwohnung besorgt…

Kristoffer seufzt im Schlaf und rutscht näher. Jetzt ist sein warmer Atem so nah an ihrer Wange, dass sie ihren Kopf drehen muss, um selbst Luft zu bekommen. Plötzlich ist das ganze Bett nur eine einzige Qual. Das Laken liegt wie ein feuchtes Knäuel unter ihr, die Decke ist zu schwer, zwischen den Schenkeln ist es feucht und klebrig. Ihr Pferdeschwanz ist zu einem Knoten im Nacken geworden, am liebsten möchte sie sich aufsetzen und das Gummiband lösen, sich lange und gründlich die Kopfhaut kratzen und dann mit den Fingern durch das schweißfeuchte Haar streichen. Nein, nicht mit den Fingern ... mit der Bürste. Sie muss sich das Haar bürsten. Jetzt. Sofort. In dieser Sekunde.

Äußerst vorsichtig hebt sie Kristoffers Arm, schlüpft aus dem Bett, auf den Boden, zieht dann das Kopfkissen etwas tiefer, um seinen Arm weich und langsam darauf landen zu lassen. Anschließend bleibt sie noch ein paar Sekunden unbeweglich sitzen, lauscht aufmerksam dem Rhythmus seines Atems. Hat er etwas gemerkt? Nein. Er schläft tief und fest. Wenn sie sich lautlos bewegt, kann sie nachts fast alles tun, was sie will.

Sie zieht sich das Gummiband aus dem Haar und kratzt sich mit stumpfen Nägeln. Das ist schön, aber nicht ausreichend schön, am liebsten würde sie sich mit scharfen Metallborsten über den ganzen Kopf streifen ... Die Bürste muss noch im Rucksack liegen, sie kann sich nicht daran erinnern, sie schon herausgeholt zu haben, seit sie hergekommen ist. Und der Rucksack steht hinten am Schreibtisch. Nun muss sie nur noch dorthin gelangen, ohne irgendwelche Möbel in der Dunkelheit umzustoßen.

Kristoffer hat viele Möbel in seinem Zimmer. Viele Möbel, viele Farben und viele Muster. Sie war wirklich überrascht, als sie das erste Mal hierher kam. Sie hatte etwas ganz anderes erwartet als diese grüne alte Teppichauslegeware, diese braune Blümchentapete und diese matschgrauen Gardinen. Sie hatte sich gedacht, dass ein Typ, dessen Vater genug Geld hatte, sich einen Pferdehof zu kaufen, und dessen Mutter künstlerisch tätig war – zumindest hieß es so in der Schule –, dass der ein schönes Zimmer mit teuren Möbeln haben müsste. Sie hatte es vor sich gesehen: einen großen Raum mit weißen Wänden, dunklen Bildern und einem altmodischen Schreibtisch in Braun. Einen Ruheraum.

Aber Kristoffers Zimmer birgt keinerlei Ruhe, sein Schreibtisch ist ebenso Ikea-weiß wie der, den sie daheim bei Carina zurückgelassen hat. Der einzige Unterschied besteht darin, dass seiner schon so alt ist, dass der Lack gelb wird. Außerdem hat er Gartenstühle im Zimmer, ganz normale weiße Gartenstühle aus Plastik. Hässlich. Es ist nicht zu leugnen, dass das ganze Zimmer hässlich ist, dass es hässlicher ist als alle hässlichen Zimmer, die sie bisher gesehen hat. Hässlicher als Mariannes verspieltes Wohnzimmer. Hässlicher als Mamas und Bazilles nacktes Zimmer. Hässlicher als Siris Schlafzimmer mit den quietschrosa Tüllgardinen... Der Gedanke lässt sie erzittern, und sie schiebt ihn beiseite. Angelica will nicht an Siri und ihr Zimmer denken, will nicht daran erinnert werden, dass morgen die Beerdigung ist. Außerdem wollte sie doch ihre Haarbürste holen. Sie lässt sich auf alle viere hinunter und kriecht los, tastet sich mit der rechten Hand vor, damit sie nicht gegen irgendwelche wackligen Gartenstühle stößt. Sie merkt gar nicht, dass sie die Luft anhält, erst als ihre Hand auf das Nylon des Rucksacks trifft, spürt sie, wie sie die Luft mit einem Seufzer hinauslässt und wieder normal atmen kann. Sie schiebt die Hand in die Tasche und lässt die Fingerspitzen über den Inhalt gleiten: da ist das Mathebuch, die Schminktasche und da – endlich! – die Bürste mit ihren Metallborsten.

Sie kniet sich hin und zieht die Bürste prüfend über den Kopf. Ja. Das ist genauso schön, wie sie es sich vorgestellt hat, und jetzt kann sie sich nicht länger beherrschen, jetzt macht sie den Rücken rund und wirft sich das Haar vorn vors Gesicht, verschwindet in ihm wie in einer Höhle, wobei sie die Bürste in einer fließenden Bewegung, die dem Haar bis zum Boden folgt, vom Nacken über den Schädel hinweggleiten lässt.

Alice hat ebenfalls ihr Haar gelöst, aber sie hat es in langen Strähnen übers Gesicht gezogen. Sie liegt im Bett und ist so voll und ganz mit dem Versuch beschäftigt, nicht mehr an diese Postkarte zu denken, die sie am Tag zuvor bekommen hat, dass sie vergisst, sich vor allem anderen zu schützen. Bilder flackern unter den Augenlidern auf, Gesichter tauchen auf und gleiten wieder davon, unbekannte Gesichter und vertraute Gesichter, aber alle gleich verzerrt. Lars' Gesichtsausdruck in einem Augenblick der Wut: der Unterkiefer vorgeschoben, mit stierem Blick. Ein glatzköpfiges Mädchen mit blutigen Lippen. Ein lachender Mann, der über die Schulter zu ihr sieht, hohläugig, rotfleckig und verschwitzt. Augustas Gesicht, in der Grimasse des Todes erstarrt.

Sie kneift die Augen fester zusammen und zieht sich die Bettdecke über die Schultern, erkennt das Risiko nicht, das die halb vergessene Erinnerung mit sich bringt, die plötzlich an die Oberfläche steigt, greift stattdessen gierig nach ihr, und plötzlich ist sie wieder ein Teenager, ein junges Mädchen, das an einem sonnigen Sommertag vor langer Zeit allein in der Strömsviken schwimmt. Ihre Haut ist weich, die Muskeln geschmeidig, die Schleimhäute schimmern wie Perlmutt, nichts in ihrem Körper ist mehr gebrochen oder weit aufgerissen. Nichts in ihrem Äußeren weist darauf hin, dass sie nicht immer genauso glatt und in sich geschlossen war, wie sie jetzt zu sein scheint.

Das goldbraune Wasser um sie herum duftet nach Eisen, die Oberfläche ist spiegelblank und still, wird nur von ihren eigenen Bewegungen durchschnitten. Alice will die Ruhe der Bucht nicht stören, deshalb lässt sie die Arme unter Wasser, bewegt sie nur langsam und betrachtet sie dabei. Die Farbe des Wassers lässt sie gelbweiß und fremd erscheinen, lässt sie an die Spiritusflaschen im Biologieraum der Schule denken mit ihren Föten, einem Küken, einem Katzenjungen, einem unfertigen Menschenkind, und daran will sie nicht erinnert werden. Deshalb dreht sie sich mitten in einem Schwimmzug auf den Rücken und lässt sich treiben, schließt die Augen als Schutz vor der Sonne. Und da passiert es: Eine Hand streicht plötzlich über ihren Knöchel und packt ihn, eine andere Hand gleitet im gleichen Moment zwischen ihre Schenkel und streichelt sie, ein paar harte Finger schieben sich unter den Bund ihres Badeanzuges, teilen die Schamlippen und streichen hastig den Schlitz entlang...

Alice hält die Augen geschlossen und öffnet den Mund, ihr Körper wird weich und öffnet sich weit, eine Sekunde lässt sie es einfach mit sich geschehen, erst dann ergreift sie die Panik. Sie macht sich in einer plumpen Bewegung frei, sinkt und schnappt nach Luft, tritt gegen den schlammigen Grund und rudert mit den Armen, sieht einen kurzen Moment lang – als gelte das alles jemand anderem, nicht ihr, nicht Alice –, wie eine Schar schwarzer Vögel gen Himmel steigt und durch einen Schrei in die Flucht getrieben wird.

Und dann sieht sie ihn. Er steigt mit zusammengekniffenen Augen, weiß schimmernden Schultern und braun gebrannten Händen aus der Tiefe empor. Das Wasser der Strömsviken läuft ihm übers Gesicht, als er sich die Haare aus der Stirn streicht. Es ist Kåre, ein sehr junger Kåre, mit haarlosem Oberkörper und einem hüpfenden, kaum gereiften Adamsapfel. Er ist fröhlich und selbstsicher.

»Oh Scheiße!«, ruft er. »Bist du taub und blind? Hast du denn nicht gehört, wie wir gekommen sind?«

Wir? Alice zuckt zusammen und schaut zum Anleger. Dort steht Marianne im Bardot-karierten Bikini und mit einem falschen Lächeln. Sie hebt die Hand und winkt. Die Bewegung ist steif und marionettenhaft, als wüsste sie Bescheid, als könnte sie wissen, was gerade unter der Wasseroberfläche geschehen ist.

Alice setzt sich auf und fährt sich mit der Hand über den Nacken, als würde dort die sonnige Erinnerung sitzen und als könnte sie sie mit einer Bewegung wegreiben, erschauert anschließend, als die Kälte des Zimmers über ihren Rücken streicht. Trotzdem hebt sie die Decke an und stellt die Füße auf den kalten Korkteppich.

Ebenso gut kann sie es sich gleich eingestehen. Sie wird heute Nacht in diesem Zimmer nicht schlafen können. Sie wird nirgends in diesem Haus schlafen können.

Lars hatte Recht. Es tröstet sie in keiner Weise, dass er aus dem falschen Grund Recht hatte.

Er wollte nicht, dass sie zur Beerdigung fährt. Er will sowieso nie, dass sie irgendwo hinfährt, obwohl er selbst sich ständig in Bewegung befindet, sowohl in den Vorlesungssälen des Universums der realen Welt als auch in den mathematischen Archipelen des Cyberspace. Wenn er daheim ist, soll Alice in Reichweite sein, des Abends im Wohnzimmer und des Nachts im Schlafzimmer. Sie soll das Auge sein, das ihn ständig ansieht, das Ohr, das ihm ständig zuhört, die Stimme, die ihm ständig versichert, dass es ihn gibt.

Alice selbst hat mehr als eine Woche lang gezögert, aber alle Zweifel an dem Nachmittag vergessen, als sie nach Hause kam und diese Postkarte auf der Fußmatte fand. Die Zeit blieb ein paar Sekunden lang stehen und begann sich rückwärts zu bewegen. Schon als sie sich hinuntergebeugt hatte, um die Karte aufzuheben, wusste sie, wer sie geschrieben hatte und was er geschrieben hatte, es erschien ihr, als hätte sie den kurzen Text bereits oftmals gelesen. Und wirklich. Es stimmte. Noch blitzte das graue Nachmittagslicht auf, wechselte dann aber den Ton, zuerst ins Goldene, dann ins Rote, um schließlich zu erbleichen und weiß zu werden. Erst da merkte Alice, dass sie vergessen hatte, ihre Handschuhe auszuziehen, dass sie die Karte mit braunen Lederfingern hin und her drehte. Etwas verblüfft stellte sie fest, dass die Farben passten, dass es schien, als hätte sie diese Handschuhe gekauft, nur damit sie zu einer billigen Ansichtskartenreproduktion von Degas *Mädchen, sich das Haar kämmend* passten, ließ diesen Gedanken aber angesichts der Ironie des Motivs schnell wieder fallen. Erst als sie Lars' Schritte im Treppenhaus hörte, zog sie sich die Handschuhe aus und faltete die Karte zusammen, dachte eine Mikrosekunde lang an die weißen Striche, die der Knick verursachen würde und wie er das Bild zerbrechen würde, um sie dann in die Hosentasche zu schieben. Als Lars die Hand auf die Türklinke legte, stand sie bereits an der Garderobe und hängte ihre Jacke auf, sie konnte sein Lächeln im Rücken spüren.

Erst am folgenden Morgen erzählte sie ihm, dass sie zur Beerdigung fahren wollte. Zuvor hatte sie eine lange, unruhige Nacht neben ihm verbracht, stundenlang hatte sie wach gelegen und seinen Atemzügen gelauscht, war nur ab und zu kurz eingenickt, um gleich wieder aufzuwachen und von Neuem Wache zu halten.

Als es endlich Morgen wurde, stand Lars auf und machte das Frühstück, während Alice versuchte die Müdigkeit wegzuduschen. Auf dem Weg vom Badezimmer zur Küche erschnupperte sie den Duft von frisch aufgebrühtem Kaffee und geröstetem Brot, aber erst als sie am Küchentisch saß, wurde ihr klar, dass sie keinerlei schlechtes Gewissen empfand, weil Lars das Frühstück gemacht hatte. Erstaunlicherweise wunderte sie das.

Während ihrer gesamten Ehe hatte Alice ansonsten immer ein Gefühl der Schuld verspürt. Es schien ihr, als täte sie Lars bereits Unrecht allein dadurch, dass sie existierte. Was nicht nur daran lag, dass sie so viel verschwiegen hatte, sondern auch an der Trägheit, mit der sie sich einmal in die Ehe hatte ziehen lassen, während sie sich bereits auf das vorbereitete, was unweigerlich kommen sollte, was in ihrer Welt mit einer Ehe einherging. Streit. Vorwürfe. Schimpfworte, die die Frau auf den Mann losfeuerte, während er die Hand zum Schlag erhob.

Aber so ist es nicht gekommen. Im Laufe von siebenundzwanzig Jahren haben sie sich zwischen Zärtlichkeit und Gleichgültigkeit, zwischen Faszination und Irritation, zwischen Liebe und Feindseligkeit eingependelt, ohne dass Lars ein einziges Mal seine Hand gegen sie erhoben hat und ohne dass sie ein einziges Mal Schimpfworte ihm gegenüber benutzt hat. Sie waren unverändert höflich zueinander, so höflich, dass sie nicht einmal ihre Stimmen erhoben, wenn sie stritten. Trotzdem ist die letztendliche Verschmelzung ausgeblieben. Alice ist niemals ohne Vorbehalt in seine Arme gesunken, und Lars hat immer über ihre Schulter nach etwas anderem Ausschau gehalten.

Dennoch hat sie nie aufgehört, sich nach ihm zu sehnen. Während ihrer ganzen Ehe hat sie darauf gewartet, dass der Moment kommen würde, der Moment, an dem sie sich endlich trauen würde, ihm von der Person zu erzählen, die sie wirklich ist und die sie einmal war. Ein paar Mal hat sie letzte Nacht gedacht, dass die Ansichtskarte ein Zeichen sei, dass es bedeute, dass Lars endlich still neben ihr sitzen und ihr ohne Einwürfe, Vorwürfe und Kommentare zuhören könnte, aber im grauen Licht der Morgendämmerung hat sie eingesehen, dass das der reine Selbstbetrug war. Sie stand am gleichen Punkt, an dem sie sich seit dreißig Jahren befand: Es war zu spät. Irgendwie war es immer zu spät gewesen. Es schien, als würde die Tatsache, dass sie Lars die Wahrheit über sich selbst nicht gleich in der Sekunde erzählt hatte, in der sie ihn kennen lernte, sie dazu zwang, für alle Zeiten zu schweigen. Und deshalb hat sie ein feiges Leben gelebt, ein Leben in Falschheit und Müßiggang, ein Leben, das wortlos seine Blindheit ermunterte, seine Weigerung, zu erkennen, dass es ein Leben gab, das nur ihr gehörte. Alice.

Und vielleicht war es genau diese Weigerung, die ihn dazu brachte, die Oberlippe in einer unzufriedenen Grimasse hochzuziehen, als Alice endlich die Morgenzeitung herunternahm und erklärte, dass sie beschlossen habe, zur Beerdigung zu fahren, dass sie direkt nach der Arbeit losfahren werde und in Augustas Haus schlafen wolle. Er setzte sofort zu einem langen, weit ausholenden Monolog an, um sie von ihren Plänen abzubringen. Ehrlich gesagt begreife er nicht, wieso Alice in den letzten Jahren ein so großes Interesse an ihrer Familie entwickelt habe. Schließlich war Siri doch nur eine Cousine unter vielen, außerdem noch viel älter als Alice, und soweit er wusste, hatte sie für Alice nie mehr bedeutet als jede andere Zufallsbekannte. Oder wollte sie behaupten, sie hätten einander nahe gestanden? Würde es da nicht reichen, einen Kranz zu schicken?

Alice hatte mit verschlossenem Gesicht unverwandt auf ihre Zeitung geblickt, aber jetzt schaute sie auf und sah ihn über ihre Brille hinweg an. Er wich dem Blick aus, gab sich jedoch noch nicht geschlagen.

»Außerdem wird das Haus total ausgekühlt sein.«

»Marianne kann heute hinfahren und heizen.«

»Aber die Frage ist, ob es überhaupt Wasser gibt. Die Wasserpumpe funktionierte schon im Sommer nicht immer zuverlässig.«

Alice blätterte ihre Zeitung um, ohne zu antworten. Was Lars dazu brachte, seine Stimme etwas schärfer klingen zu lassen. Ein Streit lag lauernd in der Luft.

»Oder hat Marianne die Wasserpumpe auch repariert? Das wäre ja äußerst geschickt. In dem Fall könntest du sie deinen Kollegen im Technischen Museum empfehlen, sie könnte ein wahrer Fund für die Denkmalspflege sein. Schließlich findet man nicht jeden Tag eine Dame, die eine Wasserpumpe aus den Vierzigern reparieren kann ...«

Alice legte die Zeitung weg und nahm ihre Brille ab.

»Was ist denn los mit dir?«

Lars sah sie an.

»Wieso? Mit mir ist nichts los.«

»Ich will für eine Nacht nach Hallstavik fahren. Ich bin morgen Abend zurück, mache mich direkt nach der Beerdigung wieder auf den Heimweg. Ist das so schrecklich?«

»Habe ich mit einem Wort gesagt, dass es schrecklich ist? Ich habe nur festgestellt, dass das Haus eiskalt sein wird und dass es vermutlich kein Wasser geben wird …«

Ich habe nur festgestellt, dass…

Alices Augen verzogen sich widerwillig zu einem Lächeln. Lars prustete lauthals über der Stockholmbeilage von Dagens Nyheter. Der Sturm war abgewendet, der drohende Streit vermieden. Zu Beginn ihrer Ehe war *Ich habe nur festgestellt, dass…* Lars' Lieblingsphrase gewesen. Er hatte sie jedes Mal benutzt, wenn ihre Meinungen auseinander gingen. Was Alice rasend gemacht hatte. Jedes Mal hatte sie sich förmlich darauf gestürzt, sie in die kleinsten Bestandteile zerlegt, mit den Zähnen zerfetzt. Das ist ein Spruch für charakterlose Memmen, hatte sie behauptet, ein feiger Versuch, sich hinter vornehmer Objektivität zu verstecken. Lars war zunächst vollkommen verblüfft über ihre Wut gewesen, weil sie doch sonst nie wütend wurde, aber schließlich hatte er ihr die Waffe aus den Händen entwinden können, indem er sie zu einem Scherz machte. Jetzt war *Ich habe nur festgestellt, dass…* ein Code. Er bedeutete, dass Lars die Waffen gestreckt hatte und mit der weißen Fahne winkte.

Trotzdem versuchte er noch ein weiteres Mal, sie zu überreden, wenn auch indirekter und mit aufrichtiger Fürsorge. Er strich ihr übers Haar, als sie das Auto vor dem Mathematischen Institut parkte und mit einer hastigen Bewegung ihren Kopf auf seine Brust legte. Hinter den Scheiben reckten die Eichen ihre schwarzen Zweige den Wolken entgegen, es regnete ein wenig, die Scheibenwischer legten jedes Mal eine kurze Pause ein, nachdem sie über die Scheiben gehuscht waren.

»Aber wirst du heute Nacht da schlafen können?«, fragte Lars. »So ganz allein in dem alten Haus? Ist es nicht besser, wenn du stattdessen bei Marianne und Kåre übernachtest?«

Alice richtete sich auf. Einen Atemzug lang erwog sie, ihm die Wahrheit zu sagen: dass eine Postkarte gekommen war und dass sie Zeit und Ruhe brauchte, um es überhaupt wagen zu können, daran zu denken. Aber das war natürlich unmöglich. Dann hätten sie Stunden und Tage im Auto sitzen bleiben müssen.

»Es wird schon gut gehen«, sagte sie stattdessen und legte die

Hände aufs Lenkrad. »Ich rufe dich an, wenn ich nicht schlafen kann.«

Er blieb im Regen stehen, als sie den Wagen wieder startete. Nachdem sie ein paar Meter gefahren war, hob sie die Hand zum Gruß und hoffte, er würde sie durch das Rückfenster sehen können. Aber da hatte er sich bereits umgedreht und war losgegangen, sie konnte nur noch seinen Rücken im Rückspiegel erkennen.

Soll sie ihn jetzt anrufen?

Nein. Natürlich nicht. Es ist bereits Viertel nach eins. Wenn er überhaupt zu Hause ist, dann schläft er. Als sie es vor ein paar Stunden versucht hatte, war er nicht zu Hause gewesen. Sie hatte die Nummer eingetippt, sobald der Wagen auf Augustas Gartenweg hielt. Das dunkle Haus hatte sie überwältigt. Sie hatte Lars' Stimme hören wollen, während sie den Schlüssel ins Schloss steckte und hineinging. Aber er antwortete nicht. Sie stand allein auf der dunklen Veranda, das Handy dicht ans Ohr gepresst, und hörte ein Freizeichen nach dem anderen, stellte sich vor, wie es in den leeren Räumen daheim widerhallte. Schließlich sprang der Anrufbeantworter an, sie blieb noch eine Weile stehen und lauschte ihrer eigenen Stimme, hinterließ nach dem Piepton aber keine Nachricht.

Anschließend war sie durch Augustas Haus gegangen und hatte alle Lampen angemacht, bis auf die Petroleumlampe in der Abseite. Dort drinnen hatte es noch nie elektrisches Licht gegeben. Jetzt öffnete sie nur in aller Hast die Tür und stellte fest, dass alles wie immer war, dass sich nichts verändert hatte in den letzten vierzig Jahren. Danach schloss sie wieder die Tür und ging hinunter ins Erdgeschoss. Im gelben Licht des Flurs blieb sie stehen und betrachtete sich selbst in dem schwarzfleckigen Spiegel. Sie sah jetzt schon aus wie ein Mitglied der Trauergemeinde. Ihre Augen glänzten, die Konturen ihrer Lippen waren kurz davor zu verwischen, es sah aus, als würde sie jeden Moment in Tränen ausbrechen. Aber das war nur eine optische Täuschung. Sie wollte nicht weinen, weder heute Nacht noch bei der Beerdigung morgen. Lars hatte Recht gehabt: Sie und Siri hatten sich nie nahe gestanden, sie waren kaum mehr als flüchtige Bekannte gewesen. Als Alice ein Mädchen war und auf Sommerbesuch bei Augusta, war Siri bereits eine erwachsene Frau, und später im Leben hatten sie sich nur gesehen, wenn sich die gesamte Familie traf. Sie hatten sich nie viel zu sagen gehabt, hatten einander immer nur unsicher angelächelt.

Erst jetzt, wo Siri tot ist, hat Alice bemerkt, dass es ein Gesprächsthema gibt, das sie beide interessiert hätte: Sie hätten über Mikael und Angelica reden können.

Nicht, dass sie die beiden wirklich kennt. Sie hat niemals in ihrem Leben einen ganzen Tag mit Angelica verbracht und auch nur einen einzigen mit Mikael, aber diesen Tag spürt sie noch heute in sich wie einen Ruhepunkt. Es war ein Tag vor einigen Sommern, als Carina Siri zu einer Untersuchung im Krankenhaus von Norrtälje begleiten sollte und Angelica die Zusage für ein paar zusätzliche Bezirke zum Reklame verteilen bekommen hatte. Alice hatte Carina in Hallstavik getroffen und ihr versprochen zu babysitten, Lars sollte an diesem Tag sowieso zu einer Konferenz nach Stockholm. Hinterher hatte sie es bereut, sich wütend und überrumpelt gefühlt. Was wusste sie davon, wie man mit einem entwicklungsgestörten Fünfjährigen umgeht? Außerdem brauchte sie ihre Einsamkeit. Immer stärker und immer häufiger.

Aber ein Versprechen war ein Versprechen. Also hatte sie Mikael frühmorgens in dem sandfarbenen Mietshaus abgeholt, hatte zum ersten Mal in Carinas Flur gestanden und ihren Blick über das Wohnzimmer schweifen lassen. Es war eine fremde Welt: ein orangefarbenes Sofa in Siebzigerjahre-Bouclé, eine Übergardine, deren müde blaue Blumen aussahen, als würden sie von einer dünnen Staubschicht niedergedrückt, ein Fernseher in einer Ecke, ein abgetretener Flickenteppich auf dem Boden. Das war alles. Keine Topfpflanzen. Keine Bücher. Nicht einmal eine Plastikblume in der leeren Vase auf dem Couchtisch. Das Wort *dürftig* war ihr blitzschnell durch den Kopf geschossen, sie hatte die Augen geschlossen und es beschämt wieder ausradiert. Sie war vollkommen überrascht von Mikaels Bereitwilligkeit, mit ihr zu kommen. Denn eigentlich kannte er sie überhaupt nicht: Sie hatten sich nur selten gesehen, und das letzte Mal war schon einige Wochen her. Deshalb hatte sie erwartet, ihn überreden und überlisten zu müssen, sich mit einer Tüte Bonbons im Handschuhfach des Autos und einigen Bilderbüchern aus der Bibliothek gerüstet, aber nichts davon hatte sie gebraucht. Mikael hatte ohne zu zögern seine Hand in die ihre gelegt und war ihr die Treppen hinunter gefolgt. Erst als sie unten auf dem Hof angekommen waren und Carina seinen Namen vom Balkon aus gerufen hatte, hatte er sich umgedreht und ihr zugewunken.

Es wurde ein sanfter, weicher Tag. Still. Mikael sagte nicht viel, stattdessen suchte er oft Alices Hand, zeigte und machte sich mit Gesten verständlich. Mit der Zeit verstummte auch sie, und wenn sie doch einmal sprach, dann mit gedämpfter Stimme und großen Pausen zwischen den Worten. Der Tag lag still und voller Erwartung vor ihnen, und Alice wurde klar, dass sie nicht durch ihn hindurchrauschen musste, wie sie es sonst mit ihren Tagen machte.

Mittags aßen sie etwas unter dem Apfelbaum. Anschließend gingen sie zur Weide und fütterten die Pferde mit Zuckerstückchen, und auf dem Heimweg pflückten sie im Graben neben dem Weg Kleeblüten und Kamille. Die Sonne versteckte sich hinter den Wolken, als sie zu Augustas Haus zurückkamen. Mikael gähnte, als sie zum Schaukelstuhl gingen. Alice hob ihn auf ihren Schoß, wollte ihm ein Märchen vorlesen, konnte aber nicht einmal damit anfangen, da hatte er schon seinen Kopf auf ihre Brust gelegt und war eingeschlafen.

Draußen bezog sich der Himmel, die Farben verblassten im Zimmer eine nach der anderen und es dämmerte, obwohl es erst früher Nachmittag war. Das Gewitter donnerte in der Ferne. Alice setzte den Schaukelstuhl in Bewegung und schlang ihre Arme fester um den Jungenkörper. Als die ersten Regentropfen gegen die Fensterscheiben schlugen, fiel ihr ein, dass sie vergessen hatte, die Haustür zu schließen. Aber das machte nichts. Plötzlich war alles nicht mehr so wichtig.

Sie wachte davon auf, dass er sie ansah. Er lag vollkommen still in ihrem Schoß und sah sie aus halb geschlossenen Augen an. Sie strich ihm mit ihrem Zeigefinger über die Wange, er seufzte leise zur Antwort. So blieben sie sitzen, bis Angelica kam, ganz still, der Kopf des Jungen an der Brust der Frau, der Blick des einen tief in dem des anderen ruhend.

Angelica trug eine weiße Regenjacke über schwarzen Jeans, hatte rundliche weiße Finger und schwarzen Nagellack. Ihr Haar war stramm über den Kopf zurückgekämmt und in einem Pferdeschwanz im Nacken zusammengezogen, das Gesicht war weiß, die Augenbrauen schwarz und schmal wie Tuschestreifen. Sie war ein Mädchen, das ganz offensichtlich Kontraste Farben vorzog, aber sie hatte sich nicht gegen das wehren können, was Augustas Erbe für alle Frauen ihrer Familie war: Auch Angelicas Haar war dicht und kastanienbraun.

Sie wollte nichts von dem, was Alice ihr anbot. Weder kalte Pfannkuchen, die vom Mittag übrig geblieben waren, noch Saft oder süße Brötchen. Sie lehnte sogar das Handtuch ab, das Alice ihr reichte, schüttelte ihren Kopf nur, dass die Regentropfen vom Pferdeschwanz spritzten. Das war nicht nötig! Schließlich musste sie ja gleich wieder in den Regen hinaus, sie wollte nur Mikael holen und nach Hause bringen. Und sie mussten sich beeilen, denn der Bus, mit dem sie gekommen war, fuhr gleich wieder zurück, er fuhr nur nach Herräng hinein und wendete dort.

So herrschte in Augustas Haus auch an diesem Tag noch Hektik und Eile. Nicht, dass Alice daran dachte, Mikael und Angelica den Bus nehmen zu lassen, aber Angelicas bloße Anwesenheit trieb sie zur Eile an. Sie war ein merkwürdiges Mädchen, erst vierzehn Jahre alt und immer noch etwas kindlich rund, aber mit verschlossenem Gesicht und messerscharfen Konturen. Sie fand sich stumm mit Alices Entscheidung ab, die beiden zurück nach Hallstavik zu fahren, doch als Alice die Tür zu Augustas Haus verschloss und den Schlüssel in ihre Hosentasche stopfte, räusperte sie sich und sagte:

»Das ist auch unser Haus.«

Alice hielt mitten in der Bewegung inne, zögerte eine Sekunde, bevor sie in ein hektisches Lachen ausbrach und zum Auto ging.

Hinten in dem weißen Haus bürstet Angelica immer noch ihr Haar, aber langsamer jetzt, genussvoller und beherrschter. Sie hat sich hingesetzt, sitzt mit geradem Rücken und gekreuzten Beinen auf dem Boden dicht neben Kristoffers Schreibtisch und zieht die Bürste in langen, gedankenvollen Zügen durch das Haar.

Das Haar ist der einzige Grund, warum Angelica es akzeptiert, Angelica zu sein. Der Rest macht nicht viel her. Der Busen ist zu klein. Der Bauch ist aufgedunsen. Die Schenkel zu fett. Der Mund zu klein. Die Hände zu kurz und rundlich. Die Haut zu durchscheinend. Die Gedanken zu merkwürdig.

Angelica weiß, wie ein richtiger Mensch denken soll. Während ihres ganzen Lebens hat sie ihre Umgebung beobachtet und sich genau gemerkt, was andere sagen und machen, hat versucht, es ihnen nachzutun und ihnen zu ähneln, aber es will ihr nicht gelingen. Sie weiß, dass man den Sommer mögen und den Herbst verabscheuen soll, dennoch seufzt sie jedes Mal vor Erleichterung, wenn es November wird. Sie weiß, dass man über die Schule stöhnen, aber trotzdem eisern dafür arbeiten soll, aber ihr selbst gefällt der Unterricht, und sie kommt gut zurecht, obwohl sie nie ihre Hausaufgaben macht. Sie weiß, dass man aufpassen muss, nicht als Hure abgestempelt zu werden, trotzdem hat sie schon mit mehr Jungs geschlafen, als sie erinnern kann, und sich mit noch mehr Jungs herumgetrieben. Sie weiß, dass man sich über seine Eltern mokieren soll, aber trotzdem ab und zu mit den Wimpern klimpern und erklären, dass man ja eigentlich doch die beste Mama und den besten Papa der Welt hat. Sie selbst schafft es nicht einmal, diese Worte auszusprechen, sie setzen sich wie ein Kloß in ihren Hals und verursachen ihr Übelkeit. Aber das Allerwichtigste ist, dass man seine Gefühle zeigen kann, dass man den Kopf nach hinten werfen und in ein perlendes Lachen ausbrechen kann, wenn man sich freut, und man soll zusammenbrechen und die Tränen laufen lassen, wenn man traurig ist. Aber Angelica kann nicht weinen. Sie hat nicht mehr geweint, seit sie klein war. Sie weiß nicht, wie man das macht. Meistens findet sie das ganz prima. Es macht sie unberührbar. Frei. Es gibt ihr die Macht, ihren Feinden ins Auge zu sehen. Aber ab und zu muss sie feststellen, dass der Mangel an Tränen sie mehr entblößt, als

Weinen es täte. Sie entlarvt. Sie als jemanden zu erkennen gibt, mit dem etwas nicht stimmt.

Nicht alle merken es. Aber einige. Einige wissen, dass sie anders ist. Angelica weicht ihnen aus, huscht davon oder schweigt in ihrer Nähe. Meistens geht das gut, eigentlich ist es nur Rebecka, der sie nicht entwischen kann. Rebecka sitzt ein paar Bänke hinter ihr, und Angelica hat ihren Blick den ganzen Tag lang im Nacken.

Auf der Mittelstufe waren sie Freundinnen. Nicht die besten Freundinnen, denn keine von beiden hat jemals eine wirkliche beste Freundin gehabt, aber trotzdem Freundinnen. Was bedeutete, dass Angelica ab und zu mit Rebecka nach Hause gehen durfte, wo Rebecka dann an der Anrichte stand und Kakao machte. An einigen Tagen bot sie Angelica etwas an, an anderen Tagen nicht. Angelica gelang es nie vorauszusehen, an welchen, obwohl das wichtig war. Die Tage, an denen Rebecka nur einen Becher hervorholte, waren nämlich keine guten Tage, da wusste Angelica sofort, dass Rebecka auf ihrem Besitzrecht beharren und nach jeder Sache greifen würde, die Angelica in die Hand nahm: Das waren ja nun einmal ihre Barbiepuppe, ihre Zeitschrift, ihr Malblock und ihre Tuschefarben. Schließlich blieb Angelica vollkommen unbeweglich mitten im Raum sitzen, nicht mehr in der Lage, irgendetwas zu sagen oder zu tun, während Rebeckas einsame Spiele neben ihr immer angestrengter und verwickelter wurden. An solchen Tagen schien es, als würde Rebecka lügen. Als spielte sie nicht wirklich, sondern würde nur so tun. Als wollte sie Angelica beweisen, dass deren einzige Aufgabe auf der Welt darin bestand, Rebecka zuzusehen und ihr Publikum zu sein. Trotzdem konnte Angelica nicht anders. Jedes Mal, wenn Rebecka sie fragte, ob sie nicht mit zu ihr käme, nickte sie. Nein zu sagen, das hätte bedeutet, sich selbst zu wichtig zu nehmen. Denn sie ging ja nicht wegen der Barbiepuppen mit, nicht wegen der Zeitschriften und nicht wegen der Malfarben, nicht einmal, um mit Rebecka zu spielen. Es war das Haus, auf das sie aus war. Nur das. Sie wollte in Rebeckas Haus sein.

Als sie zum ersten Mal über die Türschwelle trat, stockte ihr der Atem: Es war, als wäre sie in eine Geschichte eingetreten, eine äußerst wahre und glaubwürdige Geschichte darüber, wie das

Leben hätte sein können, wenn alles von Anfang an richtig gewesen wäre. In Rebeckas Haus war alles genauso, wie es sein sollte. Die Möbel sahen aus, als wären sie gezimmert und geschnitzt worden, nur um in genau diesem Zimmer zu stehen. Die dunklen Gemälde sahen aus, als wären sie genau für diese Wände gemalt worden. Die vielen Bücher sahen aus, als wären sie allein geschrieben und gebunden worden, um gerade diesem Heim Wärme und Atmosphäre zu verleihen. Sogar die dicken Handtücher und das weiche Toilettenpapier im Badezimmer stimmten. Alles war ganz logisch und passte genau.

Nur ein einziges Mal trafen sie einen Erwachsenen in Rebeckas Haus. Er öffnete die braune Haustür genau in dem Moment, als Angelica im Flur stand, um sich die Gummistiefel anzuziehen und nach Hause zu gehen. Zuerst bemerkte er sie gar nicht, er hatte seinen Blick auf irgendwelche Briefumschläge gerichtet, die er in einer Hand hielt. In der anderen Hand hatte er eine Aktentasche, die er auf dem schwarzen Schieferboden des Eingangs abstellte, während er gedankenverloren an der Wand nach dem Lichtschalter suchte. Erst als das gelbe Licht der Deckenlampe den Flur erleuchtete, hob er seinen Blick, kniff die Augen zusammen und schaute sie an. Lächelte.

»Und wen haben wir denn da?«

Angelicas Stimme war nur ein Flüstern:

»Eine Schulfreundin ...«

Das Lächeln wurde noch strahlender:

»Eine namenlose Schulfreundin?«

Angelica wich dem Blick aus und zog sich die Mütze tief in die Stirn, gab keine Antwort.

»Nun?«, fragte der Mann. »Wie heißt du?«

Angelica senkte den Kopf und murmelte:

»Angelica ...«

»Na, so etwas«, sagte der Mann. »Dann haben wir heute also in unserem Haus einen Engel zu Besuch?«

Weit hinten im Haus war Rebeckas Stimme zu vernehmen:

»Papa! Bist du schon zu Hause?«

Genauso affektiert wie immer. Aber dennoch: Es war ihr Haus. Ihr Papa. Ihr Leben.

Inzwischen sind Rebecka und Angelica weder beste Freundinnen noch überhaupt mehr Freundinnen. Rebecka schlägt Angelica nie mehr vor, mit ihr nach Hause zu gehen, und Angelica spricht Rebecka nie an. Sie wissen, wo die andere steht, und das ist nicht die gleiche Seite.

Rebecka ist nicht besonders hübsch, sie hat sogar einen platteren Busen als Angelica und Pickel auf dem Kinn. Die Jungs gucken ihr nicht hinterher, aber das scheint sie nicht zu stören, sie benimmt sich trotzdem, als wäre die ganze Welt einzig und allein für sie geschaffen worden. Vielleicht wird man ja so, wenn der Vater Direktor der eigenen Firma ist und die Mutter Ärztin in Norrtälje und man ständig von einer Schar von Mädchen umgeben ist, die beifällig nicken und alles bestätigen, was man sagt, in der vergeblichen Hoffnung, ein Hauch dieser unreflektierten Selbstsicherheit könnte eines Tages auch auf sie überspringen.

Rebecka ist wie zu erwarten gut in der Schule, aber Angelica ist fast genauso gut. Zumindest in bestimmten Fächern. Schwedisch. Kunst. Mathe und Physik. Vielleicht verfolgt Rebecka Angelica deshalb ständig mit Blicken, sie kann keine Konkurrenz ertragen, hält es nicht aus, wenn sie von jemandem übertroffen wird, der nie im Museum oder Theater war, der niemals ins Ausland gefahren ist und nicht einmal einen eigenen Computer hat. Ein Kind armer Leute. Ein Kind armer Leute, das noch dazu seine Hausaufgaben vernachlässigt und allein durch seinen Erfindungsreichtum durchkommt.

Rebecka war es auch, die nach Siris Tod mit dem Scheißgerede anfing, da ist Angelica sich sicher. Als sie wieder in die Schule kam, scharten sich die anderen Mädchen um sie. Sie legten ihre frühlingsblassen Hände auf ihre Arme und starrten sie mit Augen an, deren Neugier jedenfalls zur Hälfte noch von Mitleid verdeckt war.

»Stimmt es, dass du sie gefunden hast? Oh Gott, wie schrecklich!«

»Arme Angelica! Wie unheimlich das gewesen sein muss. Oh Mann, ich habe die ganze Nacht nicht schlafen können, als ich davon gehört habe…«

»Und wo willst du jetzt wohnen? Ziehst du wieder zu deiner Mutter?«

Anfangs konnte sie gar nicht antworten. Sie stand kerzengerade und bleich an ihrem Platz und war nicht einmal in der Lage, ihnen in die Augen zu sehen. Sie ahnte ihre Enttäuschung, wusste aber nicht, was sie hätte machen sollen. Sie wollten ein Gefühl sehen, das war ihr schon klar. Aber würde ein tränenreicher Blick genügen? Oder musste sie sich vor Schmerzen winden und das Weinen hervorzwingen? Und was würden die Tränen ihr dann in dem Fall bringen?

Rebecka stand am Rande der Gruppe und schaute sie an. Nie zuvor war Angelica aufgefallen, dass das Weiße in ihren Augen so weiß war, dass es fast ins Bläuliche ging. Es ließ ihre graue Iris noch intensiver aussehen, als wäre sie kurz davor zu schmelzen und würde nur noch eine schwarze Pupille in einem viel zu weißen Auge zurücklassen. Angelica wich ihrem Blick aus, schaute zu Boden und sagte:

»Bitte… Ich kann nicht darüber reden. Es ist zu…«

Der Hohlraum hinter dem letzten Wort rettete sie, die anderen Mädchen drängten sich dicht an sie, eine nahm sie kurz in den Arm, eine andere strich ihr mit der Hand über den Arm, eine dritte seufzte tief, bevor die Schar sich auflöste und alle zurück an ihre Plätze gingen.

Nur Rebecka ging nicht sofort zurück an ihren Platz, sie blieb noch einen Augenblick stehen und beobachtete Angelica. Sie lächelte nicht, aber der Gedanke an ein Lächeln schien über ihrem Gesicht zu schweben.

Ein paar Tage später fingen die Mädchen an, auf dem Flur hinter Angelicas Rücken zu tuscheln:

»Mehrere Stunden lang! Habt ihr schon gehört, dass sie mehrere Stunden dagesessen hat, ohne etwas zu tun…«

»Stimmt das? In einem Zimmer mit der Leiche? Igitt, das ist ja krankhaft!«

»Ich hätte gekotzt!«

»Ich wäre in Ohnmacht gefallen!«

»Ich wäre gestorben!«

Angelica hatte nicht gekotzt. Sie war nicht in Ohnmacht gefallen. Und nicht gestorben. Sie hatte eine Nachbarin angerufen und sie gebeten, die Polizei oder den Krankenwagen oder wen auch immer anzurufen. Nach einigen Stunden.

Sie lässt den Kopf zur Seite kippen und fährt mit der Bürste schneller über den Kopf. Nicht nachdenken! Rechnen. Sie hat achthundert auf der Bank, dreihundert Kronen noch ausstehenden Lohn und vierzig Kronen in der Brieftasche, das macht zusammen elfhundertvierzig. Und in der Geldkassette zu Hause bei Carina hat sie noch vierhundert... Zumindest hatte sie das noch vor einer Woche, wer weiß, ob es noch da ist. Als Angelica das letzte Mal in der Wohnung war, ging Mikaels Pflegegeld zur Neige und das Wohngeld war schon lange aufgebraucht...

Wenn sie ihr Geld retten will, muss sie also ihre Geldkassette da herausholen. Das sollte nicht unmöglich sein. Wenn sie morgens hingeht, eine Weile vor dem Haus stehen bleibt und es beobachtet, es im Blick behält, bis sie sieht, dass Bazille verschwindet, wenn sie dann schnell die Treppen hochspringt, die Wohnungstür sperrangelweit öffnet und sie offen stehen lässt. Wenn sie dann, sobald sie im Flur ist, nach links springt, wenn sie drei leise Schritte in das kleine Zimmer macht, die Schreibtischschublade herauszieht und die Geldkassette herausholt. Wenn sie sie unter die Jacke schiebt und genauso schnell und leise wieder weggeht, dann muss es in nur einer Minute zu schaffen sein. Und eine Minute sollte sie das wohl dort ertragen können, das ist das Wenigste, was sie von sich selbst fordern kann. Schließlich braucht sie ihr Geld!

Wenn nur jemand mitkommen könnte... Wenn sie nur jemanden hätte, der draußen im Treppenhaus Schmiere stehen könnte, dann würde sie es schon hinkriegen, selbst wenn Bazille zu Hause ist. Aber wen sollte sie fragen? Kristoffer? Nie im Leben, dann würde er mehr über sie erfahren, als er von ihr wissen muss. Marianne? Ausgeschlossen. Ihr Blick würde sich tief in Angelicas Haut bohren und sie zum Bluten bringen. Eines der Mädchen in der Schule? Unmöglich. Dann würden die Gerüchte noch tagelang danach im Flur kursieren...

Das dunkle Zimmer wird plötzlich silbergrau. Der Mond ist aufgegangen. Kristoffer bewegt sich in seinem Bett, tastet halb im

Schlaf nach ihr und nuschelt ihren Namen. Angelica schließt die Augen, bleibt sitzen, blinzelt und betet ein wortloses Gebet zu ihren stummen Göttern: Lasst ihn nicht aufwachen. Er darf nicht aufwachen. Sie würde es nicht ertragen, wenn er aufwachte.

In Augustas Haus geht Alice ans Fenster und lehnt die Stirn gegen das Glas. Der Vollmond lässt den Garten jetzt heller erscheinen als zu dem Zeitpunkt, als sie kam. Weniger bedrohlich. Es nützt nichts, sie wird doch nicht schlafen können.

Aber im selben Moment, in dem sie sich mit ihrer Schlaflosigkeit abfindet, weiß sie auch schon, was sie tun muss. Es liegt ein alter Schlafsack in Augustas Kleiderschrank, das weiß sie, ein schöner alter Schlafsack, gedacht für Gebirgswanderungen und raues Wetter. Sie selbst hat ihn gekauft, sie hat ihn Petter geschenkt, als er sechzehn wurde, und sie erinnert sich noch immer an ihr Erstaunen, an Lars' und ihre Verwunderung darüber, dass sie einen Tourengeher und Feldbiologen zum Sohn hatten. Das ist jetzt zehn Jahre her und ganz und gar vorbei. Inzwischen ist Petter überzeugter Anhänger verrauchter Bars und experimentellen Theaters.

Der Schlafsack riecht etwas muffig, aber er ist heil und sauber, das sieht sie, als sie ihn auf dem Bett ausbreitet. Sie lässt ihn dort liegen, während sie sich Jeans und Pullover über den Pyjama zieht und ein Paar alte Wollsocken aus der Kommode sucht. Sie weiß nicht, wem die gehören: es können Lars' oder Petters sein, aber genauso gut Kåre oder sonst jemandem gehört haben. Augustas Haus ist gemeinsamer Besitz, und die ganze Familie hat es sich angewöhnt, alles, was hier vergessen wurde, genauso zu betrachten. Allein Marianne erhebt ab und zu heimlich Besitzansprüche und fordert eine Sonderstellung, eine Stellung, die ohne Diskussion und wortlos von den anderen anerkannt wird. Das ist nicht mehr als recht und billig. Marianne ist diejenige, die die meiste Zeit und Arbeit auf Augustas Haus und Garten verwendet. Sie ist diejenige, die die Ferienwochen zwischen Cousins und Cousinen und Großcousins und Großcousinen aufteilt. Sie ist die Frau, die den Schlüssel in ihrem Besitz hat. Die mit der Schlüsselgewalt.

Deshalb ist Alice auch zuerst zu Mariannes Haus in Hallstavik gefahren. Um den Schlüssel zu holen. Aber nicht nur deshalb, sie will auch Marianne treffen, am liebsten ohne Kåre, damit sie ungestört miteinander reden können. Es scheint, als hätte die Tatsache, dass Erland und Harald, Augustas Söhne und die Väter von Alice und Marianne, mittlerweile in ihren jeweiligen Gräbern auf ihrem jeweiligen Friedhof liegen, die beiden Frauen näher zusammengebracht. Alles, was nicht zur Sprache kommen konnte während der vielen Jahre, als sie sich immer nur kurz zu Familienfesten und Beerdigungen trafen, können sie jetzt gemeinsam betrachten, wenn auch scheu und mit stummen Seitenblicken auf alles, was sie trennt. Marianne arbeitet in der Papierfabrik in Hallstavik, Alice ist freie Galeristin für Museen in Stockholm. Keine erhebt irgendwelchen Anspruch auf das Leben und die Geheimnisse der anderen. Sie haben nur die Vergangenheit gemeinsam. Nicht die Gegenwart und nicht die Zukunft.

Marianne ist so, wie sie immer war. Natürlich. Irgendwie ist Marianne mit jedem Jahr, das verging, sich selbst immer ähnlicher geworden. Sie ist nur eine Spur langsamer in ihren Bewegungen, und ihre Züge sind etwas länger geworden, je älter sie wurde. Aber ihr Haar ist immer noch ebenso dicht und braun, ihr Gesicht ebenso weiß und ihr Blick ebenso misstrauisch wie damals, als sie und Alice, die beiden kleinen Cousinen, in Augustas Garten spielten. Sie grüßte mit einem knappen Lächeln und einem eiligen Händedruck, hielt dann stumm einen Bügel hin. Sie hatte schon gewartet, das war zu sehen. Der Küchentisch war mit Kaffee für zwei gedeckt, mit einer rosa Decke, geblümten Servietten und poliertem Silberbesteck. Die Kaffeemaschine fauchte asthmatisch auf der Anrichte und spuckte ihre letzten Tropfen Wasser in den Filter, als Alice über die Schwelle trat.

»Bist du allein?«, fragte sie und stellte ihre Handtasche auf das Küchensofa.

Marianne stellte einen Teller mit Häppchen auf den Tisch, um sich dann nach Streichhölzern umzusehen.

»Mmmh«, meinte sie und zündete ein Hölzchen an.

»Dann hat Kåre immer noch jeden Abend seine Termine?«

Marianne zündete die Kerzen an – sie waren rosa, genau in

dem gleichen Farbton wie die Decke – und schüttelte das Zündholz aus.

»Ja. Fast jeden Abend. Aber das ist nicht so schlimm, weißt du…«

»Ich weiß.«

Sie lächelten sich kurz an. Marianne machte die Leuchtstoffröhre über der Spüle aus und bedeutete Alice, sie solle sich aufs Sofa setzen, das abgelaugte alte Küchensofa, das früher in Augustas Küche gestanden hatte. Marianne hatte es von der Familie zum fünfzigsten Geburtstag bekommen; es war das einzige Möbelstück, das das Haus verlassen hatte, seit Augusta gestorben war.

Sie aßen schweigend, Marianne zog die Schultern hoch und führte die Gabel mit präzisen Bewegungen zum Mund, Alice saß auf dem Sofa und beugte sich über ihren Teller. Sie hatte den ganzen Tag noch nichts gegessen, sie hatte es wieder einmal vergessen, wie immer, wenn sie zwischen Konferenzen, Tischlerei und ihrem eigenen Büro hin und her hastete, und als sie jetzt den ersten Bissen hinunterschluckte, merkte sie, wie hungrig sie war. Der geräucherte Lachs kitzelte ihre Zunge, das weiche Brot klebte an ihrem Gaumen, die Mayonnaise war so fett im Geschmack, dass sie sie fast erstickte. Aber sie achtete genau darauf, dass dieses Gefühl des Erstickens nicht auf ihrem Gesicht abzulesen war, denn sie wusste, dass Marianne sie beobachtete. Marianne beobachtete immer die Menschen, die bei ihr am Tisch saßen. Sie musterte ihr Gesicht und taxierte schweigend ihren Appetit. Wenn jemand ihr Essen lobte, wehrte sie das Kompliment mit einer eiligen Geste ab, aber ihr Gesicht entspannte sich, wenn die Gäste beim Essen schwiegen und sich große Portionen auffüllten.

Als Alice nach dem dritten Brotstück ihren Teller von sich schob, war Mariannes Gesicht fast sanft. Sie fragte mit den Augen, ob Alice noch eine Tasse Kaffee haben wollte. Alice nickte zur Antwort.

»Wann findet es morgen statt?«, fragte Alice, während Marianne die Kanne holte.

»Um ein Uhr.«

»Und das Kaffeetrinken?«

»Direkt danach. Im Häverödals Hotell.«

Alice richtete ihren Blick aufs Küchenfenster, es war dunkel draußen. Sie betrachtete einen Augenblick lang ihr eigenes Spiegelbild im Fensterglas. Ein abgerundeter Schatten. Fast unsichtbar im Schein der Kerzenflammen.

»Hast du die Beerdigung organisiert?«, fragte sie dann.

Marianne zuckte mit den Achseln.

»Ja. Musste ich ja wohl.«

»Und Carina?«

Marianne kräuselte die Oberlippe.

»Ach, du weißt doch...«

»Hat sie es so schwer mitgenommen?«

Marianne zuckte wieder mit den Schultern.

»Was ist denn mit ihr? Ist sie krank?«

»Nicht schlimmer als üblich. Aber du weißt doch, wie sie ist. Sie sorgt schon für sich.«

Alice suchte fieberhaft in allen Speichern ihres Gehirns nach einem neuen Gesprächsthema, sie wollte die verbitterte Schärfe, die plötzlich Mariannes Stimme durchschnitt, nicht hören. Augustas Nachkommen in Hallstavik hatten immer mit scharfer Zunge voneinander gesprochen, während sie selbst immer versucht hatte, mit allen auf freundschaftlichem Fuß zu bleiben. Was ihr ab und zu peinlich war. Es schien ihr, als würde sie dadurch zu einem falschen Menschen werden, aber meistens war es ihr einfach nur gleichgültig. Sie kümmerte sich nicht darum, was Marianne von Carina hielt und Carina von Marianne, sie wollte nur keinen Streit und keine verärgerten Stimmen. Und am wenigsten konnte sie Mariannes Stimme ertragen, wenn sie so klang wie jetzt: gleichzeitig bissig und ängstlich.

»Was war denn die Todesursache?«

Mariannes Tonfall wurde wieder weicher:

»Das Herz. Und das war ja zu erwarten, sie hatte ja schon seit mehreren Jahren Beschwerden...«

Alice atmete tief durch, hatte das Gefühl, sich wieder auf sicherem Terrain zu befinden.

»Ja, ich weiß. Ich habe ja einmal auf Mikael aufgepasst, als Carina sie ins Krankenhaus von Norrtälje begleitet hat.«

Falsche Antwort. Das Feuer, das gerade dabei war, zu erlöschen, flackerte von Neuem auf. Marianne schnaubte laut, und ihre Stimme wurde wieder scharf.

»Ja, das hat sie wohl einmal. Ansonsten war ich es ja immer oder Angelica, die mit ihr zum Arzt mussten…«

Es blieb eine Weile still, bis der Kühlschrank sich brummend einschaltete und beide aus ihren Gedanken weckte. Alice seufzte innerlich. Sie konnte gut gleich die Waffen strecken und Marianne das sagen lassen, was sie sagen wollte, sonst würde diese nie wieder zu ihrer normalen Stimme zurückfinden.

»Hat Angelica sie gefunden?«

Marianne nickte und begann ein paar Krümel von der Decke zu wischen. Sie schob sie mit einer Hand zur Tischkante und ließ sie dann in ihre gewölbte Hand fallen, um die Krümel schließlich in ihre eigene leere Kaffeetasse fallen zu lassen.

»Ja«, sagte sie. »Aber nur Gott weiß, wie das wirklich vor sich gegangen ist. Sie hat erst gegen halb zehn Uhr vormittags die Nachbarn angerufen…«

»Wie meinst du das?«

Marianne schloss halb die Augen und blinzelte durch das Küchendunkel zu Alice hinüber.

»Viele finden das sonderbar. Die Polizei auch. Sie muss sie doch früher gefunden haben, schon gegen sieben oder so. Es war schließlich ein ganz normaler Schultag. Aber sie hat nicht vor halb zehn bei den Nachbarn angerufen…«

»Aber hat sie nicht vielleicht verschlafen? Siri hat sie ja nicht wecken können.«

Marianne schnaubte nur.

»Siri! Die hat Angelica doch nie geweckt. Und Carina hat das auch nie gemacht, so lange sie bei ihr zu Hause wohnte. Das Mädchen musste sich schon lange bevor Mikael geboren wurde selbst versorgen, und da war sie erst neun Jahre alt. Und sie ist kein einziges Mal zu spät zur Schule gekommen.«

Alice blickte auf den Tisch, strich mit dem Finger über die messerscharfen Bügelfalten der Tischdecke.

»Das ist ja unglaublich tüchtig…«

Marianne zuckte mit den Schultern.

»Tüchtig. Ja, das ist es wohl. Sie ist bestimmt immer tüchtig gewesen – auf ihre Art. Aber sie ist ein hintertriebenes Kind. Eiskalt. Denkt nur an Geld ... Fünf Tage in der Woche teilt sie Reklame aus, sie hat ein Gebiet nach dem anderen an sich gerissen. Carina hat mir erzählt, dass sie sogar ein anderes Mädchen bedroht hat, damit die ihr Revier abgibt. Carina ist damals zur Schule zitiert worden. Es war die reinste Gerichtsverhandlung, hat sie erzählt. Aber sie konnte ja nicht viel machen, sie hat dieses Kind nie lenken können. Angelica hat seit ihrer Geburt nur gemacht, was sie wollte. Kommt bestimmt ganz nach ihrem Vater, wer immer das auch gewesen sein mag.«

Alice wand sich, sie wollte nichts mehr davon hören.

»Wo ist sie jetzt?«

Mariannes Blick flackerte, die Stimme sank in die übliche gedämpfte Tonlage.

»Ja, wer weiß. Es heißt, dass sie mit einem Jungen zusammen ist und meistens bei ihm wohnt. Danielssons, weißt du. Die letztes Jahr das weiße Haus gekauft haben.«

»Draußen in Nordanäng? Bei Augustas Haus?«

»Ja, unten am Hang. Die Danielssons, die mit den Pferden.«

Alice schloss die Augen. Die geheimnisvollen Nachbarn? Lars und sie hatten während der Sommerwoche, die sie letztes Jahr gemeinsam in Augustas Haus verbracht hatten, darüber ihre Witze gemacht. Wenn sie abends im Garten saßen, konnten sie Stimmen und Rufe aus dem weißen Haus hören, aber jedes Mal, wenn sie hinuntergegangen waren, um die neuen Nachbarn zu begrüßen, schien es, als wäre der Lärm verklungen. Wenn sie ankamen, war der Garten leer, alle Türen waren verschlossen, und das einzige Lebenszeichen, was zu sehen war, war ein einsames Pferd auf der Weide. Sie hatten es nie über sich gebracht, anzuklopfen, stattdessen waren sie dazu übergegangen, das weiße Haus zu meiden, und hatten für ihre Abendspaziergänge eine andere Richtung eingeschlagen, während sie fantasierten, warum die geheimnisvollen Nachbarn sich wohl versteckten. »Menschenphobie«, sagte Lars. »Die kriegt man, wenn man zu lange auf dem Lande lebt.«

»Du weißt, welches Haus ich meine?«, fragte Marianne. »Oder?«

»Wir haben uns niemals begrüßt«, sagte Alice. »Aber ich glaube, den Mann habe ich im Sommer mal gesehen. Er ist eines Abends vorbeigeritten, hat aber nicht angehalten ... Die Frau habe ich nie gesehen.«

»Genau. Sie sind im letzten Frühling eingezogen. Er kümmert sich meistens um die Pferde, hat aber, glaube ich, auch eine Firma unten in Uppsala. Und sie ist so eine Art Künstlerin, wie es heißt.«

»Und Angelica wohnt bei ihnen?«

»Bei dem Sohn, ja. Jedenfalls hat sie es letzte Woche gemacht.«

Alice legte unbewusst die Handfläche auf ihr Zwerchfell, um die alte Unruhe zu dämpfen, die dort drinnen anschwoll.

»Aber sie ist doch erst sechzehn Jahre ...«

Marianne warf ihr einen ironischen Blick zu. Alice wich dem Blick aus, fragte aber beharrlich weiter:

»Warum wohnt sie nicht zu Hause bei Carina?«

Marianne streckte sich nach Alices Kaffeetasse und begann abzudecken.

»Formal gesehen tut sie das wohl. Aber sie geht nie dorthin, wenn Mikael nicht zu Hause ist; sobald er bei seiner Pflegefamilie ist, verschwindet sie. Und wenn Bazille da ist, geht sie überhaupt nicht hin.«

Marianne war am Abwaschbecken angekommen und drehte Alice den Rücken zu. Als sie sich umwandte, waren die Falten in ihrem Gesicht tiefer geworden:

»Die Leute meinen, wir sollten uns um sie kümmern, jetzt, wo Siri tot ist. Aber ich will nicht. Ich mag sie nicht. Und Kåre auch nicht.«

Alice nickte stumm. Mariannes Stimme wurde wieder scharf:

»Wir haben uns um alles Praktische gekümmert, ich habe die Beerdigung organisiert, und ich muss das Haus räumen, denn Carina wird sich nie so weit aufraffen können, dass sie das schaffen würde, und Kåre hat versprochen, sich um das Finanzielle zu kümmern. Wir werden darauf achten, dass Carina alles bekommt, was ihr zusteht, und jede Hilfe, die sie braucht. Aber mit Angelica will ich nichts zu tun haben. Und das habe ich auch gesagt – das habe ich denen im Sozialamt deutlich gesagt, bevor sie überhaupt fragen konnten, ob sie bei uns wohnen könnte... Sie ist abscheulich!«

Marianne hätte weitere Einwände, gleich welcher Art, nicht mehr ertragen, sie musste jetzt beruhigt und getröstet werden. Deshalb legte Alice ihre Hände in den Schoß, lehnte sich zurück gegen die Rückenlehne des Sofas und sagte mit leiser Stimme:

»Die hätten beim Sozialamt bestimmt gar nicht danach gefragt. Warum sollten sie auch? Angelica hat doch ein Zuhause...«

Marianne hielt sich am Spülbecken fest, drehte sich aber nicht um.

»Hat sie das? Wirklich? Sie ist zu Siri gezogen, als sie zwölf war.«

»Trotzdem hätten sie bestimmt gar nicht gefragt.«

Mariannes Schultern sanken herab.

»Glaubst du?«

»Ganz sicher.«

Marianne atmete aus und drehte sich um, aber Alice stand schnell auf. Sie musste jetzt wirklich gehen, es war schon spät. Und sie würden sich ja morgen sehen, Alice wollte vor der Beerdigung zu Kåre und Marianne kommen. Marianne brachte sie zum Ausgang. Jetzt war sie wieder ganz die Alte. Scheu und leise, mit etwas ängstlicher Stimme.

»Dass du dich traust, da draußen ganz allein zu schlafen«, sagte sie und reichte Alice den Schlüssel zu Augustas Haus.

Sie sollte mich jetzt sehen, dachte Alice, während sie die widerspenstige Haustür aufdrückt und auf die Veranda hinausgeht. So mutig bin ich, dass ich mich nicht traue, in dem flüsternden Haus zu bleiben. So mutig bin ich, dass ich beschlossen habe, draußen zu schlafen.

Sie hat sich nie selbst erklären können, woher es kommt, dass sie nur drinnen in einem Haus Angst vor der Dunkelheit hat. Draußen hat sie sich immer sicher gefühlt, ganz gleich, wie dunkel es auch war. Als Kind traute sie sich nicht einmal, nachts auf die Toilette zu gehen, sie blieb wach liegen und hielt ihre Blase mühsam zurück, bis die graue Morgendämmerung durch die Jalousien zu sickern begann, aber wenn sie in den Sommerferien bei

Augusta war, bahnte sie sich unerschrocken ihren Weg durch den Garten zum Plumpsklo – auch in der schwärzesten Augustnacht.

Und genauso ist es jetzt auch. Sobald sie hinauskommt, wird sie ruhig. Wenn sie noch ein wenig zittert, als sie den Schlafsack auf dem Verandaboden ausrollt, dann nur, weil die Luft kälter ist, als sie gedacht hat. Sie kriecht schnell hinein und zieht den Reißverschluss hoch, aber sie legt sich nicht hin. Sie will im Sitzen schlafen, mit dem Rücken gegen die Tür gelehnt.

Es wird schnell warm im Schlafsack, aber es ist eine trügerische Wärme, die bei der geringsten Bewegung verschwindet. Als sie die Hände herausnimmt, um die Bänder der Kapuze fester um den Kopf zu ziehen, wird ihr Körper sofort eiskalt. Sie kreuzt die Arme vor der Brust und schiebt die Hände unter die Achselhöhlen. So will sie unbeweglich sitzen bleiben, bis ihr wieder warm wird. Kein Flüstern erschrickt sie mehr, sie ist allein und sicher, alles, was sie hört, ist nur noch ein ruhiger Nachtwind, der durch die Birken auf der anderen Seite des Kieswegs streift. Der Mond ist bereits untergegangen, nur noch ein schwaches Licht am dunklen Himmel erinnert an ihn.

Sie starrt so lange in die Nacht hinaus, dass sie gar nicht merkt, wie ihre Augen zufallen, wie Dunkelheit und Kälte weichen und die Farben des Sommers neu geboren werden. Jetzt ist es nicht mehr eine Nacht im April, jetzt ist es ein Morgen im Juni. Der Apfelbaum ist fast schon verblüht, und die Lupinen sind bereit, sie breiten langsam ihre Regenbogenkleider über dem Gras aus, dunkelviolett, lächerlich rosa, honiggelb und weiß. Die Sonne steht bereits hoch am Himmel, trotzdem hängt der Duft der Fliederhecke noch wie ein Dämmerton über dem Garten und hindert die dicken Knospen der Pfingstrosen daran, anzuschwellen und aufzubrechen. Es hat keine Eile, es gibt keinen Grund, sich zu beeilen, der Sommer ist immer noch eine Ewigkeit lang. Aber die Kaiserkronen wollen nicht mehr warten, sie stehen bereits stramm wie Soldaten mit ihren flammenden Kelchen und erwarten ihre Kaiserin.

Und endlich kommt sie in ihrer ganzen Macht, eine fette Fürstin, die sich schwer auf Alices mageren Teenagerarm stützt. Sie hat ihre angeschwollenen Füße in ein paar ausgetretene Hausschuhe gesteckt und meckert mürrisch über die dünnen Sohlen und den Kies auf dem Gartenweg, bevor sie sich auf den Rasen begibt und sich zu dem Korbstuhl unter dem Apfelbaum führen lässt. Dort heil angekommen, stützt sie sich auf Alice und fordert von ihr, dass sie den Stuhl an seinem Platz halten soll, ohne den Arm der Großmutter loszulassen, während diese sich setzt. Kann das denn so schwer sein? Mit einem Plumps lässt sie sich auf den Stuhl fallen, dass das Rohr jammert und trocken knackt. Es ist ja nur ein Glück, dass Alice sich nie durch ihrer Hände Arbeit wird versorgen müssen, denn sonst müsste sie wohl verhungern. Sie ist das tollpatschigste, unpraktischste Mädchen in der Familie.

Aber Alice, die sehr junge Alice, die noch nicht weiß, was kommen wird, kümmert sich nicht um das Morgengemecker ihrer Großmutter. Sie kichert leise und steckt die Hand in die Kleidertasche, umfasst dort den Schildpattkamm. Das ist die beste Zeit am Tag, die Zeit, in der sie Augustas Haare kämmt. Es ist ein Versprechen, dieses Haar. So dicht, glänzend und braun, ohne einen einzigen Silberfaden, wird auch Alices Haar sein, wenn sie einmal alt sein wird. Vielleicht wird auch sie auf einem Rohrstuhl in einem blühenden Garten sitzen und sich von einem ihrer Enkelkinder kämmen lassen. Aber ihr eigenes Haar wird nie so lang werden wie das von Augusta, es wird nie wie ein Wasserfall zu Boden fließen. Augusta hat ihr Haar nie schneiden lassen, ihr Haar ist genauso uralt wie sie selbst.

Äußerst vorsichtig befreit Alice eine Strähne aus dem nächtlichen Zopf und lässt sie durch ihre Finger gleiten.

»Erzähl jetzt!«, sagt sie.

Denn so ist das mit Augusta: Sie hat ihre Geschichten im Haar verborgen.

Wer war Augusta? Woher kam sie?
Niemand weiß es. Nicht Alice, die auf der Veranda von Augustas Haus schläft, nicht Marianne, die in ihrer sauber geschrubbten Küche sitzt und in die Flamme eines einsam brennenden Kerzenlichts starrt, und auch Angelica nicht, die mit geballten Fäusten auf einer grünen Auslegeware sitzt und unbekannte Mächte anfleht, dass Kristoffer nicht aufwachen möge.

Augusta wusste selbst nicht, wer sie war und woher sie kam. Wenn sie guter Laune war, konnte sie behaupten, sie käme von einem Kartoffelacker in Sörmland, sie hätte dort im Lehmboden gelegen und wäre gewachsen, bis sie fertig war. Dann hätte sie ihre weißen Arme durch die Erde gestreckt und wäre hochgekrabbelt, wäre auf die Knie gekommen und hätte die Gegend betrachtet, in der sie gelandet wäre. Alice, die ihre Bibel kannte, lachte, die Zähne fest um die Haarnadeln geschlossen und fragte:

»Und, fandst du's gut?«

»Nicht die Bohne«, sagte Augusta. »Es gab vor allem Regen und Nebel dort, Wanzen und Tuberkulose, erschöpfte alte Weiber und hohlwangige Kinder, die sich an keinem einzigen Tag ihres Lebens hatten satt essen können. Ich begriff sofort, dass ich dort nicht bleiben konnte, sonst wäre ich sofort geschrumpelt, grün und schimmlig geworden wie eine alte Kartoffel. Deshalb musste ich aufstehen, mir die Erde von der Schürze bürsten und nach Stockholm gehen.«

»Dann bist du mit Kleidern geboren?«

Augusta grinste und schüttelte den Kopf, sodass sich eine Welle durchs Haar fortpflanzte. Der Kamm hakte fest.

»Sei nicht so naseweis. Natürlich bin ich in Kleidern geboren, ich war in der Beziehung immer ein anständiges Frauenzimmer.

Ich hatte Kleid und Schürze, Hemd und Strickjacke und ein paar ganz neue Stiefel. Aber die Stiefel hatte ich ja fast schon durchgelaufen, als ich nach Södertälje kam. Deshalb zog ich sie aus und ging lieber barfuß weiter, obwohl es schon Herbst war. Schließlich musste ich die Sohlen schonen. Und ich war jung und warm. Bist du auch warm, Alice?«

»Meistens.«

»Pah. Lüge nicht. Du isst nicht genug. Glaub nur nicht, ich würde das nicht sehen. Du sitzt nur da und stocherst in deinem Essen herum wie so ein richtiges Fräulein, sortierst und versteckst die Reste unter der Gabel. Und dann sagst du, du frierst und holst dir am hellen Vormittag schon eine Strickjacke. Mir machst du nichts vor. Ich sehe mehr, als du denkst.«

Alice schob den Kamm in Augustas Stirnhaar, musste drei Schritte zurückgehen, während sie ihn in einer einzigen langen Bewegung durch das Haar zog.

»Was hast du denn gegessen, als du nach Stockholm gegangen bist?«

»Na, Kartoffeln natürlich. Ich hatte mir ein paar Kartoffeln in die Schürzentasche gestopft, als ich vom Acker gegangen bin. Und nach einer Weile bin ich zu einem kleinen Häuschen gekommen, in dem ein altes Mütterlein wohnte, der habe ich geholfen. Und als Dank durfte ich meine Kartoffeln auf ihrem Herd kochen und kriegte auch noch einen Heringsschwanz dazu.«

»Und wobei hast du ihr geholfen?«

Augusta sog ihre Lippe ein und dachte einen Moment lang nach, bevor sie antwortete.

»Ich brachte ihre Katze zum Schweigen.«

Alice hielt mitten in der Bewegung inne. Augusta lachte zufrieden und blinzelte in die Sonne. Der dramatische Effekt war ihr gelungen.

»Schlaf nicht im Stehen«, sagte sie. »Kämm weiter. Weißt du, zu der Zeit war ganz Schweden voll mit alten Weiblein, die Probleme mit ihren geschwätzigen Tieren hatten. Je gebrechlicher, hungriger und einsamer die Alten wurden, umso schwatzhafter wurden ihre Hühner und Katzen. Als ich in das Haus des alten Weibleins kam, war sie seit vierzehn Tagen nicht mehr aus dem

Bett gekommen, sie lag ganz still auf ihrem groben Laken und wartete auf den Sensenmann. Als ich an die Tür klopfte, glaubte sie sogar, er wäre es. Hinterher, nachdem ich Feuer im Herd gemacht, ein paar Kartoffeln gekocht und sie gefüttert hatte, sagte sie, dass sie eigentlich gar nichts dagegen hätte zu sterben, sie hätte lange genug dagelegen. Sie war der Ansicht, das wäre schon ganz in Ordnung so, denn es gab nicht mehr viel auf der Welt, worüber sie sich wundern könnte, dagegen könnte es noch so einiges im Himmel geben, von dem sie nichts wüsste. Sie wünschte sich nur eins: in Ruhe und Frieden von dannen gehen zu können, ganz still im Bett liegen zu dürfen und das Brausen des Waldes draußen hören zu können, wie er ihr ganzes Leben lang gebraust hatte. Aber die Katze ließ ihr keine Ruhe, sie hatte schon am dritten Tag angefangen zu reden und war seitdem in der Stube herumgelaufen und hatte nur gemeckert und geklagt. Es war kaum zu glauben, wie schlecht es der Katze ging. Ach, welches Pech sie gehabt hatte, als sie bei einer so elenden Alten gelandet war. Sie hatte es schlimmer als die jämmerlichste Straßenkatze. Sogar die Mäuse und die kleinen Vögel waren hier magerer als andernorts. Und sie war fest davon überzeugt, dass sie etwas Besseres verdient hatte, schließlich stammte sie aus einer guten Familie und war sogar auf einem Pfarrershof geboren. Es war eine Schande, dass die Pfarrersfrau sie schon als kleines Kätzchen an die Alte verschenkt hatte. Dieser Frau fehlte einfach das Herz, und es war ein Rätsel, warum der Pfarrer sie nicht zur Strafe aus dem Haus gewiesen hatte, das wäre eine zutiefst christliche Tat gewesen. Ja, so jammerte die Katze in einem fort. Während das Mütterlein dalag und nur darauf hoffte, dass es endlich ruhig um sie herum sein möge, damit sie dem Sausen des Waldes lauschen und in Frieden sterben könnte.«

Alice verzog das Gesicht. Das war ein Ammenmärchen und nicht die wahre Geschichte, die sie so gern gehört hätte. Vielleicht ahnte Augusta ja, dass Alice dabei war, ein Puzzle zu legen, dass sie die Fragmente von Augustas Erzählungen niederschrieb, wenn sie das Gefühl hatte, sie würden eine Spur von Wahrheit enthalten. Das war ein Vorhaben, das auf keinen Fall entdeckt werden durfte. Augusta wollte gewiss allein über ihre geheimnisvollen Geschichten herrschen.

»Und was hast du dann gemacht? Hast du die Katze rausgeworfen?«

»Es war eine weibliche Katze. Das muss man berücksichtigen. Und ich habe sie nicht rausgeworfen, das wäre keine Lösung gewesen. Die Alte brauchte Leben im Haus, während sie starb, ein wenig Leben und ein wenig Wärme. Die Aufgabe der Katze war es, auf ihrer Brust zu liegen, einfach nur ruhig dazuliegen und sich die Pfoten zu lecken. Eventuell könnte sie noch schnurren dabei.«

»Also, was hast du gemacht?«

»Sonderbar, wie hartnäckig du heute fragst. Kannst du nicht einfach still sein und mich in aller Ruhe erzählen lassen? Ich packte die Katze im Nacken, trug sie vors Haus und stellte sie auf den Brunnendeckel. Aber weil sie so eine eingebildete und scheißvornehme Katze war, drehte sie sich sofort um, streckte ihren Schwanz in die Luft und hätte sich augenblicklich davongemacht, wenn ich nicht sofort angefangen hätte, ihr etwas vorzuschwindeln.«

Alice setzte den Kamm unter Augustas rechtem Ohr an, kämpfte dort mit einer Locke, die sich selbst verknotet hatte.

»Au!«, rief Augusta. »Sei doch vorsichtig! Also, ich erklärte der Katze, dass ich Kuhmagd auf dem Bischofssitz wäre und dass der Bischof selbst mich in die Welt hinausgeschickt hätte. Der Bischof hätte nämlich einen Kater im Haus, einen Kater, den er mehr als alles andere liebte, einen Kater, dem jeden Tag Sahne auf einem Silbertablett und sonntags Sardinen aus Portugal vorgesetzt würden. Und trotzdem war dieser Kater nicht glücklich. Er war ein grüblerischer, melancholischer Kater, der oft seufzte und sich fragte, welchen Sinn das Leben wohl habe. Der Bischof glaubte, sein Kater würde fröhlicher gesinnt werden, wenn eine Katze ins Haus käme, eine süße, ruhige, kleine Katze aus guter Familie. Aber weil der Kater des Bischofs so heiligengleich gut war, fast übermenschlich, müsste auch die Katze äußerst tugendhaft sein. Am liebsten sollte sie etwas fast Engelhaftes getan haben, beispielsweise still und friedlich bei einer armen Alten auf deren Totenbett gelegen und sie gewärmt haben. – Hast du nicht bald fertig gekämmt?«

Alice stopfte den Kamm in die Tasche und ging einen Schritt zurück. Eine Sekunde lang blitzten alle Farben des Spektrums in der glänzenden braunen Oberfläche auf, die Augustas Haar bildete. Alice sank auf einem Knie nieder, sammelte das Haar in ihren Händen und rollte es zusammen. Augustas Frisur sah einfach aus, aber sie war schwer zu machen. Alles sollte in einer zehn Zentimeter dicken Rolle im Nacken gesammelt werden. Es wäre einfacher mit einem Knoten gewesen, aber Augusta weigerte sich, auch nur darüber nachzudenken. Nur Freikirchentanten hatten einen Knoten, und Augusta war immerhin Freidenkerin, Guttemplerin und Mitglied im sozialdemokratischen Frauenclub. Da trug Frau eine Rolle.

»Die Katze sprang vom Brunnendeckel, bevor ich noch zu Ende geredet hatte, setzte sich vor die Stubentür und legte den Kopf schräg. Schweigen? Sie hatte bei Gott ihr ganzes Leben lang kein einziges Wort von sich gegeben, ihr einziges Bestreben war es ja nur, ihrer armen Herrin zu helfen, in Frieden zu sterben. Aber ich öffnete die Tür nicht gleich, ich blieb noch eine Weile mit der Hand auf der Klinke stehen und erklärte ihr, dass ich zurückkommen würde, dass ich an einem der kommenden Tage mit dem Kater des Bischofs zurückkehren würde, in einem Korb, ausgekleidet mit Samt und Seide – er war nämlich viel zu empfindlich und zart, um selbst zu gehen –, und wenn ich dann nur das geringste Jammern hören würde, dann würde ich umkehren und wieder verschwinden, aber wenn es still und friedlich in der Stube wäre und ich allein das Rauschen des Waldes hören könnte, dann würde ich die Katze in den Korb stecken und sie mit mir zum Bischofssitz nehmen. Kaum hatte ich die Tür geöffnet, da huschte die Katze auch schon hinein, sprang auf das Bett der Alten und legte sich dort zurecht. Und als ich den Rest meiner Kartoffeln gekocht und sie in ein Tuch gewickelt hatte, lagen beide schlafend auf dem Bett …«

Alice schob eine Haarnadel in die Rolle, während sie vorsichtig die andere Hand um den Teil schloss, der noch nicht befestigt worden war.

»Und dann bist du nach Stockholm gegangen.«

Augusta seufzte.

»Ja. Dann bin ich nach Stockholm gegangen.«

Alice schob die letzte Nadel an Ort und Stelle, trat einen Schritt zurück und betrachtete ihr Werk.

»Erzähl weiter«, sagte sie und streckte die Hand aus, strich über Großmutters Haar. »Erzähl mir, wie es wirklich war.«

Aber Augusta beugte ihren Nacken und schaute auf ihre fleckigen Hände.

»Nein«, sagte sie. »Ich will heute nicht mehr daran erinnert werden, wie es wirklich war.«

Als die Sonne aufgeht, ist Angelica immer noch wach.

Sie liegt jetzt im Bett, das Gesicht zur Wand gedreht, mit Kristoffer hinter ihrem Rücken, und sieht mit trockenen Augen, wie das Licht des neuen Tages sich in die Wirklichkeit schleicht, die ihr gerade zuteil geworden ist. Es geschieht gegen ihren Willen. Dieser heutige Tag hätte nie kommen dürfen. Er ist wie ein Gewässer, das sie allein durch ihren Willen teilen muss, sie will es aufrecht und trocken durchschreiten, sich nicht einmal umblicken, wenn die Wasser sich hinter ihrem Rücken wieder schließen und ihre Verfolger ertränken…

Sie streicht mit dem Zeigefinger über die Wand, eine Bahn der braun geblümten Siebzigerjahre-Tapete ist etwas ausgefranst am Rand. Sie zupft daran, zieht den Spalt größer und betrachtet einen Moment lang die alte Tapete darunter. Sie ist hellblau mit kleinen weißen Blumen. Hübsch. Das ist gut, so kann sie sich vorstellen, wie das Zimmer wohl einmal ausgesehen haben mag. Vielleicht so ähnlich wie Rebeckas Zimmer mit seinen geblümten Wänden und den sahneweißen Mädchenzimmermöbeln, die – und das haben Angelica und die anderen Mädchen in der Klasse sich oft genug anhören müssen – Rebeckas Oma ihrer Mutter vererbt hat und die einmal weiter an Rebeckas Tochter gehen sollen. Erbstücke, erklärt Rebecka, wenn sie von diesen Möbeln redet, und ihre Oberlippe wird dabei ganz ungewöhnlich scharf und schmal.

Als Angelica noch jünger war, war sie so dumm, darauf hereinzufallen. Sie beneidete Rebecka um ihr Zimmer und glaubte ernsthaft das, was Rebecka ihr einzureden versuchte, nämlich dass man ein besserer Mensch wird, wenn man in so einem Zimmer lebt. Irgendwie feiner. Echter und sicherer. Als würde der Mensch durch seine Möbel geformt…

Dann müsste Kristoffer jedenfalls ein Plastikmensch sein. Angelica lacht die Wand an. Und Siri wäre ein Birkenmensch gewesen, denn alle Möbel in ihrem Wohnzimmer waren aus Birkenholz…

Sie streicht sich mit der Hand über die Stirn, um den Gedanken an Siri zu verscheuchen. Kristoffer seufzt hinter ihrem Rücken und bewegt sich im Schlaf. Angelica erstarrt. *Shit!* Sie hat sich gehen lassen, hat vergessen, dass die geringste Bewegung ihn wecken kann. Langsam lässt sie ihre Hand auf das Kissen sinken, bleibt danach steif liegen, mit geschlossenen Augen, und versucht ruhig zu atmen.

Er stinkt, denkt sie mitten in einem Atemzug. Er stinkt wie ein Fuchsbau.

Der Gedanke lässt sie die Stirn runzeln. Was ist nur los mit ihr? Warum denkt sie so schlechte Dinge von Kristoffer? Schließlich ist nichts falsch an ihm, er riecht auch nicht schlechter als andere. Alle Jungs in der Schule stinken in dieser Art, besonders nachmittags. Und Kristoffer ist wirklich nett. Das darf sie nicht vergessen, sie darf nicht vergessen, dass er ihr einen Ausweg geboten hat, als sie dachte, es gäbe gar keinen Ausweg mehr, allein dadurch, dass er sie zu sich genommen hat. Und das ist wirklich das Beste an ihm. Dass er sie ausgewählt hat. Dass sie gar nichts hatte tun müssen. Dass sie es einfach hat geschehen lassen können.

Vorher hatte sie sich eigentlich nie Gedanken über ihn gemacht, er war nur ein Name und ein Gesicht unter anderen Namen und Gesichtern. Vor diesem Nachmittag vor zehn Tagen, als sie im Bus nach Herräng aufeinander stießen, war er ihr noch nie aufgefallen.

Es war immer noch Spätwinter mit grauem Himmel, Schneematsch und schwarz glänzendem Asphalt gewesen. Zwei Tage waren vergangen, seit Angelica Siri tot aufgefunden hatte, und sie fühlte sich immer noch merkwürdig. Irgendwie ausgegrenzt, als wären alle ihre Sinne ein Stück weiter gewandert, als gehörten sie nicht länger ihr. Sie konnte den Fettgeruch vom Würstchenstand an der Bushaltestelle riechen, aber er ließ sie nicht mehr an Pommes frites denken. Sie konnte die stahlgraue Wasseroberfläche der Edeboviken sehen, ohne sich klar zu sein, dass es sich hierbei um Wasser handelte. Sie konnte Motorengeräusche und Menschenstimmen hören, aber der Lärm war dumpf und wie ohrenbetäubend. Ihr Körper war stumm und ohne Gefühle, trotzdem führte er alle Bewegungen aus, die erwartet wurden. Jetzt hielt sie Mikael an einer Hand und versuchte ihn dazu zu bringen, vor ihr in den Bus zu steigen, aber er wollte nicht. Er hatte Angst vor dem Fauchen der Tür und wollte mit ihr zusammen einsteigen, aber dazu war die Türöffnung zu eng. Angelica trug seine große Nylontasche über der Schulter, und die war so voll mit Kleidung und Spielsachen, dass die beiden einfach keinen Platz nebeneinander fanden. Der Busfahrer beobachtete sie ein paar Sekunden lang, legte dann beide Hände auf das Lenkrad und fragte:

»Nun, wollt ihr nun mit oder nicht?«

Angelica konnte plötzlich spüren, wie schwer die Tasche war, wie tief ihr der Riemen in die Schulter schnitt. Sie schaute den Busfahrer an, ohne ihm zu antworten, während sie noch einmal Mikael am Arm zog, um ihn zum Einsteigen zu bewegen. Das klappte nicht, er jammerte nur und machte sich schwer und sperrte sich. Sie überlegte blitzschnell, wog die Wut des Fahrers ab gegen die Peinlichkeit, mit einer nassen, schmutzigen Tasche zu Mikaels Pflegefamilie zu kommen, und entschied sich für die Peinlichkeit. Also ließ sie die Tasche auf den Asphalt fallen und trug Mikael in den Bus, sprang dann eilig die Stufen noch einmal hinunter und schnappte sich die Tasche. Sie konnte sie gerade noch auf den Busboden plumpsen lassen, da fuhr der Fahrer schon los, und sie musste sich über Mikael werfen und schwankend die Bewegungen des Busses ausgleichen, während sie ihn auf einen Sitz hob. Als sie zurück zum Fahrerplatz ging, um zu bezahlen, konnte sie selbst merken, wie ihr der Schweiß auf der Oberlippe stand; eilig wischte sie sich mit der Hand unter der Nase entlang, bemerkte mitten in der Bewegung, dass das Bündchen der Thermojacke an den Kanten auszufransen begann.

Der Fahrer starrte auf die Straße, als er ihr den Fahrschein gab, aber als sie sich umdrehte, um zu Mikael zurückzugehen, warf er einen Blick in den Rückspiegel und sagte:

»Der Junge sitzt auf einem Platz für Behinderte.«

Angelica blieb im Schritt stehen.

»Ja, aber er ist doch behindert…«

»Aber er kann gehen. Diese Plätze sind gedacht für Leute, die nicht gehen können. Ältere Menschen…«

»Aber…«

»Da gibt es nichts zu diskutieren. Du musst ihn woanders hinsetzen.«

Angelica betrachtete ihre Mitfahrer. Es gab nicht viele: nur ein paar knallbunte Thermojackenträgerinnen, deren dicke Plastiktüten verrieten, dass sie zum Einkauf in Hallstavik gewesen waren, und einen schüchternen einsamen Mann, vermutlich einer von denen, die tagsüber einen uninteressanten Job im Werk ausübten, aber ihr wahres Leben in einer halb leeren Stadt irgendwo verbrachten. Alle vermieden es, Angelica anzusehen, die Frauen steckten emsig ihre Köpfe zusammen und sprachen mit leisen Stimmen, der Mann starrte unverwandt aus dem Fenster, obwohl es dort nur den Dunst der Fabrik und den Nebel zu sehen gab. Wenn Angelica protestierte, würden alle sie ansehen und ihr Äußeres taxieren. Sie würden feststellen, dass auf allen ihren Kleidungsstücken der Stempel Sonderangebot geradezu eingeprägt war, dass ihre Turnschuhe alt und abgetragen waren, dass sie aus ihrer Steppjacke fast herausgewachsen war und die schwarze Jeans so oft gewaschen worden war, dass sie schon ganz grau aussah. Und danach würde einer bestimmt darauf kommen, dass dieses Mädchen doch die Tochter dieser Person war, die mit diesem Bazille zusammenlebte, und schließlich würden ihre Blicke ihr das Wort Sozialfall auf die Stirn ritzen, so tief, dass die Narbe ewig zu sehen sein würde. Angelica wollte keine Narben haben. Also sagte sie nichts, nahm Mikael an der Hand und führte ihn zu einem Platz weiter hinten im Bus.

Und da entdeckte sie ihn, da wurde ihr klar, dass noch eine weitere Person im Bus war, die sie anschaute und sie die ganze Zeit angesehen hatte. Ein Junge. Er saß breitbeinig und zurückgelehnt auf der hintersten Bank. Sie suchte in ihrem Gedächtnis nach seinem Namen, während sie zu dem Behindertenplatz zurückging, um die Tasche zu holen. Kristoffer. Genau. War vor ein paar Wochen nach Hallstavik gezogen. Ging letztes Jahr in die Neunte. Dieses Jahr ins Gymnasium in Norrtälje. Teure Klamotten.

Mikael war müde. Als sie sich endlich zurechtgesetzt hatte, lehnte er sich an Angelica und rieb sich die Augen. Sie nahm ihm die Mütze ab und fuhr ihm leicht durchs Haar, legte dann ihren Arm um ihn und drückte ihn an sich. Sie war angespannt und sich des Jungen ganz hinten im Bus deutlich bewusst, während gleichzeitig ihre Gedanken um Siris Tod kreisten, um die Mathearbeit am Montag und Bazille, der schon morgen kommen sollte. Im Hinterkopf hallte noch das Echo von Carinas Weinen, als sie schrie, dass sie es nicht mehr aushalte, es nicht mehr ertrage, dass es schließlich ihre Mutter gewesen sei, die da gestorben sei, und sie deshalb ja wohl das Recht auf ein klein wenig Rücksicht habe.

Kristoffer bewegte sich erst, als sie schon halb in Herräng waren. Da wand er sich den Mittelgang entlang nach vorn und ließ sich auf einem Sitz neben Angelica nieder. Er warf ihr einen kurzen Blick zu, um seine Augen gleich wieder weiterschweifen zu lassen.

»Hallo«, sagte er.

Angelica nickte. Ihr fiel ein, dass er sie noch nie zuvor gegrüßt hatte.

»Wohin willst du?«

»Nach Herräng.«

»Wohnst du da?«

Angelica blickte weg und legte eine Hand auf die Rücklehne vor sich, als brauche sie den Halt, um nicht aus dem Gleichgewicht zu kommen.

»Nein. Ich will nur mit meinem Bruder dort hin.«

Er lächelte:

»Dann ist das dein Bruder?«

»Mmmm…«

Mikael beugte sich vor und musterte Kristoffer, zog sich dann hastig wieder zurück und versteckte sein Gesicht in Angelicas Jacke. Eine Weile sagte keiner etwas, das Nachmittagslicht vor den Scheiben hatte plötzlich einen Ton ins Taubenblaue bekommen. Kristoffer nahm Anlauf für seine nächste Frage.

»Er ist mongoloid, oder?«

Angelica gab keine Antwort, drückte Mikael nur noch dichter an sich.

»Weißt du«, sagte Kristoffer, und es klang, als würde er mit sich selbst reden, »ich habe einen Cousin, der ist auch mongoloid. Der sieht ihm ähnlich. Obwohl mein Cousin viel älter ist...«

Angelica drehte den Kopf und sah ihn an.

»Verdammt cooler Typ«, sagte Kristoffer. »Mein Cousin, meine ich. Will immer singen. Singt dein Bruder auch?«

»Nein«, sagte Angelica. »Es singt fast nie.«

Er stieg vor dem Werk aus, genau wie sie und Mikael. Als sie eine Stunde später zurückkam, stand er immer noch da.

Im Laufe dieser Stunde war Angelica zuerst mit Mikael zur Pflegefamilie gegangen, hatte auf deren Flur gestanden und zugesehen, wie Mikael sich in die Arme der Pflegemutter warf, um fest gedrückt zu werden, und dann in die des Pflegevaters, um von ihm in die Luft gehoben zu werden. Ihre Augen strahlten, sie standen im gelben Lampenlicht des Eingangs, umgeben von ihren tausend Besitztümern, ihren Dekorationsdingen, ihren Porzellantellern und bestickten Wandbehängen, aber sie hatten nur Augen für Mikael, sein Lachen, seine runden Wangen und das schwarze Loch in seinem Lachen, das bewies, dass er seinen ersten Milchzahn verloren hatte, seit er das letzte Mal hier war. Das musste aber gefeiert werden! Und wie? Mit Kakao mit Schlagsahne? Süßigkeiten? Oder einem Video? Ja, vielleicht konnten sie schon heute Abend einen Film ausleihen?

Angelica musste sich zwei Mal räuspern, bevor die Pflegemutter sich endlich umdrehte und Angelica ansah, und dabei erlosch ihr offenes Lächeln langsam. Ach ja. Die Tasche.

»Sie ist etwas schmutzig geworden«, sagte Angelica.

Die Pflegemutter seufzte.

»Ja, ja«, sagte sie. »Ist wohl am besten, wenn ich sie gleich in die Waschküche stelle. Das meiste muss ja sowieso erst gewaschen werden, wenn er kommt...«

Anschließend war Angelica allein durch Herräng gegangen, zu den Halden und zum Meer. Herräng war ihr Geheimnis: Sie hatte noch nie jemanden getroffen, der verstehen konnte, was sie an diesem Ort eigentlich fand. In Hallstavik zuckten die Leute nur mit den Schultern, wenn die Rede auf Herräng kam, oder sie schnaubten sogar und redeten von Bauerntölpeln und zurückgebliebenen Typen. Angelica war der einzige Mensch in ganz Hallstavik, der wusste, dass Herräng noch etwas anderes war als nur dieser halb tote kleine Bergwerksort, den man auf den ersten Blick sah, aber was das andere eigentlich war, konnte sie sich selber nicht so recht erklären. Etwas Schönes einfach. Oder etwas Geheimnisvolles. Ein Platz, an dem alle Sinne zur Ruhe kommen konnten; der Blick und das Gehör, das Fühlen und das Schmecken. Vielleicht hatte es etwas mit den Eichen zu tun, damit, dass die Sonne im Sommer durch ihre Blätter sickerte und dass dieses Licht auf eine magische Weise erhalten blieb, auch nachdem die Blätter gefallen waren. Vielleicht lag es daran, dass das Wasser der Glittergruvan jede Stunde seine Farbe änderte. Vielleicht hatte es etwas mit dem Schweigen zu tun oder mit den Inseln und Schären draußen im Meer. Angelica wusste es nicht. Sie wusste nur, dass sie sich nirgendwo so ruhig wie in Herräng fühlte, dass sie ihre Rückenmuskeln nur entspannen konnte, wenn sie ganz allein oben auf einer der zementgrauen Halden im Hafen stehen konnte. Hier hatte sie die Übersicht über die ganze Welt, nichts konnte ihr entgehen. An einem Sommertag hatte sie sogar einen gesunkenen Dampfer im Wasser erkennen können, er lag massig wie ein Wal auf dem Hafengrund und hatte seinen weißen Bauch dem Himmel zugewandt. Er ist tot, hatte sie gedacht. Ertrunken.

Aber an diesem Tag war der tote Dampfer nicht zu sehen, das Meer war wintergrau und undurchdringlich. Wie Eis, dachte sie, als sie auf die Haldenspitze kam. Das Meer sieht immer aus wie Eis, wenn es kalt ist, schwarzes Eis und graues Eis, eigentlich ist das Wasser nur im Sommer wirklich Wasser … Ein Eiswind strich ihr über den Nacken, die Kälte bohrte sich unter ihre Kleidung, strich ihr übers Rückgrat, kitzelte ihr Zwerchfell, zupfte an ihren Zehen. Trotzdem blieben ihre Muskeln weich, und sie stand fast eine halbe Stunde so da. Als sie wieder hinunterkletterte und zur Bushaltestelle ging, waren ihre Hände steif gefroren. Sie musste sie an den Mund führen und anhauchen, um die Finger wieder bewegen zu können.

Die Lampen im Werk waren während der Stunde, die sie weg gewesen war, eingeschaltet worden. Sie warfen ein kleines Karomuster aus Licht auf den Asphalt der Bushaltestelle. Kristoffer lief eilig auf dem Pflaster hin und her, die Hände in den Achselhöhlen verborgen. Angelica blieb stehen, als sie ihn entdeckte, stand eine Weile im Dunkel und beobachtete ihn, während die Einsicht langsam in ihr zur Gewissheit anwuchs. Er hat gewartet, dachte sie. Dieser Typ hat tatsächlich eine ganze Stunde hier gestanden und auf mich gewartet.

Kein anderer Junge hatte bisher jemals auf sie gewartet. Sie war es immer gewesen, die warten musste. Obwohl sie manchmal nicht einmal wusste, auf wen sie eigentlich wartete.

An einem Winterabend vor ein paar Jahren hatte sie vorm Busbahnhof mehrere Stunden lang herumgehangen, bis ein Junge aufgetaucht war und ihr den Platz hinter sich auf seinem Moped angeboten hatte. Sie konnte sich nicht mehr so recht daran erinnern, wie er hieß, wusste aber noch, dass sie es genossen hatte, ihre Wange auf seinen Rücken zu legen und ihre Hände um seinen Bauch zu schlingen, während sie zum Sommerhaus seiner Eltern fuhren. Als sie ankamen, hatte er drinnen eine kleine Lampe angezündet und sie so fest geküsst, dass ihre Zähne gegeneinander schlugen. Dann hatte er sie ausgezogen, und sie hatte es zugelassen. Mitten im Raum hatte sie gestanden, mit herabhängenden Armen, und hatte sich Stück für Stück die Kleider vom Körper streifen lassen, während sie ihren eigenen Atem anstarrte, sah, wie er weiße Wolken bildete, die sich ins Nichts auflösten, sobald sie ihren Körper verließen. Die Kälte tat weh auf der Haut. Sie konnte sie spüren, kümmerte sich aber nicht darum, schloss nur die Augen und lauschte. Jemand atmete schwer. Es war äußerst angenehm zuzuhören, wie jemand so schwer atmete.

Hinterher hatte sie sich immer wieder nach diesem Atemholen gesehnt. Das war der Grund, warum sie anfing, samstags in die Disco bei der Pizzeria zu gehen. Das war der Grund, warum sie sich mit schmerzenden Schenkeln in die dunkelste Ecke setzte.

Das war der Grund, warum sie stumm jedem ersten Besten folgte, der sie beim Handgelenk packte. Das war der Grund, warum sie nicht schrie, wenn sie jemand in die Toilette zerrte und dort gegen die Wand drückte. Jemand, der sie tatsächlich haben wollte.

Es kam vor, dass sie dieses Atemholen auch hören konnte, wenn sie nachts wach daheim in Siris Haus lag, aber dann war es nicht so tröstlich, dann wusste sie nicht, ob es von Sieg oder Niederlage flüsterte. Deshalb zog sie sich dann das Kissen über den Kopf und presste fest die Augen zusammen, versuchte alle Gedanken auszusperren...

Aber jetzt liegt sie in Kristoffers Bett, in Kristoffers Haus und ist Kristoffers Mädchen. Oder seine Freundin, wie seine Mutter sagt. Sie selbst vermeidet dieses Wort, findet, es hat etwas von einer Tür, die schnell hinter ihrem Rücken verriegelt werden könnte. Trotzdem muss sie natürlich zugeben, dass sie sich freiwillig auf die Schwelle dieser Türöffnung gestellt hat. Am Tag nach ihrem ersten Treffen, dem Tag, an dem Bazille kommen sollte, war sie ganz einfach mit Kristoffer zu ihm nach Hause gegangen. Nicht, weil sie es so geplant hatte. Es hatte sich einfach so ergeben, dass sie einen Extrapullover und ein paar Unterhosen unten in ihren Rucksack gestopft hatte, als sie morgens zur Schule wollte. Zahnbürste und Seife hatte sie sowieso schon in ihrem Fach in der Schule.

Seit diesem Tag war sie jeden Nachmittag mit Kristoffer nach Hause gegangen. Weder er noch seine Eltern hatten etwas dazu gesagt, es schien, als fänden sie es ganz natürlich, dass sie eingezogen war. Dieses Schweigen machte sie anfangs unsicher; sie lief umher und wartete darauf, entlarvt zu werden, auch wenn sie sich nicht so recht erklären konnte, wessen sie eigentlich entlarvt werden sollte. Nach ein paar Tagen fing Kristoffers Mutter an, Fragen nach Carina und Siri zu stellen, nach Mikael und der Pflegefamilie, aber inzwischen scheint sie das Interesse verloren zu haben, und redet meistens nur über sich selbst und darüber, was sie mit dem Haus alles machen wolle. Der Vater sagt überhaupt nichts, grüßt kaum. Kristoffer selbst ist auch nicht besonders gesprächig, es scheint, als wollte er einfach nur Angelica in seiner Nähe haben, ohne sich eigentlich mit ihr zu beschäftigen. Wie eine Art Haustier. Das ist ihr nur recht, dadurch hat sie Zeit zum Nachdenken. Ansonsten ist Zeit ein echtes Problem. Kristoffer mag es nicht, wenn sie etwas ohne ihn macht, Reklame verteilt oder Hausaufgaben macht, und deshalb versucht sie immer mit der Reklame und den Aufgaben fertig zu sein, wenn er mit dem Bus aus Uppsala kommt. Aber heute muss sie weder Reklamezettel verteilen noch Schulaufgaben machen. Heute ist ein Tag, den sie ohne jeden Einwand als ihren eigenen bezeichnen kann. Ein Beerdigungstag.

Siri wäre bestimmt reichlich nervös…

Angelica muss bei dem Gedanken leicht grinsen. Aber es stimmt wirklich, Siri wäre vor lauter Nervosität einer Ohnmacht nahe, wenn sie etwas über ihre eigene Beerdigung wüsste. Sie wäre felsenfest davon überzeugt, dass alle Trauergäste an diesem Tag eigentlich bedeutend wichtigere Dinge zu tun hätten, als ihr dabei zuzusehen, wie sie unter die Erde kommt, dass sie wütend auf sie wären für all die Mühe, die sie ihnen machte. Sie hätte sich Vorwürfe gemacht, dass Angelica sich einen Tag von der Schule freigenommen hat, und dafür, dass Mikael dadurch vielleicht zu lange bei der Pflegefamilie bleiben müsste, ganz zu schweigen von den ganzen Mühen, die sie Marianne und Kåre bereitet hat.

Vielleicht ist es für Siri ganz schön, tot zu sein. Vielleicht ist es schön zu sterben, wenn man ein ganzes Leben lang Angst gehabt hat, so viel Angst, dass man sich weder zu sehen noch zu hören traute. Und deshalb hat Siri Angelica gebraucht, sie brauchte jemanden, der für sie sehen und hören konnte. Sie konnte ja nicht einmal allein zum Arzt gehen, Angelica musste mitkommen, um zu hören, was der Doktor sagte. Siri selbst saß die ganze Visite über kerzengerade und steif da und zupfte unsichtbare Staubkörnchen von ihrem Kleid, voller Angst, sie könnte nicht ausreichend krank sein, um zu einem Besuch beim Arzt berechtigt zu sein, und gleichzeitig voller Angst, dass ihr Zustand allzu kompliziert sein könnte, dass sie auf irgendeine schwarze, geheimnisvolle Art krank sein könnte, die die Lücken im umfangreichen

Wissen des Arztes bloßstellen und ihn damit verärgern könnte, und außerdem fürchtete sie noch, der Schlamperei, des Müßiggangs und der Einfalt beschuldigt zu werden, dieser Sünden, derer sie sich selbst ständig bezichtigte.

An den Tagen, an denen Siri zum Arzt musste, brauchte sie Stunden, um sich anzuziehen. Jedes Kleidungsstück musste auf dem Küchentisch ausgebreitet und im Licht der Küchenlampe begutachtet werden. Die Unterwäsche musste tadellos sein, in Farbe und Form, nicht abgetragen, aber auch nicht vollkommen neu, damit keiner denken konnte, sie hätte Grund, den Zustand ihrer alltäglichen Unterwäsche zu verbergen. Sie musste blendend weiß sein, aber ohne den kleinsten Hinweis auf Leichtfertigkeit oder Dekor, nicht die kleinste, anspruchsloseste Hemdlitze durfte sie zieren. Am frisch gewaschenen Kleid musste jeder Saum vor dem Bügeln überprüft werden, dass auch keine einzige Masche gerissen war. Die Strumpfhose musste neu gekauft und mit solider Verstärkung an Zehen und Hacke versehen sein, damit ja keine Maschen laufen konnten, falls Siri auf dem Weg einen Stein in den Schuh bekam...

Aber diese sorgfältige Kontrolle machte sie nicht sicherer. Einmal, als Angelica mehr als zwei Stunden vor der abgemachten Zeit nach Hause kam, saß Siri bereits fertig angezogen auf einem Hocker im Flur, die Handtasche auf dem Schoß, bereit, sich den Anklagen zu stellen, die auf sie zukommen würden, wenn sie beim Arzt war. Sie mussten sich beeilen, damit sie nicht zu spät kamen, sie hatte gehört, dass die Ärzte immer äußerst verärgert reagierten, wenn Patienten zu spät kamen. Andererseits durften sie aber auch nicht zu früh kommen, weil die Sprechstundenhilfen genauso wütend wurden, wenn man zu früh kam. Sie waren einmal reichlich schnippisch gewesen, als Siri eine ganze Stunde zu früh eingetroffen war. Und das, obwohl Siri kein einziges Wort gesagt hatte, ja nicht einmal in den Illustrierten geblättert hatte, nur kerzengerade im Wartezimmer gesessen und versucht hatte, nicht zu stören. Siri wollte nicht, dass das noch einmal passierte. Falls sie also zu früh kamen, konnten sie ja vielleicht eine Weile in die Bibliothek gehen? Angelica hatte doch sicher nichts dagegen, oder? War sie sauer, weil Siri sie gebeten hatte, rechtzeitig nach Hause zu kommen? Das könnte Siri schon verstehen, natürlich war ihr klar, wie schwierig es für Angelica war, sich frei zu nehmen. Aber die Lehrer waren doch wohl nicht deshalb böse auf sie? Dann musste sie ihnen sagen, wie sich die Sache verhielt, dass es eigentlich alles nur die Schuld ihrer Großmutter war...

Siri hatte einen ganzen Schrank voller Medikamente gehabt. Es gab Tabletten, die ihr Herz zum Schlagen bringen, ihren Blutdruck auf dem richtigen Niveau halten und überflüssiges Wasser aus ihrem Körper vertreiben sollten. Pillen, die einschläfernd, beruhigend, aufmunternd und schmerzstillend waren. Aber keine Pille war ihr verschrieben worden, die ihren größten Schmerz hätte stillen können: die Scham darüber, als Siri geboren worden zu sein.

Angelica hatte sich oft gewünscht, es gäbe für Siri eine derartige Medizin, eine kleine weiße Pille, die die Flut der Selbstvorwürfe hätte dämmen können, die ununterbrochen aus dem Mund der Großmutter strömte. Jetzt bereut sie es, würde mehrere Jahre ihres eigenen Lebens dafür geben, noch einmal am Küchentisch sitzen zu können und Siri beim Abwasch klappern zu hören, während sie mit tonloser Stimme beschreibt, wie sie doch alle verabscheuen, von der Kassiererin im Supermarkt über den Apotheker in der Apotheke bis zur Sprechstundenhilfe beim Arzt.

Angelica schnaubt wortlos die Wand an. Carina müsste jetzt eigentlich zufrieden sein, wo sie dieses Gerede doch noch viel weniger hatte ertragen können. Wenn Siri damit anfing, hatte Carina es immer plötzlich ganz eilig, ach so eilig, oder etwas tat ihr weh, ach so weh und sie hastete zur Tür. Nur einmal war sie stehen geblieben und hatte versucht, den tonlosen Monolog zu übertönen, hatte mit wütender Stimme geschrien, dass das doch alles nur Einbildung sei, dass niemand Siri verabscheute, dass die Kassiererin im Konsum, der Verkäufer in der Apotheke, die Schwestern beim Arzt und alle anderen sich keinen Deut um sie scherten, dass Siri genauso unwichtig und unsichtbar war wie alle diese anderen alten Weiber, dass die Leute sich einen feuchten Kehricht um sie scherten...

Das war genau an dem Tag passiert, an dem Carina klar geworden war, dass Angelica zu Siri gezogen war. Niemand konnte behaupten, es wäre überraschend gekommen. Es waren bereits drei Wochen vergangen, seit Angelica sich zum ersten Mal ein Lager in dem kleinen Zimmer neben Siris Schlafzimmer gebaut hatte. Trotzdem hatte Carina sich aufgeregt und versucht, die besorgte Mutter zu spielen. Damit war sie absolut nicht einverstanden! Ihre Tochter sollte ja wohl bitte schön bei Mutter, Bruder und Stiefvater wohnen. Sie war noch viel zu jung, um auf diese Art und Weise einfach abzuhauen, und außerdem wollte Siri sie ja nur als Aufpasserin ausnutzen, so wie sie früher Carina ausgenutzt hatte. Außerdem sollte Angelica auch mal ein kleines bisschen an ihre Mutter denken. Da es Carina nicht gut ging und sie sich deshalb nicht um alles kümmern konnte, wurde Angelica zu Hause gebraucht, schon allein im Hinblick auf Mikael. Und außerdem hatte Bazille versprochen, Angelica nie wieder mit Schere und Rasiermesser zu nahe zu kommen, was er übrigens ja auch nie gemacht hätte, wenn sie nicht so unverschämt frech gewesen wäre. Und schließlich hatte er doch Recht: Was Angelica zu Mikael gesagt hatte, war unverzeihlich. Außerdem musste sie ja irgendwann einmal lernen, erwachsenen Menschen Respekt zu zeigen, und dabei ganz besonders erwachsenen Menschen wie Bazille, der zeigte, dass es für jeden möglich war, etwas aus seinem Leben zu machen, auch noch unter den schlechtesten Bedingungen. Außerdem sollte Angelica doch nicht vergessen, dass er Mikaels Papa war. Wollte sie etwa dem armen Jungen seinen richtigen Papa wegnehmen? Ja? Wollte sie das?

Weder Siri noch Angelica hatten geantwortet. Angelica hatte sich die Hände an die Ohren gepresst, sich in ihr Sozialkundebuch vertieft und halblaut die Namen von Europas Hauptstädten heruntergeleiert. Siri hatte mit den Schranktüren in der Küche geklappert und sich lautstark beklagt, dass sie einfach keinen Streuzucker finden konnte, obwohl sie sich doch so sicher war, dass sie erst am Samstag ein Paket gekauft hatte. Sicher hatte die Kassiererin im Konsum die Tüte verschwinden lassen, Siri hatte ja selbst gesehen, welche viel sagenden Blicke die sich zuwarfen, als sie ihre Waren auf das Band legte…

Da fing Carina an zu schreien. Siri und Angelica schrien nicht zurück, sie machten einfach weiter mit Europas Hauptstädten und der Jagd nach dem verschwundenen Streuzucker. Erst als Carina mit tränengeflecktem Gesicht die Tür hinter sich zugeworfen hatte, fühlte sich Angelica hinsichtlich Europas Hauptstädten so sicher, dass sie das Schulbuch zuklappen konnte. Die Zuckertüte tauchte im gleichen Moment auf. Sie stand auf dem obersten Bord in der Speisekammer. Siri wurde augenblicklich ganz ruhig, lächelte Angelica freundlich zu und strich ihr über die Wange, während sie sich mit einer Tasse Kaffee am Küchentisch niederließ. Sie schaufelte sechs Löffel Zucker in die Tasse, zwinkerte Angelica dann zu und ließ ein unterdrücktes Kichern über ihre eigene sündhafte Maßlosigkeit ertönen.

Ein Wecker klingelte im Zimmer auf der anderen Seite des Flurs, aber Angelica hörte ihn nur wie ein hastiges Surren. Kristoffers Vater lässt seinen Wecker nie lange klingeln. Er stellt ihn schon nach einer Sekunde ab, als würde er die ganze Nacht wach liegen, mit erhobener Hand, und nur darauf warten, ihn ausstellen zu können. Angelica würde auch am liebsten aufstehen, aber das darf sie noch nicht. Die Uhr zeigt erst sechs, und Kristoffers Vater möchte vor sieben Uhr keinen Menschen in der Küche sehen, das hat Kristoffer ihr bereits am ersten Morgen erklärt. Und später hat sie gelernt, dass der Alte am liebsten überhaupt keine Menschen sehen möchte. Er verkehrt lieber mit Pferden. Jetzt setzt er sich auf und schlurft dann mit den Fußsohlen über den Boden, das kann sie hören. Gleich wird er ins Bad gehen, sich breitbeinig vor die Toilettenschüssel stellen und ohne die Tür hinter sich zu schließen den nächtlichen Urin ins Porzellan rinnen lassen. Kristoffers Vater pisst wie ein Pferd. Hörbar.

Angelica zieht sich das Kissen über den Kopf, um nichts hören zu müssen, die Halskette folgt der Bewegung, und der Schlüssel fällt zwischen ihre Brüste. Sie hebt die Hand und umfasst ihn, spürt Unruhe in ihrem Bauch aufsteigen. Und wenn Carina doch ihre Geldkassette aufgebrochen und ihre vier Hunderter genommen hat … Aber könnte sie es überhaupt schaffen? Schließlich ist es eine ordentliche Geldkassette, eine richtige, so eine, wie man sie in Firmen und Geschäften hat, nicht so eine alberne Jungmädchen-Kassette. Angelica hat sie gekauft, als sie ihren ersten Lohn bekam, und seitdem hat sie den Schlüssel an einer Kette um den Hals getragen. Die Kette hat sie von Siri zu ihrem zwölften Geburtstag bekommen. Es war eine Silberkette, die Siri selbst als Konfirmationsgeschenk von ihrer Großmutter Augusta bekommen hatte.

Angelica umschließt den Schlüssel noch fester mit ihren Fingern. Es war idiotisch, die Geldkassette überhaupt mit in die Wohnung zu nehmen, sie hätte sie in Siris Haus lassen sollen. Und sie selbst hätte auch dort bleiben sollen. Sie hätte dort mit Mikael ganz allein wohnen können, sie hätten beide in den Wintermorgenstunden in Siris Küche sitzen und gemeinsam heißen Kakao trinken können. Vor dem Fenster wäre die Luft daunenweich wie ein Kätzchen vor lauter weißer Schneeflocken, und im Haus würde es gut nach brennenden Wachskerzen riechen…

Ach was! Das ist ja nur ein Traum, ein lächerliches, verdammtes Luftschloss. Angelica kann nicht mit Mikael in Siris Haus wohnen, das ist unmöglich. Carina würde wie ein heulendes Bündel auf dem Gartenweg liegen, sobald sie eingezogen wären, und die Alte vom Sozialamt würde schon beim bloßen Gedanken Krupp kriegen. Ein sechzehnjähriges Mädchen darf nicht sich selbst und ihren Bruder versorgen, dafür gibt es Gesetze. Oder besser gesagt: Das Gesetz schreibt vor, dass nicht zu sehen sein darf, dass bestimmte sechzehnjährige Mädchen sich selbst und ihre kleinen Brüder versorgen, alles muss so aussehen, als würde sich die Mutter um sie kümmern, auch wenn alle wissen, dass einige Mütter sich nicht einmal selbst versorgen können…

Der Gedanke lässt Angelica vergessen, wie wichtig es ist, dass sie unbeweglich liegt. Sie ballt die Faust und lässt die Knochen die Wand entlangstreifen. Das genügt, um alles von vorn beginnen zu lassen. Kristoffer seufzt tief hinter ihrem Rücken, umarmt sie verschlafen und zieht sie dicht an sich, sucht tastend mit der Hand nach ihrer Brust und presst seinen Unterleib gegen ihren Po. Er hat schon wieder einen Ständer! Drei Mal hat er mit ihr in der Nacht geschlafen, ihr ganzer Körper ist klebrig von seinem Schweiß und Sperma, trotzdem ist er schon wieder steif.

Ohne nachzudenken, hebt Angelica den Arm, um ihn wegzuschieben, hält aber mitten in der Bewegung inne. Das Bild von Mutters Wohnung steht ihr vor Augen. Sie sieht die Aussicht vom Küchenfenster auf die strenge Landschaft der Fabrik, hört Carinas klagende Stimme, spürt Bazilles Atem brennend auf ihrer Wange, den Geruch seiner Wut und den salzigen Geschmack der eigenen Rotze, die man unbemerkt schlucken muss, um nicht zu zeigen, dass man Angst hat.

Die Freiheit hat ihren Preis. Aber der ist zu ertragen.

Also dreht sich Angelica noch einmal Kristoffer zu, schließt die Augen und öffnet die Beine.

Eine Tür schlägt irgendwo zu, und Alice wacht mit einem Ruck auf, atmet die kalte Morgenluft mit einem überraschten Atemzug ein, bevor sie sich daran erinnert, wo sie ist.

In Nordanäng. In Augustas Haus. Auf der Veranda.

Sie ist in der Nacht auf den Boden gerutscht, hat mit der Wange auf einem der samtgrauen Bretter gelegen. Sie bleibt noch eine Weile so liegen und betrachtet Augustas Garten, das gelbe Gras und die bemoosten Obstbäume, während sie langsam aufwacht. Die Luft ist leicht einzuatmen. Alice fühlt sich auch leicht, es scheint, als habe die Nachtluft sie schwerelos gemacht, als könnte sie wie ein durchsichtiges Vorjahresblatt im Wind schweben. Sie fürchtet ihre Gedanken nicht mehr, jetzt könnte sie es zulassen, dass sie über die Ansichtskarte und alle damit verbundenen Komplikationen hinweggleiten, das weiß sie. Trotzdem nimmt sie davon Abstand. Der Morgen ist viel zu schön, eigentlich auch viel zu schön für einen Begräbnistag im April. Sie möchte einfach nur noch eine Weile in der Wärme des Schlafsacks liegen bleiben und ihn betrachten. Die Welt ist schön. Etwas ausgefranst an den Rändern von den Problemen und Verlusten, aber immer noch sehr schön.

Während des letzten Jahres hatte Alice immer häufiger das Gefühl, sie könnte Augusta in ihrem eigenen Spiegelbild erkennen, deshalb hat sie sich immer, wenn sie aus der Dusche kam, schnell ihren Bademantel geschnappt und sich geweigert, sich selbst zu betrachten. Aber jetzt zwingt sie sich dazu, jetzt zündet sie die Lampe in dem fensterlosen Flur an und lässt das Handtuch zu

Boden fallen, bleibt dann unbeweglich eine ganze Zeit lang stehen, während sie ihren Körper betrachtet. Nach einer Weile hebt sie ihre rechte Hand, streicht sich damit unterm Kinn entlang und erinnert sich an Augustas Doppelkinn, wölbt ihre Hände unter ihrer Brust und erinnert sich an Augustas Fülle, dreht schließlich den Rücken zum Spiegel und betrachtet sich über die Schulter, mustert ihre Beine und erinnert sich an Augustas Krampfadern, seufzt leise, als sie eine kleine blaue Linie direkt unter der Kniekehle entdeckt.

Doch. Die Zeichen sind vorhanden. Schlaffere Haut, eine neue Schwere über den Hüften, eine fast unmerkliche Krümmung des Rückens, die es vorher nicht gegeben hat.

Und trotzdem: Sie kann sich immer noch verwandeln, in nur kurzer Zeit ist sie wie eines dieser Fixierbilder, das sie noch aus dem Psychologiebuch des Gymnasiums kennt, eines dieser Bilder, das gleichzeitig eine hässliche alte Hexe und eine schöne junge Frau darstellen kann, je nachdem, wie man es betrachtet. Dazu muss sie nur die Deckenlampe ausschalten, sodass es dämmrig im Flur wird, ihr Haar lösen und es über den Rücken fallen lassen, ihre zusammengepressten Lippen öffnen und die Arme über den Kopf heben, sodass die Brust der Bewegung folgt. Und wieder einmal – vielleicht zum letzten Mal – ist sie feucht und lockend, weich und perlmuttschimmernd. Eine Erinnerung steigt im Hinterkopf auf, sie weiß nicht, woher, weiß nur, dass sie plötzlich ihr Spiegelbild anlächelt und vage einen Mann erinnert, den sie vor ein paar Jahren bei einem Mittagessen getroffen hat. Was war es noch, was er gesagt hatte, dieser rundliche Physikdozent?

Alles ist ewig. Das hat er gesagt.

Alice lässt die Arme sinken und geht einen Schritt vor, streckt ihre Hände dem Spiegel entgegen und berührt mit ihren Fingerspitzen die Fingerspitzen der anderen Alice, derjenigen, die ihr Leben auf der anderen Seite des Spiegels lebt. Sie würde ihr gern erklären, was los ist, dass Zeit nur eine Frage von Licht und Abstand ist, dass es jeden Augenblick buchstäblich für ewig gibt. Wenn Alice ein ausreichend scharfes Fernglas hätte und sich ausreichend weit entfernt im Universum befände, wenn sie zum Beispiel durch einige dieser kosmischen Wurmlöcher gekrochen wäre, von denen der Dozent mit einem genierten Lächeln erzählt hatte, die es möglicherweise gab, obwohl es natürlich keiner so genau wusste, und die den unüberwindlichen Abstand überwindlich machen würden, dann könnte sie sich selbst als Fünfzehnjährige sehen. Sie könnte sehen, wie sie an einem Ostersonntag vor langer Zeit genau in diesem Flur vor genau diesem Spiegel gestanden hatte und zum ersten Mal vor Freude strahlend das Mädchen hinter dem Spiegel gesehen hatte, weil zum ersten Mal jemand anders vor Freude strahlend sie angesehen hatte...

Das Licht hat ihr diesen Augenblick bewahrt. Das gibt es für ewig. Irgendwo.

Dann lässt sie die Arme sinken und zuckt mit den Schultern. Als ob das einen Unterschied machen würde. Für einen kurzen Moment starrt sie ihrem Spiegelbild in die Augen, beugt sich dann hinunter und hebt das Handtuch auf. Sie wickelt es fest um den Körper und nimmt dann die Treppe zum ersten Stock in drei großen Schritten.

Es ist ungewohnt, die Treppe wieder hinunterzugehen, jede Stufe vorsichtig zu nehmen in Pumps und engem Kostüm. Sie hat sich in Augustas Haus immer wie ein Mädchen gefühlt, jetzt fühlt sie sich wie ein makabres kleines Mädchen, das sich damit vergnügt, einen erwachsenen Trauergast zu spielen. Ihr Spiegelbild verhöhnt sie, als sie eilig daran vorbeihuscht: Du bist mehr als erwachsen. Guck doch nur. Schon in die Jahre gekommen.

An der Tür bleibt sie noch einmal stehen und kontrolliert, ob sie auch alles dabei hat. Die Kulturtasche und die Kleider von gestern liegen in der Reisetasche, die Brieftasche in der Handtasche. Ein paar Atemzüge lang bleibt sie zögernd stehen, die Hände in den Taschen. Sie weiß doch, dass sie die Ansichtskarte schon vor einer Weile in das Reißverschlussfach geschoben hat, trotzdem zittert sie vor Unruhe, bevor ihr Körper bei dem Gedanken erstarrt. Das ist schon früher passiert. Also öffnet sie die Reißverschlusstasche ein wenig und schiebt den Zeigefinger hinein, streicht hastig mit der Fingerspitze über das bereits vertraute Äußere, bevor sie die Tür öffnet und auf die Veranda tritt.

Erst als sie abgeschlossen hat, fällt ihr ein, dass Angelica ja auch hier in Nordanäng ist. Zögernd bleibt sie mit dem Schlüssel in der Hand stehen. Es wäre nicht in Ordnung, von hier wegzufahren, ohne Kontakt mit dem Mädchen aufzunehmen und ihr die Mitfahrt zur Beerdigung anzubieten. Auch wenn das bedeutet, dass sie sie vorher in ein Haus mitnehmen muss, in dem sie nicht willkommen ist. Marianne und Kåre müssen sich halt wie normale Leute aufführen.

Ihre schwarzen Pumps werden grau vom Staub, als sie den Kiesweg zu dem weißen Haus entlanggeht. Sie bleibt an dem Gittertor stehen, hält sich mit einer Hand fest und wischt zuerst den rechten Schuh mit dem linken Strumpffuß und dann den linken Schuh mit dem rechten Strumpffuß ab, wobei sie den Silberfaden betrachtet, den eine hellwache Spinne zwischen den Torpfosten gewebt hat. Das erste Spinnennetz des Frühlings. Einen Moment lang schwebt ihr vor, dass es viel zu schön ist, um zerstört zu werden, dass sie sich eigentlich hinhocken und drunter hindurchkriechen müsste, aber dann besinnt sie sich und erinnert sich daran, dass jemand sie sehen könnte. Das würde in den Augen anderer Menschen merkwürdig aussehen, wenn sie sich hinhockte, also muss sie das Werk der Spinne zerstören.

Vor dem weißen Haus ist es genauso leer wie im letzten Sommer, und jetzt steht nicht einmal mehr ein Pferd auf der Weide. Nur eine einsame Katze beobachtet Alice von der Treppe aus, aber als Alice sich ihr nähert, erhebt sie sich schnell und verschwindet mit einer fließenden Bewegung. Das weiße Haus ist groß, größer und älter als alle anderen Häuser in Nordanäng, trotzdem erscheint es nur halb fertig. Zu Augustas Zeiten lebte hier ein einsamer Mann, damals hatte das Haus eine blaue Flügeltür und blaue Fensterrahmen, da war das, was jetzt eine zertrampelte Pferdeweide ist, ein kleiner nordischer Ziergarten mit Stachelbeeren, Augustbirnen und Apfelbäumen. Seitdem hat das Haus vier Mal den Besitzer gewechselt. Die gestrichene Flügeltür wurde schon in den Siebzigern durch eine Einzeltür aus Teak ersetzt, die Treppe ein paar Jahre später abgerissen und neu aus grünlichem, druckimprägniertem Holz gebaut. Die jetzigen Besitzer haben neue Fenster im Erdgeschoss eingesetzt, kleiner als die alten, quadratisch. Die Rechtecke der alten Fenster sind noch deutlich zu sehen, die Fensterrahmen sind gelassen worden, und in den Fugen befinden sich jetzt unbemalte Leisten. Die Tür wird in dem Moment, in dem sie klopft, aufgerissen. Es scheint, als hätte jemand mit der Hand auf der Türklinke dahinter gestanden und gewartet. Und dieser jemand ist ein Mann um die fünfundvierzig mit kariertem Hemd und verwaschenen Jeans. Groß. Er füllt fast den gesamten Türrahmen aus. Weiter hinten im Flur ist eine Frau gleichen Alters zu sehen, sie steht vor einem Spiegel, mit erhobener Hand, als wäre sie gerade dabei unterbrochen worden, sich nach vorne zu beugen, um ihr Gesicht zu betrachten.

»Ja?«, fragt der Mann auffordernd.

Alice erklärt schnell den Grund ihres Kommens. Eine Verwandte. Auf dem Weg zur Beerdigung. Will Angelica anbieten, sie mitzunehmen. Wenn Angelica tatsächlich hier ist und die Sache nicht schon anders geregelt wurde. Der Mann tritt zurück, während sie spricht, macht eine Geste, die sie in den Flur hineinbittet, sagt aber nichts mehr. Nur die Frau dreht sich lächelnd um:

»Oh«, sagt sie. »Wie schön. Wir haben uns schon Sorgen gemacht, dass wir die Ärmste mit dem Bus fahren lassen müssen. Kristoffer ist schon los, er muss ja zur üblichen Zeit zur Schule, und wir selbst müssen auch beide weg und uns eine neue Stute auf Singö anschauen, das ließ sich einfach nicht verschieben … Und nun kommen Sie. Wie vom Himmel geschickt. Fantastisch. Kommen Sie, kommen Sie rein.«

Alice macht einen zögerlichen Schritt in den Flur, leicht überrumpelt von der Begeisterung der Frau. Der Mann schließt die Tür hinter ihr und streckt ihr die Hand entgegen, Alices eigene Hand verschwindet fast in seiner.

»Bertil«, sagt er und schüttelt den Kopf, als wolle er eine Verbeugung unterdrücken. Die Frau geht zu ihnen und legt ihre eigene Hand auf ihren Händedruck, zwingt sie mit ihrer eigentümlich segnenden Geste, ihn zu verlängern. Es dauert einige Sekunden, bis es Alice gelingt, ihre Hand zu befreien. Die Frau schnappt sie sich aber sogleich wieder und umschließt sie mit ihrer eigenen.

»Ich heiße Ann-Katrin«, sagt sie und legt ihren Kopf schräg.

Sie erinnert Alice an jemanden, aber es dauert ein paar Sekunden, bevor sie begreift, dass es sich dabei um keinen lebendigen Menschen handelt. Modigliani. Diese Frau sieht aus wie ein Porträt von Modigliani. Alle ihre Züge sind eine Spur zu lang, die des Gesichts, der Finger, des Halses. Aber ihr fehlen Modiglianis Farben, das Haar ist sandfarben, die Gesichtshaut nur eine Spur blasser, die Augen so hellblau, dass sie durchsichtig erscheinen.

»Kommen Sie herein«, sagt sie, während ihre Hände noch immer Alices rechte Hand umschließen. »Wir können eine Tasse Kaffee trinken, solange Angelica sich noch fertig macht.«

Sie lässt Alice mit einem Lachen los, geht zur Treppe und ruft nach oben.

»Angelica! Deine Tante ist hier, um dich abzuholen.«

Tante? Alice hebt ihre Hand, die gerade den Mantel aufknöpfen wollte.

»Ich bin nicht ihre Tante. Ich bin die Cousine ihrer Großmutter.«

Ann-Katrin lacht ein kurzes, abgehacktes Lächeln.

»Ist ja egal. Kommen Sie in die Küche, da gibt es Kaffee.«

Bertil huscht mit einem stummen Nicken durch die Haustür hinaus. Er bohrt seinen Blick in Alices Gesicht und starrt sie böse an, während er die Tür schließt.

»Sie ist aber auch ein armes kleines Geschöpf«, sagt Ann-Katrin und legt beide Hände um den Keramikbecher. »Wie ein Vogeljunges. Ich habe versucht, sie dazu zu bringen, ihre Gefühle in Worte zu fassen, aber das ist nicht leicht. Sie will sich nicht öffnen.«

Alice stellt ihren Becher auf die Wachsdecke. Der Frühstückstisch ist noch nicht abgedeckt, alles verwelkt in einem Sonnenstrahl mitten auf dem Tisch. Der Käse ist ins Schwitzen gekommen, die Halbfettmargarine ist schon so weich, dass sich ein kleines Rinnsal gelber Flüssigkeit auf dem Boden der Schachtel gebildet hat. Ann-Katrin streicht sich die Haare aus der Stirn und wirft Alice einen hastigen Blick zu.

»Die ersten Tage habe ich schon gedacht, dass sie fast katatonisch wirkt.«

Alice schüttelt den Kopf.

»Angelica hatte schon immer Schwierigkeiten, jemandem näher zu kommen. Und jetzt…«

Sie senkt den Blick, plötzlich verlegen, weil sie hier sitzt und so tut, als würde sie Angelica kennen, als wüsste sie, wer sie wirklich ist. Aber Ann-Katrin scheint das nicht zu bemerken, sie nickt nur eifrig.

»Ja, ja, ich habe auch gemerkt, dass sie nicht direkt katatonisch ist, nicht so lange wie einige von denen, mit denen ich in der Psychiatrie gearbeitet habe.«

»Sie haben in der Psychiatrie gearbeitet?«

»Ja, schon vor langer Zeit. Als ich noch jung war. Ich wollte einmal Psychologin werden, bin dann aber abgesprungen. Doch dabei habe ich so einiges an Erfahrungen gesammelt. Deshalb habe ich auch eingesehen, dass Angelica, was immer ihr auch fehlt, jedenfalls nicht katatonisch ist. Dann bindet man sich nicht so eng an eine Person, wie sie sich an Kristoffer gebunden hat.«

Alice lässt den Blick zur Seite schweifen, sie will nicht wissen, was Angelica nach Ann-Katrins Meinung wohl fehlt. Einen Moment lang schweigen sie beide, es ist fast friedlich, aber nur so lange, wie es dauert, dass Ann-Katrin ihren Becher hebt, einen Schluck Kaffee trinkt und hinunterschluckt. Danach ruft sie mit lauter Stimme Richtung Treppe:

»Nun komm schon, Angelica! Deine Tante wartet!«

»Ich bin nicht ihre Tante«, sagt Alice.

»Ist doch egal«, sagt Ann-Katrin. »Mögen Sie Pferde?«

Alice hat keine Meinung von Pferden, deshalb murmelt sie nur undeutlich eine Antwort, während sie den Blick durch die Küche wandern lässt. Die ist offenbar in den Siebzigern renoviert worden, und seitdem hat die Zeit still gestanden. Die Schranktüren sind braun, die Tapeten blühen schamlos in Grün und Orange.

»Ich selbst liebe Pferde«, erklärt Ann-Katrin.

Es herrscht eine Weile Schweigen. Alice kann hören, wie Angelica sich ein Stockwerk höher bewegt, es klingt, als schlurften nackte Füße über einen Holzfußboden.

»Wie lange sind Angelica und Kristoffer schon zusammen?«, fragt sie dann. Ann-Katrin schießt eine Lachsalve ab.

»Erst seit ein paar Wochen. Sie sind immer noch wie frisch verliebt... Es ist wirklich rührend mit anzusehen, sie turteln, umarmen und drücken sich die ganze Zeit. Können es nicht abwarten, bis sie allein sind. Richtige kleine Karnickel.«

Alice schaut auf den Tisch, spielt mit einem Brotkrümel. Der hat dort wohl schon eine ganze Weile gelegen, er ist trocken und hart.

»Aber finden Sie denn nicht, dass die beiden dazu noch ein bisschen zu jung sind?«

Ann-Katrin lacht wieder auf.

»Kaum. Es gibt nichts, was sie tun können, was ich nicht getan habe, als ich in ihrem Alter war. Nein, ich gönne ihnen wirklich, dass sie diese Zeit genießen, diese erste aufregende Entdeckerfreude. Es ist eine Lust, das mit anzusehen.«

»Wohnt Angelica bei Ihnen?«

Ann-Katrins Blick flackert. Hastig fährt sie sich mit ihren langen Fingern durchs Haar.

»Nein, nein, ganz und gar nicht. Sie schläft ab und zu mal bei Kristoffer, das ist alles. Aber sie wohnt nicht hier... nein, absolut nicht. Aber ich glaube, es tut ihr ganz gut, im Augenblick bei uns zu sein, nicht nur bei Kristoffer, sondern bei der ganzen Familie. Sie hat ja bei ihrer Großmutter gelebt, und es sieht nicht so aus, als wäre sie besonders erpicht darauf, wieder zu ihrer Mutter zurückzuziehen...«

Sie wirft Alice einen eiligen Blick zu, bevor sie fortfährt:

»Ja, Sie müssen entschuldigen, aber Angelicas Mutter ist doch offensichtlich mehr als genug damit beschäftigt, ihre eigenen Gebrechen zu pflegen, oder? Es scheint mir nicht, als würde sie Angelica wirklich *sehen*. Deshalb glaube ich, dass es Angelica ganz gut täte, wenn sie eine Weile bei unserer Familie sein könnte. Es ist einfach rührend zu beobachten, wie sie sich an Kristoffer klammert, wie ungemein wichtig er für sie geworden ist...«

»Und sie auch für ihn?«

Ann-Katrin öffnet den Mund, schließt ihn aber wieder, ohne zu antworten, schaut über Alices Schulter zur Küchentür. Alice dreht den Kopf und folgt ihrem Blick. Angelica steht in der Türöffnung. Sie nickt Alice kurz zu, wendet anschließend ihren trockenen Blick Ann-Katrin zu und schaut sie an. Wortlos.

II

Nehmen wir einmal an, dass es einen Himmel gäbe. Nehmen wir außerdem an, dass Augusta dort Zutritt gewährt worden ist.

Nicht, weil das eine oder das andere sehr wahrscheinlich wäre, sondern weil es uns die Möglichkeit gibt, Augusta ihre Nachfahren betrachten zu lassen, während diese sich auf Siris Beerdigung vorbereiten.

Lassen wir sie deshalb wie einen überalterten Cherub auf einer der Wolken sitzen, die an dem klarblauen Aprilhimmel dahinsegeln. Das ist eine Rolle, die gut zu ihr passt: Augusta hat nämlich nicht nur ihr ganzes Leben lang ihr kastanienbraunes Haar behalten, sondern auch das klare Weiß in ihren Augen, und sie hat ihre Farben auch im Himmelreich behalten dürfen. Damit ist sie sehr zufrieden. Weniger zufrieden ist sie damit, dass sie auch das Fleisch behalten hat, das sich im Laufe der Jahre um ihre Muskeln und Knochen in immer wolkenartigeren Formationen gebildet hat. Tatsache ist, dass sie dem lieben Herrgott immer wieder mit Petitionen auf die Nerven geht, sie möchte doch einen anderen, ansprechenderen himmlischen Körper zugewiesen bekommen. Schließlich ist Isak auch im Himmel, mein Gott, und Augusta ist der Meinung, dass das Paradies erst an dem Tag richtig paradiesisch wird, an dem er ihr mit dem gleichen überwältigten Erstaunen gegenübertritt wie an jenem Morgen, als sie ihren Einzug in Herräng hatte.

Nun gut, jetzt jedenfalls sitzt Augusta auf ihrer Wolke mit all ihren Farben und dem Doppelkinn und stützt nach Art der Engel ihren Kopf in die Hand, während sie die Landschaft unter sich betrachtet. Auch fünfundzwanzig Jahre nach ihrem Tod ist Augusta immer noch eng verbunden mit der Gegend, die den Rahmen für ihr Erwachsenenleben gebildet hat, obwohl es eine Lüge wäre zu behaupten, dass sie besonders begeistert wäre von dem, was sie da sieht. Das Häverödal lässt sie beispielsweise vollkommen unberührt, obwohl doch ihr eigener Körper dort vor der mittelalterlichen Kirche begraben liegt. Augustas Ansicht nach ist es ein langweiliger Ort, eine verlassene kleine Ansiedlung, die sich langsam von dem größeren und selbstbewussteren Ort Hallstavik schlucken lässt.

Augusta runzelt die Stirn, als sie Hallstavik betrachtet, ungefähr so, wie sie mit mürrischer Zärtlichkeit die Stirn über Harald und Erland zu runzeln pflegte, als die beiden noch klein waren. Diese verdammten Schlingel, die alles auf den Kopf stellten! Hallstavik sieht nämlich aus, als wäre es einer Gruppe kleiner Jungs in die Hände gefallen, es ist so unordentlich und so durcheinander, dass man das Schöne daran kaum noch sehen kann: die kleinen Schmuckstücke an Fabrikgebäuden und die ins Auge fallende Schule, die einmal vom Erzbischof selbst als schönste Schule in Schwedens Landbezirken bezeichnet wurde. Aber dass dieses Durcheinander selbst eine Geschichte in sich birgt – die der Industrialisierung und des neunzehnten Jahrhunderts –, vermag Augusta nicht zu sehen. Sie sieht nicht, dass die verlassenen Arbeiterwohnungen von den mühevollen, kämpferischen Jahrzehnten Anfang des Jahrhunderts zeugen, dass die gediegenen Ziegelhäuser der Angestellten und der Fabrikarbeiter von den Tagen des Wohlstands berichten, die folgten. Sie hört nicht das Flüstern der Mietshäuser, das von denen erzählt, die nie beim Fest dabei sein durften, die Dunkeläugigen, die zu spät kamen, und die mit den brennenden Augen, die gar nicht erst eingeladen wurden. Vielleicht liegt ihr Unvermögen darin, dass Hallstavik eine Männergesellschaft ist. Buchstäblich. Eine Gesellschaft, gebaut von Männern für Männer, die sich deshalb nur von Männern richtig interpretieren lässt.

Und deshalb stellt Augusta nicht ohne eine gewisse Schadenfreude fest, dass Hallstavik auf dem Weg ist, ein Stück Geschichte in einer Welt zu werden, die sich auf eine andere Zukunft als die der Fabriken vorbereitet. Sicher, das Papierwerk liegt immer noch wie ein überfütterter Drachen unten in der Edeboviken und schnaubt seinen Dampf aufs Wasser hinaus, und auch das Haus des Volks liegt immer noch mitten in der Stadt – ein massiver Betonklotz, der den kurzen Augenblick in der Geschichte in sich begraben trägt, als die Industriearbeiter glaubten, sie hätten sich sowohl die Zukunft als auch die Vergangenheit erobert – aber die Macht und die Herrlichkeit waren bereits woandershin gezogen. Niemand weiß, wohin, aber alle wissen, dass weder im Fabrikbüro noch in der kommunalen Geschäftsstelle der Partei etwas davon aufzutreiben ist.

Etwas anders schaut es in Herräng aus, dem letzten der drei Orte, die Augusta von ihrer Wolke aus sehen kann. In Herräng hat die Zeit keine großen Veränderungen mit sich gebracht. Hier vermischt sich die Zukunft mit dem Vergangenen, und das Vergangene fließt in die Zukunft ein, ohne dass irgendjemand das als besonders bemerkenswert empfindet. So ist es viele hundert Jahre lang gewesen, und so war es schon, als Augusta noch hier lebte. Und obwohl Herräng genau wie Hallstavik ein Industrieort ist, ist es doch einfacher, hier eine Frau zu sein. Vielleicht liegt es an der Stille, liegt es daran, dass man in Herräng den Wind brausen und die Menschen flüstern hören kann. Vielleicht liegt es an den alten Häusern, liegt es daran, dass sie in einem ordentlichen Karomuster angelegt und von großen Gärten mit Kirschbäumen und Stachelbeerbüschen umgeben sind. Wenn es nicht letztendlich doch am Licht liegt, diesem ganz besonderen Licht, das es nur an den wenigen Orten an der schwedischen Ostküste gibt, an denen es so viele Eichen gibt, dass sie schon fast einen Wald bilden.

Augusta ist mit ihrem Herräng zufrieden, sie ist zufrieden mit der Ruhe und der Langsamkeit, sie ist zufrieden damit, dass fast alle alten Häuser noch stehen, auch das des Steigers Arthur Svensson, sie ist sogar zufrieden mit den »Alpen«, den grauen Halden, die wie Zementberge zum Meer hin liegen. Ohne sie wäre Herräng ein Idyll, das muss Augusta zugeben, und sie hatte schon immer Probleme mit Idyllen.

Andererseits wäre die Gefahr, ein Idyll zu sehen, bedeutend geringer, wenn Augusta sich in Erinnerung rufen würde, dass es auch Bergwerke in Herräng gibt, drei riesige mit Wasser gefüllte

Gruben und viele hundert kleine. Aber während der letzten vierzig Jahre ihres Lebens hat Augusta sich geweigert, sich damit zu befassen, sie zu sehen oder sich überhaupt nur einzugestehen, dass es sie gibt. Und der Tod hat sie nicht weniger starrköpfig gemacht. Wenn das Wasser der Glittergruvan in der Frühlingssonne blinkt, dreht sie den Kopf zur Seite und lässt ihre Wolke in eine andere Richtung gleiten, nach Süden hin, nach Nordanäng.

Da sieht sie die beiden, zwei ihrer Nachkommen, die bald sechzigjährige Alice und die sechzehnjährige Angelica. Sie gehen im Gänsemarsch den schmalen Kiesweg vom weißen Haus weg, hin zu dem Auto, das vor Augustas eigenem Haus geparkt steht. Augusta muss etwas mitleidig lächeln, als sie sich selbst in den beiden wiedererkennt. Sie weiß genau, was für ein Gefühl es ist, mit so entschlossenen Schritten wie Alice zu gehen, und sie weiß exakt, wie die Welt aussieht, wenn sie mit einem Blick betrachtet wird, der so misstrauisch ist wie Angelicas. Aber wie sind die beiden denn gekleidet? Will Alice wirklich in kniekurzem Kleid und losen, nur im Nacken gebundenen Haaren zur Beerdigung gehen? Dieser alte Mensch? Und Angelica? Soll sie tatsächlich lange Hose und Turnschuhe bei der Beerdigung ihrer eigenen Großmutter tragen? Was ist denn heutzutage nur mit den Leuten los? So arm sind sie doch wohl nicht, dass sie sich nicht einmal anständig anziehen können?

Augusta seufzt so tief, dass es in Angelicas Pferdeschwanz flattert. Das Mädchen dreht sich schnell um und versucht herauszubekommen, was ihr da in den Nacken gepustet hat, entdeckt aber natürlich nichts.

Sekunden später hat sie das Ganze vergessen und stolpert weiter hinter Alice her.

Augusta war schon viele Jahre lang tot, als Angelica geboren wurde. Also kennen sie sich nicht, haben nur voneinander gehört. Augusta hat Angelica meist am Rande des Lebens ihrer anderen Nachfahren gesehen, hat zugeschaut, wie sie bei den Familienfeiern im Sommer übers Gras lief, hat sie an Siris Küchentisch sitzen und ihre Hausaufgaben machen sehen, hat gesehen, wie sie ihren kleinen Bruder umarmte …

Doch. Sie hat auch anderes gesehen, aber das möchte sie nur ungern zugeben. Unangenehme Dinge. Dinge, die sie am liebsten vergessen möchte. Nicht, dass Augusta einen Grund hätte, Schuldgefühle wegen Ereignissen zu bekommen, die lange nach ihrem eigenen Tod stattgefunden haben – das würde noch fehlen! –, sondern weil es schon immer so war, dass Augusta, im Leben wie im Tod, sich lieber zurückgezogen hat, wenn sie auf jämmerliche Zustände gestoßen ist, die sie nicht hat lindern oder beheben können. Somit ereilt Angelica das gleiche Schicksal wie das Bergwerk in Herräng: Augusta möchte nicht gern daran erinnert werden, dass die Enkelin ihrer Enkelin tatsächlich existiert.

Das ist nicht immer so gewesen. Zu Anfang von Angelicas Existenz hat Augusta interessiert an ihr Anteil genommen. Sie hat Carina aus der Ferne beobachtet, als diese langsam rundlicher wurde, und sie hat ihr Wolkenstückchen den ganzen Tag über dem Mietshaus hängen lassen, als Carina in ihre neue Drei-Zimmer-Wohnung zog. Mit dem Umzug war Augusta ganz zufrieden. Um nicht zu sagen selbstzufrieden. Und wenn nicht in eigenem Namen, so doch im Namen ihrer Generation.

»Denn eigentlich haben wir das hier doch zu Stande gebracht«, erklärte sie zufrieden einem sozialdemokratischen Frauenclub, der auf einer Cumuluswolke vorbeigesegelt kam. »Wir haben dafür gesorgt, dass eine junge Frau, die schwanger wurde, nicht mehr in Schande leben oder ihr Kind weggeben musste. Wir haben dafür gesorgt, dass sie nicht mehr heiraten musste, wenn sie nicht wollte. Und jetzt kann sie sogar abtreiben. Aber guckt nur die Enkelin meiner Tochter an! Sie hat beschlossen, ihr Kind zu kriegen und für sich selbst zu sorgen. Und jetzt zieht sie in eine Wohnung ganz für sich allein, ohne Mann oder Schwiegereltern... Sie ist eine freie Frau! Die allererste. Dank uns.«

Die Clubfrauen zwitscherten wie Spatzen, als sie weiter dem Sonnenuntergang entgegenglitten: »Wie schön!« Natürlich war es schön, dass alles so schön geworden war!

Aber dann gab es ein paar Jahre später plötzlich einen herbstdunklen, regnerischen Nachmittag, und Augusta zitterte mit regenschweren Flügeln auf einer Novemberwolke, während Carina mit ihrem Kinderwagen auf den Gleisen des Zwangs und der

Selbstverleugnung zur nächsten Haltestelle ging, auf diesem Pfad, den sie jetzt jeden Tag entlangtrampelte, dem Pfad, der nur zwischen vier Punkten verlief: Arbeit, Krippe, Konsum und eine graue Drei-Zimmer-Wohung. Im Wagen lag Angelica, ihre Mütze war ihr über die Augen gerutscht, sie hatte Rotz um die Nase, und eine frische kleine Mittelohrentzündung hatte gerade angefangen in ihrem linken Ohr zu pochen. Aber das konnte sie nicht erzählen, sie war immer noch so klein, dass sie nur ein einziges Wort hatte, ein Wort, das sie in immer kläglicherem Ton wiederholte.

»Mama! Mama! Mama!«

Und Carina, Augustas Nachfahrin, die Tochter ihrer Enkelin, blieb plötzlich mitten im Schritt stehen, hielt unter einer Straßenlaterne inne und betrachtete ihr Kind, stand stumm da und musterte ihren Spross einige Sekunden lang, bevor sie sich niederbeugte und Angelicas Mütze noch tiefer herunterzog, sodass sie nicht nur ihre Augen, sondern auch noch ihre Nase und ihren Mund bedeckte, und dann legte sie ihre Hand auf die Mütze, um den Schrei zu ersticken, der dort drinnen ertönte, und fauchte:

»Ruhe! Verdammtes Kind! Ruhe!«

Und einen Augenblick lang blieb es wirklich ruhig. Es schien, als hätte die ganze Welt angehalten, als hätten die Baumstämme sich besonnen, in ihren Rinnen, die zu den Entrindungsmaschinen im Werk führten, als hätte der Holzlaster, der draußen auf der Straße gerade vorbeidonnerte, einen Motorschaden, als würde der Lastkahn, der gerade vom Werkskai abgelegt hatte, kentern und auf den Grund sinken. Aber Carina merkte nichts von alledem, sie beugte sich nur noch weiter über den Wagen, während Rotz und Wasser ihr übers Gesicht liefen und sie ihre Hand noch härter auf Angelicas Mund presste, wobei sie wiederholte:

»Ruhe! Verdammtes Kind! Ruhe! Ruhe! *Ruhe*!«

Und in ihrem Himmel erinnerte Augusta sich plötzlich an eine andere Zeit und ein anderes Kind, erinnerte sich daran, wie sie selbst einmal gezwungen war, den Lärm des Werks in ihrem Kopf zu tragen, genau wie Carina, erinnerte sich daran, dass sie ebenso müde und ebenso einsam gewesen war und dass sie sich gerade deshalb über ihr Kind gebeugt und vor Ekel gefaucht hatte. Das war nicht gerade eine jener Erinnerungen, auf die sie besonders stolz war. Ganz im Gegenteil. Wenn Augusta einmal gezwungen sein sollte, zusammenzufassen, was sie in ihren achtzig Jahren auf der Erde gelernt hatte, so würde ihr Bericht genau von diesem Moment handeln. Das darf man nicht tun, so lautete die Lehre. Ganz gleich, was auch im Leben passiert, das meiste lässt sich heilen und reparieren, aber man darf sich nicht über ein Kind wie eine schlangenäugige Gorgone beugen und es mit hasserfüllter Stimme anfauchen. Das ist verboten. Das muss verboten werden. Denn wenn das nicht verboten ist, kann man in dieser Welt nicht mehr leben.

Vielleicht hütete sie sich deshalb davor, ihre Wolke in den folgenden Jahren ja nicht zu nahe an Carinas Mietshaus vorbeisegeln zu lassen. Nur ein einziges Mal warf sie einen kurzen Blick durch Carinas Fenster, zog sich aber schnell wieder zurück. Ihr gefiel nicht, was sie da drinnen sah. Sie wollte sie nicht sehen, diese Frau und das Mädchen beidseits einer geschlossenen Küchentür, jede in ihrer eigenen Verzweiflung gefangen. Die Frau lehnte sich mit ihrem ganzen Gewicht gegen die Tür, um sie geschlossen zu halten. Das Mädchen drückte die Füße gegen den Boden, um die Tür aufzukriegen.

»Mama!«, rief das Mädchen in der gleichen Art wie früher. »Oh Mama! Mama, Mama, Mama …«

Aber die Frau schlug als Antwort nur ihre geballten Fäuste gegen die Tür, schlug und schlug, und rief schluchzend:

»Lass mich in Ruhe! Lass mich in Ruhe! Ich werde noch wahnsinnig, wenn du mich nicht in Ruhe lässt!«

Augusta sah Angelica danach viele Jahre lang nicht, und als es doch passierte, begriff sie, dass dieses Mädchen schon vor langer Zeit aufgehört hatte, nach ihrer Mama zu rufen. Jetzt war sie eine Siebenjährige mit steifem Rücken und erwachsenem Blick, wachsam und still, immer auf dem Sprung. Ein zäher Mensch, einer, der überlebt, einer, der es verstand, sich seinen Teil zu sichern, wenn es etwas zu kriegen gab. Wenn Marianne beim traditionellen Adventskaffee für die Familie Schmalzgebäck und mit Sahne gefüllte Mandelkuchen servierte, füllte Angelica ihren Teller nicht nur einmal, sondern gleich noch ein zweites Mal, aber als sie aufstand, um sich ein drittes Mal am Kuchenbüfett zu bedienen, traf sie Mariannes Blick und sie setzte sich wieder. Sie war unersättlich und mutig, aber sie war nicht dumm. Also lehnte sie stattdessen ihren Kopf gegen Siris Arm und stibitzte von ihrem Teller ein Stück Kuchen, wobei sie unverfroren Marianne anschaute und ein etwas schräges Lächeln zeigte. Du erwischst mich nicht, sagte dieses Lächeln. Versuch es nur. Wenn du dich traust.

Augusta war etwas verwirrt über das enge Band zwischen Siri und Angelica. Das war nicht richtig so, das war verkehrt und merkwürdig. Siri war immer noch die gleiche Schattengestalt wie früher, ein elternloses Mädchen im Körper einer alten Frau, unsicher und zögernd, ängstlich und zweifelnd, während Angelica sich, schon bevor sie zur Schule kam, zu einer Person mit so scharfen Konturen entwickelt hatte, dass die Leute, die die Hand ausstreckten, um sie zu streicheln, plötzlich Angst bekamen, sich zu schneiden, und deshalb zurückwichen. Trotzdem hielten sie zusammen, diese beiden. Selten sah man Siris lang gestreckte Gestalt, ohne auch gleich Angelicas rundliche zu entdecken. Selten sah man Angelicas Kastanienhaar, ohne auch Siris zu erspähen. Pat und Patachon in weiblicher Gestalt.

Es kam vor, dass Carina auf Grund dieser stummen Übereinstimmung in Eifersuchtsausbrüche verfiel, aber das geschah nicht oft. Sie hatte keinen Grund, sich darüber Gedanken zu machen, dass ihre Mutter und ihre Tochter sie ausschlossen, denn jetzt führte sie endlich ihr eigenes Leben. Ein spannendes Leben. Ein Leben, das den begehrenswertesten Mann in ganz Hallstavik mit einschloss. Bazille.

Nun waren nicht alle der Meinung, dass Bazille so ein begehrenswerter Mann war. Marianne zum Beispiel. Sie schüttelte den Kopf, als sie Alice fast flüsternd anvertraute, was da am Laufen war, und zog die Augenbrauen so hoch, dass sie fast mit ihrem Haaransatz zusammenfielen. Nein, so etwas! Gab es überhaupt noch einen Fehltritt, den Carina nicht bereit war zu machen? Alice lächelte vorsichtig als Antwort und murmelte etwas in der Art, dass Carina ein Kamikaze-Pilot der Erotik sei. Aber andererseits, dachte sie und seufzte dabei im Stillen, war sie damit ja nicht die Erste unter Augustas Nachkommen. Zu der Zeit hatte Carina aus natürlichen Gründen Bazille der Familie noch nicht vorgestellt. Selbst sie sah ein, dass es unmöglich gewesen wäre, ihn zum Adventskaffee mitzubringen. Selbst wenn er trocken und nüchtern gewesen wäre, hätte Bazille nicht in Kåres und Mariannes Wohnzimmer gepasst. Seine Jeans hätten den hellen Bezug des Ledersofas verdreckt, sein Haar hätte einen Fettfleck an der Tapete hinterlassen, und wenn er das Risiko eingegangen wäre, eine Tasse in seinen zitternden Händen zu platzieren, dann wäre der Kaffee sicher in alle Himmelsrichtungen gespritzt.

Deshalb hatte Alice nur einen kurzen Blick auf Bazille werfen können, bevor er aus der Verpuppung der Sucht gekrochen und seine Schmetterlingsflügel der Tugendhaftigkeit hatte entfalten können. Und zwar, als sie mit Marianne einmal durch Hallstaviks Zentrum hastete. Plötzlich stieß Marianne sie in die Seite und flüsterte:

»Guck mal. Da ist er! Carinas Neuer!«

Und da war er. Bazille. Eindeutig.

Da saßen drei ziemlich heruntergekommene Männer auf der Parkbank vor dem Konsum, aber es gab keinen Zweifel, wer von ihnen Bazille war. Nämlich der in der Mitte. Der Breitbeinige. Derjenige, dessen Jeans einen Riss über dem linken Knie hatte. Derjenige, der sein Hemd bis weit zur Brust hinunter aufgeknöpft hatte und dessen Ärmel der Jeansjacke bis zur Hälfte hochgekrempelt waren, obwohl der Dezemberregen so stahlgrau und kalt war, dass jeder Tropfen, der Alices eigene Haut traf, einen leichten Schmerz hinterließ. Aber Bazille fror nicht. Bazille sah aus, als hätte er noch niemals gefroren.

Es ist etwas Anziehendes am männlichen Verfall. Etwas fast Verführerisches. Etwas, das sogar eine Frau wie Alice die halbe Sekunde lang, die das Gefühl vom Verstand trennt, den Blick über die behaarten Unterarme, die schlaffen Lippen und einen gewölbten Hosenschlitz streifen lässt, bevor sie blinzelt und auch das schwammige Gesicht sieht, die gelben Fingernägel und das berechnende Aufblitzen in den Augen. Dann zieht sie die Schultern hoch und schüttelt sich, fasst die Cousine unter den Arm und eilt weiter.

Aber Carina hatte keine Cousine, die sie unterfassen konnte. Carina stampfte einsam auf den Pfaden des Zwangs und der Selbstverleugnung.

Als Augusta die beiden zum ersten Mal zusammen sah, schüttelte sie nur den Kopf. So hatte sie sich das Leben, das die erste freie Frau führen würde, nicht vorgestellt. Sie hatte sich nicht gedacht, dass diese Frau ganz und gar freiwillig einen Mann über einen Parkplatz schleppen würde, einen Mann, der so betrunken war, dass er nicht nur ihren Namen vergessen hatte, sondern auch noch auf ihre Füße kotzte. Und Augusta hatte sich auch nicht gedacht, dass diese erste freie Frau ihre eigene Mutter als Babysitterin benutzen würde, Tage und Wochen hindurch, während sie selbst jede wache Sekunde zusammen mit diesem Mann verbrachte oder auf der Suche nach ihm in Hallstavik herumirrte.

Anfangs ging sie ja noch zur Arbeit. Sie stand in ihrem roten Overall am Ladekai des Werks und strahlte auch während der kältesten Wintermorgenstunden vor Liebesglück. Solange der Geliebte noch anonym war, schmunzelten die anderen Chemikalienschauerleute und neckten sie, wenn sie die gewohnten Griffe verfehlte – *Oh Scheiße, Carina, die Nacht ist vorbei, es ist höchste Zeit, dass du aufhörst, so herumzutätscheln!* Aber das Schmunzeln erlosch, als das Flüstern in allen Sälen und Hallen des Werks anhub. Bazille? War die Carina vom Kai wirklich mit diesem Bazille zusammen? Der doch seit dreizehn Jahren soff, Stoff nahm, seit er vierzehn war und jetzt – im Alter von gut dreißig Jahren – Stammgast im Amtsgericht war? War sie denn total verrückt geworden?

Und in gewisser Hinsicht war sie das wohl. Niemand, der voll bei Sinn und Verstand ist, würde sich mit dem abfinden, was Carina in dieser Zeit auf sich nahm: Kotze auf dem Badezimmerboden und zerschmissenes Geschirr in der Küche, gebrochene Versprechungen und stundenlanges Warten, lächerliche Lügen und plötzliche Verhöhnungen, Schluchzer voll bitteren Selbstmitleids, die im nächsten Moment in ungerechtfertigte Wut übergehen konnten. Bazille hatte kräftige Hände. Aber noch schlug er nicht mit Fäusten auf sie ein, er schlug mit der offenen Hand und nur mit dem Handrücken. Das hinterließ selten Spuren, auch wenn die Schlagkraft so groß sein konnte, dass es noch lange Zeit hinterher in ihren Ohren rauschte.

Trotzdem erwachte Carina in dieser ersten Zeit jeden Morgen mit einem leicht verwunderten Flattern im Bauch. Wenn Bazille noch in ihrem Bett lag, stellte sie eilig den Radiowecker ab, um seinen Schlaf nicht zu stören, und strich ganz, ganz vorsichtig mit den Fingerspitzen über seinen Arm, überzeugte ihren übrigen Körper durch die Fingerkuppen, dass er tatsächlich Realität war, dass sich die blauen Adern des Unterarms unter wirklicher Haut und über wirklichen Muskeln wanden, spürte in der Morgendämmerung, wie seine breiten Hände wie tote Krebse auf dem zerwühlten Laken lagen, und erinnerte sich mit einem leichten Lustschauer, wie sie nachts mit einer Zielsicherheit nach ihr gegriffen hatten, die sie hatte aufjapsen lassen, um dann schließlich die Augen zu schließen und seinem schweren Atem zuzuhören, während sie unendlich vorsichtig ihren Zeigefinger über seine Bartstoppeln gleiten ließ, nur um sich daran zu erinnern, dass sie erst vor ein paar Stunden an ihrer Haut gekratzt hatten.

Wenn sie die Lampe im Badezimmer einschaltete, konnte sie feststellen, dass sie schön war: die Lippen waren rot und aufgeworfen, die Augen schwarz und glänzend, die Haut weiß und samtweich. Das verblüffte sie. Normalerweise war sie nicht schön. Es war lange her, seit sie das letzte Mal schön gewesen war.

Und dennoch war es weder ihre eigene neu geborene Schönheit noch waren es die amphetamintrockenen Liebeskünste von Bazille, die sie alle Realitäten ihres Daseins ignorieren ließen. Es waren die Möglichkeiten, das Abenteuer. Dass in Bazilles Nähe alles Mögliche passieren konnte, dass Carina an seiner Seite in eine Geschichte eingebunden war, die viel länger war als ihre eigene. Das Leben vor Bazille war vorhersehbar gewesen, zu der Zeit brauchte sie nur die Augen zu öffnen, um zu wissen, wie der Tag, der gerade erst begonnen hatte, enden würde: Nach dem morgendlichen Pflichtgang zum Kindergarten und zum Werk würde sie am Nachmittag den gleichen Weg zurückgehen, möglicherweise mit einem Abstecher zum Konsum, wo sie ihre Hand bremsen musste, wenn sie sich nach einer tiefgefrorenen Pizza streckte, und sich ins Gedächtnis rufen, dass ihr Geld für einen derartigen Luxus mitten im Monat nicht reichte. Es musste etwas anderes her. Etwas, das den Magen füllte, aber dennoch den ewigen Heißhunger nach rotem Fleischsaft, körnigem Zucker und halb geschmolzenem Käse zurückließ, einen Heißhunger, mit dem sie ständig lebte. Nach dem Essen würde sie einen Zweikampf mit Angelica beginnen, einen zwei- oder dreistündigen Kampf, um das Kind still und ins Bett zu kriegen, bevor sie selbst es sich vor dem Fernseher bequem machen konnte, eine Kaffeetasse links und Tabakspäckchen rechts, bereit, die Zigaretten für den kommenden Tag zu drehen. Samstags kaufte sie eine große Tüte Süßigkeiten und versteckte sie ganz oben im Kühlschrank, bis Angelica eingeschlafen war. Das war das Höchste, was sie Richtung Genuss erreichen konnte. Falls es nicht etwas richtig Gutes im Fernsehen gab, aber das kam eher selten vor.

Jetzt war alles anders. Jetzt eilte sie morgens unter die Dusche, um sich an dem Duft der Seife und dem Gefühl, einen Körper zu besitzen, zu berauschen. Jetzt zog sie anschließend fest den Gürtel des Bademantels um ihre Taille und stapfte in die Küche, saß dort bei ihrem Käsebrot und ihrem Kaffee und betrachtete ihr eigenes Spiegelbild in dem schwarz glänzenden Fenster, versuchte sich vorzustellen, dass sie tatsächlich eine Frau war, die sich darin spiegelte. Was würde dieser neue Tag dieser Frau zu bieten haben? Spannung und Dramatik? Ja. Lust und Genuss? Ja. Träume und Märchen? Ja. Vielleicht war Bazille ja verschwunden, wenn sie vom Werk nach Hause kam. Vielleicht musste sie wie eine Kinoheldin alle Kaschemmen und Junkietreffpunkte in Hallstavik durchforsten, um ihn zu finden. Vielleicht würde er dann, wenn sie ihn endlich gefunden hatte (in einem jämmerlichen Zustand natürlich, aber möglichst doch nicht zu heruntergekommen), von ihrer Liebe überwältigt sein und seinen Kopf an ihre weiche Brust lehnen. Vielleicht könnte er seinen Trieb nicht beherrschen, würde auf den Halteknopf drücken, sobald sie im Fahrstuhl waren (hier gab es einen schnellen Schnitt im Traum, und sie musste den geträumten Fundort von einem fahrstuhllosen Haus in ein Hochhaus umziehen lassen). Vielleicht würde er sie auf den Hals küssen, vielleicht würde er stöhnen und murmeln, während er fieberhaft ihr Kleid hochzog (oh Scheiße, sie trug doch nie ein Kleid… na ja, egal!) und ihr den Slip ausziehen. Vielleicht würde er vor Lust zittern, während er seinen Hosenschlitz öffnete und sie an die Wand drückte. Vielleicht würde er vor Geilheit jammern, während er sie aufforderte, ihre Beine um seine Hüften zu schlingen. Vielleicht würde er sie erzürnt bei den Haaren packen, wenn sie nicht gleich gehorchte…

So war der Traum. Die Wirklichkeit war ein klein wenig zerlumpter, aber darüber konnte sie hinwegsehen. Wer in einem Traum lebt, muss sich nicht darum kümmern, dass der Geliebte nach Ammoniak stinkt und Trauerränder unter den Fingernägeln hat, dass der Job so anstrengend ist, dass einem ständig der Nacken schmerzt, dass das Geld, das es für diese harte Arbeit gibt, nie ausreicht, dass das Zuhause niemals wie das Heim anderer Frauen aussehen wird, weil man weder Lust noch Geld noch die Kraft hat, es in ein volantgeschmücktes Scheinparadies zu verwandeln, dass man gerade deshalb eben anders und aus der Gemeinschaft der anderen Frauen ausgeschlossen ist und dass man außerdem noch ein Kind hat, aus dem einfach nicht schlau zu werden ist, ein Kind, das die anderen Kinder im Kindergarten prügelt und ihnen ihre Sachen klaut, ein anormales Kind, das schreit und seiner Mama ins Gesicht spuckt, und das sogar, wenn andere zugucken…

Nichts davon hat irgendeine Bedeutung. Es existiert gar nicht. In der Welt, in der Männer wie Bazille leben, gibt es keinen Platz für Nichtigkeiten.

Aber nichts ist beständig. Kein Mensch kann bekanntermaßen zweimal in die gleiche Flut steigen, und es ist auch noch niemand eines Morgens aufgewacht und war genau der Gleiche wie zu dem Zeitpunkt, als er in den Schlaf fiel. Jetzt, viele Morgen später, ist Bazille immer noch Carinas Herrscher, aber er ist nicht mehr ein verlebter Tiberius. Eher ein teuflischer Haushalts-Hitler, wie Angelica sich einmal ausdrückte, aber nicht, ohne sich vorher zu vergewissern, dass er außerhalb der Hörweite war.

Sich selbst erlaubte Carina nie, derartige Gedanken zu denken.

Niemals. Sie nickt und ist ganz seiner Meinung, wenn Bazille das Evangelium der Ordnungsliebe predigt, und versichert ihm stets und ständig, wie fantastisch es ist, dass er in seinem Leben so weit gekommen ist, einfach wunderbar und großartig. Nicht einmal sich selbst gegenüber erlaubt sie es sich, einen Seufzer der Erleichterung auszustoßen, wenn er zu seinem Job zurückfährt, in das Therapieheim, in dem er vorher selbst gelernt hat, ohne Alkohol und Drogen zu leben, und in dem er jetzt andere verirrte Seelen im gleichen Geiste betreut. Sie streckt sich nur, wenn er die Tür hinter sich geschlossen hat, und spürt, dass ihr Rücken jetzt noch stärker schmerzt als sonst und dass sie sich deshalb eine Weile ausruhen muss. Angelica, der es auf irgendeine magische Art immer gelingt, sich unsichtbar zu machen, solange Bazille in Hallstavik ist, pflegt ein paar Stunden später aufzutauchen und sich schweigend darum zu kümmern, dass Mikael zu seiner Pflegefamilie in Herräng kommt. Wenn die beiden die Tür hinter sich zugemacht haben, schluckt Carina ein Panodil oder zwei, bevor sie sich hinlegt und eine Weile liegen bleibt, bis sie dann wieder in die Küche geht und ein Doloxen schluckt, nur um wiederum ein paar Stunden später die halb durchsichtige Dose mit Distalgesic hervorzuholen – die sie sorgfältig versteckt hält, solange Bazille zu Hause ist –, sie mit zitternden Händen zu öffnen und sich endlich in den Genuss umfassender Schmerzlinderung fallen zu lassen. Manchmal bleibt sie mehrere Tage lang im Bett liegen, liegt einfach nur rauchend da, blättert in alten Wochenzeitschriften und versucht nicht zu denken. Früher kam es schon mal vor, dass sie Siri anrief, wenn Essensvorräte und der Tabak zur Neige gingen, um sie zu bitten, für Nachschub zu sorgen. Ein paar Stunden später klingelte es dann an der Tür, und wenn Carina öffnete, streckte Siri ihren mageren Arm vor und überreichte eine Konsumplastiktüte. Sie weigerte sich jedes Mal hereinzukommen, stand von einem Bein aufs andere tretend draußen im Treppenhaus, während sie schnell und scharf verkündete, dass sie sich nicht aufdrängen wolle, absolut nicht, dass sie Carina wirklich nicht stören wolle, die doch immer so viel zu tun hatte und deshalb gewiss ihre Ruhe brauchte …

Aber jetzt wird Siri nie wieder ihren mageren Arm durch die

Türöffnung strecken, denn jetzt stehen Carina und Bazille vor dem Spiegel im Flur und machen sich für ihre Beerdigung bereit. Augusta betrachtet sie mit kritischem Blick von ihrem Himmel aus, aber findet nicht so recht etwas zu kritisieren. Carina und Bazille sind so angezogen, wie man nach Augustas Ansicht bei einer Beerdigung gekleidet sein sollte. Bazille hat das Beerdigungsinstitut angerufen und erfahren, dass nahe Angehörige einen weißen Schlips tragen sollten, während Freunde und Bekannte einen schwarzen tragen, also knöpft er seinen schwarzen Mantel über einem weißen zu. Dass er und Carina nicht richtig verheiratet sind, ist eine Tatsache, die er heute lieber außer Acht lässt. Er ist der Vater eines der Enkelkinder der Toten und Stiefvater eines anderen, das müsste doch wohl reichen, um ihn zum Schwiegersohn und nahen Verwandten zu machen.

Carina, die direkt hinter seinem Rücken steht, muss schnell ihren Fuß wegnehmen, um nicht unter Bazilles Hacke zu geraten, als er einen Schritt zurücktritt, um sein Spiegelbild zu begutachten. Es gefällt ihm, was er da sieht, das ist offensichtlich. Kein Pack. Kein Snob. Kein Akademikerfuzzi. Nur ein ganz normaler, korrekter Mann, wenn auch außergewöhnlich breit und vierkantig, gekleidet in einen Anzug, dessen Hosenbeine ein klein wenig auf den frisch geputzten Schuhen aufstoßen. Bazille ist nicht besonders groß. Daher sein Spitzname, den er schon als Kind bekam und von dem er annimmt, dass er ihn endlich losgeworden ist, da er schon seit mehreren Jahren fordert, dass ihn alle mit seinem Taufnamen Conny anreden. Im Therapieheim hält er gern kurze Vorträge darüber, wie wichtig es ist, seinen Namen wiederzuerlangen, dass der Spitzname ein Teil der Junkie-Identität ist, ein Teil des Ballasts, den man abwerfen und zu Boden fallen lassen sollte, um ein normaler Mensch zu werden. Er weiß dabei nicht, dass nicht ein einziger Mensch in Hallstavik auch nur auf die Idee kommen würde, ihn mit Conny anzureden oder über ihn als über Conny zu reden, nicht einmal Carina. Warum sollte man ihn Conny nennen? Er ist doch Bazille. In Hallstavik wird er immer Bazille bleiben.

Deshalb achtet Carina sorgfältig darauf, ihn nicht mit Namen anzureden, und wenn es doch einmal sein muss, so hütet sie sorgsam ihre Zunge. Nicht, weil er sie dann schlagen würde, inzwischen hat er andere Methoden. Jetzt steht sie direkt hinter ihm in dem grauen Flur und betrachtet zuerst sein Bild im Spiegel und dann ihr eigenes. Sie hat sich für die Beerdigung eine neue Bluse gekauft, eine schwarze. Bazille wollte das. Bazille ist dagegen, dass man diese neumodischen Sitten mitmacht und in heller Kleidung zur Beerdigung geht. Schwarz zu tragen, damit erweist man den Toten seinen Respekt, hat er erklärt, und wer ist Carina, dass sie dagegen etwas hätte sagen können? Aber ein neues Kleid hat sie nicht gekauft, dazu hatte sie ganz einfach nicht das Geld. Und außerdem hat sie ein schwarzes Kleid im Schrank hängen, ein altes Sommerkleid zwar, ziemlich dünn, aus flatternder Viskose, aber so etwas sieht und versteht Bazille nicht.

Carina ist nicht mehr schön, und das weiß sie. Ihre Lippen sind jetzt nie mehr von Küssen angeschwollen, und ihre Wangen nicht mehr sammetweiß. Sie sind grau. Außerdem hat sie zugenommen. Eigentlich ist ihr das gleich, normalerweise guckt sie nicht in den Spiegel, eilt nur hastig vorbei und fährt sich mit der Hand über den Kopf, wenn sie sieht, dass sie sich die Haare waschen müsste. Nur wenn Bazille im Anmarsch ist, macht sie sich die Mühe, eine Frisur zu gestalten und ihre alte Wimperntusche herauszuholen. Nicht, weil sie meint, das müsste sie tun, um Bazille zu behalten, sondern weil er reichlich unangenehm werden kann, wenn er der Meinung ist, dass sie mit diesen Dingen wie sauber, ordentlich und sittsam zu sein, zu nachlässig ist. Sie hat seine Toleranz schon bis an die Grenze ausgereizt dadurch, dass sie über Rückenschmerzen klagt, die auf keinen Röntgenbildern zu sehen sind, und schließlich vom Werk entlassen wurde. Offiziell hieß es, sie müsste gehen, weil sie bei den letzten Einsparungen an der Reihe war; inoffiziell wird gesagt, dass es an ihren hohen Fehlzeiten lag. Dass sie seitdem ziemlich regelmäßig Unterstützung vom Sozialamt bekommt, stimmt Bazille nicht milder. Ordentliche Leute kümmern sich nicht um ein bisschen Ziehen im Rücken, die schlucken nicht gleich Unmengen schmerzstillender Tabletten, und die rennen schon gar nicht zum Sozialamt, um sich darüber zu beklagen, dass die Teenagertochter nicht ganz dicht im Kopf ist und das Geld hinten und vorne nicht reicht. Ordentliche Leute bringen ihren Kindern Manieren bei und sehen zu, dass das Geld reicht. So einfach ist das.

Deshalb findet sich Carina der Verdammung gefährlich nahe. Es gibt eigentlich nur zwei kleine Gründe, die sie schützen. Der erste ist Angelica und die Tatsache, dass Bazille offenbar immer noch nicht die Hoffnung aufgegeben hat, seine Stieftochter zu besiegen. Der andere ist Mikael und die Tatsache, dass Carina ja nun einmal die Mutter von Bazilles einzigem Sohn ist. Bazille ist der Meinung, dass Väter, die die Mütter ihrer Kinder im Stich lassen, so wie sein Vater einst seine Mutter allein gelassen hat, nichts weiter als Schlappschwänze und Weicheier sind. Ordentliche Männer halten aus. Jedenfalls solange die Alte klug genug ist und die Klappe hält. So einfach ist das.

Folglich hat Carina die Möglichkeit, ein wenig Verachtung hinter ihrem fügsamen Äußeren zu hegen, eine Verachtung, die zwar ein so spärliches Pflänzchen ist, dass sie es meistens selbst nicht sehen kann, das ihr aber manchmal trotzdem die Möglichkeit gibt, sich umzudrehen und in sich hineinzulachen. Dieser dumme Kerl! Sie weiß genau, wovon er träumt: eines Tages einen Job im Werk zu kriegen und ein ganz normaler Papierarbeiter zu werden. Das Problem dabei ist nur, dass er nicht die geringste Ahnung hat, was das bedeutet, wie viel Wissen und Kraft eine normale Arbeit erfordert. Sie selbst wird nie wieder zurückgehen, nicht einmal, wenn das Wunder eintreffen würde und ihr der Rücken nicht mehr wehtäte. Niemals. Sie hat die Nase voll vom Fabrikleben. Gestrichen voll. Und früher oder später wird wohl auch Bazille einsehen, dass sein ganzes Gerede nichts nützt, dass keiner von ihnen beiden jemals zu den normalen Leuten gezählt werden wird. Das ist gegessen. Ganz gleich, wie sorgfältig er auch seine Jeans bügelt, wie oft er sich die Hände wäscht, wie artig er lächelt und den alten Rentnerinnen die Tür aufhält – niemand in Hallstavik wird jemals seine vollgepissten Hosen vergessen, seine schwarzen Fingernägel oder die Geschichte, wie er einer alten Frau in den Hintern getreten hat, dass sie kopfüber nach vorn fiel und ihr Gebiss verloren hat. Und sie selbst? Sie wird immer die Carina mit den großen Brüsten sein, das Mädchen aus Alaska, die Frau, die es nie geschafft hat, die Küchengardinen viermal im Jahr zu wechseln, wie es eine ordentliche Frau tut. Und wenn all das nicht ausreichen würde, um sie auszuschließen, so gibt es immer noch zwei weitere Gründe: Mikael und Angelica. Ihre Kinder. Ihre merkwürdigen Kinder. Aber das begreift Bazille einfach nicht.

Wir haben nur einander, denkt sie und streicht sich mit der Hand über das frisch geschnittene Haar. Ich bin das Einzige, was Bazille hat, und Bazille ist das Einzige, was ich habe.

»Möchte nur wissen, ob Angelica sich die Ehre geben wird und auf der Beerdigung erscheint«, sagt sie laut. Bazille streicht sich langsam mit der Hand über den Mantelkragen, bevor er antwortet.

»Sie sollte nur wagen, nicht zu kommen«, sagt er. »So einfach ist das.«

Aber nichts ist so einfach, wie Bazille es glaubt, denkt Augusta, während sie auf ihrer Wolke sitzt. Nichts. Bazille begreift nicht, dass das Zusammenleben im Reich der Normalität mehr erfordert als lautstarke Loyalitätsbekundungen, und er begreift auch nicht, dass Menschen nicht ohne Freude leben können, und er begreift nicht einmal, dass er sich immer noch berauscht, dass der Genuss, den er an seiner eigenen scharfen Stimme hat, wenn er von Angelica redet, der gleiche ist, den er einst empfunden hat, als er den Deckel von einer Schnapsflasche abdrehte.

Augusta lässt seufzend ihre Wolke weitergleiten.

Alice und Angelica sind jetzt angekommen. Sie stehen mit Marianne in deren Flur, und ihre Blicke bilden ein Dreieck. Marianne schaut Angelica an, diese wiederum schaut Alice an, welche Marianne ansieht.

»Ja, so«, sagt Marianne schließlich. »Jaha. Du hast also mit Alice fahren können …«

Angelica antwortet nicht, gibt nur ein leises Geräusch von sich. Ein paar Sekunden lang bleibt es still, dann räuspert Alice sich.

»Ja«, sagt sie. »Ich dachte, das ist am einfachsten so. Seid ihr soweit?«

»Kein Grund zur Eile«, sagt Marianne und schaut auf die Uhr. »Kåre ist noch im Badezimmer. Willst du eine Tasse Kaffee?«

»Gern«, sagt Alice lächelnd. »Und Angelica will sicher auch eine Tasse.«

Angelica hat schon den Mund geöffnet, um zu sagen, dass sie keinen Kaffee trinkt, als sie Alices Blick begegnet. Sie schließt sofort die Lippen und nickt stumm. Ja, bitte. Gern. Angelica möchte schrecklich gern eine Tasse Kaffee, wenn Marianne so nett ist und ihr eine anbietet.

Trotzdem kann Augusta erkennen, dass Angelica nicht mehr die Gleiche ist wie damals als kleines Mädchen, sie ist schweigsamer und mehr auf der Hut. Als Marianne zu Tisch bittet, sucht sie sich den Platz, der der Tür am nächsten ist, und setzt sich nur auf die äußerste Stuhlkante, sitzt dort mit geradem Rücken und den Händen auf den Knien, während Marianne Kaffee einschenkt. Alice gießt sich Milch in ihren Kaffee, Angelica beobachtet sie und tut es ihr nach, aber sie zögert einen Moment, als Marianne nach dem Zucker greift. Siri hat immer Zucker genommen, aber Alice macht es nicht, und Angelica hat nur wenige Sekunden Zeit, sich zu entscheiden. Marianne wird schnell ungeduldig. Sie macht mit der Hand eine kleine Bewegung, die die Zuckerwürfel rasseln lässt, und das lässt Angelica in ihre Kindheit zurückfallen. Sie streckt die Hand aus und nimmt sich fünf Stückchen, lässt sie dann in den Kaffee plumpsen, eins nach dem anderen, wobei sie Marianne schnell einen Blick zuwirft. Du hast es mir doch angeboten, sagt der Blick. Warum bietest du es an, wenn du nicht willst, dass ich was nehme?

Da kommt er, genau in dem Augenblick, in dem ansonsten in der Küche eiskaltes Schweigen geherrscht hätte. Aber als Kåre kommt, ist es vorbei mit der Stille; Kåre besteht zum größten Teil aus Geräuschen und Lärm. Er ist derjenige, der bei den Sitzungen der Sozialdemokraten im Haus des Volkes »Die Söhne der Arbeit« anstimmt und allein kraft seiner Stimme die jüngeren Parteimitglieder zwingt mitzusingen. Er ist derjenige, der in der Dämmerung später Sommerabende auf seiner gefliesten Terrasse sitzen und schmachtende Lieder von Dan Andersson mit einer Stimme singen kann, die Frauen noch mehrere Häuser weiter dazu bringt, ihre Augen zu schließen. Er ist derjenige, der ebendiese Stimme wie einen Donner grollen lassen kann, wenn Marianne sich erdreistet, ihm in irgendwelchen Fragen des Haushalts zu widersprechen, oder wenn einer seiner erwachsenen Söhne nicht begreift, was das Beste für ihn ist. Aber jetzt singt oder donnert er nicht, er geht schnaubend nach der Dusche über den Flur, lehnt sich mit seinem in einen Bademantel gehüllten Oberkörper an die Türöffnung und lässt seine Stimme die ganze Küche erfüllen:

»Meine Damen! Guten Tag alle miteinander! Ein Vergnügen, euch hier zu sehen…«

Drei Frauen lachen ihm zu; eine im Himmel und zwei auf der Erde. Aber das irdische Mädchen lacht nicht, sie legt ihre Hand an den Hals, als müsse sie sich schützen.

Kåre hat irgendetwas Besonderes an sich. Etwas, das nur schwer zu erklären ist. Etwas gleichzeitig Tröstliches und tief Beunruhigendes. Etwas, das es Augusta schwer macht, zu entscheiden, auf welcher Seite der dünnen Grenzlinie zwischen Idealismus und Zynismus er sich eigentlich befindet.

Er war an diesem Sommersonntag Ende der Fünfziger ein magerer junger Mann, der mit Marianne in Augustas Haus kam, um vorgestellt zu werden. Fast durchscheinend. Nicht, dass er jetzt geradezu dick ist, aber er ist grobschlächtiger geworden. Es ist, als hätte jedes Jahr eine neue Schicht Fleisch und Haut über die alten gelegt. Seine langen Hände sind breit und viereckig geworden, seine schmale Nase ist jetzt groß und grobporig, sein Haar ist – sonderbarerweise – noch kräftiger und zerzauster als zuvor. Kåre wurde schon grau, bevor er die Vierzig erreicht hatte, und jetzt ist er bereits seit langem weißhaarig. Silberweiß. Das Haar fällt ihm in die Stirn, als er einen Stuhl herauszieht und sich am Küchentisch niederlässt, er streicht es mit einer vertrauten Geste weg und lächelt Alice an, schenkt Marianne und Angelica dagegen keinen Blick.

»Wie geht's?«

»Gut«, sagt Alice, da sie tatsächlich weder die Ansichtskarte noch ihre eigene Unruhe spürt. »Und selbst?«

»Auch gut.«

»Immer noch Gewerkschaftsbonze und Held der Arbeit?«

»Da kannst du einen drauf lassen. Jemand muss schließlich die Verantwortung übernehmen. Und du treibst dich in den Museen herum?«

»Ja.«

»Und wirst dafür mit Geld überschüttet?«

»Ich nehme, was ich kriege. Aber wie ich es auch anstelle, ich verdiene höchstens die Hälfte von dem, was du kriegst.

Marianne und Angelica sitzen stumm da. Marianne hat den Blick auf die Tischdecke gesenkt, Angelica ist angespannt, aufmerksam. Aber Augusta in ihrem Himmel lacht, das kennt sie gut, und das gefällt ihr. Zwischen Alice und Kåre gibt es etwas, das die beiden zwingt, sofort anzufangen, sich gegenseitig zu necken, sobald sie sich nur sehen. So ist es seit vielen Jahren, eigentlich seit der Zeit, als Alice das Fegefeuer ihrer Jugend überstand und langsam heilte. Anfangs waren die übrigen Anwesenden verblüfft, wenn sie so anfingen. Nicht einmal Lars oder Marianne schienen sagen zu können, ob Kåre und Alice nun einander mochten oder hassten. Inzwischen hat Marianne resigniert und es aufgegeben, sich darüber zu wundern, aber Angelica sieht erstaunt aus. Jetzt lässt sie Alices ironisches Lächeln aus dem Blick und dreht Kåre den Kopf zu, sieht, wie er breit grinst:

»Ja, ja. Aber denk dabei bloß nicht an uns ehrbare Arbeiter, die den ganzen Mist bezahlen sollen...«

»Nein, nein, ich versuche das schon zu vermeiden.«

»Und, klappt es?«

»Ausgezeichnet. Ich habe seit Weihnachten den ehrbaren Arbeitern keinen einzigen Gedanken mehr geschenkt.«

»Oh Scheiße. Dann entschuldige bitte, dass ich das Thema angeschnitten habe. Und dich damit erinnert habe.«

»Macht nichts. Ich werde es gleich wieder vergessen.«

»Das kann ich mir denken...«

»Obwohl ich das Angebot für eine Ausstellung gekriegt habe, die dich interessieren könnte.«

Kåre greift zu seiner Tasse und trinkt einen Schluck Kaffee:

»Ach, ja. Und was für eine?«

»Sie soll von der Industrialisierung handeln. Davon, wie die Industrialisierung unsere Art zu denken verändert hat...«

Kåre hebt die Augenbrauen:

»Hat die Industrialisierung unsere Art zu denken verändert?«

»Ja. Und wie. Es war nicht nur die Arbeit, die zerstückelt wurde. Die Städte wurden auch zerschlagen. Und die Zeit. Das Leben an sich.«

Kåre lehnt sich zurück und schaukelt auf dem Küchenstuhl:

»Das ist ja ein starkes Stück. Und wir in den Fabriken haben natürlich wie immer kein bisschen davon mitgekriegt?«

»Hör auf mit dem Gejammer. Du weißt, was ich meine. Ich versuche ein Bild zu finden, wie ich es beschreiben kann, aber ich finde keins... Hast du *Das Neue Höhlenlied* gelesen?«

Kåre schnaubt:

»Habe ein Nachsehen mit einem ungebildeten Teufel.«

»Viktor Rydberg. Seine große Dichtung über die Industrialisierung... du weißt schon.«

Alice beugt sich über den Tisch, legt die Hände auf die Tischdecke und zitiert:

»Aus der kleinsten Krafterzeugung
das Gold der Muskelenergie gewinnen!
Das war die Frage. Hier ist die Lösung
in Praxis und in Theorie,
die Grube in Betrieb zu halten,
tagein, tagaus, nachtein, nachtaus,
erfordert so ungefähr
zehntausend Leben an einem Tag...«

Kåre tut, als würde er ein Lächeln unterdrücken, achtet dabei aber sehr genau darauf, dass Alice es auch sieht. Sie zieht sofort ihre Hände zurück.

»Ich weiß, ich weiß. Das ist schlecht... Aber irgendwie ist es gleichzeitig auch gut.«

»Das ist beschissen«, sagt Kåre. »Außerdem ist nichts verkehrt an der Industrialisierung. Die ernährt uns, und sie wird uns noch lange Zeit ernähren. Du vermischst da Industrialisierung mit

Taylorismus, aber Taylor ist schon seit langer Zeit tot und begraben. Es gibt keinen einzigen modernen Betrieb mehr, der wie Fords Fabriken in den Dreißigern läuft. Du und deine Besserwisserfreunde in den Museen sollten lieber mal ab und zu ein paar Abstecher in die Wirklichkeit unternehmen, bevor ihr euch über uns beklagt. Und jetzt muss ich mich aber anziehen…«

Alice runzelt die Stirn.

»Aber Viktor Rydberg hat lange vor Taylor gelebt…«

Kåre steht so schnell auf, dass der Stuhl über den Boden schrammt:

»Nun hör zu, was ich dir sage: Da gibt's nichts weiter drüber zu reden. Der Taylorismus ist tot, und das sind nur du und die ganzen anderen Hohlköpfe in Stockholm, die das noch nicht kapiert haben. Inzwischen musst du Abitur haben, damit du überhaupt im Werk anfangen darfst. Dreijähriges Gymnasium. So ist es nämlich. Wir sind keine Sklaven oder Roboter mehr. Nur dass du das weißt.«

Einen Moment lang sind alle still. Kåre bleibt am Tisch stehen und lässt seinen Blick kreisen. Alice sitzt mit gesenktem Blick und geschlossenen Lippen da, als hätte sie gerade einen Einspruch hinuntergeschluckt. Marianne hat ihren Nacken noch tiefer gebeugt und streicht mit der Hand noch fester über die Bügelfalte in der Decke. Nur Angelica sitzt aufrecht da und sieht ihm direkt in die Augen. Kåre erwidert ihren Blick, während er seinen Stuhl unter den Küchentisch schiebt.

»Und die da«, sagt er und nickt mit dem Kopf in Richtung Angelica. »Die will also in Turnschuhen und alten Jeans zum Begräbnis ihrer Großmutter gehen?«

Sie gehorchen, denkt Augusta resigniert. Dabei ist nicht einmal ein Befehl ausgesprochen worden. Trotzdem gehorchen sie. Immer noch.

Eine Tür wird irgendwo im Haus geschlossen. Kåre ist ins Schlafzimmer gegangen, um sich anzuziehen. Einen Moment lang ist alles still am Küchentisch. Marianne ist plötzlich schrecklich müde. Er ist wütend, denkt sie. Und er wird noch eine ganze Weile wütend sein…

Alice streicht sich über die Stirn. Er hat ja Recht, denkt sie. Sie ist falsch angezogen. Und ich hätte es sehen sollen, ich hätte schon in Nordanäng dran denken sollen…

Angelica senkt ihren Blick und lässt den Zeigefinger über die Decke fahren. Ich sehe ärmlich aus, denkt sie. Das wollte er damit wohl sagen. Dieser Idiot.

Sekunden später steht Marianne auf und eilt Kåre ins Schlafzimmer nach, holt alle schwarzen Kleidungsstücke hervor, die sie in ihrem Schrank finden kann und trägt sie zurück in die Küche. Es ist nicht viel. Ein Kleid aus verwaschenem Trikotstoff, das jämmerlich aussieht. Ein Sommerkleid mit wehendem Volant. Ein Altfrauenrock aus glattem Gabardine, der viel zu weit in der Taille zu sein scheint. Ein Paar ausgetretene Pumps. Strumpfhosen in einem noch nicht geöffneten Paket.

Alice hat ihren Kopf schräg gelegt:

»Der Pullover ist in Ordnung«, sagt sie. »Der ist schlicht und schön… und der kleine Schlüssel an der Kette sieht ja aus wie ein Schmuckstück.«

Weder Angelica noch Marianne antworten, Marianne hebt nur den Kleiderstapel hoch und legt ihn Angelica in die Arme.

»Du kannst es im Wohnzimmer anprobieren«, sagt sie.

Als sich die Tür hinter Angelicas Rücken schließt, öffnet sich eine andere in ihr, und sie vergisst, sich zu schützen. Sie bleibt mitten in diesem Raum stehen, der den ganzen Traum von einer Zukunft für sie beherbergte, als sie noch sehr klein war, sieht nicht das Sofa in grauweißem Leder, nicht den Tisch in glänzendem Rosenholz, den Kristallleuchter oder die goldene Pendeluhr. Sie sieht nicht einmal den Berg an Beerdigungskleidern in ihren eigenen Armen. Stattdessen wendet sie den Blick nach innen, und ihr fällt das ein, was sie seit zwölf Tagen nicht hat zugeben wollen.

Siri ist tot.

Sie hat die Worte hundertmal gedacht, aber sie hat sie nicht begriffen. Jetzt begreift sie. Siri ist tot. Siri ist wirklich tot, und heute soll sie begraben werden.

Jemand holt tief Luft in dem stillen Zimmer, und mit einem Teil ihres Gehirns begreift Angelica, dass sie selbst das ist, und mit dem gleichen Gehirnteil denkt sie, dass sie nicht geweint hat, dass sie so eiskalt ist, dass sie nicht eine einzige Träne wegen ihrer Großmutter vergossen hat.

Sie hat nicht einmal geweint, als sie sie gefunden hat. Nein. Jetzt erinnert sie sich daran. Jetzt kann sie sich erinnern.

Sie hatte sich schon Steppjacke und Schuhe angezogen, bevor sie an diesem Morgen zu Siri ins Schlafzimmer gegangen war. Der Rucksack hing über ihrer rechten Schulter, er schaukelte ein wenig, als sie am Fenster stand und das Rollo hochzog. Draußen regnete es. Vielleicht wusste sie da bereits das, was sie nicht wissen wollte. Vielleicht blieb sie deshalb dort stehen und guckte eine Weile aus dem Fenster. Vielleicht war es deshalb so wichtig für sie, den Zeigefinger zu heben und mit ihm einen kleinen Regentropfen zu verfolgen, der langsam das Schlafzimmerfenster hinunterrollte, bevor sie sich langsam dem Bett zuwandte. Den offenen Mund sah. Die starren Augen.

Angelica dachte kurz an das Frühstück, das in der Küche auf Siri wartete, an die eingeschaltete Deckenlampe, an die Norrtälje Tidning, die auf dem Wachstischtuch neben der geblümten Tasse lag, bevor sie aufhörte zu denken und den Rucksack auf den Boden fallen ließ. Sie zog sich die Jacke aus, schüttelte die Schuhe von den Füßen, kroch ins Bett ihrer Großmutter und krümmte sich hinter dem kalten Körper zusammen, lag so mit geschlossenen Augen und gefalteten Händen mehrere Stunden lang, ohne sich auch nur eine Sekunde lang einzugestehen, dass Siri tot war, dass eine Zeit vorbei war und eine andere angefangen hatte, was bedeutete, dass dieser magere Körper ihr nie wieder Schutz bieten konnte.

Erst als der Regen nicht länger gegen die Fensterscheibe trommelte, öffnete sie die Augen, stand auf und zog sich an, ging mit entschlossenen Schritten die Treppe hinunter, aus dem Haus, aus dem Garten und weiter zum Nachbarhaus.

»Mit Siri ist etwas passiert«, sagte sie. Etwas. Sie sagte nicht was. Sie sprach das Wort nicht aus.

Aber jetzt steht sie plötzlich in Mariannes Wohnzimmer, ein Bündel Kleider im Arm und weiß, dass Siri tot ist. Sie soll heute beerdigt werden.

Was macht sie hier?

Angelica öffnet ihre Arme und lässt die Kleider zu Boden fallen, schiebt sie nicht einmal mit dem Fuß zur Seite, sondern tritt auf sie, als sie zur Terrassentür geht. Sie öffnet sie ganz vorsichtig, damit sie niemand hört, und schiebt die Tür einen Spalt auf. Die Terrasse draußen liegt im Schatten, aber die Sonne strahlt auf den Rasen herab, die Frühlingsluft ist so frisch, dass sie ihr fast den Atem nimmt.

Dorthin will sie. Hinaus in die frische Luft. Doch bevor sie den ersten Schritt macht, dreht sie sich zur Seite und betrachtet die Fensterbank, mustert einen Moment lang Mariannes blühende Azaleen und die vielen Ziergegenstände.

Was ist das? Da steht das kleine Zirkuspferd aus dänischem Porzellan, Mariannes meistgehüteter Schatz, den Angelica nie anfassen durfte, als sie noch klein war, den Marianne immer ganz oben auf den Schrank stellte, sobald Angelica kam.

Jetzt steht es ein wenig im Hintergrund, halb verborgen hinter einer prunkenden Azalee, aber es ist immer noch genauso schön wie früher. Angelica nimmt es vorsichtig in die Hand und lässt ihren Zeigefinger über die blauschimmernde Mähne streichen, bevor sie mit einem hastigen Druck eines der zarten Beine abbricht. Danach achtet sie darauf, es sorgfältig wieder an seinen Platz zu schieben. Nichts ist zu sehen, aber wenn Marianne das nächste Mal in ihrem Wohnzimmer Staub wischt, wird das kleine Porzellanbein mit einem Pling vom Marmor der Fensterbank herunterrollen.

Sekunden später reißt sie die Terrassentür weit auf und läuft los.

Sie läuft mit großen Schritten über den Rasen und zwängt sich durch die Hecke, sie läuft den Fußweg bis zu einer Straßenkreuzung entlang, über diese hinweg und weiter zur Landstraße hin, sie läuft am Werk und den letzten Mietshäusern vorbei, läuft, läuft und läuft, bis sie den eigenen Herzschlag spürt und nur noch einen Gedanken hat: dass ihre Lunge bald platzen wird.

Aber keine Augusta schaut ihr nach, keine Augusta sitzt auf einer Wolke und folgt ihrem Enkelkind mit ihrem Blick. Die Toten sind tot, und es gibt kein Himmelreich.

Es gibt nur die Erde. Mit all ihren Kindern.

III

Ich sehne mich, denkt Augusta.
Denkt Alice.
Denkt Angelica.

Die Zeit trennt sie, aber das ist nur eine Frage von Licht und Abstand. Alles ist ewig. Irgendwo liegt Roslagen immer noch unter dem Binneneis. Anderswo gibt es ein glasiggrünes Königreich in einem Meer aus Schmelzwasser, und an einem weiteren anderen Ort ein Klippenreich, das langsam an die Oberfläche steigt. Eines Morgens spiegelt sich zum ersten Mal ein Baum im Wasser der Bucht. An einem Tag, viele tausend Jahre später, wird die Stille des Waldes von der Stimme des ersten Mannes zerschnitten, und am gleichen Abend flüstert eine Frau das Wort, das der Name des Ortes werden soll. Tausend Jahre später strandet ein Wal in der Edeboviken. Da liegt er blau und massig am Strand, schlägt müde mit dem Schwanz in dem flachen Wasser, während er stirbt. Es ist ein sonderbares, glückhaftes Ereignis, das anderen Menschen weit entfernt erzählt wird. Und dann wird zum ersten Mal der Name des Ortes aufgeschrieben: *Hallstad*. Felsplatz.

Der Name und die geschriebenen Worte lassen die Zeit schneller vergehen, jetzt eilen die Jahrhunderte davon, die Zeit atmet heftig, sieht, wie Menschen so schnell geboren werden und sterben, dass sie kaum erinnern, dass sie einmal gelebt haben. Einige von ihnen halten jedoch zwischendurch einmal inne, ein Mann senkt seine Hacke mitten bei der Arbeit im Bergwerk, eine Frau streckt ihren Rücken bei der großen Wäsche und streicht sich mit vor Kälte steifen Fingern über ihre Schürze, denkt: *Ich lebe. Genau in diesem Augenblick lebe ich.* Im nächsten Moment ist es schon wieder vorbei.

In der Dunkelheit der Grube wird die Hacke gehoben, rote Hände werden ins kalte Wasser getaucht, die Zeit eilt weiter.

Die Kirche in Häverödal wächst aus der Erde empor, steht eines Tages da und zeigt stolz ihre Bilder. Herrängs Grubengänge werden immer zahlreicher und tiefer, schwer beladene Fuhrwerke fahren durch die Wälder zur Eisenhütte in Skebo und Bennebol. Die Zeit keucht ihnen hinterher, die erschöpften Pferde versuchen den Takt zu steigern und zu halten. Aber es nützt nichts: Ihre Zeit ist bald vorbei. Nur einen Atemzug dauert es, dann ist ein Hafen für Segelschiffe in der Hallstavik gebaut worden und gleich danach eine Eisenbahnlinie von Stockholm nach Skebobruk und von dort eine weitere nach Hallstaviks Nachbarort Häverödal. Es ist die schlechteste Eisenbahnstrecke in ganz Schweden, aber zumindest ist es eine Eisenbahnstrecke, die Ruß, Dampf und die Düfte der neuen Zeit mit sich bringt. Abends treffen sich die Jungs am Bahnhof. Ihre Herzen wollen fast zerplatzen vor Begeisterung über die Kraft und Schwärze der Lokomotive, aber solche Gedanken dürfen sie sich eigentlich nicht erlauben, deshalb boxen sie sich stattdessen und suchen Streit, rollen in immer neuen Prügeleien über den Kies, drohen mannhaft mit geballter Faust, wenn der Bahnhofsvorsteher sich schließlich die Mühe macht und sie trennt. *Ich lebe*, denkt ein Junge, obwohl das Echo einer kräftigen Ohrfeige immer noch in seinem Kopf hallt, obwohl er spürt, wie sein eigenes warmes Blut ihm aus der Nase läuft. *Genau in diesem Augenblick lebe ich.* Ein Mädchen geht draußen auf der Straße vorbei und wirft ihm einen schnellen Blick zu, lässt ihre Augen aber nicht auf ihm verweilen. In ihrem zwölfjährigen Leben hat sie schon Tausende von Jungen mit blutender Nase gesehen, und es interessiert sie nicht. Dagegen interessiert sie der Zug umso mehr, aber sie kann nicht einfach stehen bleiben und ihn angucken. In ihrer grenzenlosen Selbstüberschätzung würden die Jungs sich sofort einbilden, sie wären es, die sie anstarrt, und das gönnt sie ihnen nicht. Denn wie sollte sie ihnen klarmachen, dass das, was sie sieht, als sie an einem Sommerabend am Bahnhof Häverödal vorbeigeht, nicht ein paar Rotzbengel sind, sondern sie selbst, wie sie in zwei Jahren sein wird, wenn sie konfirmiert ist und den Zug nach Stockholm nimmt, um dort Hausmädchen zu werden? Schon jetzt spürt sie jede Bewegung, die sie dann machen wird: Wie eine Hand das Kleid rafft, es anhebt und ein paar glänzend neue Stiefel aufdeckt. Wie die andere den Rand des Güterwagens packen wird, sodass sie sich schnell und geschickt hochziehen kann. In Skebobruk wird sie in einen größeren Zug mit richtigen Passagierwagen mit Dach und Holzbänken umsteigen. Sie weiß nicht so recht, wie solche Wagen aussehen, sie hat sie bisher nur in ihren Träumen gesehen, weiß nur, dass sie mit so einem Wagen fahren muss, wenn sie nach Stockholm reisen will.

Sie weiß auch nicht, dass Augusta an diesem besagten Tag in entgegengesetzter Richtung fahren wird, dass ihrer beider Kleider sich berühren werden auf dem Bahnhof Skebobruk, wenn Augusta aus dem Zug steigt und das Mädchen, das Hausmädchen werden will, einsteigt. Sie sehen einander nicht: Beide haben ihren Blick fest auf ihre Zukunft gerichtet, keine von beiden verschwendet ihre Zeit damit, die Gegenwart zu betrachten.

An diesem Tag ist Augusta müder, als sie jemals gewesen ist, und müder, als sie in Zukunft jemals sein wird. Ihr Gesicht leuchtet hellgrau unter dem Kastanienton ihrer Haare, ihre Lippen sind nur eine Spur dunkler, die Schatten unter den Augen sehen aus, als wären sie mit einer verblichenen Tinte hingewischt. Auf den ersten Blick erscheint sie besser gekleidet, als man es von einer jungen Frau in ihrer Stellung erwarten könnte, aber trotzdem sieht es aus, als fröre sie. Vielleicht liegt es ja daran, dass ihr Mantel sich nicht zuknöpfen lässt, er reicht nicht ganz über die Brust. Ihr Hut wärmt überhaupt nicht, es ist ein Sommerhut aus Stroh, der sich überhaupt nicht für einen feuchten Oktobertag wie diesen eignet.

Augusta zieht ihre Schultern hoch und schüttelt sich, als sie mit ihrem Kinderbündel im Arm auf dem Bahnsteig steht, öffnet dann die rechte Hand und lässt die Reisetasche los, spreizt die Finger ein wenig, als wolle sie versuchen, ob sie sich noch bewegen lassen. Die Reisetasche fällt neben ihr zu einem kleinen grauen Plüschhaufen zusammen, sie scheint höchstens zur Hälfte gefüllt zu sein. Einen Moment lang sieht es aus, als würde Augusta schwanken, als wollte sie in gleicher Weise wie die Tasche zusammensinken, aber stattdessen beugt sie sich in einer Art Knicks hinunter und nimmt die Tasche wieder auf, geht dann mit entschlossenem Schritt und klappernden Hacken zu dem anderen Zug, dem Güterwagen, der nach Häverödal fahren soll. Ohne ein Wort streckt sie das Kinderbündel einem alten Mann entgegen, der gerade hochgeklettert ist, murmelt leise, er solle die Hand unter den Kopf des Kindes halten, lässt dann die Reisetasche auf den Wagenboden fallen, packt mit festem Griff den Wagenrand und zieht sich hoch. Vier Männer und ein erstaunter Alter, der gerade einen Säugling in die Arme bekommen hat, beobachten sie, stellen fest, dass sie äußerst schmale Gelenke hat. Als sie den Wagen erklettert hat, nimmt sie das Kind und murmelt ein hastiges Dankeschön, lächelt aber nicht und sieht dem Alten nicht in die Augen.

Wenn Herrschaften mitreisen, holt die Eisenbahngesellschaft Latten für Bänke heraus, aber heute qualifiziert sich keiner der Passagiere für diese Mühe. Es ist von weitem zu sehen, dass der Alte nur ein ganz gewöhnlicher Alter ist, dass die vier Männer Arbeiter auf dem Weg zur Werksbaustelle in Hallstavik sind, die Europas größte Baustelle werden soll, und dass das Mädchen mit dem Kind auf dem Arm möglicherweise – aber nur möglicherweise – doch schon eine Frau sein könnte, aber auf jeden Fall auch dann keine feine Dame. Also müssen sich alle in dem offenen Wagen direkt auf den Boden setzen.

Die Lok faucht und zischt und stößt schon lange Dampf aus, bevor der Zug sich in Bewegung setzt. Augusta findet das schön, dann braucht sie nicht zu befürchten, dass das Kind aufwachen und die Leute mit seinem Geschrei stören könnte. Ein Kind von nur drei Wochen kann keine Lokomotive übertönen. Nicht unter freiem Himmel. In dem Passagierwagen des Zugs von Stockholm wäre das möglich gewesen, tatsächlich hat sie sich die ganze Zeit Sorgen gemacht, dass genau das passieren könnte, aber Olga schlief den ganzen Weg von Stockholm und gab nicht einen Mucks von sich. Der Schnuller hat funktioniert, genau wie Kristin es gesagt hat.

Zu Kristin war sie gegangen, als es zu sehen war. Es war nie zu einer Auseinandersetzung zwischen ihr und Vilhelm gekommen, sie suchte nicht einmal seinen Blick, wenn er sich abwandte. Eines Vormittags, als die gnädige Frau und die Köchin in die Sommerfrische gefahren waren, band sich Augusta ganz einfach die Schürze ab, nachdem sie das Frühstücksgeschirr abgespült hatte, ging in ihr Mädchenzimmer und packte. Vilhelm musste ihren Bewegungen gelauscht und verstanden haben, was sie bedeuteten, denn als sie eine Weile später in der Öffnung zur Bibliothek stand, in Mantel und Strohhut gekleidet, hatte er schon ihren Namen auf einen Umschlag geschrieben und ihn wieder zugeklebt. Er sah ängstlich aus, als er ihr den entgegenstreckte, aufgeblasen und ängstlich zugleich, und plötzlich konnte sie sehen, wie hässlich er war mit seiner fleischigen Nase und seiner grobporigen Haut. Irgendwo in ihrem Inneren spürte sie eine leichte Verwunderung darüber, dass sie das vorher nicht gemerkt hatte, dass es Augenblicke gegeben hatte, in denen sie sogar von ihm geträumt hatte. Das würde sie nie wieder machen, das wusste sie jetzt. Niemals wieder.

»Es ist noch ein bisschen Aufschnitt in der Speisekammer«, sagte sie und stopfte den Umschlag in die Manteltasche. »Wird sonst noch etwas gewünscht?«

Sein Blick flackerte, und er leckte sich hastig den Mund, die glänzenden Lippen machten ihn noch hässlicher. Das Parkett bebte unter ihr bei der Erinnerung daran, welches Gefühl es gewesen war, als die Lippen über ihren Hals geglitten waren, und plötzlich erinnerte sie sich auch an seinen Geruch, wie er nach Tabak und Einsamkeit gerochen hatte, als er sich das erste Mal an sie geklammert hatte, wie er gewimmert hatte, als er seine Finger in ihrem Haar vergrub, wie er mit fester Hand daran gezogen und ein kleines Büschel mit den Wurzeln herausgezogen hatte.

»Augusta hat mich verlockt«, sagte er und räusperte sich. »Wenn Augusta mich nicht verlockt hätte …«

Sie wartete nicht, dass er den Satz beendete, kehrte ihm den Rücken zu und ging.

Kristin konnte sich nicht mehr an sie erinnern. Augusta musste eine ganze Weile auf der Türschwelle stehen und es ihr erklären, während die Alte sie mit dem wässrigen Blick des Alters musterte. Ihr Pflegekind? Ein paar Monate lang vor fast zehn Jahren? Wie sollte sie sich daran erinnern können? Es waren ja so viele gewesen, das eine Waisenhauskind hatte das andere abgelöst, mehr als dreißig Jahre lang. Eigentlich konnte sie sich nur noch an das erste erinnern … Er hatte Sven geheißen und war ein kleiner Bengel gewesen, der bei einem Schneider in Småland untergebracht worden war, aber ins Waisenhaus zurückgeschickt wurde, weil er nicht ordentlich arbeiten wollte. Damit fing es an, dieses ewige Pflegemutterdasein. Die feinen Damen aus dem Waisenhaus waren schnell der Meinung, dass Kristin sich doch um jedes Kind kümmern könnte, das zurückgeschickt wurde und das sie nicht ablehnen konnten. Aber alles war zu Ende, als eines der Kinder sich dann hier bei ihr zu Tode hustete. Plötzlich stellten die feinen Damen fest, dass Kristin nicht mehr in einem Zimmer hoch oben im Haus wohnte, sondern in einem Raum mit Kochstelle im Keller, und dass sie sich nicht mehr mit Änderungsschneidereien ernährte, sondern zu Lumpen und gebrauchter Kleidung übergegangen war. Es war nicht gesund für uneheliche Kinder, in Kristins Lumpenhaufen zu spielen, bei Gott; deshalb holten sie das letzte Kind ab und weigerten sich, neue zu schicken. Und das war, was Kristin betraf, eigentlich auch nur recht so, wenn da nicht das Geld gewesen wäre. Lumpen lohnten sich nicht in gleicher Weise wie Änderungen, aber ihre Augen waren einfach zu trübe geworden, als dass sie hätte nähen können …

Brot? Ach, Augusta hatte gekauftes Brot mitgebracht? Eine ganze Tüte voll mit Weizenbrötchen und eine andere mit Zwieback? Und zwei Hekto frisch gemahlenen Kaffee?

Das war ja ein starkes Stück. Das stärkste Stück von allen.

Ja, natürlich konnte sie hereinkommen, Kristin war ja nicht unchristlich, sie sollte einfach nur hereinkommen und sich hinsetzen. Kristin musste nur schnell die Lumpen vom Tisch räumen, dann konnte sie Feuer für den Kaffee machen. Bei näherem Nachdenken meinte sie sich auch an Augusta erinnern zu können. War sie nicht diejenige, die lange Zeit bei einer Volksschullehrerin in Skåne gelebt hatte? Die dann Knall auf Fall gestorben war? Ja, natürlich erinnerte Kristin sich an sie. Augusta war ein außergewöhnliches Waisenhauskind gewesen, nicht wahr? Nicht nur der Vater unbekannt, wie man so sagt, sondern auch noch die Mutter. Auf der Treppe zum Waisenhaus gefunden, ohne auch nur einen Zettel, der sagen konnte, wer sie war. Oh ja, jetzt erinnerte Kristin sich, wie wütend Augusta immer geworden war, wenn die anderen Kinder sie damit ärgerten, dass sie elternlos war. Als ob ihre Dienstmädchenmütter ein Grund zum Prahlen wären. Aber Augusta wohnte nicht lange bei Kristin, für sie hatte sich doch ziemlich schnell eine neue Pflegestelle gefunden. Bei einem Bauern in Sörmland. Stimmte das? Dachte ich mir doch. Und jetzt war ihr ein Unglück zugestoßen? Jaja, da war sie nicht die Erste. Kristin konnte von der einen und anderen berichten, und es waren nicht nur Dienstmädchen, Haushilfen und Armenhäuslerinnen gewesen, sondern auch salbungsvolle Krankenschwestern und scheißvornehme Frauen, pharisäerhafte Lehrerinnen und pseudovornehme Fräulein...

Und dann hatte sie erzählt. Drei Monate lang saß Augusta an ihrem Tisch und sortierte Lumpen, während Kristin eine Schwindel erregende Geschichte nach der anderen erzählte. Hatte Augusta von dem Mädchen gehört, das ihr Kind in einer Kommodenschublade erstickt hatte und dann versuchte, es im Herd zu verbrennen? Sie wurde hinterher wahnsinnig und kam ins Hospital. Oder von der Krankenschwester, die durch einen einzigen Tropfen Blut überführt wurde? Sie jammerte und heulte, schien über ihr kleines Uneheliches zu trauern und kleidete die Leiche in Spitzenkleid und Haube zur Beerdigung. Trotzdem wurde sie als Mörderin ertappt. Als der Pfarrer einen Blick unter die vielen Spitzen und Rüschen warf, sah er, dass das Kleine eine winzige Wunde ganz oben auf dem Kopf hatte. Und da wusste er: Sie hatte eine Nadel direkt in den Kopf des Kindes gesteckt, eine ganz normale Stricknadel der dünnsten Sorte. Oh ja. So war es. Aber noch schlimmer war es wohl mit dem Mädchen, das ihr Kind am Strand von Brunnsviken gekriegt und es sofort ins Meer geschmissen hatte. Eine richtig harte Nuss. Gleich danach ging sie nach Hause, torkelte wie eine Betrunkene in der Küche herum und schleppte eine Blutspur hinter sich her. Die Bauersleute waren ja nicht so dumm, dass sie nicht begriffen hätten, was los war. Die Bauersfrau hatte ja gewusst, dass die Magd schwanger war, auch wenn diese das die ganze Zeit geleugnet hatte. Aber jetzt nützte alles Leugnen nichts mehr, die Frau ließ die Hebamme kommen, und dann gab es trotz allem Schreien und Heulen des Mädchens eine Untersuchung. Die Nachgeburt war immer noch da, also gab es nicht viel zu leugnen, trotzdem jammerte die dumme Gans weiter und behauptete, es sei nur geronnenes Blut herausgekommen... Hah! Das ging eine Weile so. Aber dann wurde die kleine Leiche in der Brunnsviken angespült, und dann kam es zum Prozess. Wenn das dumme Mädchen genug Verstand gehabt hätte, hätte sie doch das Kind leben lassen und dem Waisenhaus übergeben. Was war denn schon dabei? Hatten das denn nicht Hunderte, vielleicht sogar Tausende von Mädchen so gemacht? Und die Schande? Musste man sich darüber Gedanken machen? Über arme Frauenzimmer wurde ja sowieso immer geredet, da machte ein uneheliches Kind mehr oder weniger nicht mehr viel aus.

Augusta versuchte eine unbewegte Miene aufzusetzen, solange Kristin erzählte. Sie beugte sich über die Lumpen auf dem Tisch und musterte ein Stück nach dem anderen, Stofffetzen für Stofffetzen, und legte sie auf die jeweiligen Haufen, ohne mit eine Regung zu verraten, dass ihr Rücken sich immer wieder im Krampf zusammenzog. Klagen hätten keinen Sinn gehabt, schließlich war sie ganz allein Schuld daran, dass sie hier saß. Sie war zu Kristin der Märchen wegen gegangen, weil ihre Erinnerung an die Monate auf Söder, als sie immer noch wie betäubt war auf Grund der Trauer über ihre erste Pflegemutter, einzig und allein von einer Stimme beherrscht wurde, die ununterbrochen von Prinzen und Prinzessinnen erzählte, von Heidenkindern und Wechselbälgern, von Elfen und Trollen. Aber jetzt hatte Kristin keine Märchen mehr zu erzählen, sondern nur noch diese aufwühlenden Geschichten voller Blut und verbrannter Körper, geplatzter Perlmutthäute und ungeschützter Kinderköpfe.

Augusta kam nie auf den Gedanken, Kristin doch zu bitten aufzuhören. Durch nichts im Leben hatte sie gelernt zu bitten und zu fordern, alles, was sie gelernt hatte, war, stumm alles zu ertragen, was geschah, und sich dann mit der gleichen stummen Entschlossenheit das zu verschaffen, was sie haben wollte. Aber die Stille konnte sie sich nicht verschaffen, nicht daheim bei Kristin. Draußen auf der Straße klapperten die Pferdehufe auf dem Kopfsteinpflaster, hallten schrille Jungenstimmen wie Vogelgezwitscher zwischen den Häuserwänden, und hier drinnen im Kellerraum leierte die Stimme der alten Frau ihre Litanei ununterbrochen herunter. Manchmal fasste Augusta sich an den Rücken, lächelte vorsichtig in Kristins Richtung und tat so, als wären es die Bewegungen des Kindes, die sie dazu brachten, sich aufzurichten. Aber so war es nicht. Das Kind rührte sich äußerst selten, und wenn es manchmal geschah, dann waren die Bewegungen so leicht und flatternd, dass Augusta erst eine ganze Weile später begriff, was geschehen war.

Die letzten Wochen ging sie nicht mehr hinaus, saß die ganze Zeit in Kristins Kellerraum. Wenn Kunden kamen, die Lumpen verkaufen oder gebrauchte Kleidung kaufen wollten, zog sie sich vom Tisch zurück in die Schatten an der Feuerstelle, drehte ihnen den Rücken zu und tat so, als wäre sie mit dem Feuer oder dem Kaffee beschäftigt. Trotzdem sorgte sie für sich und gab noch mehr – sie steckte Kristin die eine oder andere Krone zu und protestierte nicht, wenn die Alte mit Kaffee, Weizenbrötchen und Schnaps nach Hause kam. Kristin lebte von Kaffee mit Schuss, und als zufälliger Pensionsgast musste Augusta da mithalten, auch wenn ihr Körper sich nach Speck und Kartoffeln verzehrte. Die Verpflegung machte sie schwach und schwindlig; nach einigen Wochen musste sie sich an der Wand, dem Herd oder dem Tisch festhalten, wenn sie aufstehen wollte. Dennoch gestattete sie es sich nie, dem Drang nachzugeben und einfach hinzusinken, sich in einen Lumpenhaufen unter all den anderen zu verwandeln. Geld, dachte sie, wenn der Boden ihr entgegenkam. Ich habe jedenfalls mein Geld!

Sie hatte den Umschlag schon gleich auf der Küchentreppe auf dem Weg aus Vilhelms Wohnung geöffnet, ihre Finger hatten gezittert, als sie den Umschlag aufriss und mit gerunzelter Stirn die

Scheine zählte. Sechshundert Kronen? Mehr als ein Jahreslohn. Fast zwei. Sie blieb mitten auf der Treppe stehen und zählte die Scheine noch einmal – doch, es stimmte, fünf Hunderter und zehn Zehn-Kronen-Scheine –, um gleich darauf dem Ergebnis ihrer Fingerspitzen zu misstrauen und von Neuem anzufangen zu rechnen. Erst als sie hörte, wie sich weiter oben im Haus eine Tür öffnete, stopfte sie den Umschlag in die Tasche und ging weiter die Treppe hinunter. Als sie im Erdgeschoss angekommen war, öffnete sie die Kellertür und glitt weiter nach unten in die dunkle Tiefe. Augusta war von ihrem fünfzehnten bis zu ihrem achtzehnten Lebensjahr fast täglich hier gewesen. Sie wusste, wo sie einen Kerzenstummel und eine Streichholzschachtel finden konnte und in welcher Ecke sie auf einer alten Heringstonne sitzen und noch einmal ihren Reichtum zählen konnte.

Sie hatte nicht damit gerechnet, überhaupt Geld zu bekommen. Sie hatte angenommen, sie müsste sich mit ihrem üblichen Wochenlohn begnügen und vielleicht mit noch einem Zehner als Pflaster auf die Wunde. Sie war nie auf die Idee gekommen, dass Vilhelm sich freikaufen könnte, genau wie es ihr nie eingefallen war, dass er sie befruchten könnte. Aber das Geldscheinbündel beinhaltete eine Botschaft: Sie hatte Macht über ihn, eine Macht, die natürlich auch eine Gefahr für sie selbst beinhaltete, aber es war eine Macht, die Vilhelm um Gnade flehen ließ. Denn genau das hatte er getan, indem er ihr den Umschlag gegeben hatte, er flehte sie an, ihn zu verschonen, im Kirchenbuch nur »Vater unbekannt« eintragen zu lassen. Und er hatte Recht. Für sechshundert Kronen war Augusta bereit, wen auch immer zu verschonen.

Sie brauchte eine Ewigkeit, ehe sie das Geld versteckt hatte. Zuerst stopfte sie einen Hunderter in jeden Stiefel, dann einen in jeden Strumpf, um aber sofort ihre Meinung zu ändern und die Scheine wieder herauszuziehen. Die würden ja ganz zerknittert, wenn sie so mit ihnen herumlief! Minuten später stopfte sie sie doch wieder dort hinein, denn das Geld lag nun einmal sicherer in den Strümpfen und den Stiefeln als an sonst einem Platz am Körper. Schließlich knöpfte sie sich ihre Bluse auf und schob den letzten Hunderter unter Hemd und Korsett, faltete drei Zehn-Kronen-Scheine zu kleinen Vierecken und schickte sie auf den gleichen Weg. Die letzten sieben Zehn-Kronen-Scheine stopfte sie in ihre Geldbörse, legte die Geldbörse dann ganz unten in die Reisetasche, setzte sich zurecht und fing an zu weinen.

Es war ein merkwürdiges Weinen, trocken und krampfartig, das sie für den Rest ihres Lebens als ein Geheimnis in sich tragen und über das sie oft nachdenken sollte. Es schien nicht aus ihrem tiefsten Inneren aufzusteigen wie das Weinen der Kindheit, es kam von außen und drängte sich ihr auf, es war, als hätten fremde Hände ihre Lippen gepackt und sie auseinander gezogen, hätten ihr ganzes Gesicht zu einer schrecklichen Fratze verzerrt. Trotzdem versuchte sie Widerstand zu leisten: Sie verschloss ihre Kehle und versperrte dem Schluchzen den Weg, verwandelte es zu einem breiigen Stöhnen, das die Flamme der Kerze zum Flackern brachte. Sie ballte die Fäuste und schlug sie sich immer wieder gegen die Schenkel.

Als das Licht heruntergebrannt war, verstummte sie, saß unbeweglich eine Weile da und sog die Gerüche des Kellers mit den Nasenflügeln auf. Erde und Vorjahresäpfel. Mehr als eine Stunde lang saß sie anschließend noch auf der Heringstonne und starrte in die Dunkelheit, schloss nur ab und zu die Augen und betrachtete die Farben, die hinter den Augenlidern tanzten. Sie hatte sich darauf vorbereitet zu sterben. Sie hatte es selbst gar nicht gewusst, doch so war es. Aber jetzt war sie gerettet. Sie brauchte nicht ins Wasser zu gehen, Sie hatte sechshundert Kronen und eine Zukunft, die auf sie wartete.

Das machte sie nicht froh. Nur etwas erleichtert und gleichzeitig ziemlich müde.

Und jetzt hat die Zukunft begonnen, jetzt sitzt Augusta auf dem Boden des offenen Güterwaggons mit ihrem Kind im Arm und ist auf dem Weg irgendwohin. Wohin, weiß sie eigentlich nicht, sie hat kein Bild davon im Kopf, wie dieser Ort, der Herräng heißt, wohl aussehen wird, weiß nur, dass sie in Häverödal aussteigen soll, dass sie dort abgeholt und mit Pferd und Wagen noch einige Kilometer weit gefahren werden soll. Herräng liegt dort, wo die Straßen enden. Am Ende der Welt.

Der Witwer, für den sie arbeiten soll, ist Steiger. Augusta weiß nicht, was ein Steiger eigentlich ist, aber ihr gefällt das Wort, das lässt sie an mutige Männer denken, die sich ihren Weg durch die Berge bahnen und auf wilden Pfaden hinaufsteigen. Aber Kristin, die als Kind in Herräng gelebt hat, hatte behauptet, dass ein Steiger etwas ganz anderes ist. Eine Art Zwischending. Ein halber Herr. Keine Herrschaft, obwohl er im Rang direkt unter dem Verwalter steht, aber auch kein normaler Arbeiter, obwohl er jeden Tag in die Grube hinunterfährt. Aber was er da unten tat, das wusste Kristin nicht, und das interessierte sie auch nicht.

Kristin hatte ihr die Stelle besorgt, sie war eines Tages von einem ihrer Lumpensammlergänge heimgekommen und hatte ihr erzählt, dass sie eine alte Bekannte aus Herräng getroffen habe, eine Fischersfrau. Kristin war seit der Jahrhundertwende nicht mehr in Herräng gewesen, deshalb hatte sie dem Dorfklatsch nur mit mäßigem Interesse gelauscht. Genau genommen hatte sie überhaupt nicht zugehört, bis die Fischersfrau von dem trauernden Steiger erzählt hatte, der seit mehreren Jahren Witwer war und wirklich eine Frau im Haus brauchte …

Danach schien alles wie von allein abzulaufen. Augusta begriff nie so recht, wie es zugegangen war. Eines Tages kam ein Brief von dem Verwalter der Herränger Grube, der kurz besagte, dass Augusta sich ab Oktober als Haushälterin bei Steiger Arthur Svensson einfinden sollte. Was Arthur Svensson selbst von der Sache hielt, ging nicht daraus hervor. Auch wurde das Kind nicht erwähnt, das nun bald aus Augustas Körper kommen sollte. Ein einziges Mal nur erwähnte Kristin das Waisenhaus als einen Ausweg. Sie verstummte sofort, als sie Augustas Blick sah.

Augusta fällt in den Rhythmus des Zugs und lässt sich in den Schlaf schaukeln, drückt das Kind noch fester an die Brust. Es geht auf den Nachmittag zu, die Dämmerung liegt in den kupferfarbenen Wäldern schon auf der Lauer, und ein Regen, so fein, dass er kaum zu spüren ist, hängt in der Luft. Augusta gefällt das, obwohl sie spürt, wie ihr ein Schauer über die Arme läuft, wenn sich die Oktoberluft durch den Mantel bohrt, aber sie spürt auch, wie die Wangen weicher werden und das Haar glänzt, wie der feine Regen sie glänzen lässt. Der Herbst streichelt die ganze Welt, bis sie zur Ruhe kommt, und Augusta ist ein Teil der Welt.

Sie schaut auf das Bündel in ihren Armen. Kristin hat Olga in eine Lage Wolle nach der anderen gewickelt und ein schönes kleines Tuch aus der Lumpensammlung geopfert, damit das Paket einen ordentlichen Umschlag bekommt. Sie hat auch für den Schnuller gesorgt. Sie hat ein Zuckerstückchen in Schnaps getaucht, es dann in Gaze gewickelt und in Olgas Mund gestopft. Kristin hatte Augusta einen triumphierenden Blick zugeworfen, als das Mädchen sofort anfing zu saugen und Minuten später eingeschlafen war. Jetzt schläft sie immer noch, obwohl Augusta den Schnuller schon vor langer Zeit aus ihrem Mund gezogen und in ihre Manteltasche gesteckt hat, sie hat seit dem frühen Morgen geschlafen. Der leise Zweifel, der den ganzen Tag in ihrem Hinterkopf verborgen geruht hat, streckt sich plötzlich und kommt zum Vorschein. Schnaps? Für ein Neugeborenes? Kann das wirklich gut sein? Augusta beugt sich über das kleine Bündel und horcht angespannt. Doch, sie atmet noch. Sie hat zwar den ganzen Tag die Augen nicht geöffnet, aber sie atmet noch.

Augusta schiebt ihre Unruhe zur Seite und schaut zum Himmel auf, versucht die Dampfwolken der Lokomotive von den Regenwolken zu unterscheiden. Aber es ist unmöglich. Alles fließt ineinander, alles außer einem glühenden Funken, der für eine Sekunde durch den Dunst fällt. Er sieht aus wie eine Sternschnuppe.

»Ich wünsche mir«, denkt Augusta. »Ich wünsche mir, dass…«

Weiter kommt sie nicht. Sie hat vergessen, wie man sich etwas wünscht.

Als der Zug vor dem Bahnhof Häverödal bremst, hat die Dämmerung bereits eingesetzt. Die Kälte ist nicht mehr angenehm, nur noch durchdringend und rau. Es pocht in Augustas zerrissenem Unterleib, der Ausfluss hat die Einlage durchtränkt und einen feuchtkalten Fleck hinten auf dem Kleid hinterlassen. Ihr Haar glänzt nicht mehr, es liegt nass und platt am Schädel. Die Milch spannt die Brust, und ihr Körper ist steif geworden, sie verzieht das Gesicht wie eine alte Frau, als sie versucht aufzustehen. Einer der jungen Arbeiter nimmt ihren Arm und stützt sie. Er ist dünn angezogen, trägt nur ein verwaschenes Flanellhemd unter seiner dünnen Jacke, aber seine Mütze hat einen Schwung, der muntere Frechheit verrät, und seine Augen sind ganz dunkel. Augustas Wange reibt sich kurz an seiner feuchten Jacke, sie öffnet die Lippen und atmet seinen Duft ein, spürt, wie er über die Zunge rollt. Einen Atemzug lang ist sie ganz weich.

Ich sehne mich, denkt sie. Ich wusste nicht, dass ich mich so sehr sehne.

Das war die Nacht, in der alle Märchen starben«, sagt Augusta.

Alice antwortete nicht, watschelt nur durch das dämmrige Zimmer zu Augustas Nachttisch und legt die Haarnadeln in das Schmuckkästchen. Draußen vor dem Fenster heult der letzte Winterwind, die Wände knacken und knarren, die Februarkälte schleicht sich durch verborgene Risse ins Haus. Es ist auch in Augustas Schlafzimmer kalt, obwohl Alice den ganzen Nachmittag das Feuer im Kamin hat brennen lassen.

Aber Augusta scheint nicht zu frieren, wie sie so auf dem Holzstuhl mitten im Raum sitzt, ein Tuch über den Schultern. Sie ist vor kurzem dreiundsechzig geworden, aber ihr Körper ist viel älter, die Gelenke schmerzen, und die Muskeln verweigern die Mitarbeit, während der letzten Jahre ist sie zur Unförmigkeit angeschwollen. Deshalb muss Alice ihre Großmutter stützen, wenn es an der Zeit ist, ins Bett zu gehen, obwohl die Treppe so schmal ist, dass sie eigentlich nur Platz für eine Person bietet. Außerdem muss sie mit ihr ins Schlafzimmer gehen und Augusta beim Ausziehen helfen. Das Nachthemd zieht Augusta sich selbst an, während Alice ihr den Rücken zuwendet und so umständlich wie möglich einen Bügel hervorholt, das Kleid abbürstet und aufhängt. Sie horcht dabei die ganze Zeit auf die leisen, knurrenden Laute, die Augustas Ausziehen begleiten, wendet sich aber erst um, wenn sie sicher ist, dass die Großmutter sich aus allen Unterkleidern befreit und das Nachthemd übergezogen hat. Alice hat im Augenblick etwas Probleme mit Körpern, sowohl mit ihrem eigenen als mit denen anderer Menschen. Erst wenn Augusta sich den schwarzen Wollschal um die Schultern gelegt und sich auf den Holzstuhl gesetzt hat, kann Alice sich von Neuem nähern, dann holt sie den schönen Schildpattkamm mit Silberbelag hervor, ihr eigenes Geschenk für Augusta zu deren sechzigstem Geburtstag, und macht sich bereit, die Haare der Großmutter für die Nacht zu kämmen und zu flechten.

Augusta gefällt es, gekämmt zu werden. Sie hebt ihr Kinn bereits im Voraus und schließt die Augen, hält sie während der gesamten Erzählung geschlossen.

»Oh ja«, wiederholt sie. »Das war die Nacht, in der alle Märchen starben …«

Einen Augenblick lang ist es ganz still im Raum. Alice antwortet immer noch nicht, zieht aber den Kamm eine Spur langsamer durch Augustas Haar, und ihre Atemzüge verraten, dass sie zuhört.

»Ich habe an den Füßen gefroren, als ich auf dem Bahnhof Häverödal stand. Und an den Händen. Und an den Ohren. Aber das Schlimmste war, dass ich so müde war. Vor allem in den Armen. Die taten mir weh, es war, als wäre Olga während der Reise zu einem Senkblei geworden …«

Kinder sind schwer, dachte Alice. Das weiß ich schon.

»Und es stand auch kein Pferdewagen da und wartete auf mich, wie sie versprochen hatten. Zuerst dachte ich, er hätte sich nur verspätet, und wollte mich solange auf eine Bank vor dem Bahnhofsgebäude setzen, aber der Regen wurde stärker, deshalb war ich gezwungen, in den Wartesaal zu gehen. Der war so neu, dass noch alles glänzte, zuerst glaubte ich sogar, es wäre gar kein normales Bahnhofsgebäude, sondern eine herrschaftliche Villa, es sah fast so aus. Man hatte ja sogar elektrisches Licht gelegt. Heutzutage hätte man sich über die Lampe totgelacht, es war nur eine armselige Fünfundzwanzig-Watt-Birne, bei dem Licht hätte man nicht einmal eine Zeitung lesen können, aber zu der Zeit war es immer noch ein Wunder, dass es überhaupt Elektrizität gab …«

Sie blieb direkt hinter der Eingangstür stehen und schaute sich um. Bänke. Der Fahrkartenschalter. Eine Uhr, die zwanzig vor sechs zeigte. Hinten in der Ecke ein Kamin. Die Abdeckluke war einen Spalt offen, es glühte leicht darunter.

Hinterher bekam sie fast Panik, wenn sie daran dachte, wozu sie sich erdreistet hatte, aber in dem Moment war keine Zeit zu verlieren. Sie marschierte zu dem Kamin und legte das Kind auf die nächste Bank, zog einen Eimer hervor, der zur Hälfte an der Wand versteckt stand, und schüttete eine Kelle Kohle nach. Ohne zu fragen. Ohne um Erlaubnis zu bitten. Man hat keine Zeit, um Erlaubnis zu bitten, wenn man fürchtet, dass man erfriert. Außerdem war es leer hinter dem Fahrkartenschalter, es schien außer Augusta und Olga keine Menschenseele auf dem Bahnhof von Häverödal zu geben.

Lange Zeit saß sie in der Hocke vor dem Kamin, betrachtete den Tanz der Glut in den Kohlestückchen und wärmte sich Stück für Stück, zuerst die Hände und die Handgelenke, dann das Gesicht und die Brust und zum Schluss den Rücken. Sie schaute sich hastig um, bevor sie sich traute, auch den Po zu wärmen, pfiff aber zum Schluss auf alle guten Sitten und schob ihr Kleid hoch, stand mit halb geschlossenen Augen da und spürte, wie die Wärme sich in allem Quälenden und Zerrissenen ausbreitete. Der Ausfluss schien weniger zu werden, tröpfelte nur noch, und die gehäkelte Einlage, die feucht und eiskalt an ihren Schenkeln gerieben hatte, wurde langsam wärmer und weicher. Augusta seufzte vor Wohlbehagen.

Anschließend ließ sie sich auf einer Bank nieder und öffnete ihre Reisetasche – ihr Blick streifte ängstlich die halb volle Schnapsflasche –, suchte eine Weile zwischen ihren Siebensachen herum, bis sie die Milchflasche und das Paket mit den Butterbroten gefunden hatte. Es war nur noch ein einziges Brot übrig, aber es war das beste. Sie hatte dessen Butterseite heimlich mit Streuzucker bestreut, während Kristin den Schnuller fertig machte. Sie öffnete den Mund und bereitete sich bereits auf die köstliche Mischung vor, die aus der herben Konsistenz des Brotes, der salzigen Butter und der körnigen Süße des Zuckers bestand. Da hörte sie es. Das Geräusch. Ein Seufzen. Oder war es ein Schnauben?

»Oh«, sagte eine zarte Stimme. »Oh, was würde ein Butterbrot jetzt gut tun …«

Augusta blinzelte und schaute sich um, konnte aber niemanden sehen. Aber die Stimme sprach weiter, jetzt gebrochen und klagend, als gehöre sie jemandem, der kurz davor war, in Tränen auszubrechen.

»Und ein Schluck Milch! Ja, so ein winziger kleiner Schluck Milch würde jetzt wirklich gut tun...«

Augusta legte das Brot auf ihren Schoß und umklammerte die Milchflasche, als müsste sie sie beschützen.

»Ist da jemand?«, fragte sie und zuckte zusammen, als sie hörte, wie rau ihre eigene Stimme klang.

»Nun ja, ob das jemand ist...«, sagte die Stimme im Jammerton. »Ich möchte ja nicht behaupten, dass ich jemand bin. Ganz und gar nicht. Oh nein.«

Aber dieser jemand, der doch niemand war, stand plötzlich vor ihr: ein kleiner grauer Kerl, in Wollmütze und großen Holzschuhen. Er reichte ihr bis zu den Knien.

Alice macht ein verärgertes Gesicht und hört auf zu kämmen.

»Ich will keine Märchen hören«, sagt sie. »Erzähle mir, wie es wirklich war. Ich bin kein Kind mehr.«

Augusta rührt sich nicht, öffnet nur ein Auge und blinzelt.

»Das habe ich auch schon gemerkt. Das ist auf den ersten Blick zu erkennen, wenn man so sagen darf.«

Ein Schnauben baut sich in Alice auf, aber sie lässt es nicht hinaus.

Sie hat sich während der letzten Monate an Augustas verbale Ohrfeigen gewöhnt und gelernt zurückzuschlagen.

»Na, du warst wohl auch noch nicht so alt. Ein Jahr älter vielleicht. Oder zwei.«

»Zwei. Das ist nicht viel. Aber was haben die Erfahrungen der Alten denn für einen Sinn, wenn die Jungen zu dumm sind, aus ihnen zu lernen? Du weißt, wie es mir ergangen ist. Und auch Olga.«

Alice muss zwinkern, und ein Auge quillt über, eine einzelne Träne läuft ihr langsam die linke Wange hinunter. Aber ihre Stimme ist fest.

»Aber mir wird es nicht so ergehen. Und ihm auch nicht. Das weißt du doch.«

»Ihm? Bist du sicher, dass es ein Junge wird?«

Alice nickt stumm. Augusta scheint es zu sehen, obwohl sie doch mit dem Rücken zu ihr sitzt.

»Und woher weißt du das?«

Alice lächelt unter Tränen, wischt sich schnell mit der Hand unter der Nase entlang.

»Weil er mir das gesagt hat... Er redet nachts mit mir.«

»Da siehst du mal. Du lebst auch in einem Märchen.«

Augusta lacht, Alice schnaubt trotzig und fängt wieder an zu kämmen, drückt den Kamm hart gegen Augustas Kopfhaut.

»Aber ich treffe nie irgendwelche Zwerge. Und wenn es mir doch mal passieren sollte, dann würde ich den Schluss daraus ziehen, dass das ein Zwerg aus meinem eigenen Dachstübchen ist, und lieber einen Arzt aufsuchen...«

»Dummheiten«, sagt Augusta. »Da wäre es besser, ihm ein Butterbrot zu geben.«

Er setzte sich neben sie auf die Bank und baumelte mit den Beinen, klopfte sich auf den Bauch und versicherte ihr, dass das das beste Butterbrot war, das er jemals gegessen hätte. Einfach hervorragend. Absolut wunderbar. Ganz ausgezeichnet. Ganz zu schweigen von der Vollmilch. Jetzt konnte er es mehrere Monate so aushalten, und das war auch notwendig, weil er weit reisen musste.

»Wohin musst du denn reisen?«, fragte Augusta.

Der Zwerg seufzte und zog sich die Mütze herunter, kratzte sich am Kopf.

»Das weiß ich nicht so genau. Aber auf jeden Fall weit weg. Irgendwohin. Hier ist kein Bleiben mehr.«

»Warum nicht?«

Der Zwerg seufzte wieder.

»Diese Werksbaustelle. In Hallstavik wird ein Betrieb gebaut, und wo Werke und Fabriken gebaut werden, gibt es keinen Platz mehr für uns.«

»Für uns?«

»Für die Märchenwesen. Der Lärm und das elektrische Licht machen uns schwach und gebrechlich. Wir werden geradezu durchsichtig, wie Rauch oder Nebel, und sollten einige dieser

Fabrikmenschen uns doch noch sehen können, dann haben sie nichts Besseres zu tun, als uns so schnell wie möglich zu vertreiben und so zu tun, als würden wir gar nicht existieren. Und dann laufen sie herum und brüsten sich, verhöhnen uns und reden über uns als Ammensagen und Altweibergeschwätz... Das ist wirklich sehr verletzend.«

»Das verstehe ich.«

»Gestern«, sagte der Zwerg und warf Augusta einen schnellen Blick zu, »wurde ich auch noch von einem Lokomobil überfahren.«

»Nein, so etwas«, sagte Augusta. »Und was ist ein Lokomobil?«

Der Zwerg wurde ganz glänzend im Gesicht.

»Das weißt du nicht? Das ist eine große Maschine, ungefähr so wie eine Lokomotive. Aber sie fährt nicht auf Schienen. Die haben bei dem Werksgebäude so eine, die schleppt schwere Sachen.«

»Und der bist du in die Quere gekommen?«

»Ja. Ich war gerade dabei, meinen Umzug zu organisieren. Die bauen dieses Werk nämlich genau auf dem Platz, wo ich meine Höhle hatte, und deshalb wollte ich weiter in den Wald hinein umziehen. Wahrscheinlich war ich nicht ganz so aufmerksam wie sonst, als ich mich mit meinem Bündel aufmachte, schließlich verließ ich den Platz, der mehr als dreihundert Jahre lang mein Zuhause gewesen war... Aber ich weinte nicht, das will ich betonen, es ist nämlich äußerst ungewöhnlich, dass wir Zwerge weinen. Wir rächen uns oft, aber wir trauern selten. Das Problem ist nur, dass es nicht so einfach ist, sich an einer ganzen Fabrik zu rächen. Man weiß ja gar nicht, wo man da anfangen soll, das ist irgendwie geradezu überwältigend.«

Der Zwerg räusperte sich, Augusta nickte stumm.

»Nun gut, wie ich also da so längs ging, kam dieses Lokomobil, und ich geriet unter seine Räder. Es ist direkt über mich hinweggefahren. Ich war vollkommen platt.«

»Oh«, sagte Augusta. »Hat das nicht wehgetan?«

»Nun ja, wie man's nimmt«, sagte der Zwerg. »Ich weiß nicht so recht, was das eigentlich bedeutet. Ich war einfach nur platt und lag da mitten auf dem Weg, ohne aufstehen zu können... Aber nach einer Weile kam ein Arbeiter vom Werk vorbei. Er dachte, ich wäre eine alte Zeitung, und da er gerade nach einer alten Zeitung suchte, die er sich in die Schuhe stopfen konnte, nahm er mich hoch und schüttelte mich und – schwupps! – war ich wieder ich selbst, nahm sozusagen meine alte Form wieder an. Aber als der Kerl sah, was er da in den Händen hielt und auf das Weiße meiner Augen guckte, ließ er los und lief davon. Ich rief ihm nach, dass ich ihm gern etwas zum Dank geben würde, wie die Zwerge es zu tun pflegen, aber er wollte nicht stehen bleiben, lief einfach davon, die Hände auf die Ohren gepresst und schrie, er wollte Guttempler werden...«

Das Lachen lag in Augustas Stimme bereits auf der Lauer, aber sie traute sich nicht, es freizulassen, hatte viel zu viel Angst, den Zwerg zu verärgern:

»Deshalb hast du dann beschlossen, dass es nicht mehr genügt, nur in den Wald zu ziehen. Dass du eine weitere Reise machen musst.«

Der Zwerg seufzte.

»Nein«, sagte er. »Da noch nicht. Das habe ich erst beschlossen, als ich in den Wald kam und sah, wie es dort bestellt war...«

Er verstummte und starrte eine Weile blicklos vor sich hin, als hätte er ganz vergessen, dass Augusta neben ihm saß. Als er erneut anfing zu reden, war seine Stimme tiefer, fast menschlich.

»Wenn die Menschen in eine Fabrik gehen, müssen sie ihre Träume am Tor zurücklassen. Und dann hören sie auf, die Gedanken zu denken, die uns am Leben halten. Deshalb gibt es für uns keinen Platz mehr.«

Augusta tätschelte vorsichtig seine kleine Hand, sie war breit und stumpf, die Nägel glänzten silberweiß.

»Und deshalb müsst ihr fliehen?«

Der Zwerg antwortete nur mit einem Einatmen. *Jaaa.*

»Aber warum bist du allein? Wo sind all die anderen?«

Der Zwerg schlug sich die Hände vors Gesicht, und zum ersten Mal in seinem tausendjährigen Leben zitterte etwas in seiner Stimme mit, das einem Schluchzen ähnelte:

»Die sind tot«, sagte er. »Die Meinen sind alle schon tot...«

Er gab ihr als Dank für das Butterbrot eine kleine Lampe, die ihr den Weg leuchten sollte. Zuerst meinte sie, sie wäre nicht besonders nützlich, weil ihr Licht so blass und flackernd war, ein einsames kleines Silberlicht, das ebenso kalt erschien wie die Dunkelheit außerhalb des Bahnhofgebäudes. Als sie durch den Bahnhofsort ging, war die Flamme kaum zu sehen, und für einen Moment wünschte sie sich, der Zwerg hätte ihr stattdessen einen Unterschlupf gegeben, ein warmes kleines Zimmer, in dem sie hätte schlafen können, ein Zimmer mit Kachelofen und einer richtigen Petroleumlampe mit gelbem Licht, so wie es in fast jedem Haus und jedem Zimmer leuchtete, an denen sie vorbeikam, aber dann fiel ihr ein, dass man nicht einmal in Gedanken undankbar sein darf für die Geschenke, die man von einem Zwerg bekommt.

Als die Häuser aufhörten, wurde der Weg schmal und kurvig, sie musste sich mit den Füßen vortasten, kleine, prüfende Schritte machen, um nicht über einen Stein oder eine Kuhle in der Dunkelheit zu stolpern. Die Lampe warf Unheil verheißende Schatten in den Wald, dort drinnen sauste und wisperte es, es war, als würden Bäume und Büsche flüstern und sich bewegen, als würden sie ihre Zweige schütteln und versuchen, ihre Wurzeln aus der Erde zu ziehen. Augusta hielt an, blieb für einen Augenblick vollkommen unbeweglich stehen und horchte, um dann Olga fester an ihre Brust zu drücken und große Schritte zu machen. Es war weit zu gehen, das wusste sie. Fast zwanzig Kilometer. Und auf dem Weg musste sie siebzehn Gatter öffnen und schließen, das hatte Kristin erzählt. Das würde die ganze Nacht dauern.

Das erste Gatter quietschte schrill, das Geräusch schnitt ihr in die Ohren und erschreckte sie. Sie blieb mitten in der Bewegung stehen und hob die Lampe, ließ deren Schein über Olgas Gesicht gleiten, denn genau wie alle anderen Mütter dachte auch Augusta, dass das, was sie erschreckte, umso bedrohlicher für ihr Kind sein müsste. Aber Olga schlief ruhig in ihrem Wollkokon, die kalte Abendluft und der dünne Regen hatten ihre Wangen gerötet und die kleine Nasenspitze zum Glänzen gebracht. Sie sah nicht mehr wie ein blasses kleines Häufchen aus, sie sah gesund aus. Wie ein kräftiges und glückliches kleines Kind.

Als Augusta wieder aufschaute, hatte die Lampe ein stärkeres Licht bekommen. Die Schatten flackerten nicht mehr, sie ruhten nur wartend, die Bäume versuchten nicht länger, ihre Wurzeln aus der Erde zu reißen, die Büsche hatten ihre Zweige gesenkt und waren zur Ruhe gekommen. Es war vollkommen still. Kein Wind sauste. Kein Nachtvogel schrie.

Da sah sie ihn. Den kleinen Jungen.

Er lag im Graben und konnte nicht aufstehen. Aber er lebte noch, er blinzelte im Silberlicht der Lampe und streckte Augusta die Arme entgegen. Sie holte tief Luft und machte einen Schritt auf ihn zu, hielt dann inne und drückte Olga noch fester an sich. Das war kein normaler Junge. Normale Jungs haben keine behaarten Füße. Normale Jungs haben keine schwarzen Zehenballen. Und einen Schwanz? Kein normaler Junge hat einen Schwanz. Nirgends.

»Ma«, sagte er. »Ma.«

Olga schnaubte an ihrer Brust und versuchte den Kopf zu drehen. Augusta hatte sie so fest an sich gedrückt, dass sie keine Luft mehr bekam, und es schien, als würde diese kleine Bewegung ausreichen, damit Augusta wieder zu sich kam. Jetzt sah sie, dass das kleine Wesen im Graben natürlich kein normaler Junge war, aber trotzdem war es zweifellos ein Junge. Seine Hände waren die Hände eines Jungen, sein Haar das Haar eines Jungen, seine Augen Jungsaugen. Er sah aus wie all die Jungen, die von einem Pflegeheim ins nächste gegangen waren, in einem ewigen Reigen, genau wie sie selbst, wie all die Waisenhausjungen, die zu viel gearbeitet und zu wenig zu essen bekommen hatten und deshalb mager und rau und eckig geworden waren, all die Waisenhausjungs mit struppigem Haar, die nie am Samstagabend ins warme Wasser eines Badezubers gesteckt wurden und mit Haar wie Seide und Wangen rot wie Winteräpfel wieder auftauchten. Er war klein, schmutzig und hässlich.

»Ma«, sagte er noch einmal und versuchte sie in der Luft zu erreichen. »Ma.«

Augusta näherte sich atemlos mit ihrer Lampe und sah ihn an. Ein Junge. Und doch keiner. Er hatte einen Schwanz. Da gab es keinen Zweifel. Er hatte einen dünnen Schwanz mit schwarzer

Quaste, der kringelte sich sanft s-förmig neben seinem rechten Bein, während er dalag, mit entblößter Kehle und halb geschlossenen Augen. Und plötzlich konnte sie sich nicht mehr beherrschen, sie stellte die Lampe hin, zog sich den Mantel aus, faltete ihn hastig zu einem kleinen Bett und legte Olga darauf, kroch dann auf Knien durch das feuchte Gras im Graben, wobei ihr kurz der Gedanke kam, dass ihr Kleid zerrissen werden könnte, dass sie mit Schlammflecken auf dem Kleid nach Herräng zu ihrem neuen Leben kommen würde, und schob sogleich diese Gedanken beiseite. Es war höchste Zeit. Der Junge hatte die Augen geschlossen und atmete stoßweise, als hätte er nicht mehr genug Kraft, um seine Lungen zu füllen.

»Hab keine Angst«, flüsterte Augusta. »Ich bin bei dir…«

Er schlug die Augen auf, als sie nach seiner Hand griff, sie war so klein, dass sie in ihre Handfläche passte. Die Haut war ganz rau, die Nägel schwarz und kaputt.

»Ma?«

Vielleicht war es auch nur ein Ausatmen. Trotzdem antwortete Augusta.

»Ja«, sagte sie. »Ich bin bei dir.«

Da seufzte er, zog sich ihre Hand an die Wange und holte rasselnd Atem.

Sie saß lange da, seine Hand in ihrer und beide Hände an seiner Wange, so lange, dass der Regen Bluse und Korsett durchweichte. Sie fror. Bis auf die Knochen. Trotzdem wollte sie den Kleinen nicht loslassen, das wäre, als würde sie ihn aufgeben, das wäre genauso schlimm, als wenn sie Olga weggeben und versuchen würde, sie zu vergessen, genauso schlimm, als würde man einen Säugling auf den Stufen zum Waisenhaus hinterlassen und für immer von ihm gehen.

Erst als Olga dort im Mantel nieste, sah sie ein, das sie nicht für alle Zeiten hier sitzen bleiben konnte. Da beugte sie sich hinunter und hob den Jungen auf, hielt ihn dicht an ihre Brust, und sah, wie er sich in einen moosbewachsenen Stein verwandelte. Ganz vorsichtig legte sie ihre Wange an die kalte Hülle und horchte auf die letzten Herzschläge, die dort drinnen noch pochten, legte dann den Stein zurück in den Graben und stand auf, trat einen Schritt zurück, um ihn zu betrachten, zuckte aber sogleich, weil ihre Hacke gegen etwas Weiches stieß. Sie drehte sich um und hob die Lampe, deren Licht auf einen verknitterten kleinen Kerl fiel, einen grauen Greis in Miniatur, dessen Finger in den Kies des Weges tiefe Wunden gerissen hatten. Er war bereits tot. Sie wandte sich schnell um, das Licht der Lampe flackerte auf und fiel auf zwei durchscheinende Frauengestalten, die mitten auf dem Weg gestürzt waren. Sie lagen auf dem Rücken, die Flügel unter sich ausgebreitet und die Beine in spitzem Winkel angezogen, dünn und grau wie riesige tote Mücken.

Sie ging mit erhobener Lampe näher, schaute sie an, ein Wesen nach dem anderen, und plötzlich wusste sie, dass es ihre Aufgabe war, die Aufgabe eines Menschen, diese Wesen wieder mit der Erde zu verbinden. Sie hob den uralten Kerl auf, wiegte ihn mütterlich in ihrem Schoß und pustete ihm vorsichtig ins Gesicht, während sie zusah, wie er sich in einen abgebrochenen Zweig verwandelte. Sie legte ihn vorsichtig an den Wegesrand, ließ sich dann neben einer der durchscheinenden Frauengestalten auf den Knien nieder und streckte ihre Hand aus, sah und spürte, wie der dünne Körper sich durch die Berührung pulverisierte und in Staub verwandelte.

Jetzt leuchtete die Lampe, die auf dem Boden stand, kräftiger. Die Bäume am Wegesrand, auch die dunklen Fichten und die schwarzen Tannen, reflektierten auf ihren Stämmen das Licht, der ganze Wald schimmerte. Der Weg war plötzlich silberweiß, der Kies glitzerte im Dunkel, Augusta konnte jeden Stein und jedes Loch sehen. Aber sie sah auch, dass ihre Arbeit erst begonnen hatte. Den ganzen Weg nach Herräng entlang lagen tote Wesen und warteten darauf, wieder mit der Erde vereint zu werden.

Augusta zog sich ihren Mantel an, hob ihr Kind auf den linken Arm, nahm die Lampe in die Rechte und ging los. Sie blieb bei jeder neuen Gestalt stehen, streichelte, pustete und wiegte alle die toten Gestalten zur Ruhe, arbeitete ruhig und zielbewusst und ruhte erst im Morgengrauen, als Olga aufwachte und zu jammern begann. Da ließ sie sich auf einem Stein am Wegrand nieder, knöpfte ihr Mieder auf und legte die Kleine an die Brust, blieb dabei ganz still sitzen und beobachtete, wie das rosa Licht des Sonnenaufgangs das Silber der Nacht löschte. Irgendwo rief eine Glocke zum ersten Frühstück, ein Geräusch, das bald von schlagenden Türen und leisen Menschenstimmen, von Hammerschlag und dem Rasseln von Ketten abgelöst wurde.

Augusta zog ihr Kind näher an sich heran und lauschte. Ihr war klar, dass sie die Geräusche einer ganz neuen Welt hörte, einer Welt, in der die Menschen ohne Märchen leben mussten. Trotzdem wusste sie sonst nichts von ihr, hoffte nur, dass es eine Welt war, in der auch junge Frauen, die mit nicht mehr als einem Kind, einer Reisetasche und einem verfrorenem Körper kamen, ihren Platz finden konnten.

Alle Märchen waren tot. Aber Augusta war am Leben.

Also stand sie auf und knöpfte ihre Bluse zu, strich sich mit der freien Hand eine Strähne aus der Stirn und machte sich bereit, in Herräng ihren Einzug zu halten.

Alice befestigt ein Gummiband um Augustas Zopf, greift dann mit ihrer Hand an den Rücken und streckt sich. Der Rücken tut ihr weh.

»Ich wette, diese Geschichte hast du Papa nie erzählt«, sagt sie. »Das ist nämlich nicht gerade eine Ingenieursgeschichte.«

Augusta schnaubt.

»Erland ist ein Dummkopf. Er ist sehr tüchtig und strebsam, und früher war er auch mal hübsch, aber er ist trotzdem ein Dummkopf. Es gibt so vieles, was er nicht begreift.«

Alice zögert einen Augenblick, bevor sie weiterspricht:

»Er hat gesagt, du wärst eine Matratzensozialistin...«

Augusta verzieht das Gesicht.

»Na so was, daran erinnert er sich noch! Doch, ja. Das stimmt.«

»Was ist das denn?«

»Das ist eine, die alte Matratzen verbrennen will. Um die Wanzen loszuwerden. Um ein für alle Mal sauber zu machen. Damit die Modernisierung und der Fortschritt ihren Einzug halten können.«

»Ich finde das schon komisch...«

»Was?«

»Dass du die ganze Zeit davon redest, wie wichtig Fortschritt und Modernisierung sind. Und dabei wohnst du selbst in einer alten Hütte auf dem Land und erzählst die ganze Zeit Märchen... das passt doch nicht zusammen.«

»Warum denn nicht?«

»Wenn du wirklich so modern wärst, wärst du schon lange in eine Wohnung in Hallstavik gezogen. Wie es Papa und Onkel Harald wollen. Damit du endlich WC und Badezimmer kriegst.«

Alice legt den Schildpattkamm auf die Kommode. Augusta tastet mit der Hand im Nacken nach dem Zopf, zieht ihn über die Schulter nach vorn und lässt ihn über Brust und Bauch laufen. Er ringelt sich wie eine kleine Schlange auf ihren Knien zusammen.

»Ich wohne hier gut«, sagt sie dann. »Schließlich geht es nicht um mein Klo. Es geht um meinen Kopf.«

Alice hebt die Augenbrauen.

»Dann bist du also im Kopf modern?«

Augusta zeigt ihr Gebiss und lacht, die Falten um ihre Augen werden zu einem kleinen Spinnennetz.

»Genau. Ich bin modern im Kopf.«

»Und die Märchen? Die kommen einfach so ...«

Alice zieht die Tagesdecke von Augustas Bett und schüttelt das Kissen auf, sie ist müde und will selbst ins Bett. Aber Augusta bleibt hartnäckig auf ihrem Stuhl sitzen und denkt nach.

»Aber heutzutage scheinen die Leute nicht zu begreifen, wie wichtig die Märchen sind. Oder die Geschichten. Oder wie man das nun nennen will. Früher haben wir im IOGT, im Abstinenzlerverein, Theater gespielt. Wir hatten unsere eigene Bibliothek und Massen an Büchern. Aber heute heißt es, die Kommunen sollen sich um die Bibliotheken kümmern, das wäre nichts für die Gewerkschaften. Und in der Loge spielen nur noch die Kinder Theater. Was sollen wir Erwachsenen denn machen? Nun? Sollen wir nur nüchtern rumlaufen?«

Alice macht eine ironisches Gesicht.

»Willst du eine Apfelsinenkiste?«, fragt sie.

Einen Moment lang gleitet die Erinnerung an Isaks breites Lächeln durch den Raum, an sein Lachen, wenn Augusta rote Wangen bekommen hatte und dabei war, sich aufzuregen. *Augusta agitiert! Gib ihr eine Apfelsinenkiste, damit sie sich draufstellen kann!* Der Scherz wurde an Erland und Harald vererbt und ist mittlerweile Besitztum der ganzen Familie. *Gib Augusta eine Apfelsinenkiste!*

Augusta grinst, lässt sich aber nicht vom Thema ablenken.

»Aber es stimmt doch«, sagt sie. »Die Leute sind heutzutage so langweilig, die glauben an Zahlen wie der Erzbischof an den lieben Gott. Aber Zahlen sagen doch nichts darüber aus, wie es wirklich um die Welt bestellt ist. Wir brauchen Geschichten! Derjenige, der richtig gute Geschichten erzählen kann, kann auch alles verändern. Sogar in der Politik. Die Seite, die die besten Erzähler hat, gewinnt. So einfach ist das. Wir hatten Ivar Lo und Moa auf unserer Seite, und deshalb haben wir gewonnen. Ohne die hätte es nie geklappt.«

Alice streicht sich mit der Hand über die Stirn.

»Ich habe Kopfschmerzen«, sagt sie. »Ich will ins Bett. Und außerdem verabscheue ich Ivar Lo.«

Augusta will sich gerade mühsam von ihrem Stuhl hochziehen, aber jetzt sinkt sie wieder zurück und guckt aufrichtig verwundert drein.

»Du verabscheust Ivar Lo? Warum das?«

Doch Alice will nicht antworten:

»Bitte. Ich bin müde, ich möchte mich nur ins Bett legen...«

Augusta steht unter Anstrengungen vom Stuhl auf und nimmt den Schal ab, betrachtet Alice mit gerunzelter Stirn, während sie zum Bett geht.

»Spürst du was?«, fragt sie.

Alice schüttelt den Kopf.

»Weck mich, wenn es soweit ist«, sagt Augusta.

Das Bett knarrt, als sie sich darauf setzt.

Alice erschauert, als sie durch den Flur geht und die Tür zur Abseite öffnet. Es gibt nur zwei Zimmer in Augustas Haus, einen Saal im Erdgeschoss und ein Schlafzimmer eine Treppe weiter oben, also muss Alice in der Abseite campieren. Was sie nicht weiter stört; obwohl es nicht einmal elektrisches Licht hier gibt, betrachtet sie die kleine Kammer eher als ihr eigenes Zimmer als ihr hübsch eingerichtetes Jungmädchenzimmer daheim in Jönköping. Es gefällt ihr, dass es so eng ist, es gefällt ihr, dass die Decke so schräg ist, dass sie kaum aufrecht stehen kann. Ihr gefällt der Holzgeruch von den Bretterwänden und das gelbe Licht der Petroleumlampe auf dem Hocker, der mal ihr Nachttisch ist und mal ihr Schreibtisch.

Trotzdem ist die Abseite ein Geheimnis, in den Briefen an die Eltern erwähnt sie sie nicht, sie lässt sie in dem Glauben, sie schliefe auf der Küchenbank. Je weniger sie darüber wissen, wie es ihr wirklich geht, umso besser; desto einfacher ist es für Alice, sich vor ihren Gedanken zu verbergen, die sie die ganze Zeit verfolgen, und umso einfacher ist es für die Eltern, so zu tun, als würde das stimmen, was sie die ganze Zeit den Freunden und Bekannten sagen, dass ihre arme kleine Alice ernsthaft erkrankt ist und lange Zeit im Sanatorium verbringen muss. Dass sie so ein Pech haben muss und an Tuberkulose erkranken, wo diese Krankheit fast ausgerottet ist! Man muss sich wirklich fragen, wie es um die Hygiene in der Oberschule bestellt ist. Werden die Klassenzimmer denn nicht oft genug sauber gemacht? Oder müssen erst noch mehr Mädchen erkranken? Doch da die medizinische Wissenschaft seit dem Krieg so fantastische Fortschritte gemacht hat, besteht ja glücklicherweise keine Gefahr für ihr Leben. Aber mindestens ein Jahr muss sie dort bleiben. Denn Alice darf erst wieder nach Jönköping fahren, wenn alles vorbei ist. Sie muss bei Augusta mindestens so lange bleiben, bis die Schule im nächsten Herbst wieder anfängt, und am besten noch länger. Sonst ist es doch zu leicht zu durchschauen. Sonst könnte sich doch jeder die Sache an seinen Fingern abzählen und zwei und zwei zusammenzählen.

Als Alice in die Abseite zog, war das Gewicht in ihr noch nicht zu sehen. Sie bewegte sich genauso leicht wie jede andere Sechzehnjährige auch. Sie brauchte nicht lange, um die Abseite von vier Jahrzehnten Familiengeschichte zu leeren und diese in zwei Kartons zu packen. Zuerst Isaks guten dunklen Anzug, den er sich für die Hochzeit mit Augusta hatte nähen lassen, dann seinen steifen Blaumann aus der Zeit der Versteinerung, anschließend Olgas weiße Kunstseidenbluse und ihr meerblaues gutes Kleid aus glatter Bennberger Seide, das sie an dem Abend angezogen hatte, an dem sie verschwand, und schließlich Erlands Abiturmütze aus der Gymnasialzeit in Norrtälje und Haralds herausgewachsenen Konfirmationsanzug mit seinen aufgegangenen Säumen.

Augusta zeigte ihr, wo das Feldbett stand, verlor aber schnell das Interesse und ließ Alice allein für die weitere Einrichtung sorgen. Das war Alice nur recht, mehrere Tage lang vergaß sie fast sich selbst und das, was in ihr wuchs, während sie nach passenden Dingen suchte. Plötzlich war sie wieder klein und spielte mit der Puppenstube, alles, was ihr in die Finger kam, konnte verändert und verwandelt werden. In der Waschküche fand sie eine alte Spitzendecke, die so verwaschen war, dass sie sie problemlos zu einer Gardine für das kleine Guckloch zurechtschneiden konnte. Im Schuppen fand sie einen Schemel, den sie als Nachttisch verwenden, und auf dem Dachboden einen geflochtenen Korb, in den sie mangels eines Bücherregals ihre Bücher stapeln konnte. Schließlich fand sie noch einen alten Schuhkarton, der zur Schreibtischschublade wurde, in den legte sie Füller und die vier tintenblauen Hefte, die ihre Schreibhefte hätten sein sollen, wenn sie weiter zur Schule gegangen wäre. Schließlich stellte sie eine alte Petroleumlampe auf den Hocker, der ihren Nachttisch bildete, und damit war sie fertig.

Jetzt, ein halbes Jahr später, ist die Abseite so bewohnt und vertraut, dass sie sich auch im Dunkeln dort auszukennen glaubt. Wenn das Flüstern des ungeborenen Kindes sie nachts weckt, bleibt sie ganz still liegen, die Hände auf dem Bauch, und lässt die Gerüche des Traums die Farben des Tages nachbilden. Da ist der schwache chemische Vanolen-Geruch von dem Kleid in Schottenkaro, das an einem Haken an der Tür hängt und darauf wartet, dass Alice wieder zum Schulmädchen wird. Er kämpft gegen den dumpfen Schweißgeruch des lachsrosa Schwangerschaftskorsetts, das am Fußende des Betts liegt, die Schnürung wie eine klaffende Wunde aufgerissen. Darunter mischt sich ein scharfer Strich blauer Tinte von den Schreibheften, die in Ermangelung von Tatsachen und Schulweisheiten langsam mit Alices Gedanken und Augustas Geschichten gefüllt werden. Da ahnt sie den grauen Staubgeruch der nie aufgeschlagenen Schulbücher im Weidenkorb und da – schwach, aber doch durchdringend – den Wachstuchgeruch des weinroten Buches, das unter ihnen versteckt liegt. Des Buches, das Alice an einem Nachmittag im Oktober aus der Bibliothek von Hallstavik gestohlen hat.

Nie zuvor hat Alice etwas gestohlen, nie zuvor hat sie überhaupt an so etwas gedacht, trotzdem war es vollkommen klar, dass sie gerade dieses Buch stehlen musste. Es ist ihr nie der Gedanke gekommen, dass sie es ja auch einfach zum Ausleihtresen hätte tragen und dort stempeln lassen können, statt ganz vorsichtig den Reißverschluss ihrer Tasche zu öffnen und das Buch vom Regal direkt in die Tasche gleiten zu lassen, um dann mit geradem Rücken und selbstsicheren Schritten zum Ausgang zu gehen. Vor der Bibliothek war sie dann stolpernd zum Fahrradständer gelaufen, und als sie verschwitzt und atemlos eine halbe Stunde später zu Augustas Haus kam, nahm sie sich nicht einmal die Zeit, das Rad an den Zaun zu lehnen und es anzuschließen, wie sie es sonst machte, sie warf es nur auf den Kiesweg und lief hoch zur Abseite. Sie zog das Buch aus der Tasche und drückte es an den Bauch, blieb dann sitzen, unbeweglich und keuchend vor eingefrorenen Tränen, bis Augusta mit ihrem Stock unten in der Küche auf den Boden klopfte und sich lautstark wunderte, was denn in sie gefahren sei. Da besann sie sich, schob das Buch unter das Kopfkissen und ging nach unten, um den Nachmittagskaffee zu kochen.

Erst als es Zeit war, ins Bett zu gehen, kam sie zurück in die Abseite, zu dem Buch. Da hatte sie sich beruhigt, obwohl ihre Hände noch zitterten, als sie ein Streichholz anstrich, um die Petroleumlampe anzuzünden. Sie setzte sich sorgsam zurecht und strich ihr Kleid glatt, bevor sie das Kissen hochnahm und das Buch herauszog, legte es sich auf die Knie und schlug die Titelseite auf.

Das Genie. Von Ivar Lo-Johansson.

»Leih das aus«, hatte er gesagt, als er eines Nachmittags im Februar vor einem Jahr in der Stadtbibliothek von Jönköping hinter ihrem Rücken aufgetaucht war. Sie stand da mit der Hand auf dem Buchrücken, zögerte aber, als sie angesprochen wurde, und drehte sich um. Der Junge hinter ihr grinste sie an, seine Zähne blitzten weiß.

»Leih das aus! Das handelt von mir.«

Alice spürte, wie ihr ein leichter Schauer der Verwunderung über den Rücken lief, und gratulierte sich selbst im Stillen zu ihrer neuen Baskenmütze. Die stand ihr nämlich.

»Ach ja. Dann bist du also ein Genie?«

»Nein«, sagte er und zog das Buch aus dem Regal. »Aber die Hauptperson heißt Kristian. Genau wie ich.«

Das wusste sie bereits, auch wenn sie nicht daran dachte, ihm das zu verraten. Sie wusste auch, dass er in die zehnte Klasse des Humanistischen Gymnasiums ging, aber auch das wollte sie nicht preisgeben. Stattdessen richtete sie ihren Blick auf die Hand, die das Buch hielt. Groß. Insgesamt war er groß, sehr viel größer als die anderen Jungen in der Schule.

»Und du? Wie heißt du?«

»Alice ...«

Er tat so, als wäre er erleichtert, griff sich ans Herz und atmete aus.

»Zum Glück! Eine Sekunde lang dachte ich schon, du würdest Rosa sagen. Oder Ebba. Wie die Mädchen im Buch.«

Alice lachte.

»Rosa oder Ebba ... Gott behüte!«

Kristian ließ seine Augen funkeln:

»So redet ein richtiges Jönköpingmädchen. Gott behüte!«

Alice kicherte, die Bibliothekarin an dem Ausleihtresen räusperte sich und mahnte zur Ruhe. Kristian stellte sich vor Alice, als wollte er sie vor dem Blick der Bibliothekarin schützen, und stellte *Das Genie* zurück ins Regal.

»Ich habe nur Spaß gemacht«, sagte er. »Das ist eigentlich kein Buch, das sich für Mädchen eignet. Das sollte ein Geheimnis unter Männern bleiben.«

Er lächelte schräg und warf ihr einen schnellen Blick zu, blieb dann einen Augenblick still stehen, während er seine Hände in die Hosentaschen schob und sich streckte.

»Aber du, Alice«, sagte er und ließ sein Lächeln breiter werden. »Du könntest mir doch den Weg ins Wunderland zeigen.«

Ein kleiner Trümmerhaufen, dachte sie, als sie später am Abend in ihrem Bett lag und sich an ihn erinnerte. Hatte sie sich wirklich in einen Jungen verlieben können, der aussah wie ein kleiner Trümmerhaufen?

Denn Kristian sah wirklich wie ein kleiner Trümmerhaufen aus. Er hatte sie in die Östberg-Konditorei in der Östra Storgatan zum Kaffee eingeladen, er hatte gelacht, geredet und gestikuliert, und die ganze Zeit hatte das Bild eines kleinen Trümmerhaufens in ihrem Hinterkopf auf der Lauer gelegen. Das bedeutete nicht, dass Kristian hässlich war, ganz im Gegenteil, aber es hatte etwas mit seinen Farben zu tun, damit, dass sein Körper und seine Kleider die gleichen Nuancen wie Sand und Steine zeigten. Vielleicht lag es auch an seinen Winkeln und Ecken, daran, dass seine Wangenlinie gleichzeitig weich und fast geometrisch war, dass das Haar stumpf und der Kurzhaarschnitt verfilzt war, dass außer seinen Augen und seinen Zähnen nichts an ihm glänzte und dass diese dafür umso mehr glänzten. Sie glitzerten wie zwei Stücke Bergkristall mitten in all dem Farblosen und Staubigen.

Ein paar Wochen später sollte Kristian die Frage stellen, die alle jungen Verliebten irgendwann einmal stellen. Wann hast du bemerkt, dass ich wunderbar bin? Wann hast du angefangen mich zu lieben?

»Als ich deine Hände gefühlt habe«, sagte Alice. »Als du deine Hände auf meine Wangen gelegt und mich geküsst hast, als ich feststellte, dass sie so groß sind, dass mein ganzer Kopf darin Platz findet… Und du?«

»Als du dich nach diesem Buch gereckt hast.«

»Weil ich gerade dieses Buch angeguckt habe? Das von dir handelt?«

»Nein. Weil dein Mantel dabei aufglitt und ich deine Brust sehen konnte.«

Er kam eigentlich aus Stensjön und wohnte während des Schulhalbjahres bei einer Tante zur Pension in Jönköping, einer Tante, deren größte Ambition in ihrem Leben darin bestand, wie Rita Hayworth auszusehen. Das erforderte seine Zeit, enge Kleider mussten eingefasst werden, um noch enger zu werden, tief ausgeschnittene Blusen mussten gestärkt und gebügelt werden, das lange Haar musste mit Lockenwicklern und Wellenkämmen geformt werden, die Lippen mussten warmrot angemalt werden, die Augenwimpern geschwärzt und die Wangen weiß gepudert. Außerdem musste sie sich noch um ihre Pension kümmern, diese kleine Pension mit acht Zimmern und Speisesaal, die sie führte. Jönköpings am wenigsten kirchentreue Junggesellen scharten sich um sie, auch die, die nicht in der Pension wohnten. Für wenig Geld konnte man ein Heft mit Essensgutscheinen kaufen, die zu drei gekochten Mahlzeiten am Tag berechtigten. Plus ein Blick auf eine außerordentlich gut erhaltene Rita-Hayworth-Kopie mittleren Alters.

Kristian wohnte in einem kleinen Dachgeschosszimmer in der Pension und wurde wie alle anderen Gäste behandelt. Die Tante kümmerte sich nicht darum, wann er kam und ging, und ob er seine Hausaufgaben machte oder sich seine Zähne putzte. Dafür galt aber auch für Kristian die gleiche Regel wie für alle anderen Gäste: kein Frauenbesuch auf dem Zimmer. Also musste Alice ihre Schuhe gleich am Kücheneingang ausziehen und auf Strumpfsocken die Hintertreppe zum Boden hinaufhasten. Sobald sie in Kristians Zimmer angelangt war, drehte er schnell den Schlüssel in der Tür um, öffnete dann seine Arme und umschloss sie.

Sie küsste den Stoff auf seiner Hemdbrust.

Er löste das Samtband, das ihren Pferdeschwanz zusammenhielt. Sie öffnete sein Hemd und küsste das Unterhemd.

Er mühte sich unbeholfen mit den Perlmuttknöpfen ihrer Bluse ab, schob schließlich seine Hand in ihren Ausschnitt und suchte ihre Brust.

Sie sank auf die Knie. Er folgte ihr.

Sie flatterte mit leichter Hand über seine Wangen. Er küsste sie unter dem Ohr. Sie streichelte seinen Nacken. Er biss ihr in den Hals. Sie leckte seine Lippen.

Er. Sie.

Sie. Er.

Sie waren ganz, ganz still.

In der Schule sprachen sie selten miteinander, nickten sich nur zu und wichen dem Blick des anderen aus, wenn sie auf dem Schulhof oder auf irgendeinem Flur aufeinander stießen. Kristian schien ein anderer zu sein, wenn er in der Schule war. Es schien, als ließe das große Gebäude ihn schrumpfen. Er wurde ein Fremdling, ein vollkommen uninteressanter Fremdling, noch dazu einer, der weit entfernt von dem Jungen war, den Alice abends traf. Deshalb erzählte sie auch den anderen Mädchen nichts über ihn, nicht einmal Ulla, die als ihre beste Freundin anzusehen war. Ulla saß fest in den Klauen ihrer Mama, und was Ulla erzählt wurde, das musste Ulla sofort ihrer Mutter erzählen. Und Ullas Mutter würde – vorausgesetzt, sie erfuhr auch nur Bruchteile der Wahrheit – Alices Erlebnisse verfälschen und zuckersüß ausspinnen. Wenn sie andererseits die ganze Wahrheit erfahren würde, würde sie hysterisch werden und sofort loslaufen, um alles Alices Mutter zu erzählen. Und dann würde Inga einen Schrei ausstoßen, der ganz Jönköping erzittern ließ.

Daheim war alles, wie es immer gewesen war. Jeder Tag hatte seine Mühen, die Woche ihren jeweiligen Rhythmus. Der Sonntagmorgen begann damit, dass Inga Erland Kaffee am Bett servierte und dann mit einem Gurren neben ihn kroch, das mit einem wohlgesonnenen Brummen beantwortet wurde. Im gleichen Moment schloss Alice die Tür ihres Zimmers und guckte auf die Uhr. Sie hatte noch höchstens zwei Stunden, um sich anzuziehen und aus dem Haus zu verschwinden, denn länger als zwei Stunden hatte der sonntagmorgendliche Waffenstillstand noch nie angehalten. In zweieinhalb Stunden würde Ingas Lachen bissig-scharf und Erlands Brummen zu einem dunklen Knurren geworden sein. Bis zum Nachmittag würden ihre Stimmen – Ingas schrill vibrierend, Erlands dumpf brüllend – das ganze große Haus erfüllen. Dann gab es keinen Platz mehr für Alice, nicht in der Küche, nicht im Esszimmer, nicht im Wohnzimmer, nicht im Schlafzimmer im ersten Stock oder im Kinderzimmer, nicht einmal auf dem Dachboden oder im Keller. Das ganze Haus war der Kriegsschauplatz der Eltern, und Alice wollte es nicht riskieren, in ein Kreuzfeuer aus Schimpfworten und Flüchen zu geraten, aus Drohungen und Beschuldigungen – was passieren konnte, wenn sie zu Hause blieb. Früher, als sie noch zu klein gewesen war, um auf eigene Faust in die Stadt zu gehen, war sie wie eine angeschossene Taube zwischen den Zimmern herumgeflattert und hatte versucht zu vermitteln, mit dem Ergebnis, dass sie angefaucht oder zur Seite geschoben oder – was noch schlimmer war – in Mutters Arme eingefangen wurde und ihre Tränen in eine Waffe unter anderen verwandelt wurden. Deshalb hielt sie sich jetzt sonntags fern. Bevor sie Kristian kennen gelernt hatte, war sie in der Stadt herumgezogen und hatte sich stundenlang irgendwelche Schaufenster angesehen und sich dann in eine Ecke von Bernards Konditorei mit einem Getränk und einem Stapel bunter Zeitschriften in Reichweite gesetzt. Das ganze Taschengeld ging dafür drauf, aber das war es wert, denn wenn sie abends nach Hause kam, war alles vorbei. Inga lag schluchzend im Schlafzimmer, Erland saß im Arbeitszimmer über irgendwelche Zeichnungen gebeugt, das eisige Schweigen des Montags hatte bereits seine Temperatur im Haus verbreitet. Alice zog sich meistens eine Strickjacke über und machte sich daran, jeweils ein Tablett mit Tee und Broten für die Eltern fertig zu machen – Marmelade für Mama, Leberpastete mit Gurken für Papa –, und wurde meistens von beiden Seiten mit einem traurigen kleinen Lächeln belohnt. Vorausgesetzt, dass es nicht ganz so schlimm gekommen war. Dann lag Inga mit kalten Handtüchern auf ihren blauen Flecken im Schlafzimmer, während Erland am Schreibtisch saß, das Gesicht in den Händen begraben, und sich weigerte, überhaupt aufzusehen. Aber ganz gleich, ob es schlimm oder ganz schlimm gewesen war, das Schweigen würde bis Mittwoch Abend anhalten, bis Erland etwas Nettes über das Essen oder Ingas Kleider oder ihre Frisur sagte, bevor sie verschwanden, um bei guten Freunden Bridge zu spielen. Am Donnerstag würden sie sich dann benehmen, wie Alice sich vorstellte, dass sich eine normale Familie benahm, freundlich und alltäglich. Am Freitag wären die Eltern dann frisch verliebt. Am Samstag würde die Luft um sie vor erotischen Erwartungen flimmern. Am Sonntag sollte dann alles wieder von vorn anfangen.

Die Eltern merkten nie, dass etwas mit Alice passiert war, nahmen keine Notiz davon, dass sie nicht mehr, wo sie ging und stand, ein Buch aus der Bibliothek in der Hand hatte, sahen nicht, dass sie stattdessen über ihrem eigenen Bild ins Grübeln versank, dass sie dieses Bild nicht nur in allen Spiegeln des Hauses suchte, sondern auch abends vor schwarzen Fensterscheiben stehen blieb, dass sie mitten in einer Mahlzeit innehalten und sich im konkaven Oval ihres Löffels spiegeln konnte, um danach das

Goldmedaillon hochzunehmen, das sie an einer Kette am Hals trug, und versuchte, einen Schatten ihres eigenen Gesichts auf der glänzenden Oberfläche zu erhaschen.

Dieses Gesicht…

Es verblüffte sie. Es war, als hätte sie es nie zuvor gesehen, als hätte kein Mensch, nicht einmal sie selbst jemals bemerkt, dass es tatsächlich ein Gesicht auf der Vorderseite von Alices Kopf gab.

Außer Augusta natürlich. Augusta hatte immer scharfe Augen gehabt, und als Alice und ihre Eltern zum Osterbesuch nach Nordanäng kamen, fasste sie Alice unter das Kinn und betrachtete sie, runzelte dann die Stirn und kniff die Lippen zusammen.

»Du musst aufpassen«, sagte sie mit leichter Stimme, »du musst auf dich aufpassen, Alice…«

Aber Alice lachte nur unsicher und machte sich frei, lief danach auf den Flur und stellte sich vor den schwarzfleckigen Spiegel, lachte ihr Spiegelbild an und betrachtete sich selbst voll Freude und Funkeln.

Sie hatte Kristians Augen bekommen. Das war das größte seiner Geschenke.

Seine übrigen Geschenke waren nicht viel geringer. Er schenkte Alice sein Lachen, als sie an einem Abend im März durch den Frühlingsregen hüpften. Er gab ihr in einer taubenblauen Dämmerung im April ein Gedicht. Er gab ihr an einem Sonntagnachmittag im Mai seinen Kummer, seine Hoffnung und alle seine Träume an einem Samstagabend im Juni, als sie auf dem saftigen, knallgrünen Gras oben im Stadtpark lagen und über die Stadt und den Vätternsee schauten.

Er liebte sie, sagte er. Sie war seine Retterin und seine Befreierin, und deshalb hatte er Angst vor den langen Sommerferien, die sie voneinander getrennt sein würden. Wie sollte er das ertragen können? Er sehnte sich ja bereits jetzt nach ihr.

Zwei Tage vor Schulschluss gab er ihr so viel von seiner Sehnsucht, dass er sich nicht mehr rechtzeitig zurückziehen konnte. Eine Spermie bohrte sich in ein Ei und verwandelte es in eine Zygote. Ein paar Stunden später setzte die Zellteilung ein.

Die Welt sollte neu geboren werden.

Inga schrie.

Das war ein anderer Schrei als der normale Sonntagsschrei, er war schärfer, geschliffener. Er bohrte sich wie ein wildes Tier durchs Haus, schnitt lange Risse in die glänzende Oberfläche des Speisezimmertisches, zerriss den handgewebten Stoff auf dem Carl-Malmsten-Sofa im Wohnzimmer, zerbrach das Glas von Orrefors und das Alltagsgeschirr von Gustavsberg, schob die Jungmädchen-Zimmer-Möbel beiseite und zerknickte das zerbrechliche Mahagonibein des Frisiertisches.

Alice stand mit den Händen auf den Ohren mitten im Wohnzimmer, während das Haus von dem Schrei verwüstet wurde. Erland stand vor ihr, er schrie nicht, brüllte nicht einmal, er öffnete nur seine Hände und schloss sie wieder, immer wieder, bis er sie schließlich hob und Alice bei den Haaren packte. Er zog sie über den Boden, trat ihr die Beine weg, als sie vorsichtig versuchte, in die Richtung zu stolpern, die er ausgesucht hatte – sie sollte nicht gehen, diese Ausgeburt des Teufels, sie sollte geschleppt werden! – und zerrte sie dann an die Wand. Inga hörte auf zu schreien, saß nur mit offenem Mund auf dem Sofa und sah Erland, wie er sich breitbeinig über Alice stellte, sie an den Ohren hochzog und hart und rhythmisch ihren Kopf gegen die Wand schlug.

Alices Zähne klapperten. Es hallte im Kopf wider. Das Zimmer tanzte vor ihren Augen. Trotzdem hielt sie Augen und Ohren offen, horchte und beobachtete. Sie sah, wie sich Erlands Speichel, der anfangs wie ein dünner Frühlingsregen auf ihr Gesicht gefallen war, zu weißem Schaum in den Mundwinkeln sammelte, wie er dann verdickte und sich zu zähen Schleimfäden zwischen den Lippen verformte, als er seine Arie der Verzweiflung aus sich herausbrüllte. Dafür hatte er nun wirklich nicht so hart gearbeitet! Dafür hatte er nicht alle Schwierigkeiten überwunden und trotz aller Widerstände Abitur und eine Ingenieursausbildung gemacht. Dafür war er nicht Betriebsleiter eines großen Bauunternehmens geworden statt ein beschissener Papierarbeiter in Hallstavik. Dafür hatte er nicht ein Haus in der besten Gegend von Jönköping gekauft und sich einen seiner Stellung gemäßen Bekanntenkreis geschaffen. Dafür hatte er nicht viele Jahre lang sein Ansehen aufgebaut, allen Feiertagsrednern zum Trotz, die ihn hochnäsig anschauten und einen Aufsteiger nannten! Und dafür hatte er sie nicht mit Essen und Kleidung versorgt, dieses verdammte kleine Luder, diese verlogene kleine Hure, dieses beschissene falsche Miststück, das die ganzen Jahre über so heilig getan hatte! Sie hatte ihn verraten, ihm alles kaputt gemacht, und jetzt würde er sie dafür umbringen!

Aber er brachte sie nicht um. Als Alice sich übergab, stand Inga auf und schlang ihre Arme um Erland, er drehte sich sofort um und schlang seine Arme auch um sie. So blieben sie lange stehen, stumm versunken ineinander, während Alice sich äußerst vorsichtig aufsetzte, blinzelte und umschaute.

Das Zimmer zitterte. Die Kotze stank. Aber die Möbel waren heil. Nichts war kaputt gegangen. Eigentlich gar nichts.

Inga ließ Erland los und schaute auf ihre Tochter hinunter, stieß mit der Schuhspitze nach ihr.

»Jetzt gehst du in dein Zimmer hoch und bleibst da«, sagte sie. »Wir werden heute Abend Gäste haben, und da will ich dich nicht sehen…«

So fing ihre Krankheit an. Innerhalb von drei Tagen wusste die ganze Straße, dass sich Tuberkelbakterien in Alices Körper und ins Haus ihrer Eltern geschlichen hatten. Vielleicht war das mit dem Haus dabei das Schlimmste. Ingas und Erlands Haus war ja mindestens ebenso hell, modern und gut gepflegt wie alle anderen Häuser der Straße. Hier wohnten die am besten informierten Menschen der neuen Zeit, Ingenieure und Architekten, Lehrer und Ärzte, ordentliche, fleißige und gut situierte Menschen, die alles über Gesundheit und Hygiene wussten, und trotzdem war es der alten Lungenkrankheit gelungen, sich mitten unter sie zu schleichen und hier Wurzeln zu schlagen. Das war eine Beleidigung, ein Schlag ins Gesicht, ein Überfall der Geschichte und der Armut auf Wohlstand und Modernität. Die Angst vor Ansteckung schlich sich wie eine Schlange von Garten zu Garten und ließ die Frauen die Fenster weit aufreißen, die Bettwäsche auf die Terrassen schleppen und die Putzfrauen aus dem Ostteil der Stadt herbeiholen, obwohl es eigentlich noch viel zu früh für den Herbstputz war.

Während dieser ersten Tage lag Alice in ihrem Bett in ihrem Zimmer und hörte die Teppichklopfer der Nachbarn auf Decken und Matratzen niedersausen, wobei sie sich träge wünschte, dass das, was sich in ihren Körper geschlichen hatte, wirklich eine Tuberkelbakterie wäre. Sie war sehr müde, viel zu müde, um aus freien Stücken überhaupt aus dem Bett zu kommen. Sie lag unbeweglich da, bis Inga am späten Vormittag hereinmarschierte und sie aus dem Bett trieb, indem sie ein paar Mal kurz in die Hände klatschte. Nicht, weil sie hinausgehen sollte, sondern weil man immer, auch in der schlimmsten Krise, sich waschen und seine Zähne putzen musste, seine drei gekochten Mahlzeiten am Tag essen und die Blusenknöpfe bis hoch zum Kragen zuknöpfen. Alice war eine Schlampe, in dem Punkt war Inga ganz Erlands Meinung, aber sie war außerdem Ingas Tochter, und als solche sollte sie zumindest eine ordentliche Schlampe sein. Zumindest so lange, wie sie in Blickweite war, wenn sie bei dieser Hexe in Roslagen war, konnte sie aussehen, wie sie wollte. Wenn es Alice gefiel, so fett, schlampig und heruntergekommen wie ihre Großmutter zu werden, bitte schön, niemand würde sich weniger drum kümmern als Inga. Denn Inga war enttäuscht, tief verletzt und enttäuscht. Nie im Leben hätte sie sich träumen lassen, dass ihre eigene Tochter schwanger werden würde! Wie eine Kuhmagd. Wie irgend so eine Schlampe …

Alice wusch sich das Gesicht, kämmte sich das Haar und knöpfte sich ihre Bluse bis zum Kragen hoch, gab aber keine Antwort. Sie war sofort nach ihrer Beichte verstummt. Schweigend war sie der Mutter zu einem Frauenarzt in Huskvarna gefolgt – dort war das Risiko, erkannt zu werden, etwas geringer als daheim in Jönköping –, und schweigend hatte sie zugehört, wie der Arzt Inga mitteilte, dass ihre Tochter leider tatsächlich schwanger sei. Sie durften noch eine Weile im Behandlungszimmer bleiben, bis Inga zu Ende geweint hatte. Alice selbst saß mit trockenen Augen und stumm an ihrer Seite, es gab keinen Laut mehr in ihrer Kehle. Was sie nicht verwunderte, im Gegenteil, sie fand das ganz selbstverständlich.

Die Müdigkeit war etwas schwerer zu begreifen, aber sie glaubte, das hätte mit diesen Wochen ungewissen Wartens zu tun, diesen Wochen mitten in den Sommerferien, als Kristian heim nach Stensjön gefahren und sie selbst ihren Eltern nach Båstad gefolgt war. Eines Tages spürte sie, dass es leicht zog, als sie sich ihren Badeanzug anzog. Sie hielt sofort inne, stand ein paar Sekunden lang unbeweglich und angespannt da, bevor sie äußerst vorsichtig ihre Hände auf die Brüste legte. Ja. Beide waren gespannt. Sie waren jetzt gespannter als jemals in der Zeit, als sie vor ein paar Jahren aus ihrem Brustkorb gesprungen waren.

Das war eine Botschaft. Das bedeutete etwas. Konnte das... Nein. So etwas konnte ihr nicht passieren. Nicht Alice. In dieser Nacht lag sie bis zum Morgengrauen wach, und als sie schließlich doch noch einschlief, geschah das nur, um in einer veränderten Welt zu erwachen. Zwar konnte sie genau in dem Moment, als sie die Augen aufschlug, die Sonne durch einen Spalt in den Gardinen hereinscheinen sehen und feststellen, dass der Himmel sich dort draußen hoch und blau wölbte, aber eine Sekunde später bewölkte es sich. Eine Frage bohrte in ihrer Magengrube: Hatte sie nicht schon vor drei Tagen ihre Regel haben sollen? Oder? Stimmte das nicht? Warum war sie nicht wie immer pünktlich eingetreten?

In den folgenden Wochen schlief sie immer nur für kurze Zeit, dadurch verblasste sie, und ihre Farben erloschen. Sie konnte die Verwandlung Stunde um Stunde verfolgen, denn es verging keine Stunde, ohne dass sie zur Toilette ging und sich im Badezimmerspiegel betrachtete. Dann schickte sie an Gott, Jesus oder wen auch immer ein stilles Gebet, während sie ihre Unterhose herunterzog, ein Gebet, dass es dort doch etwas zu finden geben möge, diesen einzelnen kleinen Tropfen Blut, diese Rose in den Zweigen der Unterhose, die ein Zeichen dafür wäre, dass sie davongekommen war.

Kristian war während der grauen Wochen des Wartens unwirklich geworden, eine Traumgestalt also, ebenso vage und durchscheinend wie das Kind, das sie vielleicht erwartete. Sie konnte sich nicht mehr an sein Gesicht erinnern, nicht einmal, wenn sie die Augen schloss und unter Mühen versuchte, das Bild hervorzuquetschen. Trotzdem war sie eines Tages ins Postamt gegangen und hatte die Nummer des Hofs seiner Eltern herausgesucht, aber der Mut hatte sie verlassen, als sie endlich in die kleine Box mit ihren perforierten Hartfaserplatten gekommen war. Sie stand ohne ein Wort zu sagen mit dem Hörer in der Hand da, während eine Frauenstimme weit entfernt im breitesten Småland-Dialekt *Hallo! Hallo!* rief. Als die Telefonistin sich schließlich einschaltete und ihre dumme Frage stellte – *Wird das Gespräch noch geführt? Wird das Gespräch noch geführt?* –, legte Alice den Hörer auf und ging.

Deshalb erfuhr Kristian nichts, bis Alice in Augustas Haus geschickt worden war. Bereits am ersten Abend schrieb sie ihm einen kurzen Brief und fuhr anschließend nach Herräng, um ihn abzuliefern. Auf dem Rückweg bereute sie es, wünschte, sie hätte ausführlicher und schöner geschrieben, bemitleidete Kristian plötzlich und wollte ihn trösten, weil sie alle Koseworte vergessen und nur ein paar nüchterne Sätze über Schwangerschaft und die Wut der Eltern geschrieben hatte, über die Abschiebung und Adoption, tröstete sich aber selbst damit, dass er das sicher verstehen würde. Schließlich war er Kristian.

Vier Tage später bekam sie seine Antwort. Sie stand vor Augustas Haus auf dem Kiesweg und riss den Umschlag auf, kümmerte sich nicht darum, dass der Landbriefträger über sein Fahrrad gebeugt stehen geblieben war und sie neugierig musterte, sah nicht einmal den eigenen Daumen, der die weiße Hülle des Briefs aufriss und das blaue Seidenpapierfutter entblößte, sah nur die blassen Streifen des Briefs darunter. Einen Augenblick lang stand die Zeit still, der erste Herbstwind legte sich in der Krone des Apfelbaums zur Ruhe, die Vögel verstummten und hielten den Atem an. Die ganze Welt hielt inne und wartete, bereitete sich atemlos darauf vor, in Jubel auszubrechen, den Jubel, der kommen würde, wenn Kristian erklärte, dass er auf dem Weg war, dass er schon in wenigen Tagen kommen würde, dass er sie retten würde in eine Ehe ohne Schande, Einsamkeit und Elternallmacht. Vielleicht hatte er ja schon an den König geschrieben.

Kristians Handschrift war jung und rund, sie sah altklug aus, als versuchte er seine erwachsenen Worte in die Kleidung eines Kinds zu zwängen. Der Brief war nur fünf Zeilen lang.

In der ersten Zeile stand, dass es ihm wirklich Leid tat.

In der zweiten Zeile, dass eine Adoption der einzige vernünftige Ausweg zu sein schien.

In der dritten Zeile, dass er/sie (das Wort *ich* war durchgestrichen und durch *wir* ersetzt worden) an ihre Zukunft denken mussten.

In der vierten Zeile, dass er ganz und gar nicht unverschämt sein wolle, aber dass er ja eigentlich gar nicht mit Sicherheit wissen könne, ob das Kind wirklich seines wäre.

In der fünften Zeile stand, dass er sich nicht auf sie hätte einlassen dürfen. Nur das: dass er sich nicht auf sie hätte einlassen dürfen.

Ein Vogel schrie. Der Wind schüttelte die Baumkronen. Alice zerknüllte den Brief zu einem Ball und stopfte ihn in ihre Kleidertasche.

»Die Mädchen müssen sich zur Verfügung stellen«, sagte Studienrat Singel in *Das Genie*.

Alice beugte sich kurzsichtig über das Buch, als sie ein paar Monate später damit in ihrer Abseite saß, und versank in der Erzählung: Sie las und blätterte stundenlang eine Seite nach der anderen um, bis sie schließlich einen Blick auf ihre Armbanduhr warf und sah, dass es schon halb vier Uhr morgens war. Augusta schnarchte in ihrem Schlafzimmer. Alice blieb einen Moment lang sitzen und lauschte dem brummenden Geräusch, bevor sie aufstand und die Petroleumlampe löschte.

Sie wollte sich im Dunkeln ausziehen. Sich verbergen. Sich unsichtbar machen, auch sich selbst gegenüber.

Am folgenden Morgen saß sie lange schweigend am Frühstückstisch und schaute durchs Küchenfenster hinaus. Nebel und Dunst waren im Morgengrauen aus der Erde aufgestiegen. Der Nachtfrost hatte das Laub geschwärzt, das immer noch nicht von den Zweigen der Bäume gefallen war, und weiße Linien um seine Konturen gemalt.

Augusta saß zusammengekauert und morgenmuffelig auf der anderen Seite des Küchentischs und trank ihren Kaffee. Sie hatte ihr Gebiss noch nicht eingesetzt, deshalb war ihre Stimme etwas undeutlich, als sie ihre Tasse hinstellte und fragte:

»Woran denkst du?«

Alice konnte die Antwort, die ihr über die Lippen kullerte, nicht mehr rechtzeitig zurückhalten.

»Und ich? Das denke ich die ganze Zeit. Und ich?«

Augusta hob die Augenbrauen.

»Du brauchst gar nichts zu sagen«, seufzte Alice und hob die Hand in einer abwehrenden Geste. »Ich weiß, dass es egoistisch ist. Ich weiß, dass man so nicht denken darf...«

Und trotzdem wollte der Gedanke ihr nicht aus dem Kopf gehen, er lag die ganze Zeit auf der Lauer hinter allen anderen Gedanken. Und ich?

Ich glaube wirklich, dass Kristians Lust ein Schmerz war, dachte sie, als sie später am Nachmittag nach Strömsviken ging. Ich verstehe es nicht, aber ich bin bereit, es zu glauben. Und ich? Wo habe ich meinen Platz in dieser Geschichte von seiner Lust?

Gleich nachdem sie das Frühstücksgeschirr abgewaschen hatte, war sie wieder in ihre Abseite hochgegangen und hatte weitergelesen. Sie hatte zusammengekauert am Kopfende des Betts gesessen und das Buch so gehalten, dass das graue Tageslicht aus dem Fensterchen auf die Seiten fiel. Gegen zwölf Uhr war sie nach unten gegangen und hatte für Augusta Schweinefleisch mit Zwiebelsoße gekocht, aber sie selbst hatte nichts gegessen, sie hatte sich nur mit einem Murmeln entschuldigt und war eilig wieder die Treppe hochgesprungen, um zu Ende zu lesen.

Sie las schnell, huschte durch die Erzählung des Häuslerjungen, der auf die Oberschule gehen durfte, von seiner Sehnsucht nach der unerreichbaren Rosa und seiner Verachtung gegenüber der fleischigen Ebba, von seinen lüsternen Fantasien und seinen Ängsten. Bereits um halb drei Uhr nachmittags hatte sie das Ende des Buchs erreicht. Atemlos war sie Kristian Dahl gefolgt, wie er sich in die Nacht hinausschlich. Sie hatte an seiner Seite gestanden, als er sich auf eine Bank legte und die Schere festklemmte. Sie hatte heftig nach Atem gerungen und die Augen geschlossen, als er schließlich fest gegen den Holzhandgriff der Schere schlug und sich selbst kastrierte. Mit leichter Übelkeit war sie dann hinter ihm hergetorkelt, als er davonwankte und seine Hoden den Hunden zum Fraß vorwarf. Aber als sie den Weg nach Strömsviken entlangging, waren es nicht Kristian Dahls Hoden, an die sie dachte.

Und ich, dachte sie. Und ich? Und das Kind in mir?

Sie hob die Hände, um sich gegen die feuchten Zweige zu schützen, die ihr gegen die Wangen schlagen wollten, als sie sich durch den Wald zur Bucht hin zwängte, und hielt sie immer noch erhoben, als sie auf die Klippe hinauskam, ließ sie erst fallen, als sie schwerfällig auf die Steine niedersank. Sie blieb eine Weile aufrecht sitzen und lauschte ihren eigenen Atemzügen, beobachtete und registrierte sie. Heute war der Herbst endgültig am Ausbrennen. Der Baum auf der anderen Seite des Wassers hatte sich in neue Farbnuancen gehüllt. Braun und schwarz. Es war windstill, der Himmel brütete schwer über dem Wasser, und draußen auf der Bucht drehte der einsame Schwan die letzte Runde des Herbstes in seinem Revier. Der Witwer. So nannte Augusta ihn. Das Weibchen war bereits vor vielen Jahren gestorben, trotzdem kam er jedes Jahr zurück nach Strömsviken, um sie zu suchen.

Das würdest du nicht machen, dachte Alice und begann einen Brief an Kristian zu formulieren. Du würdest nie ans gleiche Ufer zurückkehren, um mich zu suchen. Immerhin das habe ich aus meiner Lektüre von *Das Genie* gelernt. Denn ich glaube nie und nimmer, dass ich deine Rosa war. Ich habe nichts an mir, aus dem man solche Träume spinnen könnte, und nichts deutet überhaupt darauf hin, dass du welche gesponnen hast. Ich bin kein flauschiges Küken, um das sich die Grünschnäbel schlagen. Ich bin weder schön noch hochmütig, ich bin nur rundlich und unansehnlich. Die meisten Jungs sehen mich gar nicht, und wenn sie es doch einmal tun, dann nehme ich an, sie tun es mit der gleichen Mischung aus Ekel und Lust wie Kristian in dem Buch Ebba Lantz ansah.

Ich war deine Ebba Lantz.

Der Gedanke war so unangenehm, dass sie nach Atem ringen musste, aber jetzt war sie so vertieft in den Brief, dass sie ihn sofort schreiben musste. Sie kniete sich hin, tauchte eine Fingerspitze in das kalte Wasser und versuchte mit dem Finger auf dem Felsen zu schreiben. Es ging nicht. Der Stein war bereits feucht, die Buchstaben waren nicht zu erkennen. Trotzdem machte sie weiter, zog den Zeigefinger in der zierlichen Handschrift einer Gymnasialschülerin über die schwarze Fläche.

»Ich glaube, ich war deine Ebba Lantz, Kristian«, schrieb sie. »Ich glaube, so hast du mich gesehen. Ein tölpelhaftes Wesen mit offen stehendem Mund und feuchten Augen, im Stande, über einem Glasbehälter mit Froschlaich in erotische Trance zu verfallen. Ein Bündel. Ein Stück Fleisch. Ein Bild deiner eigenen Lust, vor der du dich ekelst und die du hasst, die dich an mich bindet. Denn Haut und Haar, Schleimhäute und Hohlräume, das war alles, was du von mir haben wolltest...«

Der Schwan näherte sich ihr, die Flügel drohend zur Hälfte ausgebreitet. Alice bemerkte ihn nicht, schrieb ganz ruhig ihren unsichtbaren Brief weiter.

»Aber kann ich dir etwas vorwerfen? Kann ich dir vorwerfen, dass du so bist, wie du bist, dass du fühlst, was du fühlst, dass du siehst, was du siehst? Ich habe dich geliebt. Ich hatte die gleiche Lust auf dein Lachen und deine Spiele, wie du sie auf meine Brüste und Schleimhäute hattest. Kann ich dich anklagen, weil du ein Rätsel bist? Kann ich dich anklagen, weil du für mich ebenso unbegreiflich bist wie ich für dich? Nein. Du hast dich auf mich eingelassen. So einfach ist das. Ich wollte eine Zeitlang Ruhe und Wärme haben. Ich wollte davon träumen, dass es möglich ist, sich zu begegnen. Ich wollte mir selbst vormachen, dass das Unmögliche möglich ist. Das war dumm, ich hätte begreifen sollen, warum es Mädchen verboten ist, sich zu sehnen. Aber ich tat es nicht. Und deshalb muss ich das jetzt allein durchmachen. Es wird gehen. Es ist schwer, aber es geht. Augusta hat es gemacht. Sie spricht nie darüber, aber ich weiß, dass sie es gemacht hat, und deshalb weiß ich auch, was man tun muss. Man muss seine Tür für immer verschließen und nie wieder jemandem vertrauen. Niemals.«

Der Schwan fauchte, er war jetzt ganz nah am Ufer, stand da, schwankte auf den Kieseln unterhalb der Klippe und stellte sein

Federkleid auf. Alice erhob sich schwerfällig und zog sich zurück. Das schien ihn zu beruhigen. Er schwamm zurück in die Bucht hinaus, zog einen großen Kreis auf dem Wasser, reckte dann seinen Kopf zum Himmel und rief. Alice stand unbeweglich da. Vielleicht antwortet das Weibchen ja, dachte sie verwirrt. Vielleicht versteht sein Weibchen, dass es das letzte Mal in diesem Herbst ist, dass er ruft, vielleicht hört sie ihn endlich und antwortet...

Die Dämmerung hatte eingesetzt, aber der Schwan war immer noch gut zu erkennen, sein Federkleid schimmerte weiß gegen das Wasser, während er regungslos mitten in der Bucht schwamm, den Schnabel in einem gespannten Winkel gehoben. Sie warteten lange, Alice, die Arme um sich geschlungen, der Schwan mit gestrecktem Hals, beide vollkommen regungslos, bis der Schwan langsam seinen Kopf senkte und aufs Wasser schaute. Ohne nachzudenken ahmte Alice die Bewegung nach, sie beugte ihren Nacken und schaute auf das Ufer hinunter. Es war kaum noch in der Dämmerung zu erkennen, die Farbe der Kiesel vermischte sich mit der des Wassers zu einer einzigen Tiefe, einer dunkelgrauen Tiefe, in der nur noch ein paar weiße Kieselsteine glänzten, die wie kleine Bruchstücke von Bergkristallen mitten in all dem Kalten und Farblosen lagen.

Da sah sie ihn.

Er lag auf dem Grund der Bucht und betrachtete sie. Der Körper und die Kleider wechselten die Farbe genau wie Sand und Stein, die Wangenlinie war gleichzeitig weich und fast geometrisch, das Haar war matt, kurz geschnitten und verfilzt. Er lächelte vorsichtig, als es ihm gelang, ihren Blick einzufangen, öffnete die Lippen und lächelte mit weißen Kieselsteinzähnen.

Im gleichen Moment breitete der Schwan seine Flügel aus und bewegte sie ein paarmal prüfend. Sekunden später setzte er das Wasser in Schwingungen und nahm Fahrt auf, schlug die Flügel zusammen und flog los. Alice hob den Kopf und folgte ihm mit ihrem Blick. Sah, wie er nach Süden abbog und in der Dämmerung verschwand.

Als sie ihren Blick wieder senkte, war das Wasser schwarz geworden. Alles, was in ihm verborgen war, war wieder unsichtbar.

Danach folgt ein Tag dem anderen, eine Woche der anderen, ein Monat dem nächsten. An jedem Morgen ist Alice ein wenig schwerer erwacht, etwas langsamer in ihren Bewegungen, etwas träger im Denken und in den Gefühlen. Deshalb lächelt sie nur, wenn sie an den Jungen denkt, der irgendwann im Herbst im Wasser von Strömsviken lag, lächelt wie über Augustas Märchen und zuckt mit den Achseln, während sie sich auf den Rand des Feldbetts setzt und mit der Hand über den Hocker tastet, der einen Nachttisch darstellen soll. Sie weiß, dass sie irgendwo neben der Petroleumlampe eine fast volle Schachtel Streichhölzer liegen hat, sie hat morgens eine neue Schachtel mitgenommen. So laufen ihre Gedanken jetzt. Immer denkt sie an Streichhölzer, Seife und Holz für den Küchenherd, nie an Feuer, Wohlgeruch und Wärme.

Nachdem sie die Lampe angezündet und die Flamme fast bis zum Nichts heruntergeschraubt hat, bleibt sie auf der Bettkante sitzen und starrt die Wand vor sich an, schüttelt die Streichholzschachtel leicht und hört dem schwachen Rasseln der Hölzer zu. Müde. Ja. Sie ist sehr müde. Vielleicht traut sie sich ja, das dem Landarzt zu sagen, wenn sie morgen zur Untersuchung nach Hallstavik fährt. Aber das ist nicht sicher, manchmal durchläuft sie die gesamte Untersuchung ohne ein einziges Wort. Der Landarzt sagt auch nicht viel, schiebt sich nur die Brille auf die Nasenspitze und betrachtet sie ein paar Sekunden lang, bevor er ihr Krankenblatt öffnet und seine Routinefragen murmelt. Wenn sie nicht antwortet, wirft er ihr nur einen kurzen Blick zu und geht zur nächsten Frage über.

Am Ende schüttelt er den Kopf über ihre Aufgedunsenheit und sagt, dass ihre Blutwerte schlecht sind und ihr Blutdruck zu hoch. Vielleicht ist sie ja deshalb so müde. Wenn das nicht sowieso normal ist, wenn das nicht genauso ist, wie es sein soll am Ende einer Schwangerschaft. Sie weiß es nicht. Vielleicht ist die Müdigkeit von der Natur so vorgesehen, um die Unruhe der Frauen zu dämpfen. Nicht, dass Alice besonders unruhig ist. Es können ganze Tage vergehen, ohne dass sie überhaupt an die Geburt denkt, und wenn sie trotz allem doch einmal daran denkt, dann zuckt sie schnell die Achseln und schiebt alle blutigen Bilder beiseite. Es wird schon gehen. Das auch noch.

Sie denkt auch nicht an das Kind, zumindest nicht, wenn sie wach und allein ist. Dann ist ihr Bauch nur ein Bauch. Das ist am besten so, er beherbergt ja sowieso etwas, das bald für alle Zeit verschwinden wird. In einem Monat ist das Leben anders. Oder schon in einer Woche. Oder in nur wenigen Tagen. Es kommt, wie es kommt, das auch. Es wird sein, wie es sein wird. Die Zeit rinnt durch sie hindurch, Sonnen brennen sich in sie ein, Welten werden in ihrem Körper geschaffen und gehen unter, es ist ihr vollkommen egal. Sie denkt nicht daran, Widerstand zu leisten, aber auch nicht daran, mitzuhelfen.

Das Feldbett knarrt, als sie aufsteht und ihren Hauskittel aufknöpft. Es ist Augustas Kittelschürze, sie hat sie für heute leihen dürfen. Ihr eigenes Umstandskleid ist zum Lüften. Es hing draußen auf der Veranda und tanzte im Februarwind, während Alice die Manschetten wusch und den weißen Kragen stärkte. Jetzt hängt es gebürstet und gebügelt unten in der Küche und wartet auf den Arztbesuch morgen, ein blaues Wollkleid der tugendhaftesten Art und dennoch ein Hurenzeichen, das sie zwingt, mit gesenktem Blick im Wartezimmer des Arztes zu sitzen. Sie ist zu jung für Umstandskleider. Zu jung und zu ringlos. Die richtigen Frauen falten ihre Hände über ihren Bäuchen und fixieren sie mit ihrem Blick. Alice meint hören zu können, wie ihre Gedanken sie jagen. Ist dieses Mädchen nicht mit dem Buch-Harald verwandt, dem Leiter der Volkshochschule? Das ist doch die Tochter von dem Bruder, der damals studiert hat, wie heißt er noch, Erland. Ja. Ja, genau. Hat sich gut verheiratet, wie es hieß, irgendwo weiter unten auf dem Land. Und hier sitzt also die Tochter und ist schwanger, und das als Gymnasiastin. Ja. Ja. So kann es gehen…

Alice muss eine Weile fummeln, um den Knoten des Schwangerschaftsmieders aufzukriegen. Als es ihr endlich gelingt, kann sie es kaum mehr erwarten und zieht mit beiden Händen, damit sich die Verschnürung öffnet. Das ist so eklig, dieses Mieder, sie möchte es loswerden, will seine Fleischfarbe nicht mehr sehen und die Glätte des Satins nicht mehr zwischen den Fingerspitzen spüren. Als das Mieder zu Boden gefallen ist, macht sie sich nicht die Mühe, es aufzuheben und aufs Fußende des Betts zu legen, wie sie es sonst immer tut. Sie tritt es nur zur Seite, fummelt dann ungeduldig an den Haken und Ösen ihres BHs, schält sich in einer einzigen Bewegung aus Unterhose und Strümpfen, sieht, dass die Beine im Laufe des Tages angeschwollen sind, dass sie genauso dick und stampferartig sind wie Augustas, dass die weiße Haut an den Gelenken so gespannt ist, als würde sie zerreißen...

Im nächsten Moment rinnt alle Kraft aus ihr heraus, plötzlich ist ihr so schwindlig und sie hat so weiche Knie, dass sie sich setzen muss, die Augen schließen und nach Atem schnappen.

»Ich bin müde«, sagt sie laut zu sich selbst und stützt sich mit den Handknochen an der Matratze ab. »Ich bin so schrecklich müde...«

Nach einer Weile öffnet sie die Augen und schaut auf ihren nackten Körper hinunter, denkt träge, dass sie vernünftig sein muss, ermahnt sich, nicht zu vergessen, wie kalt es in Augustas Abseite ist, erinnert sich daran, dass sie nicht mehr in der Lage ist, den Petroleumofen anzumachen, und dass sie deshalb alle Kraft sammeln muss, um die Decke anzuheben und ihr Nachthemd herauszuholen, dass sie es sich über den Kopf ziehen und die Hände in die Ärmel stecken muss, dass sie anschließend die Decke heben und ins Bett kriechen muss, und dass sie sich außerdem noch dazu zwingen muss, die Hand auszustrecken und den Docht in der Petroleumlampe herunterzudrehen, bevor sie sich wirklich erlauben kann, so müde zu sein, wie sie ist.

All das wird sie machen. Sie verspricht es sich selbst. Aber zuerst will sie sich nur kurz ausruhen. Ausruhen und Kraft sammeln. Der Wind draußen hat an Kraft zugenommen, es knackt und knarrt in Augustas Haus, eine kleine Wehe aus fast geschmolzenem Schnee hat Schutz auf dem Fensterblech des Fensterlochs gesucht. Es ist egal. Auch das. Die rote Steppdecke fühlt sich kalt auf Alices Rücken an, als sie aufs Bett niedersinkt, aber das ist auch egal. Genauso wie die Tatsache, dass die Haare sich auf ihren Armen sträuben und dass sie nur schwer Luft bekommt, wenn sie auf dem Rücken liegt. Alles ist egal. Das einzige, was sie sich wünscht, ist Kraft genug, um die Füße vom Boden zu heben, denn diese halb liegende Stellung ist zu unbequem.

»Ich werde es gleich machen«, sagt sie zu sich selbst in sachlichem Ton. »Gleich. In ein paar Minuten.«

Das Kind in ihr bewegt sich, streckt sich in ganzer Länge von der Brust bis zum Schoß.

»Und dann will ich schlafen«, sagt Alice. »Gleich werden wir beide schlafen.«

Sie legt sich die Hände auf den Bauch, streichelt den, der sich darin verbirgt, fühlt die Kälte nicht mehr auf der nackten Haut.

Ich sehne mich, denkt sie. Ich wusste nicht, dass ich mich so sehr sehne.

»Du Missgeburt…«, sagt Rebecka. »Du bist ja krank. Du bist widerlich.«

Vor kurzem noch war alles alltäglich und wirklich. Fast gut. Vor kurzem noch war es ein sonniger Dienstagnachmittag, und Angelica ging über die Flure des Gymnasiums auf dem Weg zum Zeichensaal, zur dritten Stunde des Herbstsemesters in Kohlezeichnen. Sie trug ihren neuen Skizzenblock unterm Arm, den sie von ihrem eigenen Geld in einem richtigen Geschäft für Künstlerbedarf gekauft hatte. Sie hat noch nicht darauf gezeichnet, bis jetzt hat sie sich nur gestattet, mit der Hand über die dicken Bögen zu streichen, aber jetzt, in wenigen Minuten, soll sie ein Stück Kohle nehmen und es übers Papier gleiten lassen.

Angelica zeichnet gern, sie ist auch sehr gut darin, aber vor allem gefällt es ihr, dass sie zu denen gehört, die den Künstlerischen Zweig gewählt haben; ihr gefallen die Bewegungen an sich, einen Bleistift in der ausgestreckten Hand zu halten, um Perspektive und Proportionen abzumessen, den Daumen einer Hand in eine Palette zu stecken und mit der anderen einen Pinsel zu greifen, Staffelei und den großen Zeichenblock unter dem Arm zu tragen. Das sind Bewegungen, die sie zu einer anderen werden lassen. Zu einer, die sie gern wäre. Einer, die sie eines Tages werden wird.

Rebecka steht am Fenster, als Angelica in den Zeichensaal kommt. Hinter ihr versucht der Sommer noch einmal neu geboren zu werden. Der Saal liegt im Schatten, aber das Sonnenlicht breitet sich über den Schulhof aus, und einen Augenblick lang meint Angelica, den Herzschlag in der eigenen Brust spüren zu können. Dann fällt ihr ein, dass Rebecka zu denen gehört, die das Programm Für Zukünftige EU-Manager gewählt haben. Also dürfte sie gar nicht hier sein, also dürfte sie nicht dort am Fenster stehen, den Rucksack in den Armen, und Angelica anstarren. Sie sollte die Flure zu ihrem eigenen Unterrichtsraum entlangeilen.

Weiß sie etwas? Aber wie sollte sie etwas erfahren haben?

Rebecka ist weiß im Gesicht, bis auf einen entzündeten Pickel auf dem Kinn. Der ist dunkelrot.

»Du Missgeburt…«, sagt sie. »Du bist ja krank. Du bist widerlich.«

Sekunden später ist sie fort.

Die dünnen Risse hat es schon den ganzen Sommer über gegeben, aber jetzt sind sie breiter geworden und haben sich geöffnet. Etwas ist kaputtgegangen.

Vielleicht ist es an der Zeit.

Wie könnte es sonst sein, dass Angelica in der nächsten Stunde auf einer kleinen Mauer sitzt und auf ein Kreuz starrt? Es vergehen ein paar Sekunden, bevor sie versteht, was sie da sieht, bevor sie sich daran erinnert, dass das die Gedenkstätte auf dem Friedhof von Häverödal ist und dass Siris Asche irgendwo hier unter dem Gras vergraben ist.

Man erfährt nicht, wo genau sie liegt. Das ist ein Geheimnis. Das hat ihr dieser Mann erklärt, als sie eines Tages im Sommer herkam, der gleiche, der jetzt das erste Herbstlaub hinten am Friedhofszaun wegharkt. Das ist ja der Sinn einer Gedenkstätte, sagte er und redete mit ihr, als ob sie sechs Jahre alt wäre und nicht sechzehn. Man soll gar nicht wissen, wo genau sich die eigene Großmutter befindet, man muss sich halt denken, dass sie in der ganzen Gedenkstätte ist. Wenn man einen speziellen Platz haben wollte, um Blumen hinzulegen, dann hätte man sich ein richtiges Grab mit Grabstein und Namen und allem anschaffen müssen. Angelica hat sich nicht die Mühe gemacht, ihm zu erklären, dass Siri ihren letzten Wunsch auf die Rückseite eines Briefumschlags gekritzelt hat und dass dieser letzte Wunsch nur in drei befehlenden Worten bestand: *Gedenkstätte! Nichts sonst.* Außerdem war Angelica gar nicht gekommen, um Blumen niederzulegen. Sie war einfach nur so gekommen. Genau wie heute. Und jetzt will sie wieder gehen.

Der Kiesweg vor der Gedenkstätte ist frisch geharkt. Angelica zieht die Füße nach, um die sorgsam gerillte Oberfläche zu zerstören und den Alten zu zwingen, noch einmal zu harken. Aber die Strafe folgt auf dem Fuße: Sie bekommt einen Stein in den Schuh und muss sich auf eine Bank setzen, um ihn herauszuholen. Als sie sich aufrichtet, entdeckt sie einen alten Grabstein auf der anderen Seite des Wegs. Sie erkennt ihn sofort wieder, genau zu diesem Grab ging Siri immer viermal im Jahr. Mit Blumen.

Sie steht auf und tritt an den Stein heran, fällt auf die Knie und lässt ihren Zeigefinger dem Text auf dem grauen Granit folgen.

Olga Andersson 1913–1932. Isak Johansson 1888–1935.

Augusta Johansson geb. Andersson 1895–1975.

»Sie war nicht immer nett«, sagt Siri in ihrem Gedächtnis. »Meine Großmutter Augusta war wirklich nicht immer so richtig nett.«

Angelica zuckt mit den Schultern. Sie selbst ist ja auch nicht immer so richtig nett.

Hinterher weiß sie nicht mehr so recht, wie sie nach Alaska gekommen ist.

Plötzlich ist sie einfach da, plötzlich sitzt sie auf der Treppe vor Siris Haus und kaut auf der Lippe. Sie hat einen ekligen Geschmack im Mund, und der will nicht verschwinden. Wenn Siri noch lebte, hätte Angelica in die Küche gehen und ein großes Glas Saft trinken können, um den Geschmack wegzuspülen. Rhabarbersaft kochen wie Siri, der war so gut, dass Angelica die Tränen in die Augen steigen allein bei dem Gedanken daran.

Scheiße. Sie schluchzt kurz auf und guckt auf die Uhr. Warum sitzt sie hier eigentlich? Schließlich ist es schon spät, und es wird bereits dunkel, die Uhr zeigt nach neun. Außerdem muss sie noch Reklameblätter austeilen. Es ist heute ungewöhnlich viel, so viel, dass Bergström von der Firma nicht wollte, dass sie das Fahrrad nimmt. Es wäre zu schwer beladen, sagte er, und er wolle doch nicht, dass sie umfalle und mit dem Kopf auf den Asphalt schlüge. Also musste Angelica stattdessen die Bündel in einen alten Kinderwagen stapeln und zu Fuß gehen.

Jetzt steht der halb leere Kinderwagen auf Siris Gartenweg,

während Angelica selbst auf der Treppe sitzt und versucht ihre Gedanken zu ordnen. Sie weiß sehr genau, dass sie heute Morgen den Bus zum Gymnasium in Uppsala genommen hat, dass sie nachmittags auf dem Friedhof in Häverödal war und dass sie mit diesem Kinderwagen den Abend über durch halb Hallstavik gegangen ist, nur kann sie sich nicht mehr daran erinnern. Trotzdem ist sie sich vollkommen sicher, dass sie in alle Briefkästen, an denen sie vorbeigekommen ist, Reklame gestopft hat, auch in die, die vor unbewohnten Häusern stehen. Bergström würde wahnsinnig werden, wenn er das wüsste. Er findet, so etwas ist Schlamperei und Verschwendung. Normalerweise folgt Angelica seinen Regeln. Aber heute nicht. Heute ist sie ihren eigenen Regeln gefolgt.

Vor allem sind es die alten Werkswohnungen, die jetzt leer stehen. Niemand will sie heute noch mieten, außer ein paar jungen Burschen, die gerade erst angefangen haben im Werk. Diesen Burschen ist es gleichgültig, dass die Zimmer eng sind und das Bad sich im Keller befindet. Sie wollen ein eigenes Haus haben, um ihre Stereoanlage laut aufdrehen zu können, und einen eigenen Garten, in dem sie an ihrem Auto basteln können. Angelica tun die leeren Häuser Leid, sie sehen so armselig und verlassen aus, dass sie es kaum mitansehen mag, aber die Häuser, in denen die jungen Burschen wohnen, machen sie wirklich wütend. Sie verabscheut alles daran: die schmutzigen Gardinen, das Unkraut in den Beeten, die rostigen Autowracks, die wie erstochene Mordopfer auf den Rasenflächen liegen. Es sieht schlampig aus. Armselig. Am liebsten würde sie den ganzen Dreck anzünden.

Am schlimmsten ist es in Alaska. Es war schon immer am schlimmsten gewesen in den Bezirken, die Alaska genannt werden. Siri konnte unzählige Geschichten darüber erzählen, wie es früher hier gewesen war, wie die Kinder – Carina beispielsweise – in der Schule gehänselt wurden, weil sie ausgerechnet hier wohnten. Alaska war nur Dreck, so hieß es in ganz Hallstavik, obwohl die Häuser in Alaska genauso aussahen wie die Arbeiterwohnungen in den anderen Vierteln. Vielleicht hatte es etwas damit zu tun, dass nicht gerade die vornehmsten Erwerbstätigen des Werks hier wohnten, sondern die einfachen Arbeiter und die

Tagelöhner, diejenigen, die an letzter Stelle standen, als das Werk einst gebaut worden war, und seitdem die Letzten geblieben waren. Zumindest bis zur großen Umzugswelle in den Sechzigern, als die Werksarbeiter anfingen, sich eigene Häuser zu bauen. Dadurch gab es auch für Alaskas frühere Bewohner Platz in den feineren Arbeitervierteln, und ein paar Jahre später waren fast nur noch finnische Stimmen auf Alaskas Straßen zu hören. Aber Siri folgte den anderen nicht. Sie und Sven – der Großvater, den Angelica nie kennen gelernt hatte – zogen irgendwann in den Fünfzigern nach Alaska und blieben ihr ganzes Leben lang dort.

»Das ist gut genug für uns«, sagt Siri in Angelicas Erinnerung.

Angelica seufzt, als sie aufsteht und sich dem Haus zuwendet. Die Fenster blinken schwarz. Kåre und Marianne haben Carina bereits vor der Mittsommernacht geholfen, das Haus zu räumen. Seitdem stehen Siris Möbel wahllos in Carinas Wohnzimmer herum, denn Carina hat es nie geschafft, sich richtige Möbel anzuschaffen, und Mariannes Hilfsbereitschaft hatte ein Ende, als sich zeigte, dass Carina gedacht hatte, Marianne könnte das Haus allein besenrein säubern...

Angelica erschauert, die Kälte, die den ganzen Abend über auf der Lauer lag, streckt plötzlich ihre Finger aus und streicht ihr über den Nacken. Wenn sie sich mit der restlichen Reklame beeilt, schafft sie es vielleicht noch nach Hause, bevor Mikael schläft. Sonst wird sie – wenn sonst nichts ist – in ihrem Bett liegen und seinen Atemzügen lauschen.

Sie mochte schon immer gern zuhören, wie Mikael atmet.

Seit dem Frühling schläft sie jetzt in Mikaels Zimmer. Seit dem Tag, als sie Kristoffer verließ. Seit dem Tag ein paar Wochen nach Siris Beerdigung, als ihr ganzes Leben auf den Kopf gestellt wurde. Dem Tag, als sie Bazille in den Bus nach Stockholm einsteigen sah.

Sie entdeckte ihn, als sie im Wartesaal des Busbahnhofs saß und auf Kristoffer wartete, erkannte ihn aber zunächst nicht. Er trug eine auffallend verwegene Sportjacke, die sie noch nie zuvor an ihm gesehen hatte und deren Farben sie irritierten. Koboldrot und marineblau. Ein kleiner Hauch von Gelb. Nicht gerade die Farben, die sie normalerweise mit Bazille verband. Deshalb dauerte es einige Atemzüge lang, bis ihr Gehirn begriff, was ihre Augen sahen, bis ihre Sinne geschärft waren und ihr Herz zu rasen begann. Das war Bazille. Definitiv. Und er stand an der Haltestelle des Stockholmbusses, eine schwarze Tasche über der Schulter. Also wollte er abreisen. Also wollte er zurück zu seinem Job im Therapieheim. Also würde er nicht vor fünf Wochen nach Hallstavik zurückkommen.

Eine Ewigkeit lang. Fast ein ganzes Leben.

Die Erleichterung überflutete sie wie eine warme Welle. Sie breitete sich von der Stirn über den Schädel bis hinunter in den Nacken aus, glitt weiter über den Rücken und umarmte sie, ruhte für kurze Zeit in der Magengrube, bevor sie sich widerwillig auf Arme und Beine ausdehnte. Angelica schaute auf ihre Handflächen hinunter und meinte sehen zu können, wie sie rot wurden. Eine Blume, dachte sie. Ich sehe, wie eine Blume aus meiner Hand erwächst…

Der Gedanke erschreckte sie, er war zu merkwürdig, um wirklich normal zu sein. Ein Missgeburts-Gedanke. Deshalb stand sie auf und ging zu einem der Flipperautomaten, beugte sich über ihn, als wollte sie einen Fünfer einwerfen und anfangen zu spielen, obwohl sie nie im Leben auf die Idee kommen würde, für etwas so Idiotisches Geld rauszuwerfen. Einer der kleinen Jungs am anderen Automaten – eine kleine Elster mit schlabbriger Hose – warf ihr einen kurzen Blick zu und erklärte:

»Der ist kaputt…«

Sie hob den Kopf und sah ihn an, und plötzlich war es, als könnte sie sich vor all den Lichtern, Geräuschen und Gerüchen des Wartesaals nicht schützen. Die bunten Lampen des Flipperautomaten blinkten, die Schuhe der kleinen Jungs schurrten auf dem sandigen Linoleum des Bodens, ihre heiseren Stimmen schrien auf vor Begeisterung, wenn das Spiel seine Melodie anschlug und leuchtend rote Ziffern zeigten, dass der Sieg nahe war. Von der Würstchenbude drang ein schwerer Geruch nach Pommes frites herein und vermischte sich mit den Dieselwolken eines Busses, der draußen im Leerlauf stand. Angelica musste sich am Flipperautomaten abstützen, um nicht von Übelkeit überwältigt zu werden. Trotzdem dachte sie an all das nur sekundenlang, ihre gesamte Aufmerksamkeit war stattdessen auf die Welt dort draußen gerichtet. Sie meinte hören zu können, wie sich der Stockholmbus näherte, wie dessen Geräusche in den Wartesaal eindrangen und alle anderen Geräusche übertönten. Ja. Da war er. Jetzt bog er von der Skärstabron ab. Jetzt fuhr er in den Bahnhof ein. Jetzt hielt er an. Jetzt machte er seine Türen auf.

Jetzt lässt er die Fahrgäste raus, dachte sie und beugte sich wieder tiefer über den kaputten Automaten. Die meisten gehen hinten raus, aber nicht alle. Es gibt immer jemanden, der durch die Vordertür aussteigen will, meistens sind es alte Menschen, die eigentlich viel Zeit haben. Deshalb hat er noch nicht einsteigen können. Vielleicht hilft er jemandem, er möchte ja immer gern, dass die Leute sehen, wie er alten Frauen mit ihren Taschen oder jungen Müttern mit ihren Kinderwagen hilft. Und dann tritt er noch zur Seite und lässt die Leute einsteigen, die hinter ihm in der Schlange stehen, lässt sie vor. Nein, das stimmt so nicht. Nicht immer. Nur wenn es Frauen oder Greise sind. Gleichaltrige Männer dürfen nicht vordrängeln, da passt er genau auf. Aber jetzt müsste er an der Reihe sein mit einsteigen, wie viele Frauen und Kinderwagen es nun auch im Bus geben mochte …

Sie drehte sich um und schaute aus dem Fenster. Sie hatte Recht. Der Stockholmbus schloss gerade seine Türen, und der Blinker leuchtete rot auf. Sie konnte die kräftigen Farben von Bazilles Jacke erkennen, während er sich den Mittelgang entlangbewegte.

Er war losgefahren.

Er hatte sie nicht gesehen.

Die Jungs hinter ihrem Rücken brachen in Jubel aus. Sie hatten beim Flipperspiel einen neuen Rekord aufgestellt.

Kristoffer zuckte nur mit den Achseln, als sie ihm erklärte, dass sie für eine Weile nach Hause ziehen wollte, dass sie nur mit ihm nach Nordanäng fahren würde, um ihre Sachen zu holen. Natürlich. Er hatte nichts dagegen. Er hatte Prüfungen in Sozialwissenschaft und in Naturwissenschaft in der nächsten Woche und musste sowieso pauken.

Sie saßen schweigend nebeneinander in dem Bus nach Nordanäng, bogen dann ebenso schweigend von der großen Straße zu dem weißen Haus ab. Kristoffer sorgte nicht für etwas zu essen, fragte nicht einmal, ob sie hungrig sei, setzte sich sofort an seinen Schreibtisch und stellte den Computer an. Er gab ihr einen Pflichtkuss, als sie ihre Tasche gepackt und den Reißverschluss zugezogen hatte, ging aber nicht mit ihr zur Tür hinunter. Als sie sich unten im Flur die Schuhe zuband, konnte sie hören, wie die Musik aus seinem CD-Player schallte.

Er ist froh, dachte sie. Kristoffer ist froh, mich endlich loszusein.

Seine Eltern waren nicht zu Hause.

Wie kam es, dass sie an diesem Tag zu Augustas Haus ging?

Das weiß sie nicht. Es geschah einfach. Ihr Körper bog nach links ab, und ihre Füße gingen los, sie hatte gar keine andere Wahl, als ihnen zu folgen, obwohl sie eigentlich geplant hatte, nach rechts zu gehen, zur großen Straße und zur Bushaltestelle. Aber die Entschlossenheit des Körpers hielt nur ein paar hundert Meter lang an. Als sie an Augustas Haus ankam, blieb sie zögernd stehen, die Hände auf dem Zaun, und traute sich nicht zu öffnen.

Das ist auch unser Haus, dachte sie und umklammerte den Zaun noch fester. Es sind auf jeden Fall nicht nur Marianne und Kåre und Alice und all die anderen, die ein Recht haben, hier zu sein. Das ist auch unser Haus. Meins. Und Mikaels.

Dann richtete sie sich auf und öffnete.

Der Frühling war in Augustas Garten schon weiter gekommen als anderswo. Angelica blieb auf dem Gartenpfad stehen und betrachtete den Garten. Ein brauner Vorjahresapfel, der vergessen an einem kahlen Zweig hing, wurde in der Nachmittagssonne rot. Die Krokusse sprießten in den Rabatten. Die Schneeglöckchen blühten schon. Aber das Haus sah aus, als würde es noch im Winterschlaf liegen, die Veranda neigte sich ein wenig zur Seite, die Fenster schienen die Augen geschlossen zu haben.

Angelica machte langsam die Runde um das Haus, umkreiste es mit ihren Schritten, strich mit den Fingerspitzen über die roten Balken. Am Fenster auf der Rückseite stellte sie sich auf die Zehenspitzen und guckte in die Küche. Es sah dort so aus, wie sie es in Erinnerung hatte, wie es immer bei den sommerlichen Familienfesten ausgesehen hatte. Holzherd und altmodischer Waschtisch. Eine elektrische Kochplatte auf dem Herd. Geblümte Wachsdecke auf dem Küchentisch. Aber keine Marianne stand dort und wusch ab, keine Alice kochte Kaffee, keine Siri stand in der Türöffnung und ängstigte sich. Das Haus war leer.

Angelica sank zurück und lehnte ihre Wange an die Wand, die jetzt im Schatten war, aber trotzdem hielt sich noch die Sonnenwärme in ihr. Plötzlich wollten sich ihre Augen einfach nur schließen, und ihr ging auf, dass sie seit mehreren Wochen keine ganze Nacht mehr durchgeschlafen hatte. Tatsächlich. Nicht eine einzige Nacht, seit Siri gestorben war. Sie warf einen schnellen Blick auf ihre Uhr. Es waren noch fast vierzig Minuten, bis der nächste Bus fahren sollte. Sie musste nicht rausgehen und sich an die Haltestelle an der großen Straße stellen, sie konnte ebenso gut auf der Veranda sitzen und warten. Überlegen, was sie Carina sagen sollte, wenn sie nach Hause kam. In einem Schulbuch blättern. Sich für eine Weile von der Welt ausruhen.

Es gab eine Bank auf der Veranda, trotzdem setzte sie sich auf den Boden. Es war nicht nötig, dass sie jemand sah, nicht, weil sie etwas zu verbergen hatte – schließlich hatte sie jedes Recht der Welt, hier zu sein! –, sondern nur, weil sie allein sein wollte. Unsichtbar. Verborgen vor allen Blicken. Andererseits war das Risiko, dass jemand vorbeikommen konnte, nicht sonderlich groß. Wie viele Menschen gingen wohl an einem normalen Tag an Augustas Haus vorbei?

Zwei vielleicht. Oder drei.

Und gerade deshalb wollte sie ja hier sein. In der Einsamkeit. In der Sonnenwärme. In der Stille.

Sie wachte davon auf, dass sein Atem über ihre Wange strich. Er war sehr warm. Fast heiß.

Sobald sie die Augen aufschlug, erkannte sie, dass sie eingeschlafen war und dass sie lange geschlafen haben musste. Die Sonne schien nicht mehr, der Frühlingshimmel stand dumpf und lilablau hinter seiner dunklen Silhouette, ein Stern glitzerte über seinem Kopf. Bald würde es Nacht sein.

»Ist alles in Ordnung?«, fragte er und legte seine Hand auf ihre Wange. »Warum liegst du hier?«

Ein Gewürz, dachte sie schläfrig und streckte sich. Dieser Mann duftet wie ein Gewürz. Aber welches?

Sekunden später hatte sie es wieder erkannt.

Sein Duft blieb bei ihr.

Sie hatte ihn noch in den Nasenflügeln, als sie ein paar Stunden später den Schlüssel in Carinas Schloss schob und in den Flur trat, als sie dort wie eine Fremde mit ihrem offenen Haar stand und hörte, wie ihre Mutter aus dem Bett aufstand und mit nackten Füßen durch den Raum schlurfte.

Carina schaltete die Deckenlampe an, zupfte ein wenig an ihrem großen T-Shirt und blinzelte. Sie hatte sich die Haare geschnitten. Als Angelica sie das letzte Mal gesehen hatte, war ihr Haar länger und fülliger gewesen, jetzt stieß es im Nacken auf und war über den Ohren ganz kurz geschnitten. Carina bekam durch die neue Frisur sonderbare Proportionen, der Hals wurde dick und breit, der Kopf viel zu klein. Sie stand still da und starrte Angelica mit aufgerissenen Augen an, wobei sie langsam eine Hand an die Brust führte.

»Oh Gott«, sagte sie in einem langen Ausatmen. »Oh mein Gott, was hast du mich erschreckt…«

Sie sank auf dem Hocker unter dem Flurspiegel zusammen und schloss die Augen, immer noch mit der Hand auf der Brust.

Angelica ließ ihren Rucksack von der Schulter auf den Boden gleiten, sagte aber nichts, wartete nur stumm, bis Carina wieder die Augen öffnete. Das dauerte fast eine Minute, aber inzwischen hatte sich ihre Stimme wieder einigermaßen gefestigt.

»Du hast mich erschreckt«, sagte sie in sachlichem Ton und kratzte sich schläfrig am Bauch. »Wo bist du gewesen?«

Angelica richtete sich auf.

»Draußen.«

»Fast vier Wochen lang?«

»Mmm.«

»Und du konntest dich nicht einmal dazu bequemen, zur Beerdigung zu kommen?«

Angelica schloss die Augen, antwortete aber nicht. Carina schnaubte.

»Igitt. Mehr sage ich nicht. Igitt.«

Es blieb eine Weile still, bis Angelica sich räusperte und den Reißverschluss ihrer Jacke aufzog.

»Ist Mikael zu Hause?«, fragte sie.

Carina nickte.

»Aber er soll morgen nach Herräng...«

»Schon wieder?«

Carinas Stimme bekam einen klagenden Ton.

»Ich brauche Ruhe! Ich habe die letzten Tage solche Schmerzen gehabt, ich brauche Ruhe!«

Angelica gab keine Antwort, hängte nur ihre Jacke auf und zog ihren Pullover herunter, drehte sich dann um und sah ihre Mutter an. Sie warfen einander kurze, abschätzende Blicke zu, dann lächelte Carina vorsichtig:

»Bazille ist heute ins Therapieheim zurückgefahren. Aber das weißt du wohl schon?«

Angelica gab immer noch keine Antwort, trat nur nach ihrem Rucksack, dass er in die Schuhe unter der Hutablage rutschte.

»Doch, ja«, sagte Carina nachdenklich. »Das weißt du sicher schon. Und was hast du dir vorgestellt, wo du schlafen willst?«

»Natürlich in meinem Bett.«

Carina zog die Augenbrauen hoch.

»In deinem Bett? Ich dachte, dein Bett würde bei Siri stehen?«

Angelica war dabei, sich die Schuhe auszuziehen, hielt jetzt aber inne und bohrte ihren Blick in Carina.

»Stimmt. Aber für dort habe ich ja keinen Schlüssel.«

Carina verzog ihr Gesicht.

»Schließlich war Siri meine Mutter. Und nichts anderes. Ich bin es, die den Schlüssel hat. Da ist gar nichts Besonderes dran.«

»Ich weiß. Du hast es schon mal gesagt.«

Es wurde wieder still. Carina saß immer noch auf dem Hocker, allein ihr Atmen war im Flur zu hören. Angelica beugte sich nieder und hob ihren Rucksack auf.

»Was ist denn mit meinem Bett passiert? Mit meinem alten Bett?«

Carina schaute auf, plötzlich sah sie müde aus.

»Das steht in meinem Zimmer. Bazille benutzt es, wenn er zu Hause ist.«

»Und sein Bett?«

»Das ist kaputt gegangen. Wir mussten es wegschmeißen.«

»Und wo soll ich jetzt schlafen?«

Carina zuckte mit den Achseln.

»Das weiß ich doch nicht. Wenn du es nicht erträgst, mit mir in einem Zimmer zu schlafen – und wie ich annehme, erträgst du es wohl nicht –, so musst du dir wohl die Matratze holen und sie bei Mikael auf den Boden legen. Und du musst neu beziehen. Wenn du nicht auf dem gleichen Laken wie Bazille schlafen willst, heißt das.«

Angelica schloss ihre Lippen und holte tief Luft, um sich zu vergewissern, dass der würzige Duft immer noch in ihrer Nase war. Als sie wieder sprach, klang ihre Stimme rau.

»Gibt es denn saubere Laken?«

»Das weiß ich doch nicht«, sagte Carina. »Da musst du schon selbst nachgucken.«

Und trotzdem: Es lebt sich leicht, wenn man einen würzigen Duft in der Nase hat.

Es ist leicht, sich ins Zimmer des kleinen Bruders zu schleichen und eine Matratze hinter sich herzuziehen, leicht, sich danach aufzurichten und zum Schreibtisch zu gehen, leicht, die oberste Schublade herauszuziehen und die eigene Geldkassette herauszuholen, leicht, den Schlüssel von der Kette um den Hals zu lösen, leicht, die Kassette zu öffnen und sein Geld zu zählen, leicht einzuschlafen, nachdem man festgestellt hat, dass alles noch da ist. Es ist ebenso leicht, am folgenden Morgen aufzuwachen, leicht, dem kleinen Bruder Kakao zu kochen, und leicht, ihm hinterher den Schnurrbart abzuwischen. Es ist leicht, ihn an die Hand zu nehmen und an einem himmelblauen Frühlingsmorgen zu seinem Kindergarten zu bringen, ebenso leicht, sich hinterher den Rucksack auf den Rücken zu werfen und weiter zur Schule zu laufen, leicht, sich auf seinen Platz fallen zu lassen und sich bereit zu machen, die Wärmelehre und Physik aufzunehmen.

Doch als Felix, der junge Naturkundelehrer, endlich gekommen ist, als er an der Tafel steht und mit eintöniger Stimme redet, da ist es kaum möglich, den Blick und die Gedanken auf ihn gerichtet zu halten, da streift der Blick ganz automatisch aus dem Fenster, streicht die Zunge über die Schneidezähne und analysieren die Gedanken den Duft.

Das war kein Zimt. Kein Ingwer. Weder Thymian noch Rosmarin. Und ganz bestimmt nicht Curry, italienische Salatkräuter oder Tex-Mex-Mischung. Es war keiner der Gerüche, an die sie sich von Großmutters Gewürzbord erinnern konnte.

Aber als ihr die Antwort schließlich aus den hintersten Windungen ihres Gehirns blitzt, erscheint sie trotzdem vollkommen selbstverständlich.

Königsminze. Origano. Natürlich.

Wann war es geschehen? Vor fünf Sommern? Oder schon vor sechs?

Auf jeden Fall während einer Familienfeier. Auf einer, zu der Alice und dieser Lars eingeladen hatten. Bazille war damals gerade erst vom Alkohol losgekommen und ungemein darauf bedacht, als vorbildlicher Familienvater aufzutreten. Er hatte Carina dazu gebracht, Angelica in ein Kleid zu zwingen, ein Kleid kindlichen Schnitts, aus dem sie schon fast herausgewachsen war. Es sah einfach schrecklich aus, alle außer Bazille sahen das. Und es wurde auch nicht besser dadurch, dass Carina ihre Haare in einem unordentlichen Pferdeschwanz hoch oben auf dem Kopf zusammengefasst hatte. Schon als sie noch im Bus saßen, zog Angelica an den einzelnen Strähnen, um sie herunterzukriegen, und als sie aussteigen sollten, musterte sie ihr Äußeres in einem Rückspiegel, während Carina und Bazille den Kinderwagen heraushoben. Sie sah schrecklich aus. Blass im Gesicht, grau unter den Augen und die Hälfte des Haars in Strähnen um das Gesicht hängend.

Sie konnte während der ganzen Feier an nichts anderes denken. Sie nahm keine Notiz von dem Essen, schaute nicht einmal auf die Frikadellen, die Alice auf ihren Teller statt der Heringe der Erwachsenen gelegt hatte, saß nur auf dem äußersten Rand ihres Holzstuhls und beobachtete die anderen. Alice rauschte mit Schüsseln und Platten rein und raus, Kåre ruderte mit den Armen und redete ununterbrochen, Marianne saß glotzend neben ihm, ihre Söhne nickten und stimmten Kåre zu, während sie gleichzeitig ihren Frauen über den Rücken strichen, die beiden jungen Schwiegertöchter lächelten geheimnisvoll zur Antwort. Auf der anderen Seite des Tisches lachte Carina laut und wedelte mit der Zigarette, Bazille brachte sie zum Schweigen, indem er seine Hand auf ihre legte und brummend einen Einwand vorbrachte. Siri saß an der Stirnseite des Tisches und umklammerte ihre Handtasche. Mikael schlief in seinem Wagen etwas abseits an der blühenden Fliederhecke. Lars und Petter, Alices Mann und Sohn, saßen schweigend und kerzengerade da und sahen aus, als wären sie auf dem falschen Planeten gelandet, als hätten sie nicht das Geringste mit diesem sprießenden Garten und diesen sonderbaren Wesen darin zu tun. Niemand machte eine Bemerkung über Angelicas herausgewachsene Kleidung und ihr strähniges Haar, aber alle dachten das Gleiche darüber. Da war sie sich vollkommen sicher.

Deshalb rutschte sie von ihrem Gartenstuhl, als Alice und Marianne abdeckten, und tat so, als müsste sie zur Toilette gehen. Aber sie ging nicht zu dem Plumpsklo, sie suchte sich einen schattigen und nicht einsehbaren Platz hinter Augustas Haus und sank in dem Gras unter dem offenen Küchenfenster nieder. Das war ein angenehmer Platz. Außer Reichweite. Außerdem war es kühl hier. In der Sonnenglut auf der Vorderseite war es heiß. Viel zu heiß.

Sie zog sich die Schuhe aus und strich mit ihren nackten Fußsohlen übers Gras, zappelte ein wenig mit den Zehen. Das war schön. In der Küche ließ jemand den Wasserhahn laufen, und jemand anders klapperte mit dem Geschirr, aber niemand sprach, es war kein einziges Wort zu hören. Das war auch schön. Angelica lehnte ihren Kopf gegen die Wand und strich mit der Hand übers Gras. Ganz am Rand stand eine kleine Staude mit Blumen: kleine blassrosa Blumen auf halbhohen, blätterbewachsenen Stängeln.

»Für dich«, sagte Angelica eine Weile später und reichte Siri den Strauß.

Sie hatte nicht daran gedacht, dass die anderen es bemerken würden, eigentlich war sie ja zu groß dafür, für andere Leute noch Blumen zu pflücken. Aber es war irgendwie einfach so passiert. Sie hatte ohne nachzudenken einen Strauß der blassrosa Blumen gepflückt, und jetzt reichte sie sie Siri. Niemand hätte davon überhaupt Notiz genommen, wenn nicht Kåre in diesem Moment Luft hätte holen müssen und eine seiner Schwiegertöchter die Stille mit einem Kichern ausgefüllt hätte.

»Ach, wie süß!«, rief sie aus und legte den Kopf zur Seite. »Seht nur! Angelica hat Blumen für ihre Oma gepflückt!«

Sie war die Einzige, die das süß fand. Die anderen reagierten jeweils auf ihre Art: Carina verzog das Gesicht, Marianne tat, als hätte sie es gar nicht gehört, Kåre zuckte mit den Schultern, Bazille hob missbilligend die Augenbrauen. Aber Lars, der schweigende Außerirdische, beugte sich über den Tisch und knipste ein Blatt von dem Strauß ab, rieb es zwischen seinen Fingern und hielt es sich unter die Nase.

»Hmm«, sagte er und streckte die Blattreste seinem Sohn hin. »Das ist eine Kräuterpflanze, oder?«

Und Petter, der zweite Außerirdische, schnupperte einen Moment, schob dann seine Brille zurecht und sagte:

»Ja. *Origanum vulgare.* Origano. Oder Königsminze. Wird auch Dost genannt.«

Lars nickte und hielt sich noch einmal die Blattteilchen unter die Nase, um dann seine Hand Angelica entgegenzustrecken.

»Königsminze«, sagte er. »Das riecht gut. Riech mal!«

Königsminze. Origano. Dost.

Vielleicht war es der Name, der sie verrückt werden ließ.

Denn so sah sie es später: Sie wurde verrückt. Krank im Kopf. Wahnsinnig.

Das Merkwürdige war, dass sie sich dessen schon von Anfang an bewusst war, dass sie dort auf ihrer Bank saß, den Geruch in der Nase und den Blick auf den Schattentanz der Sonne an den weißen Wänden des Klassenzimmers gerichtet, und wusste, dass sie dabei war, verrückt zu werden. Es schien ihr, als hätte ihr Kopf sich gespalten, in der einen Hälfte blieb sie weiter die Person, die sie schon immer gewesen war – wach, aufmerksam und misstrauisch –, in der anderen wurde sie eine Missgeburt, die nicht länger Macht über ihre Gedanken besaß. Verhext. Verzaubert. Besessen.

Die vernünftige Hälfte wusste, dass sie sich lieber zurückhalten sollte, dass ihr Hunger nach dem Königsminzemann gefährlich war, dass er nicht nur ihren Kopf, sondern auch ihre Brust spalten könnte. Aber es nützte nichts. Der andere Teil ihres Ichs hatte bereits alle Vorsicht fahren lassen und festgestellt, dass der Name stimmte, dass sein Duft der eines Königs war. Und deshalb, dachte sie, war es auch ganz selbstverständlich, dass er sie in einen Saal geführt hatte, einen königlichen Saal mit Silbersäulen und himmelblauem Samtdach …

»Du bist ja schwachsinnig!«, sagte die verständige Hälfte ihres Kopfes. »Reiß dich zusammen, verdammt noch mal! Lass es ruhig angehen!«

Sie merkte erst, dass sie laut geredet hatte, als Felix in seiner Rede innehielt und die Stirn runzelte, immer noch vorn an der Tafel stehend.

»Angelica! Was hast du gesagt?«

Angelica strich sich schnell mit der Hand über den Mund.

»Nichts«, sagte sie. »Entschuldigung. Ich habe etwas verloren …«

Felix hob die Augenbrauen.

»Etwas verloren? Was denn?«

»Meinen Radiergummi«, sagte Angelica. »Aber ich habe ihn gar nicht verloren. Ich dachte nur, ich hätte ihn verloren …«

Bis zu diesem Zeitpunkt hatten die anderen Schüler und Schülerinnen in ihren Bänken wie immer gesessen, einige teilnahmslos dahingestreckt, andere mit aufmerksamer Haltung, den Notizblock in Bereitschaft, wieder andere ihren Kopf über eine intensive Kritzelei gebeugt. Aber jetzt hoben sie ihren Blick, einer nach dem anderen, und wandten sich ihr zu. Tobias in der Bank vor ihr schürzte die Lippen und formte sie zu einem stummen Wort: *Doof!*

Felix stand immer noch mit erhobener Hand da, als wollte er etwas an die Tafel schreiben:

»Habe ich es richtig verstanden«, sagte er mit hochgezogenen Augenbrauen. »Du fluchst, weil du deinen Radiergummi verloren hast? Aber eigentlich hast du ihn gar nicht verloren?«

Angelica versuchte zu lächeln. Ein leises Kichern war hinter ihrem Rücken zu hören.

Felix ließ seinen Blick durch den Raum schweifen, lächelte zaghaft.

»Habe ich das richtig verstanden?«

Angelica schluckte und richtete sich auf.

»Ja.«

»Dann können wir jetzt mit dem Unterricht fortfahren? Ohne Gefahr zu laufen, weitere Flüche von dir hören zu müssen?«

»Ja.«

»Du kannst mich gern altmodisch nennen. Aber ich finde nun einmal, dass so etwas stört. Besonders, wenn Leute über verschwundene Sachen fluchen, die gar nicht verschwunden sind. Und wenn sie ihren Radiergummi als schwachsinnig bezeichnen…«

Angelica senkte ihren Blick und schaute auf ihr Pult, das Kichern der Mädchen hinter ihr wurde zu einem Lachen, ein paar Jungs stimmten ein und brüllten los: *Öööh! Ööööh! Öh!* Felix wedelte mit den Armen, plötzlich erschrocken über den Sturm, den er selbst entfacht hatte. Jetzt ging es nur noch um das Lachen der Mädchen, das Stören der Jungs und Felix' Angst. Angelica war vergessen.

Rotzgören, dachte sie in all dem Lärm und holte tief Luft, erfüllte jeden Hohlraum in ihrem Brustkorb mit dem Duft von Origano. Das sind doch alles nur Rotzgören. Verwöhnte Rotzgören noch dazu. Wie Rebecka. Sie weiß nichts, kapiert nichts, hat noch nie wirklich etwas erlebt. Nicht richtig.

Aber ich weiß. Ich habe etwas erlebt. Richtig.

Gleichwohl ruhte der gestrige Abend ganz sonderbar in ihrer Erinnerung, absolut scharf umrissen und trotzdem ganz unklar. Sie konnte sich noch genau daran erinnern, wie sein silberfarbenes

Auto aussah, wie ein paar Ziffern auf dem Armaturenbrett grün aufleuchteten, wie eine rote Lampe beim Fahrersitz zuerst anging und dann wieder erlosch, wie seine Hände aussahen, als er das Lenkrad umfasste. Aber sie hatte nicht richtig begriffen, wohin er sie fuhr. Erst als sie auf dem Weg zurück nach Hallstavik waren, hatte sie festgestellt, dass sie aus dem Norden kamen und dass die Säulenhalle ein realer Ort war und irgendwo an der Straße nach Östhammar liegen musste.

Aber sie wusste, dass sie eine Spur hinterlassen hatte. Wie ein Mädchen aus einem Märchen. Und als die Schule für diesen Tag zu Ende war, machte sie sich daran, die Spur zu suchen.

Sie war noch nie zuvor so weit geradelt. Fast zwanzig Kilometer. Sie atmete schwer, als sie den kleinen Seitenweg erreichte, und ihr Gesicht war feucht vom Schweiß. Die letzten hundert Meter musste sie absteigen und das Rad schieben.

Aber sie wusste genau, dass sie auf dem richtigen Weg war. Die Büsche am Wegesrand sahen aus wie alle anderen Büsche, der Kiesweg wie alle anderen Kieswege. Der Grasstreifen in der Wegmitte wurde gerade erst grün, die Blumen im Straßengraben zeigten ihre Knospen. Als sie die ersten Leberblümchen entdeckte, blieb sie stehen.

Als sie ihren Blick wieder hob, sah sie ein Zopfgummi aus schwarzem Samt an einem Zweig. Sie hatte ihre Spur gefunden. Angelica ließ das Rad auf die Leberblümchen fallen und trat in den Säulensaal. Aber eigentlich war es gar kein Saal. Das wusste sie ja bereits. Der verständige Teil ihres Kopfes hatte die ganze Zeit begriffen, dass die Missgeburt in ihr nur fantasierte. Dieser Mann hatte sie nicht in irgendeinen Silbersaal mit hohen Säulen geführt, er hatte sie einfach nur mit in den Wald genommen. In einen ganz gewöhnlichen Kiefernwald mit Preiselbeerkraut auf dem Boden, hochgestreckten Baumstämmen und einem weiten Himmel darüber.

Aber es war wirklich ein schöner Platz, das musste auch der vernünftige Teil ihres Kopfes zugeben. Also gestattete sie sich, eine Weile auf einem Stein zu sitzen und sich umzusehen. Das Nachmittagslicht warf einen rosa Schatten auf die braunroten

Stämme der Kiefern. Unter ihnen sprießte Zittergras, genauso rötlich und daunenweich wie Mikaels Haar, als er gerade auf die Welt gekommen war. Hellgrünes Moos, immer noch weich und frühlingsfeucht, bereitete sich darauf vor, sich über alle harten Oberflächen auszubreiten und sie zu verbergen.

Angelica strich sich mit dem Zeigefinger über die Lippen.

Es pochte in ihnen.

Sie schmerzten.

Einen Körper zu besitzen...

Sie hatte zuvor nie einen Körper gehabt. Nicht auf diese Weise. Was es bisher gegeben hatte, das waren Bilder, die durch die Blicke anderer Menschen geschaffen worden waren. Deshalb hatte sie viele Gestalten gehabt: Sie war in Siris Augen puppensüß und in Carinas hässlich gewesen, sie war in Rebeckas Blick fett und in Kristoffers sexy, sie war in Ann-Katrins Augen ordentlich gekämmt und in Mariannes zerzaust. Aber das war alles nur Schein und Äußerlichkeit, die Bilder waren verschwunden, sobald sich der Blick in eine andere Richtung wandte. Für sie selbst – für das in ihr, was wirklich Angelica war – war der Körper immer ohne Bedeutung gewesen. Der Mund war nur ein Mund. Die Arme waren nur ein Paar Arme. Die Füße ein Paar Füße. Der Körper war nur ein Werkzeug, mal eine Waffe, mal ein Schild, eine Hülle, deren Wirkung auf Jungs und junge Männer sie in den letzten Jahren mit Zweifel und Hoffnung erfüllt hatte.

Trotzdem war sie natürlich gezwungen, in den Klagechor der anderen Mädchen einzustimmen. Sie wusste genau, was man zu sagen hatte, wenn man nach der Sportstunde im Umkleideraum stand und jammerte – *Mein Busen ist nur wie ein Mückenstich! Mein Hintern ist viel zu groß! Mein Gott, was für ein Speckhaufen bin ich nur geworden!* –, während man gleichzeitig jedes Stück von sich betrachtete und das meiste in Ordnung fand. Das war eine Übung in Heuchelei, in der Kunst, sich selbst und andere zu belügen. Die wahren Fehler wurden nicht benannt: diejenigen, die einen zu kleinen Busen hatten, klagten über ihre breiten Hüften, die einen Kopf größer waren als alle Jungs in der Klasse, jammerten über ihre große Nase, diejenigen, die Rettungsringe um den Bauch hatten, beklagten sich über ihre viel zu große Brust. Angelica brachte meistens eine halbherzige Klage über ihren dicken Hintern heraus, um sich nicht allzu sehr von den anderen zu unterscheiden, erwähnte aber nie ihren Busen.

Sie hatte ihren Busen noch nie gemocht. Sie versuchte ihn zu ignorieren, hatte immer darauf geachtet, ihn möglichst gar nicht zu berühren, und sich auch nur widerstrebend damit abgefunden, dass Kristoffer ihn die ganze Zeit streicheln wollte. Sie mochte das nicht. Er durfte sie gern drücken, wie es andere Jungs taten, aber sie mochte es nicht, wenn er sie mit sanften Händen berührte. Überhaupt war sie von sanften Händen noch nie besonders angetan gewesen. Nicht einmal von ihren eigenen: Wenn sie unter der Dusche keinen Schwamm zur Verfügung hatte, wusch sie sich ganz einfach nicht. Der Gedanke, sich selbst mit feuchten Händen zu streicheln, wie die Frauen es in der Fernsehreklame taten, bereitete ihr Übelkeit.

Ihr Haar war das einzige an ihrem Körper, das sie immer mit Zufriedenheit erfüllt hatte. Sie hatte es schon immer gemocht; es zu waschen und zu bürsten, es zu einem festen Pferdeschwanz zusammenzufassen, es in seiner ganzen Pracht frei fallen zu lassen und sich in ihm wie in einer Grotte verstecken zu können. Es war inzwischen ziemlich lang; lang, dick und glänzend. Sie hatte es seit vier Jahren nicht mehr geschnitten. Nicht mehr, seit sie zwölf Jahre alt war und mit rasiertem Kopf auf Siris Vortreppe stand ...

Sie zog ihren Pferdeschwanz nach vorn und strich mit ihm unter der Nase entlang, dachte einen Moment lang an ein Katzenjunges, das sie einmal im Schoß gehabt hatte, und ließ eine Fingerspitze über den Hals gleiten, ließ sie dann unterhalb des Kehlkopfes liegen. Sie konnte ihren eigenen Herzschlag spüren: der Puls der Fingerspitze pochte gegen den der Halsgrube.

Ich habe einen Körper, dachte sie. Ich bin in einem lebendigen Körper.

Ein paar Abende später hielt sie zum ersten Mal vor seinem Haus Wache.

Es war so ein Abend, an dem sie nicht so recht wusste, was sie machen sollte. Es war keine Werbung mehr auszuteilen, und Siris Haus war versperrt und abgeschlossen. Zu Kristoffer nach Nordanäng zu fahren, war unmöglich. Nach Hause zu gehen ebenso. Zumindest vor der Schlafenszeit. Mikael war in Herräng, und wenn sie gezwungen sein sollte, allein mit Carina in der Wohnung zu sein, würde die Stille beide erwürgen.

Zuerst saß sie eine Weile in der Bibliothek, saß ganz still an einem Tisch und beugte sich über ein Buch, als würde sie lesen, ohne aber in Wirklichkeit auch nur einen einzigen Buchstaben durch die Hornhaut dringen zu lassen, stand dann auf und ging hinaus, blieb ein paar Minuten mitten in Hallstaviks weißem Zentrum stehen und lauschte der Stille. Der ganze Ort schien verlassen zu sein. Keine Autos. Keine Stimmen. Nicht einmal ein entferntes Dröhnen vom Orionpark. Einzig und allein der Gesang des Werks war zu hören, ein Gesang, der an diesem Abend so dumpf war, dass er kaum von der Stille zu unterscheiden war.

Ich will ihn nur sehen, dachte der vernünftige Teil ihres Kopfes, als die Füße sich in Bewegung setzten. Sonst nichts. Ihn nur sehen. Nur wissen, dass es ihn wirklich gibt.

Ein paar Tage zuvor hatte sie das kleine Gehölz neben seinem Haus entdeckt und wortlos beschlossen, dass es für sie da sein sollte. Von hier aus konnte sie die Garagenauffahrt, die Terrasse und den Garten sehen, ohne selbst gesehen zu werden. Ein paar Wochen früher hätte es noch keinen Schutz geboten, aber jetzt war Vorsommer, Bäume und Büsche hatten ausgeschlagen, das spärliche Grün reichte bereits, um sie zu verstecken.

Trotzdem war sie dankbar, dass die Dämmerung eingesetzt hatte, als sie zwischen die Büsche kroch. Die blauen Schatten würden es ihr noch einfacher machen, unsichtbar zu sein. Sie setzte sich auf den Boden und lehnte sich mit dem Rücken gegen eine Birke, beobachtete das, was es zu beobachten gab. Das Haus sah leer aus. Fast verlassen. Alle Fenster und Türen waren geschlossen, kein silberfarbenes Auto parkte in der Auffahrt, die Gartenmöbel auf der Terrasse standen nackt da, ohne Decke auf dem Tisch oder Kissen auf den Stühlen. Das einzige Lebenszeichen, das zu sehen war, war eine einsame Bachstelze, die mit wippendem Schwanz über den Rasen stolzierte.

Es war schon fast Mitternacht, als das silberfarbene Auto endlich in die Garagenauffahrt fuhr. Er stieg zuerst aus, stand im Licht des Vorsommers kaum sichtbar da und streckte sich, bevor er sich ins Auto hineinbeugte und seinen Mantel herausholte. Im gleichen Moment wurden die Autotüren auf der anderen Seite geöffnet, Ehefrau und Tochter stiegen aus. Die Frau sagte etwas, beugte sich dann zum Auto hinunter und hob eine Tasche heraus, bevor sie außer Sichtweite geriet. Die Tochter stand noch einen Augenblick lang da, als zögerte sie, schlug dann die Wagentür zu und folgte ihrer Mutter. Der Mann blieb allein stehen und wiederholte die Bewegung, die er gerade beendet hatte: streckte zunächst seinen Körper und strich sich dann über den Rücken.

Es gab ihn. Er war wirklich. Er hatte Haus und Auto und einen grauen Anzug, eine Arbeit, zu der er morgens fuhr, und ein Ehebett, das abends auf ihn wartete. Aber er hatte keinen Namen, es gab in Angelicas Kopf keinen Platz für seinen Namen. Dort war er nur ein Atemzug, eine Stimme und ein Duft.

Aber es gab ihn. Jetzt wusste sie, dass es ihn wirklich gab.

Wie oft hat sie seitdem im Gehölz gesessen? Sie weiß es nicht. Oft. Fast jeden Abend.

Einmal hatte sie das Gefühl, er würde sie sehen, er würde erstarren und innehalten, gerade als er einige Fleischstücke auf dem Grill umdrehte. Er und seine Frau hatten an diesem Abend Gäste, ein paar Männer in karierten Shorts und ein paar Frauen in pastellfarbenen Tennispullovern liefen im Garten umher. Er stand mitten unter ihnen und schien ihnen zu gleichen, als sein Blick plötzlich zum Gehölz hinüberglitt und sich in ihren bohrte.

Aber als sie sich ein paar Abende später trafen, sagte er nichts davon, und auch Angelica brachte die Sache nicht zur Sprache. Sie achtete sowieso darauf, in seiner Gesellschaft nicht zu viel zu reden. Er schien reden nicht zu mögen. Und auf keinen Fall schien es ihm zu gefallen, wenn sie ab und zu am Rande seines Alltags auftauchte. Wenn sie genau in dem Moment, in dem er auf dem Weg zu seinem Auto war, über den Parkplatz im Zentrum hastete. Wenn sie auf ihrem Fahrrad vorbeifuhr, gerade als er tankte. Wenn sie die Werbung genau in dem Moment in seinen Briefkasten stopfte, wenn er von der Arbeit heimkam. Nicht, dass er diesbezüglich etwas sagte, das war gar nicht nötig, sein Blick und seine Haltung sagten genug. Wenn er gewusst hätte, dass sie obendrein auch noch in dem Gebüsch hockte und ihn beobachtete, wäre er sicher wütend geworden, vielleicht so wütend, dass er sie nie wieder in seinem Auto mitgenommen hätte.

Nicht einmal der vernünftige Teil ihres Kopfes konnte sich vorstellen, dass sie das ertragen würde.

Er wollte sie nicht besonders häufig haben, nur einmal die Woche oder jede zweite. Und es passierte immer sehr spät am Abend, wenn sie nach dem Werbungverteilen auf dem Heimweg war und bereits die Hoffnung aufgegeben hatte. Dann tauchte sein Auto hinter ihrem Fahrrad auf, er ging mit der Geschwindigkeit herunter und fuhr langsam an ihr vorbei, bis er wieder das Gaspedal durchtrat. Angelica sprang dann vom Fahrrad, wenn er vorbeigefahren war, stand ein paar Sekunden reglos da und schaute ihm nach, prüfte, ob er auch wirklich das Steuer in Richtung auf das Industriegebiet von Skärsta herumgerissen hatte, bevor sie wieder aufs Fahrrad sprang und ihm folgte.

Er hielt immer mitten im Industriegebiet an, hinter einem der fensterlosen Fabrikschuppen. Das war ein gutes Versteck, sehr viel besser als das Gehölz vor seinem Haus, aber trotzdem schien er sich nie so richtig sicher zu fühlen. Er ließ den Motor im Leerlauf drehen und öffnete bereits die Beifahrertür, bevor sie ihr Fahrrad abgestellt hatte, trat dann aufs Gas, dass der Motor ungeduldig brummte, während sie ihr Rad abschloss. Sie hatte sich kaum hineingesetzt und die Tür zugezogen, da fuhr er schon los. Den Sicherheitsgurt benutzte sie nie: Sie war ja gezwungen, auf den Boden vor dem Beifahrersitz zu rutschen und dort auf den Knien zu liegen, sobald sie auf die große Straße kamen. Damit sie nicht von einem entgegenkommenden Auto oder einem Fußgänger gesehen wurde.

Ihr gefiel es, dort zu sitzen, die Arme auf den Sitz aufgestützt, den Kopf in den Händen, und ihn zu betrachten, während er zu ihrem Säulensaal fuhr.

Das war die einzige Forderung, die sie an ihn stellte: dass er sie genau dorthin fuhr. Aber das musste sie gar nicht erst sagen, er schien es auch so zu verstehen. Nur ein einziges Mal stellte er den Wagen in einer Haltebucht an der Straße ab und versuchte sich ihr zu nähern, aber als er spürte, wie sie erstarrte und abweisend reagierte, startete er sofort wieder und fuhr weiter.

Ihr kam nie der Gedanke, dass sie die Tür zu Carinas Wohnung für ihn öffnen könnte, obwohl sie im Sommer ein paar Wochen ganz allein zu Hause war. Allein der Gedanke daran war absurd. Es war unmöglich, sich vorzustellen, wie er sich auf der Schaumstoffmatratze in Mikaels Zimmer über sie beugen würde, und es war noch unmöglicher, sich vorzustellen, wie er hinterher aufstehen und durch Carinas Flur zu Carinas Badezimmer gehen würde, wie er dort drinnen zwischen Carinas Pillenröhren und Bazilles Nagelbürsten an seinem benutzten Kondom herumfummeln würde. Das wäre, als würde man ein Walross in Afrika finden, einen Elefanten auf Grönland oder einen Wal am Strand der Edeboviken. Undenkbar. Vollkommen undenkbar.

Er benutzte immer Kondome. Wie schwer er ihr auch ins Ohr atmete, wie sehr seine Hand zitterte, wenn sie sich aus ihrem Slip aalte, wie hungrig er ihr auch in den Hals biss, er vergaß nie das Kondom. Das störte sie. Auch wenn die vernünftige Seite ihres Kopfes begriff, dass es für beide das Beste war, so machte die Missgeburt in ihr immer wieder Versuche, ihn davon abzuhalten. Sie wollte ihn schutzlos haben. Ihre Abende im Säulensaal würden erst dann vollkommen sein, wenn sie all seine Vorsicht weggeleckt, gesaugt, geküsst und gestreichelt hätte.

Wenn also die Abende im Säulensaal auch nicht vollkommen waren, so waren sie es doch fast. An dem, was sie mit ihm tat, war nichts, das dem ähnelte, was sie mit Kristoffer oder einem der anderen Jungen gemacht hatte. Alles war anders. Die Schwere. Die Gerüche. Die Hitze seiner Haut. Die Tatsache, dass er sich ihr ohne Forderung oder Ungeduld näherte, aber mit entschlossenen Händen. Die Tatsache, dass sie nicht nur seine zärtlichsten Liebkosungen auf ihrer Brust ertragen konnte, dass seine Zunge sich zu Orten vortastete, denen sich bis jetzt noch niemand hatte nähern dürfen. Aber in erster Linie die Tatsache, dass sie in seiner Umarmung verschwinden konnte, dass sie als die Angelica, die sie immer gewesen war, aufhörte zu existieren, dass er sie die Möglichkeit kosten ließ, eine andere zu sein.

Trotzdem war ihre Lust ganz und gar nicht mit seiner zu vergleichen. Sie atmete niemals schwer, sie winselte nie wie ein Tier, wenn sie auf dem Rücken im Preiselbeerkraut lag, sie wandte nie ihren Blick nach innen und wurde blind. Im Gegenteil: Sie hielt die Augen offen, musterte sein Gesicht, wenn er sich über ihr erhob, und schaute zum Samtgewölbe des Himmels, wenn er sich wieder herabsenkte. Oft blieben sie so liegen, wenn es vorbei war: Sie mit weit aufgerissenen Augen zum Himmel, er mit geschlossenen Augen, das Gesicht der Erde zugewandt. Leise. Schweigend.

Die Stille war notwendig. Sie durfte nicht durchbrochen werden. Würden sie anfangen zu reden, wäre alles verwandelt: Er würde ein normales Ekel werden, ein liebestoller Alter mit behaarten Händen im Manageranzug, sie würde ein kleines Luder werden, ein Sozialfall in billigen Klamotten und Unterhosen, die in der Wäsche verfärbt waren. Deshalb grüßten sie sich nur mit den Augen und verabschiedeten sich mit einer eiligen Umarmung und tauschten nur auf dem Weg zur Säulenhalle ein paar leise Sätze aus. Es kam vor, dass sie hinterher, wenn sie auf ihrer Matratze in Mikaels Zimmer lag, die Worte nachzählte und herausfand, dass es immer weniger wurden, dass es immer natürlicher wurde, ganz und gar ins Schweigen zu verfallen.

Eigentlich führten sie im Laufe des ganzen Sommers nur ein einziges Gespräch; das war spätabends Ende Juli, als die Nachtfinsternis sich gerade heranschleichen wollte. Nach ihren Umarmungen sank er auf einen Stein nieder und schaute ihr zu, während sie sich das Hemd über den Kopf zog.

»Das ist Wahnsinn«, sagte er plötzlich. »Das ist verdammt noch mal nicht gescheit.«

Angelica traute sich nicht, ihn anzusehen. Sie beugte sich herab und tat so, als würde sie nach ihrem linken Schuh suchen, obwohl sie nur zu genau wusste, dass er ein Stück entfernt im Preiselbeerkraut lag. Deshalb hörte sie eher, als dass sie sah, wie er sich mit der Hand übers Gesicht fuhr.

»Wahnsinn!«, sagte er wieder. »Ich begreife es nicht… Wie sind wir da nur hineingeraten?«

Angelica antwortete immer noch nicht.

»Scheiße, das kann ja nur in einer Katastrophe enden. Schließlich gehst du in die gleiche Schule wie meine Tochter!«

Angelica räusperte sich, ihre Stimme trug nicht.

»In die gleiche Klasse.«

»In die gleiche Klasse? Ihr geht in die gleiche Klasse?«

»Ja. Sind wir jedenfalls bis zur neunten. Ich weiß nicht, wie es jetzt wird. Im Gymnasium.«

Er schlug sich die Hände vors Gesicht.

»Ach, zum Teufel… Ich habe gedacht, du wärst ein Jahr älter!«

»Ich bin sechzehn«, erklärte Angelica. »Ich bin im Januar sechzehn geworden.«

Diesmal dauerte es nur ein paar Tage, bis er wieder auftauchte, aber das waren Tage, die sie sich nie wieder zurückwünschte.

Sie war seit einer Woche allein in der Wohnung. Carina und Mikael waren nach Dalarna gefahren, um mit Bazille im Therapieheim seinen Urlaub zu feiern. Keiner hatte sich auf die Reise gefreut. Carina wurde schon bei dem Gedanken an alle Zugfahrpläne und neuen Menschen nervös, und Mikael wurde quengelig, als er hörte, dass die Stimme seiner Mama wütend wurde. Eigentlich war nur Angelica zufrieden. Bazilles Entschluss hatte sie gerettet. Bereits seit mehreren Wochen war der Gedanke an seinen Urlaub wie ein unruhiges Insekt in ihrem Hinterkopf herumgeflattert. Wohin sollte sie, wenn er kam? Könnte sie wieder zu Kristoffer nach Nordanäng? Würde er sie überhaupt empfangen, nachdem sie sich so lange von ihm fern gehalten hatte? Und müsste sie dann in gleicher Weise für Unterkunft und Verpflegung zahlen wie vor Siris Beerdigung? Allein der Gedanke ließ sie die Schultern hochziehen und die Arme um sich selbst schlingen. Sie wollte nicht! Es war nichts verkehrt an Kristoffer, aber sie wollte nicht! Lieber würde sie draußen schlafen!

Und nun kam sie davon. Alles fügte sich. Einfach so. Ohne dass sie auch nur einen Finger krümmen musste.

Anfangs war die Einsamkeit äußerst erholsam. Kein Mikael,

auf den sie aufpassen musste. Keine Carina zu überwachen. Keine Werbung auszuteilen, denn Bergström hatte seine Firma für die Ferien geschlossen und sich in sein Sommerhaus zurückgezogen. Nicht einmal ein duftender Mann, den sie nachts traf. Während der ersten Zeit ihrer Einsamkeit war er auf Sonnenurlaub mit seiner Familie.

Angelica selbst machte sich nichts aus der Sonne. Ganz im Gegenteil. Sie ließ die Jalousien vor den Fenstern der Wohnung herunter, um das scharfe Licht auszusperren, öffnete dann die Balkontür sperrangelweit und ließ sie Tag und Nacht offen stehen. Wenn die Vögel gegen drei Uhr nachts zu zwitschern anfingen, schlug sie die Augen auf, machte sie aber gleich wieder zu und wachte erst morgens richtig auf, wenn der erste Holzlaster auf dem Uppsalavägen vorbeidonnerte. Wenn ihr dann einfiel, dass sie allein in der Wohnung war, seufzte sie auf vor Wohlbehagen und streckte sich, wunderte sich ein wenig über ihr großes Glück, darüber, dass sie ganz unverdient und vollkommen unerwartet einige Wochen das Leben ausprobieren durfte, das nach ihrem achtzehnten Geburtstag auf sie wartete. Genauso sollte es sein: Sie wollte jeden Morgen im Schatten und in aller Stille aufwachen, ganz allein und ruhig. Ein Leben ohne Zwang. Ohne Gefahren. Ohne Unruhe.

Deshalb traf es sie vollkommen unvorbereitet, als sie eines Morgens mit einem Riemen der Angst aufwachte, der sich um ihre Kehle schnürte. Sie hob den Kopf vom Kissen und lauschte: War jemand in der Wohnung? Das Licht, das durch die Spalten der Jalousien hereinsickerte, war genauso grau wie das Linoleum auf dem Boden. Mikaels roter Teddy starrte sie von seinem Platz auf dem Regal an. Aber da war niemand. Die Wohnung war genauso leer wie abends, als sie eingeschlafen war. Trotzdem hatte sie Mühe zu atmen, sie musste sich aufsetzen und ein paar tiefe Züge tun, um überhaupt Luft zu bekommen. Es half nichts, die Unruhe schloss sich nur umso enger um ihre Kehle, als sie sich an den Abend erinnerte…

An sein Stöhnen, als sie sagte, dass sie im Januar sechzehn geworden sei.

An sein Schweigen während der Heimfahrt.
An seinen Blick, als sie ihr Fahrrad aufschloss.
Sie legte sich die Hand an den Hals und jammerte: Er würde sie verlassen! Sie würde nie wieder seinen Duft einatmen…

An dem Tag wusch sie sich nicht und putzte sich nicht die Zähne. Sie zog sich nicht einmal an, schob ihre Matratze nur weiter in die Ecke, zog Decke und Überzug von Mikaels Bett und hüllte sich darin ein, hüllte ihren ganzen Körper vollständig ein und schloss das Licht aus. Nach ein paar Stunden begann sie sich zu wiegen, schaukelte rhythmisch in ihrem Kokon hin und her, während sie sich selbst ein leises Lied sang.

Es war eines der Lieder, die nur sie kannte. Eines, das sie erfunden hatte, als sie noch klein war. Ein Gefangenenlied. Ein Trostlied. Ein Lied, von dem sie gedacht hatte, sie hätte es schon lange vergessen.

Hinterher konnte sie nicht mehr genau sagen, wie lange sie so unter der Decke gelegen hatte. Sie wusste nur, dass sie viermal aufgestanden war, sich Nudeln gekocht hatte, die sie dann direkt aus dem Topf aß. Als sie das fünfte Mal aufstand, stellte sie fest, dass es keine Nudeln mehr gab, dass es in der Speisekammer nur noch ein paar halb volle Tüten mit Mehl und Zucker gab. Sie öffnete den Gefrierschrank und wühlte darin herum, fand aber nur einen alten Hecht, der sie mit gefrorenen Silberaugen anstarrte. Angelica starrte eine Weile zurück, um ihn schließlich wieder in die Kälte zurückzuschieben. Die Bewegung ließ ihr einen wohl bekannten Duft in die Nase steigen, sie hob ihr T-Shirt ans Gesicht und verzog das Gesicht. Sie roch wie Carina. Also musste sie sich waschen. Und anschließend musste sie raus. Sie musste endlich diese verfluchte Wohnung verlassen.

Bereits auf der Treppe begann sie ihre Schritte zu zählen.
Sie brauchte dreitausendfünfhundertsechsundvierzig Schritte, um zum Orionpark zu kommen.
Vielleicht war ja heute Motorradrennen, denn es dröhnte dort von Motorrädern und der Parkplatz war voll mit Autos. Aber

keines war silberfarben, deshalb drehte sie sich um und ging zurück Richtung Zentrum.

Sie war genau bis zum höchsten Punkt der Skärstabron gekommen und wollte ihren Fuß für den siebentausendsten Schritt heben, als das silberfarbene Auto langsam hinter ihr heranfuhr. Sie senkte den Fuß und blieb stehen, stand unbeweglich da und schaute ihm nach. Der Fahrer fuhr schneller, drehte dann das Lenkrad und bog ins Industriegebiet ab. Angelica schaute sich um, stellte plötzlich fest, dass es Abend und schon ziemlich spät war, doch sie wusste nicht, ob es nun Dienstag, Donnerstag oder sogar schon Freitag war. Sie hatte das Gefühl für Zeit verloren. Aber das war auch egal, der Riemen der Unruhe hatte seinen Würgegriff um ihre Kehle gelockert. Sie füllte ihre Lungenflügel mit den Düften des Sommerabends und lief los.

Die restlichen Sommerferien waren schön. So schön, wie sie nur sein konnten. Carina und Mikael waren ohne Bazille von Dalarna zurückgekommen, Bergström hatte sein Ferienhaus abgeschlossen und seine Firma wieder geöffnet, Angelica hatte erfahren, dass sie auf den Künstlerischen Zweig des Gymnasiums in Uppsala gekommen war.

Der Mann, der nach Königsminze duftete, lachte, als sie ihm das erzählte, strich ihr übers Haar und überhäufte sie mit ungewöhnlich vielen Worten.

»Da siehst du's«, sagte er. »Es wird schon werden. Alles wird gut werden…«

Aber jetzt ist September, und nichts ist gut geworden.

Angelica nimmt jeden Morgen den Bus zum Gymnasium in Uppsala, sie liegt jede Nacht im gleichen Raum wie Mikael und hört ihn atmen, sie zählt die Tage und weiß, dass nur noch fünfhundertsiebenunddreißig bis zu ihrem achtzehnten Geburtstag fehlen, trotzdem ist nichts gut.

Etwas ist zerrissen. Kaputt gegangen. Die Zeit hat schwarze Löcher bekommen, und wieder umspannt ein Riemen Angelicas Kehle, ein Riemen, der jeden Tag enger und enger wird, ein Riemen, der sich tief in die Haut ihres Halses schneidet und ihr das

Atmen schwer macht. Und dieser Riemen hat einen Namen. Eine Erklärung. Einen Grund.

Das Therapieheim hat Konkurs gemacht. Bazille ist auf dem Weg nach Hause. In dreißig Tagen wird er mit all seinen Sachen auf Carinas Flur stehen, in dreißig Tagen wird seine Stimme die ganze Wohnung erfüllen, in dreißig Tagen wird er seine roten Hände auf den Küchentisch legen und seinen Blick auf Angelica richten…

Sie hat keine Nacht mehr schlafen können, seit sie das erfahren hat. Keine Zeile gelesen. Keinen Gedanken zu Ende gedacht. Sie hat es nicht einmal vergessen können, wenn sich der duftende Mann über sie beugte. Und er hat es gemerkt. Denn vor drei Abenden ist er unmittelbar nach dem Orgasmus von ihr heruntergerollt, hat sich auf den Rücken ins Preiselbeerkraut gelegt, genau wie sie, und zum Himmel hochgeschaut.

»Wo bist du?«, fragte er schließlich. »Angelica? Wo bist du?«

Sie gab keine Antwort, suchte nur seine Finger und strich sich damit über die Lippen. Sie rochen nach Seife, Liebe und Gummi. Nicht nach Kräutern. Sie ließ los und richtete sich auf, schlug die Arme um sich. Er kann mich nicht beschützen, dachte sie. Er will es ja nicht einmal.

»Ich friere«, sagte sie laut.

Er setzte sich neben sie, seufzte:

»Ja«, sagte er. »Bald ist Herbst.«

Danach sprachen sie nicht mehr.

Trotzdem umkreisen ihn ihre Gedanken wie Insekten das Licht, wenn sie mit dem Kinderwagen durch Hallstaviks dunkle Straßen geht und einen Briefkasten nach dem anderen öffnet und wieder schließt. Die Straßenlampen spielen mit ihrem Schatten, lassen ihn zu dem eines Riesen anwachsen, um anschließend wieder zu schrumpfen und ganz klein zu werden, sich in ein Nichts zu verwandeln.

Sie hat sich seine Straße bis zum Schluss aufgehoben. Jetzt geht sie an den ordentlichen Zäunen entlang und guckt in die Häuser. Die Menschen haben ihre Lampen angezündet, aber der Sommer war so lang, dass sie vergessen haben, dass die Lampen sie entblößen, dass jeder, der draußen im Dunkel steht, in ihre Räume hineinschauen und ihren Bewegungen folgen kann.

Die in diesen Häusern wohnen, wissen nichts von Angelica und ihrer Wirklichkeit, sie wissen nicht einmal, dass so eine Wirklichkeit existiert, und das ist etwas, was Angelica wiederum als Selbstverständlichkeit akzeptiert, es ist ihr nie der Gedanke gekommen, dass es anders sein könnte. Andererseits ist es ebenso selbstverständlich, dass sie alles von ihnen und ihrem Leben weiß. Denn in dieser Straße ist alles so, wie es sein soll, hier lebt man, wie Menschen leben sollen, hier sieht alles genau wie im Fernsehen aus. Im ersten Haus sitzt eine Familie um den Küchentisch und isst eine späte Mahlzeit. Sie haben eine Kerze angezündet, obwohl es doch ein ganz normaler Donnerstag ist. Die Mutter lächelt, als sie einem ihrer Söhne den Teller reicht, er wirft die Haare zurück und erwidert ihr Lächeln. Im Haus daneben steht eine andere Frau in ihrem hübschen Wohnzimmer und telefoniert. Ihr Mann geht vorbei und sagt etwas, sie dreht sich nach ihm um und folgt ihm mit dem Blick, nickt. Auf der anderen Straßenseite steht ein kleines Mädchen mitten in einer hell erleuchteten Mahagoniküche mit einer Katze im Arm, sie senkt langsam den Kopf und vergräbt ihr Gesicht in dem schwarzen Fell.

Und dort, in dem letzten Haus der Straße, und auch dem größten, das direkt neben einem kleinen Gestrüpp liegt und auf dessen Garagenauffahrt ein silberfarbenes Auto steht, da sitzt ein Teenagermädchen auf dem Sofa vor dem Fernseher. Ihr Vater kommt in das schwach erleuchtete Wohnzimmer, seine Lippen bewegen sich, er sagt etwas. Die Tochter beugt den Kopf nach hinten, lächelt ihm zu und antwortet. Vielleicht sagt sie ja etwas Lustiges. Jedenfalls lacht er und streicht ihr schnell über die Haare.

Angelica sammelt die letzten Werbezettel vom Boden des Kinderwagens auf und schiebt sie in den Briefkasten, ohne den Mann und das Mädchen aus dem Blick zu lassen. Anschließend hebt sie ihre Hände und streicht sich selbst übers Haar.

Ich sehne mich, denkt sie. Ich wusste nicht, dass ich mich so sehr sehne.

IV

Dreißig Tage sind keine lange Zeit.
Man schließt kurz die Augen und – schwupps – sind fünf Tage vorbei.

Man hockt sich hin, um seine Schuhe zuzubinden, und wenn man wieder aufschaut, sind noch einmal sieben verschwunden.

Man lacht auf, wenn ein Junge einen anderen in der Klasse neckt, und wenn man wieder ernst ist, sind wieder zwölf Tage vergangen.

Der Rücken streckt sich. Das Blickfeld wird enger. Die Sinne schärfen sich.

Als nur noch zwei Tage fehlen, geht es Carina schlecht. Richtig schlecht. Zum ersten Mal seit langer Zeit sind die Schmerzen in ihrem Gesicht zu sehen. Sie hat graue Schatten unter den Augen und Schweißperlen auf der Oberlippe. Angelica muss zugeben, dass Carina nicht mit Mikael allein bleiben kann, deshalb legt sie ihre ernsthafteste Erwachsenenstimme an den Tag, als sie die Pflegefamilie in Herräng anruft und fragt, ob Mikael kommen könnte, obwohl die Tage, die das Sozialamt bezahlt, bereits aufgebraucht sind. Sie schafft es nicht einmal bis zu diesem Punkt, als die Pflegemutter sie schon mit fröhlicher Stimme unterbricht: aber natürlich. Wann er denn komme? Angelica ist erleichtert. Der Eifer der Pflegemutter wischt den Schatten von Schuld beiseite, der seit der Morgendämmerung auf ihrer Stirn gelegen hat. Sie schiebt Mikael nicht ab. Ganz im Gegenteil. Sie bringt ihn an einen Ort, wo er freudig erwartet wird.

Trotzdem bekommt sie Herzklopfen vor Furcht, als sie den Hörer auflegt. Plötzlich ist ihr, als wäre Mikael einer großen, unbegreiflichen Gefahr ausgesetzt und als müsste sie so schnell wie möglich ins Wohnzimmer eilen, in dem Siris Möbel immer noch wie verirrte Gäste herumstehen, um zu sehen, ob ihm auch nichts passiert ist. Und natürlich ist nichts passiert. Mikael sitzt vor dem Fernseher und guckt sich einen Zeichentrickfilm an, vollkommen unbeschadet und unbekümmert. Angelica bohrt ihre Nase in sein Haar, saugt seinen Duft ein, um sich zu beruhigen. Er riecht nach Lavendel. Nach sonnenheißem Staub und Lavendel.

»Er kommt in ein paar Tagen und holt dich ab«, sagt sie mit leiser Stimme, fast flüsternd. Mikael wendet ihr sein rundes Gesicht zu, blinzelt:

»Wer denn?«

»Bazille. Dein Papa.«

Mikael nickt, sagt aber nichts.

Nachdem Angelica die Taschen gepackt hat, schiebt sie die Tür zum Schlafzimmer auf. Dort drinnen herrscht Dämmerung, die heruntergelassenen Jalousien schließen die Herbstsonne aus. Carina schläft schwer unter einem geblümten Bettüberzug, ihr Haar ist zerzaust und die Stirn feucht vom Schweiß, der rechte Arm hängt schlaff über die Bettkante herunter. Sie hat vergessen, den Deckel auf zwei ihrer Tablettenröhrchen zu schrauben, aber ansonsten ist alles, wie es sein soll. Das Wasserglas und die Medikamente stehen auf einem Stuhl neben dem Bett, das Telefon befindet sich in Reichweite auf dem Boden. Angelica schiebt einen Stapel Zeitschriften mit dem Fuß näher heran, bleibt dann stehen, ihr Blick bleibt auf Carinas Hand haften: die weißen Finger sind leicht gekrümmt, die Knöchel reiben fast auf dem Boden.

Unruhe macht sich in Angelicas Bauch bemerkbar, sie legt sich die Hand aufs Zwerchfell, während sie die Tür schließt. Sie schaut sich im Dunkel des Flurs um, jetzt ist sie fertig. Bereit, fortzugehen.

Im gleichen Moment gibt Alice auf. Mit geschürzter Oberlippe starrt sie auf den Text in ihrem Computer. Vollkommen wertlos.

Der Stuhl scharrt über den Boden, als sie aufsteht. Sie braucht eine Tasse Kaffee. Oder eine Tasse Tee. Oder sonst irgendetwas. Es bringt nichts, hier herumzusitzen und zu versuchen, weitere

Worte hervorzuzwingen. Es wird nichts. Wie sehr sie es auch versucht.

Sie sitzt jetzt schon seit drei Tagen in Augustas Haus und versucht Ordnung in ihre Gedanken zu bringen. Offiziell geht es um das Zustandekommen einer Projektbeschreibung, eines detaillierten Berichts darüber, wie eine Ausstellung mit dem Arbeitstitel *Das Fabrikerbe* aussehen könnte. Inoffiziell geht es um etwas ganz anderes. Mit sich selbst vor Gericht gehen, vielleicht. Ein für alle Mal die höchste Instanz des Ichs sein Urteil fällen zu lassen, eine definitive und nicht zu diskutierende Antwort auf die Frage zu bekommen, was Wahrheit und was Lüge in Alices Leben ist. Aber das hat nicht geklappt. Sie ist zu feige gewesen, sie ist sogar vor ihren eigenen Gedanken davongelaufen.

Jetzt legt sie sich auf Augustas hartes Sofa aus den Zwanzigern und starrt an die Decke. Seufzt. Die Projektbeschreibung soll am Donnerstag präsentiert werden, und sie hat noch nicht einmal die Hälfte fertig. Deshalb wird sie wohl gezwungen sein, eine oder zwei Nächte aufzubleiben, um sie rechtzeitig fertig zu bekommen. Und dann wird Lars sauer werden. Und dann wird sie sich selbst schuldig fühlen. Und dann wird sie sich noch zerrissener und unkonzentrierter fühlen.

So geht das jetzt schon seit vier Monaten. Seit die Postkarte gekommen ist. Der ganze heiße Sommer bestand nur aus einem Mischmasch aus diffusen Gefühlen, unvollendeten Gedanken und unüberlegten Handlungen. Immer wieder hat sie sich selbst dabei ertappt, die sonderbarsten Dinge zu tun. Einmal fand sie sich selbst erstarrt vor einer Billardhalle in der Kammakargatan und musste feststellen, dass sie tatsächlich schon eine ganze Weile dort gestanden hatte, so lange, dass die Männer in dem dunklen Kellerlokal sich die Mühe machten, zur Tür zu kommen und sie zu betrachten. Ein andermal ging sie zur Konferenz in ihrem korrektesten Leinenkostüm, aber einer weißen Sandale an dem einen Fuß und einem schwarzen Stoffschuh an dem anderen. Ein drittes Mal vergaß sie Lars vom Flughafen abzuholen und blieb bis spätabends in ihrem Büro. Als sie schließlich in die Wohnung kam, lag seine weit offene Reisetasche auf dem Flurboden und sah aus, als wolle sie sie beißen. Lars selbst war blass vor Wut und sprach nur in leisem Stakkato. Er wolle sie nur daran erinnern, dass es Terminkalender gebe. Schon seit langem. Außerdem sei er doch ein klein wenig verwundert darüber, in welchem Zustand sich ihre Wohnung befinde. Überall Kleidungsstücke. Ungemachte Betten. Haufenweise schmutziges Geschirr. Regrediere Alice jedes Mal zur Studentin, sobald er außer Sichtweite war?

Alice machte keine Einwände, lächelte nur ein vorsichtiges Lächeln, während sie Teller und Gläser in die Geschirrspülmaschine stapelte, sorgfältig darauf bedacht, dass er nicht zu genau hinsehen konnte. Nicht, dass Lars für gewöhnlich seinen Forscherblick auf dreckige Teller und leer getrunkene Gläser richtete, aber das Risiko bestand, und sie wollte nicht, dass er noch einmal einen Grund finden könnte, seine Augenbrauen ein paar Millimeter zu heben. Fünf Weingläser? Hatte sie jeden Abend Wein getrunken, während er fort war? Sollte sie da nicht lieber etwas vorsichtiger sein?

An diesem Abend konnte sie es nicht ertragen, ihrem eigenen Blick im Badezimmerspiegel zu begegnen, deshalb hatte sie sich die Zähne im Dunkeln geputzt. Hinterher war sie auf den Flur getappt und hatte das kleine Reißverschlussfach in ihrer Tasche geöffnet, die Fingerspitzen über die Postkarte streichen lassen, nur um sich zu vergewissern, dass sie noch dort lag, dass Lars sie nicht entdeckt hatte.

Zu dem Zeitpunkt hatte sie schon seit langem eingesehen, dass sie sich irrational verhielt, dass Lars kaum reagiert hätte, wenn sie sich an jenem Tag im Frühling überwunden und die Postkarte mit der restlichen Post auf die Garderobe gelegt hätte. Vielleicht hätte er wegen des Motivs die Augenbrauen gehoben: ein halb nacktes Mädchen, das sich die Haare kämmt. Kommerzialisierter Impressionismus. Alice hätte sich seiner Verachtung anschließen können, indem sie ihn auch noch auf einen Fehler hätte hinweisen können: Auf der Rückseite der Ansichtskarte wurde behauptet, das Bild wäre eine Reproduktion von Renoir, aber tatsächlich war es von Degas, sogar eine ziemlich berühmte Pastellmalerei von Degas. Und nach dieser Distanzierung hätte sie es gut zulassen können, dass Lars die wenigen Sätze auf der Rückseite las. Sie waren mit ausgesuchter Gleichgültigkeit formuliert, nur ein paar schnell hingeworfene Zeilen von einem alten Schulfreund an die alte Schulfreundin. Dieser Schulfreund war in einem Ausstellungskatalog auf ihren Namen gestoßen, und da er selbst mit einem historischen Projekt beschäftigt war, hoffte er, dass sie ihm mit einer kleinen Information aushelfen würde. Ob sie so gut sein könnte und ihn anrufen?

Sie selbst hatte die Ansichtskarte in einen Schuldbrief verwandelt, indem sie sie versteckt hatte, und jetzt lag sie in ihrer Tasche wie eine wortlose Maßangabe über die Entfernung in ihrer Ehe. Aber vielleicht war es ja genau das, was sie wollte? Denn wollte sie wirklich, dass Lars die Ansichtskarte sah? Wollte sie ihr neutralstes Gesicht aufsetzen und das mit ihm diskutieren? War es nicht eher so, dass die Ansichtskarte ihr das gegeben hatte, was sie am meisten brauchte: eine Erinnerung daran, dass es einen Raum in ihrem Leben gab, den zu betreten Lars niemals erlaubt sein würde. Einen eigenen Raum.

Dass es auch einen Genuss bedeutete, Geheimnisse zu haben, wusste sie bereits seit langer Zeit, aber nie zuvor war ihr klar gewesen, inwieweit dieser Genuss durch Macht verursacht war. Jetzt begriff sie es. Natürlich sah es so aus, als beugte sie sich Lars' Sarkasmen in diesem Sommer noch untertäniger als sonst, aber das war nur Schein. Sie zahlte es ihm auf ihre Weise heim, rächte sich, indem sie seinem Blick auswich, wenn er sie ansah, indem sie einen Schritt zur Seite trat, wenn er ihr seine Arme entgegenstreckte, indem sie in ihre eigenen Gedanken versank, wenn er mit ihr sprach. Beide wussten, dass unter der Oberfläche etwas vor sich ging, aber Alice allein wusste, was. Lars war mit seinen Zweifeln allein, seinem eigenen unklaren Gefühl, dass die Machtbalance zwischen ihnen ernsthaft am Kippen war.

Ich stelle nur fest, dass, dachte Alice manchmal und lachte vor sich hin. Ich stelle nur fest, dass du überrascht, verwirrt und sauer bist und dass mir das vollkommen scheißegal ist…

Aber das war nicht die ganze Wahrheit. Zu gewissen Zeiten brannte ihre Haut vor Zärtlichkeit, und sie sehnte sich danach, die Hände auf Lars' Kopf zu legen und seine Augenlider zu küssen. Schließlich war ja nicht er es, der die Mauern zwischen ihnen errichtet hatte. Sie war es. Sie war es, die so gestört und zerstört war, dass sie nicht in der Lage war, auch nur einen Menschen in ihr Leben hineinzulassen, nicht einmal denjenigen, mit dem sie seit mehr als einem Vierteljahrhundert zusammenlebte. In solchen Momenten wurde ihr ganz weich in den Knien vor Scham, und sie hoffte auf Vergebung durch ein Streicheln oder eine Zärtlichkeit. Aber je länger der Sommer währte, umso häufiger konterte Lars mit ihren eigenen Waffen, er wich ihren Händen aus und wandte den Blick ab. Anschließend konnte das Schweigen stundenlang anhalten.

Alles ist in diesem Sommer ewig, denkt Alice, während sie auf Augustas Sofa liegt. Alles ist ewig. Obwohl doch gar nichts ewig ist.

Denn so ist es nun einmal. Nichts ist passiert. Nicht wirklich.

Sie hatte die neun Ziffern der Telefonnummer in dem Moment, als sie sie sah, auswendig gelernt, und eine Woche nach Siris Beerdigung hatte sie sie zum ersten Mal gewählt. Ein Freizeichen nach dem anderen war zu hören, ohne dass jemand antwortete, und als sie das leise Klicken vernahm, das einen Anrufbeantworter ankündigte, legte sie schnell den Hörer auf. Sie wollte keine Spuren von sich hinterlassen, nicht einmal einen Atemzug. Hinterher versuchte sie die Ziffern aus ihrem Gedächtnis zu streichen, schloss sofort die Augen, sobald die neun Ziffern an die Oberfläche ihres Bewusstseins drangen, und dachte hartnäckig an etwas anderes. An die Arbeit. An Petter. An das Essen, das sie und Lars Samstag geben wollten. Aber wenn sie die Augen öffnete, lagen die Ziffern wieder vor ihr: Es war, als wären sie ihr auf die Hornhaut tätowiert.

Deshalb wunderte sie sich, dass sie so kühl und distanziert bleiben konnte, als sie schließlich ein zweites Mal anrief und Antwort bekam, dass ihre Stimme überhaupt nicht zitterte, obwohl sie sehen konnte, dass die Hand, die auf der roten Schreibtischauflage lag, es tat.

»Ja, hallo«, sagte sie mit der förmlichen Höflichkeit, die sie normalerweise gegenüber Arbeitskollegen benutzte. »Hier ist Alice Bernhardsson. Du hast mir eine Ansichtskarte geschickt.«

Er antwortete nicht sofort, zwanzig Sekunden lang hallte das

Schweigen zwischen ihnen. Das ist nicht der Tonfall, den er erwartet hat, dachte Alice. Er hat wohl mit Tränen gerechnet.

»Alice?«, fragte er dann.

»Ja.«

Er räusperte sich:

»Ich hoffe, ich habe die richtige Person erwischt. Kommst du aus Jönköping? Bist du dort in den Fünfzigern aufs Gymnasium gegangen?«

»Ja.«

»Und du hast Johansson geheißen? Alice Johansson?«

»Ja.«

»Ich heiße Kristian.«

»Mmm.«

»Kristian Dahlberg.«

»Ja.«

»Erinnerst du dich an mich?«

»Ja.«

Wieder wurde es still. Alice ballte die Faust und zwang sich, ruhig zu atmen.

»Ich würde mich gern mit dir treffen«, sagte Kristian. »Es gibt so vieles, was ich dich fragen möchte …«

Alice öffnete ihre Hand und betrachtete sie. Meine Hände altern nicht, dachte sie. Augustas Hände alterten im Gleichklang mit ihrem übrigen Körper, aber meine sind immer noch die eines Mädchens. Irgendwo weit in der Ferne hörte sie ihre eigene Stimme. Freundlich. Unbeschwert.

»Gern«, sagte diese. »Willst du einen Termin vorschlagen?«

Dreimal waren sie verabredet gewesen. Dreimal hatte es nicht geklappt.

Beim ersten Mal war es Alices Schuld. Sie machte ganz einfach einen Rückzieher. Bekam kalte Füße. Es war nichts, was sie geplant hatte. Ganz im Gegenteil. Sie hatte reichlich Zeit gehabt, sich vorzubereiten: Kristian konnte erst drei Wochen nach ihrem ersten Gespräch nach Stockholm kommen. Während dieser Zeit schaffte sie es zweimal, sich neue Kleider zu kaufen und sie dann wieder zu verwerfen, sich einen Lippenstift in mildem Braunrosa anzuschaffen, und verbrachte Stunden damit, nach Kristian im Internet zu suchen. Es gab nicht viel, sie hatte nur wenige Treffer, die ein reichlich diffuses Bild eines Projektberaters in Jönköping ergaben. Worauf sie die Augenbrauen hochzog. Projektberater? Das konnte alles Mögliche bedeuten, vom reichen Herumtreiber bis zum wegrationalisierten Kommunalbeamten oder zum heruntergekommenen Vertreter. Sie konnte sich Kristian in allen drei Rollen vorstellen.

Sie war es gewesen, die vorgeschlagen hatte, sie könnten sich doch am Informationsstand von Metro in der Galleria treffen, aber erst hinterher war ihr klar geworden, dass sie den Platz äußerst überlegt ausgesucht hatte. Das war der einzige Platz in Stockholm, wo sie ihn sehen konnte, ohne selbst gesehen zu werden, der einzige Platz, bei dem es mehrere Ausgänge gab. Sie war gut in der Zeit, fuhr mit der Rolltreppe hinauf zum Café im ersten Stock und setzte sich mit einem Cappuccino an einen Tisch, von dem aus sie einen Überblick fast über das gesamte Erdgeschoss hatte.

»Ich betrüge sie«, dachte sie und blies ein kleines Tal durch die weißen Alpen des Milchschaums. »Im Augenblick betrüge ich Lars und Kristian gleichzeitig. Es gibt nur einen, dem ich treu bin...«

In dem Moment entdeckte sie ihn. Er stand vor dem Informationstresen und schaute sich um, ein großer Mann mit großen Händen, in beigefarbener Hose und einer Jacke aus grobem Leinen. Sein Körper und seine Kleider hatten die gleichen Farbtöne wie Sand und Steine, und seine Wangenlinie war gleichzeitig weich und fast geometrisch, sein Haar – oder das, was davon noch übrig war – war matt und die Frisur zottelig. Nichts an ihm glänzte außer den Augen und den Zähnen, aber schon aus diesem Abstand konnte sie sehen, dass diese dafür umso stärker glänzten. Er sah aus wie ein Kieshaufen. Ein gut erhaltener kleiner Kieshaufen mit ein paar kleinen Bergkristallstückchen darin, die in all dem Farblosen und Staubigen funkelten.

Alice leerte ihre Tasse und stand auf, ging mit gesenktem Kopf und raschen Schritten zum Ausgang Brunkebergstorg.

Am folgenden Tag rief sie an und entschuldigte sich: Sie war von einem Auftraggeber aufgehalten worden. Leider, leider. Kristian versicherte ihr, dass das nicht so schlimm sei, und schlug den gleichen Platz und die gleiche Zeit drei Wochen später vor. Diesmal war es Alice, die an dem Informationsstand der Metro warten musste. Kristian rief am nächsten Tag an und bedauerte: Er hatte den Großstadtverkehr falsch eingeschätzt und war in einem Stau stecken geblieben. Sie wurden sich einig, Anfang September einen neuen Versuch zu machen. Aber diesmal hatte Alice wirklich eine stichhaltige Ausrede: eine Konferenz zum Thema *Das Fabrikerbe* im Historischen Museum. Wichtig. Ließ sich nicht verschieben. Kristian sprach mit trockener Stimme, als er erklärte, dass er vor Mitte Oktober nicht wieder in Stockholm sein würde. Alice schlug ihren Kalender auf und machte sich eine Notiz.

»Bis dann«, sagte sie schließlich und legte den Hörer auf.

Und jetzt ist die Frage, ob sie sich wirklich sehen wollen, ob sie wirklich morgen zur Galleria gehen soll, ob sie um zwölf Uhr vor dem Informationsstand von Metro stehen soll, ruhig, ehrlich und freimütig, ohne sich zu verstecken oder abzuhauen.

Sie weiß es nicht. Sie hat sich noch nicht entscheiden können. Tatsache ist, dass sie jetzt schon weiß, dass sie sich nicht vor halb zwölf Uhr morgen wird entscheiden können. Bis dahin wird sie weiterhin so gespalten und unkonzentriert sein, wie sie es die ganzen letzten Tage war. Alle Versuche, ganz rational einen sachlichen Beschluss zu fassen, werden von sekundenschnellen Erinnerungsbildern gebremst, alle logischen Gedankenketten werden von kurzen Momenten heftiger Wut unterbrochen, alle Versuche, sich selbst zur Gleichgültigkeit zu ermahnen, werden von dem Schwindel erregenden Augenblick durchkreuzt, wenn sie sich an seine Lippen an ihrem Hals erinnert.

Scheiße! Sie schlägt mit der Faust gegen Augustas Wand und richtet sich auf. Sie kann es sich nicht leisten, sich in der Vergangenheit zu verirren. Sie hat an eine andere Vergangenheit zu denken: an diese Ausstellung, die sie machen soll, diese Ausstellung, die sie ganz einfach machen muss, damit ihr Kontostand nicht in die Miesen gerät und sie gezwungen sein wird, wie ein Bettler in ihrem eigenen Haus herumzulaufen. *Guter Professor, gebt der armen Frau Professor doch ein Almosen! Sie ist alt und verbraucht, und ihre Glanzzeit ist vorbei!*

Wenn sie nur begreifen könnte, warum es so schwer ist, eine Idee gerade für diese Ausstellung zu kriegen, warum es so unerhört schwer ist, die Augen zu schließen und sie vor sich zu sehen, wie sie es bei ihren anderen Ausstellungen immer hat machen können. Es ist ja nicht so, dass ihr die Kenntnisse fehlen. Sie weiß mehr über die Industrialisierung als über das Mittelalter, deshalb müsste die Ausstellung eigentlich noch besser werden als die über das schwedische Klosterleben, die sie letztes Jahr gestaltet hat. Und die war schließlich ein Erfolg. Hinterher hatte sie sich nicht so recht wohl gefühlt, war halb beschämt und der Meinung, sie hätte sich zu wenig angestrengt und so viel Lob gar nicht verdient. Das sollte jetzt mit dem *Fabrikerbe* eigentlich einfacher sein. Aber das ist es nicht. Stattdessen überfällt sie eine Art Widerwillen. Oder Angst.

Alice sinkt wieder aufs Sofa zurück und schließt die Augen. Wovor hat sie eigentlich Angst? Zu versagen? Diese Gefahr besteht immer, aber das stört sie normalerweise nicht. Da muss noch etwas anderes sein…

Erst als sie schon halb in den Schlaf gefallen ist, steigt die Antwort an die Oberfläche des Bewusstseins. Alice hat Angst vor der Fabrik. Vor dem Werk. Vor dem Drachen, der am Strand der Edeboviken schläft, vor ihm, der einst alle Märchen tötete.

Lange war das Werk nur ein Schatten. Eine Kontur. Eine dunstige Gebirgslandschaft mitten im Grün von Roslagen; geschlossen für Unbefugte, geschlossen für Außenstehende, ein Geheimnis, das von Hallstaviks Männern gehütet wurde.

Als sie jung war, glaubte sie, sie wären wie Dohlen; blaue Dohlen, die aus ihrem Nest krochen, wenn sich der Schichtwechsel näherte, und einen Schwarm bildeten, einen stummen Radfahrerschwarm, der in einer einzigen Bewegung durch den Ort rauschte. Sie stellten ihre Räder in einer Reihe vor dem hohen Zaun ab, strichen sich dann die Mützen vom Kopf und wischten sich über die Stirn, bevor sie ihre Brotdosen vom Gepäckträger lösten und auf die Schranke zugingen.

Zu der Zeit durften nur ganz wenige Frauen auf das Gelände. Solche wie Siri und Marianne. Die Putzfrauen. Die Packerinnen. Trotzdem trat Alice kräftiger in die Pedale, wenn sie vorbeifuhr. Es war, als fürchtete sie, ein Troll aus einem von Augustas Märchen könnte aus dem Schatten des Werks hervortreten und seine Hand nach ihr ausstrecken. Komm in meine Halle, kleines Püppchen! Komm und sieh all mein Gold! Sieh, wie es glitzert und funkelt, trotz der Dunkelheit!

Erst in den Siebzigern betrat sie das Werksgelände. Es war Kåre, der sie mit dorthin nahm. Sie war mit Petter ein paar Wochen allein in Augustas Haus gewesen, weil sie aus der Wohnung in der Stadt verbannt worden waren, damit Lars in aller Ruhe letzte Hand an seine Doktorarbeit legen konnte. Sie hatte kein Auto, und der Bus fuhr nur selten, deshalb kaufte Marianne Milch und frische Waren für sie ein, die Kåre ihr abends vorbeibrachte.

Am ersten Abend waren sie noch etwas scheu. Es schien, als würden sie sich nicht trauen, einander zu necken, wie sie es sonst immer taten, jetzt, wo sie allein waren. Kåre schüttelte den Kopf, als Alice ihm anbot, doch ins Haus zu kommen. Er blieb auf der Veranda stehen und streckte ihr das Einkaufsnetz hin. Vielleicht war es auch gut so: ein wenig Anspannung hatte sich um Alices Hals gelegt, als sie ihn aus seinem Amazon hatte steigen sehen, und sie wusste nicht so recht, was das bedeutete, wusste nur, dass sie ganz unverhofft an den Tag vor fünfzig Jahren hatte denken müssen, als sie im Wasser der Strömsviken schwamm und plötzlich gespürt hatte, wie sich ein Finger unter den Saum ihres Badeanzugs schob ... Vielleicht hatte Kåre auch an den Moment gedacht, vielleicht wollte er ihr deshalb nicht in die Augen sehen.

Ein paar Abende später ließ er sich doch auf der Veranda nieder und blieb dort mehrere Stunden lang sitzen. Anfangs kam ihr Gespräch nur mühsam in Gang, Kåre saß lange Zeit schweigend da und starrte auf die Birken im Garten auf der anderen Seite der Straße. Erst als Alice sagte, dass sie noch nie im Werk gewesen sei, kam Leben in ihn. Das würde er organisieren können! Gleich morgen, wenn es sein musste. Schließlich saß er im Vereinsvorstand und hatte das eine und andere dort zu sagen.

Sein Eifer ließ sie zögern, so wichtig war es ihr nun auch wieder nicht. Aber dennoch bügelte sie ein Baumwollkleid und stand ein paar Tage später auf der Treppe und wartete auf ihn, als er sie abholen wollte. Er war immer noch genauso eifrig. Petter könne bei Marianne bleiben, erklärte er. Anschließend würden sie Kartoffelsalat und gegrillte Rippchen auf der Terrasse bei Kåre und Marianne essen.

Hinterher versuchte sie zu verstehen, was während des Rundgangs eigentlich passiert war, was den Eifer in seinen Augen hatte verblassen lassen, sodass er durch ein scharfes Blitzen ersetzt worden war. Alice hatte ihn gekränkt, das war offensichtlich, aber sie verstand nicht, wodurch. War es vielleicht die Bewegung gewesen, als er die Tür zum Rindenhaus öffnete und sie zurückwich? Ihr verzerrtes Gesicht wegen des Lärms in der Maschinenhalle? Ihr Zögern, bevor sie den Fuß auf eine wacklige Metalltreppe setzte? Oder lag es einfach daran, dass sie schwieg, dass sie ganz offensichtlich ihre Fragen zurückhielt? Aber sie hätte sie gar nicht stellen können, sie waren zu naiv und dumm. Warum musste es hier so hässlich sein? Warum musste so ein Lärm herrschen? Und warum weigerten sie sich, mich anzusehen, diese Menschen an den Maschinen? Warum drehen sie ihren Kopf weg und gucken zur anderen Seite, wenn ich nicke und sie grüße?

»Mariannes Cousine«, sagte Kåre erklärend zu einigen Frauen, die über eine Rolle im Packsaal gebeugt standen. »Aus Stockholm. Sie wollte mal sehen, wie es bei uns hier so zugeht.«

Eine der Frauen richtete sich auf und grinste sie an, wobei sie ihren Pullover zurechtzog. Er war am Halsausschnitt ausgeleiert.

»Ja, mein Gott«, sagte sie. »Wir müssen den Leuten wirklich Leid tun…«

»Mmm«, sagte eine andere und rieb sich das Kreuz. »Nur ein Glück, dass man kein richtiger Mensch ist. So eine feine Dame oder so. Dann würde man es niemals aushalten.«

In Herräng herrscht Sonntagsruhe. Es scheint, als wollten nicht einmal der Wind oder die Vögel die Stille stören. Mikaels Lachen klingt wie eine einsame Silberflöte, als er und Angelica unter den Eichen entlanggehen.

Die Pflegemutter steht am Zaun und wartet schon, der alte Garten hinter ihr ist von der Nachmittagssonne in rotes Licht getaucht. Sie ist eine dieser Frauen, die ihre Schönheit wie ein Geheimnis in sich tragen, eine von denen, die man eine ganze Weile ansehen muss, um festzustellen, dass die grauen Augen glasklar sind, dass ihr aschblondes Haar glänzt, dass ihre Wangen honigfarben und pfirsichweich sind. Angelica hat es vorher nie gesehen, aber jetzt bemerkt sie es.

Die Pflegemama streckt ihre Arme Mikael entgegen:

»Siehst du?«, fragt sie und hebt ihn hoch, legt für einen atemlosen Moment seine Wange an ihre. »Siehst du, wie viele Äpfel wir haben? Wir mussten die Zweige schon abstützen…«

»Wow«, sagt Mikael. »Darf ich welche pflücken?«

»Aber natürlich«, sagt die Pflegemutter und stellt ihn wieder hin. »So viele du willst.«

Angelica bleibt am Zaun stehen und reicht Mikaels Tasche hinüber, der Blick der Pflegemutter huscht über sie. Ihre Augen sind freundlicher als sonst. Ohne Verachtung.

»Willst du ein paar Äpfel haben?«

Angelica ist es so gewohnt, alle Geschenke dankend abzulehnen, dass sie sich bremsen muss. Ab jetzt muss sie alles selbst bezahlen, was sie essen will. Kostenlose Äpfel sind gut. Deshalb macht sie einen Knicks.

»Ja, gern.«

Die Pflegemutter lächelt.

»Gut. Wir haben mehr, als wir verwerten können. Warte, ich hole eine Tüte…«

Es wird eine ganze ICA-Plastiktüte voll…

Angelica weiß zunächst nicht, wie sie sie tragen soll. Sie ist zu schwer, um sie in der Hand zu halten. Sie ist zu unbequem, um sie über den Arm zu hängen. Erst als sie schon ein Stück gegangen ist, kommt sie auf die Idee, dass sie einen Stock durch die

Griffe schieben und sie sich dann über die Schulter hängen kann. Sie lacht über ihren eigenen Schatten: Er sieht aus wie die Silhouette aus einem alten Märchenbuch. Ein Landstreicher. Oder ein kleiner Junge, der sich auf Wanderschaft begibt.

Die Welt scheint vollkommen verwandelt. Die Sonne scheint, der Himmel ist hoch, das hat sie gar nicht bemerkt, als sie mit Mikael im Bus saß. Es gefällt ihr, dieses klare Schwarz und die glatte Oberfläche frisch asphaltierter Straßen haben ihr schon immer gefallen. Sie sind so verheißungsvoll. Genau wie die Bäume am Straßenrand. Das Laub wird langsam rot, die gelben Blätter der Birken schimmern wie Goldmünzen, die Pappeln zittern, wenn sie vorbeigeht, und erzählen ihr flüsternd von den Sicherheit bietenden Schatten, die bald kommen werden.

Der Herbst ist Angelicas Zeit. Bald wird er sie verbergen.

Die Lösung kam ihr am Morgen. In der Dämmerung.

Sie hatte halb wach auf der Matratze gelegen und zum tausendsten Mal alle Auswege erwogen.

Eine Wohnung?

Unmöglich. Sie hätte kein Geld dafür. Nicht einmal, wenn sie sich noch einen Job besorgte. Außerdem darf sie keinen Vertrag unterschreiben. Zu jung. Und Carina würde sich garantiert weigern.

Kristoffer?

Nein. Er war ihrem Blick ausgewichen, als sie sich vor kurzem über den Weg liefen, wollte sie nicht einmal ansehen. Und eigentlich wollte sie es auch nicht.

Ein anderer Junge?

Dann würde sie endgültig als Hure abgestempelt werden. Zumindest, wenn sie zu ihm zog. Und was sollte es sonst für einen Sinn haben?

Der Königsminzemann?

Auf Dienstreise. Oder so. Er hatte sich seit fünfzehn Tagen nicht mehr blicken lassen. Und wie sollte er ihr helfen können, ohne dass ganz Hallstavik davon erführe?

Kåre und Marianne?

Ja, vielen Dank. Die waren sicher schon ganz erpicht darauf, ihr zu helfen.

Das Sozialamt?

Niemals! Das würde bedeuten, dass sie sich mit Carina auf eine Stufe stellte.

Augustas Haus?

Sie öffnete die Augen und zwinkerte. Augustas Haus?

Das ist auch unser Haus, dachte sie. Meins. Und Mikaels.

Und jetzt geht sie mit leichtem Schritt die frisch asphaltierte Straße entlang, den Rucksack über einer Schulter und eine Tüte mit Äpfeln über der anderen. Es sind fast zehn Kilometer von Herräng bis zu Augustas Haus, trotzdem will sie nicht den Bus nehmen. Einer der anderen Fahrgäste könnte sie wieder erkennen, jemand könnte sich merken, dass sie auf halbem Weg den Halteknopf drückte und ausstieg. Und dieser Jemand könnte es jemand anderem erzählen, und nach ein paar Tagen wüsste ganz Hallstavik, dass Angelica wieder nach Nordanäng gezogen wäre, Kristoffer und seine Eltern würden versichern, dass sie wirklich nicht bei ihnen wohnte, und wenn die Nachricht schließlich Marianne erreichte, würde sie Carina anrufen. Und dann würden Carina und Bazille ihre Schlussfolgerungen ziehen und sich zu Augustas Haus aufmachen...

Das durfte nicht geschehen.

Deshalb musste Angelica sich auf ein verzwicktes Doppelspiel einlassen: Die Leute in Hallstavik sollten in dem Glauben gehalten werden, dass sie noch bei Carina wohnte, während Carina und Bazille selbst in dem Glauben bleiben sollten, dass sie zurück zu Kristoffer gezogen wäre. Das war ein notwendiges Sicherheitsnetz, denn zu ihm und seinen Eltern würden sie sich niemals wagen. Sie trauten sich ja nicht einmal anzurufen. Hinter all ihrem anmaßenden Getue haben beide eine Scheißangst vor Leuten mit Haus und Geld. Und das ist gut so. Das wird sie beschützen.

Angelica will also verschwinden, ohne zu verschwinden. Unbemerkt. Sie wird den Alltag wie eine Tarnkappe über sich stülpen, alles an ihr soll so trüb und normal sein, dass es keinen Grund gibt, länger über sie nachzudenken und noch weniger, irgendwelche Fragen zu stellen. Sie wird des Morgens an der Bushaltestelle auftauchen und den Bus zur Schule in Uppsala nehmen, genau wie immer, und sie wird nachmittags mit ihren Reklamezetteln in Hallstavik herumfahren, sie wird im Blickfeld anderer Menschen nur am Rande auftauchen, genau wie sie es immer gemacht hat. Ansonsten wird sie vollkommen unsichtbar sein. Und damit auch vollkommen sicher.

Die Fliederhecke vor Augustas Haus ist im Laufe des Sommers hoch und dicht gewachsen, deshalb sieht sie zunächst das Auto nicht, das auf dem Kiesweg steht. Als sie es dann entdeckt, bleibt sie regungslos stehen, während es ihr dämmert: Das Haus ist nicht leer. Jemand ist da. Jemand anders.

Vor Enttäuschung werden ihre Knie weich, sie lässt Rucksack und Apfeltüte auf den Boden gleiten und ist gezwungen, sich am Zaun festzuhalten, um nicht in sich zusammenzusinken. Im nächsten Moment stellt sie fest, dass sie das Auto kennt. Dass es ein Auto ist, in dem sie selbst schon einmal gefahren ist. Alices Auto.

Also muss Alice hier sein.

Also muss das Haus offen sein.

Also kann Angelica einfach an die Tür klopfen und hineingehen. Wie jeder andere auch.

Also braucht sie nur etwas gerissen zu sein, wenn sie erst einmal drinnen ist, ein Fenster einen Spalt öffnen oder so...

Also braucht sie das Küchenfenster nicht einzuschlagen.

Also verringert sich das Risiko, ertappt und entdeckt zu werden.

Also wird sie fast unglaublich sicher sein, sobald Alice sich davongemacht hat.

Ein kleiner Goldfisch der Freude zappelt in ihrem Bauch. Sie beugt sich herab und schiebt Rucksack und Apfeltüte in die Fliederhecke, versteckt sie sorgfältig, richtet sich dann wieder auf und zieht die Jacke zurecht.

Trotzdem wird ihr Klopfen nur ein ängstliches leises Kratzen an der Tür. Unbeweglich bleibt sie eine Weile stehen und wartet, bis ihr klar wird, dass sie fester und entschiedener klopfen muss. Sie hat gerade die Hand gehoben, als sie Schritte im Haus hört.

Schnell macht sie einen Schritt zurück, um nicht im Weg zu stehen, wenn die Tür geöffnet wird.

»Du bist's?«, sagt Alice.

Sie wirkt schläfrig, streicht sich die Haare aus dem Gesicht und blinzelt gegen das Licht. Aber sie ist angezogen, hat sogar Schuhe an.

»Ich habe das Auto gesehen«, sagt Angelica und hört selbst, wie heiser und rau ihre Stimme klingt. Sie räuspert sich und versucht es noch einmal:

»Ich bin vorbeigegangen und habe das Auto gesehen ... Dein Auto. Und da dachte ich, ich könnte mal bei dir reinschauen.«

Alice machte die Tür weit auf. Lächelt.

»Dann machst du also einen langen Spaziergang? Das ist klug von dir. An so einem wunderschönen Tag ...«

Einen langen Spaziergang? Ein wunderschöner Tag?

Die Worte sind gleichzeitig verlockend und lächerlich. Sie denkt über sie nach, als sie an dem großen Tisch im Zimmer sitzt und darauf wartet, dass Alice Kaffee serviert. Gibt es diese Welt wirklich, die Alice mit ihren Worten skizziert hat? Eine Welt, in der junge Mädchen an einem Sonntag aus dem Fenster schauen und finden, dass das Wetter so *wunderbar* aussieht, dass sie sich *auf einen langen Spaziergang aufmachen?* Eine Welt, in der man nur aus Spaß zehn Kilometer geht – ohne auf der Flucht zu sein? Doch. Kann schon sein. Rebecka wohnt in dieser Welt. Und Alice hat wohl auch einmal in ihr gelebt. Vielleicht lebt sie sogar noch heute in ihr: Das Zimmer ist voller Anzeichen, die darauf hindeuten. Da steht ein kleiner tragbarer Computer auf dem Sekretär. Ein Stapel Bücher liegt daneben. Goldschmuck blinkt in einer Glasschale. Gold. Luxus. Und Alice selbst läuft mit Schuhen an den Füßen zwischen Küche und Wohnzimmer hin und her. Rebecka trug auch Schuhe bei sich zu Hause, sie sagte immer, es sei so ordinär, nur in Strümpfen zu laufen. Alice ist also nicht ordinär. Im Gegensatz zu Angelica, deren Füße in weißen Strümpfen auf dem Boden stehen.

Alice trägt eine helle lange Hose und ein Wildlederhemd der weichsten Sorte, ein zimtbraunes Hemd, das geradezu vor Geld schreit. Es wäre hübsch, wenn Alice nicht so alt wäre, aber das ist sie. Eigentlich sieht sie jetzt sogar noch älter aus als damals im Frühling. Grauer. Vielleicht liegt es daran, dass sie überhaupt nicht geschminkt ist. Aber da ist noch etwas anderes, ein enttäuschter Zug liegt über ihrem Mund, als sie das Angedeckte mustert. Nicht, dass es dabei so viel zu überprüfen gibt: nur zwei Tassen und einen Teller mit trockenen Keksen.

Anfangs trinken sie ihren Kaffee schweigend. Angelica sitzt angespannt da, fürchtet plötzlich, Alice könnte etwas zu dem sagen, was bei Marianne am Begräbnistag geschah. Sie weiß nicht so recht, wie sie Alice klar machen soll, dass sie zu dem Tag nichts zu sagen hat, dass sie sich kaum an ihn erinnert, dass sie das, was damals geschah, als sie die schwarzen Kleider auf Mariannes Parkett warf, weder erklären noch beschreiben kann. Aber sie macht sich ganz unnötig Sorgen. Alice knabbert an einem Keks und denkt an etwas anderes, es scheint fast, als hätte sie vergessen, dass Angelica da ist.

»Dann bist du also den ganzen Weg von Hallstavik gegangen«, sagt sie schließlich und greift zu ihrer Tasse. »Das ist eine Leistung.«

Angelica senkt ihren Blick und antwortet nicht, taucht stattdessen einen Keks in ihre Tasse und hält ihn einen Augenblick zu lange im Kaffee. Er hängt in ihren Fingern, als sie ihn hochhebt, sie muss sich herabbeugen und ihn schnell mit den Lippen aufsaugen. Der Unterschied zwischen der Süße des Keks und dem bitteren Kaffee ist eine Überraschung. Das schmeckt ja richtig gut. Fast wie Babynahrung. Alice scheint nicht zu bemerken, dass Angelica schlürft. Sie merkt nicht einmal, dass sie nichts auf ihren Satz erwidert, nimmt nur einen Schluck von ihrem eigenen Kaffee und wendet ihren Blick nach innen. Erinnert sich.

»Ich bin nie ganz bis Hallstavik gegangen. Aber mit dem Fahrrad bin ich schon so weit gefahren. Zumindest am Anfang …«

Angelica wendet ihr den Blick zu.

»Wann?«

»Als ich jung war. Als ich hier gewohnt habe. Bei Augusta …«

Angelica ist so überrascht, dass sie vergisst, auf die Distanz zu achten:

»Du hast hier gewohnt, als du jung warst? Warum denn?«

Alice fährt sich mit der Hand übers Gesicht, seufzt:

»Ach, das ist eine lange Geschichte...«

Es wird wieder still, beide schauen aus dem Fenster. Die Farben des Gartens sind jetzt gedämpft, die Sonne scheint sich hinter Wolken zu verstecken. Angelica wendet ihren Blick dem Zimmer zu, lässt ihn über Wände und Decke schweifen. Es sieht so aus, wie es immer ausgesehen hat. Alles ist braun. Braune Möbel. Brauner Linoleumboden. Hellbraune Tapeten. Nur die Gardinen und die Tischdecke sind weiß. Plötzlich fällt ihr ein, dass Alice dieses Jahr gar nicht zum Essen eingeladen hat: Der ganze Sommer ist vergangen, ohne dass die Familie sich in Augustas Garten versammelt hätte. Der Gedanke verursacht ein unerklärliches Schuldgefühl in ihr, als wäre das ihr Fehler, sie schiebt ihn beiseite und sucht in allen Gehirnwindungen nach einem neutralen Gesprächsstoff.

»War denn Augusta die Mutter deiner Mutter?«, fragt sie schließlich.

»Nein. Die Mutter meines Vaters. Sie ist Siris Großmutter mütterlicherseits.«

»Ich weiß...«

Alice hebt wieder ihre Tasse, die Zeit hat einen braunen Riss in die gelbliche Glasur geritzt. Sie schaut Angelica über den Rand hinweg an.

»Du trauerst um Siri.«

Das ist keine Frage, nicht einmal eine Feststellung, die eine Antwort erfordert. Angelica seufzt ungewollt, lächelt dann ein vorsichtiges kleines Lächeln.

»Sie hat immer gesagt, Augusta wäre nicht besonders nett gewesen. *›Sie war nicht immer wirklich nett, meine Großmutter Augusta‹*. Das hat sie oft gesagt. Aber sie hat nie erzählt, was die Al... was ihre Großmutter eigentlich gemacht hat.«

Alice lächelt:

»Ach. Sie war nur ganz normal Furcht einflößend. Groß und dick. Ziemlich streng. Aber sie war nie wirklich eklig, zumindest nicht mir gegenüber. Aber das war vielleicht bei Siri etwas anderes. Augusta musste ja die Verantwortung für sie übernehmen, nachdem ihre Mutter verschwunden war, und da war sie noch sehr klein. Drei Jahre erst, glaube ich. Ich war schon ein Teenager, als ich hierher kam.«

»Weißt du, was mit Siris Mutter passiert ist?«

»Nein. Das weiß niemand. Sie ist einfach verschwunden.«

Wieder wird es still. Angelica hebt ihre Tasse, während sie die Gerüche des Wohnzimmers in sich aufsaugt. Sie sind ihr gleichzeitig fremd und vertraut, sie erinnern sie an die Gerüche in Siris Haus.

Zu Hause, denkt sie, schiebt das Wort aber schnell beiseite, bevor es sich festsetzen kann, als könnte Alice es womöglich von ihren Augen ablesen.

»Warst du bei Kristoffer?«, fragt Alice. »Deshalb bist du doch hier vorbeigekommen, oder?«

Angelica schüttelt den Kopf.

»Nein. Ich bin einfach nur so gegangen... Ich wusste nicht, dass jemand hier ist. Hast du Urlaub?«

»Nein. Nicht direkt. Ich glaube, man könnte sagen, ich bin auf der Flucht...«

Angelicas Stimme zittert:

»Auf der Flucht?«

Alice steht lächelnd auf, schiebt den Stuhl unter den Tisch:

»Nimm es nicht so wörtlich. Ich habe da nur einen Auftrag, bei dem ich irgendwie nicht weiterkomme. Eine Ausstellung, die ich machen soll. Ich habe mir gedacht, ich könnte vielleicht ein wenig Ordnung in meine Gedanken kriegen, wenn ich hier ein paar Tage in der Stille verbringe. Lars war letzte Woche verreist. Aber jetzt ist er auf dem Heimweg, ich soll ihn heute Nachmittag vom Flugplatz Arlanda abholen...«

Sie wirft einen Blick auf ihre Uhr:

»Mein Gott. Er kommt ja schon in zwei Stunden.«

Angelica lächelt ein vollkommen offenes Lächeln. Plötzlich weiß sie ganz genau, wie sie es machen muss.

»Ich kann abwaschen«, sagt sie. »Während du packst.«

Zwanzig Minuten später stehen sich die beiden auf Augustas Gartenweg gegenüber, hinter ihnen träumt das Haus mit heruntergelassenen Jalousien. Für den Winter verschlossen. Alice öffnet ein kleines Reißverschlussfach in ihrer Handtasche und schiebt den Hausschlüssel hinein, bevor sie die Autotür öffnet.

»Und du bist sicher, dass ich dich nicht bis Hallstavik mitnehmen soll?«

Angelica schüttelt den Kopf.

»Nein, danke«, sagt sie. »Ich will erst noch zur Strömsviken hinuntergehen. Ein bisschen aufs Meer gucken.«

Alice setzt sich hinterm Lenkrad zurecht.

»Dann vielen Dank für die Hilfe beim Abwaschen. Und mach es gut!« Sie streckt den Arm aus, um die Autotür zuzuziehen, bemerkt erst mitten in der Bewegung, dass Angelica dagegen hält, dass sie die obere Kante der Fahrertür so fest umklammert, dass ihre Knöchel weiß hervorstehen. Einen Moment lang sehen sich beide in die Augen, weichen dann aus und schauen jeweils in eine andere Richtung.

»Mach dir keine Sorgen«, sagt Alice mit leiser Stimme. »Ich werde niemandem erzählen, dass du hier gewesen bist.«

Angelica lässt los, und Alice macht die Tür zu.

Hinterher ist alles ganz einfach. Nachdem Alice rückwärts den Weg hinuntergefahren ist, bleibt Angelica einen Augenblick unbeweglich stehen und sieht dem Wagen nach, bis er verschwindet, dann hockt sie sich hin und zieht Rucksack und Apfeltüte aus der Fliederhecke. Sie öffnet die Pforte und huscht hinein, schließt sie lautlos wieder hinter sich.

Der Garten ist perfekt. Vollkommen perfekt. Die Hecke ist hoch und dicht, niemand kann hineingucken, dazu müsste er schon direkt an der Pforte stehen. Die Stachelbeerbüsche sind immer noch voll mit Beeren, sie braucht sie nur anzusehen, um ihren Geschmack und ihre Konsistenz schon am Gaumen zu spüren. Süß und säuerlich, so überreif, dass sie platzen, sobald man sie auf die Zunge legt. Der Apfelbaum beugt sich unter den Äpfeln, dick und rund von Reife und Saft. Angelica muss lächeln, als sie zur Rückseite des Hauses geht: Sie wird für viele Monate Äpfel haben. Mitten im Lächeln bemerkt sie, dass der Kies unter ihren Schuhen knirscht, schnell rettet sie sich auf den Rasen und läuft dann zum Holzschuppen.

Der Hackklotz ist schwer. Als sie es schließlich geschafft hat, ihn umzukippen, lässt er sich leicht unter das Küchenfenster rollen. Es ist noch schwerer, ihn wieder aufzurichten, aber die Mühe lohnt sich. Er ist gerade hoch genug. Wenn sie sich auf ihn stellt, geht ihr der Fensterrahmen bis zur Taille. Sie holt das Tischmesser heraus, das sie beim Abwaschen in der Gesäßtasche ihrer Jeans versteckt hat, einen Moment lang wird ihr schwindlig bei dem Gedanken, dass sie vergessen haben könnte, die Fensterhaken zu öffnen, dass sie vielleicht so intensiv daran gedacht hat, es zu tun, dass sie darüber ganz vergessen hat, die Handlung selbst auszuführen, wird aber gleich wieder ganz ruhig, als sie merkt, dass sie das Messer nur in den Spalt schieben und ein wenig hin und her biegen muss, damit sich das Fenster langsam vom Rahmen löst. Es geht nur langsam, aber zum Schluss passiert es: das Küchenfenster gleitet auf und öffnet sich.

Angelica legt die Knie auf den Fensterrahmen und klettert hinein.

Hinterher rast ihr Herz. Sie steht in der Küche und hört ihr eigenes Blut rauschen, hört, wie es vom Herz zum Kopf sprudelt, wie es saust und singt, spürt gleichzeitig, wie die Nackenmuskeln weicher werden, wie der Druck der Unruhe seinen Griff um ihre Kehle lockert und wie leicht es sich plötzlich atmen lässt.

Dennoch ist sie ungemein vorsichtig. Sie schließt das Küchenfenster mit ganz kleinen Bewegungen, zieht sich dann die Schuhe aus und schleicht mit ihnen auf den Flur. Sie will keinen Laut von sich geben, will nicht einmal ahnen lassen, dass sie hier ist. Sie denkt gar nicht daran, die Jalousien in dem großen Zimmer hochzuziehen, die Alice vor kurzem heruntergelassen hat. Sie denkt gar nicht daran, irgendwelche Deckenlampen einzuschalten, ganz gleich, wie dunkel es auch wird. Und sie denkt nicht im Traum daran, sich dem altmodischen Telefon auch nur zu nähern, das auf einem kleinen Tisch neben dem Schaukelstuhl steht. Aber ansonsten hat sie vor, das Haus ganz und gar in Besitz zu nehmen.

Zuerst inspiziert sie die Küche, öffnet alle Schränke und untersucht, was sich in ihnen befindet. Geblümte Teller aus vergilbtem

Prozellan. Die Kaffeetassen, die sie selbst vor einer Weile abgewaschen hat. Ein Schrank mit Lebensmitteln, der die reine Schatzkammer ist: Er enthält Weizenmehl und Spaghetti, Cornflakes und Zucker, Kaffee und Teebeutel, Kekse und Knäckebrot, eine Konservendose mit Rindfleisch, Backpulver, Salz, Pfeffer und – das Beste von allem – eine noch verschlossene Schachtel mit Rosinen. Sie kann sich nicht beherrschen, greift sofort nach der Schachtel und reißt den roten Deckel auf, schiebt ihre Finger in die klebrige Süße und stopft sich eine ganze Hand voll Rosinen in den Mund.

Sie nimmt die Schachtel mit, als sie weitergeht. Im Wohnzimmer öffnet sie einen großen Schrank, schließt ihn aber gleich wieder, nachdem sie festgestellt hat, dass er nur Tischdecken und Handtücher enthält, geht dann weiter und streicht mit der Hand über die Möbel, lässt sich von den Handflächen vage Kindheitserinnerungen bestätigen. Der Sofabezug ist rau, obwohl er wie Samt aussieht. Der schwarze Lack des Schaukelstuhls ist an den Armlehnen abgewetzt. Die Stühle am Esstisch haben geschnitzte Äpfel in der Rückenlehne. Auf dem Weg durch den Flur entdeckt sie am Rand ihres Blickfelds ein Gesicht, schnappt erschrocken nach Luft und hält sich die Hand vor den Mund, begreift aber schon, während sie diese Bewegung durchführt, dass sie sich selbst erschreckt hat. Da steht ein Mädchen in einem schwarzfleckigen Spiegel und sieht sie an, ein Mädchen, das über ihre eigene Angst im gleichen Moment wie Angelica mit den Schultern zuckt. Sie strecken beide ihre Arme aus und lassen die Fingerspitzen sich von beiden Seiten des Glases berühren, drehen sich dann um und gehen jede zu ihrer Treppe. Erst auf der fünften Treppenstufe kommt Angelica in den Sinn, dass sie seit ihrer Kindheit nicht mehr hier oben war, worauf sie das Geländer fest umklammert, als sie die letzten Treppenstufen mit zwei großen Sprüngen meistert.

Eigentlich ist es merkwürdig, dass sie so selten in Augustas Haus gewesen ist, dass sie noch nie auch nur eine einzige Nacht dort geschlafen hat. In all den Jahren hat Carina immer wieder lange Monologe über das Besitzrecht gehalten, darüber, dass alle Nachkommen von Augusta das gleiche Recht an ihrem Haus hätten, dass es nicht nur Marianne und Alice und all die anderen wären, die das Haus als Ferienhaus benutzten, dass Siri und sie selbst mindestens genauso viel Recht dazu hätten, aber trotzdem konnte Angelica sich nicht daran erinnern, dass Carina von allein auch nur ein einziges Mal das Haus benutzt hätte. Nicht einmal an den sonnigsten Sommertagen. Und mit Siri verhielt es sich nicht viel besser: Sie hatte zwar Angelica und Mikael ein paar Mal auf einen Ausflug zu Augustas Haus mitgenommen, war dann aber immer im Garten geblieben. Sie ging nicht gern ins Haus. Wenn die Sonne unterging, drückte sie den Korken in die Thermoskanne, packte die übrig gebliebenen Brote ein, und sie fuhren zurück nach Hallstavik. Es sei doch am schönsten, im eigenen Bett zu schlafen, erklärte sie Angelica dann immer in vertraulichem Ton. Und außerdem war es so eklig mit dem Plumpsklo.

Der obere Flur ist klein und ohne Fenster, nur ein kleiner Sonnenstreifen hat sich durch eine halb offene Tür gezwängt und auf dem Flickenteppich niedergelegt. Angelica stellt sich mitten ins Licht und guckt ins Schlafzimmer. Das macht seinem Namen alle Ehre. Es ist ein Zimmer, das aussieht, als wäre es zur Ruhe gegangen. Angelica mag das sanfte Licht hier drinnen, das die Sonne durch ein sandfarbenes Rollo siebt, das der weißen Überdecke einen Pastellton gibt, aber trotzdem traut sie sich nicht, über die Türschwelle zu treten. Das Zimmer ist so sauber und ordentlich, so gepflegt und symmetrisch, so zart in seiner reinen Schlichtheit, dass sie das Gefühl hat, sie könnte etwas zerstören, wenn sie auch nur einen Schritt hineintäte. Deshalb bleibt sie in der Tür stehen und schaut sich um, registriert und speichert in ihrem Gedächtnis. Ein Bett. Ein kleines Schränkchen daneben. Ein Stuhl. Ein brauner Kleiderschrank und eine Kommode mit weißer Decke. Ein paar dunkle Dinge auf der Decke. Sie muss sich auf die Zehenspitzen stellen und den Kopf recken, um zu sehen, worum es sich da handelt: einen Handspiegel und einen Kamm mit Silberrand. Ohne nachzudenken, legt sie die Hand in den Nacken, zieht den Pferdeschwanz über die Schulter nach vorn, denkt, dass er jetzt bald so lang ist, dass sie ihn flechten muss. Der Gedanke beunruhigt sie, und sie beginnt automatisch zu rechnen, um ihm zu entkommen. Es ist jetzt vier Jahre und fünf Monate her, seit sie zu Siri gezogen ist, das macht dreiundfünfzig Monate. Wenn das Haar einen Zentimeter pro Monat wächst, wie es in der Vecko-Revyn stand, dann muss ihr Haar inzwischen länger als ein halber Meter sein. Wenn sie achtzehn wird, kann sie vielleicht drauf sitzen, genau wie damals, als sie noch klein war...

Sie wirft den Pferdeschwanz wieder auf den Rücken und schüttelt den Kopf, dreht sich um und sieht, dass es noch eine Tür auf dem Flur gibt. Eine schmale Tür ohne Klinke, dafür mit einem altmodischen Knopf und einem Schlüssel im Schloss.

Angelica dreht den Schlüssel um und öffnet die Tür.

Hinterher meint sie, dass es wie in einem Märchen zugegangen ist; dass es scheint, als hätte jemand – eine heimliche Patin oder eine gute Fee – begriffen, dass Angelica in Augustas Haus ziehen wollte und ihr deshalb ein Zimmer vorbereitet. Eigentlich ist es gar kein richtiges Zimmer, eher eine Kleiderkammer oder eine große Garderobe. Trotzdem ist es sofort ihr Zimmer, es gehört ihr schon, bevor sie überhaupt einen Schritt über die Schwelle getan hat. Das altmodische Feldbett mit der schmalen Matratze gehört ihr. Das kleine Fensterguckloch mit seiner weißen Spitzengardine. Der kleine Hocker daneben. Wie auch die Petroleumlampe, die darauf steht. Alles gehört Angelica, jemand hat sogar ihre Initialen aufs Laken gestickt: AJ. Angelica Johansson.

Und auf das weiße Kopfkissen hat jemand außerdem mit rosa Kreuzstichen einen zierlichen Willkommensgruß gestickt. Schlaf gut, steht da. *Schlaf gut!*

Als sie aufwacht, ist es Nachmittag. Sie schlägt die Augen auf und weiß sofort, wo sie ist, weiß auch, dass erst wenige Stunden vergangen sind, seit sie in die Kleiderkammer gegangen ist. Sie hatte einen Augenblick gezögert, sich nicht getraut, die steif gemangelten Laken zu zerknittern, indem sie sich auf sie legte, hatte aber dann den Gedanken beiseite geschoben und war aufs Bett gesunken. Sie konnte nur noch den Kopf aufs Kissen legen, da war sie schon eingeschlafen.

Aber jetzt ist sie wach. Vollkommen wach und erholt. Außerdem etwas hungrig. Trotzdem bleibt sie liegen und schaut sich um, nimmt den Raum mit ihrem Blick in Besitz.

Dachschräge. Nachmittagslicht. Ungehobelte alte Bretterwände, die von der Zeit ganz abgenutzt sind. Ein paar Haken an der Wand und an einem der Haken ein Kleid auf einem Bügel, Schottenmuster mit weißem Kragen und weißen Manschetten. Altmodisch.

Sie dreht sich um und legt sich auf den Bauch, lässt die Hand über den weichen Flickenteppich auf dem Boden gleiten. Es riecht gut hier drinnen. Sauber und gut. Eine Sekunde lang überfällt sie die Versuchung, wieder einzuschlafen, aber dann zwinkert sie mit den Augen und stützt sich auf die Ellbogen. Sie muss eine Stelle finden, wo sie ihre Sachen lassen kann, einen kleinen Schrank vielleicht oder einen Kasten.

Ein Spankorb steht halb unter dem Hocker, der einen Nachttisch vorstellen soll. Sie streckt die Hand aus und zieht ihn zu sich heran. Er ist schwerer, als sie erwartet hat, sie muss sich aufsetzen und mit beiden Händen zugreifen, damit sie es schafft. Jemand hat ein altes Handtuch als Schutz vor dem Staub über den Inhalt gelegt, ein Handtuch, das genau wie das Kopfkissen Angelicas Initialen trägt. Irgendwo ganz hinten in ihrem Kopf weiß sie, dass das auch Augustas Initialen sind, aber das ist ein Gedanke, den sie fortjagt, als sie das Handtuch hochnimmt. AJ bedeutet Angelica Johansson. Zumindest jetzt.

Ganz oben im Korb liegt ein altes Federmäppchen aus rotem Leder. Der Reißverschluss geht schwer, sie muss ihn hin und her ruckeln und wackeln, bis er schließlich nachgibt. Aber das Mäppchen verbirgt keine Geheimnisse, nur ein paar stumpfe Bleistiftstummel und einen altmodischen Pumpfüller. Ein blauer Tintenklecks hat ein Stückchen des Innenfutters steif werden lassen, ansonsten ist der karierte Baumwollflanell weich wie Seide. Angelica zieht sorgfältig den Reißverschluss wieder zu und sucht weiter im Korb, holt ein Buch nach dem anderen hervor. *Englische Grammatik. Rechtschreiblehre für die Realschule. Nordischer Schulatlas.* Lehrbücher. Das müssen Alices alte Schulbücher sein, denn alle tragen ihren zierlichen Namenszug auf der Innenseite des Umschlags. Angelica stapelt sie auf dem Boden und gräbt weiter. Ganz unten im Korb umfassen ihre Finger ein Buch mit dickem Rücken und etwas rauem Einband. Sie zieht es hervor und streicht mit der Hand über die weinrote Hülle, sieht, dass es ein altes Bibliotheksbuch ist. Ohne jede Intention schlägt sie das vergilbte Vorsatzblatt auf und liest den Titel: *Das Genie* von Ivar Lo-Johansson. Sie kann sich an den Namen erinnern. Siri hatte mehrere Bücher von dem Schriftsteller in ihrem Bücherregal stehen. Angelicas Blick rutscht weiter auf der Seite nach unten und bleibt bei dem einleitenden Zitat hängen:

> *»Die Mädchen müssen sich zur Verfügung stellen.«*
>
> *Karl Singel*

Die Wut überrascht sie, sie schießt wie ein roter Pfeil durch ihren Körper und treibt ihr Tränen in die Augen. Ohne nachzudenken, hebt sie das Buch hoch und wirft es an die Wand. Der Knall ist so laut, dass er das ganze Haus zu erschüttern scheint. Die Bindung des Buches reißt auf, ein paar Seiten lösen sich und sinken zu Boden, der Rest zerfällt in zwei Teile und wird nur noch vom Umschlag zusammengehalten. Eine Sekunde lang jubelt der Triumph in ihr: *Da habe ich's dir gegeben! Du Scheißkerl!*

Hinterher bekommt sie Angst. Was hat sie gemacht? Das Buch ist alt, vielleicht war es wertvoll. Sie kniet sich hin und sammelt die losen Seiten zusammen. Es ist nicht einfach, sie wieder an Ort und Stelle zu schieben, ein paar wollen die ganze Zeit herausrutschen und so verraten, dass das Buch zerfleddert und kaputt ist. Die Unruhe flattert in ihr, als sie sich über den Korb beugt, das kaputte Buch fest in der Hand. Sie muss es so verstecken, dass es niemand entdecken und ihr deshalb Vorwürfe machen kann …

Sie hat gedacht, der Korb wäre leer, aber jetzt sieht sie, dass dem nicht so ist. Vier Schreibhefte liegen noch ganz unten, blau mit weißen Etiketten. Alice hat ihren Namen mit blauer Tinte darauf geschrieben, vermutlich mit der gleichen blauen Tinte, die die Federtasche befleckt hat. Aber nicht deshalb lässt Angelica das zerschlagene Buch los, sondern wegen des zierlich geschriebenen Titels dort unten: *Erzählungen aus Augustas Haus.*

Ganz langsam nimmt sie die vier Schreibhefte hoch und legt sie sich auf die Knie, streicht mit der Hand darüber. Draußen hat die Dämmerung eingesetzt. Die Vögel sind verstummt, keine Krähe krächzt mehr in Augustas Apfelbaum, keine Taube gurrt im Wald weiter hinten, kein Kuckuck erhebt seine Stimme weiter im Osten. Die Welt ist vollkommen still. Trotzdem hebt Angelica ihren Kopf und lauscht. Sie hört etwas.

Das Haus flüstert. Ja. Sie kann tatsächlich hören, wie Augustas Haus anfängt zu flüstern.

Mitten in der Nacht, als der Aprilmond gerade damit einsetzt, das Rosenmuster der Spitzengardine auf die Holzwand der Abseite zu zeichnen, hebt Alice zum ersten Mal seit zwei Wochen den Kopf vom Kissen. Die Bewegung geht zögerlich vor sich, es scheint, als zögere sie, bevor sie den Rand des Feldbetts umfasst und sich abstützt, um sich aufzusetzen. Sie hat Angst, dass es wehtun könnte, dass neue Schmerzen ihren Körper durcheilen könnten.

Aber es tut nicht weh. Überhaupt nicht. Sie wird nur etwas zittrig von der ungewohnten Anstrengung, aber nicht so schlimm, dass sie nicht ihren Körper drehen und die Füße auf den Flickenteppich stellen könnte. Jetzt ist sie oben. Fast. Von der anderen Seite des Flurs ist Augustas Schnarchen zu hören. Alice sitzt eine Weile unbeweglich da und lauscht, dann beugt sie sich vor und zieht den Spankorb zu sich. Sie muss eine Weile darin herumsuchen, bevor sie findet, was sie sucht. Die Fingerspitzen stoßen zuerst auf den roten Einband des Atlas und dann auf den Wachstuchumschlag eines Bibliotheksbuchs – sofort lässt sie davon ab –, bevor sie ihre Federtasche und das blaue Schreibheft findet.

Sie hat nicht genug Kraft, um die Petroleumlampe anzuzünden, aber das macht nichts. Der Mond leuchtet. Sie bleibt eine Weile sitzen und starrt mit trübem Blick vor sich hin, bevor sie das Schreibheft aufschlägt und eine einzige Zeile schreibt:

»Augusta sagt, ich muss aufstehen. Aber sie sagt nicht, warum.«

Am nächsten Morgen wacht sie davon auf, dass Augustas schlurfende Schritte die Treppe heraufkommen. Als sie stehen bleiben, damit Augusta Atem holen kann, kann Alice hören, wie der Regen auf dem Dach flüstert. Im nächsten Moment geht Augusta weiter. Ihr keuchender Atem ertränkt alle anderen Geräusche. Alice dreht sich mit dem Rücken zur Tür und schließt die Augen.

Am folgenden Tag zieht die Gemeindeschwester ihr die Decke herunter und zwingt sie, sich auf einen Stuhl auf dem Flur zu setzen. Es ist eine stämmige kleine Frau mit metallgrauen Locken, die aussehen, als trüge sie einen eingedellten Helm auf dem Kopf. Während sie das Laken vom Bett abzieht, schüttelt sie ihre Locken. Meine Güte! Das hätte schon vor mindestens einer Woche geschehen müssen! Oder vor zehn Tagen.

Als das Bett gemacht ist, nimmt sie Alice unter den Arm, führt sie die Treppe hinunter und durch den Garten zum Plumpsklo. Die ganze Zeit redet sie dabei. Über Augustas schlechte Knie. Darüber, dass Alice nicht für alle Zeiten einfach im Bett liegen bleiben kann. Darüber, dass sich sowieso nichts ändern lässt. Darüber, dass alles so ist, wie es nun einmal ist.

Alice antwortet nicht, aber als sie auf dem Weg zurück zum Haus sind, bleibt sie stehen und schaut sich um. Der Garten ist sehr schön: Der Schnee ist gerade erst geschmolzen und das Vorjahresgras so bleich, dass es leuchtet.

Als es Nacht wird, bemerkt sie, dass kein Nachttopf mehr unter dem Bett steht. Sie zuckt mit den Achseln. Ist auch egal. Es war sowieso ziemlich eklig, ihn hier in der Abseite zu haben. Augusta hat ihn nur einmal am Tag geleert.

Sie vergisst, sich Schuhe anzuziehen und geht barfuß durch den Garten zum Klo. Der letzte Frühlingsfrost bedeckt das Gras und lässt die Füße taub werden. Das ist auf irgendeine unklare Art schön.

»Wer bist du, der das liest?«, schreibt Alice in ihr Heft. »Sind wir nur zwei Fremdlinge, deren Gedanken sich ineinander verschlingen? Oder kennen wir einander, du und ich? Bist du das Mädchen hinter dem Spiegel, die andere, die einzige, diejenige, die weiß und versteht?

Augusta scheint nicht zu wissen und zu verstehen. Sie steht manchmal bei mir in der Tür und schaut mich an, aber sie kommt nicht herein. Die Tür ist zu schmal, und sie ist zu dick, sie wäre gezwungen, sich seitwärts zu stellen und durch die Öffnung zu pressen, und das will sie nicht. Das ist es ihr nicht wert.

Aber genau das muss sie gemacht haben, als ich aus Uppsala zurückgekommen bin, sie muss sich selbst hier hereingezwängt und mich gedrückt oder gezogen haben. Und auch hinterher muss sie sich mehrmals am Tag hereingezwängt haben. Wie soll ich sonst ins Bett gekommen sein? Wie hätte sie sonst dafür sorgen können, dass ich etwas esse und trinke? Aber wie das gelaufen ist, weiß ich nicht. Das habe ich vergessen. Wie vieles andere auch.

Jetzt stellt sie das Tablett vom Flur aus auf den Boden der Abseite und schiebt es mit dem Fuß zu meinem Bett hin. Manchmal strecke ich einen Arm aus und ziehe es zu mir, manchmal drehe ich mich nur zur anderen Seite und mache die Augen zu. Nicht mal zwei Sekunden vorher weiß ich, wofür ich mich entscheiden werde. Mein Körper fasst alle Beschlüsse, ich selbst bin daran nicht beteiligt.

Aber mein Körper ist heute freundlich zu mir, freundlicher als seit langer Zeit. Erst kürzlich umfasste die rechte Hand die linke und drückte sie tröstend. Erst kürzlich schlossen sich die Augenlider und ließen mich die rote und gelbe Landschaft auf der Innenseite der Lider betrachten. Erst kürzlich pochte mein Herz so kräftig, dass kein anderes Geräusch mehr durchdrang. Da konnte ich ausruhen.«

Gegen Abend setzt sich Augusta auf einen Stuhl vor der Abseite, löst ihr Haar und kämmt es. Alice sieht sie nicht, hört nur ihre Stimme, und plötzlich fällt ihr ein, dass sie das schon kennt: Als sie ganz krank war, hatte sie das Gefühl, das Haus selbst würde flüstern. Jetzt begreift sie, dass das gar nicht stimmt, und wenn nur aus dem Grund, weil sie ab und zu Augustas weiße Hand sehen kann.

Die ist in ständiger Bewegung, sie steigt und sinkt, öffnet sich und schließt sich, sie flattert wie ein Schmetterling durch das Dunkel des Flurs.

Als Alice noch klein war, hatte ihr Papa eine Dunkelkammer im Keller. Sie war gern dort, stand gern auf einem Hocker neben ihm und hörte seinem Atem zu, während er mit dem Entwickeln von Fotos beschäftigt war. Es war wie im Märchen, zuzusehen, wie die Schattengestalten Form annahmen, einem lebendigen Blick zu begegnen, wo gerade eben noch weißes Papier gewesen war, zuzusehen, wie am Grund der Schüssel mit Entwicklerflüssigkeit ein Lachen geboren wurde.

Auf die gleiche Weise kam Isak an dem Abend, als Augusta von ihrer ersten Begegnung erzählte, in ihre Abseite. Wie eine Schattengestalt. Ein lebendiger Blick. Ein Lachen, wo es kurz zuvor nur ein Vakuum gegeben hatte.

Als Augusta ihn beschrieb, hob sich ihre Hand wie die eines Predigers, obwohl ihre Stimme sehr leise blieb. Es dauerte einen Augenblick, bevor Alice verstand, was sie sagte: dass Isak an jenem Morgen in die Farben des Eisens und des Silbers gekleidet war. Eine dunkle, graue Jacke aus faltigem Wollstoff. Hellgraues Hemd aus aufgerauter Baumwolle. Schwarze Hose, die an den Knien so dünn gescheuert war, dass die weiße Haut durchschimmerte.

Ihre Stimme wurde laut und klagend, als sie sich selbst beschrieb: Sie sah jämmerlich aus! Nicht, dass Alice ihr das geglaubt hätte. Sie hatte Fotos von Augusta gesehen, als sie jung war, und wenn ihre Haut wirklich so glatt und samtweich gewesen war, wie es den Anschein hatte, und wenn ihr Haar wirklich so eine dicke Woge bildete, dann musste sie schön gewesen sein, auch wenn das Kleid lehmig, die Bluse fleckig von der Muttermilch und der Mantel zu eng gewesen war, um ihn zuzuknöpfen.

Zuerst hatte sie gedacht, eine Märchengestalt käme ihr in der Morgensonne entgegen. Der Nöck vielleicht oder eine Romanfigur, die sich in die Welt der Menschen geschlichen hatte, aber gleich darauf fiel ihr ein, dass alle Märchen tot waren und dass der Morgen des Zeitalters der Vernunft angebrochen war. Trotzdem verzieh sie sich selbst. Es war kein Wunder, dass sie durcheinander war: Sie hatte seit neunzehn Stunden weder gegessen noch getrunken, sie war die ganze Nacht durch Kälte und Nieselregen gegangen, sie hatte gerade erst entbunden und war wund. Der linke Arm war im Krampf erstarrt, sie konnte ihre eigenen Finger nicht mehr fühlen, die Olgas Po trugen. Vielleicht war das auch nur gut so. Sie ahnte, dass die Decken und Tücher sicher eiskalt und durchnässt waren, und dass Olga deshalb so verzweifelt an ihrer Brust schrie.

Der Mann war immer noch ein Stück entfernt, aber auch er hörte es.

»Das Kind weint«, rief er.

Augusta verzog den Mund. Na, so was. Das war wohl der Dorftrottel, der seinen Morgenspaziergang machte.

»Weine nicht, Kind!«, rief er und ruderte mit den Armen. »Die Wiege ist nahe!«

Total verrückt, dachte Augusta. Und je verrückter sie sind, umso stärker sind sie... Aber wenn er mir zu nahe kommt, verpasse ich ihm eins mit der Tasche!

Sie war jetzt fast im Ort angekommen, hatte die baufälligen Hütten am Rande von Herräng bereits hinter sich gelassen und näherte sich ein paar Arbeiterhäusern, die so neu waren, dass sie noch keine Farbe an den Wänden hatten. Sie lagen wie zufällig auf einem Gelände verstreut, das vor nicht langer Zeit ein Wald gewesen sein musste; die Bäume waren verschwunden, aber das Schneidegras und das Preiselbeergestrüpp waren noch da. Eine Frau mit einem Eimer in der Hand war auf dem Weg aus einem der Häuser, aus einem anderen rannte ein Junge, der im Lauf sein Arbeitshemd über den kurzgeschorenen Kopf zog. Es gab Leute in der Nähe. Und wenn der Dorftrottel versuchen sollte, Augusta zu nahe zu kommen, würden sie ihr helfen...

»Bleib stehen«, rief er. »Rühr dich nicht vom Fleck!«

Jetzt war er nur noch zwei Meter von ihr entfernt, er stand breitbeinig und schwankend mitten im Weg und streckte die Arme aus, als wäre er gekreuzigt. Augusta warf den Kopf in den Nacken und hob einen Fuß, um weiterzugehen. Sie durfte nicht zeigen, dass sie Angst hatte, das wusste sie schon seit langer Zeit. Man darf Männern, Hunden und Verrückten gegenüber nie zeigen, dass man Angst hat. Sonst beißen sie zu.

»Hörst du nicht, was ich sage!«, schrie der Mann. »Bleib stehen!«

Nicht eine Sekunde lang hatte sie die Absicht, auf ihn zu hören, trotzdem blieb sie mit angehobenem Fuß stehen und starrte ihn an. Auch Olga verstummte in Augustas Arm: Das Weinen ebbte ab, und sie schlug ihre blauen Augen auf, formte ihren Rosenmund zu einem kleinen Kreis. Es sah aus, als würde sie lauschen. Doch gerade jetzt gab es in Herräng nichts zu hören, nichts außer ein paar morgenmüden Hammerschlägen aus der Eisenhütte und dem Geräusch von Kettenrasseln, als die Arbeiter in die Grube hinuntergelassen wurden. Aber es waren keine Stimmen zu hören, kein Kind rief dem anderen auf dem Weg in die Schule etwas zu, keine Frau schimpfte mit den Nachzüglern, die immer noch mit dem Löffel in der Morgengrütze dasaßen, keine Männer lachten in leisem Einvernehmen, während sie zur Hütte gingen. Vielleicht lauschte ganz Herräng und wartete, was er sagen würde, dieser grau gekleidete Mann, der mit ausgestreckten Armen vor der versteinerten Augusta stand.

Zuerst sagte er gar nichts, senkte nur die Arme und ging in einem großen Kreis um sie herum, betrachtete sie mit offenem Mund. Von vorn. Von der Seite. Von hinten. Schräg von hinten.

Als er zu seinem Ausgangspunkt zurückgekommen war, lief ihm ein kleines Speichelrinnsal aus dem rechten Mundwinkel. Er wischte es mit dem Handrücken weg, immer noch den Blick auf Augusta gerichtet, und murmelte:

»Verdammt noch mal. Verdammt und zugenäht!«

Dann schwankte er und fiel nach vorn. Seine Nase pflügte eine kleine Furche in den Kies.

Drei Tage später stand er wieder vor ihr und drehte schuldbewusst seine Mütze. Augusta ließ die Scheuerbürste fallen, stand auf und wischte sich die Hände an der Schürze ab. Das war doch der gleiche Kerl? Oh ja. Er trug die gleiche Kleidung wie beim letzten Mal, die gleiche zerknitterte Jacke und die abgewetzte Hose, und auf seinem Nasenrücken zeugten ein paar kleine Schürfwunden von dem, was vor ein paar Tagen passiert war. Obwohl er jetzt größer aussah, größer und bunter. Die Nachmittagssonne ließ die blonden Haare auf seinem roten Handrücken leuchten. Sie hatten eine andere Farbe als das Haar auf seinem Kopf, sie waren weißer, nicht so golden...

Augusta runzelte die Stirn über sich selbst: Sie hatte nun wirklich weder Zeit noch Lust für solchen Blödsinn! Dieser Kerl sah aus wie die meisten Leute, weder mehr noch weniger. Also stemmte sie die Hände in die Seiten und sprach mit ihrer schroffsten Stimme:

»Ja? Worum geht es?«

Zu diesem Zeitpunkt wusste sie bereits, wer er war. Nicht der Dorftrottel, aber doch ein Mann, über den die Leute lachten und den Kopf schüttelten. Die Frau, die von den neugebauten Arbeitshäusern herbeigeeilt war, als Isak fiel und Augusta aufschrie, hatte ihr in den wenigen Minuten, die sie brauchten, um ihn von der Landstraße wegzuziehen und unter einer Eberesche hinzulegen, eine ganze Menge erzählt. Dort konnte er liegen, bis sein Kater ihn weckte. Das war nämlich der versoffenste Abstinenzler in ganz Herräng, ein Guttempler, der nicht von der Flasche lassen konnte, ein Dummkopf, der dreizehn Mal aus der Loge Gutes Heim ausgeschlossen worden war und zwölf Mal sich von neuem hineingeschworen hatte. Aber diesmal müsste er schon eine Weile warten, wie es hieß. Die Leitung wolle ihn etwas schmoren lassen, bis er den Ernst seiner Abtrünnigkeit einsah.

Und jetzt sah er wie einer aus, der auf dem Rost schmorte, wie er mit seiner Mütze in der Hand in der Küchentür stand. Die breiten Schultern hingen nach unten, der Blick flackerte, und die Augenbrauen waren zu einem flehentlichen Winkel zusammengezogen. Zumindest war er offensichtlich vollkommen nüchtern, das war jedenfalls aus dem fügsamen Unterton in seinem Bass zu erkennen, als er sich räusperte und sagte:

»Der Steiger hat gesagt, ich sollte herkommen …«

Augusta ließ ein zögerliches Seufzen hören. Ja, natürlich. Sie hatte fast vergessen, dass sie sich verplappert hatte, als sie dem Steiger das Frühstück servierte, dass sie erzählt hatte, sie wolle an diesem Tag die Stube sauber machen und dafür wäre es gut, wenn ihr jemand helfen könnte, das Sofa in den Garten zu tragen, damit sie es dort klopfte. Der Steiger hatte nicht geantwortet, nur etwas Unverständliches geknurrt, und war seiner Wege gegangen. Augusta hatte geglaubt, er hätte gar nicht gehört, was sie gesagt hatte, und hatte resigniert mit den Schultern gezuckt.

Aber jetzt zeigte sich, dass er trotz allem gehört hatte und dass er darüber hinaus auch noch geredet hatte. Das war ja großartig. Zu ihr hatte er bisher kaum ein Wort gesagt, obwohl sie davon ausging, dass er ihr schon das eine oder andere zu sagen hatte, wenn er abends nach Hause kam und sah, was sie so getrieben hatte.

Er hatte dagesessen und sich seine Stiefel geschnürt, als sie an diesem Morgen vor drei Tagen in die Küche gekommen war. Das war eine Tätigkeit, die, nach allem zu urteilen, seine ungeteilte Aufmerksamkeit erforderte. Er hatte kaum aufgeschaut, als Augusta die Tür öffnete und zögernd den ersten Schritt hineintrat, und schon gar nicht mit ihr gesprochen. Er hatte nur mit ein paar Brummtönen reagiert, als sie geknickst und ihren Namen genannt hatte, dann in Richtung Herd genickt, bevor er aus der Tür eilte und zur Eknäsgruvan entschwand.

Den ganzen Rest ihres Lebens sollte ihr jedes Mal der Atem stocken, wenn sie sich an den Moment erinnerte, aber da sie genauso viel Angst vor Tränen hatte wie der Steiger Arthur Svensson vor Worten, konnte sie sich nur an ihre Wut erinnern. *Flegel! Holzkopf! Hornochse!* Wie kommen diese Kerle eigentlich dazu, zu glauben, sie könnten sich benehmen, als hätte jemand ihnen das Maul zugenäht? Als wäre die schwedische Sprache noch nicht erfunden worden? Als wenn es so ungemein weibisch und lächerlich wäre, guten Tag und auf Wiedersehen zu sagen und einfach auszuspucken, was man so meint?

Sie wäre am liebsten sofort wieder gegangen, wenn sie nicht so müde, verfroren und hungrig gewesen wäre. Sie hätte ihren Kopf in den Nacken geworfen und sich auf der Stelle umgedreht, vielleicht hätte sie sogar noch die Küchentür und die Gartenpforte hinter sich zugeworfen.

Aber sie war so müde. Sehr müde und hungrig. Und Olga – das Wickelkind – war so verfroren und nass, dass sie keine weitere Stunde in der kühlen Oktoberluft überlebt hätte. Deshalb sank Augusta, sobald sie allein war, auf einem Holzstuhl in der Küche des Steigers hin, schloss die Augen und betrachtete die Bilder der toten Märchengestalten der letzten Nacht, die auf der Innenseite ihrer Lider entlangflimmerten, bis sie von einem leisen Jammern auf ihrem Schoß zur Verantwortung gerufen wurde. Olga war dabei, ins Schweigen zu versinken, sie konnte nicht länger schreien.

Es war reines Glück, dass noch ein bisschen Wasser im Warmwasserkessel neben dem Herd war. Es war nicht viel, und es war nicht besonders heiß – das Feuer, das den Morgenkaffee des Steigers erwärmt hatte, war schon vor langer Zeit heruntergebrannt –, aber es genügte, dass Augusta die nassen Windeln von dem kleinen Körper wickeln und ihn waschen konnte.

Alice presste ihre Hände auf die Ohren, als Augusta vom Windelnwechseln erzählte. Alles andere konnte sie sich vorstellen, jedes Detail in der schmutzigen Küche des Steigers, aber das hier wollte sie nicht vor sich sehen. Nicht den runden Babybauch, nicht die Binde über dem Nabelstummel, nicht Olgas rudernde Hände, klein und durchsichtig wie Schneckenhäuser …

Aber das andere konnte sie sehen, das, was auch Augusta sah, nachdem sie ein verwaschenes altes Flanellhemd um Olga gewickelt und sich an den Küchentisch gesetzt hatte, um sie zu stillen. Dort gab es kleine, aber eindeutige Zeichen von Wohlstand mitten in dem Verfall. Verrußte Kupfertöpfe auf dem Eisenherd. Prachtvolle Porzellankrüge mit Pelargonien, die schon seit mehreren Wintern vertrocknet waren. Die Erinnerung an einen weißgescheuerten Boden unter den schwarze Spuren der Stiefel des Steigers.

Der trauernde Steiger … Hatte Kristin ihn nicht so genannt?

Hatte diese Fischersfrau nicht erzählt, dass Arthur Svenssons Ehefrau vor vielen Jahren verstorben war und dass er ihr mit einer solchen Wucht nachgetrauert hatte, dass man schon um seinen Verstand fürchten musste? War es nicht sogar so, dass er sich zuerst geweigert hatte, sie zu beerdigen, ja, dass er sie nicht einmal aus dem Haus geben wollte, damit sie im Schuppen aufgebahrt wurde, wie es Brauch war? Augusta hatte geglaubt, das wären Details, die Kristin selbst hinzugefügt hätte, etwas von der zusätzlichen Ausschmückung, mit der sie so gern alle ihre Geschichten dekorierte. Aber als sie nun an diesem ersten Morgen in der Küche des Steigers saß, sah sie ein, dass es wahrscheinlich genauso gewesen war. Die schmutzige Küche des Steigers spiegelte eine große Trauer wieder, die unglaubliche Sehnsucht eines Mannes nach einer Frau, die niemals wieder zurückkommen würde.

Nachdem Olga eingeschlafen war, ging Augusta auf Entdeckungsreise in dem Haus. Es war, als betrete sie eine unberührte Landschaft. Der Steiger musste sich seit dem Tod seiner Frau nur in der Küche aufgehalten haben, niemand hatte seit vielen Jahren das Wohnzimmer betreten. Der Boden war so grau vor Staub, dass Spuren und Streifen dort zu sehen waren, wo Augustas Kleid hinüberhuschte. Die Möbel waren genauso grau: Der Staub lag fingerdick auf dem Sekretär und dem Esstisch, auf dem Schaukelstuhl und dem Polstersofa. Draußen schien die Sonne, aber das Licht vermochte kaum einzudringen; hier hatte seit vielen Jahren niemand mehr Fenster geputzt, und niemand hatte die Gardinen heruntergenommen, um sie zu waschen. Trotzdem war es ein schönes Haus, nicht so schwer und üppig wie Vilhelms Herschaftswohnung in der Stadt, sondern geprägt von Mäßigkeit und Freundlichkeit: Mitten in dem Verfall konnte Augusta ein Lächeln erahnen.

Früher einmal hatte es jemand genossen, dieses Zimmer schön zu gestalten ... Und jetzt sollte es bald wieder schön werden. Bereits am ersten Tag schaffte sie es, alle Polstermöbel im ersten Stock zu klopfen und alle Böden dort oben zu scheuern, am folgenden Tag putzte sie vier Fenster. Anschließend trug sie Teppiche und Bettzeug in den Garten hinaus und klopfte sie, stand dabei in einer Staubwolke und hörte das Echo über ganz Herräng hallen. Andere Frauen nahmen ihren Weg am Garten des Steigers vorbei, einige beäugten sie misstrauisch, andere nickten ihr lächelnd zu. Augusta ahnte, was hinter ihrem Rücken geflüstert wurde: Sicher, die Person ist wohl fleißig und ordentlich, aber man darf nicht vergessen, dass sie mit einem Kind im Arm nach Herräng gekommen war ... Augusta schnaubte und packte den Teppichklopfer extra fest. Pah! Als ob Olga das erste uneheliche Kind auf der Welt wäre! Oder in Herräng.

Der dritte Tag begann mit einem Schock. Früh am Morgen hatte sie eine Wanne mit heißem Seifenwasser fertig gemacht und sie neben die Pumpe ins Gras gestellt, dann nahm sie die Spitzengardine in der guten Stube ab und trug sie hinaus. Sie war grau vor Schmutz, aber das Muster war zierlich und schön, große Rosen auf sich ringelnden Stielen. Nach dem Waschen wollte sie sie zum Trocknen auf eine Wäscheleine hinterm Haus hängen, und bereits jetzt freute sie sich darauf, wie schön es aussehen würde, wenn die weiße Spitze im Wind tanzte.

Und dann verschwand sie stattdessen. Schmolz dahin. Verwandelte sich in ein Nichts.

Zuerst verstand sie gar nicht, was da geschah. Sie tauchte die Hände in die Wanne und wühlte darin herum, bekam aber nichts zu fassen außer ein paar losen Baumwollfäden, die wie weiße Würmer über ihren Fingern hingen, als sie die Hände wieder aus dem Wasser zog. Sie starrte sie einen Augenblick lang an, bevor sie die Hände von neuem hineintauchte und herumrührte. Stoffreste und Fäden. Sie konnte ganz viele lose Fäden fühlen. Aber keine Gardine. Es gab ganz einfach keine Spitzengardine mehr in der Wanne. Sie war geschmolzen. Hatte sich aufgelöst. Sich in ein Nichts verwandelt.

Der Schreck raubte ihr den Atem, und sie wich zurück, beide Hände auf den Mund gepresst. Gütiger Himmel! Sie hatte die Gute-Stube-Gardine des Steigers ruiniert! Jetzt hatte er einen Grund, seiner Wut freien Lauf zu lassen, dieser stummen Raserei, die sie die ganze Zeit unter seinem glotzenden Schweigen erahnt hatte. Er würde sie vor die Tür setzen, und wohin sollte sie sich dann wenden? Und Olga? Würde sie eine neue Stelle finden, bei der sie Olga bei sich behalten durfte?

Den Rest des Tages flatterten ihre Gedanken von einem unmöglichen Ausweg zum anderen. Vielleicht durfte sie bleiben, wenn sie neue Spitzengardinen kaufte? Nein, das ging nicht. Dann würden die Leute in Herräng erfahren, dass sie Geld hatte, und das durften sie nicht wissen. Wer weiß, auf welche Ideen die Leute gegenüber einer einsamen Frau und ihrem Kind kamen, wenn sie glaubten, sie könnten was dran verdienen? Vielleicht konnte sie ja zurück nach Stockholm fahren und sich genau wie Kristin auf Lumpen und abgelegte Kleidung stürzen? Aber nein, das war unmöglich. Sie hatte keine Krämerseele, allein der Gedanke, mit jemandem feilschen zu müssen, ließ sie erröten. Vielleicht sollte sie stattdessen nach Hallstavik fahren und versuchen, beim Werk eine Stelle zu kriegen? Vielleicht als Köchin. Aber – wer würde sie als Köchin einstellen, wo sie nicht einmal zwanzig war und bisher nur als Mädchen in einem herrschaftlichen Haus gedient hatte. Es konnte sich doch jeder an fünf Fingern ausrechnen, dass sie nichts von der Kunst verstand, für Hunderte von Männern Klöße zu kochen. Und was sollte sie mit Olga machen, solange sie Klöße kochte? Und wo sollte sie wohnen? Gab es überhaupt irgendeinen Platz auf der Welt, an der eine allein stehende Frau mit ihrem Kind wohnen konnte? Würde sie trotz allem gezwungen sein, Olga in ein Kinderheim zu geben?

Sie begann vor lauter Verzweiflung den Küchenboden zu scheuern, obwohl sie eigentlich vorgehabt hatte, zuerst die gute Stube fertig zu putzen. Aber das ging nicht, allein der Gedanke, das nackte Fenster dort drinnen im Blick zu haben, ließ die Übelkeit in ihr hochsteigen. Sie bearbeitete die verdreckten Bodenbretter der Küche in stummer Hoffnungslosigkeit, die die ganze Welt ausschloss und sie unfähig machte, irgendetwas zu sehen und zu hören. Deshalb merkte sie zuerst gar nicht, dass der versoffenste Abstinenzler aus Herräng in der Küchentür stand. Er musste sich mehrere Male räuspern, bevor Augusta die Scheuerbürste losließ, aufstand und ihn ansah. Ihr Blick ließ ihn den Kopf senken und seine Mütze noch fester drücken, während er wiederholte:

»Ja, also. Der Steiger hat gesagt, ich sollte herkommen ... Es geht wohl um ein Sofa, das rausgebracht werden soll.«

Hier schwieg sie und fiel in Gedanken, ließ Alice allein die Bilder finden. Und vielleicht war das auch gut so: Alice wäre es nur peinlich gewesen, wenn Augusta versucht hätte, ihr zu beschreiben, was zwischen ihnen damals passierte. Für bestimmte Augenblicke gibt es keine Worte. Zumindest nicht für alte Frauen.

Aber genau zu diesem Zeitpunkt nahm Isak in Alices Abseite Gestalt an. Plötzlich konnte sie ihn ganz hinten in der Ecke sehen, ungenau und konturlos wie auf einer Fotografie beim Entwickeln und trotzdem ganz deutlich. Ein großer Mann mit großen Händen und einem hellen Lächeln. Und vor ihm stand eine junge Augusta mit gerunzelter Stirn, die Hände unter der dunklen Schürze versteckt. Plötzlich begannen die beiden, sich auf Alices Wand zuzubewegen, aber nicht wie richtige Menschen, sondern schnell und eckig wie in einem alten Stummfilm. Isak schüttelte abwehrend den Kopf gegenüber Augustas ausgestreckten Händen und hob allein das schwere Polstersofa, hielt es mit angewinkelten Armen über dem Kopf, sie trippelte ihm mit dem Teppichklopfer in der Hand hinterher hinaus in den Garten. Eine Weile später stolzierten sie beide zurück in die gute Stube. Isak stellte das Sofa auf seinen Platz, drehte sich um und schaute Augusta an, die wieder ihre Hände unter der Schürze verbarg. Sie bewegte die Lippen, aber es war nichts zu hören. Alice musste sich selbst denken, dass sie ihn fragte, ob er als Dank für seine Hilfe eine Tasse Kaffee haben wollte. Aber sie sah seine Antwort nicht: Isak nickte und ließ sein helles Lächeln über Augusta erstrahlen.

Und er hatte einen Grund zum Lächeln. Das konnte sie sehen. Denn jetzt sah Augusta ihn das erste Mal ohne Verachtung an.

Nie würde Augusta es lernen, diesen Blick voller Verachtung zu beherrschen, nie würde sie begreifen, welche Last er war. Die Verachtung war ihre Rüstung und ihr Schutz, ein Kettenhemd, das sie sich auf der jahrelangen Wanderschaft von einem Pflegeheim zum nächsten geschmiedet hatte. Während der ersten Jahre mit Isak schien sie es nicht mehr tragen zu müssen, aber als Isak zunächst versteinerte und dann starb, wuchs es mit ihrem Leib zusammen. Hinterher konnte sie es nicht wieder ausziehen, nicht einmal, wenn sie sich selbst ansah: Sie drehte den Kopf weg, wenn sie an einem Spiegel vorbeiging. Deshalb schürzte sie auch die Oberlippe, als sie später in ihrem Leben auf Ingas Pumps und Perlen schaute. Deshalb hob sie die Augenbrauen und lachte höhnisch über Mariannes linkische Versuche, es allen Recht zu machen. Deshalb schnaubte sie nur und schaute weg, wenn Siri flüsterte und kicherte. *Oberklassenschnepfen! Tölpel! Rührselige Kichertanten!* Auch die Männer entkamen ihr nicht, nicht einmal ihre eigenen Söhne: Erland war ein Pantoffelheld, Harald hatte kein Rückgrat, und Kerle überhaupt waren gefährlich, unzuverlässig und verantwortungslos. Sie dachten immer nur an das Eine, und wenn sie nicht daran dachten, dann dachten sie an sich selbst. Alle Kerle auf der Welt. Alle, die es jemals gegeben hatte.

Alle außer einem.

Dem einen.

Isak.

Trotzdem erzählte Augusta Alice ganz genau, wie laut sie im Schrank rumorte, als sie Isak an diesem ersten Tag den Kaffee andeckte, wie laut sie mit dem Porzellan klapperte und wie wütend sie ihn anknurrte, er solle sich ja von dem frisch gescheuerten Teil des Küchenfußbodens fern halten. Und vielleicht war es wirklich so gewesen, auch wenn es ganz anders gewesen sein konnte. Oder beides zugleich. Denn wie hätte sonst das passieren können, was dann passierte, wenn Augustas Wangen sich nicht gerötet hätten, wenn sie nicht ein kleines Lächeln in den Augenwinkeln gehabt hätte, wenn sie sich nicht ganz unbewusst die Lippen mit der Zunge befeuchtet hätte? Jedenfalls musste etwas mit ihr geschehen sein, nachdem sie Isaks Tasse gefüllt und den Teller mit dem Zwieback in seine Richtung geschoben hatte, etwas, das sie selbst zum Schweigen brachte und sie auf einen Stuhl am Küchentisch sinken ließ. Vielleicht ertrug sie es nicht mehr, aufrecht in ihrer Rüstung zu stehen. Vielleicht überfiel sie die Unruhe des ganzen vergangenen Jahres. Vielleicht hatte sie sich so sehr danach gesehnt, einen anderen Menschen zu sehen, dass alle Kraft aus ihr herausfloss, als plötzlich ein anderer Mensch neben ihr saß.

Und plötzlich konnte sie sich nicht länger beherrschen, plötzlich begannen die Tränen zu fließen, und sie hörte sich selbst von den Spitzengardinen berichten. Sie waren in ihrer Wanne einfach zerschmolzen! Hatten sich aufgelöst! In ein Nichts verwandelt! Und jetzt war alles verloren. Alles! Allein Gott wusste, was nun mit ihr und ihrem Kind geschehen würde…

Jeder für sich genommen müssen Augusta und Isak ziemlich jämmerliche Figuren gewesen sein, beide mutterseelenallein und verloren, sie mit all ihren verborgenen Sorgen und er mit all seiner offen zur Schau getragenen Unsicherheit. Trotzdem muss in dem Moment etwas geschehen sein, etwas, das die beiden verwandelte. Vielleicht geschah eine Legierung, vielleicht flossen sie ineinander und liehen sich gegenseitig Eigenschaften, sodass ihre Stärke und ihre Widerstandsfähigkeit wuchs, schufen sie sich einen höheren gemeinsamen Schmelzpunkt, als sie ihn je zuvor gehabt hatten.

Doch. So muss es gewesen sein. Und vielleicht begann diese Verschmelzung ja genau in dem Augenblick, als Isak ganz ruhig einen Zwieback in seinen Kaffee stippte und sagte:

»Jaha. Dann war es wohl der Dreck, der alles zusammengehalten hat… die Gardine, meine ich.«

Anschließend hob er seine Hand und strich mit ihr ganz schnell über Augustas Wange, brachte sie dazu, die Augen zu schließen. Als sie sie wieder öffnete, war die Welt geheilt. Nichts war mehr hässlich oder gefährlich. Nicht einmal sie selbst.

»Ja«, sagte sie und seufzte tief. »Du hast Recht. Es war nicht meine Schuld. Das war nur der Dreck, der sie zusammengehalten hat.«

Und das sagte sie auch dem Steiger, als der von der Grube heimkam: Es war nur der Dreck, der die Gardine in der guten Stube zusammengehalten hat! Es war nicht ihre Schuld!

Aufrecht und kampfbereit stand sie mitten in der Küche, die geballten Fäuste unter der Schürze verborgen. Er sollte nicht merken, wie zittrig und atemlos sie war. Denn schließlich war es nicht ihr Fehler! Die Gardinen waren einfach zu alt gewesen! Ganz abgenutzt! Zu dreckig!

Der Steiger blieb in der Küchentür stehen und prallte vor dem unerwarteten Wortschwall zurück. Ein leiser Vokal versuchte sich aus seiner Kehle zu stehlen, aber er fand keinen Platz: Die Küche war bereits überfüllt von Augustas Lauten und Buchstaben.

»Es war nicht meine Schuld«, wiederholte Augusta. »Die Gardine war so schmutzig, wie ich es noch nie erlebt habe. Igitt, sage ich nur. Igittigitt! Und jetzt muss er zusehen, dass wir Stoff für neue Gardinen kriegen, ich werde die Maße aufschreiben, dann kann er selbst die Bestellung im Kaufladen abgeben, wenn er mir nicht traut.«

Der Steiger ließ sich auf die Küchenbank fallen und schnappte nach Luft. Augusta stand immer noch mit erhobenem Kinn mitten in der Küche und stemmte die Arme in die Seiten. Die Worte rannen weiter aus ihr heraus, es schien, als fürchte sie die Stille mehr als die Wut des Steigers.

»Aber wenn es so ist, dass er kein Mädchen im Haus haben will, wenn er weiterhin in Dreck und Unordnung leben will, bitte schön, dann muss er das nur sagen und – schwupps! – bin ich aus der Tür. Ich komme schon zurecht! Aber wenn nicht, dann muss er sich damit abfinden, dass ich zum Kaufladen gehe und die Vorräte aufstocke. Denn ich muss sagen, die Speisekammer ist absolut leer, alles, was wir noch haben, sind drei armselige Eier im Krug. Und mehr Milch als die hier im Glas haben wir nicht und auch kein Mehl und keine Hefe und keine Butter, nicht einmal einen Klacks Margarine …«

Arthur Svenssons Blick wurde unsicher, und er schnappte erneut nach Luft, aber Augusta war nicht zu bremsen, sie wurde von ihrer eigenen Flut an Anklagen geradezu mitgerissen. Und jetzt war sie so aufgebracht, dass sie schließlich die letzten Reste an Vernunft und kühlerer Überlegung vergaß.

»Außerdem darf man vielleicht fragen, wann er das letzte Mal gebadet hat? Nun? Vor einem Jahr oder vor zwei? Und er will fast eine Herrschaft sein? Ich selbst komme aus dem Kinderheim und bin unehelich geboren und habe auch ein uneheliches Kind – wie er vielleicht bemerkt hat –, trotzdem weiß ich mich immerhin sauber zu halten. Ich wasche meinen ganzen Körper einmal im Monat und die Haare genauso oft! Vielleicht sollte er es damit auch einmal versuchen, statt so herumzulaufen und wie ein alter Kuhhirte zu riechen!«

Sie hatte gerade Luft geholt, um einen neuen Wortschwall loszuwerden, als der Steiger Arthur Svensson mit beiden Fäusten auf den Tisch schlug. Augusta zuckte zusammen und schwieg, blieb mit offenem Mund und weit aufgerissenen Augen stehen und sah zu, wie er sich von der Küchenbank erhob und auf seine Knöchel auf dem Tisch abstützte. Sein Blick flackerte nicht mehr, jetzt nagelte er sie damit fest.

Großer Gott, dachte sie. Was habe ich nur gesagt? Und was wird er jetzt sagen.

Aber er sagte nichts. Er packte nur den Küchentisch an der Kante und kippte ihn zu Boden. Sein Mittagsteller hielt. Aber das Glas ging kaputt und der letzte Tropfen Milch, den es noch im Haus gegeben hatte, lief langsam auf den frisch gescheuerten Boden hinunter.

Eines Morgens Ende April kommt Augusta nicht mehr mit dem Frühstück zur Abseite, sie stellt es nur noch unten auf die Treppe und schreit nach oben, dass der Kaffee fertig ist. Alice kann herunterkommen, wenn sie will. Oder auch nicht.

Das ist eine Kriegserklärung. Und wer will sich schon mit Augusta anlegen? Also steigt Alice aus dem Bett und streckt sich nach dem schottisch karierten Schulkleid, das seit Oktober an der Garderobenwand hängt. Sie hält die Luft an, als sie es sich über den Kopf zieht. Wird es noch passen? Oder ist sie um die Taille zu breit geworden? Aber der karierte Wollstoff schmiegt sich passgenau an den Körper, und sie kann den Gürtel im gleichen Loch zumachen wie vorher. Als wenn nichts passiert wäre.

Erst als sie auf dem Weg die Treppe hinunter ist, fällt ihr ein, dass sie vergessen hat, sich zu waschen. Nicht einmal Strümpfe und Unterwäsche hat sie angezogen.

Augusta lacht laut auf, als sie in der Küchentür auftaucht: Alice schaut aus, als wäre sie unter die Räder gekommen.

Sie lacht auch noch am Nachmittag, obwohl Alice jeden Zentimeter ihrer Haut geschrubbt und außerdem die Haare gewaschen hat. Jetzt steht sie mit hängenden Schultern vor Augusta und versteht gar nichts:

»Was ist denn los?«

»Guck mal in den Spiegel!«

Das Mädchen in dem fleckigen Spiegel sieht aus wie eine Landpomeranze. Sie hat sich eine schmutzige Windjacke über das karierte Kleid gezogen und die Füße in ein Paar alte Gummistiefel gestopft. Alice muss auch lachen:

»Mama würde tot umfallen, wenn sie mich so sehen würde ...«
Da lacht Augusta noch lauter. Krächzt dabei wie eine Krähe.

Ein sanfter Regen liegt in der Luft, und die Wolken hängen so tief, dass es aussieht, als hätte die Dämmerung schon eingesetzt. Trotzdem macht Alice einen langen Spaziergang, sie geht ganz bis zur Strömsviken. Feuchte Zweige schlagen ihr gegen die Wange, als sie sich durchs Gestrüpp zwängt, und sie lässt es zu, hebt nicht einmal die Hände zum Schutz.

Die Bucht hat sich nicht verändert: Das Wasser ist grau wie Roheisen, der Baum am anderen Ufer streckt immer noch seine schwarzen Zweige einem Himmel aus Zement entgegen. Nicht einmal, wenn sie die Augen zusammenkneift, kann sie sich einbilden, den violetten Schatten erkennen zu können, der dem Knospen vorangeht. Sie sinkt auf einem Fels unten am Strand nieder, setzt sich breitbeinig auf den kalten Stein. Der Gedanke an eine Blasenentzündung flackert in ihr auf, aber sie schiebt ihn sofort beiseite. Wollhosen? Vielen Dank. In einem anderen Leben vielleicht. Aber nicht in diesem hier.

Heute ist es in der Bucht äußerst still. Kein Wind. Keine Vögel. Kein Schiff, das in der Ferne schaukelt. Sie kann nicht einmal den leisen Puls des Werks erahnen. Es ist, als hätte die Welt angehalten, als wäre sie zu einem Bild ihrer selbst geworden, zu einem Schwarzweißfoto einer Zeit außerhalb der Zeit.

Alice bleibt eine Weile sitzen und schaut aufs Wasser, bevor sie plötzlich den Blick nach innen richtet und kurz auflacht über das, was sie da sieht. Was für eine Idiotin sie doch gewesen ist! Sie hat versucht, vor sich selbst Geheimnisse zu haben, aber jetzt hat sie sich durchschaut, jetzt weiß sie, warum sie mit fast nacktem Hintern auf einem eiskalten Felsvorsprung sitzt. Der Witwer. Der einsame Schwan. Seinetwegen ist sie hierher gegangen, um zu sehen, ob er zurückgekommen ist. In irgendeinem verborgenen Winkel ihres Gehirns hat sie sich eingebildet, dass das ein Zeichen wäre, dass alles in irgendeiner Form gut werden würde, wenn er in der Bucht lag und auf sie wartete.

Aber er ist nicht da. Und wie sollte etwas gut werden? Was einmal passiert ist, ist für alle Zeiten passiert.

Die Kälte krallt sich mit spitzen Nägeln in ihren Unterleib. Sie weiß, dass sie sich gleich die gerade erst verheilte Wunde aufkratzen wird. Trotzdem steht sie nicht auf und geht, sie bleibt mehr als eine halbe Stunde auf dem Felsen sitzen und starrt blicklos aufs Wasser.

Ein paar Tage später bleibt sie mitten im Gehen stehen und starrt: Eine klaffende Wunde hat sich in Augustas Gartenweg geöffnet. Schnell wendet sie den Blick ab und zwingt sich, stattdessen zum Himmel zu schauen. Es nützt nichts: Durchscheinende Säuglinge schaukeln hilflos in den nackten Birken auf der anderen Seite des Wegs.

Für eine Minute ist die Gelegenheit zum Greifen nahe. Sie sollte einfach nachgeben. Loslassen. Verrückt werden.

Aber sie wird nicht verrückt. Bis jetzt kann sie immer noch zwischen dem unterscheiden, was in ihr, und dem, was außerhalb von ihr geschieht. Es gibt keine Wunde in Augustas Gartenweg. Es hängen keine Kinder am Baum. Das weiß sie.

Sie zieht sich die Jacke enger um den Körper und hastet zum Waschhaus. Morgen will sie waschen, sie hat schon alle Laken des Hauses eingeweicht. Ihr eigenes war voll mit Blutflecken.

Als es Nacht wird, liegt sie wach und denkt zum ersten Mal seit langer Zeit an ihre Eltern. Sie hat sie seit vier Monaten nicht gesehen: Kurz nach Weihnachten haben sie einmal schnell vorbeigeschaut. Sie konnten nicht länger bleiben, nur ein paar Stunden, denn Inga konnte es nicht ertragen, Alice zu sehen. Und das war ja kein Wunder. Schließlich war das nicht die Tochter, die sie sich erträumt hatte. Es gab nicht die geringste Ähnlichkeit zwischen dem Mädchen, das Ingas Tochter hätte sein sollen, und diesem dickbäuchigen Mädchen mit den fettigen Haaren und einem Gesicht, das bereits angeschwollen war …

Zu diesem Zeitpunkt wusste niemand, woran die zunehmende Aufgedunsenheit lag, weder der Dorfarzt noch die Gemeindeschwester oder Alice selbst. Inzwischen wissen sie es. Inzwischen rollen sie das unförmige Wort über die Zunge, als wäre es ganz normal. *Graviditätstoxikose.*

Schwangerschaftsvergiftung. Das ist keine kleidsame Krankheit, da muss Alice ihrer Mutter leider Recht geben. Wenn ein junges Mädchen sich schon unbedingt von einer tödlichen Krankheit befallen lassen muss, dann sollte sie etwas anderes wählen, etwas, das das Anmutige und das Zarte in ihrem Charakter unterstreicht, etwas, das sie langsam dahinsiechen lässt, statt sie zu einem wasserkranken Monster anzuschwellen. So ein Anblick kann jede Mutter dazu bringen, sich voll Ekel von ihrer schwangeren Tochter abzuwenden. Und warum auch nicht? Das ist ja nicht nur ein unattraktiver Zustand, er ist auch noch unmoralisch. Die junge Mutter vergiftet schließlich ihr eigenes Kind und lässt es außerdem zu, dass das Kind sie selbst vergiftet. Und trotzdem ist diese Krankheit heilig, sie trägt eine Botschaft von Gott, der Natur oder dem Schicksal in sich, eine Botschaft, die besagt, dass keiner der beiden, weder der Fötus noch die junge Mutter eigentlich auf der Welt sein sollten...

Wenn einer von beiden gerettet wird, ist das also ein Verbrechen gegenüber Gott, denkt Alice und starrt in die Dunkelheit ihrer Abseite. Oder gegen die Natur. Oder gegen das Schicksal. Oder gegen die Großeltern in spe.

Als der Morgen graut, sitzt Augusta in ihrem Korbstuhl vor dem Waschhaus und macht sich bereit, die Arbeit zu leiten, ein Wäschegeneral in schwarzem Hut und Mantel. Sie wedelt ungeduldig mit dem Stock: Alice muss endlich lernen, richtig zu waschen. Nach ein paar Stunden beginnt sie zu frieren, Alice muss ins Haus laufen, den Schal holen und ihn über den Mantel legen. Aber das nützt nichts, nach einer weiteren Stunde ist Augusta gezwungen aufzustehen und ins Haus zu humpeln. Alice friert fast den ganzen Tag nicht. Die Wasserdämpfe wärmen sie, sie zieht sich die Jacke aus, während sie in dem Wäschebottich rührt. Die Kälte zieht erst in ihr hoch, als sie das letzte Laken auf die Leine hängt. Da erstarren die Finger und zwingen sie, die Hände in den Achselhöhlen zu verbergen, während sie ins Haus hastet.

Augusta sitzt am Küchentisch und balanciert eine Waschschüssel zwischen den Beinen, während sie Kartoffeln schält. Sie ist gut gelaunt, der Tag hat einen Zipfel der Vergangenheit wieder zum Leben erweckt, hat sie an die Zeit erinnert, als sie Marschällin und Feldherrin über die Wäsche anderer Menschen war. Deshalb singt sie ein altes Guttemplerlied, während eine braune Kartoffel nach der anderen in ihrer Hand weiß wird:

»Nicht Todestrank ist unsre Wahl,
wir fürchten ihn nicht mehr.
Der Kopf und Herzen bringt nur Qual.
Unser Trank, des Todes ist er nicht mehr…«

Sie verstummt und runzelt die Stirn, als Alice in der Küchentür auftaucht.

»Bist du müde?«

Bis jetzt hat Alice es nicht gemerkt, aber jetzt fährt sie sich mit der Hand über die Stirn und spürt es. Ja. Sie ist müde. Aber es ist nicht ihr Rücken, der ihr am meisten wehtut, sondern ihr Kopf. Sie sehnt sich danach, in Ruhe gelassen zu werden. Nicht reden zu müssen. Nicht zuhören zu müssen. Trotzdem kann sie nicht an sich halten, Augustas offensichtliche Zufriedenheit zwingt sie, ein kleines Stück Wut auszuspucken:

»Wenn du in eine Wohnung in Hallstavik gezogen wärst, hättest du eine Waschmaschine im Keller«, sagt sie. »In allen modernen Häusern gibt es Waschmaschinen.«

Augusta wirft ihr einen abschätzigen Blick zu und lässt eine frisch geschälte Kartoffel in die Waschschüssel plumpsen, bevor sie sich räuspert:

»Die Wäsche wird in der Waschmaschine nicht sauber…«

»Natürlich wird sie das. Zu Hause bei uns wäscht Mama fast alles in der Waschmaschine…«

Augusta schnaubt verächtlich.

»Deine Mama, ja. Aber eine Waschmaschine wärmt die Wäsche doch nur auf, die kocht sie nicht. Außerdem macht sie den Stoff kaputt. Verschleißt in null Komma nichts…«

»Na und. Du kannst es dir doch wohl leisten, neue Laken zu kaufen, wenn die alten ein Loch kriegen sollten.«

Augusta lässt wieder eine geschälte Kartoffel in die Schüssel plumpsen, sie versinkt sofort und wird in der braunen Brühe aus

Wasser und Kartoffelschale unsichtbar. Aber diesmal schaut sie Alice nicht an, sie hebt nur ihre Augenbrauen und verzieht das Gesicht:

»Du redest ja nur, wie du es verstehst. Kleines Fräulein Naseweis!«

Alice dreht ihr den Rücken zu und hat keine Lust, darauf zu antworten.

Später am Abend darf sie Augusta kämmen.

Nach außen hin ist es zwischen den beiden fast wie früher. Vor der Entbindungsanstalt und dem Mütterheim. Aber unter der äußeren Hülle ist es anders. Das hat mit dem Schweigen zu tun, glaubt Alice, damit, dass es scheint, als würden sie schweigen, obwohl sie doch die ganze Zeit reden. Unter all dem Geschwätz, dem ganzen alltäglichen Gerede und Augustas vielen Erzählungen ist es nämlich äußerst still zwischen ihnen.

Es ist Augusta, die beschlossen hat, dass es so sein soll, mit ein paar kurzen Sätzen und funkelnden Blicken hat sie klargemacht, dass es nicht erlaubt ist, über alles Mögliche zu reden. Alice hat keine Einwände gehabt, denn bis jetzt weiß sie noch nicht, was sie sagen sollte, wenn es ihr erlaubt wäre zu reden, aber es kommt vor, dass sie sich wünscht, es gäbe eine Bewegung – eine Geste der Hand, eine Verbeugung oder einen Tanzschritt –, der von dem Unaussprechlichen berichten könnte. Gleichzeitig ist es ihr peinlich; sie weiß ja, dass das ein lächerlicher Gedanke ist. Als ob Augusta eine Bewegung verstehen würde. Als ob überhaupt jemand eine Bewegung verstehen würde.

Augustas Schweigen ist andererseits äußerst beredt: Sie füllt es mit Worten und mit Erzählungen über Worte.

»Du hättest nur die Guttempler hören sollen, als ich das erste Mal zu ihnen kam«, sagt sie, als Alice die erste Haarnadel löst. »Was für Plappermäuler!«

Es war Isak, der sie dorthin mitnahm. Er war in der Herbstdunkelheit mehrere Stunden lang vorm Zaun stehen geblieben, hatte dort einfach nur gestanden und gewartet, als hätte er vorhersehen können, was im Haus des Steigers passierte. Als Augusta durch die Pforte gestolpert kam, ohne Hut und Mantel, aber mit Olga fest an die Brust gedrückt, breitete er seine Arme aus und fing sie auf, hielt sie ganz fest, bis sie aufgehört hatte zu schluchzen und zu weinen. Dann hob er die Stofftasche auf, die der Steiger ihr nachgeworfen hatte, zog seine Jacke aus und warf sie ihr über die Schultern, legte schließlich seinen eigenen Arm auf die Jacke und führte sie durch Herräng zum Ordenshaus der Loge Gutes Heim.

Die Loge hatte an diesem Abend ein Treffen, und alle achtundfünfzig Mitglieder waren zur Stelle. Augusta glaubte, sie wäre bei einem wieder auferstandenen Märchenvolk gelandet: Sie wimmelten wie Gnome und Trolle um sie herum, sie sprachen mit den klingenden Stimmen kleiner Wesen, und trotzdem war es unmöglich zu verstehen, was sie eigentlich sagten, da sie die ganze Zeit alle durcheinander redeten.

Und Zwerge waren sie ja gar nicht. Sie waren ganz normal groß. Sahen aus, wie Leute meistens aussehen.

Trotzdem sollte Augusta bald lernen, dass sie trotzdem nicht so waren wie die meisten anderen Leute. Sie trugen einfache Kleidung, hatten aber hohe Ansprüche. Sie hielten sich an Rituale, Seidenfahnen und scheuten sich nicht einmal, Gedichte zu deklamieren. Erwachsene Menschen! Augusta war ehrlich schockiert über diese Vermessenheit und wusste nicht so recht, worauf sie ihren Blick richten sollte, als sie zum ersten Mal mit ansah, wie ein Grubenarbeiter die Bühne betrat, seine groben Hände aufs Herz legte und seinen tiefsten Bass ertönen ließ:

»Es ist in der Fabrik für mich ein Augenschmaus
seh ich den Porzellanarbeiter sich müh'n ohne Paus'
er dreht den weichen Ton immerzu,
bis ein Krug sich zeigt, ein Teller dazu…«

Es handelte von Tellern. Sie war sich dessen fast sicher. Dieser große Mann stand tatsächlich auf der Bühne und las ein Gedicht über Teller… Aber konnte man wirklich Verse über Teller schreiben? Im Ernst?

Zu der Zeit wohnte sie bereits seit vier Tagen im Ordenshaus.

Denn obwohl die Guttempler sie und Isak an diesem ersten Abend nur bis ins Vorzimmer hatten kommen lassen – schließlich hatten sie den Eid nicht abgelegt und konnten deshalb nicht in den Logenraum selbst zugelassen werden –, so hatten sie trotzdem ihr Haus für sie geöffnet. Es gab eine kleine Kammer auf dem Dachboden, eine kleine Kammer sogar mit Kamin, gebaut für den Fall, dass die Loge es sich einmal in Zukunft würde leisten können, einen Hausmeister einzustellen. Nachdem Isak mit großem Einfühlungsvermögen und der Mütze in der Hand die traurige Geschichte von den Gardinen des Steigers berichtet hatte, verbreitete sich ein verständnisvolles Gemurmel unter den Guttemplern: Natürlich, was anderes konnte man von diesen Arbeiterschindern doch gar nicht erwarten! Nicht genug damit, dass er ein bekannter Säufer und unverhältnismäßig streng den Grubenarbeitern gegenüber war, strenger sogar als der Direktor selbst, er scheute nicht einmal davor zurück, eine junge Mutter in die Oktoberkälte hinauszuwerfen! Gab es da nicht ein Buch in der Bibliothek der Loge, das genau von so einem Oberschurken handelte? Oh ja! Und obwohl alle Guttempler anständige Leute waren und in keiner Weise mit lockeren Lebensweisen sympathisierten, so war es schließlich eine Tatsache, dass junge Mädchen, die ins Unglück gestürzt waren, nicht notwendigerweise Schlampen sein mussten. Manche waren ganz einfach unschuldige Opfer der Oberklassentrunkenbolde. Gehörte sie vielleicht auch dazu? Hier schluchzte Augusta auf und brach in lautes Weinen aus. Isak schloss sie in seine Arme und brummte ein paar Worte des Trostes. Olga wurde von der Umarmung zu fest gedrückt und ließ einen schrillen Schrei hören. Die Guttempler waren von all diesen Gefühlen gerührt und trafen wortlos einen Beschluss: Augusta durfte in der Dachkammer wohnen, bis sich alles für sie geregelt hatte.

Die folgenden Tage waren die besten in Augustas Leben. Sie hatte reichlich Kohle im Kamin, gut zu essen und ausreichend nette Gesellschaft. Gleich am ersten Morgen war Theresia Andersson vorbeigekommen mit ein paar Broten und heißem Kaffee in einer Flasche. Ein paar Stunden später hatte Fina Lundin mit etwas gebratenem Hering hereingeschaut, am Nachmittag hatte Isak verlegen in der Türöffnung gestanden und ihr vorsichtig lächelnd ein zerknautschtes Paket gereicht. Augusta hatte laut gelacht, als sie es öffnete: Er hatte ihren Hut und ihren Mantel aus dem Haus des Steigers geholt!

Und jetzt saßen sie also nebeneinander im Logenraum und hörten einem Grubenarbeiter zu, der ein Gedicht über Teller vorlas. Augusta drehte ihren Kopf und sah Isak an, aber er erwiderte ihren Blick nicht, er starrte mit offenem Mund und feuchten Augen auf die Bühne. Bald würde sie lernen, dass Isak immer die Tränen in die Augen stiegen, wenn Gedichte gelesen wurden, und sie würde einsehen, dass er außerdem an diesem Tag noch zusätzlich gerührt war, da er von der Loge in Gnade wieder aufgenommen worden war und aufs Neue geschworen hatte. Zum dreizehnten Mal. Ihm kamen immer die Tränen, wenn ihm verziehen wurde.

Augusta war auch mit dem Eid aufgenommen worden. Zum ersten und zum letzten Mal. Sie hatte lange neben Isak im Vorzimmer stehen und warten müssen, bis ein kleiner Mann die Tür geöffnet und die rituellen Fragen gestellt hatte. Wollte Augusta sich den Gesetzen und Vorschriften der Loge unterwerfen, vorausgesetzt, sie widersprachen nicht ihren Pflichten als Mitbürgerin und Christin? Wollte sie ernst und fest versprechen, für alle Zeit ihres Lebens davon Abstand zu nehmen, Rauschmittel zu sich zu nehmen oder sie anderen zu geben, ganz gleich welcher Art? Glaubte sie an den allmächtigen Gott, der alles lenkt und regiert?

Sie hatte auf jede Frage mit einem kurzen Ja geantwortet, genau wie es sein sollte.

»Aber eigentlich habe ich nicht an Gott geglaubt«, erklärt sie Alice fündundvierzig Jahre später. »Nicht die Bohne. Als Waisenhauskind kapierte man ja schnell, dass man im Himmelreich genauso wenig zu suchen hatte wie auf der Erde. Und ich konnte nie begreifen, warum diese Gestalt da oben erwartete, dass ich so unendlich dankbar dafür sein sollte, auf die Welt gekommen zu sein. Alles, was ich gekriegt habe, war doch nur das Waisenhaus und dann geizige Bauern, die mich dazu anhielten, von frühmorgens bis spät in die Nacht Rüben zu ziehen. Diese Bekanntschaft beendete ich, sobald ich konfirmiert war.«

Alice sammelt einige Haarnadeln in der Handfläche und geht zur Anrichte:

»Aber trotzdem hast du den Guttemplern gesagt, dass du glaubst…«

Augusta zuckt mit den Schultern:

»Ja, was sollte ich denn machen? Zu der Zeit konnte man nicht einfach rumlaufen und erklären, man würde nicht an Gott glauben. Und schon gar nicht, wenn man ein hinausgeworfenes Mädchen mit einem Bastard im Arm war. Oh mein Gott, ich hätte auch geschworen, dass der Wald lila war, wenn die Guttempler mich darum gebeten hätten! Sie waren so nett. Sie waren die liebsten Menschen, die ich je getroffen habe! Ich durfte mehrere Wochen lang in der Kammer im Logenhaus wohnen, bis ich eine Arbeit in der Dampfküche in Hallstavik fand. Und als es an der Zeit war, dorthin zu ziehen, sagten sie, ich könnte bei den Häggs auf der Küchenbank schlafen, das seien nüchterne und ordentliche Leute. Selma – also die Frau Hägg – übernahm es sogar, tagsüber nach Olga zu sehen. Nun ja, ich musste dafür natürlich bezahlen, aber trotzdem… sauber und hübsch war es da, keiner glotzte mich da an, keiner hetzte über Bastarde oder Waisenhauskinder. Das war für mich neu, das sage ich dir. Und das Göttliche, das konnte ich leicht ertragen, das hat ja nichts geschadet. Und außerdem war da keiner, der es so schrecklich ernst damit genommen hat, da gab's ja das andere, das viel wichtiger war…«

Sie schwieg in dieser bedeutungsvollen Art, die besagte, dass sie eine Frage erwartete. Also stellte Alice eine Frage:

»Was anderes denn? Die Enthaltsamkeit?«

Augusta schnaubt:

»Die Enthaltsamkeit? Das war doch nicht wichtig, das war einfach selbstverständlich. Ich habe schließlich mein ganzes Leben lang keinen Tropfen Alkohol angerührt und hatte auch keinerlei Pläne, damit anzufangen. Mein Gott! Wann hätte ich denn saufen sollen? Und warum?«

Wieder erwartungsvolle Stille. Alice steckt den Kamm in ihre Kleidertasche und schweigt, während sie flicht. Plötzlich erscheint ein kaltes Blitzen in ihren Augen. Denn wie war das noch? Hat Augusta jemals den Guttemplern gebeichtet, dass sie eine kleine Schnapsflasche in ihrer Tasche hatte und dass sie ihrem Kind noch lange Zeit, nachdem sie den Aufnahmeeid der Loge geschworen hatte, immer wieder einen Schnuller gab, der mit diesem Schnaps getränkt war? Oder ahnte sie bereits damals, dass die Scham darüber sie ihr Leben lang verfolgen würde, dass sie bis weit in die Fünfziger wie ein Widerhaken in ihrem Fleisch stecken würde? Und beichtete sie jemals irgendeinem Bruder oder einer Schwester in der Loge – oder überhaupt sich selbst –, dass die Schuld so schwer wurde, als Olga verschwand, dass sie sich kaum noch aufrecht halten konnte? Sieht sie jedenfalls ein, dass es sich um eine Schuld handelte? Nur um eine Schuld. Nie um einen Verlust.

Aber natürlich stellt Alice diese Fragen nicht. Wer ist sie denn, dass sie die Hand beißen würde, die sie füttert? Wenn der Sommer vorbei ist, kann sie in jede Hand beißen, die ihr in den Weg kommt, denn dann wird sie nach Stockholm gehen und dort ihr eigenes Leben leben – wenn sie es überhaupt wert findet, zu leben –, aber bis dahin ist Augustas Haus die erträglichste aller Alternativen, die zur Wahl stehen. Deshalb hütet sie sich und stellt endlich die Frage, die Augusta von ihr erwartet.

»Ach so. Und was war dann also wichtiger als die Enthaltsamkeit?«

»Dein Platz im Staat. Die Tatsache, dass sie von *meinen Pflichten als Staatsbürgerin* redeten. Das gefiel mir. Ich begriff es zwar nicht, aber es gefiel mir ...«

»Aha. Und was waren deine Pflichten als Staatsbürgerin?«

»Ja, genau das konnte ich nicht so recht verstehen ... Als Frau konnte ich ja nun schlecht in den Krieg ziehen, und irgendwelche Steuer hatte ich auch nie bezahlt, ich wusste nicht einmal, wie man das hätte machen sollen. Und dass jemand wie ich Stimmrecht kriegen konnte, war ein Gedanke, der mir nie eingefallen wäre. Und trotzdem ... das Wort gefiel mir. Es gefiel mir, mich selbst als Staatsbürgerin zu sehen. Es war wirklich der schönste Titel, den jemand wie ich kriegen konnte, das habe ich schon damals verstanden.«

Sie macht eine kleine Kunstpause, um noch eine passende

Frage abzuwarten, aber Alice schweigt und flicht emsig weiter. Sie kennt die Ouvertüre: Wenn Augusta auch nur die geringste Aufmunterung erfährt, wird sie mit ihrem politischen Sermon kommen, und Alice hat absolut keine Lust, diesen zu hören. Sie ist der Ansicht, sie hätte genug von Augustas verschiedenen Kämpfen gehört, von dem ehrenvollen für das Stimmrecht und dem heldenmütigen gegen die Tuberkulose, von all ihren Siegen über Wanzen und bourgeoise Teufel. Sie weiß, dass das alles ehrenvoll und notwendig war und dass es wirklich einen Grund zur Dankbarkeit gibt, aber sie will es nicht noch einmal hören. Vielleicht ist das erblich, denkt sie und beugt sich noch tiefer über den Zopf. Papa kriegt ja auch immer ein ganz verkniffenes Gesicht, wenn Augusta mit der Politik anfängt. Denn er glaubt, er müsste die Liberalen wählen, jetzt, wo er Diplomingenieur und Betriebsleiter geworden ist. Mama wählt rechts und schämt sich nicht einmal, aber Papa schämt sich, er windet sich jedes Mal wie ein Wurm, wenn Augusta anfängt, von der Vergangenheit zu erzählen...

Augusta hat sich gerade in dem Augenblick äußerst herausfordernd geräuspert, als Alice ihren Nacken streift. Der ist feucht von Schweiß, obwohl es kühl im Zimmer ist. Alice zieht hastig ihre Hand zurück, etwas überrascht über ihr eigenes Ekelgefühl, aber Augusta scheint nichts zu merken, sie sitzt unbeweglich da, mit erhobenem Kinn und geschlossenen Augen. Mein Gott, denkt Alice und wischt sich die Hand an ihrem Kleid ab. Sie ist vollkommen in ihrer eigenen Vortrefflichkeit gefangen, man sollte sie in Bronze gießen und auf irgendeinem Platz aufstellen. Als Denkmal des Hochmuts der Verflossenen, der Verachtung der Alten gegenüber den Jungen, ihrer Weigerung, zuzugeben, dass Geschichte nicht nur davon handelt, was einmal geschehen ist, sondern genauso sehr von dem, was gerade jetzt mit uns passiert...

Augusta lässt noch ein bedeutungsvolles Räuspern hören, aber Alice tut, als würde sie nicht verstehen, sie beugt sich nur tiefer und windet die letzten Strähnen in den Zopf, bevor sie das Gummiband ein paarmal um den Zopf wickelt und ihn dann auf dem Rücken ablegt.

»So«, sagt sie und spuckt eine Haarnadel in ihre Handfläche. »Jetzt bin ich müde. Jetzt will ich mich hinlegen...«

Das ist offene Meuterei, und so etwas muss natürlich bestraft werden. Augusta saugt einen Moment lang an ihrem Gebiss, bevor sie Alice einen kurzen Blick zuwirft:

»Und die Tagesdecke?«

Eine Sekunde lang überlegt Alice, ob sie Augusta darauf hinweisen soll, dass sie es zwei Monate lang geschafft hat, nicht nur die Tagesdecke von ihrem Bett zu nehmen, sondern außerdem das Haus sauber zu machen, Essen zu kochen und sich das eigene Haar zu kämmen, aber ihr wird schnell klar, dass eine derartige Antwort Augusta die Oberhand geben würde, nach der sie aus ist. Also macht sie ein paar schnelle Schritte zum Bett und zieht die Tagesdecke herunter, faltet sie zusammen und hängt sie über das Fußende. Augusta sitzt unbeweglich da und beobachtet sie, aber als Alice sich zum Gehen wendet, hebt sie eine Hand zu einem Stoppzeichen:

»Das Kopfkissen«, sagt sie.

Alices Stimme wird scharf.

»Was ist mit dem Kopfkissen?«

»Du musst das Kopfkissen aufschütteln...«

Alice schüttelt das Kopfkissen auf, richtet sich danach ganz auf und sieht Augusta an. Diese hat den Zopf um eine Hand gewickelt und betrachtet ihn. Es sieht so aus, als wolle sie für alle Ewigkeiten auf ihrem Hocker sitzen bleiben.

»Die Decke«, sagt sie, ohne den Blick zu heben.

Alice beugt sich über das Bett und schlägt die eine Ecke der Bettdecke zu einem ordentlichen Dreieck auf, wendet sich anschließend erneut Augusta zu.

»Der Stock«, sagt Augusta.

Alice holt den Stock, der an die Wand gelehnt ist, und reicht ihn Augusta. Diese umfasst ihn, steht aber nicht auf.

»Ich muss mich auf deinen Arm stützen«, sagt sie.

Vor nicht einmal einer Stunde ist sie ohne Stock oder stützenden Arm in der Küche herumgelaufen. Trotzdem streckt Alice den Arm vor und lässt Augusta ihn fassen. Ein leicht säuerlicher Dunst entströmt Augustas Körper, während sie zum Bett schlurft, er bleibt zitternd in der Luft liegen, als sie das Gebiss herausnimmt und es in das Wasserglas plumpsen lässt.

»Was ist los?«, fragt sie und beehrt Alice mit einem kaum erkennbaren Lächeln. »Du siehst blass aus. Geht's dir nicht gut?«

Auf halbem Weg zum Flughafen Arlanda tritt Alice plötzlich auf die Bremse und schlägt sich an die Stirn. Oh nein! Das darf doch nicht wahr sein! Aber natürlich ist es wahr, sie braucht ja nur ihre Hand in die Handtasche zu schieben, um Gewissheit zu haben. Der alte Schlüssel hat sehr markante Formen, er liegt schwer und kalt in ihrer Hand. Sie fährt an den Straßenrand, parkt mit einem Reifenpaar dicht am Straßengraben und holt ihr Handy heraus. Drei Signale verklingen, bevor jemand antwortet. Es ist Kåre, ein Kåre, der mit vernuschelter, leiser Stimme spricht.

»Habe ich dich geweckt?«, fragt Alice.

Sie hört, wie er sich bewegt, vielleicht setzt er sich im Bett auf.

»Nein, nein. Ich habe nicht geschlafen. Ich habe mich nur ein wenig ausgeruht ...«

»Ist Marianne da?«

Kåre gähnt:

»Nein, sie arbeitet.«

Eine Frage huscht Alice durch den Kopf. Sie arbeitet? Am Sonntag? Aber dann fällt es ihr wieder ein. Für das Werk gibt es keine Sonntage.

»Ach so ...«

Kåre räuspert sich.

»Gibt's was Besonderes?«

Alice verzieht leicht das Gesicht.

»Ich habe gerade gemerkt, dass ich vergessen habe, den Schlüssel für Augustas Haus zurückzugeben ... Ich habe ihn in meiner Handtasche. Aber ich schaffe es nicht mehr, heute nach Hallstavik zurückzufahren, ich bin schon auf halbem Weg nach Stockholm, und in einer halben Stunde soll ich Lars vom Flughafen abholen.

»Aha«, sagt Kåre. »Na, da kann man wohl nichts machen.«

»Kannst du Marianne einen schönen Gruß von mir sagen und dass ich ihr den Schlüssel nächste Woche schicke? Oder ihn ihr bringe. Und dass sie sich keine Sorgen wegen des Hauses machen soll, ich habe es für den Winter fertig gemacht. Die Rollos heruntergelassen und so.«

»Und das Wasser«, fragt Kåre. »Hast du das auch abgedreht?«

Alice verzieht wieder das Gesicht und schließt die Augen:

»Natürlich«, sagt sie. »Alles ist in Ordnung. Alles.«

Warum hat sie gelogen? Warum war es notwendig für sie zu lügen?

Sie beißt sich auf die Lippe, als sie wieder auf die Straße einbiegt. Manchmal fragt sie sich, ob sie nicht frühzeitig senil wird. Sie vergisst so viel. Die Schlüssel und die Wasserleitungen. Wann Lars nach Hause kommt und wann er wieder abreist. Ihre Pflichten daheim. Lars war sauer gewesen, als er zu seinem Kongress abreiste: Er musste sich in letzter Minute selbst ein paar Hemden waschen, weil Alice vergessen hatte, ein paar Tage vorher in den Wäschekorb zu gucken. Nicht, dass er etwas gesagt hätte. Es würde ihm nicht einmal im Traum einfallen, von Alice zu *fordern*, dass sie seine Hemden wusch – schließlich ist er kein Neandertaler –, aber seine Lippen waren zusammengepresst und seine Bewegungen eckig, als er in der Küchenschublade nach einer Plastiktüte suchte. Die Hemden waren immer noch feucht, er würde gezwungen sein, sie in seinem Hotelzimmer in Chicago zum Trocknen aufzuhängen.

Aber das mit dem Schlüssel und der Wasserleitung war schlimmer. Sie hatte es einfach vergessen. Sie log. Und das war idiotisch; vollkommen sinnlos und vollkommen idiotisch. Es wäre ihr nicht passiert, wenn Angelica nicht so plötzlich aufgetaucht wäre. Dieses Mädchen hat etwas Beunruhigendes an sich, etwas, das Alice das Gefühl gibt, sich verteidigen zu müssen. Ja, will sie sagen, ich sehe, dass du Schutz und Rücksicht brauchst, aber komme damit nicht zu mir, denn ich weiß nicht, wie ich dir helfen soll...

Ach was. Sie tritt das Gaspedal durch und lässt den Motor unwillig aufbrummen. Schließlich ist das Mädchen nicht Schuld daran, dass sie Sachen vergisst, lügt und andere im Stich lässt. Wem soll sie dann die Schuld geben? Kristian? Natürlich. Auf jeden Fall. Denn wenn seine Ansichtskarte nicht einen Sturm in ihrem Kopf erzeugt hätte, hätte sie sich vielleicht Angelica gegenüber wie eine verantwortungsvolle Erwachsene verhalten. Hätte jemanden anrufen können. Das Sozialamt. Oder die Schule. Oder sonst jemanden.

Es brennt vor Wut in ihr. Natürlich ist Kristian Schuld. Daran und an allem anderen. Alle Wunden waren so gut wie verheilt, als seine Karte sie von neuem aufriss. Sie hatte es fast schon vergessen, aber er zwang sie dazu, sich wieder daran zu erinnern.

Ja. Das stimmt. Wenn Kristians Ansichtskarte nicht gekommen wäre, hätten Lars und sie weiterhin in dem angenehm temperierten Klima einer alten Ehe leben können. Nicht allzu kalt. Nicht allzu heiß. Nicht einmal allzu lauwarm, ab und zu würde sie schon einmal ein eisiger Wind durchrütteln, ein glühender Faden der Lust würde sich hier und da durch ihre Nächte winden.

Jetzt sind die Tage voll eisigen Windes, aber keinerlei Glut durchzieht ihre Nächte. Nie. Ihr Schlafzimmer ist zu einem Salon geworden, in dem sich zwei Fremde treffen und Höflichkeiten austauschen, während sie sich ausziehen. Sie reden die ganze Zeit, erzählen aber mit keinem Wort, womit ihre Gedanken beschäftigt sind. Das ist ein Gesprächsstoff, den sie ihren Rücken, ihren Nacken, Augen und Händen überlassen.

Ein scheuer Blick: Willst du?

Eine Hand, die mitten in einer Bewegung innehält: Nun ja. Klar. Wenn du willst…

Ein nackter Rücken, der schnell von einem Pyjamaoberteil verdeckt wird: Und wenn schon. Ist nicht so wichtig. Jedenfalls nicht für mich.

Ein BH wird geöffnet und entblößt ein Paar Brüste: Aber es ist doch schon so lange her…

Eine Hand greift nach dem Wecker: Ja, und wenn schon. Wenn du nicht unbedingt willst.

Ein Band wird gelöst, ein halber Meter langes Haar rinnt über die Schulter: Das habe ich nicht gesagt.

Ein steifer Rücken: Nein, nein. Was hast du dann gesagt?

Als Alice ins Bett schlüpft, hat Lars schon die Augen geschlossen.

»Bist du müde?«, fragt sie und versucht ihre Furcht hinter der Lesebrille zu verbergen.

»Ja«, sagt Lars. »Sehr.«

»Dann stört es dich wohl, wenn ich noch eine Weile lese?«

»Das macht nichts.«

»Aber ich glaube, ich mach auch das Licht aus«, sagt Alice und legt das Buch weg. »Ja, ich mache es auch aus.«

»Mmm.«

»Bist du sauer?«

»Sauer? Warum sollte ich sauer sein?«

»Ach, ich dachte nur … Na, dann gute Nacht.«

»Gute Nacht.«

So können wir nicht weitermachen, denkt Alice, während sie schneller fährt und einen Blick auf die Uhr wirft. Ich muss etwas tun. Aber was?

Einen Moment lang sieht sie sich selbst, wie sie Kristian eine Plastiktüte über den Kopf zieht und sie mit braunem Klebeband um den Hals festzurrt. Sie verzieht über sich selbst das Gesicht: eine blendende Idee. Wirklich konstruktiv. Kristian umzubringen würde natürlich alle ihre Probleme lösen. Besonders die ehelichen.

Sie seufzt und tastet mit der Hand über den leeren Beifahrersitz neben sich. Wo ist der Apfel, den sie in Augustas Garten gepflückt hat? Da. Sie umfasst ihn mit gierigen Fingern, und ohne den Blick von der Straße zu wenden, weiß sie, dass er so hell ist, dass er fast durchsichtig wirkt. *Transparent Blanche.* Weich und ohne Widerstand gegen die Zähne, säuerlich und saftig am Gaumen. Eine empfindliche Sorte, die gleich nach dem Pflücken gegessen werden muss, die nicht einmal in einer Schale liegen kann, denn schon nach ein paar Stunden bilden sich auf der blassen Schale braune Flecken. Ein Feiner-Damen-Apfel, brummte Augusta früher. Wenn Isak weiter gedacht hätte als seine Nase reicht, hätte er lieber eine Sorte gepflanzt, die sich hält.

Aber woher hätte Isak das denn wissen sollen, denkt Alice. In der Welt, aus der er kam, gab es doch gar keine Apfelbäume, nur Felsen, Klippen und Schären. Er muss ungefähr zu der Zeit der Tiefe des Meeres entstiegen sein, als Augusta aus dem Kartoffelacker krabbelte. Auch er ein Pflegekind. Aber er kam ums Waisenhaus herum, er ging von Fischerfamilie zu Fischerfamilie auf den äußersten Schären, bis zu dem Frühling, als er dreizehn wurde und allmählich einfach zu viel aß. Da wurde er in Herräng an Land gesetzt und musste allein zurechtkommen. Was ihm gelang. Auch wenn er so mager war, dass es klapperte, wenn er in die Grube fuhr.

Dieses Verlassenwerden macht etwas mit dem Menschen, denkt Alice und schlägt ihre Zähne in den Apfel. Das frisst einen auf. Saugt einem das Mark aus den Knochen…

Augusta ließ das niemals sichtbar werden, sie versteckte sich hinter ihrer breiten Brust der Gerechtigkeit und den Fettwülsten ihrer Vortrefflichkeit. Aber Isak war es anzusehen, obwohl er ein großer Mann war, der reichlich aß, sobald es Essen im Haus gab. Harald sagte einmal, dass es immer so ausgesehen habe, als hätte Augusta Isak das Essen weggeschnappt, aber das sei ungerecht. Denn sie achtete immer darauf, dass Isak reichlich zu essen bekam. In der Zeit der Versteinerung fütterte sie ihn drei Mal am Tag mit Leckereien, die sie sich eigentlich nicht leisten konnte: Milchreis und fette Milch, Schweinswürstchen und Sirupbrote, Weizenbrötchen und Preiselbeerpudding. Isak öffnete brav den Mund, wenn sie mit dem Löffel kam, er kaute und schluckte, trotzdem wurde er von Woche zu Woche magerer. Die Augen sanken immer tiefer in ihre Höhlen. Die Schläfen bekamen kleine Dellen. Die Zähne standen immer weiter vor. Schließlich war er nur noch Haut und Knochen. Ein äußerst zierliches Gerippe, das unbeweglich am Küchentisch saß, gekleidet in einen Blaumann von Fristads, der nach den vielen Jahren immer noch so steif war, als wäre er gerade frisch gekauft.

Die Straße ist eng und kurvig, trotzdem fährt Alice immer schneller. Bald ist sie in Gottröra, schon aus dieser Entfernung kann sie sehen, wie sich ein Silberkörper über den Wald senkt und zur Landung ansetzt. Das könnte das Flugzeug sein, mit dem Lars kommt. Dann wird er fast eine Viertelstunde warten müssen, bis Alice auftaucht. Und dann wird er richtig sauer sein. Beim Gedanken daran öffnen sich die Poren auf ihrem Nasenrücken und geben mikroskopische Tropfen frei. Alice streicht sich mit dem Zeigefinger über die Nase, eine Frage durchhuscht ihr Gehirn so schnell, dass sie sie kaum wahrnimmt: Warum habe ich immer solche Angst vor ihm? Warum habe ich immer solche Angst vor demjenigen, der mir doch am nächsten stehen sollte?

Aber Lars ist überhaupt nicht wütend, als er vor der Ankunftshalle steht und wartet. Ganz im Gegenteil, Alice kann sehen, dass er lacht und sich unterhält. Eine zartgliedrige Frau steht neben ihm, sie wirft ihr goldbraunes Haar zurück, und ein leises Lachen funkelt in ihren Haselnussaugen. Alice umklammert mit einer Hand den eilig zusammengesteckten Knoten im Nacken, als sie aus dem Auto steigt. Hat sie sich heute Morgen geschminkt? Sie kann sich nicht mehr daran erinnern.

Lars lächelt und gibt ihr einen hastigen Kuss auf die Wange:

»This is Alice. My wife«, sagt er. *»And this is Corrinne, a friend and colleague from Chicago.«*

Corrinne zeigt ein strahlendes Lächeln:

»Nice to meet you, Alice. Lars has told me all about you.«

Es wäre einfacher, wenn sie sie verachten könnte. Aber das geht nicht. Corrinne sieht nicht aus wie das Vulgärbild einer amerikanischen Frau, sie gibt keine übertrieben begeisterten Laute von sich, als Lars ihr die Mitfahrt zum Hotel anbietet, sie zwitschert nicht einmal wie ein Kanarienvogel. Stattdessen sitzt sie schweigend auf dem Rücksitz, und als sie doch noch redet, spricht sie mit einem leicht verschleierten Alt, das möglicherweise – aber nur möglicherweise – darauf hindeutet, dass sie raucht. Andererseits erscheint das nicht sehr wahrscheinlich, alles an ihrem Äußeren deutet darauf hin, dass es sich hier um eine Person handelt, die sich selbst mit Bedacht behandelt. Sie ist schlank, aber nicht mager. Gut gekämmt, aber nicht frisiert. Die Nägel sind sorgfältig gefeilt und poliert, aber nicht angemalt. Sie hat keinerlei Versuche gemacht, ihr Alter zu kaschieren: Die Jahre haben ein paar dünne Linien in ihren Hals geritzt, aber die Haut im Gesicht ist immer noch glatt und samtweich. Ein elfenbeinfarbenes Tuch liegt wie selbstverständlich über den Schultern auf der olivgrünen Jacke. Die ist aus Kaschmir. Alice könnte es beschwören.

A friend and colleague... Also ist sie Mathematikerin. Möglicherweise auch noch eine hervorragende Mathematikerin: Lars spricht mit ihr in dem leicht gedämpften Tonfall, den er immer gegenüber Kollegen benutzt, die Respekt verdienen. Vielleicht sitzt er auch deshalb während der ganzen Fahrt halb nach hinten gewandt. Er und Alice haben nur ein paar Mal schnell ein Lächeln austauschen können.

Corrinne wird in einem kleinen Hotel am Tegnérlunden wohnen. Sie wirft Alice ein offenes Lächeln zu und reicht ihr kurz die Hand als Dank fürs Mitnehmen, während Lars ihre Taschen hineinträgt. Alice bleibt hinterm Steuer sitzen und lässt den Wagen im Leerlauf brummen. Durch die Glastür kann sie sehen, wie Lars und Corrinne ihr Gespräch in der Lobby fortsetzen. Und plötzlich sieht sie, wie Lars seine Hände um Corrinnes weiße Rechte legt, wie er sie zu einer Muschelschale formt, die ihre Hand einschließt.

Alice wendet schnell ihren Blick ab. Wie sieht sie eigentlich aus? Müsste sie sich kämmen? Etwas Lippenstift auftragen? Sie dreht den Rückspiegel und starrt ihr eigenes Spiegelbild an. Die Augen, die zurückschauen, gehören einer Sechzehnjährigen. Aber einer Sechzehnjährigen mit hängenden Augenlidern.

Als sie nach Hause kommen, ist alles wie immer. Sie sprechen leise miteinander, während Alice die Waschmaschine füllt und Lars die Post der letzten Woche durchsieht. Nicht, dass sie einander viel zu sagen haben: Die vergangene Woche hat ja größtenteils aus Arbeit bestanden. Fraktale sind für Alice ein Rätsel und das Kulturerbe der industriellen Gesellschaft für Lars vollkommen bedeutungslos. Aber Petter hat eine Nachricht auf dem Anrufbeantworter hinterlassen, und darüber können sie miteinander reden. Jetzt will er nach Paris fahren. Mitten im Semester. Wird er jemals erwachsen werden?

Anschließend essen sie eine schnelle Suppenmahlzeit. Lars legt ein paar Papiere neben seinen Teller, Alice betrachtet die auf dem

Kopf stehenden Gleichungen eine Weile, dann wendet sich ihr Blick dem Küchenfenster zu. Eine leichte Bewegung reinen Silbers ist unter der Straßenlaterne draußen zu sehen. Es hat angefangen zu regnen. Sie beißt von ihrem Käsebrot ab und wirft einen Blick auf die Uhr. Es ist schon sieben. Noch siebzehn Stunden. In sechzehneinhalb Stunden muss sie einen Entschluss gefasst haben. Den definitiven.

»Hast du in der kommenden Woche etwas vor?«, fragt sie mit fester Stimme. »Irgendwelche Reisen?«

Lars schaut überrascht auf, für einen Moment sieht es aus, als würde er sie nicht wiedererkennen.

»Nein«, sagt er dann und schüttelt den Kopf. »Keine Reisen. Aber es kann manchmal abends später werden ... viel aufzuarbeiten, weißt du. Und dann haben wir morgen ein großes Seminar.«

Alice steht auf und deckt ab:

»Mit Corrinne?«

Lars nickt, eine Sekunde lang huscht ein Zögern über sein Gesicht, dann taucht er wieder in seine Papiere ab. Alice lächelt ein schiefes Lächeln:

»Und hinterher gibt's ein Essen, wie ich annehme.«

Die Naturgesetze scheinen für eine Weile auszusetzen, denn es dauert eine halbe Minute, bis die Schallwellen Lars erreichen. Und auf dem Weg dorthin sind sie ganz offensichtlich deutlich abgeschwächt worden, denn er kann nicht verstehen, was sie gesagt hat, er schaut wieder auf und sieht ganz verwirrt aus:

»Was? Was hast du gesagt?«

Alice wischt mit dem Tuch über die Anrichte, ihre Hand hält an einem kleinen Fleck inne und reibt auf ihm herum. Plötzlich ist sie sich selber überdrüssig. Ironie ist die Waffe des Feigen. Und welches Recht hat sie überhaupt, höhnisch zu sein? Sie seufzt und hängt den Wischlappen über den Wasserhahn. Was soll's. Soll doch das passieren, was sowieso zwischen Lars und Corrinne passieren wird.

»Ich habe diese Woche auch viel zu tun«, sagt sie. »Jedenfalls bis Donnerstag. Und am Freitag muss ich noch einmal nach Hallstavik fahren. Ich habe vergessen, den Schlüssel für Augustas Haus abzugeben. Und das Wasser abzustellen.«

Lars brummt eine Antwort, noch bevor sie zu Ende gesprochen hat, stützt dann seine Ellbogen auf den Tisch und legt die Hände auf die Ohren. Er sieht aus wie ein Junge. Ein äußerst kurzsichtiger Junge.

»Und morgen habe ich eine Verabredung zum Essen«, sagt Alice. »Eine äußerst wichtige Verabredung.«

»Mmm«, nickt Lars, ohne aufzusehen. »Schön...«

Am nächsten Morgen wacht sie davon auf, dass sie weint. Das ist noch nie vorgekommen.

Jemand muss das Licht im Zimmer angeknipst haben, die Welt hinter den Augenlidern ist warm und rot. Sie bleibt mit geschlossenen Augen liegen und hört, wie Lars in den Schränken rumort. Vielleicht hat er es mitbekommen. Vielleicht weiß er es sowieso. Sie hört, wie er durchs Zimmer geht und an ihrem Bett stehen bleibt.

»Alice«, sagt er mit gedämpfter Stimme. »Ich gehe jetzt.«

Doch nein. Er hat nichts gemerkt. Er kann nichts wissen. Sonst hätte er sich nicht über sie gebeugt, und seine Lippen hätten nicht ihre Wange berührt. Sie macht zur Antwort eine schläfrige kleine Bewegung mit der Hand, öffnet aber nicht die Augen.

Als er gegangen ist, kommt der Traum zurück. Die Abseite in Augustas Haus. Ein Kinderwagen. Ein Kind. Es hat lange Wimpern, dunkle, weich geschwungene, sie ruhen wie ein Schatten auf den Wangen. Es ist sehr müde, trotzdem schlägt es die Augen auf, als sie sich über den Wagen beugt. Das Weiß der Augen ist nicht trüb porzellanblau wie bei anderen Säuglingen, es ist funkelnd weiß und vollkommen rein.

»Bist du mein Junge?«, flüstert sie. »Bist du der Junge, den ich nicht behalten durfte?«

Sie kann spüren, wie er immer tiefer in seine Müdigkeit versinkt. Er ist nicht in der Lage zu antworten, schüttelt aber den Kopf. Nein. Er ist nicht ihr Junge. Trotzdem legt sie ihre Hand unter seinen Hinterkopf und hebt ihn hoch, streicht mit den Lippen über seinen Kopf, denkt an Vogeleier und Vogeldaunen. Er sucht mit dem Mund nach ihrer Brust, findet sie und fängt an zu saugen. Die Milch macht ihn schwer. Unverhältnismäßig schwer. So schwer, dass sie ihn kaum noch halten kann.

Da erkennt sie, dass sie einen Stein an die Brust presst.

Aber diesmal macht sie die Augen auf, statt anzufangen zu weinen.

Sie hat genug geweint.

Gestern konnte man noch so tun, als herrschte noch der Spätsommer, heute muss man sich eingestehen, dass es Herbst ist. Angelica kann sich nicht gegen die Kälte wehren, als sie vom Plumpsklo in die blaue Morgendämmerung läuft, sie dringt mit jedem Atemzug in sie ein, breitet sich durch die Trauben der Lungenbläschen bis in die feinsten Spitzen der Blutgefäße aus, streckt und verhärtet alles in ihrem Körper, das in der Nacht weich und widerstandslos gewesen ist.

Sie zittert etwas, als sie wieder durchs Küchenfenster hineinklettert und es hinter sich schließt, steht mit bebenden Knien da und schlingt die Arme um sich, um wieder warm zu werden. Für einen Moment überlegt sie, den Ofen anzumachen, sie weiß ja, wie das geht, Siri hatte bis vor ein paar Jahren auch noch einen uralten Eisenherd. Aber das hieße ein zu großes Risiko eingehen, der Rauch könnte gesehen werden, und außerdem könnte man im weißen Haus den Geruch bemerken. Das weiß sie. Ganz sicher. Als sie bei Kristoffer wohnte, hat dessen Mama sich die ganze Zeit darüber beschwert, dass einige Leute hinten im Ort den ganzen Tag heizen. Sie war der Meinung, das würde stinken. Deshalb versucht Angelica lieber, sich auf andere Art und Weise aufzuwärmen. Vielleicht sollte sie ihre Füße in heißes Wasser stellen. Siri hat das immer so gemacht.

Als der größte Topf des Hauses auf der Kochplatte steht, geht sie nach oben und macht ihr Bett. Sie will, dass die Kleiderkammer genauso einladend erscheint, wenn sie abends nach Hause kommt, wie sie gestern aussah. Deshalb streicht sie das Laken emsig glatt und schüttelt das Kissen auf, stopft dann – ohne selbst genau zu wissen, warum – eines der blauen Schreibhefte unters Kopfkissen. Sie muss letzte Nacht darauf geschlafen haben, es lag unter ihrer Wange, als sie heute Morgen aufwachte …

Das karierte Kleid sieht verwelkt aus, wie es da an seinem Haken hängt, es scheint, als wären die letzten Reste der Appretur und Stärke in der Nacht verdunstet. Das zerknitterte Kleid hängt formlos da, ein Knopf hängt nur noch an einem Faden, die Heftung, die den weißen Kragen an Ort und Stelle halten soll, ist aufgegangen. Angelica nimmt es herunter und betrachtet es, streicht mit der Hand über die Taille und überlegt einen Moment lang, was für ein Gefühl das wohl war, eine Gymnasiastin in den Fünfzigern zu sein, ein Mädchen, das es vollkommen normal fand, so eine Schuluniform anzuziehen. Würde sie das genauso kontrolliert in ihren Bewegungen machen wie Alice? Würde sie dadurch lernen, mit geschlossenem Mund zu lächeln und für ewig ihre Geheimnisse für sich zu behalten? Doch, das würde sie wohl. Und schweigen kann sie jetzt schon.

Der Stoff ist sehr weich, so weich, dass sie den einen Ärmel heben und unter die Nase halten muss. Ein ganz leichter Parfümduft erweckt Fragen zum Leben, die in ihr auftauchten, als sie nachts in den blauen Heften geblättert hat. Warum hat Alice damals nicht abtreiben lassen? Warum durfte sie nicht in die Schule gehen? Und was ist eigentlich aus ihrem Kind geworden? Und was würde mit Angelica passieren, wenn sie schwanger würde? Ein schwacher Duft von Königsminze streift über die Schleimhäute der Nase. Angelica zieht ihre Schultern hoch und lässt den Kleiderärmel los.

Fantasien! Schließlich hatte sie erst letzte Woche ihre Tage.

Kurze Zeit danach sitzt sie am Küchentisch mit ihrem Frühstück neben sich – einer Tasse Tee und einem Apfel –, die Füße in den großen Topf getaucht. Sie hat keine Schüssel für ein Fußbad gefunden. Das Wasser ist so heiß, dass es dampft, und die Wärme breitet sich langsam in ihrem Körper aus.

Heute hat sie vier Stunden Bildende Kunst. Der Gedanke lässt sie lächeln, während sie einen großen Bissen vom Apfel abbeißt. Vier Stunden! Sie kennt die anderen aus ihrem Zweig noch nicht, hat ein wenig Angst vor ihren schwarzen Kleidern und dem hellen Lachen, und noch mehr Angst hat sie vor Ilona, der Kunstlehrerin, die in den Sommerferien eine richtige Künstlerin gewesen sein soll, aber trotzdem genießt sie jeden Moment im Kunstsaal. Die Stille. Den Ernst. Die Intensität. Am letzten Montag hat sie so intensiv an einer Skizze ihrer eigenen geballten linken Hand gearbeitet, dass sie gar nicht bemerkte, als die Stunde zu Ende ging und die anderen ihre Stifte einpackten und ihren Block zuschlugen. Erst als Ilona Angelica die Hand auf die Schulter legte, schaute diese auf und sah sich verwirrt um.

»Das nenne ich Konzentration«, sagte Ilona in ihrer etwas feierlichen Art. »Und das ist ein Geschenk…«

Erst da entdeckte Angelica, dass sie sich immer noch die geballte Faust vors Gesicht hielt. Sie ließ sie herab und rieb sich die Handfläche am Oberschenkel, während sie die Gesichter ihrer Mitschüler nach höhnischem Grinsen oder hochgezogenen Augenbrauen absuchte. Aber, nein, niemand grinste verächtlich über sie, niemand verschloss seine Lippen über spöttischen Bemerkungen, die in der Pause zum Besten gegeben werden konnten, alle schienen der Meinung zu sein, dass das, was passiert war, vollkommen in Ordnung war. Hinterher hatte sie sich richtig erholt gefühlt. Als hätte sie eine ganze Nacht in einem weichen Bett geschlafen und von einer ganz anderen Angelica geträumt. Das Gefühl blieb ihr erhalten, bis sie sich in den Bus setzte: Da zerplatzte es wie eine Seifenblase und hinterließ keinerlei Spuren.

Aber heute soll es wiederkommen. Heute wird es sie erfüllen und in ihr bleiben. Dessen ist sie sich ganz sicher. Denn jetzt wohnt sie ganz allein in Augustas Haus.

Ich bin frei, denkt sie und bewegt vorsichtig die Zehen in dem heißen Wasser. So fühlt es sich also an, vollkommen frei zu sein.

Doch gerade deshalb muss sie äußerst vorsichtig sein. Das weiße Haus stellt ein Problem dar. Sie kann nicht jedes Mal, wenn sie kommt oder geht, an Kristoffers Elternhaus vorbeilaufen, denn früher oder später wird Ann-Katrin sie entdecken und ihre lange Nase in ihre Angelegenheiten stecken. Deshalb muss Angelica einen Umweg finden, vielleicht kann sie sich ganz einfach einen eigenen Weg durch den Wald hinterm Haus bahnen.

Ansonsten sind ihre Pläne klar. Sie wird jeden Morgen einen sehr frühen Bus nach Hallstavik nehmen, noch bevor die anderen Gymnasiasten überhaupt aufgewacht sind. Wenn sie angekommen ist, wird sie ins Industriegebiet von Skärsta gehen und sich dort irgendwo auf eine Treppe setzen. Eine Weile in ihren Schulbüchern blättern. Oder etwas zeichnen. Und wenn es an der Zeit ist, zum Bus zu gehen, wird sie genau aus der Richtung zur Haltestelle schlendern, aus der sie kommen würde, wenn sie bei Carina wohnte.

Das ist perfekt. Idiotensicher. Kann gar nicht schief gehen.

Es ist immer noch etwas kalt, als sie durchs Küchenfenster hinausklettert. Die Kälte streicht ihr über den Rücken, als sie den Hackklotz umkippt und wegrollt. Er muss ja nicht unnötigerweise direkt unter dem Küchenfenster stehen, jemand könnte ihn sehen und sich so seine Gedanken machen. Nicht, dass das sehr wahrscheinlich wäre, das Küchenfenster liegt schließlich auf der Rückseite und ist von der Straße aus nicht zu sehen … Aber es ist doch besser, lieber zu vorsichtig als zu unvorsichtig zu sein.

Der Wald hinter dem Haus ist voller Buschwerk und trocken, die Tannen sind verwachsen, und die Erde ist steinig. Seit vielen Jahren scheint kein Mensch mehr hier gegangen zu sein, kaum ein Tier. Es ist schwer, sich einen Weg zu bahnen. Angelicas Schuhe rutschen auf braunen Vorjahresnadeln aus und gleiten in überraschende Unebenheiten, scharfe Zweige schlagen ihr ins Gesicht, während sie über die Steine und halb verweste Zweighaufen stolpert. Wenn sie stehen bleibt, um nach Luft zu schnappen, kann sie eine rote Wand hinten am Waldrand erkennen. Das ist der Stall, die Rückwand des Stalls von Kristoffers Vater. Sie wirft einen schnellen Blick auf die Uhr. Der Alte müsste jetzt aufgestanden sein. Bereit für seinen Morgenritt. Obwohl kein Risiko besteht, dass er in ihre Richtung kommen könnte: Kristoffers Papa hat viel zu viel Angst um sein Vollblut, und es ist schon von weitem zu erkennen, dass das hier ein Wald ist, in dem die empfindlichen Lenden des Tieres aufgerissen werden könnten.

Plötzlich sieht sie ihn. Er kommt mit der schwarzen Stute durch die Giebeltür heraus. Regina. Das bedeutet Königin. Ein äußerst passender Name gerade für dieses Pferd, wie Ann-Katrin einmal mit diesem sanften Lächeln sagte, dem Angelica nie traute. Und damals war ihr Misstrauen nicht übertrieben gewesen: Denn nur ein paar Tage später hatte sie vor der Küchentür gestanden und gehört, wie Ann-Katrin etwas in der Art fauchte, Bertil könnte doch am besten gleich mit diesem durchgedrehten Pferd zusammenziehen. Als Angelica dann in die Küche kam, war Ann-Katrin wieder sanft und verständnisvoll geworden, aber Kristoffers Vater hatte sich geweigert, mitzuspielen, er war so schnell aufgestanden, dass der Stuhl zu Boden fiel, und seines Wegs gegangen.

Regina glänzt frisch gebürstet, aber der braune Sattel ist noch nicht festgezogen. Angelica kann sehen, wie die Riemen unter dem Bauch baumeln. Kristoffers Vater hockt sich hin, um sie zu erreichen, aber vergebens. Regina ist in ständiger Bewegung, sie tänzelt herum und wirft den Kopf, wodurch er ins Leere greift. Mit einer Hand hält er das Zaumzeug und folgt ihren Bewegungen, es sieht aus, als tanzten der Mann und das Pferd zusammen in dem grauen Morgenlicht. Aber plötzlich kippt der Tanz in etwas anderes über. Kristoffers Vater richtet sich auf, schlägt beide Arme um Reginas Hals und schmiegt seine Wange an ihre Mähne. Im gleichen Moment kommt sie zur Ruhe und senkt den Kopf, mit einem Mal vollkommen ruhig. Mann und Pferd bleiben lange Zeit unbeweglich stehen, so dicht beieinander, dass sie wie ein Wesen erscheinen.

Angelica wagt zunächst nicht, sich zu rühren. Sie weiß, dass es über ganz Nordanäng zu hören sein wird, wenn sie aus Versehen auf einen trockenen Ast oder einen toten Zweig tritt. Das Geräusch wird sie sichtbar machen, es wird ihr Farben und Konturen verleihen, es wird sie vor Kristoffers Vater entblößen. Und sie will nicht, dass er sie sieht, aber nicht, weil er sie dann entlarven würde, sondern weil er dadurch entlarvt werden würde. Er soll seine Ruhe haben, er soll genauso unbeobachtet sein, wie er es wohl zu sein glaubt, während er da mit der Wange an der Mähne der schwarzen Stute steht…

Eine Krähe rettet sie. Sie erhebt sich von einer Baumspitze und weckt die Welt mit ihrem Kreischen. Kristoffers Vater richtet sich auf und schaut sich um, beugt sich anschließend nach unten und zieht den Sattelriemen stramm. Regina wirft den Kopf, lässt es aber geschehen. Und draußen im Wald schiebt Angelica ihren Rucksack zurecht und geht weiter zur großen Straße.

Eine Stunde später sitzt sie mit geschlossenen Augen da und lässt den Körper den Bewegungen des Busses folgen. Eigentlich müsste sie zufrieden sein. Was sie sich vorgenommen hat, ist ihr gelungen: den ganzen Morgen war sie nur ein Gespenst, gleichzeitig sichtbar und unsichtbar.

Trotzdem ist sie nicht zufrieden. Ganz und gar nicht. Es juckt unter ihrer Haut, und ein frisch geborener Kopfschmerz liegt wie ein Bleiklumpen im Nacken. Vielleicht hat sie ganz einfach nur Hunger. Außerdem friert sie, obwohl sie spüren kann, dass es warm im Bus ist. Aber es scheint, als wolle ihr Körper sie nicht vergessen lassen, wie kalt es war, als sie im Industriegebiet herumlief und nach einem versteckten Platz suchte, an dem sie sich niederlassen konnte. Nicht, dass sie einen fand: es waren zu viele Leute unterwegs, sie hatte nicht gewusst, dass die Betriebe schon so früh aufmachten... Morgen musste sie einen anderen Platz finden. Etwas Sichereres. Denn heute kommt Bazille mit dem Bus aus Stockholm. Um halb drei.

Sie seufzt und ändert ihre Haltung, öffnet aber nicht die Augen. Es ist wichtig, dass es so aussieht, als würde sie noch schlummern. Schließlich ist sie nicht allein auf der Bank, ein blasses kleines Mädchen hat sich neben sie gesetzt. Marion heißt sie. Oder so ähnlich. Albanerin. Oder Bosnierin. Oder etwas in der Art. Angelica mag sie nicht, sie mag sowieso keine Leute, die sich aufdrängen. Und Marion drängt sich auf: Sie setzt sich jeden Morgen und jeden Nachmittag neben Angelica, obwohl niemand sie drum gebeten hat. Aber jetzt hat sie immerhin aufgehört zu reden. Letzte Woche hat sie es ununterbrochen versucht, eine Frage nach der anderen geflüstert mit ihren schweren Sch-Lauten und viereckigen Vokabeln. Wer i*sch*t der be*sch*te Lehrer in Fran*sch*ö*sch*isch? Die Schule in Upp*sch*ala war doch bestimmt be*sch*er al*sch* die in Norrtälje? War Sozialwissenschaft wirklich die richtige Wahl für jemanden, der Anwalt werden wollte? Denn Marion wollte Anwältin werden, genau wie ihr Vater. Was machte denn Angelicas Vater? Wu*sch*te Angelica, da*sch* Marion zuer*sch*t geglaubt hatte, sie wäre auch ein Flüchtling? Sie wu*sch*te nicht genau, warum. Vielleicht lag e*sch* an den Haaren, da*sch* Angelica nicht *sch*o blond war wie alle anderen Schweden. Oder an der Kleidung. Oder an wa*sch* anderem.

Marions Vater brachte sie jeden Morgen zum Bus und holte sie jeden Nachmittag ab. Er trug immer Anzug und Schlips, obwohl er jetzt kein Anwaltsbüro mehr hatte, in das er gehen konnte, sondern nur eine halb leere Dreizimmerwohnung in der Ecke am Ende der Welt, die Hallstavik hieß. Heute trug er außerdem noch eine alte Steppjacke über seinem Anzug. Minzgrün. Typisch achtziger Jahre. Rebeckas Kumpel hatten ihn kichernd angeguckt: OH JE, OH JE, OH JE! Marion war auf ihrem Platz neben Angelica hin- und hergerutscht, hatte aber nichts gesagt. Angelica hatte auch nichts gesagt, denn genau in dem Moment hatte ein silberfarbenes Auto ein Stück weiter angehalten und die Tür zum Beifahrersitz war aufgegangen. Da hatte Angelica die Augen geschlossen. Und sie seitdem nicht wieder geöffnet.

Der Bus fährt eine Kurve. Angelica muss sich am Vordersitz fest halten, um nicht auf Marion zu rutschen. Heute habe ich vier Stunden Bildende Kunst, denkt sie. Ich darf das nicht vergessen. Ich wohne in Augustas Haus, und heute habe ich vier Stunden Bildende Kunst.

Im gleichen Moment schiebt Alice mit dem Fuß einen Kleiderhaufen über den Schlafzimmerboden in Kungsholmen. Nichts taugt etwas. Das graue Kostüm ist zu trübselig. Das grüne zu tantenhaft. Das elfenbeinweiße zu anspruchsvoll.

Wie zieht man sich an, wenn man seinen Verflossenen wiedertrifft?

Wie kämmt man sich das Haar?

Sie fährt sich mit der Hand durch den Pony und starrt schonungslos ihr Spiegelbild an, zwingt sich, alle Fehler zu notieren. Die Falten um die Oberlippe. Das ansetzende Doppelkinn. Die Schatten auf den Unterarmen, die verraten, dass die Adern dabei sind, aus der Tiefe der Muskulatur hervorzukriechen, um sich direkt unter die Haut zu legen.

Sie setzt sich auf den Bettrand und kreuzt die Arme vor der Brust, versucht die Unruhe herauszupressen, die sich dort drinnen rührt. Sie muss es ruhig angehen. Sie muss vernünftig sein. Sie darf sich heute nicht von ihren Gefühlen regieren lassen.

Also. Was zieht eine Frau von fast sechzig an, wenn sie den Mann wiedertrifft, der sie früher einmal im Stich gelassen hat? Wo gibt es den Schmuck, der so kräftig glitzert, dass ihre Niederlage nicht zu sehen ist? Wie soll sie sich das Haar kämmen, damit ihre Trauer verborgen und ihre Hoffnungslosigkeit verdeckt ist? Wo gibt es die Hüllen, die sie noch wärmen können, nachdem sie nicht nur ihre eigene Glut verloren hat, sondern auch die Hoffnung auf seine?

Nein. Sie denkt gar nicht daran, sich herauszustaffieren. Sie denkt gar nicht daran, sich lächerlich zu machen, indem sie sich zur überalterten Sexbombe herausputzt. Keine hohen Hacken. Kein kurzes Kleid. Kein einladendes Dekolleté. Sie will ihn nicht verführen. Sie will eine Antwort. Sie will wissen, wie er sich verhält. Wie es bei ihm im Kopf aussieht.

Ihre Finger sind steif, als sie sich die lange Hose und die Wildlederjacke anzieht.

In der Mittagspause steht Angelica bleich vor Enttäuschung in der Essensschlange und lässt sich vor- und zurückschubsen. Sie ist unter den Nachzüglern: die anderen sitzen bereits und essen. Sie haben sich alle zusammengedrängt, es geschafft, sich zu zwölft an einen Tisch zu quetschen. Es ist nicht ein Zentimeter übrig für einen Dreizehnten.

Nicht, dass das etwas ändern würde. Mit den anderen zusammenzusitzen, würde auch nicht helfen. Ganz im Gegenteil, ihre Gegenwart würde sie daran erinnern, dass während der Bildenden Kunst nichts passiert ist. Dass sie nicht aus ihrem Körper verschwunden ist. Dass die Konzentration sich weigerte, sich einzustellen, und dass die Hand sich weigerte, ihr zu gehorchen. Dass Ilona den Kopf schüttelte, als sie Angelicas Zeichnung betrachtete. Es war nur eine kleine Bewegung, fast nicht zu sehen, aber doch nicht so unmerklich, dass Angelica sie nicht registriert hätte. Und plötzlich kann sie selbst sehen, was sie da zu Stande gebracht hat. Eine Barbiepuppe. Eine elendig gezeichnete Barbiepuppe, die mit nichts in Verbindung steht…

»Nun bewege dich schon«, sagt einer hinter ihr. Ein Junge.

»Willst du was zu essen haben, oder…?« Ein Mädchen.

»Nicht, dass sie das bräuchte … die Dicke!« Ein anderes Mädchen.

Angelica wirft einen schnellen Blick über die Schulter. Dicke? Das Mädchen ist mindestens genauso groß wie Angelica. In alle Richtungen. Daheim in Hallstavik hätte sie sie angefaucht, sie solle sich verpissen, jetzt wirft sie ihr nur einen Blick zu und macht ein paar Schritte, füllt die Lücke, die sich aufgetan hat, weil die Schlange weiter nach vorn gerückt ist. Der Essengeruch bereitet ihr Übelkeit, aber sie weiß, dass sie etwas essen muss. Schließlich ist es umsonst. Und sie hat seit Freitag nichts Warmes mehr gegessen.

Die Fleischwurst hat keine größeren Fehler. Das kann sie sehen. Vielleicht ist sie etwas wässrig, aber die Senfpanade ist goldgelb und das Innere rot und dampfend. Das Mus sieht aus, wie Kartoffelmus nun einmal aussieht, zumindest wenn man die kleinen Klümpchen nicht aufgelösten Pulvers herauspflückt. Die geriebenen Karotten sind ein Feuerwerk des Optimismus. Trotzdem muss sie drei Mal schlucken, bis sie in der Lage ist, ein Stück von der Wurst abzuschneiden und den ersten Bissen zum Mund zu führen. Aber es geht nicht. Sie kann nicht schlucken … Sie beugt sich über den Teller und spuckt vorsichtig das halb gekaute Wurststückchen auf die Gabel, starrt es an und schluchzt leise. *Scheiße!* Das darf doch nicht wahr sein! Sie ist verdammt hungrig, das weiß sie, sie ist nur so blöd, dass sie es selbst nicht merkt …

»Du Missgeburt«, flüstert es hinter ihrem Rücken. »Du bist ja krank. Und eklig …«

Angelica muss sich gar nicht umdrehen. Sie erkennt die Stimme sofort. Sie streckt sich und legt die Gabel auf den Teller, sitzt mit geradem Rücken und zwinkert mit den Augenlidern, bis der Nebel vor ihren Augen sich verzogen hat und sie wieder klar sehen kann. Vier fragende Mädchengesichter sind auf sie gerichtet, und einen Augenblick lang fürchtet sie, wieder in der Mittelstufe zu sein. Dann wird ihr klar, dass sie sich an einen Tisch gesetzt hat, an dem schon vier andere Mädchen aus Hallstavik saßen. Und die saßen die ganze Zeit da, keine ist aufgestanden, um hinter Angelicas Rücken herumzuschleichen und zu flüstern.

»Was ist denn mit dir los?«, fragt Rebecka und starrt mit hochgezogenen Augenbrauen auf das halb gekaute Wurststück. »Macht du jetzt in Bulimie?«

Zur gleichen Zeit stellt ein Kellner mit einer wiegenden Bewegung einen Teller vor Alice. Aus der Entfernung betrachtet, könnte man denken, er wäre ein Tänzer. Aber Alice sieht ihn gar nicht, sie starrt nur auf ihre Nudeln und schluckt etwas Speichel hinunter. Sie ist sich nicht sicher, ob sie das essen kann.

»Das sieht ja gut aus«, sagt Kristian und streckt seine Hand über den Tisch, greift nach der Weinflasche. Er hat sein Glas bereits in Erwartung des Essens geleert. Alices Glas ist immer noch halb voll, trotzdem nickt sie, als er mit der Flasche eine kleine Geste in ihre Richtung macht. Kristian füllt es bis zum Rand, bevor er sein eigenes Glas hebt:

»Auf dein Wohl. Auf unsere heißblütige Jugend.«

Alice sieht, wie ihre Hand das Glas ergreift und anhebt. Der Körper fasst alle Beschlüsse, sie selbst hat damit nichts zu tun. Die Lippen öffnen sich. Die Zunge macht sich bereit, den Geschmack eines weiteren Schlucks Wein zu registrieren.

»Zweiundvierzig Jahre«, sagt Kristian leise und schüttelt den Kopf. »Mein Gott.«

Alice drückt die Gabel in ein Stück Penne und schaut es an, lässt es dann wieder auf den Teller sinken.

»Ja«, sagt sie und lächelt vorsichtig. »Das ist eine lange Zeit.«

Warum spielt sie mit? Warum sitzt sie wie eine Idiotin da und *führt eine Konversation*? Warum sticht sie ihm nicht die Gabel in die Hand? Spießt ihn auf? Sticht Löcher in ihn?

Er hat sie in ein Restaurant in der Fredsgatan geführt. Im Haus der Kunstakademie. Streng minimalistisch und sehr teuer. Es war fast voll, als sie kamen, sie mussten eine Weile an der Bar sitzen, während ihr Tisch zurechtgemacht wurde. Kristian sah aus, als hätte er seine Kleidung genau für diesen Augenblick gewählt, er war ein Porträt seiner selbst. Schwarz gekleideter Mann in rotem Sessel. Und auch jetzt wirkt er perfekt: Er ist eine Aussage in einem Speisesaal, in dem alle anderen Männer nur Fragen sind. Aber jetzt sind diese Männer im Aufbruch begriffen, an einem

Tisch nach dem anderen werden die Servietten zusammengeknüllt und neben den leeren Kaffeetassen platziert.

Kristian lässt Alice nicht aus seinem Blick. Seine Augen funkeln. Er lächelt und kaut, kaut und lächelt.

»Gut«, sagt er. »Obwohl es natürlich nie wie in Italien sein kann.«

Alice stochert auf ihrem Teller herum.

»Du warst viel in Italien?«

»Mmm. Ich hatte ein paar Jahre lang ein Haus in der Toskana. Zusammen mit meiner früheren Freundin.«

Freundin? Hat er Freundinnen? Mit fast sechzig? Alice lächelt unsicher über ihrem Weinglas, sagt aber nichts. Kristian schiebt sein Besteck in die Pasta und fährt fort:

»Sie hat es behalten dürfen, als wir uns getrennt haben. Es war besser so. Ich habe sowieso keine Zeit, mich um alles zu kümmern. Die Firma. Das Sommerhaus in Falkenberg. Und dann war ich ja noch gezwungen, den Hof zu übernehmen, als Muttern und Vattern gestorben sind ...«

Muttern und Vattern. Sein småländischer Akzent ist streng kontrolliert, nur wenn er von seinen Eltern redet, bekommen die Vokale einen kleinen Aufschwung am Ende. Alice stellt ihr Glas hin, das vorsichtige Lächeln scheint auf ihren Lippen festgefroren zu sein.

»Dann hast du also den Hof übernommen?«

»Mmm«, sagt Kristian. »Ich musste. Schließlich ist er seit hundertsiebzig Jahren in Familienbesitz. Und sonst gab es niemanden. Mein Bruderherz hat vier Kinder, aber kein Geld. Ich selbst habe zwar Geld, aber keine ...«

Falscher Satz. Das scheint auch Kristian zu merken, er verstummt, und sein Blick flackert. Alice wendet den Kopf und schaut aus dem Fenster. Eine schwarze Limousine hält genau vor Rosenbad, eine magere Frau steigt auf der einen Seite aus, ein dicker Mann auf der anderen. Der Mann bleibt einen Moment stehen und zieht seine Jacke zurecht. Kristian folgt ihrem Blick.

»Göran Persson«, stellt er fest.

»Mmm«, nickt Alice.

»Ein Scheißtyp«, sagt Kristian und greift erneut nach der

Weinflasche, gießt den letzten Rest in sein Glas. »Wenn du mich fragst.«

»Ich glaube nicht, dass ich das getan habe«, erklärt Alice.

Hinterher bleiben beide eine Weile still. Sie kauen ihre Penne, ohne sich anzusehen. Kristian bestellt eine neue Flasche Wein, aber Alice legt ihre Hand auf ihr Glas und schüttelt den Kopf, als er nachschenken will.

Als die Mahlzeit vorüber ist, lehnt er sich zurück und zündet sich eine Zigarette an. Alice faltet die Hände im Schoß und schaut ihn an. Wartet. Seine Gesichtsfarbe ist dunkler geworden, und die Lippen sehen aufgeschwollen aus. Trotzdem sieht er eigentlich wie früher aus. Ein Kieshaufen. Ein leicht beschwipster kleiner Kieshaufen. Vielleicht sogar ein kleiner Kieshaufen mit Alkoholproblemen...

Kristian nimmt einen kräftigen Zug von seiner Zigarette und trinkt noch einen Schluck Wein. Alice hebt die Hand und streicht sich langsam über den Mund. Kann Kristian das sehen, was sie heute Morgen im Spiegel gesehen hat? Dass sie drei Gesichter hat, eines über dem anderen? Eins, das einem Mädchen gehört, ein zweites, das einer Frau gehört, und ein drittes, das einer alten Vettel gehört? Begreift er, dass alle drei wahr sind?

»Alice«, sagt Kristian. Seine Stimme ist siebzehn Jahre alt.

Sie wendet ihren Blick ab und lässt ihn über die weißen Wände des Restaurants schweifen, sucht nach einem Ort, um ihn dort festzuhaken. Aber es gibt nichts dergleichen, das Restaurant ist so streng in seiner schlichten Eleganz, dass es kaum irgendwelche Schatten enthält. Außerdem leert es sich. Der größte Teil der Mittagsgäste hat sich in ihre Bankpaläste und Büros zurückgezogen. Nur noch zwei Frauen sind da. Mittleren Alters. Eine rothaarig. Eine dunkel. Ihr Lachen steigt wie eine Stahlspirale zur Decke empor.

»Alice«, sagt Kristian wieder.

Seine Stimme. Ihr Name. Er fällt durch sie hindurch wie ein Blutstropfen in einem Wasserglas. Sie kann sehen, wie sich eine kleine rote Zirruswolke bildet, bevor sie sich auflöst und verschwindet. Erst jetzt merkt sie, dass er seine Hand auf ihre gelegt hat. Sie sieht aus wie ein Tier. Ein warmes kleines Tier mit spärlichen Borsten, ein Tier, das schwer auf einem anderen liegt. Ihre eigene Hand ist eiskalt, deshalb lässt sie sie dort eine Weile liegen. Dann macht sie sich frei, legt ihre eigene Hand auf Kristians und hebt sie an ihre Wange, legt das ganze Gewicht ihres Kopfs in seine Handfläche. Ruht so.

»Alice«, sagt Kristian noch einmal.

»Ja«, sagt Alice und befeuchtet ihre Unterlippe. »Ja.«

V

Die Freude ist die Gebärmutter der Trauer.

Die Liebe die des Hasses.

Tief in den klügsten Wahrheiten verbirgt sich die schmutzigste Lüge.

Alles birgt in sich sein Gegenteil.

Du öffnest eine Pforte und glaubst, endlich über Gott, das Schicksal oder die Zufälle des Lebens triumphieren zu können. Da liegt das Haus: eine schneebedeckte kleine Hütte, die kein anderer Grubenarbeiter haben will. Sie liegt genau zwischen Herräng und Hallstavik, zu weit entfernt von dem einen Ort wie von dem anderen. Trotzdem umklammerst du glücklich deinen Brautstrauß, auf den sowohl der Pfarrer wie auch der Fotograf mit einem so amüsierten Blick geguckt haben, dass dir klar geworden ist, wie lächerlich er ist, dass man eigentlich keine Hyazinthen im Brautstrauß hat. Aber sollen sie doch darüber grinsen! Feine Leute können schließlich jederzeit zum Laden fahren und auch mitten im Winter Rosen und Anemonen kaufen, aber arme Leute müssen ihre Blumen selbst auftreiben. Und das willst du auch weiterhin so machen, obwohl du nie wieder so arm sein wirst, wie du einmal warst: Schließlich stehst du jetzt mit einem Ring aus echtem Gold am Finger da und siehst zu, wie sich die blaue Winterdämmerung in einem Garten hebt, den du den deinen nennen kannst. Ein glitzernder Wintergarten, voller Sternschnuppen. Die glühenden Schuppen sind das Geschenk der Guttempler an das Brautpaar: Sie haben den gerissenen Schornstein geflickt und fast den ganzen Tag ein Feuer brennen lassen, damit es auch richtig warm im Haus ist.

Wir haben ein Zuhause gekriegt, willst du dem Mann an deiner Seite sagen. Ein eigenes Heim. Aber du fürchtest, dass solche Worte gefährlich sein können. Deshalb hebst du deine Röcke und stapfst zögernd durch den Schnee der Zukunft und den Verlusten entgegen, die dich erwarten.

Alles birgt in sich sein Gegenteil.

Du machst einen Schritt über die Schwelle und betrittst das Zimmer 412 im Sheraton Hotel. Vor dem Fenster brüstet sich Stockholm im goldenen Licht des frühen Nachmittags: Der Riddarfjärden glitzert, das Stadshuset strahlt rot, die südlichen ockerfarbenen Fassaden bekommen einen Hauch von Terrakotta. Aber all das siehst du nur im Vorbeigehen, dann bist du gezwungen, deine Augen zu schließen, weil dich jemand auf den Hals küsst, jemand, der sich noch an den Punkt unterhalb des Ohrs erinnert, an dem alle Lust beginnt und jeder Widerstand endet. Und gerade weil er sich erinnert, vergisst du alles, was du dir selbst versprochen hast. Schließlich liebst du und wirst selbst geliebt. Deshalb lachst du über den leichten Schauer, der deinen Körper durcheilt, als du deine Wange an seine legst, deshalb befeuchtest du deine Lippen und öffnest sie, deshalb werden deine Augen feucht vor Lachen oder Weinen, als du spürst, wie er in der gleichen Weise mit dem BH-Verschluss kämpft wie früher.

Aber nachdem du eine Weile im Bett gelegen hast, musst du dir selbst eingestehen, dass nichts von allem wahr ist: Die Liebe ist verdorrt und schmeckt nach Pappe. Im gleichen Moment gibt der Mann ein leises Stöhnen von sich und zuckt zusammen. Es ist eine lustlose Ejakulation, trotzdem brennt und schmerzt sie. Der Körper hat nichts vergessen. Die Schleimhäute der Scheide verblassen vor Widerwillen, die Gebärmutter zieht sich vor Entsetzen zusammen, die verdorrenden Schleier der Eileiter schwanken wie im Sturm, um diese allzu bekannten Zellen zu vertreiben. Das sollte doch nie wieder geschehen! Niemals. Du hast es doch geschworen, damals vor langer Zeit…

Der Mann setzt sich auf und dreht dir den Rücken zu, klopft eine Zigarette aus der Packung. Du selbst liegst unbeweglich da und umklammerst das Kissen, schaust durch halb geschlossene

Augenlider auf sein Bild im Spiegel auf der anderen Seite des Zimmers. Das Gesicht ist schlaff. Er sieht angeekelt aus.

»Warum?«, fragst du schließlich. »Warum wolltest du mich treffen?«

Der Mann fährt sich mit der Handfläche übers Gesicht, seine Stimme ist heiser.

»Ja, verdammt noch mal. Garantiert nicht deswegen…«

Er zieht kräftig den Rauch ein, und als er weiterspricht, sickert der Qualm aus seinen Nasenlöchern.

»Aber schließlich haben wir ein Kind zusammen. Oder?«

Du gibst keine Antwort. Aber du zwingst dich, ihn anzusehen. Das ist die Strafe. Die du verdient hast, weil du dich selbst im Stich gelassen hast.

»Ich möchte ihn sehen. Oder sie«, sagt er. »Wegen des Hofs. Und du bist schließlich die Einzige, die weiß, wo ich anfangen soll zu suchen…«

Alles birgt in sich sein Gegenteil.

Du glaubst, du bist frei, während du das mit Reklame beladene Fahrrad die Skärstadbron hochschiebst, und plötzlich erblickst du eine nur allzu bekannte Gestalt. Eine Gestalt, die zu sehen du nicht erwartet hast. Der Bus aus Stockholm sollte doch schon vor zwei Stunden gekommen sein, er sollte doch schon seit langem zu Hause sein. Aber da geht er. Ein klobiger Mann in einer Windjacke in den kräftigsten Farben: koboldrot und marineblau mit einigen Spritzern gelb. Er trägt eine schwarze Perlontasche über der Schulter. Sie scheint vollgestopft zu sein, der ganze massige Körper krümmt sich, um das Gewicht auszugleichen.

All das kannst du in weniger als drei Sekunden sehen und denken. Dann macht sich die Angst in dir breit, sie flattert mit schwarzen Flügeln durch deinen Körper. Nur noch ein einziger Gedanke bleibt zurück, er stößt wie ein blinder Vogel gegen deinen Schädel: Es gibt keine Möglichkeit zur Flucht. Du gehst auf einer Brücke, und es gibt keine Möglichkeit zu fliehen.

Jetzt hat er dich entdeckt. Zögert. Ihr habt euch seit mehr als einem Jahr nicht mehr gesehen, vielleicht hat er dich zuerst gar nicht wiedererkannt.

»Hallo«, sagt er dann. »Ist Carina zu Hause?«

Du nickst stumm, gehst aber weiter. Er hebt die Hand, ein wortloser Befehl. Du bleibst stehen.

»Und Mikael?«

Du schüttelst den Kopf.

»Aha. Dann ist er in Herräng?«

Wieder nickst du. Ist er nicht ganz gescheit? Wieso redet er so mit dir? Als wäre er irgend so ein dahergelaufener Ersatzpapa, der seine Stieftochter trifft.

»Trägst du Reklame aus?«

Du nickst noch einmal. Der Mann wechselt die schwere Tasche von der rechten auf die linke Schulter. Lächelt kurz.

»Ich ziehe jetzt ganz nach Hause«, sagt er. »Das weißt du wohl noch nicht…«

Du senkst den Blick und guckst auf den Asphalt.

»Jetzt wird endlich Ordnung herrschen. Nur dass du das weißt. Ab jetzt wohnst du zu Hause. Nicht bei irgendwelchen Verwandten. Nicht bei irgendwelchen Jungs. Und heute Abend bist du um sieben Uhr zu Hause. Auf die Minute.«

Du machst eine kleine Bewegung mit dem Kopf. Das kann sowohl Ja als auch Nein bedeuten. Der Mann senkt die Stimme noch mehr und kichert.

»Du hast wohl Angst um dein Schwänzchen? Was? Du hast wohl immer noch Angst um dein Schwänzchen?«

Der dritte Advent. Immer noch lässt der Schnee auf sich warten.

Das Licht in Augustas Schlafzimmer ist goldfarben, ein Schatten huscht über die Tapete. Ein Schatten mit wippendem Rock. Alice hat sich ein neues Kleid gekauft. Rot. Mit persischem Muster.

»Winterbaumwolle«, sagt sie und zieht den Gürtel zurecht. »Von Martinett.«

»Winterbaumwolle?«, fragt Augusta und schüttelt die glänzende Kastanienpracht, die Alice gleich kämmen wird. »Mein Gott. Das ist so schön, dass man es kaum glauben mag…«

Sie strengen sich an. Alle beide. Der Herbst liegt hinter ihnen.

Die Befreiung kam in einem braunen Umschlag an einem Tag im August. Die Personalabteilung des Televerkets teilte mit, dass Alice Johansson zur Telefonistinnenausbildung in Stockholm angenommen worden war. Zwei Wochen später schlief sie zum ersten Mal in einem gemieteten Zimmer in der Dalagatan, und noch eine Woche später stöpselte sie ihr erstes Ferngespräch: von Stockholm nach Landskrona, persönlich für Edna Danielsson. Es war eine Todesnachricht, aber eine Todesnachricht, die Edna Danielsson mit Fassung entgegennahm. Sie habe ihre Tante seit zwanzig Jahren nicht mehr gesehen, stellte sie in ihrem breiten schonischen Akzent fest, und hätte auch keine Pläne gehabt, es in den kommenden zwanzig Jahren zu tun… Das war alles, was Alice hören konnte, bevor sie die gerunzelten Augenbrauen der Aufseher bemerkte und schnell die kleine Lampe löschte, die verriet, dass sie heimlich mithörte.

Seitdem hat sie ein paar Wochen in der Auskunft gesessen und ein paar Wochen im Fernsprechauftragsdienst. Jetzt sitzt sie im Bereich Nordische Länder. Das ist ein Aufstieg. Nur die tüchtigsten Mädchen jeden Durchgangs kommen in die Nordischen Länder. Und wenn sie weiter so tüchtig ist, kann sie es vielleicht bis nach England bringen. Darauf hofft sie: Wenn ihre eigenen Lampen nicht blinken, beobachtet sie gern die England-Telefonistinnen ein Stück weiter. Sie tragen Jumpergarnituren und Perlenketten und haben braune Handtaschen, die auf dem Boden stehen, und sehen insgesamt sehr wichtig aus. Außerdem reden sie Englisch. *»Hello!«*, rufen sie in ihre Hörer. *»This is Stockholm calling...«* Alice würde auch gern bei ihrer Arbeit Englisch sprechen. Das wäre, als würde sie in einem Film leben.

Aber auch die schwedischen Floskeln haben so ihre Möglichkeiten. *Stockholm bereit für Oslo! Stockholm bereit für Mette Nielsen! Bitte warten!* Sie trägt sie wie eine Maske, verbirgt sich hinter ihnen, spielt, sie wäre wirklich erwachsen und Geschäftsfrau. Trotzdem ist sie immer noch Mädchen genug, um vor Eifer zu glühen, wenn NUR signalisiert, dass sie einen *Augenblick* mit AJO haben will. NUR ist eine fröhliche Blondine von Gotland. Ein *Augenblick* ist eine kurze Pause, gerade lang genug, um auf die Toilette zu hasten und sich dort schnell die Nase zu pudern, während man darüber diskutiert, was man wohl nach der Arbeit machen soll. AJO steht für Alice selbst. Das Fernsprechamt hat ihren Namen in Beschlag genommen und ihr als Ersatz eine Abkürzung geschenkt. Nur wenige der Telefonistinnen kennen den Namen der anderen, sie kennen nur die drei Buchstaben, mit denen das Amt sie versehen hat. Manchmal überlegt Alice, wie NUR und ELG und die anderen eigentlich richtig heißen, aber sie kommt nie auf die Idee, sie zu fragen.

Ihr gefällt ihr neues Leben. Ihr gefällt Stockholms Zweideutigkeit, dass der Himmel, der sich über die Stadt wölbt, sich nie so recht für eine Farbe entscheiden kann, mal ist er eisblau, dann gleich wieder hellgrün. Ihr gefällt es, dass die Sonne in modernen Glasfassaden funkelt, es aber dennoch hier und da nach Kloake stinkt. Ihr gefallen ihre unregelmäßigen Arbeitszeiten, dass sie an einem Tag frühmorgens allein den Sveavägen entlanggehen muss und am nächsten im Gedränge der Mittagspause. Ihr gefallen ihre

Arbeitskolleginnen, diese immer kichernden Mädchen von Gotland und aus Örebro, aus Malmö und Vilhelmina, die sich nach getaner Arbeit in den Kaufhäusern herumtreiben und Kleider angucken. Sie wissen alles über die Garderobe der anderen und nichts über ihre Gedanken. Wenn sie manchmal eine lange Pause einlegen und sich irgendwo in ein Café setzen, kann es am Tisch ganz still werden. Dann sitzen sie stumm da und rühren in ihren Tassen, jede in ihre eigenen Geheimnisse vertieft, bis NUR den Kopf schüttelt und sagt, nun sei es aber an der Zeit, zu beschließen, was sie am Samstag machen sollen. Als ob das nicht sonnenklar wäre. Samstags geht man ins Nalen. Wenn man nun nicht arbeiten muss.

Alice gefällt es noch besser, sich auf den Besuch im Nalen vorzubereiten, als wirklich dorthin zu gehen. Bereits früh am Nachmittag legt sie BH, Slip, Strumpfhalter und das gestärkte und gebügelte Unterkleid nebeneinander aufs Bett, manövriert dann den Waschzuber der Vermieterin ins Zimmer, hockt sich ins warme Wasser und reibt jeden Zentimeter ihres Körpers mit dem Waschlappen ab. Anschließend bestäubt sie sich mit fliederduftendem Puder und formt ihr Haar mit einem Klecks vanilleduftendem *Suave*. Wenn sie fertig ist, setzt sie sich auf die Bettkante und wartet. Das ist die beste Zeit in der ganzen Woche: eine halbe Stunde, die sich genauso sauber und frisch gebügelt anfühlt wie ihr Unterkleid. Trotzdem lächelt sie in sich hinein, wenn sie Schritte auf der Treppe und ein unterdrücktes Kichern hört. Jetzt kommen sie. ELG und NUR. Ihre namenlosen Freundinnen.

Wenn sie gemeinsam die Treppe wieder hinunterlaufen, sind sie zu Schwestern geworden: Sie tragen alle das gleiche Gesicht. Das ist ELGs Verdienst. Sie hat zunächst NUR und anschließend Alice auf einen Stuhl gesetzt und sie mit fülligen Wimpern, schwarzen Augenbrauen und Lippen versehen, die den gleichen verwegenen Schwung zeigen wie die von Ava Gardner.

NUR ist nicht das hübscheste Mädchen im Nalen, trotzdem ist sie diejenige, die am meisten tanzt. Vielleicht liegt es daran, dass sie so weich und gefügig ist: Es scheint, als bräuchte sie nur ihre Hand in die eines Jungen zu legen, und schon würde ihr Nervensystem zu einer Verlängerung des seinen. Sie lacht und schüttelt ihre blonden Locken, eine runde Elfe in rosa Angorapulli, die seinen Rhythmus und seine Bewegungen bereits kennt, bevor sie überhaupt den Tanzboden erreicht haben, eine Elfe, die sich beim Foxtrott dicht an ihn schmiegt und beim Boogie frech mit den Hüften wippt. Wenn sie wie der Teufel herumwirbelt, kann das ganze Nalen ihre Strumpfbänder sehen. Nicht, dass es da sehr viel zu sehen gäbe, wie ELG trocken bemerkt. NURs Strumpfband sieht aus wie das aller anderen. Aber trotzdem.

ELG ihrerseits hat keinerlei Pläne, ihr Strumpfband zu zeigen. Sie ist hinter Lars-Åke her oder dem Kreisbullen, wie sie ihn in ihrem knarrenden Örebrodialekt nennt, der das absolute Gegenteil von allem ist, was sie ist und was sie wohl einmal sein wird. ELG ist ein sehr hübsches, sehr großes und sehr rothaariges Mädchen, deren Mienenspiel das andere Geschlecht in Angst und Schrecken versetzt. Die wenigen jungen Männer, die sich trotzdem trauen, sie aufzufordern, bekommen zweifellos feuchte Hände, wenn sie seufzend aufsteht. Niemand kann es missverstehen, wenn sie murmelt: *Meine Güte... Muss ich wirklich?*

Aber auch sie muss. Alle Mädchen müssen mit allen Jungs tanzen, die sie auffordern. Zumindest solange der Junge nüchtern ist. Also muss sich ELG ab und zu auch von anderen als dem Kreisbullen über den Tanzboden schleppen lassen, sie darf sich nicht dem Risiko aussetzen, als Mädchen abgestempelt zu werden, das einen Korb gibt. Dann wird sie keiner mehr auffordern. Und schon gar nicht der Kreisbulle: Als ein Veteran im Nalen ist es seine Aufgabe, darauf zu achten, dass die ungeschriebenen Regeln auch befolgt werden. Und dass Mädchen, die den Jungs einen Korb geben, kurz gehalten werden müssen, ist eine der wichtigsten Regeln überhaupt.

Der Kreisbulle ist Baggerführer und mindestens fünf Jahre älter als ELG. Vielleicht sogar noch mehr. Schon am ersten Abend hat er erzählt, dass die meisten seiner alten Kumpel abtrünnig geworden sind. Gezwungen waren, sich zu verheiraten. Jetzt wohnen sie mit Frau und Kindern auf der Küchenbank daheim bei den Eltern oder Schwiegereltern, denn eine eigene Wohnung können sie nicht kriegen. Der Kreisbulle selbst denkt gar nicht daran, in diese Falle zu gehen. Lieber isst er bis ans Ende seiner

Tage die Karamellbonbons eingewickelt. Schließlich ist er nicht dumm. Er zieht es nämlich vor, ab und zu mal die Geschmacksrichtung zu ändern. Nur weil er die Dixie-Karamelle mag, muss er doch nicht die Rival ablehnen. Oder?

»Und ich?«, fragt ELG und lässt so ganz zufällig ihren Oberschenkel zwischen seine gleiten, während er sie zu einem Stück Musik über den Tanzboden führt, dem niemand zuhört, das aber gut und gern *Chattanooga Choo-Choo* sein kann. »Welche Gechmacksrichtung bin ich?«

»Oh!«, sagt der Kreisbulle und presst seinen Unterleib an ihren und reibt ihn leicht. »Sahnekaramell. Absolut Sahnekaramell ...«

Der Kreisbulle kann seine Sehnsucht nach ELG kaum zügeln. Nachdem er sie zwei Samstage nacheinander nach Hause gebracht hat, ignoriert er sie am dritten, grüßt sie kaum und fordert sie nicht auf. Stattdessen achtet er sehr genau darauf, dass sie sehen kann, wie er den Mantel eines anderen Mädchens aus der Garderobe holt und ihn ihr über die Schultern legt. ELG wirft den Kopf nach hinten und schaut überheblich drein, aber in der Damentoilette fällt sie Alice in die Arme und bricht in Tränen aus. *Dieser Mistkerl! Soll er doch Syphilis kriegen und dran sterben!* Aber die Trauerzeit währt nicht sehr lange. Nach fünf Minuten wäscht sie ihr Gesicht mit kaltem Wasser und schwört auf Rache. Sie weiß ganz genau, wie sie es machen muss: Sie wird ein paar riesige lachsrosa Unterhosen kaufen und sie ins Handschuhfach seines Autos stopfen. Denn eigentlich ist es gar nicht sein eigenes Auto, er teilt es sich mit seinem Papa. Und sonntags fahren seine Eltern immer damit spazieren. Ha! Das wird ein Spaß. Was die wohl sagen, wenn sie einen richtigen Weiberschlüpfer im Handschuhfach finden ...

Alice verfolgt das Machtspiel zwischen ELG und dem Kreisbullen mit unsicherem Entzücken, genau wie sie die vielen anderen kleinen Dramen auf dem Tanzboden betrachtet. Sie selbst tanzt nicht besonders oft. Vielleicht so zwei Mal am Abend. Oder drei Mal. Sonst sitzt sie allein an dem kleinen Cafétisch, passt auf die Handtaschen der anderen Mädchen auf und dreht ihr Glas Pommac. ELG und NUR tut sie Leid, aber das kommt nur, weil sie es nicht verstehen. Alice weiß sehr genau, was sie tut, wenn sie ihre Bluse bis zum letzten Knopf zuknöpft und sich davor hütet, fröhlich auszusehen. Es ist eine bewusste Entscheidung. Ein Beschluss. Sie will nicht mitmachen. Sie will nur zusehen.

Dennoch ist es wichtig, ins Nalen zu gehen. Und sei es nur, um Inga und Erland zu reizen. Anfang Herbst hat Alice noch jede Woche einmal in Jönköping angerufen – es gibt ein kostenloses Telefon im Aufenthaltsraum der Telefonistinnen –, und sie hat nie die Gelegenheit versäumt, zu erwähnen, dass sie im Nalen war. Der Effekt kam prompt: Ingas Stimme wurde scharf, und sie reichte den Hörer an Erland weiter. Und Erland brummte und räusperte sich eine Weile, bis es ihm gelang, eine Äußerung hervorzubringen. Sie machte ihre Mutter wirklich unglücklich! Begriff sie das denn nicht? Warum in Herrgotts Namen konnte sie denn nicht ihren Verstand benutzen und nach Jönköping zurückkommen, jetzt, wo all das Schreckliche vorbei war? Und ihre Ausbildung wieder aufnehmen? Ein normales Familienleben leben. Sich wie ein Mädchen benehmen, wie es von einer mit ihrem Hintergrund erwartet wurde.

»Sie muss«, jammerte Inga im Hintergrund. »Sie muss! Die Leute wundern sich schon…«

Mach dir doch nicht ins Hemd, dachte Alice und staunte im gleichen Augenblick über sich selbst. Sie hatte keine Ahnung, dass sie so vulgär sein konnte. Und dass es so einen Spaß macht. *Mach dir doch nicht ins Hemd! Mach dir doch nicht ins Hemd!* Sie musste sich auf die Lippe beißen, um nicht laut loszulachen.

»Ich muss in zwei Minuten wieder arbeiten«, schrie sie in den Hörer. »Bis bald!«

Sie ist seit mehr als einem Jahr nicht mehr daheim in Jönköping gewesen. Seit sechzehn Monaten. Manchmal sehnt sie sich danach, aber nur kurz, dann schiebt sie den Gedanken schnell wieder beiseite. Jetzt ruft sie nicht einmal mehr an. Nicht mehr seit Erlands Besuch.

An einem Abend Ende November klopfte die Zimmerwirtin an ihre Tür und sagte, da sei jemand für sie. Alice fuhr hastig hoch, sie war eingeschlafen, als sie auf dem Bett liegend die Zeitschrift gelesen hatte. Sie strich sich das Haar in dem Moment glatt, in dem Erland über die Schwelle trat.

»Papa«, sagte sie schlaftrunken. »Du kommst her?«

Eine Sekunde lang war sie kurz vorm Weinen, dann schluckte sie die Tränen hinunter und stellte die Füße auf den kalten Linoleumboden. Erland hatte seinen Mantel aufgeknöpft und hielt seinen Hut in der Hand, wedelte mit ihm in der Luft herum, während er erklärte. Er war auf Dienstreise und hatte ein paar Stunden frei. Wollte nur sehen, wie es ihr ging. Die Zimmerwirtin war nur ein strahlendes Lächeln im Hintergrund.

»Möchte Fräulein Johansson ihrem Vater nicht eine Tasse Tee anbieten? Dafür kann sie dann gern die Küche benutzen …«

Alice lehnte routinemäßig ab.

»Danke, aber ich habe keinen Tee …«

»Ach, den kann man sich ja leihen …«

»Möchtest du eine Tasse Tee, Papa?«

Erland lächelte unsicher und betastete seinen Hut:

»Sehr gern.«

Vor dem Fenster wirbelte der erste Schnee des Winters auf.

Sie tranken ihren Tee schweigend. Alice saß auf dem Bettrand, ihre Tasse auf dem Nachttisch abgestellt. Erland saß auf dem weißen Lehnstuhl, die Tasse auf dem Schreibtisch.

»Schönes Zimmer«, sagte Erland schließlich und suchte in der Innentasche nach Zigaretten.

»Mmm«, sagte Alice.

»Vielleicht ein bisschen kalt.«

»Ja. Manchmal …«

»Erinnert mich an ein Zimmer, das ich gemietet hatte, als ich auf die Technische Hochschule ging. Eiskalt. Aber das hat man ertragen. Denn man wusste ja, dass man auf dem Weg zu etwas Besserem war.«

Alice nahm einen Schluck Tee und brummte etwas Unverständliches. Das war ein Präludium. Etwas würde folgen. Etwas Unangenehmes.

»Auf dem Weg wohin bist du, Alice?«

Da kam es. Erland zündete sich seine Zigarette an, einen Moment lang hing der leichte Geruch nach Feuerzeugbenzin in der Luft. Alice räusperte sich, trotzdem hatte sie ihre Stimme nicht richtig im Griff.

»Wie meinst du das?«

Erland zuckte mit den Schultern.

»Willst du so leben? In einem heruntergekommenen kleinen Zimmerchen wohnen? Als Telefonistin arbeiten? Ins Nalen gehen und dich mit Jungs herumtreiben?«

Alice schluckte und schaute in ihre Teetasse. Ein paar braune Flocken kreisten auf dem Grund. Erland zog kräftig an seiner Zigarette:

»Bist du so ein Mädchen? Wirklich?«

Der Rauch seiner Zigarette formte eine kleine Kumuluswolke. Alice starrte sie an, antwortete aber nicht. Erland zog die Augenbrauen in die Höhe.

»Aber vielleicht wird man so, wenn man alles serviert bekommt. Ein eigenes Zimmer vom Tag der Geburt an. Spielzeug. Schöne Kleidung. Die beste Ausbildung, die es gibt... Manche wissen das einfach nicht zu schätzen. Die werden von dem Primitiven angezogen. Von dem Billigen.«

Ein Moment Stille. Erland streifte die Asche ab.

»Oder kann es sein, dass einige einfach so geboren sind? Billig? Und dass es unmöglich ist, etwas anderes aus ihnen zu machen. Deine Mutter glaubt das. Ich selbst bin mir da nicht so sicher.«

Alice saß unbeweglich da und spürte, wie die Tränen in ihr aufstiegen. Etwas rumorte in ihrer Magenkuhle. Nicht die nur allzu vertraute Trauer. Etwas anderes. Etwas Neues und Ungewohntes. Sie räusperte sich, trotzdem war ihre Stimme heiser, als sie endlich redete.

»Ich habe einen kleinen Jungen geboren«, sagte sie und schaute in ihre Tasse. »Weißt du das? Und weißt du, was mit ihm passiert ist?«

Erland saß einen Moment lang unbeweglich da, bevor er aufstand und seine Zigarette auf der Untertasse ausdrückte.

»Mit dir kann man einfach nicht reden«, sagte er und zog sich seinen Mantel an.

Am folgenden Tag hatte sie frei.

Eigentlich wollte sie zu Hause bleiben und das machen, was sie immer an ihren freien Tagen machte. Die Haare waschen. Den Boden schrubben. Die Strümpfe und die Unterwäsche waschen und sie vor dem Kachelofen zum Trocknen aufhängen.

Aber jetzt tat sie nichts von alledem. Stattdessen zog sie sich ihren Mantel an, sobald sie ihr Bett gemacht hatte, und ging hinaus. Der Schnee vom vergangenen Abend begann schon zu schmelzen, die Sonne schien, und der Himmel war wolkenlos, trotzdem fror sie. Vielleicht lag es am Licht: Der Sonnenschein hatte einen metallenen Ton, den sie noch nie zuvor bemerkt hatte.

Sie schlug den Mantelkragen mit einer Hand hoch und zählte mit der anderen die Münzen in ihrer Manteltasche. Eine Fünf-Öre-Münze, drei Mal fünfundzwanzig Öre und zwei Fünfzig-Öre-Stücke. Das müsste reichen. Außerdem hatte sie noch einen ganzen Fünfziger-Schein in ihrer Brieftasche, schließlich hatte sie erst vor drei Tagen ihren Lohn bekommen.

Anscheinend war sie der erste Gast in der Vete-Katten an diesem Morgen. Zumindest schien es so. Es war noch vollkommen leer an den Tischen, und auf dem Tresen lagen die Kuchen und Stückchen in symmetrischen, noch unberührten Stapeln. Sie murmelte ihre Bestellung: eine Tasse Kaffee und ein Napoleonkuchen, setzte sich dann an einen Tisch und stach gleich mit der Kuchengabel in das Backwerk, ohne auch nur den Mantel aufzuknöpfen. Sie wollte den Deckel herunternehmen, um ihn bis zum Schluss aufzusparen. So hatte sie ihre Napoleonkuchen immer gegessen – in der Zeit, als sie vor dem Streit daheim geflohen war: die Füllung zuerst mit ihrer weichen geschlagenen Sahne und dem säuerlichen Apfelmus, den Deckel zuletzt mit seiner süßen Marmelade und seiner noch süßeren Glasur. Als sie beim Deckel angekommen war, war sie so gierig, dass sie zitterte. Sie konnte kaum den letzten Bissen hinunterschlucken, bevor sie schon aufstand und sich noch einen Kuchen bestellte. Als auch der aufgegessen war, stellte sie fest, dass sie keinen einzigen Schluck Kaffee getrunken hatte. Sie leerte die Tasse in einem Zug, wischte sich dann den Mund mit dem Handrücken ab und zog sich die Handschuhe an. Sie hatte es eilig. Es gab ja noch andere Konditoreien zu besuchen…

Am Nachmittag lag sie unbeweglich auf ihrem Bett, ein Kissen im Arm. Ihr war übel. Auf dem Schreibtisch stand ein leerer Kuchenkarton, der die letzten vier Napoleonkuchen enthalten hatte. Sie hatte sie direkt aus dem Karton gegessen, ohne Gabel oder Löffel, sie hatte sie einfach in den Mund gestopft und hinuntergeschluckt, fast ohne zu kauen. Anschließend hatte sie sich die Finger abgeleckt und erschöpft versucht zu zählen, wie viele Kuchen sie seit dem Morgen in sich hineingestopft hatte. Sechzehn? Oder nur fünfzehn?

Und jetzt lag sie auf dem Bett mit einem Kissen auf dem Bauch.

»Weine nicht«, sagte sie und streichelte dessen Wollfransen. »Weine nicht. Alles wird bald wieder gut …«

Bis dahin war sie sehr auf Disziplin bedacht gewesen. Sie hat drei Mal am Tag gegessen, nicht mehr und nicht weniger, hat den Boden in ihrem Zimmer zwei Mal in der Woche gewischt, ihre Haare jeden zweiten Tag gewaschen (obwohl ELG behauptete, es sei geradezu schädlich für die Haare, sie so oft zu waschen) und vier Paar kaputte Nylonstrümpfe zum Maschenaufnehmen abgegeben. Außerdem hat sie sich ein Sparbuch eingerichtet. Auf dem spart sie alles Geld, das sie mit Extraarbeit verdient. Die älteren Telefonistinnen tauschen die schlimmsten Schichten gern mit anderen, sie überlassen die Samstagabende und die Sonntage mit einem Seufzer der Erleichterung den Jungen. Für sie ist das Geld ja nicht so wichtig. Schließlich sind sie verheiratet.

Aber für Alice ist das Geld wichtig. Jetzt noch mehr als zuvor. Sie hat schon mehr als achtzig Kronen auf ihrem Postsparbuch, und bald wird sie noch viel mehr darauf bekommen. Sie will nämlich die ganzen Weihnachtstage über arbeiten. Sie hat am Heiligabend, am Ersten und am Zweiten Weihnachtstag jeweils zwei Schichten übernommen. Doppelschicht mit fast doppeltem Lohn.

Deshalb ist sie am dritten Advent bei Augusta, das ist eine Art Entschuldigung dafür, dass sie nicht zu Weihnachten kommt. Und dass sie den Kontakt den Herbst über nicht regelmäßig aufrechterhalten hat. Sie hat ein paar Ansichtskarten geschickt. Das ist alles. Augusta hat mit einer kleinen Briefkarte und ein paar kurzen Sätzen darauf geantwortet: Mir geht es gut. Der Winter lässt auf sich warten. Kåre und Marianne haben das Aufgebot bestellt.

Aber jetzt fährt Alice den Kamm durch das Haar der Großmutter und möchte, dass alles zwischen ihnen wieder wie früher wird. Vor der Entbindungsstation und dem Wöchnerinnenheim. Vor dem großen Schweigen.

»Nun erzähl«, sagt sie. »Erzähl mir von Isak. Erzähl mir, wie es wirklich war.«

»Nein«, sagt Augusta.

Alice geht hinter ihrem Rücken auf die Knie, zieht den Kamm fast bis auf den Boden hinunter.

»Warum nicht?«

»Weil ich nicht weiß, wie es wirklich war.«

»Aber du warst doch dabei. Du hast doch gesehen, was geschehen ist.«

»Pah«, widerspricht Augusta. »Als ob das was bedeuten würde.«

Das erste Jahr war vollkommen unfassbar. Veilchenblaue Sommernächte. Herbsttage, die golden schimmerten. Wintermorgen vor einem knisternden Feuer. Ein Regen von Apfelblüten im Frühling.

Manchmal hielt Augusta mitten in einer Bewegung inne, stellte fest, wie viel sie zu verlieren hatte, und erstarrte vor Angst. Das war doch nicht der Sinn des Lebens, dass man es so gut hatte.

Das würde sich rächen.

Nur zehn Kilometer entfernt war alles anders. Im Norden streckte der Hunger bereits seine langen Finger nach den Kindern der Grubenarbeiter aus, der Hunger, der bald die Kinder der Armen im ganzen Land in seinen Klauen haben würde. Im Süden zwängte sich ein Papierwerk durch den schmalen Spalt, der das, was nicht existiert, von dem trennt, was existiert. Der Alltag war Lehm und Chaos, schmerzende Körper und dreckige Baracken, das Wochenende war Schnaps und Übelkeit, Verspottungen und Schlägereien. Und in der Zeitung Social-Demokraten konnte man lesen, wie die Lage weiter entfernt war: Unten in Europa hatten junge Männer angefangen, Schützengräben auszuheben, und die Kanonen hatten eine Erektion gekriegt.

Bald würde die ganze Welt voller Schmerzen sein.

Die ganze Welt – ausgenommen Nordanäng.

Die ganze Welt – ausgenommen Augustas Haus.

Es war eine elende Hütte. Da gab es keinen Zweifel.

Deshalb war es ein großes Glück, das Isak so gut im Sachen finden war. Sein gesamter Weg von Nordanäng bis zur Grube in Herräng schien voller Schätze zu liegen. Krumme Nägel. Ein Eimer mit halb eingetrockneter roter Farbe, die sich noch verdünnen und wieder zum Leben erwecken ließ. Ein Brett hier, eine Planke da. Eine ganze Fichte, die auf einem schwer zugänglichen Gewerbegebiet umgeweht war und die niemand vermissen würde, wenn sich jemand die Mühe machte, sie nachts mit Hilfe eines treulosen Kaltblüters herauszuziehen, der mit ein paar Zuckerstückchen von seiner Weide gelockt worden war.

Und ein genauso großes Glück war es, dass Augusta bei Herrschaften wie auch in der Dampfküche gearbeitet hatte und deshalb wusste, wie es in der Welt zuging. Das Gerücht von ihrem Können verbreitete sich schnell. Als der Doktor in Häverödal ein Fest ausrichten wollte, bereitete sie ihm Kalbsbraten zu, und als die älteste Köchin der Dampfküche sich ins Sanatorium gehustet hatte, durfte sie für ein paar Wochen einspringen und Klöße für die letzten Bauarbeiter und die ersten Papierarbeiter kochen. Sie wusch die Leintücher und die Bettwäsche (aber niemals Spitzengardinen) für den Pfarrershof von Häverödal und wendete abgetragene Jacken für die Gläubigsten der Guttempler von Herräng, diejenigen, die nicht die Dienste des versoffenen Schneiders in Anspruch nehmen wollten.

Sie arbeiteten hart, auch wenn sie sich eigentlich ausruhen sollten. Isak baute das Haus Brett für Brett um, Augusta setzte Kartoffeln und pflückte Preiselbeeren. Trotzdem spürten sie das Glück, als wäre fast täglich Sonntag. Als es Sommer wurde, saßen sie abends auf ihrer neugebauten Veranda und staunten über ihr großes Glück. Augusta dachte an das Brot und den Hering und die gute Grütze, die jeden Tag auf dem Tisch standen, Isak an das Holz und die Wärme und das Ehebett, dessen Laken nach Wind und Seife dufteten. Und Erland und Harald, die eng umschlungen in Augustas Gebärmutter lagen, lächelten zufrieden über die Träume ihres Fötuslebens von der Welt, die draußen auf sie wartete.

Alles war so schön. Fast vollkommen. Wenn nicht das mit Olga gewesen wäre.

»Sie ist ja noch so klein«, sagte Isak.

»Sie ist zwei Jahre alt«, sagte Augusta. »Groß genug, um sauber zu sein.«

»Meine Güte«, sagte Isak. »Ich habe noch ins Bett gepisst, als ich zwölf war…«

»Und dafür hast du reichlich Prügel gekriegt.«

»Ja. Und es hat verdammt noch mal nichts genützt.«

»Sie ist ja noch so klein«, sagte Isak.

»Sie ist zweieinhalb Jahre alt«, sagte Augusta. »Groß genug, um still zu sein, wenn man ihr sagt, dass sie still sein soll.«

»Sie hat bestimmt Angst im Dunkeln, vielleicht fühlt sie sich so allein da in der Kammer.«

»Es gibt ja wohl keinen Grund, Angst in der Kammer zu kriegen.«

»Nun ja… jedenfalls… könnten wir sie nicht einfach bei uns auf der Küchenbank schlafen lassen?«

»Und wo sollen dann die Jungs liegen? Und außerdem soll sie doch froh darüber sein, dass sie ein eigenes Bett hat. Das ist mehr, als ich hatte.«

»Sie ist ja noch so klein«, sagte Isak.

»Sie ist drei Jahre alt«, sagte Augusta. »Groß genug, um zu gehorchen. Wenn ich sage, sie soll rauskommen, dann soll sie auch rauskommen. Sie kann doch nicht für alle Zeiten unter dem Küchentisch sitzen bleiben.«

»Aber vielleicht hat sie ja Angst…«

»Angst? Wovor soll sie denn Angst haben? Etwa vor ihrer eigenen Mutter?«

»Aber du wirst auch gleich immer so schrecklich wütend, Augusta… Kannst du nicht versuchen, etwas ruhiger zu bleiben?«

»Dann kümmere du dich doch drum, wenn du weißt, was zu tun ist. Ich muss mich um die Jungs kümmern…«

Es gab Tage, an denen saß Olga von morgens an, wenn Isak zur Grube ging, bis abends, wenn er nach Hause kam, unter dem Küchentisch. Augusta flehte sie am Vormittag an und schimpfte mit ihr den Nachmittag über, lockte mit Butterbroten und drohte mit Schlägen, ohne dass es etwas nützte. Olga blieb dort sitzen, wo sie saß, und wenn Augusta versuchte unter den Tisch zu kriechen und sie hervorzuzerren, schrie sie so schrill auf, dass die Zwillinge aufwachten und die Katze einen Buckel machte. Aber sobald Isak abends zur Tür hereinkam, krabbelte sie ihm auf dem Boden entgegen, schlang ihre Arme um seinen Hals und ließ sich hochheben. Isak lachte und strich ihr übers Haar, dieses sonderbar erwachsene Haar in dunklem Mahagoniton, das in einem dicken Zopf über einen äußerst dünnen Rücken hing.

»Meine Prinzessin«, sagte er und legte vorsichtig seine Bartstoppeln an ihre weiche Wange. »Mein kleines Engelkind…«

Am Herd stand Augusta und sah ihn mit einem Gesicht an, in das die Niederlage des Tages schwarze Linien eingraviert hatte. Aber Isak sah nur das, was er sehen wollte.

»Du bist wirklich noch schöner als die Waldfee…«, sagte er und ließ sein helles Lachen in der Küche aufblitzen. Augusta versuchte ihr Lächeln zu bremsen, aber es gelang ihr nicht, und stattdessen trocknete sie ihre Hände an der Schürze ab:

»Du Narr! Nimm das Kind ein bisschen nach draußen, ich rufe euch, wenn das Essen fertig ist…«

Er tröstete sie beide. Sonntagmorgens nahm er seine Angelrute in die Hand und Olga in die andere und ging mit ihr durch den Wald zur Strömsviken hinunter, setzte sich dort für eine Stunde oder länger hin und betrachtete den schaukelnden Schwimmer, während Olga mit Stöckchen und Kieseln am Ufer spielte. Und wenn es Abend wurde, legte er seine Arme um Augusta und wiegte sie, ließ sie schweigend in seinen Armen liegen und über all das Unbegreifliche trauern, das ihrer Meinung nach nur geschaffen war, um betrauert zu werden.

Er war der Einzige, der ihre Trauer sah. Der Einzige, dem es erlaubt war, sie zu sehen.

Für Menschen draußen in der Welt sah es aus, als würde Augusta Isak stützen, als wären es ihre mürrische Entschlossenheit, ihre Tatkraft und ihr Ordnungssinn, die ihn in nur wenigen Jahren aus dem Grenzland der Schande in ein Leben voller Würde führten. Jetzt kicherten die Bewohner von Herräng nicht mehr hinter seinem Rücken, sie grinsten nur noch ein wenig. Isak war nicht mehr der versoffenste Guttempler von Herräng, er war ein Grubenarbeiter unter anderen, und die Tatsache, dass er beim Steiger schlecht angesehen war – der immer noch eine Wirtschafterin und die Gardinen in seiner guten Stube vermisste –, gereichte ihm fast zur Ehre. Wenn er trotzdem mit einer gewissen Ironie angeschaut wurde, dann lag das daran, dass er zu viel dachte. Wenn die Loge einen Diskussionsabend über große Dinge wie den Sinn des Lebens oder die Tugenden der Armen anberaumte, stand er immer als Erster auf der Rednerliste. Er konnte äußerst überzeugend wirken, weshalb es hauptsächlich ihm zu verdanken war, dass die Loge Gutes Heim durch Handzeichen beschloss, dass das Leben wirklich einen Sinn hat (neununddreißig Stimmen gegen zwölf) und dass die Brüderschaft die wichtigste Tugend der Armen ist (zweiundvierzig Stimmen gegen sieben). Aber wenn handfestere Fragen behandelt wurden, wie diejenige, dass die Bauern den Milchpreis innerhalb von nicht einmal einem Jahr von sechzehn Öre für den Liter auf achtundzwanzig erhöht hatten, saß er schweigend auf seiner Bank und ließ Augusta für die Familie sprechen. Das tat sie dann mit solch einer Hartnäckigkeit, dass Isak anschließend behauptete, es hätte bereits im zweiten Kriegswinter in Schweden eine Revolution gegeben, wenn Erland und Harald nicht die Windpocken bekommen hätten. Andererseits herrschte peinliches Schweigen, als sie das Rednerpult enterte und zum Kampf gegen die Frauenunterdrückung aufrief. Der Logentempler schlug mit seinem Hammer auf den Tisch, als sie auf die Vortrefflichkeit der französischen Freiheitserklärung einerseits und die Gefahren der Abtreibung andererseits einging. Schließlich waren Kinder im Raum. Kinder, die diese Dinge nicht in den rechten Zusammenhang setzen konnten …

Isak und Augusta waren also ein wenig eigen, aber ihre Kinder waren so wie die meisten Kinder, nur ein klein wenig sauberer geschrubbt. Es war nie ein Fleck auf den Kittelschürzen der Zwillinge und nie eine Falte auf Olgas Schürze. Und auch in der Loge schien niemand zu merken, dass Olga sich immer nur an Isak wandte, und wenn es doch einmal jemand bemerkt hatte, so erschien es eigentlich als ganz natürlich. Augusta hatte ja alle

Hände voll mit Erland und Harald, den rotwangigen Zwillingen, zu tun. Sie hingen ständig an ihr, umschlangen sie mit ihren rundlichen Armen und suchten mit ihren hungrigen Mündern an ihrem Hals und ihren Wangen nach den Brustwarzen, schrien jedes Mal empört auf, wenn sie versuchte sich von ihnen frei zu machen. Nicht, dass das besonders oft vorkam: Augusta hatte ihre Jungs gern dicht bei sich, am liebsten jeden auf einem Arm, sodass sie ihren Kopf nur ein wenig neigen musste, damit ihre Lippen über einen Daunenkopf oder eine warme Wange streifen konnten. Hätte sie noch ein zweites Paar Arme gehabt, hätte sie sie den ganzen Tag herumgetragen, so aber war sie gezwungen, sie zwischendurch hinzulegen, damit sie das machen konnte, was zu machen war.

Isak betrachtete seine Söhne mit Schrecken und Verblüffung. Es schien, als könne er gar nicht so recht glauben, dass es wirklich seine waren. Konnte er der Ursprung von so viel Wille und Starrsinn sein? Sollte er etwas mit diesem Mannesmut und der hartnäckigen Entschlossenheit zu tun haben, die die beiden dazu antrieb, immer wieder aufzustehen und durch die Küche zu kullern, obwohl sie doch gerade hingefallen waren und sich wehgetan hatten?

»Ganz der Papa«, sagten die Tanten in der Loge und kniffen erst Erland und dann Harald in die Wange. Die Jungs sonnten sich in der Aufmerksamkeit und lachten mit weißen Reißzähnchen, aber Isak runzelte die Stirn. Machten sie sich über ihn lustig? Zwar konnte er selbst sehen, dass er größer und breiter war als die meisten anderen Männer in der Loge, aber dass er irgendeine Ähnlichkeit mit diesen zukünftigen Riesen haben sollte, das ging über seinen Verstand. Seine Schultern hingen schließlich in einer Weise, wie die Schultern der Zwillinge niemals hängen würden, und seine mühlradgroßen Hände schaukelten unbeholfen hin und her. Er war nie sicher genug gewesen, um etwas zu fordern oder zu begehren, so wie die Zwillinge bereits seit ihrer Geburt forderten und begehrten.

Merkwürdigerweise fühlte er sich viel mehr mit Olga verwandt. Er erkannte sich in ihren schnellen Seitenblicken wieder, bevor sie einen Beschluss fasste, in ihrer Art, den Rücken zu beugen, wenn sie ihre Arbeitsaufträge erfüllte – anfangs kleine Dinge, wie den Küchenboden zu fegen oder die Windeln der Zwillinge einzuweichen, später größere Aufgaben, wie Grütze zu kochen oder den Teig zu kneten –, und in ihrer Art, ein unsicheres Lächeln übers Gesicht huschen zu lassen, bevor sie sich traute, etwas zu behaupten.

Auf der anderen Seite gab es so gut wie keine Ähnlichkeit zwischen Olga und Augusta, nichts außer dem Haar und dem Vergnügen, das es beiden bereitete, mit ihrem Haar beschäftigt zu sein. Augusta war inzwischen schon ziemlich breit um die Hüften geworden, aber sie war kräftig und gewandt und immer sicher in ihren Griffen. Olga war klein und mager, aber überraschend unbeholfen. Im Winter rutschte sie auf der vereisten Verandatreppe aus und fiel auf den Po. Im Sommer stolperte sie über ihre eigenen Füße und schrammte sich die Knie auf. Augusta seufzte und verdrehte die Augen, wenn sie den Wundschorf sah. Wenn sie nun so durch die Welt gestolpert wäre, als sie noch ein Kind war, was dann wohl passiert wäre? Mein Gott! Sie hätte Prügel bekommen, bis sie gelernt hätte, sich in Acht zu nehmen. Und Olga durfte stattdessen auf Isaks Schoß sitzen, wenn sie sich weh getan hatte, er pustete auf ihre Wunden, auch wenn diese schon mehrere Stunden alt waren, und fütterte sie mit Zuckerstückchen, sobald Augusta ihnen den Rücken zugekehrt hatte. Außerdem war Olga träge und langsam, mit den Worten wie mit ihrer Arbeit. Sie konnte mit einem Paar Strümpfen eine Stunde lang oder noch länger dasitzen und nicht mehr als ein schütteres und verkrumpeltes Stopfloch zu Stande bringen. Augusta schnaubte verächtlich über sie und schnitt es wieder auf: Das musste ordentlich gemacht werden. Flach, sauber und dicht!

Augusta selbst war von morgens bis abends beschäftigt, hatte immer zwei, drei oder vier Dinge gleichzeitig in Arbeit. Sie backte Brot, während sie gleichzeitig die zugigen Löcher in der Kammerwand mit Lumpen verstopfte. Sie scheuerte den Boden und kochte gleichzeitig Preiselbeeren ein. Pökelte Fleisch ein und tünchte gleichzeitig den Kaminsims weiß. Las den Social-Demokraten, während sie gleichzeitig Strümpfe strickte. Außerdem redete sie ununterbrochen. Über den Krieg und die schändlichen

Lebensmittelexporte, über die Hungersnot in den Städten und die schweinemäßige Gefräßigkeit der Oberklasse, über das Wüten der spanischen Grippe und darüber, wie gut alles werden würde, wenn Branting endlich Premierminister würde…

Aber wenn es Abend wurde, verstummte sie vor Gram und kroch in Isaks Arme, um sich wiegen zu lassen.

Es war ihr etwas peinlich, und sie wollte nicht darüber sprechen, kaum daran denken. Denn welchen Grund zum Gram hatte sie denn? Es war doch alles gut!

Sie hatten sich besser als die meisten während der Hungerjahre am Ende des Kriegs geschlagen. Die Not strich an ihnen vorbei, machte aber nicht Halt: Es gab immer noch Grütze, Heringe und eingekochte Preiselbeeren im Haus, sogar in der schlimmsten Zeit. Und genauso war es mit der spanischen Grippe: Sie strich vorbei, machte aber nicht Halt. Und als die Kinderlähmung ein paar Jungs in Herräng zu fassen bekam, den einen umbrachte und die anderen drei als Krüppel zurückließ, hüpften Harald und Erland immer noch auf kräftigen Beinen herum. Die Kinder blieben gesund. Stunde um Stunde. Tag für Tag. Monat für Monat. Und Isak war nüchtern und fleißig und hatte noch nie seine Hand gehoben, weder gegen sie noch gegen die Kinder. Wenn er überhaupt einen Fehler hatte, dann den, dass er möglicherweise so unglaublich lieb war, dass sie sich selbst ganz eklig fühlte. Schließlich hatte sie ihre Hand schon gegen die Kinder erhoben. Aber nicht besonders oft und nie mehr als notwendig war, um sie zu ehrlichen Leuten und fleißigen Arbeitern zu erziehen.

Worüber sollte sie sich also grämen? Über nichts.

Alles war doch gut. So gut, wie es für einen Grubenarbeiter und seine Ehefrau nur sein konnte.

Und doch. Da war das mit Olga.

Schließlich hatte sie es vor sich selbst zugeben müssen. Es war unnatürlich.

Die Einsicht kam ihr an einem Sommermorgen, als sie in der nebligen Dämmerung vom Klo hereintrottete, immer noch so verschlafen, dass sich die nächtlichen Träume mit ihren wachen

Gedanken vermischten. Sie zwinkerte mit den Augen, als ein weißes Oval im Kammerfenster zu sehen war. Der verbotene Gedanke huschte ihr im gleichen Moment durch den Kopf, dieser Gedanke, der so lange hinter der täglichen Nörgelei auf der Lauer gelegen hatte, den sie so sorgsam behütet und bewacht hatte, dass sie nicht einmal geahnt hatte, dass er existierte. Aber jetzt sah sie ihn. Jetzt wurde er sichtbar.

Ich verabscheue dich!, dachte sie im Stillen, bevor sie sich bremsen konnte. *Ich verabscheue dich!*

Sekunden später wurde ihr erst klar, dass es Olga war, die sie da gesehen hatte.

Ein Mädchen von erst neun Jahren.

Ihre eigene Tochter. Und Vilhelms.

Danach wurde es noch schlimmer. Es war, als wäre ein Riss in ihrem Kopf entstanden, und aus diesem Riss sickerte eine Galle aus Ekel und Wut. Nichts nützte etwas. Wenn Olga nach dem Eimer griff und bereits zur Pumpe lief, bevor Augusta ihr etwas hatte sagen können, verabscheute Augusta ihr einschmeichelndes Wesen. Wenn sie den Eimer stehen ließ und auf den Befehl wartete, verabscheute Augusta genauso sehr ihren blinden Egoismus. Sie schnaubte verächtlich, wenn Olga mit den Zwillingen spielte, und fauchte sie an, wenn sie sich zurückzog. Und wenn Olga den Kopf zur Seite legte und auf Isaks Schoß kroch, zuckte Augusta mit den Schultern und erschauerte. So klein und schon so falsch!

Sie konnte nicht begreifen, dass Isak nicht sah, wie Olga sich verstellte. Immer wieder. Dass sie nur faul war, wenn sie behauptete, sie wäre müde. Dass sie ihm nur um den Bart ging, wenn sie lieb zu sein versuchte. Dass sie nur um Mitleid bettelte, wenn sie weinte. Dass sie sich nur in den Mittelpunkt schieben wollte, wenn sie mit Goldsternen aus der Schule heimkam.

Zum Schluss konnten sie sich kaum noch in die Augen sehen. Olga strich am Rand von Augustas Blickfeld herum, Augusta erschien nur wie ein schwarzer Schatten am Rand von Olgas Blickfeld. Als Augusta bei Olgas Konfirmation auf der Kirchenbank saß, wurde ihr bewusst, dass sie eigentlich gar nicht genau wusste, wie ihre Tochter aussah: Sie hatte sie seit vielen Jahren nicht mehr richtig angeguckt, obwohl sie doch am gleichen Tisch saßen und sich die ganze Zeit in der gleichen Küche aufhielten und obwohl Augusta jedes Teil selbst genäht hatte, das das Kind am Leibe trug. Jedes Teil – ausgenommen das Konfirmationskleid. Das hatte Olga selbst genäht. So hieß es jedenfalls. Bei einer Schulfreundin in Herräng, die eine Nähmaschine hatte. Aber eigentlich war es natürlich die Schulfreundin gewesen, die es genäht hatte. Oder ihre Mutter. Da war Augusta sich ganz sicher. Ganz gleich, was Olga auch behauptete.

Aber es war trotzdem ein schönes Kleid. Augusta war gezwungen, das zuzugeben. Natürlich weiß, wie es heutzutage üblich war, mit herabgezogener Taille und kurzem Rock. Isak hatte den teuren Stoff bezahlt, obwohl die Grube seit mehr als sechs Monaten nicht in Betrieb war und die jämmerlichen Heller, die er beim Notdienst verdiente, kaum dafür reichten, etwas zu essen auf den Tisch zu bringen. Er hatte seine Börse sogar noch ein zweites Mal geöffnet, als das Kleid fertig war, und Olga erlaubt, Gelatine zu kaufen, damit sie von dem Stoff, der übrig war, eine Schmuckblume machen konnte. Als wenn normales Kartoffelmehl als Stärke nicht gereicht hätte. Augusta fand das einen Skandal.

Manchmal fragte sie sich, ob Isak nicht begriff, dass sie wirklich jede Öre fürs Essen brauchten. Wo er doch wie alle anderen Grubenarbeiter aus Herräng erst vor zwei Monaten gezwungen gewesen war, zum Haus des Volkes zu gehen, um ein Lebensmittelpaket abzuholen, das von der Gewerkschaft der Bergbauarbeiter verteilt wurde. Es kam in letzter Minute: Augusta hatte nur noch einen Krug mit Preiselbeermarmelade und ein paar jämmerliche Kartoffeln in der Speisekammer gehabt. Dennoch hätte sie Isak daran gehindert, dorthin zu gehen, wenn das Geld für die Pakete nicht von russischen Grubenarbeitern gekommen wäre. Das war schließlich Solidarität. Wenn es nur eine wohltätige Spende gewesen wäre – wie damals, als die Pfarrersfrau von Häverödal versucht hatte, Augusta ein altes Kleid zuzustecken, das sie umnähen könnte –, dann hätte sie lieber die ganze Familie weiter am Hungertuch nagen lassen. Es war besser für Harald und Erland, ein paar Wochen hungrig herumzulaufen, als zu lernen, vor der Obrigkeit mit der Mütze in der Hand zu stehen.

Und dennoch. Jetzt hätte sie gut ein neues Kleid gebrauchen können. Aber Schwamm drüber. Also saß sie in ihrem alten Hochzeitskleid, das zum dritten Mal aufgetrennt und neu zusammengenäht worden war, in der Kirchenbank. Der schwarze Wollstoff war langsam so durchgescheuert, dass sie ihre eigenen Knie unter dem Stoff erahnen konnte. Sie strich immer wieder mit der Hand darüber, zupfte daran herum und richtete es so, dass die Kaffeefarbe der Strümpfe nicht durch die Gewebsfäden zu sehen war. Der alte Taftunterrock war schon lange in den Säumen aufgeplatzt, und sie hatte nie die Zeit gefunden, ihn heil zu machen, oder das Geld, um sich einen neuen anzuschaffen. Nicht, dass sie dadurch sehr viel eleganter geworden wäre, sie wusste selbst, dass sie langsam schon aussah wie eine Greisin. Drei Zähne waren weg, einer im Oberkiefer und zwei im Unterkiefer, und unter dem Kinn hatte sich eine kleine Fettrolle breit gemacht und war dabei, sich aufzublasen. Außerdem waren ihre Hände rot und rissig von dem vielen Putz- und Waschwasser. Ein fast nicht erkennbarer kleiner Riss im Daumen brannte, während sie auf der Kirchenbank saß. Sie zwang sich, nicht an den Schmerz zu denken – Feine-Damen-Getue! – und hob den Blick.

»Wir glauben an Gott Vater, den Allmächtigen«, sagten die Konfirmanden mit einer Stimme. »Den Schöpfer des Himmels und der Erde …«

Olgas dicker Zopf ringelte sich wie eine Schlange über die Rückenlehne, als sie sich auf der Kirchenbank bewegte.

Draußen auf dem Kirchenhügel sah Augusta zum ersten Mal, wie die Männer Olga betrachteten und Olga sie. Sehr bewusst. Mit einer sonderbaren Genauigkeit, die Augusta zunächst nicht begriff. Sie sah nur, wie Olga ihren weißen Hals streckte und die Lippen die Leberblümchen streiften, die sie von Harald und Erland bekommen hatte, während sie gleichzeitig einen schrägen Blick zunächst zum Pfarrer warf, dann weiter zum Dorfarzt und dem jungen Papierarbeiter Elof Karlsson aus Hallstavik, um schließlich bei dem etwas älteren Grubenarbeiter Albin Lindblad aus Herräng, der das Kornett in Herrängs Blaskapelle spielte, hängen zu bleiben. Sie fing sie alle vier ein. Der Pfarrer bekam einen unsicheren Blick, während er lächelnd nickte. Der Dorfarzt hob die Augenbrauen, nahm dann seinen Hut ab und machte eine ironische Verbeugung. Elof Karlsson errötete und wandte sich ab. Während Albin Lindblad unbeweglich stehen blieb und sie noch lange Zeit anstarrte, nachdem Olga ihren Blick bereits abgewandt hatte. Er bewegte sich erst wieder, als seine Frau ihm einen wütenden Stoß in die Seite gab und ihn damit zwang, sich seinem kleinen Bruder zuzuwenden, der einer von Olgas Mitkonfirmanden war.

Der Junge folgte Albins Blick und starrte Olga an, senkte dann schnell sein Gesangbuch, um zu verbergen, dass es sich plötzlich unter seinem Hosenschlitz wölbte.

Sie war schön. Schöner, als Augusta jemals gewesen war.

Mit weißer Haut, dunklen Augen und so schlank, dass Isaks Hände sich trafen, wenn er ihr um die Taille fasste.

Olgas Lachen war plötzlich über ganz Nordanäng zu hören. Von ihr, die doch noch nie vorher gelacht hatte. Und die ganze Welt lachte mit ihr: Isak, wenn er auf der Veranda saß und sich darüber freute, dass die Grube wieder geöffnet worden war, dass die Arbeitslosigkeit und der Hunger für dieses Mal ein Ende hatten. Erland und Harald, die barfuß übers Gras sprangen, voller Vorfreude auf die Sommerferien, die bald kommen würden. Die Elster, die im Apfelbaum saß, und der Spatz, der im Pferdeapfel auf der Straße pickte.

Aber Augusta lachte nicht, wie sie da in der Küche beim Mittagsabwasch stand, sie verzog das Gesicht. Es brannte wie Feuer in ihren aufgerissenen Händen, wenn sie sie ins Wasser tauchte.

»Ich verabscheue dich«, dachte sie. »Ich. Verabscheue. Dich.«

»Öh!«, ruft er. »Angelica!«

Der Fuß tritt nach hinten in die Bremse, das Hinterrad rutscht weg.

Warum hält sie an? Sie erinnert sich doch nicht einmal daran, wie der Junge noch hieß, der da vor dem Blå Krogen mit einer Gruppe anderer Jungs steht. Sie kennt sie alle, kann sich aber an keinen Namen mehr erinnern. Vielleicht haben sie gar keine Namen.

Sie steigt nicht vom Rad, bleibt nur mit einem Fuß auf dem Boden und dem anderen auf dem Pedal stehen. Plötzlich ist ihr wieder übel, und sie muss schlucken. Aber sie hat keine Angst, es gibt ja keinen Grund, Angst zu haben. Sie befindet sich ja nicht irgendwo in der Wildnis, sondern mitten in Hallstavik, nur ein paar hundert Meter vom Eingang zum Werkstor entfernt. Und die Jungs sind alte Schulkameraden, gleichaltrig oder ein paar Jahre älter als sie. Außerdem ist es immer noch ziemlich hell. Es ist noch nicht einmal sieben. Noch hat Bazille sich nicht an den Küchentisch gesetzt, um zu warten. Noch weiß er nicht, dass Angelica verschwunden ist, ohne zu verschwinden.

»Ja?«, fragt sie. Eine Dunstwolke gebratenen Fetts vom Grill weht vorbei.

»Wie geht's?«, fragt der, der ihren Namen gerufen hat. Matti. Ja, jetzt erinnert sie sich wieder. Matti heißt er.

»Gut«, sagt sie. »Und selbst?«

Im gleichen Moment fällt ihr noch mehr ein, und die Knie wollen ihr den Dienst versagen. Was für eine Idiotin sie doch ist. Warum hat sie angehalten? Sie hat mit Matti einmal in der Siebten herumgemacht, er hat drei Finger in sie hineingesteckt und sie zum Bluten gebracht. Hinterher konnte sie nicht mehr sagen, ob das ein Sieg oder eine Niederlage war, vielleicht hat sie deshalb den Jungen und seinen Namen vergessen. Aber Matti hat nichts vergessen, das kann sie seinen Augen ansehen.

»Gehst du jetzt in Uppsala zur Schule?«, fragt er.

Sie nickt und zwingt sich, seinem Blick standzuhalten.

»Und mit welchem Schwerpunkt?«

»Bildende Kunst.«

Einer der Jungs im Hintergrund isst eine Wurst, er kaut mit offenem Mund und lässt sie nicht aus den Augen. Ein kleiner Klecks Ketchup klebt in seinem linken Mundwinkel.

»Und was wird man dann?«, fragt Matti und kommt ein paar Schritte näher, wobei er die Cola-Dose, die er in den Händen hält, zerdrückt. Angelica zuckt mit den Schultern.

»Weiß nicht. Zeichenlehrer vielleicht... Oder Künstler.«

Matti verzieht ironisch den Mund und wackelt mit den Hüften.

»Oooh ha! Echt geil...«

Er legt eine Hand auf ihren Lenker und starrt sie an, die vier Jungs hinter ihm bilden einen kleinen Halbkreis. Zwei von ihnen sind Hardrocker, sie haben langes Haar und schmale Augen. Angelica richtet sich auf und ignoriert sie, sieht stattdessen Matti an.

»Und was machst du?«

Seine Handflächen trommeln ein kleines Solo auf den Fahrradlenker.

»Individualzweig.«

»Hier in Hallstavik?«

»Mmm. Hier in Hallstavik...«

Er grinst mit geschlossenem Mund und steht plötzlich mit gegrätschten Beinen über dem Vorderrad.

Weit hinter ihm, auf der anderen Seite des Parkplatzes, kommt jemand aus dem Blå Krogen heraus. Das könnte Kristoffer sein, die Jacke hat die gleiche Farbe wie Kristoffers Jacke, aber sie ist sich nicht sicher. Ihr Blick ist verschwommen. Schwer zu erkennen. Sie zwinkert ein paarmal: Doch, das ist Kristoffer. Er hat einen Hamburger in der Hand und überquert den Parkplatz mit abweisender Haltung. Angelica öffnet den Mund, um ihm hinterherzurufen, schließt ihn aber gleich wieder. Warum sollte Kristoffer ihr helfen wollen? Und warum sollte sie überhaupt Hilfe brauchen? Sie steht doch einfach nur da und redet mit ein paar Jungs. Schulkameraden. Oder so.

Matti hat jetzt mit beiden Händen ihren Lenker umfasst, sagt aber nichts mehr. Die anderen Jungs haben ihre Hufeisenformation hinter ihren Rücken verlegt. Sie sieht sie nicht. Spürt nur ihre Nähe. Das Fahrrad schaukelt. Jemand hat sich auf den Gepäckträger gesetzt.

»Wie spät ist es?«, fragt Angelica. Sie weiß eigentlich nicht, warum. Schließlich hat sie eine eigene Uhr am Arm, sie braucht ihn nur anzuheben, um zu wissen, wie spät es ist. Aber irgendwas muss sie schließlich sagen. Sie kann nicht einfach stumm dastehen und darauf warten, dass etwas passiert.

»Weiß irgendjemand, wie spät es ist?«, fragt sie wieder. Ihre Stimme ist jetzt heller, fast schrill. Matti zieht die Augenbrauen hoch, antwortet aber nicht. Keiner antwortet. Aber derjenige, der auf dem Gepäckträger sitzt, lässt seine Hände unter Angelicas Pullover gleiten und streicht ihr vorsichtig über den Bauch. Sie verdreht ihren Oberkörper, um dem zu entgehen, aber das nützt nichts. Der Junge auf dem Gepäckträger hat sie mit der linken Hand fest im Griff, während seine rechte Hand immer höher rutscht. Angelica lässt den Lenker los und versucht ihn wegzuschubsen:

»Verdammter Scheiß, was machst du da? Lass mich los!«

Matti hat immer noch beide Hände auf dem Lenker.

»Wie widerspenstig du heute bist, Angelica«, sagt er und schüttelt den Kopf. »Das sieht dir aber gar nicht ähnlich.«

Jemand lacht. Die fremde Hand umfasst ihren BH. Angelicas Stimme wird schrill:

»Lass mich!«

Matti schüttelt den Kopf.

»Scheiße, Angelica, nun werd bloß nicht hysterisch. … Du bist das doch gewohnt.«

Die Hand schiebt sich unter den BH, ein Zeigefinger streicht über die Brustwarze; die Berührung lässt die Übelkeit in Angelicas Kehle hochsteigen. Aus den Augenwinkeln kann sie sehen, wie der Hardrocker rechts seine Hand auf den Hosenschlitz legt und reibt. Plötzlich fällt ihr sein Name ein. Danne. Er hat sie einmal in der Achten geküsst und wollte ihr seine Hand in die Hose schieben, aber sie hatte damals gerade ihre Tage und weigerte sich... Und der Hardrocker links, der jetzt seine Zunge rausstreckt und sich mit ihr über das Kinn wie ein richtiger Gene Simmons fährt, er hat letztes Jahr an einem Samstagabend ihre Hand genommen und sie auf seinen Hosenschlitz gelegt... Ja, jetzt erinnert sie sich dran! Jetzt erinnert sie sich, dass er Niklas heißt und dass sie nicht nur seine Hand dort hat liegen lassen, sondern sogar seinen Schlitz im Dunkel der Pizzeria geöffnet und ihn gestreichelt hat, bis er stöhnte und zuckte.

Vielleicht hat sie mit allen fünfen geknutscht. Sie weiß es nicht. Kann sich nicht daran erinnern.

»Lass mich los!«

Eigentlich will sie laut rufen, doch es wird nur ein Krächzen. Das Fahrrad schwankt unter ihr, als sie versucht, sich loszuwinden, aber es fällt nicht. Matti hält immer noch den Lenker fest. Jetzt beugt er sich lächelnd vor:

»Scheiße, wie stellst du dich heute nur an, Angelica... das sieht dir doch gar nicht ähnlich. Du bist doch sonst immer so großzügig.«

Die Hand unter ihrem Pullover hat jetzt ihre linke Brustwarze umfasst, knetet und drückt sie mit Zeigefinger und Daumen. Ein merkwürdiges Weinen, trocken und ohne Tränen, vermischt sich mit der Übelkeit, aber es bleibt in der Kehle stecken und wird nur zu einem albernen kleinen Jammern. *Loslassen*! Sie rudert mit den Armen, versucht vergeblich, die fremde Hand unter dem Pullover zu schnappen, spürt gleichzeitig, dass andere Hände plötzlich an ihrem Hosenknopf fummeln, dass jemand seine Hand über ihren Schritt gelegt hat, dass wieder andere über ihre Oberschenkel streichen. Trotzdem ist der klare Teile ihres Kopfes von all dem vollkommen unberührt. Ich sollte nicht so mit den Händen wedeln, denkt sie. Das sieht so lächerlich aus. So kleinmädchenhaft.

Matti beugt sich vor, sein Atem streicht über ihre Lippen.

»Wir wissen, was du machst«, sagt er mit leiser Stimme. »Du bumst mit einem Alten.«

Er lässt den Lenker los, das Fahrrad kippt unter ihr. Die Hand auf ihrer Brust ist zur Ruhe gekommen.

»Igitt, Jungs«, sagt Matti. »Lasst die Hure los.«

Jemand erhebt sich vom Gepäckträger. Das Fahrrad fällt scheppernd zu Boden.

Das Vorderrad dreht sich.

»Sie ist so widerlich«, sagt Matti und schiebt sich die Hände in die Taschen. »Ihre Fotze stinkt doch nach Fisch ... Scheiße, ich habe noch fast eine Woche danach gestunken, als ich da drin war.«

Hinterher braust alles im Kopf herum. Sie kann nicht richtig denken.

Nicht, dass sie es nicht versucht. Ganz im Gegenteil. Sie tut ihr Bestes. Als sie nach Nordanäng radelt – sie hat nicht die Geduld, auf den Abendbus zu warten –, versucht sie die ganze Zeit nur schöne und beruhigende Gedanken zu finden. Die Dämmerung ist ja so schön, der Wald steht vor dem taubenblauen Himmel schwarz da, und die Welt ist vollkommen still. Vielleicht sind ja alle anderen Menschen gestorben, vielleicht ist sie ganz allein auf der Welt. Nein, nein, doch nicht alle. Mikael ist nicht gestorben, er schläft nur, morgen will sie nach Herräng fahren und ihn wecken. Aber bis dahin will sie einen schönen, ruhigen, einsamen Abend in Augustas Haus verbringen. Sie will sich den Küchentisch hübsch decken, eine kleine Kerze anzünden und dann ganz still in der einbrechenden Finsternis sitzen und ihre Hausaufgaben machen ...

Sobald sie durch das Küchenfenster geklettert ist, deckt sie den Tisch, zieht sich nicht einmal vorher die Jacke aus. Einen tiefen Teller. Einen Löffel. Ein Glas. Es ist so dunkel geworden, dass sie ein Streichholz anzünden und sich auf einen Stuhl stellen muss, um die Dose mit der Fleischsuppe zu finden. Hinterher merkt sie, dass sie vergessen hat, sich die Schuhe auszuziehen. Sie reibt schuldbewusst mit einem Küchenhandtuch den Stuhlsitz ab, reibt und reibt den unsichtbaren Schmutz weg, bevor sie die Dose öffnet, die Suppe in einen Topf kippt und diesen auf die Platte stellt.

An diesem Abend ist es dunkel im Haus, viel dunkler als am Tag zuvor. Sie muss sich durch den großen Raum tasten, um in den Flur zu gelangen. Das ist gut. Angelica hat nie verstanden, warum einige Menschen Angst vor der Dunkelheit haben. Das ist doch lächerlich: Man ist doch nie so sicher wie dann, wenn man nicht gesehen werden kann …

Sie will sich gerade hinunterbeugen, um sich den linken Schuh auszuziehen, als sie eine Stimme hört:

»Hure«, sagt sie. »Fotze. Luder. Dreck. Verdammte Missgeburt.«

Es dauert ein paar Sekunden, bis ihr klar ist, wer da geredet hat.

Sie muss essen. Sie hat seit Freitag kein warmes Essen mehr zu sich genommen. Und das ganze Haus riecht nach Fleischsuppe.

Angelica mag Fleischsuppe. Siris Fleischsuppe war die beste auf der Welt. Vielleicht lag es daran, dass sie mit Vorfreude gewürzt war: Wenn es bei Siri Fleischsuppe gab, servierte sie immer als Nachspeise Apfelstrudel mit Vanillesoße. Sie selbst nahm nur einen kleinen Klecks von der Vanillesoße, während Angelica so viel bekam, wie sie nur wollte.

Aber jetzt steht kein zimtduftender Apfelstrudel im Ofen, und im Kühlschrank wartet keine sahnige Vanillesoße. Vielleicht ist das der Grund, dass Angelica sich nicht an den Küchentisch setzen kann. Sie zieht nicht einmal den Stuhl heraus, beugt sich nur über die Stuhllehne und fährt mit dem Löffel über den Teller, führt ihn dann langsam an den Mund und lässt die Suppe über die Zunge fließen.

Es schmeckt eklig. Fettig. Salzig. Abgestanden.

Sie lässt den Löffel los, dass er auf den Boden fällt.

Sie muss die Hände ausstrecken und sich in der Dunkelheit vortasten, als sie zurück ins große Zimmer geht. Das lässt sie an das Blindenspiel denken, das sie spielte, wenn es am allerschlimmsten war. Zu der Zeit, als Bazille gerade frisch auf Entzug war.

Es war viel einfacher gewesen, als er noch trank und Drogen nahm. Da kümmerte er sich gar nicht um sie, er schien kaum zu wissen, dass Angelica existierte, und wenn er es doch einmal merkte, so war es ganz leicht, ihm auszuweichen, wenn er zu einem Tritt ansetzte oder die Faust hob. Aber meistens konnte er sich nicht einmal aufraffen, nach ihr zu schlagen, er nuschelte nur etwas, wenn er sie sah – *Verdammtes Gör* –, um sie gleich wieder zu vergessen und etwas anderes zu nuscheln. Schlimmer erging es Carina. Sie konnte seinen Fäusten nie ausweichen, und wenn er aufhörte, sie zu schlagen, musste sie ihn zunächst in stabile Seitenlage auf den Wohnzimmerboden legen, damit er nicht an seiner eigenen Kotze erstickte, bevor sie zum Notarzt gehen konnte, um sich eine Armschlinge zu holen. Angelica hat das Gefühl, als wäre Carina zu der Zeit ununterbrochen mit einer Armschlinge herumgelaufen und als wäre sie sogar noch stolz darauf gewesen.

Nicht, dass Angelica so viel darüber nachdachte. Sie hatte gerade in der Schule angefangen und genug Sachen, um die sie sich kümmern musste. Jeden Morgen stand sie auf, wenn das Telefon klingelte, blieb eine Weile blinzelnd im Flur stehen, während sie die Signale zählte. Eins. Zwei. Drei. Vier. Es stimmte. Das war Siri, die angerufen hatte, und damit hatte der Tag begonnen. Siri selbst hatte ihr gesagt, sie solle nicht drangehen und den Hörer aufnehmen. Das würde Geld kosten, und das wäre unnötig, und dann könnte Siri es sich vielleicht nicht mehr leisten, sie jeden Morgen telefonisch zu wecken. Trotzdem hätte Siri sich natürlich Sorgen gemacht, wenn sie nicht gewusst hätte, ob Angelica auch wirklich aufgewacht war; deshalb rief Angelica gleich bei Siri zurück. Sie ließ es ebenfalls viermal klingeln, stand mit geschlossenen Augen da und stellte sich vor, wie Siri in ihrem grauen Morgenmantel zur Küche schlurfte, während sie mitzählte. Angelica wusste, dass sie nicht drangehen würde: Dann hätte Carina dadurch eine vollkommen unnötige Ausgabe, und das wollte Siri auf keinen Fall verantworten…

Trotzdem hatte Angelica das Gefühl, als wäre Siri jeden Morgen bei ihr, als säße sie auf der Klobrille und sähe zu, wie sich Angelica ein wenig Wasser ins Gesicht spritzte und den Mund ausspülte, als hielte sie kurz darauf den Stuhl fest, wenn Angelica auf die Küchenanrichte kletterte und das Paket mit Kakaopulver herunterholte, und als würde sie anschließend Angelica dabei helfen, Gläser und Flaschen vom Küchentisch zu räumen, damit sie dort sitzen und ihren Kakao trinken konnte.

In der Dunkelheit draußen funkelten die Straßenlichter, die ersten Lastwagen des Tages donnerten über die Skärstabron. Bazille schnarchte auf dem Wohnzimmerfußboden. Carina drehte sich in ihrem Bett im Schlafzimmer um und jammerte leise, sicher tat ihr irgendetwas weh. Angelica fuhr sich mit der Zunge über ihre pelzigen Schneidezähne und seufzte vor Wohlbehagen. Der Kakao tat ihr gut. Und es war schön, in Ruhe gelassen zu werden.

Alles wurde anders, als Bazille nüchtern wurde.

Angelica weiß nicht mehr genau, wie seine Abkehr vonstatten ging, sie erinnert sich nicht einmal mehr daran, dass er eines Tages verschwand und für viele Monate wegblieb. Dagegen weiß sie noch ganz genau, was passierte, als er zurückkam.

Sie war nach der Schule bei Siri gewesen. Wie immer.

Der Regen hing in der Luft, als sie nach Hause ging, aber das machte nichts, im Gegenteil, das war nur gut so. Jetzt machte sie sich nicht lächerlich, weil sie einen Regenmantel trug. Schließlich war es ganz in Ordnung, einen Regenmantel zu tragen, wenn es nach Regen aussah. Es zeigt, dass man vorausschauend ist. Bereit.

Aber der Regen war nicht der Grund, warum Angelica an diesem Tag einen Regenmantel trug. Sie trug ihn, weil er rosa war. Ganz und gar rosa. Siri hatte ihn für Angelica gekauft. Im Versandhandel. Sie waren vor eine paar Stunden zusammen zum Postamt gegangen und hatten das Paket abgeholt. Siri hatte sich bei der Schalterbeamtin entschuldigt, dass sie das Geld nicht passend hatte, und ihr eilig erklärt, dass sie wirklich keine unnötigen Luxusgüter gekauft hätte, sondern nur einen Regenmantel für das Mädchen. Zum halben Preis.

Aber Angelica war der Preis vollkommen gleich. Es interessierte sie auch nicht, dass es ein Regenmantel war. Das Einzige, was sie interessierte, war die Farbe: rosa. Carina kaufte immer graue oder dunkelblaue Kleidung für sie. Die konnte besser den Schmutz ab. Angelica hatte schon lange aufgehört, sich darüber zu beschweren. Würde sie sich beklagen, würde Carina nur sagen, dass sie verwöhnt und schlecht erzogen sei, und wenn sie so etwas sagte, marschierten immer Massen von Ameisen unter Angelicas Haut auf, und das mochte sie gar nicht. Deshalb hatte sie vergessen, dass sie die Farbe Rosa so gern mochte, das war ihr erst wieder eingefallen, als Siri das Paket öffnete, und da war ein Silberpfeil reiner Freude durch ihren Körper geschossen.

Und jetzt war sie auf dem Weg nach Hause zu Carina in einem funkelnagelneuen rosa Regenmantel. Sie schob die Glastür auf und ging ins Treppenhaus, aber schon als sie Licht machte, konnte sie spüren, dass etwas anders war. Es lag etwas Neues in der Luft: ein metallischer Geruch, der sich vorher nicht dort befunden hatte.

Sie legte die Hand aufs Geländer und ging die Treppen hoch.

Doch. Der Geruch kam aus dem dritten Stock. Aus Carinas Wohnung.

Da war sie sich ganz sicher.

»Wo zum Teufel bist du gewesen?«

Es war blendend hell in der Wohnung, alle Lampen waren eingeschaltet. Angelica atmete tief ein, der neue Geruch erfüllte ihre Lunge. Jetzt erkannte sie, was es war. Frische Luft und Putzmittel. Irgendwo war ein Fenster geöffnet. Oder mehrere: Ein leichter Windzug fuhr langsam aus dem Wohnzimmer in ihr eigenes Zimmer. Carina stand breitbeinig im Flur und strich sich über die Stirn, sie hatte einen Putzlappen in der Hand. Angelica ließ ihren Rucksack zu Boden fallen und schaute sich um. Der Boden war feucht. Auf ihm stand ein Eimer. Rot. Ganz neu.

»Und was hast du da an?«

Angelica öffnete den Mund, sagte aber nichts, sie wusste nicht so recht, was sie sagen sollte.

»Hast du das geklaut?«, fragte Carina. »He? Hast du die Regenjacke geklaut?«

»Geklaut«, fragte eine tiefe Stimme. »Was hat sie geklaut?«

Ein breiter kleiner Mann stand in der Küchentür. Es dauerte einige Sekunden, bevor Angelica ihn wiedererkannte.

Acht Monate lang war Bazille erzogen worden.

Jetzt sehnte er sich danach, selbst jemanden zu erziehen.

Angelica wurde in die Küche geschafft und am Küchentisch zur Rede gestellt.

Zuerst einmal sollte sie ehrlich auf alle Fragen antworten. Und dann sollte sie sich mal diese mürrische Miene vom Gesicht wischen, sie hatte ja nun absolut keinen Grund, so beleidigt auszusehen. Wie bitte? Wollte sie was dagegen sagen? Welches Recht hatte sie denn bitte schön, erwachsenen Menschen zu widersprechen? Wo sie noch nie im Leben sich auch nur eine einzige Mahlzeit selbst verdient hatte? Nun? Und als sie noch in den Kindergarten ging, hatte sie doch schon geklaut. Und war sie es nicht, die schon in der ersten Klasse einen Fürsorger und den Schulpsychologen am Hals gehabt hatte?

»Siri?«, fragte Carina hinter ihrem Rücken. »Du willst mir doch nicht weismachen, dass die geizigste Alte von ganz Hallstavik dir diesen rosa Fummel gekauft hat? Was glaubst du denn, wie dumm ich eigentlich bin? He?«

Bazille packte sie am Nacken und drückte zu. Jetzt waren hier neue Zeiten angebrochen. Das konnte er ihr flüstern. Deshalb sollte Angelica erst einmal die Wahrheit sagen, dann würden Bazille und sie einen kleinen Spaziergang machen und den Regenmantel seinem rechtmäßigen Eigentümer zurückbringen. Jetzt brauchte sie nur noch den Namen auszuspucken.

»Rebecka!«, schrie Angelica schließlich. »Das ist Rebeckas Mantel ...«

Sie wusste selbst nicht, warum. Niemals würde sie verstehen, warum.

Rebeckas Mutter hatte eine Falte zwischen den Augenbrauen. Die wurde noch tiefer, als Bazille auf der Treppe stand und ihr den rosa Mantel hinstreckte. Nein, das war nicht Rebeckas Regenmantel. Ganz bestimmt nicht.

»Du verlogenes kleines Stück Scheiße«, sagte Bazille, als sie wieder auf dem Bürgersteig standen. Er umklammerte ihren Nacken noch fester.

Ein Licht wurde in Rebeckas Wohnzimmer eingeschaltet, ein

Mann war dort drinnen zu erkennen. Angelica sah ihn und wunderte sich kurz, wieso jemand, der so nah war, doch so weit weg sein konnte. Dann vergaß sie ihn wieder.

Am Morgen darauf war Rebecka Mittelpunkt eines kleinen Kreises von Mädchen, die verstummten und wegguckten, als Angelica auf dem Schulhof erschien. Sie hatte ihre Hände tief in die Taschen ihres blauen Steppanoraks gestopft und tat so, als würde sie nichts sehen, ging stattdessen schnell zum Fahrradständer, als wäre sie auf dem Weg zu einer ungemein wichtigen Verabredung. Ein paar Worte flatterten ihr hinterher – *Mama war total schockiert!* –, aber sie ließ sie nicht an sich heran und zwang sich, sie sofort zu vergessen. Sie hockte sich hin und kratzte auf dem Asphalt, tat so, als suchte sie etwas. Die große Linda – die nie mit den anderen Mädchen aus der Vierten spielen durfte und deshalb immer bei Angelica und den anderen Kleineren Anschluss suchte – umkreiste sie. Schließlich konnte sie nicht mehr an sich halten, sie blieb stehen und legte ihren Kopf schräg.

»Stimmt das, dass dein Vater dich schlägt?«, fragte sie.

Aber das stimmte nicht. Bazille schlug sie nicht.

Niemals.

Er setzte nur seine Grenzen. Es war wichtig, Kindern ihre Grenzen zu setzen.

Besonders was die Sauberkeit betraf. Jetzt war Schluss damit, morgens nur ein bisschen Wasser ins Gesicht zu spritzen und den Mund kurz auszuspülen. Angelicas Zähne waren das Ekligste, was Bazille je gesehen hatte, die waren ja geradezu bedeckt von einem gelblichen Pelz, und – hier hob er seine Stimme – wenn sie nicht zusah, das umgehend wegzuputzen, dann würde er ihr dabei helfen. Trotzdem war er gezwungen, sie kurz darauf vom Essenstisch wegzuschicken: Ihre abgekauten Nägel waren so eklig, dass es ihm den Appetit verdarb. Ihr fettiges Haar auch. Und wenn sie nicht in der Lage war, das lange Haar so zu waschen, wie es sich gehörte – hier fiel seine Faust auf den Küchentisch, dass die Teller klirrten –, dann musste man es eben abschneiden. Denn jetzt würde hier verdammt noch mal endlich Ordnung herrschen.

Seine Stimme dröhnte immer tiefer, je später der Abend wurde.
Aber er schlug sie nicht. Niemals.
Er schloss sie nur im Badezimmer ein.

Anfangs schrie sie. Zumindest nimmt sie das an. Sie kann sich nicht mehr so recht daran erinnern, weiß nur noch, dass es einen Schrei in ihr gab, auch noch, als sie sich daran gewöhnt hatte und wusste, dass es in bestimmten Fällen besser war, im Badezimmer eingesperrt zu sein, als draußen in der Wohnung sein zu müssen. Außerdem lohnte es sich gar nicht zu schreien. Es konnte sogar direkt gefährlich werden. Deshalb hatte sie sich das Blindenspiel beigebracht. Um sich selbst dabei zu helfen, still zu sein.

Es war ein schönes Spiel. Es verwandelte sie in eine Prinzessin, der die Augen weggezaubert und durch Diamanten ersetzt worden waren, eine Prinzessin, die sich durch einen dunklen Wald mit vielen Gefahren kämpfen musste, die aber trotzdem immer noch genug Kraft hatte, um allen Tieren zu helfen, denen es übel ergangen war. Sie schiente einem Eichhörnchen das gebrochene Bein. Sie kletterte mit einem kleinen Vogel, der aus dem Nest gefallen war, einen Baum hinauf. Sie rettete einen Fuchs, der mit einer Pfote in einer Bärenfalle festsaß. Und zum Schluss erhielt sie ihre Belohnung: Eine gute Fee – mit krummem Buckel und sehr ängstlich – tauchte auf und schenkte ihr neue Augen. Manchmal war sie gezwungen, eine Weile zu schlafen, bevor die neuen Augen funktionierten, aber das machte nichts. Die Fee gab ihr dann immer eine gute Seife, an der sie riechen konnte, während sie einschlief …

Als sie älter wurde, veränderte sich das Blindenspiel. Es wurde mathematischer. Manchmal war sie ein blindes Mädchen, deren Fingerspitzen so empfindlich waren, dass die ganze Welt erstaunt war: Sie konnte zählen, wie viele Borsten sich an einer Zahnbürste befanden, allein durchs Berühren. Das war eine Aufgabe, die Übung und Konzentration verlangte. Wenn die Stimmen draußen in der Wohnung verstummten, setzte sie sich auf den Boden, den Rücken an die Badewanne gelehnt, und zählte zuerst, wie viele Borsten es in jedem Bürstenbüschel gab, und dann, wie viele Büschel es auf der ganzen Zahnbürste gab, multiplizierte dann die Anzahl der Borsten mit der Anzahl der Büschel und bekam die Antwort. Das war nicht einfach: Die Borsten waren dünn und schwer zu zählen, deshalb war sie gezwungen, diese Prozedur mindestens fünfmal zu wiederholen und dann den Durchschnitt ihrer Ergebnisse zu nehmen, um ganz sicher zu sein. Meistens landete sie irgendwo zwischen dreihundertsechzig und dreihundertfünfundachtzig Borsten pro Zahnbürste.

Aber jetzt sollte sie das Blindenspiel lieber nicht spielen. Sie sollte sich nicht weiter an den Wänden in Augustas großem Zimmer mit ausgestreckten Händen entlangtasten. Das ist doch idiotisch. Stattdessen sollte sie besser ihre Hausaufgaben machen. Sie hat welche in Schwedisch und in Sozialkunde auf, die Bücher liegen in ihrem Rucksack und warten auf sie, sie muss sie holen und endlich anfangen...

Trotzdem macht sie weiter. Trotzdem ist sie gezwungen, mit den Händen über ein Möbelstück nach dem anderen zu streichen, einen Gegenstand nach dem anderen. Da ist der Wäscheschrank. Da ist die Anrichte. Da ist die kleine Glasschale, in die Alice immer ihren Schmuck gelegt hat. Und da ist das Telefon. Ja. Da ist das Telefon.

»Du bist ja verrückt«, sagte der vernünftige Teil in ihrem Kopf. »Du bist ja eine verdammt dumme, bescheuerte Idiotin.«

Aber das nützt nichts.

Die Telefonnummer hat sie seit Ende des Sommers im Kopf. Nicht, weil er sie ihr gegeben hat. Nicht weil er sie gebeten hat, doch anzurufen. Im Gegenteil, er hat die Stirn gerunzelt, als er sah, wie sie die schmutzige Visitenkarte aufhob, die auf dem Autoboden lag. Dann nahm er sie ihr aus der Hand und zerriss sie. Aber da war es schon zu spät. Die Nummer seines Handys hatte sich bereits in ihr Gehirn eingeätzt.

Das Telefon ist schwarz und altmodisch. Mit Ziffernscheibe. Angelica ist ein blindes Mädchen, das die Zahlen nicht sehen kann, deshalb lässt sie ihren Zeigefinger die Löcher zählen, bevor sie die Scheibe dreht.

Vielleicht klappt es gar nicht, denkt sie, als sie die erste Ziffer wählt.

Vielleicht kommen die Signale gar nicht durch, denkt sie, als sie die zweite wählt.

Vielleicht werde ich falsch verbunden, denkt sie, als sie die dritte wählt.

Aber es funktioniert. Die Signale kommen durch. Zur richtigen Nummer.

Er ist im Auto, sie erkennt das leise Brummen des Motors. Und das Radio läuft: Im Hintergrund kann sie Musik hören.

»Ja?«, fragt er.

Ein leichter Duft von Königsminze schwebt über die Schleimhäute ihrer Nase, als sie seine Stimme hört.

»Hallo«, sagt sie. »Ich bin's.«

»Hallo, Kleines«, sagt er. »Warum klingst du so ernst?«

Es dauert ein paar Sekunden, bevor ihr klar wird, dass er glaubt, sie wäre jemand anders. Sie räuspert sich.

»Ich bin es«, sagt sie noch einmal. »Nicht Rebecka. Ich.«

Es bleibt still. Angelica beißt sich auf die Lippen. Sie sitzt jetzt auf dem Boden, mit geradem Rücken und gekreuzten Beinen. Ihre Stimme ist heiser geworden:

»Können wir reden? Bist du allein?«

Er räuspert sich.

»Ja.«

Angelica schließt die Augen.

»Wo bist du? Können wir uns sehen?«

Die Musik im Hintergrund bricht ab. Er hat das Radio abgestellt, antwortet aber nicht.

»Bitte!«, sagt Angelica.

Wieder Schweigen. Nur Schweigen und das Brummen des Motors.

»Du«, sagt Angelica. »Ich sehne mich so. Wir können uns doch sehen, ja?«

Er räuspert sich wieder. »Nein.«

Ihre Stimme wird weinerlich, sie hört es selbst, kann aber nichts dagegen tun:

»Bitte! Nur noch einmal. Ich habe ein Haus gefunden, in dem wir …«

»Ein Haus?«

»Ja. Du weißt, das Haus, vor dem du mich das erste Mal gefunden hast… Ich wohne jetzt da.«

»Du wohnst da? In diesem Haus in Nordanäng?«

»Ja. Und ich warte auf dich. Bitte, bitte, komm!«

Jetzt klingt er ungeduldig. Wütend und ungeduldig.

»Bitte, Angelica, zum einen bin ich gar nicht zu Hause. Ich sitze im Auto auf dem Weg nach Malmö und bin gerade an Jönköping vorbeigefahren. Und zum anderen waren wir uns doch einig, dass die ganze Geschichte ein Irrtum war.«

Angelica schluchzt auf.

»Waren wir das?«

»Ja, das waren wir, Angelica. Das musst du doch noch wissen. Du warst zum Schluss doch auch nicht mehr sonderlich interessiert. Deshalb haben wir beschlossen, uns nicht mehr zu sehen und dass alles ein Irrtum war.«

Etwas rinnt ihr aus den Mundwinkeln. Sie sabbert. Sie sitzt tatsächlich da, und der Speichel läuft ihr aus dem Mund… Igitt, wie eklig!

»Angelica!«

Er kann ihr Schweigen nur schwer ertragen, das kann sie hören, trotzdem findet sie keine Worte. Aber sie gibt einen leisen Ton von sich, um ihn zu trösten.

»Es war ein Irrtum, Angelica. Das weißt du doch auch. Wir hätten es sein lassen sollen. *Ich* hätte es sein lassen sollen. Aber ich war so verlockt.«

Jetzt klingt in seiner Stimme ein Lächeln mit:

»Du bist so hübsch, Angelica. Richtig süß. Deshalb ist es nicht so leicht, die Finger von dir zu lassen…«

Jetzt läuft auch der Rotz. Es brennt unter ihren Augenlidern. Aber sie weint nicht.

»Bist du traurig?«, fragt er. Seine Stimme ist wieder ernst geworden. »Das musst du nicht sein, meine Kleine. Es ist am besten so, das siehst du doch auch ein. Du wirst bald einen Jungen in deinem Alter treffen, und dann wirst du froh sein, dass das hier vorbei ist. Und jetzt, wo ihr umgezogen seid, hast du sicher andere Sachen im Kopf, du musst wohl dein Zimmer einrichten und so. Möbel kaufen. Deiner Mutter helfen, die Gardinen aufzuhängen.«

Der Rotz läuft nicht mehr. Sie ist erstarrt, sitzt kerzengerade da und starrt in die Dunkelheit. Als sie spricht, klingt ihre Stimme argwöhnisch:

»Was hast du gesagt?«

Sie kann hören, wie er sich eine Zigarette anzündet, er hustet leise, als er den Rauch auspustet:

»Ist ja auch egal. Ich möchte nur, dass du weißt, dass ich für dich nur das Beste möchte. Und ich denke, das Beste für dich ist, wenn du ein normales Teenagerleben lebst. Ein bisschen besser auf dich achtest...«

»Auf mich achte? Wie meinst du das?«

Er seufzt:

»Ich weiß nicht. Du solltest alles nur etwas leichter nehmen.«

Sie kann fühlen, wie sich ihr Gesicht zu einer Grimasse verzerrt: Die Stirn ist gerunzelt, die Zähne gebleckt. Aber sie weiß nicht, woher die Worte kommen, diese Worte, die ihr Sekunden später über die Lippen kullern. Sie hat keine Ahnung, wie sie in ihren Kopf gekommen und wie sie wieder heraus gekommen sind:

»Du hast ja keine Ahnung«, sagt sie. »Wie soll ich denn alles leichter nehmen? Schließlich hast du mich schwanger gemacht!«

Dann knallt sie den Hörer auf.

Hinterher fühlt sie sich vollkommen leicht. Sie fliegt fast, als sie in das dunkle Zimmer wirbelt. Die Gegenstände kommen in Bewegung, als sie an ihnen vorbeischwebt: ein Bild beginnt an seinem Nagel zu schaukeln, eine Tischdecke rutscht fast herunter, ein Stuhl fällt mit Gepolter zu Boden. Aber was macht das schon? Welche Bedeutung hat das im Augenblick des Triumphs? In diesem Moment, in dem sie weiß, dass ein Mann irgendwo in einem Silberauto sitzt und Angst hat. Panik. Vollkommen gelähmt vor Furcht ist.

Yes! Sie kann ihn geradezu vor sich sehen. Sie kann sehen, wie er irgendwo in eine Parkbucht fährt und den Wagen anhält, wie ein paar kleine rote Lampen auf dem Armaturenbrett aufleuchten, während er mit den Händen auf dem Lenkrad sitzen bleibt und ins Leere vor sich hinstarrt, wie sein Gesicht langsam verwelkt, während ihm klar wird, dass er bald alles verlieren wird. Sein schönes Haus. Seine hübsche Frau. Seine eingebildete feine kleine Tochter.

Das Zimmer um sie herum ist in Aufruhr, der Schaukelstuhl schaukelt, der Boden hebt sich, die Wände schwanken. Er wird sie natürlich aufsuchen. Selbstverständlich! Sobald die erste Lähmung verklungen ist, wird er zu ihr kommen. Er wird mit ihr reden, mit Tränen und Zärtlichkeit in der Stimme, er wird sie um Verschonung anflehen, er wird betteln und flehen, er wird ihr allen Trost auf der Welt versprechen, wenn sie nur abtreibt! Aber das blinde Mädchen – die Prinzessin und die Rechenkünstlerin – wird sich weigern; ihre Diamantenaugen werden in der Dunkelheit glitzern, wenn sie sagt, dass das unmöglich ist, dass das nicht geht, dass er nicht von ihr verlangen kann, dass sie das Leben ihres Kindes opfert… Und er wird ihr auf den Leim gehen! Dieser dumme Kerl wird drauf hereinfallen, er kann ja nicht wissen, dass sie erst letzte Woche ihre Tage gehabt hat…

Sie lacht laut auf und wirbelt herum, sieht nicht den umgefallenen Stuhl, der in der Dunkelheit lauert.

Es tut weh am Bein. Es pocht und ist empfindlich. Trotzdem ist es irgendwie auch schön.

Es ist immer schön, in einem dunklen Zimmer in einem dunklen Haus auf dem Boden zu liegen, einen Flickenteppich über sich. In Sicherheit zu sein. Nicht zu sehen zu sein. Nicht da zu sein.

Vielleicht hört sie wirklich auf zu existieren. Vielleicht schläft sie nur. Sie weiß es nicht, weiß nur, dass es sehr kalt in Augustas Haus geworden ist, als wieder Leben in sie kommt. Der Regen schlägt gegen die Scheiben. Wind heult.

»Hure!«, ruft er. »Fotze. Luder. Du Ekel. Verdammte Missgeburt.«

Das Haus flüstert.

Angelica ist zur Abseite gehinkt, jetzt liegt sie mit offenen Augen da und lauscht einem Gespräch aus einer anderen Zeit.

»Erzähle«, sagt Alice.

»Ich will nicht«, sagt Augusta.

»Doch«, sagt Alice. »Du willst.«

»In Herräng erzählen sie, Isaks Haar wäre in einer einzigen Stunde weiß geworden«, sagt Augusta und schaut auf ihre Hände. »Aber das stimmt nicht. Es dauerte mehrere Wochen...«

Sie verstummt, als sie hört, wie unsicher ihre Stimme wird. Es ist fast dreizehn Jahre her, seit sie es zugelassen hat, dass jemand ihre Trauer sieht, und sie hat nicht die Absicht, sie noch einmal zu zeigen. Alice hält den Atem an, zieht vorsichtig den Kamm durch das bereits gekämmte Haar, um Augusta weiterzutreiben.

Augusta räuspert sich, sucht in ihrer Erinnerung nach etwas Handfestem und Zuverlässigem, an dem sie sich festhalten kann, während sie sich dem Tag vor langer, langer Zeit annähert.

»Es war ein Montag...«

September. Sonne.

Der Geruch nach Rauch in der Luft.

Isak sitzt auf der Verandatreppe und zieht sich seine Stiefel mit Holzsohle an, müht sich damit ab, versucht, das steife Leder über die Wollsocken zu ziehen. Er dreht den linken Fuß und beäugt die Holzsohle. Die Stiefel sind abgenutzt, er braucht neue Sohlen vor dem Winter, sonst wird er wie ein Kalb in den Grubengängen herumtorkeln. Aber das muss noch eine Weile warten, er hat sich gerade erst einen neuen Blaumann angeschafft. Der ist immer noch so steif, dass er bei jeder Bewegung einen leichten Widerstand verspürt. Das gefällt ihm. Das fühlt sich irgendwie solide an, wie eine freundliche Erinnerung daran, dass das Leben es gut mit ihm meint, dass er ein fleißiger Grubenarbeiter ist und kein Hallodri.

In der Küche klappert Augusta mit den Ringen auf dem Herd. Gleich wird sie die Jungs wecken, ihnen den Schlaf mit lauten Rufen und Händeklatschen vertreiben. Sie wird mürrisch tun, wenn sie kontrolliert, ob sie sich auch ordentlich waschen, aber ihr Lächeln hervorholen, wenn sie ihnen Grütze auffüllt, und ihnen eine gruselige Geschichte als Zugabe servieren. Vermutlich eine Gespenstergeschichte. Etwas über Leichen und Gespenster, das Erland und Harald vor Schreck und Grauen aufseufzen lassen wird.

Wir haben ein Heim, denkt Isak und zählt zum tausendsten Mal seine Schätze auf. Ein Heim mit Essen auf dem Tisch. Ein Heim ohne Wanzen und ohne Tuberkulosebakterien. Ein Heim mit Schaukelstuhl und Anrichte. Aber auch ein Heim ohne Stiefkind...

Er steht seufzend auf, nimmt sein Essens- und Dynamitpaket und macht sich in Richtung Herräng auf den Weg.

Olga ist nach Hallstavik gezogen. Seit drei Wochen wohnt sie in einer Dachkammer in einer der Baracken des Werks zusammen mit Iris, einer Bergarbeitertochter aus Herräng. Iris' Eltern sind fleißige Leute und brave Guttempler, sonst hätte Augusta das niemals zugelassen. Andererseits hätte Olga es sicher auch so gemacht: Als sie ihre Dienstmädchenstelle gekündigt und Arbeit als Badefrau im Badehaus des Werks gefunden hatte, hatte sie über Augustas Wutausbruch nur gelacht und sich nicht darum geschert. Wieso? Augusta redete doch immer davon, wie wichtig es sei, sauber zu sein. Dann konnte sie doch nur froh sein, wenn ihre Tochter die reinlichste Arbeit hatte, die man sich nur denken konnte...

»Sie rächt sich«, sagte Augusta resigniert, als sie auf der Veranda standen und sahen, wie Olga ihres Weges ging. »Sie will es mir zeigen.«

»Ach!«, sagte Isak und legte ihr einen Arm um die Schulter. »Du übertreibst ...«

»Doch«, sagte Augusta und schüttelte den Kopf. »Sie rächt sich dafür, dass ich ihr die Stelle im Café in Herräng vermasselt habe.«

»Aber nicht doch ...«

»Aber ich konnte es doch nicht zulassen, dass meine eigene Tochter Kellnerin wird! Oder? Wo sollte das denn enden? Mit Schnaps und Bier und allem Möglichen. Ich weiß noch zu gut, welche Sorte Mädchen in den Cafés gearbeitet hat, als ich in Stockholm wohnte ...«

»Denk nicht mehr dran. Bei Olga ist keine Gefahr.«

»Keine Gefahr! Wie bitte? Schließlich will sie als Badefrau arbeiten!«

»Ja«, sagte Isak und nahm seinen Arm wieder herunter. »Das ist doch auch eine Arbeit, nicht wahr?«

Seitdem hatten sie nicht mehr über die Sache geredet. Das Peinliche mit keinem Wort erwähnt. Dass Olga tatsächlich mit nackten Männern arbeitete. Dass sie ihnen die Schultern einseifte und die Rücken schrubbte, dass sie ihnen mit weichen Händen durchs Haar fuhr und sie mit Wasser überschüttete ...

Nicht, dass Augusta oder Isak eigentlich wüssten, was eine Badefrau so tut; keiner von beiden hat jemals seinen Fuß ins Badehaus des Papierwerks gesetzt, und keiner von ihnen hat auch nur die Absicht, es zu tun. Zwar ist das Bad auch für Außenstehende einige Stunden in der Woche geöffnet, aber alle wissen, dass die Leute aus Herräng nicht besonders willkommen sind. Die alte Feindschaft zwischen Herräng und Hallstavik lebt weiter. Hallstaviks Papierarbeiter lachen über Herrängs Grubenarbeiter und nennen sie abgehalfterte Bauerntölpel. Und deshalb rümpfen die Leute aus Herräng die Nase über die Papierarbeiter und ihr Bad. Was für Schlappschwänze sind das denn, die einmal in der Woche warm baden müssen? Hä? Die sollten einmal einen Tag in der Eknäsgrube verbringen, um zu sehen, wie richtige Arbeit aussieht. Oder mit den Fischern von Herräng in einer Sturmnacht im November aufs Meer vor Åland hinausfahren. Oder versuchen, die Höllenhitze und die Eiseskälte in der Hütte des Eisenbruchs an einem Wintertag auszuhalten!

Isak kann also nicht das Badehaus in Hallstavik aufsuchen. Das wäre unkameradschaftlich.

Außerdem erschauert er schon bei dem bloßen Gedanken, dass Olga seinen nackten Körper sehen könnte. Deshalb hat er sich ganz im Stillen ein eigenes Badehaus in seinem Kopf gebaut. Das ist ein sonderbarer Ort mit hellblauen Wänden und schwarzen Waschtrögen, es ähnelt keinem Raum, den er jemals außerhalb seiner Träume gesehen hat. Manchmal kann er Olga drinnen erkennen: Sie trägt etwas Weißes, und das Haar auf ihrer Stirn ringelt sich in der Feuchtigkeit...

In solchen Momenten nimmt er seine Mütze ab, fährt sich mit der linken Hand durchs Haar und versucht an etwas anderes zu denken.

Isaks Herz soll noch vier weitere Jahre lang schlagen.

Jeder Sonnenaufgang wird ihn vergolden, jede Abenddämmerung ihn mit Silber überschütten, während er am Küchentisch sitzt und ins Leere starrt. Er wird jedes Mal den Mund öffnen, wenn Augusta mit einem Löffel oder einer Tasse kommt. Er wird mit den Fingern an der Decke zupfen.

Aber trotzdem wird man von diesem Morgen als von seinem letzten reden.

Er hat noch siebenundvierzig Minuten, als er auf die Landstraße biegt.

Woran denkt er?

Vielleicht an Olga und an ihr neues Leben. Vielleicht an Augusta und ihre heimliche Trauer. Vielleicht an sein eigenes Geheimnis, das er hinter einem strahlenden Lachen verbirgt. Über das er nicht sprechen kann. Das er nicht einmal selbst begreift.

Isak ist ein Mann, der tut, was er kann. Sein Bestes gibt. Er arbeitet und bemüht sich. Macht in der Grube das, was er soll, und noch ein bisschen mehr. Geht zu allen Versammlungen in die Loge Gutes Heim. Ist der Kassenwart der Gewerkschaft.

Hilft seinen Nachbarn. Verwöhnt die Katze mit frisch gefangener Plötze. Lacht mit Augusta, neckt die Jungs und ist gut zu Olga.

Aber das nützt nichts. Nichts hilft. Es kratzt trotzdem in seiner Brust.

Achtunddreißig Minuten.

Der Kies der Landstraße knirscht unter seinen Holzsohlen, der Staub wirbelt auf. Etwas rutscht unter seine Sohle. Er bleibt stehen und geht einen Schritt zurück, stochert mit der Stiefelspitze im Kies. Es dauert einen Moment, bis er erkennt, was er da sieht: eine Schlange ohne Kopf. Zur Hälfte aufgefressen. Der Boden schwankt unter Isak, und sein Herz beginnt zu rasen, bevor er sich darauf besinnt, dass er ein erwachsener Mann ist und was deshalb von ihm erwartet wird. Er verzieht das Gesicht und schiebt etwas Kies über die Schlange, bevor er weitergeht.

Früher dachte er, es sei die Scham, die ihn in der Brust zwackte. Die Scham darüber, dass er einmal der versoffenste Guttempler in Herräng war, ein haltloses Stück Dreck und ein Jammerlappen. Inzwischen weiß er, dass es nicht das ist. Er braucht sich nicht länger für sich selbst zu schämen, er hat inzwischen die wichtigste Regel für die männliche Würde gelernt: eher zu schweigen, als zu reden. Die Leute lachen nicht über einen Mann, der schweigt. Ganz im Gegenteil. Je mehr er schweigt, umso respektvoller wird er angesehen.

Aber was nützt es? Es schmerzt noch genauso in seiner Brust.

Einunddreißig Minuten noch.

Isak tritt einen kleinen Stein vor sich hin. Lange dachte er, Augusta könnte ihm helfen. Oder zumindest ihre Trauer. Er wurde ja so stark, wenn sie eine Stütze brauchte, so froh, wenn sie getröstet werden musste, so mutig, wenn sie Angst bekam. Dann ließ es für eine Weile los, dann zerrte es nicht mehr in seiner Brust, dann wurde er zu einem Ganzen und verwegen…

Er beugt sich hinunter und hebt einen Stein auf, wiegt ihn in der Hand, bevor er ihn in den Wald wirft. Augustas Trauer reicht nicht mehr, sie gibt weder Schutz noch Linderung. Immer häufiger liegt er wach, nachdem er sich in den Schlaf gewiegt hat, lauscht ihren ruhigen Atemzügen und spürt, wie das Böse zum Leben erwacht. Vor ein paar Wochen war es so schlimm, dass er sich aufsetzen und die Hand aufs Herz legen musste. Aber als Augusta aufwachte und fragte, was denn sei, konnte er nicht antworten, er schüttelte nur den Kopf und murmelte etwas von einem Albtraum.

Was hätte er auch sagen sollen? Wo gab es Worte dafür?

Siebenundzwanzig Minuten.

Früher war es einfacher. Zu der Zeit, als man noch Gedichte in der Loge las und über den Sinn des Lebens diskutierte. Das macht man nicht mehr. Jedenfalls nicht so oft. Und Isak hat gelernt, den Mund geschlossen und die Augen trocken zu halten, wenn es geschieht. Er will nicht mehr auffallen. Über ihn wurde genug gelacht.

Augusta hat nicht gemerkt, dass er verstummt ist. Und wer sollte ihr das vorwerfen? Es klingt ja, als würde er reden und lachen, wenn er zu Hause ist. Er weiß es. Aber das stimmt nicht. Er schweigt. Er läuft mit einem Riss in der Brust herum, während er redet, lacht und schweigt.

Zweiundzwanzig Minuten.

Einfacher ist es im Bergwerk und bei den Gewerkschaftssitzungen. Da geht es nur darum, die Klappe zu halten und ernst dreinzuschauen. Und das ist ihm in letzter Zeit gut gelungen. Vielleicht ist er ja deshalb bei der letzten Jahresversammlung zum Kassenwart gewählt worden …

Ach ja. Heute ist ja Zahltag. Er bleibt stehen und klopft sich auf die Brusttasche seines neuen Overalls. Ja. Das Kassenbuch liegt da, wo es sein soll. Nach Ende der Schicht wird er herumgehen und den Beitrag einsammeln.

Achtzehn Minuten.

Augusta bekam vor Begeisterung ganz rote Wangen, als er nach Hause kam und erzählte, dass er zum Kassenwart gewählt worden war. Vielleicht sah sie es als Ausgleich an. Eine indirekte

Wiedergutmachung ihres eigenen Fiaskos als Matratzensozialistin im letzten Sommer.

In diesem Sommer war es angespannter gewesen zwischen Olga und Augusta als sonst. Olga war frisch konfirmiert und brauchte morgens weder zur Schule noch zur Arbeit zu gehen. Ihr Alltag gehörte Augusta, aber am Samstag zog sie sich ihr weißes Kleid an und ging zum Tanzen nach Herräng. Nachdem Isak Augusta in den Schlaf gewiegt hatte, setzte er sich auf die Veranda und wartete, dass sie zurückkam. Eines Nachts musste er eingeschlafen sein, er wachte mit einem Ruck auf und meinte Olga durch den Garten laufen zu sehen. Es dauerte eine Weile, bevor er begriff, dass es sich um ein Reh handelte. Olga lachte fröhlich, als er ihr davon erzählte, sie wäre gern ein Reh gewesen. Aber Augusta schnaubte nur und drehte beiden den Rücken zu.

Ein Kampf wütete zwischen ihnen, ein Kampf um Olgas Zukunft. Als sie sich eine Stelle in dem einzigen Café von Herräng besorgt hatte, ging Augusta hin und verkündete, dass sie nicht dort anfangen würde. Nur liederliche Mädchen arbeiteten nämlich als Kellnerin, und Augusta dachte gar nicht daran, sich damit abzufinden, dass Olga noch schlimmer wurde, als sie schon war. Deshalb besorgte sie eine andere Stelle für Olga: als Hausmädchen bei dem Leiter des Konsums und seiner Frau. Das war ein alkoholfreies und modernes Haus, in dem Olga so einiges übers Kochen und die Hygiene lernen konnte.

Daraufhin weigerte Olga sich, in Augustas Anwesenheit zu lächeln. Nicht, dass Augusta das überhaupt bemerkt hätte. Zu der Zeit war sie viel zu beschäftigt mit ihren Matratzen.

Noch dreizehn Minuten.

Alles fing mit einem Artikel in einer Zeitung an, die Augusta als Einwickelpapier bekommen hatte, als sie in Herräng Dorsch kaufte. Sie wusste nicht, was für eine Zeitung das war, die Seiten waren zerrissen, und alles, was sie beim Saubermachen des Dorschs lesen konnte, waren Teile eines Artikels, in dem mit höhnischen Worten eine neue politische Erscheinung beschrieben wurde: der Matratzensozialismus. Einige Frauen in Malmö – eine Journalistin, eine Hausfrau und eine Fabrikarbeiterin aus

Dänemark – waren auf die Idee gekommen, in den Arbeiterwohnungen herumzugehen und den Bestand an Bettwäsche zu begutachten. Die Polizei hatte sie geschnappt, als sie die schmutzigsten Matratzen aufgeschichtet hatten und anzünden wollten.

»Hm!«, sagte Augusta und schnitt dem Dorsch den Kopf ab.

Elf Minuten.

Zwei Wochen später hatte der Sozialdemokratische Frauenclub ein Matratzenkomitee. Es bestand aus zwei Personen: Augusta und Signe, die Frau des neuen Schullehrers, die nur teilweise die Klassengrenzen überschritten hatte. Vielleicht wurden sie ja ihretwegen mit Knicksen und einem unsicheren Lächeln empfangen, wo immer sie auch an die Tür klopften.

Sie fingen an bei einigen Mitgliedern ihres eigenen Frauenclubs. Diese waren vorgewarnt, und folglich gab es gegen den Zustand ihrer Betten nicht viel einzuwenden. Die schmutzigen alten Matratzen, die wegzuwerfen man sich nicht leisten konnte, waren in aller Eile geklopft, gelüftet und mit sauberen Laken bezogen worden. Signe lächelte, als sie das Protokoll diktierte, und nahm anschließend dankend eine Tasse Kaffee entgegen.

Noch zehn Minuten.

Schlimmer war es in den anderen Häusern. In den Häusern, in denen niemand von Matratzensozialisten und Inventur gehört hatte. Dort wurden die Türen von blassen Frauen aufgerissen, Frauen, die noch blasser wurden, als ihr Bettzeug hochgerissen wurde und Signe mit äußerst durchdringender Stimme ihr Inspektionsprotokoll diktierte:

»Schmutzige Steppdecke. Kein Überschlaglaken. Zerlumptes Bettlaken. Halb verrottete Strohmatratze. Kopfkissen ohne Bezug mit Spuren gelben Auswurfs, kann möglicherweise Tuberkelbakterien enthalten. Im Bett daneben eine verschimmelte Rosshaarmatratze, dem Geruch nach zu urteilen ständig mit Urin getränkt…«

Eine drehte sich nur weg und weigerte sich, etwas zu sehen oder zu hören. Eine andere biss sich so hart auf die Lippen, dass es anfing zu bluten. Einer Dritten stiegen die Tränen in die

Augen, und sie versuchte sich zu rechtfertigen: Das Geld reichte nie, das Haus war in so schlechtem Zustand, und es war so weit bis zur Pumpe ... Eine Vierte schlug sich die Schürze vors Gesicht und wollte sich nicht trösten lassen, obwohl Signe und Augusta begeistert und wie aus einem Mund erzählten, welch glänzende Zukunft sie doch erwartete. Jetzt würden neue Zeiten anbrechen! Der Konsum würde Rosshaarmatratzen zu vernünftigen Preisen anbieten, und die Bergwerksgesellschaft würde sie subventionieren. Neue Matratzensäcke würden für die genäht, die sich Rosshaar nicht leisten konnten, und frisch geschnittenes Heu würde von den Bauern besorgt. Auch in den ärmsten Häusern sollte es im kommenden Winter frisch und sauber riechen!

Noch neun Minuten.

Die Mitglieder des Frauenclubs nähten drei Wochen lang gestreifte Matratzensäcke. Augusta trug an dem Morgen, als sie das Haus in Nordanäng verließ, einige über dem Arm, um wieder einmal in den Häusern herumzugehen und die Bettwäsche der alten Zeit einzusammeln. Am Abend sollten die dreckigsten Exemplare zu einem Scheiterhaufen am Rande von Herräng versammelt, mit Petroleum begossen und angezündet werden ...

Isak erfuhr nie, was eigentlich an diesem Tag passierte. Er weiß nur, dass zum ersten Mal in all diesen Jahren kein Essen auf dem Herd stand, als er aus der Grube heimkam. Augusta saß auf der Verandatreppe, das Gesicht in den Händen vergraben.

»Ich habe nichts begriffen«, sagte sie mit belegter Stimme, als er sich neben ihr niederließ. »Ich habe es ja nur gut gemeint, aber ich habe nichts begriffen ...«

Acht Minuten.

Jetzt hat er Herräng erreicht. Der Rauchgeruch wird stärker: In Hunderten von Häusern sind Hunderte von Feuern entzündet und Hunderte von Kaffeekesseln auf Hunderte von Herden gestellt worden.

Die Betten sind noch nicht gemacht. Auf stinkenden Matratzen.

Augusta kann nicht mehr als eine Matratze zu dem Feuer geschleppt haben. Zumindest nimmt Isak das an. Er weiß es nicht mit Bestimmtheit: Augusta weigert sich, darüber zu reden, und er selbst trifft in den folgenden Wochen nur auf eine Mauer des Schweigens im Bergwerk. Keiner will mit ihm offen darüber reden, er muss selbst seine Schlüsse aus dem ziehen, was er aus Andeutungen und hastig abgebrochenen Gesprächen aufschnappt. Offenbar haben mehrere Frauen ihren Männern weinend von der Matratzeninspektion erzählt. Und sicher haben diese Männer ihre Fäuste geballt und die Schande von allen Seiten betrachtet, sie dann in Wut verwandelt. Und der Funke dieser Wut ist von Haus zu Haus gesprungen, von Wohnung zu Wohnung und hat sich in wenigen Tagen in Hass verwandelt.

Als Signe und Augusta zum zweiten Mal anklopften, weigerten sich die Leute, die Tür zu öffnen, und diejenigen, die doch öffneten, schlugen sie schnell wieder zu. Nur in ein einziges Haus wurden sie eingelassen und mit einer schmutzigen Matratze bedacht. Als sie diese auf die Vortreppe hinaustrugen, bekam Augusta einen Tritt in den Hintern, dass sie kopfüber auf den Kies im Hof fiel. Ihr Kleid rutschte hoch und entblößte ihre schmutziggraue Unterhose und ihre blaugeäderten Schenkel.

Vier Männer standen lachend im Hof. Signe wandte sich ab und lief davon.

Vier Minuten.

Ein gekrümmter Alter wackelt vor Isak zum Förderturm hin. Das ist Blei-Johansson. Er war einer der Besten, als Isak jung war und gerade in der Grube angefangen hatte. Erfahren und mutig. Stark und aufrecht. Hatte immer ein kleines Stück Dynamit im Schweißriemen seiner Mütze, um sich das ewige Sonntagsleiden der Bergarbeiter vom Leibe zu halten, die Kopfschmerzen, die sich heranschlichen, wenn man mehr als eine Nacht nicht unter Tage war.

Jetzt kann Blei-Johansson nicht mehr einfahren. Die Feuchtigkeit in der Grube hat seinen Rücken verdreht, und der Rheumatismus hat ihn doppelt geknickt. Jetzt kümmert er sich stattdessen um die Winde, achtet darauf, dass die Fahrkörbe an der Felswand hoch und runter rutschen. Sein Lohn reicht gerade mal fürs Essen.

Bald bin ich dran, denkt Isak. Bald bin ich auch ein verkrüppelter Alter.

Zwei Minuten.

An den Fahrkörben und der Winde herrscht Gedränge. Die Arbeiter, die vor Ort sind, wollen schnell in den Berg hinunter. Sie begrüßen einander mit kurzem Nicken.

Da ist Isak. Hallo. Hallo.

Die Ketten rasseln. Der Aufzugskorb ist auf dem Weg nach oben.

Es zerrt in meiner Brust, denkt Isak.

Noch eine Minute ist übrig.

Eigentlich haben nur drei Männer in jedem Fahrkorb Platz, aber der vierte, fünfte und sechste kann auf dem Rand stehen und sich an den Ketten festhalten. Das ist nicht gefährlich. Zumindest nicht so gefährlich, dass man es unterlassen würde.

Isak hat mindestens schon hundertmal auf dem Fahrkorbrand gestanden. Er ist kräftig, gesund und hat einen geraden Rücken. Er weiß alles über die Grube.

Deshalb wird er der sechste.

Dreißig Sekunden.

Der Tagebau ist ein klaffendes Maul. Achtzig Meter tief.

In dreißig Meter Tiefe ist ein rostiger Haken in den Fels geschlagen. Keiner weiß, welche Funktion er hat. Niemand hat ihn überhaupt je bemerkt.

An ihm wird Isak sich festhaken.

Es dauert einige Sekunden, bevor er begreift. Die Kette gleitet nach unten. Seine Hand wird gezwungen, loszulassen. Der Fahrkorb verschwindet unter seinen Füßen.

Er bewegt seine Beine. Es ist leer unter ihm. Er streckt die Arme aus. Es ist leer über ihm. Ein strahlend blauer Himmel wölbt sich über den Abgrund.

Der Druck auf seinen Magen erklärt alles. Er hängt am Gürtel. Schaukelt über einem grauen Schlund. Hängt schaukelnd in dreißig Meter Tiefe, fünfzig Meter über dem sicheren Tod. Panik verzerrt die Stimmen der anderen Männer. Bringt sie zum Kreischen.

»Isak!«, schreien sie aus der Tiefe. »Isak!«

Aber Isak antwortet nicht.

Alice hebt den Kamm.
»Hat er nie wieder geredet?«

Augusta schüttelt den Kopf:

»Nein. Kein einziges Wort.«

»Und wie lange musste er da hängen?«

»Ich weiß nicht. Vielleicht zehn Minuten. Oder eine Viertelstunde. Man konnte die Winde nicht umdrehen: Man musste den Korb erst bis zum Grubenboden hinunterlassen, bevor man ihn wieder hochziehen konnte…«

Es wird still, Alices roter Kleidersaum wischt über den Boden, als sie in der Hocke den Kamm durch Augustas Haar zieht.

»Sie dachten, er wäre tot, als sie ihn hochgeschafft haben«, sagt Augusta nach einer Weile. »Er sah wie tot aus. Er fühlte sich tot an. Seine Haut war kalt. Die Beine steif.«

Eine Sekunde lang steht Alice am Rand der Eknäsgrube. Sie sieht, wie man Isak aus dem Korb hebt und ihn auf die Steinfliesen und den Schotter des Bodens legt. Sein Gesicht ist ganz weiß. Die Zähne sind entblößt. Die Augen weit aufgerissen und starr.

»Sie haben ihn auf einen Karren gehoben«, sagt Augusta.

Ein brauner belgischer Kaltblüter. Ein grauer Karren. Ein Mann, der in den Himmel sieht, ohne etwas zu sehen. Der Kutscher geht nebenher und hält die Zügel, er weiß selbst nicht, warum er nicht auf dem Kutschbock sitzen will.

Hinter dem Karren gehen zwei Männer in Arbeitskleidung und Stiefeln mit Holzsohlen. Sie sind barhäuptig, drehen aber ihre Mützen, drehen sie immer rundherum, den ganzen Weg nach Nordanäng.

Augusta kocht Apfelmus, der süße Duft liegt schwer über dem Garten und verführt die letzten Hummeln des Sommers zu einem trunkenen Tanz vor dem Küchenfenster. Die Nadelhölzer knacken im Herdfeuer. Eine Krähe krächzt. Ein Karren knarrt in der Ferne.

Augusta legt ihren Kopf zur Seite und lauscht.

Komisches Weib, heißt es hinterher. Sie hat nicht geschrien. Nicht einmal geweint.

Sie stand auf der Veranda und wartete, bis der braune Ardenner vor dem Tor anhielt, stand dort, die Hände unter der Schürze, als wüsste sie es bereits. Ihr Baumwollkleid war verwaschen und die Jacke an den Ellbogen gestopft. Die dicken Strümpfe in der gleichen Farbe wie Milchkaffee ringelten sich über ein Paar abgenutzter Schuhe. Aber ihr Haar glänzte in der Sonne, und die Rolle in ihrem Nacken war fast zehn Zentimeter dick.

Die beiden Grubenarbeiter warfen sich gegenseitig einen unsicheren Blick zu, bevor sie sich verbeugten.

»Er ist nicht tot«, sagte Augusta.

Es duftete immer noch säuerlich nach Apfelmus im Garten. Eine Fliege landete auf Isaks Gesicht. Der Kutscher sagte:

»Bitte, Augusta …«

Einer der Bergleute legte zögernd eine Hand auf ihre Schulter.

»Der Direktor selbst hat den Puls gefühlt.«

Augusta schüttelte seine Hand ab.

»Er ist nicht tot.«

Der andere Bergarbeiter räusperte sich:

»Wir haben die Spiegelprobe gemacht.«

»Er ist nicht tot«, sagte Augusta. »Seht doch …«

Sie strich mit der Hand über Isaks Gesicht, er schloss die Augen und öffnete sie gleich wieder.

Sie trugen ihn im Tragesitz ins Haus und setzten ihn an den Küchentisch. Augusta wollte, dass er aufrecht saß, damit er sie sofort sehen konnte, wenn er aufwachte.

So dachte sie, am ersten Tag. Dass Isak schlief und bald aufwachen würde. Die Sonne schien durch das Küchenfenster und wärmte ihn, sie würde seinen Schreck schmelzen lassen und ihn aus der Lähmung befreien. Und sie selbst wollte dabei helfen. Nachdem die Männer aus Herräng sich auf den Karren gesetzt und davongefahren waren, füllte sie einen Teller voll mit dampfendem Apfelmus, goss Milch darüber und setzte sich dicht neben Isak. Seine Augen starrten. Sein Mund war in einem stummen Schrei aufgerissen.

Augusta kippte ein wenig Apfelmus in den Schrei.

»Ich könnte ein Märchen daraus machen«, sagt Augusta und öffnet ein Auge.

Alice hat ihr Haar in drei dicke Strähnen geteilt, jetzt will sie anfangen zu flechten. Aber zunächst seufzt sie:

»Das könntest du. Aber ich will wissen, wie es wirklich war.«

Augusta öffnet das zweite Auge:

»Ich kann nicht erzählen, wie es wirklich war. Das geht nicht.«

»Warum nicht?«

»Weil die Wahrheit immer wegrutscht. Sie ist wie so ein durchscheinender Fleck, den man im Auge hat: Wenn man ihn direkt anguckt, rutscht er weg. Man muss daneben gucken, dann segelt er ins Blickfeld und wird sichtbar.«

Sie lässt den Gedanken fahren und sucht sich einen neuen.

»Isak hätte zu der Zeit eigentlich schon tot sein sollen.«

»Glaubst du?«

»Ich weiß es. Er hätte vor Schmerzen umgekommen sein müssen. Im Winter war seine Kleidung manchmal so nass vom Schweiß und von der Feuchtigkeit aus der Grube, dass sie auf seinem Heimweg vom Bergwerk zu Eis fror.«

»Aber man stirbt doch nicht an Rheuma.«

»Vielleicht nicht. Aber man kann solche Schmerzen haben, dass man stirbt...«

Augusta sitzt eine Weile schweigend da.

»Es ist so lange her, seit das passiert ist. Fast dreißig Jahre.«

Alice nickt hinter ihrem Rücken, sagt aber nichts. Augusta schließt wieder die Augen und fährt fort:

»Ich verrate ihn nicht, wenn ich ein Märchen daraus mache,

nachdem so lange Zeit vergangen ist... Ich könnte irgendwas mit der Grubenfrau einfügen. Dass sie es war, die ihn zu sich genommen hat.«

»Das könntest du«, bestätigt Alice trocken. »Aber warum solltest du?«

Augusta zuckt mit den Schultern und lässt die Frage zu Boden fallen.

»Es gibt jede Menge Geschichten über die Grubenfrau in Herräng...«

Alice lächelt.

»Ich weiß. Siri hat mir einmal von ihr erzählt, als ich noch klein war.«

Augusta schnaubt verächtlich. Jetzt ist sie wieder auf sicherem Ufer, weit entfernt von der Erinnerung und ihrer Trauer.

»Siri! Die hat doch keine Ahnung von der Grubenfrau... Was hat sie denn gesagt?«

»Dass die Grubenfrau unten in der Eknäsgrube nachts umgeht. Dass sie weiß gekleidet ist.«

»Wie ein Gespenst?«

»So ungefähr. Nur schöner.«

Augusta schließt die Augen und hebt das Kinn.

»Blödsinn. Die Grubenfrau ist weder schön noch weiß, sie sieht aus wie eine alte Bauersfrau in grauem Lodenkleid und mit schwarzem Schal. Grauhaarig und ziemlich kräftig. Das einzige, was sie von einer ganz gewöhnlichen Alten unterscheidet, ist ein Silbergürtel um ihre Taille.«

Du machst sie zu deinem Abbild, denkt Alice. Zu deiner älteren Schwester.

»Ich könnte sagen, dass sie es war, die ihre Hand durch den Berg gestreckt und Isak gepackt hat«, sagt Augusta. »Dass sie ihn mir wegnehmen wollte. Aber dass ich eines Nachts zu ihr gegangen bin und sie gebeten habe, mich zu verschonen.«

»Alle Märchen sind tot«, sagt Alice. »Sie sind gestorben, als die Fabriken aufkamen. Jedenfalls nach dem, was ich gehört habe.«

Aber Augusta scheint nicht zuzuhören, sie fährt sich mit der Hand über den Kopf und zupft gedankenverloren an dem halbfertigen Zopf.

»Ich könnte behaupten, ich wäre gezwungen gewesen, ihr etwas zu geben, damit ich Isak noch für vier Jahre behalten durfte … Und wenn auch nur als Götzenbild.«

Götzenbild? Alice zieht die Augenbrauen hoch. Vor einem Jahr hätte das Wort sie aufgebracht, vor sechs Monaten hätte es sie angewidert. Jetzt berührt es sie nicht, beunruhigt sie höchstens ein wenig. Wenn Augusta aus ihrer Erinnerung einen Eispalast bauen will, dann ist das ihre Sache. Alice hat ihre eigenen Mauern und Verschanzungen zu bewachen. Deshalb belächelt sie Augusta ein wenig und tut so, als würde sie das Spiel mitspielen:

»Und was hast du ihr gegeben? Was wollte die Grubenfrau haben? Außer Isak.«

»Mein Haar«, sagt Augusta. »Ich könnte behaupten, ich hätte ihr mein Haar gegeben.«

Alice muss lachen.

»Aber die Lüge wäre doch ein bisschen dreist«, sagt sie. »Wir wissen doch alle, dass …«

Sie schluckt den Satz zur Hälfte hinunter, lässt seinen Skorpionschwanz im Mund zurück. Trotzdem ahnt sie, dass Augusta den Stich spürt.

Wann ist es passiert, denkt Alice. Wann bin ich gemein geworden?

Es ist still im Zimmer geworden, nur noch Augustas Atemzüge und ein leises Knacken aus dem Kamin sind zu hören. Etwas raschelt hinter den geschlossenen Gusseisenluken, vielleicht kullert ein kleines Stück Kohle über ein anderes. Das Geräusch ist so vertraut und bekannt, dass es die Vergangenheit zum Leben erweckt. Plötzlich starrt Alice in ein altes Spiegelbild, sieht sich selbst, wie sie vor einem Jahr aussah. Fettiges Haar. Rot geränderte Augen. Ein Gesicht, das gerade anfing, anzuschwellen. Sie senkt den Blick und schaut Augusta an. Neue Schatten beschweren die schon vorher schweren Züge.

Keiner kann sich gegen das wehren, was ungesagt bleibt: *Wir wissen doch alle, dass du niemals dein Haar opfern würdest. Wenn du der Grubenfrau etwas gegeben hättest, dann wäre es sicher Olga gewesen.*

Wann war es? Vor dreizehn Monaten? Oder vor vierzehn?

Alice war mit ihrem Fund die Treppe hinuntergelaufen.

Augusta stand sofort vom Schaukelstuhl auf, als Alice mit dem kornblumenblauen Seidenkleid ins Zimmer kam, obwohl sie sich gerade erst hingesetzt hatte. Alice spürte ihr Unbehagen, kümmerte sich aber nicht darum.

»Guck mal, was ich in der Abseite gefunden habe«, sagte sie unschuldig. »Gehört das dir?«

Augusta warf nur einen kurzen Blick auf das Kleid.

»Nein«, sagte sie. »Das war Olgas.«

Alice ging in den Flur, stellte sich vor den Spiegel und hielt das Kleid prüfend vor sich. Der Bauch wölbte sich ein wenig unter dem glänzenden Stoff.

»Schöner Stoff«, sagte sie und strich mit der Hand über die Taille.

»Das ist keine echte Seide«, sagte Augusta. »Nur Bennberger Seide.«

»War das ihr gutes Kleid?«

»Eins davon. Sie hatte mehrere.«

Augusta war in die Küche gegangen. Alice folgte ihr, immer noch das Kleid vor sich haltend:

»Hat sie sich gern hübsch angezogen?«

»Oh ja! Das kann man wohl sagen.«

Augusta öffnete einen Küchenschrank und machte ihn gleich wieder zu, suchte mit dem Blick nach etwas, womit sie sich beschäftigen konnte. Alice legte ihren Kopf schräg:

»War sie hübsch?«

Augusta tat so, als würde sie die Frage gar nicht hören.

»Lass uns jetzt mal Kaffee trinken«, sagte sie stattdessen.

Aber Olga war hübsch gewesen. Alice wusste das. Das war schon auf dem Konfirmationsfoto zu sehen, das hinter den anderen Fotos auf Augustas Wäscheschrank versteckt stand. Schön und lebendig. Das hatte sie sofort verstanden, als sie vor langer Zeit einmal gehört hatte, wie Erland und Harald sich eines Abends über Olga unterhielten.

An einem Junitag Anfang der Fünfzigerjahre war Harald zu

seinem ersten und letzten Besuch in die große Villa in Jönköping gekommen. Er war ein unschlüssiger Gast, einer, der die Schultern hochzog und seine rauen Handflächen aneinander rieb, während er sich umschaute. Erland war sein Zwillingsbruder, sein bester Freund und sein schlimmster Feind, der ihm einst am nächsten gestanden hatte und inzwischen am fremdesten war. Deshalb bereute er schon bei seiner Ankunft, dass er gekommen war. Erland ging es nicht anders. Harald brachte etwas Neues in das weiße Haus, sein breiter Körper warf Schatten, die es dort nicht geben sollte, seine Stimme erweckte Stimmen zum Leben, die schon seit langer Zeit schweigen sollten.

Es war die Volkshochschule gewesen, die Harald eine Fahrt nach Jönköping bezahlt hatte, und den ganzen Tag war er auf einer Landessitzung gewesen. Aber jetzt war es Abend, die langen Diskussionen darüber, wie man den Eigenwert des Wissens gegen seinen Geldwert abwägen sollte, waren für heute beendet, und Harald hatte anstandshalber das Haus seines Zwillingsbruders aufgesucht, wo er schon mal in Jönköping war.

Inga hatte ihn zum Essen eingeladen, ging danach aber mit leichten Kopfschmerzen ins Bett. Alice hatte sich mit einem Buch ins Wohnzimmer gesetzt, ohne Licht zu machen. Und draußen in der blauen Dämmerung saß auf der Terrasse der Bruder, der die Wissenschaft ihres Eigenwerts wegen gewählt hatte, als Gast bei demjenigen, der das Wissen des Geldwerts wegen gewählt hatte.

Die Traubenkirsche blühte für beide.

»Wie geht es Augusta?«, fragte Erland und stopfte seine Pfeife.

»Gut«, sagte Harald. »Natürlich hat sie Schmerzen in den Knien, aber sonst fehlt ihr nichts …«

»Ihren Knien würde es besser gehen, wenn sie etwas an Gewicht verlieren würde.«

»Glaube ich gar nicht. Sie ist aufgebraucht. Es geht auf die Knie, wenn man zwanzig Jahre lang Zementfußböden schrubbt.«

Ein kleines Feuer loderte auf, Erland zündete seine Pfeife an.

»Dann ist also das Werk Schuld daran, dass Augusta die Knie wehtun?«

»Ja«, sagte Harald. »Das Werk ist Schuld daran.«

Die Kampflinie war gezogen, aber sie griffen nicht zu den Waffen. Stattdessen blieb es eine Weile still, der Rauch aus Erlands Pfeife vermischte sich mit der Dämmerung.

»Und wie geht es dem Rest der Familie?«

»Gut«, sagte Harald. »Siri hat sich einen Mann geangelt…«

Erland lachte auf.

»Kaum zu glauben! Wie hat sie das denn geschafft?«

Ein Lächeln in Haralds Stimme:

»Ja, wer weiß. Eigentlich kennt ihn auch niemand. Er hat ein paar Jahre im Werk gearbeitet, aber er macht nie den Mund auf.«

»Also wie Siri selbst. Zu feige zum Leben.«

Harald schloss den Mund und überdachte die Worte. Zu feige zum Leben?

»Ja«, sagte er schließlich. »Siri kommt nicht gerade nach ihrer Mutter. Es sieht so aus, als hätte sie sich nie getraut, überhaupt mit dem Leben anzufangen…«

»Aber Olga hat gelebt«, sagte Erland. »Verflucht, was konnte das Mädchen leben…«

»Schau!«, schreibt Alice in das blaue Heft, als sie später am Abend im Feldbett in der Abseite sitzt. »Wer du auch bist, der das hier liest: Schau! Ich habe die Augen geschlossen und einen Augenblick ausgeruht, und genau in dem Moment hat der Füller einen großen Tropfen Tinte ausgespuckt. Der hat sich durch zwölf Seiten gesogen. Wenn man schnell blättert, sieht es aus, als würde er sich krümmen. Vielleicht liegen ja Buchstaben in diesem Klecks verborgen. Buchstaben, die das Märchen von Olga bilden, das einzige Märchen, das Augusta niemals erzählen wird…«

Sie macht eine Pause und hebt den Füller, sieht einen Moment lang direkt ins Licht der Petroleumlampe, bevor sie sich wieder über das Buch beugt und weiterschreibt:

»Also fällt mir diese Aufgabe zu.«

In den ersten Jahren weigerte Augusta sich, auch nur einen Schritt nach Herräng zu tun. Es war, als gäbe sie dem Ort selbst Schuld daran, dass Isak versteinert war. Deshalb musste sie sich nach Hallstavik wenden, als das Geld zur Neige ging. Und in

Hallstavik prügelte man sich um die wenigen Arbeitsstellen, die für Frauen als geeignet angesehen wurden. Die Geschäfte und der Damenfriseur waren bereits überfüllt, und in den etwas größeren Häusern gab es mehr Putzfrauen, Wäschefrauen und Hausgehilfinnen, als der Hausangestelltenlohn eigentlich hergab. Augusta wurde als glücklich angesehen, als sie als Putzfrau im Werk anfangen durfte. Das war anstrengend und schlecht bezahlt. Aber es war eine Arbeit.

Erland und Harald bekamen kein Lachen und keine aufregenden Geschichten mehr zu ihrem Frühstück serviert, für so etwas war keine Zeit mehr. Der Weg nach Hallstavik war weit, und Augusta hatte alle Hände voll zu tun, um Isak zu füttern und dafür zu sorgen, dass das Feuer ordentlich im Küchenherd brannte, bevor sie losging. Nicht, dass das Feuer sich den ganzen Tag hielt. Wenn sie zurück nach Hause kam, war es wieder genauso kalt und feucht im Haus wie vorher. Aber Isak schien es nicht zu bemerken, er saß in der gleichen Haltung da wie morgens, als sie ihn verlassen hatte. Eines Tages fand sie ihn mit einem kleinen Eiszapfen unter der Nase. Sie starrte ihn einen Moment an, brach ihn dann ab und warf ihn ins Spülbecken. Dort landete er mit einem leisen Klirren.

Das war ein trüber Winter. Der Himmel war grau. Der Schnee war schmutzig. Erland und Harald bekamen blaue Schatten unter den Augen und prügelten sich fast täglich. Augusta verlor einen Schneidezahn. Isak zupfte mit den Fingern an der Decke und starrte leer vor sich hin.

Nur an den Sonntagen war es anders. Dann kam Olga. Sie stolperte mit einem Tortenkarton und einem Lachen ins Haus, setzte sich auf die Kiste im Flur und zog ihre Überschuhe aus. Augusta stand bereits in der Türöffnung und betonte, dass sie noch nie eine so alberne Erfindung wie diese dünnen roten Gummihüllen gesehen hätte, die über hochhackige Schuhe gezogen wurden. Mit Pelzrand, aber ungefüttert. Es war ein reines Wunder, dass Olga sich noch nicht die Zehen abgefroren hatte, aber wenn sie das doch mal tat, dann war sie selbst Schuld daran…

Olga achtete darauf, dass ihre Überschuhe dicht nebeneinander im Flur standen und dass die Zehenspitzen zur Haustür zeigten, während sie den Kuchenkarton in die Küche trug. Erland und Harald drängelten sich auf beiden Seiten von ihr, obwohl sie schon vorher wussten, was in dem Karton war. Es war jeden Sonntag das gleiche: fünf Prinzesskuchen mit grünem Marzipan, weißer Sahne und einem Klacks säuerlichem rosa Gelee. Eine unnötige Verschwendung, wie Augusta fand. Vollkommen unnötig.

»Manchmal muss man auch feiern«, sagte Olga und strich erst Erland über seinen kurzgeschorenen Schädel und dann Harald über seinen gestutzten Nacken.

»Es ist unbedingt nötig, dass man manchmal feiert.«

Dann setzte sie sich neben Isak an den Küchentisch.

»Er guckt mich an«, sagte sie zu Augusta.

Augusta beugte sich über die Kartoffelkiste:

»Er guckt nie jemanden an.«

Olga legte ihre Hand auf Isaks.

»Doch. Er guckt mich an. Er erkennt mich.«

Augusta ließ ein paar Kartoffeln in eine emaillierte Schüssel rollen.

»Er erkennt nie jemanden.«

Olga schüttelte den Kopf.

»Doch, tut er. Das sieht man an seinem Blick.«

Augusta kippte eine Kelle Wasser über die Kartoffeln.

»Das bildest du dir ein.«

Olga legte ihre Hand auf Isaks Bartstoppeln. Ihre Nägel waren weiß wie Schneckenhäuser.

»Er guckt mich an«, sagte sie wieder. »Mich guckt er an.«

Es gab immer Augen, die sie ansahen. Das wusste sie.

Wenn sie beim Waschen war und mit Seife und weicher Hand über den Rücken eines Mannes strich, wusste sie, dass andere jede ihrer Bewegungen mit dem Blick verfolgten. Wenn sie am Café vorbeiging, wusste sie, dass die jungen Papierarbeiter, die dort drinnen ständig an einem Tisch saßen, ihr Gespräch unterbrachen und die Revolution für eine Weile vergaßen. Wenn sie in den großen Saal vom Haus des Volkes trat, bereit für den samstäglichen Tanz, wusste sie, dass Erik und Edvin, Bertil und Allan, Olof und Gunnar ihre Blicke auf die Konturen ihrer Brust unter der glänzenden Bennberger Seide gebohrt hatten.

In solchen Momenten wurde sie zu dem, was sie am liebsten war. Zu ihrem eigenen Spiegelbild.

Die anderen Blicke schien sie nie zu bemerken. Die schrägen Blicke von Männern, die es sich erlauben durften zu hoffen. Die gerunzelten Stirnen der Frauen. Die hochgezogenen Augenbrauen der Mädchen.

Aber sie wusste natürlich, dass geredet wurde, dass ganz Hallstavik bereits am Sonntagmorgen wusste, wer sie am Samstagabend nach Hause gebracht hatte. Das störte sie nicht im Geringsten. Ganz im Gegenteil. Das Gerede machte sie für sich selbst nur umso sichtbarer, es gab ihr klarere Farben und deutlichere Konturen.

»Du solltest an deinen guten Ruf denken«, sagte Augusta und schrubbte die Kartoffeln.

»Mein guter Ruf ist schon in Ordnung«, sagte Olga.

Alle liebten Olga. Olga liebte es, geliebt zu werden.

Sie lächelte über den kleinen Funken, der knisternd durch ihr Nervensystem fuhr, wenn Erik ihre Brust streichelte, und konnte ein Juchzen nicht unterdrücken.

Sie lachte leise, wenn Edvin so eifrig wurde, dass seine Zähne ein Stückchen Haut von ihrer Unterlippe zupften und sie so nackt und hautlos wie eine geschälte Weintraube zurückließ.

Sie stöhnte und ließ ihre Zunge über Bertils Hals streichen, wenn er ihre Seidenstrümpfe zerriss.

Sie wurde feucht und weich wie der Meeresgrund, wenn Allan sie auf den Tannennadelteppich des Waldes drückte.

Sie wimmerte vor Lust, wenn Olof endlich aufhörte zu fragen und sich in sie hineinzwang.

Sie hob ihren Unterleib zu Gunnar hoch, wenn er seinen Orgasmus nicht länger zurückhalten konnte, umschmiegte weich und rhythmisch sein Glied und fiel nach ihm in die schwarze Tiefe.

Olga besaß die Macht schöner Frauen. Aber sie begriff die Regeln nicht.

Früher oder später musste es passieren. Das war unvermeidbar. Augusta verbarg ihr Wissen hinter verschlossenen Lippen. Sie wartete schweigend. Wartete und schwieg.

Wenn Olga sonntags neben Isak niedersank, glitt ihr prüfender Blick kühl über den Körper ihrer Tochter. War ihr Gürtel noch genauso eng geschnallt wie letzten Sonntag? War sie ein wenig angeschwollen, oder war das kleine Grübchen auf dem Handrücken immer noch zu sehen? Hatte sie rotgeweinte Augen, oder war ihr Gesicht grau?

Aber nein. Ein Monat nach dem anderen verging, ohne dass Augusta irgendetwas bemerkt hätte. Olga war immer gleich schlank um die Taille, die feinen Knochen in ihrer Hand waren weiterhin zu sehen, sie behielt ihren unschuldigen klaren Blick und die rosigen Wangen.

Es war ihr Appetit, der sie letztendlich verriet. Ihr Heißhunger. Eines Sonntags verschlang Olga sowohl die Schwarte als auch den Knorpel vom Schweinefleisch, zerdrückte vier Kartoffeln in der Zwiebelsoße, bestrich sich anschließend eine Brotscheibe dick mit Butter und spülte sie mit zwei Gläsern Milch hinunter.

»Ach, jetzt wird der Nachtisch aber schmecken«, sagte sie und wischte sich den Mund mit dem Handrücken ab.

Augusta zog die Augenbrauen hoch.

Es dauerte lange Zeit, bis Olga selbst es begriff. Mehrere Monate.

Es schien, als könnte sie sich einfach nicht vorstellen, dass das, was anderen Mädchen passierte, auch ihr zustoßen könnte. Vielleicht glaubte sie, ihre Schönheit würde sie schützen. Und vielleicht war sie deshalb in den ersten Monaten auch in erster Linie um ihr Aussehen besorgt. War sie nicht ein wenig dick geworden? War sie nicht etwas blass? Und warum war es plötzlich unmöglich, das Haar richtig zu frisieren?

Die Unruhe war teuer. Sie kaufte teure Shampoopulver im Kolonialwarengeschäft und ließ sich Pudercreme von einem Schönheitsinstitut in Stockholm schicken. In der Woche hatte sie nur zwei Kuchenstücke in dem Karton, eines für Isak und eines, das sich Harald und Erland teilen sollten. Die Pudercreme hatte eine ganze Krone gekostet, erklärte sie bleich. Aber es würde schon wieder besser werden. Nächste Woche könnte sie sich wieder fünf Kuchen leisten.

»Das glaube ich nicht«, sagte Augusta und drehte ihr den Rücken zu, öffnete einen Küchenschrank und begann darin aufs Geratewohl herumzurumoren. »Was dich betrifft, ist wohl erst einmal Schluss mit dem Kuchenessen. Du musst lernen, deine Groschen für das Kleine zusammenzuhalten.«

Als die Wahrheit Olga endlich bewusst wurde, fing sie an zu weinen, und als sie einmal angefangen hatte zu weinen, konnte sie nicht mehr aufhören. Sie saß neben Isak und lehnte ihre Stirn an seine starren Schultern, klammerte sich an seinem Overall fest und weinte, dass der halbe Blaumann dunkel wurde von den Tränen. Harald und Erland standen in der Küchentür und starrten sie stumm an. Harald kaute auf einem Daumennagel, und Erland biss sich auf die Fingerknöchel. Aber Augusta setzte sich nur an den Küchentisch und folgte Isaks Blick, starrte ebenso blicklos wie er hinaus in die graue Winterdämmerung.

»Dann musst du wohl wieder zurück nach Hause ziehen«, sagte sie nach einer Weile.

Olgas Weinen steigerte sich zu einem Schreien, und sie trampelte ohnmächtig mit ihren hochhackigen Schuhen auf die Bodenbretter.

Sie weigerte sich, zurück nach Hallstavik zu kommen und sich den Blicken auszusetzen. Niemals im Leben.

Deshalb war es Augusta, die am nächsten Morgen zum Werksbüro gehen musste, um zu erklären, dass Olga auf Grund einer ganz überraschend aufgetretenen Krankheit leider gezwungen sei, ihre Arbeit im Badehaus zu kündigen. Frau Olofsson, die älteste Sekretärin, lächelte säuerlich und wünschte gute Besserung.

Iris, Olgas Zimmergenossin, bekam einen flackernden Blick, als Augusta am späten Nachmittag in der Türöffnung stand und erklärte, dass sie gekommen sei, um Olgas Sachen zu holen. Jesus und Maria. Natürlich hatte Iris so etwas geahnt, aber sie hatte niemals geglaubt, dass es wirklich so schlimm um sie stand. Die arme kleine Olga! Und die arme Augusta, die doch schon mehr als genug Arbeit hatte…

Augusta schnaubte und konnte sich nur mit Mühe zurückhalten, etwas von Gänsen und Affen zu murmeln, bedankte sich dann aber nüchtern für die Hilfe, als Iris Olgas Kleider in eine alte Reisetasche stopfte.

»Echte Kunstseide«, sagte Iris und hielt eine Unterhose mit Spitzenrand hoch.

»Genau wie Olga selbst also«, sagte Augusta und schloss die Tasche mit einem Knall.

Iris schluchzte kurz und sah ängstlich aus:

»Wissen Sie, wer es war?«

Augusta musste zwinkern und sah verwirrt aus:

»Wieso? Was meinst du damit? Wer es war?«

Sie schämte sich deswegen, als sie nach Hause ging. Fand sich dumm, weil sie nicht sofort verstanden hatte, was Iris meinte. Dumm und unnatürlich.

Sie selbst hatte an diese Frage keinen einzigen Gedanken verschwendet. Seit sie den Verdacht hatte, dass Olga schwanger war, hatte sie nicht ein einziges Mal daran gedacht, dass das Kind ja auch einen Vater haben musste. Das war ihr ganz einfach nicht eingefallen. Und das war unnatürlich. So durfte man nicht denken.

Es konnte schließlich ein zuverlässiger Kerl sein. Jemand, der Olga wirklich mochte und sie heiraten wollte. Oder zumindest bereit war zu zahlen. Eine Sekunde lang erinnerte sie sich daran, was für ein Gefühl es gewesen war, mit mehreren Hundertern in den Schuhen zu laufen. Knittrig unter den Füßen. Und einsam. Fast genauso einsam wie jetzt.

Es hatte angefangen zu schneien. Der Weg war ein weißer Strich durch den schwarzen Wald.

Ich sollte mich einfach hinlegen, dachte Augusta. Ich sollte mich einfach hinlegen können, hier irgendwo aufs Feld und den Schnee auf mich fallen lassen…

Sie knurrte kurz, nahm die Reisetasche von einer Hand in die andere und ging schneller. Schwere Flocken kitzelten ihr Gesicht.

In der Zeitschrift Husmodern hatte Olga einmal von einem Frauenarzt gelesen, der behauptete, man könne eine wirklich gesunde Frau an ihrem Aussehen während der Schwangerschaft erkennen. Die Haut werde bei diesen Frauen klarer. Die Augen funkelnder. Sie blühten auf.

Olga war also in keiner Weise eine gesunde Frau. Denn sie blühte während der Schwangerschaft nicht auf. Sie verwelkte. Sie wurde gröber und grau. Ihre Augen schwollen vom Weinen an und verloren ihren Glanz. Das Haar, das immer die Krone ihrer Schönheit gewesen war, wurde strähnig, fettig und weigerte sich, auch nur die einfachsten Formen anzunehmen. Wenn Augusta Olga abends ins Verhör nahm, zog diese die Strähnen vors Gesicht und versteckte sich dahinter.

»Wer?«, fragte Augusta. »Spuck's aus, wer war es. Irgendwann musst du schließlich sagen, wer es war.«

Aber Olga schwieg, dachte an Erik und Edvin, Bertil und Allan, Olof und Gunnar und versteckte sich selbst und ihre Schande hinter ihren Haaren.

Ihre Laune wurde mit jedem Monat, der verging, schlechter. Sie schnitt hinter Augustas Rücken Fratzen und fauchte die Jungs an, war beleidigt, weil es nie etwas Gutes zu essen gab und weil von ihr erwartet wurde, aus Nichts etwas Leckeres zum Essen zu machen. Zum Schluss vergaß sie sogar, was Isak für sie bedeutet hatte, und schrie jedes Mal vor Empörung auf, wenn sie entdeckte, dass er sich in die Hose gepinkelt hatte. *Verdammter Sabbergreis!*

Eines Tages Mitte März schlug sie der Katze mit einem Holzscheit über den Rücken. Augusta entdeckte sie auf dem Gartenweg, als sie vom Werk heimkam. Sie konnte nicht mehr gehen und schleppte die Hinterbeine durch den Schneematsch nach, wenn sie es versuchte.

»Ja, und?«, meinte Olga nur, als Augusta die gelähmte Katze in die Küche trug. »Schließlich hat sie mich gekratzt…«

Augusta musste sich um sie kümmern. Olga weigerte sich.

Die Katze fauchte und wehrte sich bereits, als Augusta Wasser in den Eimer pumpte. Sie kratzte und biss ihr in den Arm, während sie zum Waschhaus ging. Sie jammerte schrill und schrie, als sie den Eimer hinstellte, aber sie verstummte, als sie ihr Gesicht in den weichen Pelz bohrte und den warmen Duft einsog.

Zum letzten Mal, dachte Augusta.

Es gelang ihr nicht, den Griff der Katze zu lösen, sie musste niederknien, den Arm in den Eimer tauchen, bis das Zappeln und Zucken aufgehört hatte. Währenddessen schaute sie durch die offene Waschhaustür hinaus. Der Apfelbaum reckte sich zum Himmel, der sich rosa verfärbte. Eher ahnte sie die schwarzen Knospen, die an den nackten Zweigen anschwollen, als dass sie sie sah.

Bald ist Frühling, dachte sie. Dann wird alles wieder gut.

Es dauerte eine Weile, bis sie die Krallen aus ihrem Arm ziehen konnte. Die Katze starrte sie mit toten Augen an, und das Wasser, das von ihrem Fell tropfte, sammelte sich zu einer kleinen schwarzen Pfütze auf den Holzplanken des Bodens.

»Ertränke sie!«, schrie Olga, als Augusta versuchte, Siri in ihre Arme zu legen.

Die Hebamme schüttelte den Kopf.

Es roch nach Blut im Zimmer.

Trotzdem wurde es tatsächlich ein wenig besser, als der Sommer kam.

Siri, die während der ersten Monate ununterbrochen geschrien hatte, gab auf und fiel in den Schlaf. Erland und Harald bekamen Sommersprossen und gute Noten, die Schatten unter ihren Augen verblassten. Augusta schickte sie in den Wald, um Blaubeeren zu pflücken, sie kamen mit blauen Zähnen und überquellenden Eimern zurück. Sie selbst erntete bereits Mitte Juni den ersten Rhabarber und kochte Suppe daraus. Isak schloss die Augen, als sie ihn damit fütterte. Das war ein gutes Zeichen. Davon war Augusta überzeugt.

Olga saß unter dem Apfelbaum und sah wieder hübsch aus.

Drei Jahre lang sollte sie hübsch bleiben. Genauso hübsch wie vorher und vielleicht sogar noch hübscher. Ihre Farben waren intensiver, ihre Formen weicher geworden nach der Geburt. Wenn sie durch Hallstavik oder Herräng ging, gab es immer Blicke, die ihr folgten. Das wusste sie. Trotzdem fand sie nicht mehr die gleiche Ruhe in diesem Wissen: Sie hatte eine Ahnung davon bekommen, dass die Macht der schönen Frauen zeitlich begrenzt ist.

Die Woche über blieb sie in Nordanäng und kümmerte sich um den Haushalt. Sie wechselte Siris Windeln und wusch Isaks Arbeitskleider, wenn er sie vollgepinkelt hatte, machte aus fast nichts Mittagessen und scheuerte den Küchenfußboden mit Asche, wenn die Seife aufgebraucht war und es kein Geld für neue gab.

Die ganze Zeit dachte sie an den Samstag, an den, der gerade vergangen war, und an den, der bald kommen würde. Welches ihrer alten guten Kleider sie tragen sollte und wie sie ihr Haar kämmen würde. An den Fremden, der beim Tanz in Herrängs Haus des Volkes oder im Volkspark von Hallstavik auftauchen würde, an ihn, der irgendwann kommen und sie aus diesem Leben herausholen würde.

Und schließlich kam er. Zum Schluss musste er gekommen sein.

An diesem Sonntagmorgen wachte Augusta von Siris Weinen auf.

Sie kämpfte sich mit einem Stöhnen aus dem Schlaf, ihr Körper tat immer noch von der vergangenen Woche weh. Sie warf einen Blick auf den Wecker, der auf einem Stuhl neben der Küchenbank stand – Viertel nach fünf –, bevor sie sich umdrehte und Isak ansah. Er starrte wie immer zur Decke.

Augusta setzte sich auf und schaute sich in der Küche um. Die Sonne schien auf ihre Kleider, die sie über einen Stuhl gehängt hatte. Ein brauner Strumpf lag lustlos auf dem Boden.

Bald lege ich mich auf ein Feld, dachte Augusta. Bald werde ich wieder in die Erde versinken.

Siri wollte nicht aufhören zu weinen. Augusta mühte sich von der Küchenbank hoch.

Olga war nicht nach Hause gekommen. Aber wohin sie gegangen war, das war ein Rätsel.

Augusta war nicht mehr in Herräng gewesen, seit Isak versteinert war, doch jetzt ging sie dorthin. Sie begann ihren Rundgang bei Nilsson. Er war zu der Zeit, als Augusta noch Zeit und Kraft gehabt hatte, sich um die Welt und die Abstinenz zu kümmern, Logentempler gewesen. Er schüttelte zu ihren Fragen den Kopf, zog sich aber trotzdem seine Sonntagsjacke an und ging mit ihr, als sie weiterlief. Im nächsten Haus taten Männer und Frauen es ihm gleich, und bald bildeten sie eine ganze Prozession, die von Tür zu Tür ging und immer die gleichen Fragen stellte. Hatte jemand gestern Abend Olga beim Tanz im Haus des Volkes gesehen? Hatte jemand gesehen, wohin sie danach gegangen war?

Alle hatten sie tanzen sehen. Sie hatte ein rotes Kleid getragen, erzählten die Jungen. Aus Crêpe de Chine, erklärten die Mädchen. Sie hatte wie immer mit allen getanzt, die wie immer Schlange standen, wenn Olga nach Herräng kam. Elis und Nils, Gusten und Arne, Holger und Eilert.

Elis schüttelte den Kopf. Er hatte nur einen einzigen Tanz bekommen.

Nils grinste schief und versuchte gleichgültig zu erscheinen. Er hatte ja nicht einmal das erreicht.

Gusten zuckte mit den Schultern. Olga hatte ihm einen Walzer versprochen, aber ihr Versprechen nicht gehalten. War einfach verschwunden.

Arne stopfte seine Hände tief in die Hosentaschen. Er hatte sie mit einem Neuen gesehen. Einem dunklen Typen. Zigeuner oder so.

Holger spuckte auf den Kies im Hinterhof. Ja, genau. Er hatte sie vor dem Haus des Volkes mit diesem Neuen gesehen... Sie schien sehr anschmiegsam gewesen zu sein, wenn man es so nennen darf.

Eilert fuhr sich mit der Hand über den Mund. Nicht, dass es ihn etwas anging, aber er hatte Olga und diesen Neuen gesehen. Sie waren zur Glittergruvan gegangen. Eilert hatte erst überlegt, ihnen mit Abstand zu folgen, einfach um aufzupassen, dass Olga auch nichts passierte, hatte aber dann doch seine Meinung geändert und war zurückgegangen. Hatte sich gedacht, sie könne schon auf sich selbst aufpassen.

Augusta biss sich auf die Unterlippe. Wie hieß er wohl, dieser Neue? Wie sah er aus? Und was machte er an einem Samstagabend in Herräng, wusste das irgendjemand? Warum war er überhaupt hierher gekommen? Ans Ende der Welt?

Niemand wusste es. Alles, was man wusste: dass er dunkel war und ziemlich gut aussah. Groß. Ziemlich schlank. Vielleicht war er einer aus der Oberklasse. Er hatte dünne weiße Hände gehabt. Wenn er nicht sogar einer von der Freikirche auf sündigen Pfaden war. Schließlich hatte er eine schwarze Jacke und einen schwarzen Hut getragen, genau wie die Prediger, die vor einigen Jahren versucht hatten, Herrängs Seelen zu retten.

Ein dunkler Mann in schwarzer Kleidung hatte seinen Arm um Olga gelegt und war mit ihr zur Glittergruvan gegangen. Mehr als das wusste niemand.

Es war lange her, seit man Zink in Herräng abgebaut hatte. Der Tagebau der Glittergruvan war zu einem kleinen Teich geworden, einem bodenlosen Teich mit magischem Wasser. Nirgends sonst in Roslagen gab es Wasser, das so rein war und so gut schmeckte wie das hier. Nirgends sonst in Roslagen gab es noch ein Wasser, das stündlich die Farbe wechseln konnte, das von Grün in Türkis übergehen konnte, von Hellblau in Blaugrau, von Violett zu Schwarz innerhalb nur eines Tages.

Olgas rote Schuhe standen am Rand der Glittergruvan. Die Zehenspitzen zeigten zum Wasser.

In dieser Nacht machte sich Augusta zum ersten Mal nicht die Mühe, Isak hinzulegen, sollte er doch am Küchentisch sitzen bleiben und an der Decke zupfen, so viel er wollte. Die Jungs mussten für sich selbst und für Siri ein paar Brote schmieren, durften sie aber nicht in der Küche essen. Augusta wollte allein sein.

Als die Stimmen der Kinder verstummt waren, löste sie ihr Haar und zog es sich vors Gesicht, schloss die Augen und zwang sich, das Bild zu betrachten, das schon den ganzen Tag durch ihren Kopf geflattert war und das anzusehen sie sich den ganzen Tag geweigert hatte. Olga tanzte ihren allerletzten Tanz, während sie auf den Grund der Glittergruvan sank, das linke Bein eingeknickt, den rechten Arm über ihren Kopf gehoben, die Hand in einer verführerischen Geste nach unten geneigt. Die Haut schimmerte weiß in dem schwarzen Wasser, das rote Kleid glänzte. Die Spange, die die Frisur gehalten hatte, löste sich plötzlich, und das lange Haar fegte wie Seetang durch das Wasser…

Verborgen in ihrem eigenen Haar sah Augusta, wie ihre Tochter auf den Grund der Grube sank.

Sie sank und sie sank und sie sank.

Als ein neuer Morgen anbrach, war die ganze Welt grau geworden.

Augusta wachte davon auf, dass sie fror. Sie richtete ihren Rücken auf und blinzelte ein paar Mal, bevor ihr klar wurde, dass sie am Küchentisch eingeschlafen sein musste. Isak saß ihr gegenüber, er starrte sie mit leerem Blick an.

Sie stand mit einem leisen Jammerton auf, der Rücken schmerzte, und der Nacken war steif, blieb dann mitten in der Küche stehen, ohne recht zu wissen, was sie anstellen sollte.

Sie schaute auf ihre Füße hinunter: Die waren im Laufe der Nacht angeschwollen. Die Beine sahen aus wie Baumstämme. Der eine Strumpf hatte sich vom Strumpfband gelöst und ringelte sich über den Knöchel, die entblößte Haut war weiß mit blauen Adern.

Eine Greisin, dachte Augusta. Ich bin eine hässliche alte Vettel.

Hinter sich hörte sie ein plätscherndes Geräusch. Sie wusste, was es war, drehte sich aber nicht um. Isak pinkelte auf den Boden.

Nackte Füße schlurften über den Flurboden. Siri stand in der Türöffnung.

Augusta sah sie einen Moment lang an, zog dann die Oberlippe hoch und versuchte zu reden. Aber sie fand keine Worte. Es gab keine Worte. Es wurde nur zu einem Zischen.

Alles ist ewig«, sagt Alice.
»Und was bedeutet das?«, fragt Kristian.
»Dass du lange genug davongekommen bist.«

Nein. So hat sie es nicht gesagt. Das ist nur eine Rachephantasie. Ein Trostmärchen.

In der Realität steht sie in einer Anprobekabine von NK und versucht eine schwarze Jeans zuzuknöpfen. Was ihr nicht gelingt: Ihre Taille ist zu dick. Sie zieht den Bauch ein und macht einen zweiten Versuch. Doch nein, es ist unmöglich…

Nicht, dass das so schlimm ist, sie will sowieso keine schwarze Jeans kaufen. Das wusste sie schon, als sie in die Anprobekabine ging. Sie hat bereits vier Stück zu Hause – was soll sie da noch mit einer fünften?

Vor den Anproberäumen verkündet eine Lautsprecherstimme, dass das Kaufhaus gleich geschlossen wird.

Draußen auf der Hamngatan ist es schon dunkel. Die Uhr hat sieben geschlagen, und die Stadt wechselt ihr Gesicht. Die Geschäfte schließen. Die Kneipen öffnen. Von Frauen mittleren Alters wird erwartet, dass sie nach Hause gehen und sich unsichtbar machen.

Alice schiebt ihre Hände in die Taschen und zieht die Schultern hoch. Sie kann nicht nach Hause gehen. Das ist unmöglich.

Sie ist den ganzen Nachmittag durch die Geschäfte gezogen. Hat Jeans anprobiert, die sie nicht zuknöpfen konnte. Hat an Parfums geschnuppert, die sie nicht haben wollte. Hat in Büchern geblättert, von denen sie nicht einmal im Traum denken kann, dass sie sie lesen möchte. Hat über Augusta und ihre Märchen gegrübelt, über Isak, der seit einem Menschenalter schon tot ist, und über Olga, die eines Abends fortging und nie zurückkam.

Das ist nicht gescheit. Dessen ist sie sich wohl bewusst. Vor fünf Stunden hat sie Kristian im Sheraton verlassen, also sollte sie eigentlich über andere Dinge nachdenken. Über Wahrheit und Lüge zum Beispiel. Verantwortung und Schuld. Ehe und Zukunft. Außerdem muss sie in zwei Tagen beim Historischen Museum eine Projektbeschreibung abliefern, wenn ihr Berufsleben nicht vollkommen Schiffbruch erleiden soll, und sie hat noch keine einzige sinnvolle Zeile geschrieben.

Der Gedanke lässt ihre Schritte schneller werden, die Absätze klappern entschlossen auf dem Fußweg. Einen Atemzug lang kann sie ihr eigenes Spiegelbild in einem Schaufenster wahrnehmen: selbstsichere Frau in teurer Kleidung.

Die Verkleidung funktioniert.

»Alles ist ewig«, sagt Alice.

»Und was bedeutet das?«, fragt Kristian.

»Dass du dir jedes Recht verwirkt hast, etwas über unseren Sohn zu erfahren.«

Nein. So hat sie es nicht gesagt.

In Wirklichkeit ist sie ohne ein Wort aus dem Bett gestiegen, hat sich die Tagesdecke um den Körper gewickelt, ihre Kleider zusammengesucht und ist ins Badezimmer gegangen.

Dort blieb sie eine Weile mit geschlossenen Augen und dem Rücken an die verschlossene Tür gelehnt stehen, bevor sie die Augen öffnete und sich umschaute. Allein der Gedanke, sich von etwas berühren zu lassen, das vorher Kristian berührt hatte, erweckte Übelkeit in ihr. Die Seife musste neu sein und das Handtuch unbenutzt, damit sie sich duschen konnte, sonst wäre sie gezwungen gewesen, zur Rezeption hinunterzugehen und ein eigenes Zimmer zu nehmen. Aber sie hatte Glück: Es lagen noch ein paar ungeöffnete kleine Seifenpäckchen im Seifenfach, und ein sorgfältig zusammengefaltetes Badetuch hing über der Stange. Sicherheitshalber schnupperte sie daran. Nein. Es roch nicht nach Kristian.

Dafür lag ein benutztes Seifenstückchen auf dem Badewannenrand und ein zerknittertes Handtuch auf dem Boden. Sie riss ein Stück Toilettenpapier ab, um ihre Hand zu schützen, bevor sie die Seife in die Toilette warf und anschließend das Handtuch in eine Ecke schubste. So. Jetzt war sie soweit. Jetzt konnte sie sich endlich säubern.

Sie weiß nicht, wie lange sie unter der heißen Dusche stand, weiß nur, dass sie sich so lange und so gründlich wusch, dass die Seife fast verschwand. Gedanken und Erinnerungen tauchten hinter ihrer Stirn auf, aber sie konnte sie mit Abstand betrachten, und sie beunruhigten sie nicht. Da ging Augusta durch ihren blühenden Garten. Da lachte Petter sein glucksendes Reisszähnchenlachen auf ihrem Schoß. Da lächelte Lars über seinen Fraktalen und sprach vom Random walk als Attraktor, von dessen Fähigkeit, komplizierte Muster zu produzieren und sie sich wiederholen zu lassen. Alice rieb sich mit der Seife zwischen den Beinen. Davon würde sie Ausfluss bekommen, das wusste sie. Aber das war ein Problem, das später auftauchen würde. Im Augenblick musste sie einfach nur sauber werden.

Als sie eine Weile danach die Tür zum Hotelzimmer öffnete, trug sie ein sorgfältig geschminktes Gesicht zur Schau. Es lächelte Kristian zu.

»Alice!«, rief er, als sie zur Tür ging. »Verdammt noch mal, Alice…«

»Alles ist ewig«, sagt Alice.

»Und was bedeutet das?«, fragt Kristian.

»Dass er mich nie verlassen hat. Dass ich ihn nie verlassen habe.«

Nein. So hat sie es nicht gesagt. So würde sie es niemals sagen. Das ist zu pathetisch. Diese Worte würden ihr nie über die Lippen kommen.

Aber trotzdem stimmen sie. Er hat sie nie verlassen. Sie hat ihn nie verlassen. Es ist, als hätte sie zwei Leben gelebt. Eines in der wirklichen Welt. Ein zweites mit ihrem toten Sohn in den Schatten.

Nach zwei Jahren bei der Auskunft zog sie nach Norrköping zur Statens Skola för Vuxna, einer Schule für Erwachsene, die einzige ihrer Art zu dieser Zeit. Inga und Erland sagte sie, dass sie als Telefonistin bei der Feuerwehr arbeiten würde, und bekam nur einen resignierten Seufzer zur Antwort. Das war nicht einmal wirklich eine Lüge: Sie war wirklich Telefonistin bei der Feuerwehr, aber nur nachts. Tagsüber lernte sie. Als sie das Abitur machte, feierte sie das, indem sie in weißem Gewand und mit Abitursmütze zum Fotografen ging und dann einen Abzug von dem Bild an Augusta und einen an Inga und Erland schickte. Zwei Tage später standen ihre Eltern vor der Tür. Sie schafften es, ihr ein Sparbuch über zweitausend Kronen, eine Flasche Champagner und eine goldene Kette zu überreichen, bevor sie wieder anfingen, sich zu streiten, und beschlossen, zurück nach Hause zu fahren.

Alice stand am Fenster und schaute ihnen nach. Erland drückte das Gaspedal in seinem neuen Rover bis zum Boden durch, sie konnte noch seine winkende Hand hinter der Scheibe sehen. Vielleicht würde er das Auto auf halbem Weg nach Jönköping anhalten und Inga eins auf die Nase geben. Allem Anschein nach passierte das jetzt häufiger als früher. Ingas Lippe war etwas angeschwollen gewesen, als sie sich Weihnachten bei Augusta trafen, und Erland hatte eine Kratzspur auf der Stirn.

Alice zuckte mit den Schultern. Das war deren Hölle. Was ging sie das an?

Als sie nach Lund kam, schloss sie sich dem Studentenverband von Småland an, ging aber selten zu deren Tanzabenden und Festen, die für die Mitglieder arrangiert wurden. Und doch: An einem dieser Ausnahmeabende ließ sie sich von einem jungen Mathematiker auf den Tanzboden führen.

Ihm gefiel ihre Ruhe, erklärte er ihr ein paar Monate später. Dass sie von ihm nicht eine Unmenge sinnloser Versprechen einforderte und ihm nicht irgendwelche Geheimnisse aufzwang. Dass sie zuhören konnte. Dass sie so besonnen und vernünftig war, ihr aber trotzdem weder Fantasie noch Humor fehlten.

Als er ein Jahr später um ihre Hand anhielt, unterdrückte sie ein Seufzen: Es wäre schön gewesen, dem entgehen zu können. Sie wusste nur nicht, wie sie es hätte sagen sollen, ohne ihn zu verletzen.

Er sah sie das erste Mal weinen, als sie in den Kreißsaal gerollt wurde, aber da weinte sie so hemmungslos und heftig, dass man sich gezwungen sah, ihr eine Extradosis Petidin zu geben.

Das hatte ihn in Verzweiflung gestürzt, wie er später erzählte, als er Petter über den flaumigen Kopf strich. Er hatte keine Ahnung gehabt, dass es so wehtun konnte...

Alice wandte zunächst ihren Blick ab und begann dann aufzuzählen, was Lars alles eingekauft haben musste, wenn sie und Petter aus der Klinik nach Hause kamen, all das, was sie sich aus äußerst irrationalen Gründen vorher nicht zu kaufen getraut hatte. Kinderwagen und Kinderbett, Kleidung und Windeln. Und könnte er so lieb sein und Binden besorgen? Das war etwas peinlich, aber sie hatte nun einmal sonst niemanden...

Ein halbes Jahr später kroch sie eines Nachts dicht an ihn heran und begann flüsternd über ihr mächtiges Weinen zu berichten. Sie hatte ja nicht geweint, weil es so wehtat...

Er schaltete seine Nachttischlampe ein und starrte sie an. Weshalb dann? Warum hatte sie geweint?

Ach. Alice zog sich zurück auf ihren Teil des Betts und ließ ihre Stimme leicht spröde klingen. Es war sicher etwas Existenzielles. Die Begegnung mit dem Leben und so.

Lars nickte ernst. Existenziell? Ja, dann konnte man wohl nichts daran ändern.

Trotzdem war es kein schlechtes Leben, das sie da zusammen lebten. Sie nahmen aufeinander Rücksicht und respektierten den anderen. Sie lachten ziemlich oft miteinander und aßen die gleichen Dinge. Sie gaben Petter eine Kindheit ohne Streit und geballte Fäuste. Sie arbeiteten und ließen den anderen arbeiten. Sie liebten sich, manchmal mit einer Glut, die fast alle Vorbehalte dahinschmelzen ließ, manchmal mit einer Kälte, die sie wieder aufbaute.

Nur im Schlafzimmer ahnte Lars ab und zu, dass Alice noch ein anderes Leben hatte.

»Alles ist ewig«, sagt Alice.

»Und was bedeutet das?«, fragt Kristian.

»Dass dein Vergnügen viel größer ist, als du denkst.«

Genau. So hätte sie es sagen sollen. Wenn sie überhaupt mit ihm hätte reden können.

Sie hat den Norrmalmstorg überquert und ist in die Bibliotheksgatan eingebogen, bleibt vor einem Schaufenster stehen und guckt ein graues Kostüm an. Die Schaufensterpuppe hat eine Glatze, Augen und Lippen sind ohne Farbe. Die Frau ohne Gesicht. Eine Frau, deren Blick von einer Haut überzogen ist. Das Kostüm ist traurig. Ängstlich in der Farbe und einschmeichelnd im Schnitt: ein braver kleiner Kragen auf der Jacke bittet um Entschuldigung für den nicht besonders aufregenden Schlitz im Rock. Der Preis ist schwindelerregend. Natürlich. Niemand würde dieses Kostüm beachten, wenn es nicht teuer wäre. Man kauft ein Preisetikett und das Gefühl des Auserwähltseins, die Kleider bekommt man gratis dazu.

Alice zuckt mit den Schultern. Ihr sind alle Kleider der Bibliotheksgatan vollkommen gleichgültig, sie will nur nicht an das denken müssen, an das sie eigentlich denkt. Aber sie würde gern wissen, wohin ihre Füße sie führen wollen. Wohin sie auf dem Weg ist.

Am Ende der Schwangerschaft wurde die Welt immer unschärfer. Augustas Konturen lösten sich auf, und die Wände in ihrem Haus wurden grau und staubig. Sie bewegten sich die ganze Zeit, zogen sich zurück, wenn Alice die Hand ausstreckte und Halt suchte, schossen hervor und stellten sich in den Weg, wenn sie herumlief und nach einem Platz suchte, um sich auszuruhen. Alice fügte sich stumm in die neuen Lebensbedingungen, sie hatte nicht die Kraft, sich zu beklagen. Wenn eine Wand verschwand, suchte sie mit der Hand nach einer neuen. Wenn sie hervorstieß und sich ihr in den Weg stellte, machte sie einen kleinen Umweg. Aber die meiste Zeit lag sie still in Augustas Bett. Das Feldbett in der Abseite war zu klein geworden: Das Segeltuch ächzte und knackte und drohte zu zerreißen, sobald sie sich darauf setzte.

Sie war zu einem Monster angeschwollen. Gleichzeitig fühlte

sie sich wie ein Kind, wenn sie so dalag. Ein Säugling. Das lag vielleicht daran, dass sie so oft ihre Hände betrachtete, dass sie sie ans Licht hielt, wendete und drehte. Manchmal vergaß sie, wem sie eigentlich gehörten, runzelte die Stirn und wunderte sich. Augusta? Aber nein, nicht einmal Augustas Finger waren so dick, dass sie sich in alle Richtungen spreizten...

Manchmal fegte eine Finsternis von der Strömsviken herein. Alice gefiel das: Sie öffnete die Augen und ließ sie in ihre Pupillen einfließen. In weiter Ferne konnte sie Augusta ihren Namen rufen hören, gab sich aber gar nicht die Mühe, antworten zu wollen.

Sie war nicht bei Bewusstsein, als man sie in den Krankenwagen trug.

»Alles ist ewig«, sagt Alice.

»Und was bedeutet das?«, fragt Kristian.

»Dass mich das Leid deiner Jugend ebenso wenig hätte kümmern sollen, wie dich meines interessiert hat.«

So war es gewesen. Sie hätte lernen sollen, ebenso überzeugend zu lügen wie Kristian. Sich im Falschspiel üben. Ihre eigene Haut zu retten, wie er seine rettete. Sie hätte ihn so hereinlegen sollen, wie die Mädchen zu dieser Zeit gelernt hatten, junge Männer hereinzulegen. Sie hätte ihn mit falschen Versprechen hinsichtlich Verführung und Befreiung locken sollen, während sie ihn tatsächlich all dessen beraubt hätte, was sie selbst haben wollte: Lachen, Spiele und eine Weile Ruhe. Aber sie war zu jung gewesen. Viel zu jung und glaubensstark und sehnsuchtsvoll, um wirklich lügen zu können.

Und dennoch. Vielleicht gibt es doch keinen Grund, den Glorienschein so emsig zu putzen, denkt sie, während sie an der Ampel am Stureplan steht. Ich habe siebenundzwanzig Jahre lang geschwiegen. Ich habe mich hinter Mauern und Verschanzungen versteckt. Ich habe Lars die Schuld gegeben und ihn gleichgültig genannt. Und heute habe ich dem Ganzen noch die Krone aufgesetzt, indem ich mit dem Projektberater Kristian Dahlberg ins Bett gestiegen bin. Dem Kotzmittel aus Jönköping.

Grünes Männchen. Die Füße setzen sich in Bewegung. Sie ahnt langsam, dass sie auf dem Weg nach Sveavägen ist. In ihr Büro. Kristian hat sie berührt. Sie kann nicht nach Hause gehen.

»Alles ist ewig«, sagt Alice.

»Und was bedeutet das?«, fragt Kristian.

»Dass dein Verlust größer ist als meiner. Ich hatte ihn. Du wirst ihn niemals haben.«

Sie erinnert sich an keine Wehen. Nur daran, dass sie fror. Der Kreißsaal hatte Wände aus Eis. Die Stimmen hallten darinnen. Metall klapperte an Metall. Eine Lampe wollte die Dunkelheit aus ihren Pupillen heraussaugen, aber sie wehrte sich dagegen.

»Pass auf!«, rief jemand. »Sie kippt uns weg.«

Alice verdrehte die Augen nach innen und außen, schaute in ihren eigenen Körper und stellte fest, dass er leer war. Er hatte sie verlassen.

Sie fand ihn erst mehrere Tage später wieder. Da war es Nacht.

Sie wachte davon auf, dass am anderen Ende des Saals eine Lampe angeknipst wurde. Jemand richtete sich seufzend auf. Eine Frau. Alice konnte sehen, wie sie die Gitterstäbe des Betts umklammerte und sich mühsam erhob, wie sie mit den Füßen nach ihren Hausschuhen suchte, während sie sich einen Morgenmantel überzog. Türkis. Diesjährige Modefarbe. Die Frau schob beide Hände in die Taschen und ging zur Tür. Sie ließ die Lampe brennend zurück. Alice streckte probehalber ihre Hand dem Licht entgegen. Die Finger waren immer noch angeschwollen, aber nicht mehr so dick, dass sie sich in alle Richtungen hätten spreizen müssen.

Die Luft war wie Milchsuppe, warm, süß und schwer zu atmen. Sie schloss die Augen und ruhte in diesem Duft. Ein Chor sang in weiter Ferne. Es war ein heiserer Gesang, ohne Rhythmus, Melodie und Konsonanten, ebenso vage und schwirrend wie das Geräusch eines Bienenschwarms – und ebenso beunruhigend. Alice öffnete wieder die Augen.

Da lag ein Baumwollmantel über ihrem Bettgitter, sie nahm an, dass er für sie gedacht war, und zog ihn über. Die Bewegung wurde von etwas Steifem um den Bauch gebremst: Sie schaute in den Ausschnitt des Krankenhaushemds, um zu sehen, was das war. Ja, natürlich. Jetzt erinnerte sie sich daran, dass zwei junge Krankenschwestern nachmittags lange Binden um ihren Bauch gewickelt hatten. Sie hatten jeweils auf einer Seite des Betts gestanden und von beiden Seiten fest gezogen. Jetzt konnte sie sich kaum rühren. Aber sie war doch gezwungen dazu: Der Chor rief sie. Sie musste hinaus auf den Flur.

Sie hörte seine Stimme, sobald sie die Tür öffnete. Erkannte sie wieder, obwohl sie sie nie zuvor gehört hatte, obwohl sie sich mit anderen Stimmen vermischte und von ihnen zeitweise übertönt wurde. Sie blieb stehen, stützte sich an der Wand ab und lauschte.

Der Fußboden war braun. Die Wände grau. Eine einzige Lampe war eingeschaltet, sie warf ein schmutziggelbes Licht über die Kinderschwester, als diese die Tür zum Säuglingsraum schloss. Es war zwei Uhr nachts. Es war Zeit für die Kaffeepause im Schwesternzimmer.

Es war verboten aufzustehen. Gerade entbundene Mütter sollten sich ausruhen.

Es war verboten, auf den Flur zu gehen. Man konnte ausrutschen.

Es war verboten, in den Säuglingsraum zu gehen. Man konnte die Babys anstecken.

Alice öffnete die Tür.

Mein Kind, dachte sie. Ich halte mein Kind im Arm.

Sein Kopf passte in ihre Handfläche. Die Augenlider waren so dünn, dass sie durchsichtig zu sein schienen. Das Haar war dunkel und spärlich, jede Strähne war wie ein dünner Tuschestrich vor weißem Hintergrund.

Vielleicht lässt es sich ja doch leben, dachte sie. Vielleicht ist es doch möglich zu leben.

Er war kleiner als die anderen Kinder. Das konnte sie sehen. Sehr viel kleiner. Seine Haut war roter und schrumpliger. Sein Schrei war matter. Er verstummte und wurde ruhig, als sie ihn an ihre Brust legte. Aber er konnte nicht saugen, sein Mund schloss sich nur schlaff um die Brustwarze und ließ sie gleich wieder herausrutschen. Er war eingeschlafen. Alice küsste seinen offenen Mund. Sein Speichel schmeckte wie Quellwasser.

Am nächsten Morgen wurde sie sich zum ersten Mal der Morgenroutine auf der Wöchnerinnenstation bewusst. Eine Krankenschwester schob die Tür zum Krankenzimmer mit der Hüfte auf und rollte ein merkwürdiges Möbelstück herein: eine braune Kommode auf Rädern mit Luftlöchern in den Schubladen. Sechs Schubladen für einen Saal mit sechs Betten. Sie schob sie mitten in den Raum, öffnete eine Schublade und hob ein Kind heraus, wickelte ein Baumwolltuch um den kleinen Körper und streckte ihn einer Frau hin. Diese saß bereits mit aufgeknöpftem Nachthemd im Bett, gähnte kurz und lächelte.

Alice' eigenes Hemd war schon feucht von der Milch. Sie knöpfte es auf, indem sie die harten Bandagen um ihren Bauch überwand, und zog sich in sitzende Position. Aber nachdem die Kinderkrankenschwester der fünften Mutter das fünfte Kind überreicht hatte, warf sie Alice nur einen schnellen Blick zu und eilte aus der Tür hinaus.

Sie hatte noch nie Lärm gemacht. Noch nie in ihrem Leben. Aber jetzt machte sie Ärger.

Sie fauchte und fletschte die Zähne. Schrie die Oberschwester an und schubste eine Schwesternhelferin zur Seite, die ihr den Weg zum Zimmer des Stationsarztes versperren wollte. Riss die Tür auf und schrie:

»Mein Kind! Gebt mir mein Kind!«

Es nützte nicht viel. Das Zimmer war leer. Es war erst sechs Uhr morgens, und der Arzt war noch nicht gekommen.

»Das geht nicht«, erklärte er später am Tag.

Er stand mit dem Rücken zu ihr und schaute aus dem Fenster, ein magerer Mann mit gebeugter Haltung. Alice saß vor seinem Schreibtisch und ließ ihren Zeigefinger die verschnörkelten Wege auf dem geschnitzten Namenschild auf seinem Schreibtisch entlangfahren. Dr. Herbert Strömberg.

»Du darfst dich nicht so aufregen. Das kann dich zu Grunde richten.«

Er drehte sich um und sah sie über die Brille hinweg an.

»Wie alt bist du?«

Alice schluchzte leise.

»Bald siebzehn.«

Er schüttelte den Kopf.

»Mein Gott. Was tust du hier? Warum bist du nicht bei Mama und Papa zu Hause?«

Alice verzog ihr Gesicht.

»Jaja«, sagte Herbert Strömberg seufzend. »Du bist weder die Erste noch die Jüngste. Nun mal mit der Ruhe, und putz dir erst mal die Nase.«

Alice suchte in ihrer Tasche nach einem Taschentuch.

Strömberg zog seinen Schreibtischstuhl heraus und setzte sich.

»Weißt du, was Graviditätstoxikose ist?«, fragte er. »Schwangerschaftsvergiftung?«

Alice schüttelte den Kopf, während sie sich die Nase putzte.

»Ich habe nie einen ernsteren Fall gesehen«, erklärte er. »Und nie einen jüngeren. Du bist sehr krank gewesen. Du bist immer noch sehr krank.«

»Gebt mir mein Kind«, sagte Alice. »Ich will mein Kind haben.«

»Es ist auch sehr krank«, sagte Herbert Strömberg.

Sie würde nie erfahren, ob sein Beschluss auf medizinischen Überlegungen beruhte oder auf der Lust, Lieber Gott zu spielen, ob es sich um einen Akt der Gleichgültigkeit oder der Barmherzigkeit handelte.

Sie erfuhr nur, dass niemand mehr von ihrer Zukunft und einer Adoption redete, dass man sie in ein Einzelzimmer rollte und dass ihr ihr Sohn gebracht wurde, wenn es Zeit zum Stillen war. Er schlief, als er ihr das erste Mal in den Arm gelegt wurde. Die Kinderschwester war grauhaarig und der mütterliche Typ, sie sprach in sachlichem Ton, aber mit ganz leiser Stimme. Alice sollte mit der Brustwarze über den Mund des Jungen streichen. Dann würde er aufwachen.

Alice nickte stumm und öffnete ihr Hemd.

Sie begriff nie, wie schwach er eigentlich war und dass er zu wenig trank, dass etwas nicht stimmte, wenn er nach nur wenigen halbherzigen Saugbewegungen an ihrer Brust einschlief. Sie ließ ihn einfach dort liegen, während sie die Decke aufschlug und seinen roten Fuß fasste, ihn in ihre Hand nahm und betrachtete, lächelte, wenn er die Zehen spreizte und die Sohle gegen ihre Handfläche stemmte. Nach einer Weile schloss auch sie die Augen, lag mit seinem Fuß in der Hand da und glitt zwischen Schlaf und Wachsein hin und her.

Die Stimmen auf dem Flur vor ihrer Tür wurden leiser. Die Kinderschwester verzichtete auf ihre Routine und ließ die beiden in Ruhe. Alle ließen sie in Ruhe. Nur eine alte Krankenschwester strich Alice eines Tages über die Wange und schüttelte den Kopf.

Alice war die Einzige, die nicht begriff, was das alles bedeutete.

»Alles ist ewig«, sagt Alice.

»Und was bedeutet das?«, fragt Kristian.

»Dass ich ihm das Leben schenkte. Dass er mir das Leben schenkte.«

Nach einigen Tagen fing sie an, mit ihm zu sprechen.

»Vielleicht lässt es sich ja doch leben«, sagte sie.

Er schlug die Augen auf und sah sie mit wasserblauen Augen an.

»Manchmal weiß ich nicht mehr, wo du anfängst und wo ich aufhöre«, sagte sie. »Vor kurzem waren wir noch im gleichen Körper. Jetzt sind wir in der gleichen Seele, wir fließen ineinander, denken die Gedanken des anderen, träumen die Träume des anderen. Die Grenzen sind nicht offensichtlich.«

Sie legte ihren Zeigefinger in seine Handfläche. Er umschlang ihn. Sie senkte die Stimme.

»Das macht nichts. Wir brauchen keine Grenzen. Noch nicht. Und du bist derjenige, der sie ziehen soll, wenn es soweit ist.«

Sie hob seine Hand und betrachtete sie. Der Nagel am kleinen

Finger war kaum erkennbar. Er schloss die Augen. Sie sah ihn eine Weile an, bevor sie selbst auch die Augen schloss.

Als sie eine Stunde später erwachte, lag er schwer und unbeweglich in ihrem Arm.

»Alles ist ewig«, sagt Alice.

»Und was bedeutet das?«, fragt Kristian.

»Dass dein Schweigen dein größter Treuebruch war. Dass du nie gefragt hast. Dass du mir hinterher nie geschrieben hast und nichts wissen wolltest. Dass niemand fragte. Dass niemand etwas wissen wollte.«

In der ersten Woche fürchteten sie, dass sie verbluten würde.

Sie öffnete ab und zu die Augen, sah die Krankenschwester und die Helferin und wunderte sich trübe, warum sie sich so viel Arbeit mit Zellstoffbinden und Gummilaken machten. Warum konnten sie sie nicht einfach in Ruhe lassen. Sie ins Abflussbecken legen und der Dunkelheit überlassen.

»Der Körper weint«, sagte Herbert Strömberg.

Lass ihn weinen, dachte sie. Lasst mich in Ruhe und lasst ihn weinen.

Die Dunkelheit, denkt sie. Ich habe sie hereingelassen. Ich habe sie in ihn hineinfließen lassen …

Die Kälte ist gekommen, sie kann ihren Atem im Nacken spüren, während sie die Kungsgatan entlanggeht. Ihre Absätze klappern nicht mehr, sie hat es nicht mehr eilig. Sie weiß ja nun, wohin sie geht, aber sie sehnt sich nicht dorthin.

Wenn sie in ihr Büro kommt, muss sie Lars anrufen und ihm erklären, dass sie für eine Weile nicht nach Hause kommt. Vielleicht nie wieder. Dass sie allein sein muss, während sie versucht zu leben. Aber wie soll sie ihm das erklären? Wie soll sie Lars erzählen, dass sie mit einem anderen Mann geschlafen hat, dass das aber nicht ihr größter Betrug gewesen ist? Dass die Feigheit viel schlimmer ist. Dass sie ihr ganzes gemeinsames Leben lang eine erstarrte Trauer in sich verborgen trug und nie darüber hat reden wollen.

Und was wird er antworten? Dass das jetzt auch keine Rolle mehr spielt? Dass er ihre Schatten Leid ist und ihrer Trauer überdrüssig? Dass er sie verlassen und zu Corrinne gehen will und dass das ihre eigene Schuld ist?

Doch. Kann schon sein.

Ein Brot. Sie muss stehen bleiben und ein Brot kaufen, damit sie etwas zu essen hat, wenn sie morgen früh aufwacht.

Sie hat bisher noch nie im Büro geschlafen, aber andere haben es schon getan. Kåre und Marianne, wenn sie in Stockholm waren. Petters Freunde aus Australien. Ein armer Mathematiker aus St. Petersburg, der sich kein Hotelzimmer leisten konnte. Es stehen zwei Feldbetten im Garderobenschrank, und es gibt Küchennische und Dusche. Es ist ja eigentlich gar kein richtiges Büro. Nur eine kleine Einzimmerwohnung im Erdgeschoss eines Mietshauses.

Ein Versteck, dachte sie damals vor fünfzehn Jahren, als der Makler ihr die Tür öffnete und sie aufforderte, doch hineinzugehen. Genau das, was ich brauche.

Sie verzieht bei der Erinnerung das Gesicht. Als bräuchte sie ein Versteck. Hat sie sich doch ihr ganzes Leben lang versteckt.

»Alles ist ewig«, sagt Alice.

»Und was bedeutet das?«, fragt Kristian.

»Nichts.«

Es ist vorbei, denkt Alice und holt tief Luft. Es ist mehr als vierzig Jahre lang gelaufen. Jetzt darf es zu Ende sein.

Sie geht mit schnellen Schritten den Sveavägen entlang, eilt über den Platz, auf dem Olof Palme ermordet wurde, geht mit großen Schritten an Bonniers vorbei, ohne anzuhalten und sich die Bücher in den erleuchteten Schaufenstern anzusehen, läuft fast über die Tegnérgatan. Die Hand sucht bereits in der Tasche nach den Schlüsseln.

Es ist vorbei, denkt sie wieder. Den Jungen habe ich für alle Zeiten in mir. Aber Kristian? Er wird seine Spielchen ohne mich spielen müssen.

Der Gedanke an Lars trifft sie, als sie die schwere Glastür aufschiebt und mit schnellen Schritten den Eingangsbereich des Vorderhauses durcheilt. Aber es wird nun einmal, wie es wird, Hauptsache, es wird anders.

Im Hinterhof ist es dunkel und im Hinterhaus noch dunkler. Sie streckt die Hand zum roten Auge des Lichtknopfs aus.

»Alice«, sagt eine Stimme im Dunkeln.

Sie drückt auf den Knopf. Lars sitzt auf der Treppe, das gelbe Licht der Lampe spiegelt sich auf seiner Stirn.

»Wir müssen miteinander reden«, sagt er.

Alice schiebt den Schlüssel ins Schloss und öffnet die Tür.

»Ja«, sagt sie. »Das müssen wir.«

Nichts ist ewig. Sie weiß es. Trotzdem ist sie plötzlich vollkommen ruhig.

Der Winter ist auf dem Weg. Er kommt mit großen Schritten. Der Wind rüttelt nachts an Augustas Haus und reißt durchsichtige Äpfel von den Zweigen des Baumes draussen. Sie sind sehr empfindlich. Sobald sie auf den Boden fallen, bekommen sie braune Flecken, schon am nächsten Morgen werden sie halb verrottet und ungenießbar sein. Die Lupinen unter dem Apfelbaum haben ihren Widerstand aufgegeben, sie ducken sich vor dem Regen, schütteln ihre aufgeplatzten Samenhüllen und lassen sich resigniert in Unkraut verwandeln.

Auch im Haus ist es abends kalt. Der Wind findet seinen Weg durch verborgene Ritzen, heult durch Küche, Zimmer und Flur und vertreibt alle Erinnerungen an den Sommer.

Es ist schon spät in der Nacht, aber Angelica kann nicht schlafen. Die Kälte hält sie wach.

Es ist so kalt, dass sie einen Krampf in den Zehen bekommt.

Sie rollt sich unter der Decke zusammen und schiebt ihre Hände zwischen die Schenkel, versucht vollkommen unbeweglich zu liegen und an warme Dinge zu denken. Siris Küche. Mikael, der in ihr Bett krabbelt. Hände, die nach Königsminze duften …

Es nützt nichts. Der Krampf wird nur noch schlimmer, sie kann spüren, wie die Zehen sich in alle Richtungen spreizen. Das ist typisch für sie. Selbst wenn sie friert, macht sie sich lächerlich. Trotzdem ist es vielleicht ja ganz gut, dass es kalt ist. Dann braucht sie sich nicht abzukühlen. Kann es ruhig angehen. Kann versuchen, klar zu denken und nicht so verflucht hysterisch zu sein. Dinge und Geschehnisse so zu sehen, wie sie wirklich sind.

Sie hat sich selbst etwas vorgemacht. Das sieht sie jetzt ein. Sie gibt es zu. Sie gibt es sich selbst gegenüber zu.

Zunächst einmal hat sie sich eingebildet, sie könnte in Augustas Haus den Winter über wohnen. Aber das geht nicht. Nicht ohne Feuer.

Sie war im Winter in zwei leeren Ferienhäusern, einmal mit einem Jungen namens Daniel, ein anderes Mal mit einem, der Jonatan hieß. Sie weiß, was für ein Gefühl es ist, sich auszuziehen, wenn der Frost das Fenster überzogen hat und die Atemluft zu Rauch wird. Es tut weh. Lässt die Haut schmerzen. Tut weh auf den Schleimhäuten der Nase. Tut weh in der Lunge, wenn man richtig tief einatmet.

Scheiße! Der Krampf verdreht den linken Fuß in eine unnatürliche Stellung. Sie beißt sich auf die Lippen und überlegt schnell: Einerseits glaubt sie, dass in der Kommode im Schlafzimmer noch alte Kleider liegen, andererseits wird das Bett noch kälter sein, wenn sie aufsteht und nachguckt. Aber vielleicht wird sie schlafen können, wenn sie ein Paar Wollsocken findet. Oder einen warmen Pullover. Oder jedenfalls einen Schal.

Also müsste sie aufstehen. Das sieht sie ein. Trotzdem bleibt sie liegen und geht weiter mit sich selbst ins Gericht.

Also: Sie hat sich selbst etwas vorgemacht. Sie war schon immer sehr gut darin, sich selbst zu belügen.

Deshalb ist sie ja auch mit ihrem großen Zeichenblock herumgelaufen und hat sich eingebildet, sie könnte eine Künstlerin werden. Aber das ist doch lächerlich, schließlich ist sie ein Arbeiterkind, und Arbeiterkinder werden keine Künstler. Sie verstehen die Dinge nicht so, wie Künstler sie verstehen, sie verstehen ja nicht einmal, dass sie nicht verstehen. Es reicht nicht, gut zeichnen zu können, hat Ilona gleich am ersten Tag gesagt, man muss außerdem sehen können. Aber Angelica kann nicht sehen. Nicht auf diese Art. Niemand hat sie gelehrt, so zu sehen, sie musste herumlaufen und auf eigene Faust glotzen. Das Ergebnis ist dementsprechend.

Alle anderen aus der Klasse waren im Ausland. Als Ilona sie aufforderte, von ihren schönsten Kunsterinnerungen zu erzählen, berichteten sie von Gemälden, die sie in Paris und Barcelona gesehen hatten. Aber sie benutzten das Wort Gemälde nicht, das war Angelica aufgefallen. Bild war das richtige Wort. Ein echter Ästhet schaut sich Bilder an, wenn er mit Mutter und Vater ein Museum besucht. Und Installationen. Angelica konnte sich keinen Reim darauf machen, was eine Installation eigentlich ist, aber sie hat den Verdacht, dass es so edel ist, dass sie es sowieso nie begreifen wird. Als sie an der Reihe war, schaute sie auf ihren Tisch und murmelte etwas von Toulouse-Lautrec, ohne dabei zu erwähnen, dass sie seine Plakate nur in einem Kunstbuch in der Bibliothek von Hallstavik gesehen hatte. Und sie sagte nichts von dem anderen Buch, das von seinem Leben handelte: *Der Maler von Moulin Rouge*.

Vielleicht würde Ilona die Nase rümpfen, wenn sie erfuhr, dass es Angelica gefiel.

Aber Angelica mag es. Sie mag es schon seit dem Frühling, als sie mit der Mütze bis fast über die Augen heruntergezogen herumlief und darauf wartete, dass ihre Haare wieder wachsen würden. Sie war damals oft in die Bibliothek gegangen, und eines Abends fand sie das Buch über Toulouse-Lautrec. Es war ein altes Buch mit altmodischem Wachstucheinband. Es war reiner Zufall, dass es in ihrer Hand von allein aufklappte und ein Bild freigab: eine schwarze Männersilhouette und eine tanzende Frau. Aber nicht das Motiv lockte sie, es waren die Farben. Sie trug das Buch nach Hause und setzte sich an Siris Küchentisch, um zu lesen, nur weil das Bild gelb war, ohne wirklich richtig gelb zu sein.

Siri war voller Bewunderung dem dicken Buch gegenüber. Sie nickte jedes Mal ernst, wenn Angelica den Kopf hob und von dem erzählte, was sie gelesen hatte. Wie Henri Toulouse-Lautrec die Treppe im Schloss seiner Eltern heruntergefallen war, als er klein war, und anschließend aufhörte zu wachsen. Wie er sein Leben lang verkrüppelt und schief bleiben sollte. Wie sein Vater es kaum ertragen konnte, ihn so zu sehen, und ihn deshalb nach Paris ziehen ließ. Wie seine Mutter darüber trauerte, dass er nicht malte, wie ihrer Ansicht nach edle Künstler malen sollten: vornehme Damen und noble Herren mit Gesichtern aus Vanilleeis. Toulouse-Lautrec machte stattdessen Plakate und verspritzte die Farbe mit einer Zahnbürste. Außerdem interessierten ihn vornehme Leute nicht, er malte Clowns und Tänzerinnen und – hier musste Angelica ihre Stirn über dem schweren Wort runzeln – Pros-ti-tu-ierte. Siri lächelte ängstlich und sagte, sie sei ungemein tüchtig. Dass es doch unglaublich sei, dass eine Zwölfjährige so dicke Bücher über so komplizierte Dinge lesen könnte. Dass sie ihrerseits kein einziges Buch gelesen hätte, als sie so alt gewesen war.

Siri! Das Herz stockt Angelica bei dem Gedanken, es pocht langsam, und jeder Schlag schickt einen Schauer durch den Körper. Angelica schnappt nach Luft und legt sich die Hand zwischen ihre Brüste. Nein, nein. Sie darf nicht an Siri denken.

Dagegen muss sie sich direkt zwingen, an Ilona zu denken. Daran, dass Ilona heute über ihre Zeichnung den Kopf schüttelte. Alles andere würde nur heißen, dass sie sich etwas vormacht.

Es ist das erste Mal. Noch nie hat jemand über eine Zeichnung von Angelica den Kopf geschüttelt. In der Realschule sammelten sich immer alle Mädchen hinter ihrem Rücken, wenn sie zeichnete, und raunten vor Bewunderung. *Wie ähnlich! Wie hübsch! Wie schön!* Keine konnte sie übertreffen. Nicht einmal Rebecka.

Vielleicht war es jetzt im Gymnasium anders. Vielleicht war es deshalb plötzlich lächerlich, mit dem Zeichnen weiterzumachen. Kleinkinderkram. Jetzt war es schließlich ernst. Jetzt ging es um die Zukunft. Rebecka stand auf dem Schulhof und fuhr sich mit der Hand durchs Haar: Sie wollte es eiskalt angehen lassen. Karriere machen und so. Aber gewisse andere Leute, aus denen konnte ja nichts anderes werden als ein Sozialfall. So war es ja nun einmal: Die Kinder eines Sozialfalls wurden immer ein Sozialfall. Manche waren vergebens geboren worden. Das sagte ihre Mutter immer, und sie musste es wissen. Schließlich war sie Ärztin.

Der Wind hält für einen Moment den Atem an, bevor er von neuem einsetzt.

»Missgeburt«, singt er. »Missgeburtmissgeburtmissgeburt ...«

Die Dachpfannen klappern. Wenn man die Augen schließt, klingt es wie Applaus.

Werden einige vergebens geboren?

Ja. Das stimmt wohl. Wenn man sich zwingt, die Sache ehrlich zu bedenken.

Nicht, dass das ein besonders angenehmer Gedanke ist: Er brennt wie ein glühendes Eisen auf der Stirninnenseite. Vielleicht ist Angelica nur wegen dieses glühenden Eisens herumgelaufen und hat sich damit gebrüstet, eine Künstlerin zu werden. Prahlerei kühlt. Außerdem stopft sie Rebecka das Maul.

Rebecka weiß ja, dass Künstler auf ihre Art etwas Besonderes sind, auch wenn sie nicht richtig sagen kann, auf welche. Sie kennt keine Künstler. Es gibt keine Künstler unter ihren sorgfältig aufgeführten Tanten, Onkeln, Cousins und Cousinen. Sie sind alle zusammen Ärzte und Rechtsanwälte, Direktoren und Tierärzte. Wenn Angelica von so einem Beruf geträumt hätte, hätte Rebecka ihr sofort einen Strich durch die Rechnung gemacht – *Was bildest du dir ein? Als ob deine Zensuren dafür ausreichen würden!* –, aber als Angelica sagte, sie wolle Künstlerin werden, konnte Rebecka nichts dagegen setzen. Also schaute sie nur weg und tat, als hätte sie nichts gehört.

Aber nicht nur deshalb ist Angelica mit hochgereckter Nase herumgelaufen. Eine angehende Künstlerin hat noch andere Vorteile. Sie kann beispielsweise in abgewetzten Hosen und ausgetretenen alten Turnschuhen herumlaufen, ohne ausgelacht zu werden. Kann so tun, als ob sie nicht wirklich arm wäre, sondern nur so täte, als stünde sie über derartigen Dingen…

Das dachte Angelica zumindest, bis sie mit dem künstlerischen Zweig anfing. Es dauerte ein paar Tage, bis ihr klar war, dass die anderen Mädchen in der Klasse nicht die Spur abgewetzt aussahen. Ganz im Gegenteil. Sie trugen hautenge Tops und seidige Hosen, die so schlicht und klar in der Form waren, dass sie ein Vermögen gekostet haben mussten. Es gab nur einen, der aussah wie sie selbst. Einen Jungen. Einen merkwürdigen Jungen, der Rasmus hieß und nie etwas sagte. Seine Bilder waren eklig: Er zeichnete Frauen mit Wunden in der Brust und ein Stillleben mit Eingeweiden. Ilona hatte heute zu seiner Zeichnung genickt. Direkt bevor sie über Angelicas lachendes Mädchen mit wallendem Haarschwall die Nase gerümpft hatte.

In Hallstavik wäre sie für diese Zeichnung gelobt worden. Dessen ist sie sich sicher. Dennoch weiß sie, dass irgendetwas an ihr falsch ist. Sie wusste bereits, dass irgendetwas an ihr falsch war, als sie Form annahm. Sie konnte aber nichts daran ändern, es war, als würden all die tausend Bilder, die sie an Siris Küchentisch gezeichnet hatte, aus ihrem Kopf durch den Arm in ihre Hand gekrochen kommen. Als säße sie wieder an diesem Tisch in Alaska und zeichnete ein langhaariges Mädchen nach dem anderen. Als könnte sie spüren, wie Siri noch einmal ihre warme Hand auf die nackte Haut ihres Schädels legte und sagte, dass keiner so schön zeichnen könne wie Angelica. Niemand auf der ganzen Welt.

Sie fror in diesem Frühling. Daran erinnert sie sich. Es war kalt am Kopf. Sonst erinnert sie nicht mehr viel. Vielleicht lag es daran, dass sie nicht viel tat; sie saß ja meistens nur an Siris Küchentisch und las oder zeichnete, wenn sie mit der Schule und den Reklamezetteln fertig war. Sie wollte nicht rausgehen. Und wenn sie doch gezwungen war, zog sie sich die Mütze tief in die Stirn und weigerte sich, sie abzunehmen. Sogar in der Schule.

Wegen der Mütze schickten sie sie zur Schulfürsorgerin.

Sie hatte ihren Raum ganz oben im Gebäude. Fast unterm Dach. Angelica musste eine Weile davor sitzen und warten, aber das machte nichts. Es war ein schöner Platz, eine ruhige kleine Garderobe mit hohen Fenstern. Ohne Stimmen. Ohne Augen. Ohne andere Menschen. In der Welt draußen schien die Sonne und stieg der weiße Rauch des Werks gen Himmel. Angelica schaute ihm eine Weile zu, wobei sie mit dem Zeigefinger unter dem Mützenrand kratzte. Es juckte. Das Haar hatte angefangen, wieder zu wachsen.

Trotzdem machte die Fürsorgerin ein entsetztes Gesicht, als Angelica eine Weile später ihre Mütze abnahm und ihren Schädel entblößte. Aber sie fing sich schnell wieder, schloss die Augen und zupfte am Kragen ihrer gestreiften Hemdbluse, während sie eine besorgte Miene aufsetzte.

»Aber meine Kleine«, sagte sie dann und legte ihren Kopf schräg. »Warum hast du dir denn das schöne Haar abrasiert?«

Angelica musste tief in ihrem Inneren suchen, um ihre Stimme zu finden, trotzdem erklang nur ein Krächzen, als sie antwortete:

»Ich nicht.«

»Was meinst du damit?«

»Ich habe es nicht gemacht.«

Sie hatte ihre Hand auf die helle Schreibtischplatte gelegt. Die Fürsorgerin beugte sich vor, um sie zu ergreifen. Angelica konnte erkennen, dass ihre Fingernägel in einem warmen Kirschrot angemalt waren, bevor sie ihre eigene Hand zurückzog und sich auf sie setzte. Einen Atemzug lang sahen sie sich tief in die Augen, dann lehnte die Fürsorgerin sich auf ihrem Stuhl zurück und faltete die Hände. Ihre Stimme war unverändert ruhig und freundlich.

»Wer war es dann?«

Angelica schob sich auch die andere Hand unter den Po und schaukelte:

»Bazille.«

Die Fürsorgerin beugte sich vor und schob die gefalteten Hände unters Kinn:

»Dein Vater?«

Angelica schüttelte stumm den Kopf. Die Fürsorgerin senkte ihre Stimme:

»Macht er noch was mit dir? Nachts? Oder sonst?«

Angelica wiederholte die Bewegung. Nein. Bazille hatte nie das gemacht, an was die Fürsorgerin dachte. Warum sollte er? Schließlich fand er sie doch eklig.

»Schlägt er dich?«

Die Stimme kam zurück. Angelica konnte fast spüren, wie sie in die Kehle flog und sich dort zurechtrückte.

»Nein«, sagte sie und setzte sich die Mütze wieder auf. »Er schlägt mich nicht. Er hat mir nur das Haar abrasiert.«

Nein. Jetzt musste sie aber schlafen. Irgendwann musste sie schließlich mal schlafen.

Manchmal hat sie das Gefühl, dass sie ununterbrochen wach gewesen ist, seit Siri starb. Aber das ist ja gelogen, auch das. Sie weiß doch, dass sie jede Nacht schläft, zumindest für kurze Zeit. Letzte Nacht müssen es fast sieben Stunden gewesen sein. Trotzdem brennt die Müdigkeit unter ihren Lidern.

Aber sie friert nicht mehr. Oder besser gesagt: Sie weiß, dass sie friert, aber sie kann es nicht mehr spüren. Die Zähne klappern. Der Rücken ist steif. Die Zehen spreizen sich im Krampf. Aber sie kann es nicht mehr fühlen.

»Missgeburt«, singt der Wind vor dem Fenster. »Verdammte Missgeburtmissgeburtmissgeburtmissgebur…«

Angelica zieht sich das Haar übers Gesicht und legt sich die Hände auf die Ohren. Sie friert nicht. Sie hört nichts. Und jetzt will sie schlafen.

Bazille wartet hinter den Lidern. Er steht in Carinas Wohnzimmer und lacht. Angelica ist zu einem Hund geworden. Zu einem braunen kleinen Hund mit scharfen Zähnen, der hochspringt und ihm ins Gesicht beißt. Aber das nützt nichts: Bazille weigert sich zu sterben, er packt den kleinen Hund einfach am Schwanz und wirft ihn gegen die Wand.

Anschließend lacht er laut auf.

Angelica setzt sich im Bett auf. Ihr Herz pocht, das Blut rauscht ihr durch die Adern.

»Beruhige dich«, sagt sie laut zu sich selbst. »Das war doch nur ein Traum.«

Aber ihre Stimme ist schrill und erschreckt sie plötzlich mehr als der Traum, sie taumelt aus dem Bett und läuft auf den Flur, macht die Deckenlampe an und sinkt auf dem Boden zusammen, presst die geballten Fäuste fest auf die Augenlider. Sie kann kaum noch atmen, der Rücken hat sich in einem Krampf zusammengepresst, es ist, als sollte sie von ihrem eigenen Körper erstickt werden. Doch Siri rettet sie, sie lässt ihr Gesicht unter Angelicas Augenlidern vorbeigleiten:

»Lieb«, sagt sie. »So lieb, tüchtig und süß…«

Angelica öffnet die Augen und umschlingt sich mit den Armen. Sie friert. Jetzt kann sie spüren, dass sie wirklich friert.

Aber Siri irrt sich.

Angelica ist nicht lieb. Sie weiß es. Sie ist nie lieb gewesen. Nicht einmal, als sie noch klein war und allein mit Carina gelebt hat. Sie war wirklich so frech und unverschämt, wie Carina es behauptet hat. Hat wie ein abgestochenes Schwein geschrien, wenn sie nicht kriegte, was sie wollte. Hat geflucht und Fratzen geschnitten. Hat Geld geklaut. Hat Bazille ins Gesicht gespuckt, wenn er auf dem Wohnzimmerboden seinen Rausch ausschlief, und ihm die Zigaretten geklaut.

Eine Missgeburt. Das ist es, was sie gewesen ist. Eine kleine, teuflische Missgeburt.

Und jetzt ist sie demnach wohl eine große teuflische Missgeburt. Eine große teuflische Missgeburt, die den einzigen Menschen auf der Welt, der sich etwas aus ihr macht, anlügt. Eine kleine Hure, die stinkt …

Der Gedanke setzt sich fest und breitet sich aus. Sie lehnt den Kopf an die Flurwand und schließt die Augen, sehnt sich plötzlich danach, das Haar zu bürsten. Ja. Wenn alles anders wäre, hätte sie sich jetzt das Haar gebürstet. Wenn sie selbst eine andere gewesen wäre, hätte sie sich das Haar gebürstet. Aber manche werden vergebens geboren …

Scheiße! Sie heult auf und schlägt sich selbst an die Stirn. Sie darf sich nicht noch mehr Idiotensätze einprägen. Es reicht mit denen, die schon in ihrem Kopf herumspuken.

»Reiß dich zusammen«, sagt sie laut zu sich selbst und schlägt ihre Knöchel bei jedem Wort gegen die Schläfen. »Verdammt noch mal, jetzt musst du dich aber zusammenreißen.«

Das hilft. Sie steht auf, holt ein paarmal tief Luft und reißt sich zusammen.

Okay. Jetzt geht es darum, realistisch und systematisch vorzugehen. Das Ganze wie eine Matheaufgabe anzusehen. Sie friert. Also muss sie sich etwas Warmes überziehen. Sie kann nicht schlafen. Also muss sie etwas anderes tun. Lesen zum Beispiel. Viele Leute lesen, bis sie einschlafen. So etwas tun normale Menschen. Das hat sie auch getan, als sie noch bei Siri wohnte. Und manchmal kam Siri mit einem Glas zu ihr, stellte es ihr auf den Nachttisch und streichelte ihr die Wange. Das gefiel ihr. Es gefiel ihr, dass Siri etwas sagen konnte, ohne ein Wort zu sagen …

Vergiss es. Es hat keinen Sinn, an Siri zu denken. Etwas Warmes sollte es sein. Sie wollte nach etwas Warmem suchen.

Sie geht in Augustas Schlafzimmer, ohne sich daran zu erinnern, dass sie am Tag zuvor auf der Schwelle stehen geblieben war und sich scheute hineinzugehen, plötzlich fürchtete, die pastellfarbene Ruhe des Zimmers zu stören. Jetzt sind die Farben tot, alles ist grau, schwarz und schmutzig weiß. Das Licht, das aus dem Flur hereindringt, zeichnet schwarze Vögel an die Wände. Sie sitzen stumm und unbeweglich da, mit wachsam gereckten Hälsen. Angelica beachtet sie nicht.

Ihre Zähne klappern, während sie über die Flickenteppiche zur Kommode stolpert. Die Zehen am linken Fuß sind immer noch gespreizt, ihr ganzer Körper ist steif und ungelenk wie der einer Holzpuppe. Das wäre komisch, wenn es nicht so wehtäte.

Sie muss mehrere Minuten mit der obersten Kommodenschublade kämpfen, bis sie sie öffnen kann, sie ist festgeklemmt, und ihre Hände zittern wie die eines alten Säufers. Aber der Kampf lohnt sich: Als die Schublade endlich nachgibt, kann sie sehen, dass sie voll mit alten Kleidern ist. Sie wühlt eine Weile darin herum, bevor sie ein Paar Wollsocken und einen handgestrickten Pullover findet. Als sie die Lade wieder hineinschieben will, verklemmt sich ein gestreiftes Stoffstück in der Öffnung. Sie zieht es heraus, will es zusammenfalten, damit es hineinpasst. Erst da sieht sie, dass es ein altes Nachthemd ist. Ein gestreiftes Flanellnachthemd in Elefantengröße. Sie hebt den weichen Stoff an ihre Nase und schnuppert vorsichtig. Es riecht, wie alter Stoff zu riechen pflegt: etwas muffig und staubig. Diejenige, der dieses Nachthemd einmal gehörte, hat keinerlei Duft von sich darin hinterlassen.

»Augusta«, denkt Angelica dennoch. »Die so groß und dick war, aber nicht immer besonders nett…«

Sie zieht das Nachthemd über den Wollpullover: Das wird noch besser wärmen. Dann hockt sie sich hin und zieht die unterste Kommodenschublade auf. Sie ist halb leer, aber dennoch voller Schätze. Sie nimmt einen nach dem anderen heraus und hält ihn ins Flurlicht. Eine alte Brosche mit Kreuz, Herz und Anker. Ein kleiner Kerzenhalter mit einem Kerzenstummel. Ein Paar riesenhafte rosa Unterhosen. Irgendwelche braunen Glasdosen mit alten Medikamenten. Angelica muss die Stirn runzeln, um den Text auf den Etiketten lesen zu können: *Apekumorol* und *La-*

nacrisp. Verschrieben für Augusta Johansson am 20. März 1975. Sie schüttelt sie, bevor sie sie auf die weiße Decke auf der Kommode stellt, beide scheinen noch fast voll zu sein. Aber das interessiert Angelica gar nicht, denn mitten in der Bewegung entdeckt sie etwas anderes: eine Dose mit Rasierschaum. Sie kommt von irgendwoher und rollt plötzlich über den Boden der Schublade, kommt erst zur Ruhe, als sie gegen eine durchsichtige Tüte mit etwas Gelbem und Weißem stößt. Rasierer. Zehn Rasierer, Wegwerfmodelle.

Sie kennt sie. Solche hat Bazille benutzt.

Der Wind hält von neuem den Atem an, bevor er wieder bläst:

»Wurm«, sagt er. »Aas, Ekel. Verdammte verlogene Missgeburt.«

Zwölf Jahre war sie damals. Zwölf Jahre und große Schwester. Mikael war gerade drei geworden.

Er hatte runde Wangen, kurze Finger und schmale Augen. Seine Zunge hing die ganze Zeit heraus, aber das machte nichts, er war trotzdem niedlicher als alle anderen Kinder in Hallstavik. Wenn Angelica in den Kindergarten kam, um ihn abzuholen, schlang er seine Ärmchen um ihren Hals und umschloss sie mit seinem Duft. Sie bohrte dann ihre Nase in sein Haar, um alles einsaugen zu können, was es ihr bot. Frische Luft. Babyseife. Ein Hauch von Honig und Zimt.

Immer holte Angelica ihn vom Kindergarten ab, und wenn Angelica nicht kam, dann war es Siri. Carina war gerade für weitere vier Monate wegen ihres Rückens krankgeschrieben worden, und Bazille kam nur jede fünfte Woche nach Hause. Er war mehrere Jahre arbeitslos gewesen, nachdem er sein Pennerleben beendet hatte, aber kurz nach Mikaels Geburt hatte er endlich einen Job gekriegt. Nicht im Werk, wie er gehofft hatte, sondern in dem Therapieheim, in dem er selbst den Entzug gemacht hatte. Das gefiel ihm, erklärte er allen, die es hören wollten. Das war eine sinnvolle Arbeit und eine durchdachte Methode. Erziehung. Ganz normale ehrliche Erziehung ohne viel Schnickschnack. Die Drogensüchtigen mussten ganz einfach lernen zu arbeiten und sich anzupassen, ansonsten sollten sie die Schnauze halten bis zu dem Tag, an dem sie sich so weit angepasst hatten, dass sie als normale Menschen angesehen werden konnten. Und wie die Lage war, so wussten Leute wie er natürlich besser als alle anderen, wie sie die frisch aus dem Entzug Aufgenommenen dazu bringen konnten, nicht unverschämt zu sein. Schließlich kannten sie ja alle Tricks. Wussten, mit welchen hintertriebenen Lügnern sie es zu tun hatten und wie leicht man sich von Tränengeschichten und Gejammer täuschen ließ. So ergab es sich, dass der eine therapierte Klient nach dem anderen als Aufpasser ins Therapieheim zurückkehrte. Und so ergab es sich, dass es einen Platz auf der Welt gab, an dem Bazille sich endlich als Sieger fühlen konnte. Das brauchte er. Nachdem das Leben ihn mit einer weiteren Niederlage bedacht hatte.

Lange Zeit hatte er sich geweigert zu glauben, dass Mikael ein Chromosom zu viel hatte. Das war doch nur dummes Geschwätz: Mikael war gesund wie ein Fisch im Wasser und stark wie ein Ochse, das konnte doch jeder sehen. Seine Stimme wurde laut und klar: Oder? Natürlich war zu sehen, dass seinem Sohn nichts fehlte…

Irgendwann im Verlauf von Mikaels erstem Lebensjahr muss ihm die Wahrheit aufgegangen sein, aber er gab es niemals zu, er sagte nie offen, dass er Vater eines Jungen mit Downsyndrom war. Stattdessen huschte sein Blick immer schneller über Mikael hinweg, und bald sah er ihn kaum noch, täschelte ihm nur hier und da unbeholfen den Kopf, bevor er seine Tasche nahm und sich auf den Weg in sein anderes Leben machte.

Dagegen beobachtete er Angelica umso genauer. Wenn er in seinen Freiwochen nach Hause kam, setzte er sich schwerfällig auf einen Stuhl in der Küche, legte seine roten Hände auf die riesige Kiefernplatte des Tisches und begann mit seinem Verhör. Stimmte es, dass sie Reklame austeilte, ohne vorher um Erlaubnis gefragt zu haben? Und dass sie so habsüchtig war, dass sie das Geld versteckte, obwohl Carinas Krankengeld nicht reichte? Oh ja. Das konnte er sich schon denken. Angelica war immer schon so ein egoistischer kleiner Teufel gewesen, eine, die nie die Bedeutung des Wortes Solidarität begriffen hatte. Aber das eine wollte er ihr nur sagen…

Angelica hatte schon früh gelernt, die Ohren zu verschließen, wenn Bazille anhub, aber inzwischen passte sie auf, dass er das nicht merkte. Sie stand aufrecht und wachsam vor ihm, während er redete, streckte die Hände aus, wenn er sagte, sie solle die Hände ausstrecken, und machte den Hals frei, wenn er von ihr forderte, ihn frei zu machen, ließ ihn aber nicht weiter als bis zur Ohrmuschel an sich heran. Bazille betrachtete sie mit geschürzter Oberlippe. Igitt, wie eklig das war mit dem Nägelkauen!

Trotzdem hatte er bei jedem Mal, das er nach Hause kam, weniger an ihr zu bemängeln.

Es war ja eine unumstößliche Tatsache, dass Angelica morgens als Erste aufstand und für alle anderen das Frühstück machte. Und es war eine ebenso unumstößliche Tatsache, dass sie Mikael weckte, ihn wusch, dass sie ihn mit dem Frühstücksbrei fütterte, während sie sich und ihn anzog, ihm dann seinen Overall überzog und mit ihm zum Kindergarten fuhr, noch bevor Carina und Bazille aufgestanden waren.

Sicher. Bazille wollte ja nicht ungerecht sein. Er gab zu, dass Angelica hier und da half. Aber es schien, als ob das kleine Fräulein glaubte, sie könne selbst entscheiden, was und wie sie etwas machen sollte. Das durfte nicht sein, sie musste lernen, den erwachsenen Leuten zu gehorchen und ihnen Respekt zu erweisen.

Sie wurde jetzt fast nie mehr ins Badezimmer eingeschlossen, und wenn es doch einmal vorkam, machte es ihr nichts aus. Wie das eine Mal, als Carina zur Schule bestellt worden war, um irgendwas hinsichtlich Angelicas Verhalten zu besprechen.

»Wie ein Gerichtsverfahren!«, hatte Carina atemlos Bazille berichtet, als er einige Wochen später aus dem Therapieheim zurückkehrte. »Das war genau wie ein Gerichtsverfahren!«

Und das stimmte. Angelica konnte ihr nur zustimmen. Es war genau wie ein Gerichtsverfahren im Fernsehen gewesen. Der einzige Unterschied bestand darin, dass die Angeklagte nicht das Recht auf einen Verteidiger hatte. Sie durfte nicht einmal dabei sein, sie musste zu Hause sitzen und erraten, was wohl im Büro des Rektors geredet wurde. Nicht, dass sie viel zu ihrer Verteidigung hätte beitragen können. Sie hatte ja bereits zugegeben, dass sie Jeanette Johansson aus der Parallelklasse bedroht hatte, dass sie sie bei den Haaren gepackt und ihr versprochen hatte, sie in die Edeboviken zu schmeißen, wenn sie nicht zu Bergström von der Firma ging und ihm sagte, dass sie keine Reklame mehr austeilen wollte. Sicher. Das stimmte. Aber wie konnte Angelica auch nur ahnen, dass diese dumme Kuh sie ernst nehmen würde? Oder? Außerdem brauchte sie das Geld. Was man von Jeanette Johansson nicht gerade behaupten konnte. Schließlich war ihre Mutter Lehrerin und ihr Vater Ingenieur.

Bazille riss Angelica an den Haaren, als er sie ins Badezimmer warf. Das tat so weh, dass ihre Augen zu tränen begannen, aber es machte ihr nichts aus. Es machte ihr auch nichts aus, dass sie die ganze Nacht dort bleiben musste. Das Einzige, was sie beunruhigte: Sie konnte hören, wie er anschließend in ihren Sachen herumwühlte, wie er ihre Schreibtischschubladen aufriss und darin kramte, wie er ihren Schrank öffnete und die Kleider herausriss. Und wenn er nun ihre gerade erst gekaufte Geldkassette fand und alles Geld nahm... Sie hatte sie ganz hinten auf dem obersten Regal ihres Schranks versteckt. Aber sie hatte Glück: Bazille konnte nicht bis zum obersten Regal gucken, und er gab sich nicht die Blöße, sich auf einen Stuhl zu stellen. Er wütete nur eine Weile und richtete dann seine Wut gegen Carina, beschimpfte sie, was für eine miese Mutter sie wäre und dass sich das ändern müsste, bevor er vor dem Fernseher niedersank. Ehrliche Menschen guckten jeden Abend die Nachrichten. Deshalb nahm es Bazille sehr genau damit, auch die Nachrichten zu sehen.

Die ganze Woche schaute er Angelica schräg von der Seite an, fand aber keinen Grund zu einem neuerlichen Angriff. Sie war nicht oft zu Hause; nachdem sie ihre Reklame verteilt und Mikael vom Kindergarten abgeholt hatte, nahm sie ihr Rad und fuhr zu Siri. Eines Tages schmuggelte sie ihre Geldkassette hinaus und versteckte sie in Siris Putzschrank. Zu der Zeit waren erst ein Hunderter und zwei Zehnkronenstücke drin, aber sie wusste bereits, dass sie es sich nicht leisten konnte, Geld zu verschwenden, dass die zweitausendvierhundertdreiundsechzig Tage, die noch bis zu ihrem achtzehnten Geburtstag zu überstehen waren, dazu genutzt werden mussten, ein Kapital aufzubauen, das groß genug war, um sich freizukaufen.

Angelica hebt vorsichtig die Tüte mit den Rasierern hoch und legt sie auf die Kommode, nimmt dann den Handspiegel und schaut sich ihr Gesicht an. Versucht wirklich zu sehen.

Ist das ein Gesicht, das Ilona akzeptieren würde?

Ja. Vielleicht. Sie sieht ja aus wie eine Hexe. Die Oberlippe ist zu einer höhnischen Fratze geschürzt. Sie hat schwarze Ränder unter den Augen. Das Haar hängt ihr in dicken Zotteln über das Gesicht.

Am liebsten würde sie ihr Haar bürsten. Aber es liegt keine Bürste auf Augustas Kommode. Nur ein alter Schildpattkamm mit Silberrand.

Es ist schön, sich zu kämmen. Wenn man die schlimmsten Kletten wegbekommen hat, ist es fast so schön, wie das Haar zu bürsten. Vielleicht sogar noch schöner. Eine Bürste zerrt und reißt, während ein Kamm ganz weich über den Haarboden gleitet, sodass das Haar ebenfalls ganz weich wird. Angelica legt ihre linke Hand auf den Scheitel und lässt sie die Verwandlung verfolgen, spürt, wie das, was gerade eben noch störrisch und zottig war, seidenweich wird.

Die dicke Kleidung hilft. Jetzt friert sie nicht mehr. Jetzt wird ihr warm.

Der Frühling lag in der Luft, als Bazille zurückkam. Vielleicht war es der erste Frühling überhaupt.

Angelica hatte sich bisher nie etwas daraus gemacht. Sie hatte die lyrischen Ergüsse ihrer Lehrer über den schmelzenden Schnee und das klare Licht nie verstanden. Sie selbst fand, die Welt wurde schmutzig und hässlich, wenn der Winter seinen Griff lockerte. Die Erde lag nackt und trocken da. Das Vorjahresgras war gelb und verwelkt. Der Asphalt voll mit Kieselresten.

Sie war die Skärstabron hochgeradelt. Das war anstrengend gewesen, aber sie hatte nicht klein beigeben wollen, sie wollte ihren eigenen keuchenden Atem und die lange Steigung besiegen. Als sie die Kuppe erreichte, stellte sie einen Fuß auf den Asphalt und blieb stehen, schaute über das Werk und das Wasser der Edeboviken. Schnappte nach Luft und lauschte ihrem eigenen Herzschlag.

Einen Moment lang war es ganz still auf der Welt. Keine Autos brummten in der Ferne. Keine Möwen schrien. Keine Menschen redeten. Die Luft war spröde wie Eis, sie sickerte durch Nase und Mund in sie hinein, durch Poren und Pupillen.

Gott hat blaue Hände, dachte Angelica. Und sie riechen gut.

Drei Stunden später passierte es.

Da war es schon fast dunkel geworden, eine graublaue Dämmerung hatte sich durchs Fenster geschlichen und mit dem Rauch von Carinas Zigaretten vermischt. Mikael schlief. Aber Angelica stand mit steifem Rücken vor dem Küchentisch, während Bazille eine Zigarette aus seiner eigenen Packung klopfte und dann anzündete. Seine Hand zitterte etwas.

»Idiot«, sagte er, und seine Stimme war leiser als normal. »Du nennst deinen kleinen Bruder also einen Idioten…«

Angelica machte eine leichte Bewegung mit dem Oberkörper, antwortete aber nicht.

Bazille schüttelte den Kopf.

»Was für ein Wurm du doch bist… Oh Scheiße, was für ein jämmerlicher Wurm du bist.«

Eine Weile blieb es still. Carina ließ ihren Blick über Angelica gleiten, drehte dann ihren Kopf weg und schaute aus dem Fenster. Das Werk hatte seine Scheinwerfer auf der anderen Seite der Bucht eingeschaltet, sie glitzerten wie weiße Sterne.

»Idiot«, sagte Bazille wieder, und seine Stimme war noch leiser.

»Seinen eigenen kleinen Bruder einen Idioten nennen…«

Angelica ließ die Zunge über die Lippen huschen. Das war anders heute. Schlimmer als sonst.

»Ich meinte es ja nicht so…«

Bazille hob die Hand als Stoppzeichen. Die Handfläche war rot.

»Du hältst die Schnauze. Du sagst kein Wort.«

»Aber…«

Carina seufzte schwer.

»Nun sei doch nicht so verdammt verstockt. Wir haben es doch gehört. Conny und ich haben gehört, was du gesagt hast.«

Bazille legte seine Hände auf die Tischfläche. Seine Nägel waren sorgfältig gesäubert.

»Es sind solche wie du…«, sagte er und zog die Worte in die Länge. »Es sind solche wie du, die alle, die anders sind, verfolgen und ärgern. Die nicht die Bedeutung des Worts Solidarität begreifen. Die hassen.«

Angelica begann zu schluchzen:

»Aber er hat auf meinen neuen Zeichenblock gekritzelt… auf jede Seite.«

Bazille stand auf und schob ihr seine geballte Faust unter die Nase.

»Du hältst die Schnauze. Kapierst du? Solche wie du haben die Schnauze zu halten.«

Angelica musste zwinkern und versuchte zu schlucken. Doch es ging nicht: Ein Schleimkloß schwoll in ihrer Kehle an. Aber sie weinte nicht. Seit sie fünf Jahre alt war, hatte sie nicht mehr geweint, wenn jemand anders es sehen konnte. Sie hatte sich selbst tausend Male geschworen, dass so etwas nie wieder vorkommen würde. Aber da hatte sie ja nicht gewusst, dass das hier geschehen würde. Da hatte sie nicht gewusst, dass sie wirklich so eine elende teuflische Missgeburt war. Denn es stimmte, was Bazille sagte. Sie hatte Mikael wirklich einen Idioten genannt. Sie schloss die Augen und schüttelte den Kopf.

»Der hat fünfzig Kronen gekostet, der Zeichenblock! Und ich habe mich ja entschuldigt…«

Bazille öffnete die Faust und richtete sich auf.

»Ach so«, sagte er und trat einen Schritt zurück. »Es geht also ums Geld. Hätte ich mir doch denken können. Schließlich geht es bei dem kleinen Fräulein Habgier ja immer ums Geld.«

Er machte noch einen Schritt nach hinten und trat aus ihrem Blickfeld, Angelica konnte spüren, dass er plötzlich hinter ihrem Rücken stand. Aber Carina war am Küchentisch sitzen geblieben, sie strich sich mit der Hand über den Nacken und schüttelte langsam den Kopf.

»Meine Fresse, du bist ja verrückt«, sagte sie und drückte ihre Zigarette aus. »Fünfzig Piepen für einen Zeichenblock… Das hast du dir geleistet, was? Während ich kaum genug fürs Essen habe.«

Bazille legte seine Hand auf Angelicas Kopf, ließ sie dort ein paar Sekunden liegen, bevor er sie nach hinten zog und sich den Pferdeschwanz um die Hand wickelte. Seine Stimme war ganz leise.

»Ich denke, es ist höchste Zeit für eine kleine Lektion«, sagte er. »Es ist höchste Zeit für gewisse Leute zu lernen, dass man nicht alles mit Geld aufrechnen kann.«

»Mein Gesicht«, denkt Angelica. »Ich hatte so eine Angst um mein Gesicht.«

Sie sah es erst am folgenden Morgen. Aber da sah sie es.

Sie stand wartend vor dem Spiegel im Flur, als das Telefon klingelte, aber sie zählte die Klingelzeichen nicht. Hörte sie kaum. Da stand auf der anderen Seite des Spiegels ein Mädchen und sah sie an.

Ein Mädchen ohne Haare. Ein Mädchen mit glänzendem Schädel und schwarzen Augen. Ein Mädchen, dessen Lippen ganz grau waren. Ein Mädchen, das langsam seine Arme hob und über dem Kopf verschränkte.

»Ich«, flüsterte sie. »Ich.«

Wo ist sie, denkt Angelica und starrt in Augustas Handspiegel. Wohin ist sie gegangen?

Sie weiß nicht, was sie selbst meint. Aber jetzt weiß sie endlich, was sie machen soll. Was sie machen muss. Was alle früher oder später machen müssen, die vergeblich geboren wurden.

Sie steht mühsam vom Boden auf und stützt sich dabei auf die Kommode, lächelt kurz ihr eigenes Bild an, als sie den Spiegel hinlegt. Die schwarzen Vögel an den Wänden entfalten zögernd ihre Flügel. Angelica richtet ihr Lächeln auf sie.

»Ihr braucht es nicht eilig zu haben«, sagt sie mit klarer Stimme. »Es gibt noch viel zu tun.«

Man kann ziemlich viel in einem gestreiften Flanellnachthemd tragen. Man muss nur den Saum nehmen und hochheben, schon hat man eine kleine Tüte. Und in die Tüte kann man alles legen, was man braucht. Zwei braune Glasdosen mit alten Medikamenten. Einen Kamm mit Silberverzierung. Eine durchsichtige Tüte mit zehn Einmalrasierern. Und zum Schluss eine grüne Dose mit Rasierschaum der Marke Wilkinson Sword.

Dann braucht man nur noch die Treppe hinunterzugehen.

Jetzt kann sie auch die Lampe in der Küche anmachen. Es ist eh egal.

Die Fleischsuppe steht immer noch auf dem Tisch. Die Schere hängt an einem Haken über der Kochplatte. Drei Gummibänder hängen über dem Wasserhahn.

Angelica leert das Nachthemd auf dem Tisch aus und schüttelt ihr Haar. Wo ist der Kamm? Sie will sich ein letztes Mal kämmen, bevor sie mit dem Rasierschaum und den Einmalrasierern auf den Flur geht.

Aber erst einmal muss sie ein Glas mit Wasser füllen, sich an den Küchentisch setzen und ihre Medizin nehmen.

»Hei«, sagt das Mädchen im Spiegel.

Angelica starrt sie an, ohne zu antworten. Der kahle Schädel blendet, die Augen sind schwarz.

»Guck mal«, sagt das Mädchen und hebt den Pferdeschwanz hoch, lässt ihn in ihrer rechten Hand schaukeln. Er ist sehr lang, fast einen halben Meter. Das Haar wächst einen Zentimeter im Monat, und es ist dreiundfünfzig Monate her, seit jemand die Schere an Angelicas Haar gesetzt hat. Sie hebt die Hand und lässt den Pferdeschwanz über das Gesicht streifen, er ist kühl und seidenweich. Es ist schade, dass sie seinen Duft nicht riechen kann, alle Gerüche des Hauses sind verdrängt und vernichtet worden von dem Rasierschaum.

»Guck mal!«, sagt das Mädchen im Spiegel. »Leg ihn jetzt auf den Boden. Direkt vor die Tür.«

Angelica hockt sich hin und legt den Pferdeschwanz auf den Boden, streicht ihn mit den Fingern zurecht und formt einen dunklen Fächer auf dem verblichenen Kiefernholz. Das sieht schön aus. Einfach und schön. Vielleicht sollte sie den Kamm mit dem Silberband daneben legen?

»Nein«, sagt das Mädchen im Spiegel. »Mach das nicht… Das wirkt zu affektiert.«

Angelica nickt und steht auf. Die Bewegung macht sie schwindlig, sie muss die Augen schließen und sich an der Wand abstützen. Ihr Herz pocht schwer, jeder Schlag hat ein Echo in ihrem Kopf.

»Aber vielleicht reicht es nicht«, sagt das Mädchen im Spiegel. »Du weißt ja nicht, was für Tabletten das sind. Vielleicht musst du noch etwas machen.«

Die Stimme ist vollkommen klar, aber ihr Gesicht sieht merkwürdig aus. Das Kinn hängt, und sie schaut Angelica mit trübem Blick durch halb geschlossene Augen an.

»Geh raus«, sagt das Mädchen. »Zieh deine Kleider aus und geh irgendwohin und leg dich auf den Boden. Streu Laub über dich. Lass deinen Körper in die Erde sinken und verschwinden ... Dann stirbst du nicht. Du hörst einfach nur auf zu existieren.«

Angelica nickt stumm. Sie hat Recht.

Das Mädchen im Spiegel ist rasch in ihren Bewegungen, obwohl auch sie sich ab und zu an der Wand abstützen muss, damit der Schwindel nicht die Oberhand gewinnt. Sie faltet jedes Kleidungsstück zu einem ordentlichen Viereck und legt es auf einem Stapel auf den Boden. Ein gestreiftes Flanellnachthemd. Einen dicken Pullover. Ein abgetragenes Sweatshirt. Ein Paar verwaschene schwarze Jeans. Einen BH. Ein Paar Wollsocken. Eine Unterhose.

Hinterher stehen sie mit vor der Brust verschränkten Armen da und schauen sich an. Der Wind heult draußen, aber er hat keine Worte mehr. Das Mädchen im Spiegel lächelt vorsichtig.

»Zieh deine Schuhe an«, sagt sie. »Sonst kommst du nicht weit. Und dann finden sie dich, bevor du in die Erde versunken bist ...«

Angelica nickt stumm und zieht sich die Turnschuhe an, schnürt sie ordentlich mit einem Doppelknoten. Als sie aufschaut, sieht sie, dass das Mädchen im Spiegel sich auch die Schuhe angezogen hat. Jetzt steht sie einen Moment lang stumm da. Zwei glatzköpfige Mädchen sehen einander an, beide sind nackt, haben aber Schuhe an den Füßen. Sie strecken im gleichen Augenblick die Arme aus, legen ihre Handflächen aneinander.

»Und wohin gehst du?«, fragt Angelica. Ihre Stimme ist nur ein Flüstern.

»Irgendwo anders hin«, sagt das Mädchen. »Ich gehe irgendwo anders hin.«

VI

Arlandas Auslandshalle. Menschen stehen Schlange. Lautsprecherstimmen hallen.

Lars streckt ihr die Schlüssel hin. Sie klirren leise aneinander, als sie in seiner Hand schaukeln.

»Ich hätte sie dir schicken können«, sagt er. »Du hättest nicht herkommen müssen.«

Alice zuckt mit den Schultern:

»Ich musste sowieso hier vorbei.«

»Willst du in Augustas Haus?«

Alice nickt.

Corrinne steht ein Stück weiter, ihnen den Rücken zugewandt, die Schultern zusammengezogen. Alice erkennt die schwarze Reisetasche wieder, die neben ihr steht: Sie selbst hat sie gekauft. Ein Geburtstagsgeschenk für Lars vor fünf Jahren. Oder vor sieben.

Lars reibt die Hände aneinander und richtet seinen Blick auf irgendetwas über Alices linker Schulter. Die Boardingkarte lugt aus seiner Brusttasche hervor.

»Ja«, sagt er. Es klingt wie ein Seufzer oder ein Ausatmen. Alice wartet auf die Fortsetzung, aber mehr sagt er nicht. Vielleicht gibt es ja nicht mehr zu sagen.

Eine ganze Nacht saßen sie in Alices Büro. Jetzt wissen sie alles voneinander. Oder zumindest so viel, wie man über den wissen kann, mit dem man fast dreißig Jahre zusammengelebt hat.

Gerade so viel. Und so wenig.

Lars räuspert sich.

»Wirst du diesen Mann wiedertreffen? Diesen Kristian?«

Alice schüttelte den Kopf. So viel hat er also verstanden.

»Nein«, sagt sie. »Das werde ich nicht.«

Im Augenwinkel kann sie sehen, wie Corrinne ihren weißen Kashmirschal zurechtzupft.

»Und du?«, fragt sie. »Wirst du in Chicago bleiben?«

Lars schüttelt den Kopf.

»Jetzt jedenfalls nicht. Ich bin in ein paar Wochen wieder da. Dann werden wir sehen, was wird.«

Corrinne dreht sich um und wirft einen Blick auf ihre Uhr, die Bewegung lässt ihr goldbraunes Haar über ihre Wange fallen.

»Okay«, sagt Alice. »Bis dahin habe ich meine Sachen eingepackt...«

Corrinne macht eine verneigende Bewegung und nimmt ihre Reisetasche hoch. Lars wirft ihr einen Blick über die Schulter zu, bevor er Alice wieder ansieht.

»Ich würde gern den Klapptisch behalten«, sagt er. »Und meine Bücher. Alles andere ist egal. Ich nehme das, was übrig ist, wenn du die Sachen geholt hast, die du willst. Das ist mir nicht wichtig.«

»Ich weiß«, sagt Alice. »Das ist dir überhaupt nicht wichtig.«

Corrinne steht plötzlich neben Lars. Sie lächelt Alice an. Alice lächelt sie an. Lars lächelt beide an. Sie sind sehr, sehr zivilisiert.

Es ist vorbei, denkt Alice, als sie sich auf einen Stuhl in der Cafeteria sinken lässt.

Sie weiß nicht, warum sie nicht hinausgegangen ist und sich ins Auto gesetzt hat, warum sie sich noch auf dem Flughafen Arlanda herumtreibt, nachdem Lars und Corrinne hinter der Pass- und Ticketkontrolle verschwunden sind.

Sie schaut auf ihr Tablett. Kaffee in einem dicken Becher. Kühlschrankkaltes Butterbrot in Plastik eingewickelt. Ein kleines Ekelgefühl macht sich in ihrer Magengrube bemerkbar. Sie legt eine Serviette über das Butterbrot und zieht den Becher zu sich heran, schaut dann auf die Lande- und Startbahnen. Ein Flugzeug macht sich zum Start bereit. Lufthansa. Aber Lars und Corrinne werden mit SAS fliegen, also befinden sie sich immer noch nur ein paar hundert Meter weiter entfernt. Vielleicht kaufen sie gerade in diesem Augenblick in einem Dutyfreeshop ein. Lachen. Oder lächeln.

Alice hebt ihren Becher und trinkt einen kleinen Schluck Kaffee.

Welches Leben bleibt ihr noch, nachdem das Flugzeug nach Chicago gestartet ist?

Ein beengtes Leben. Sie weiß es. Ein Leben mit einsamen Nächten. Ein Leben, in dem Männer, junge wie alte, ihren Blick einfach über sie hinweggleiten lassen werden, für einen Moment ihre Existenz registrieren und sie dann vergessen. Ein Leben, in dem sie mit anderen einsamen Frauen ins Theater gehen muss, wenn sie ins Theater möchte. Ins Restaurant mit ihnen gehen wird. Nachrichten und das Weltgeschehen mit ihnen diskutieren. Ein Leben im Land der Frauen mittleren Alters. Der Frischgeschiedenen. Der allzu jungen Witwen.

Sie stellt den Becher auf das Tablett und streicht sich mit dem Daumen über die Unterlippe. Vielleicht darf sie nicht einmal das erwarten. Sie hat ja eigentlich keine Freunde. Nur Bekannte. Aber ziemlich viele Bekannte.

Der Gedanke an Lars trifft sie. Einen Freund habe ich gehabt, denkt sie. Einen einzigen.

Jetzt kann sie ihn sehen. Jetzt, wo er fort ist, kann sie ihn endlich wirklich sehen.

Den aufrechten Rücken. Diese äußerst männliche Bewegung, die verkündete, dass er sich für eine Aufgabe bereit machte: Er stellte sich breitbeinig hin, umfasste den Hosenbund und zog ihn hoch. Lächelte hinterher. Dieses unterdrückte Lachen, das seinen Augen wie seiner Kehle entsprang. Die eilige Geste, wenn die Hand sich über die Glatze strich, die verriet, dass auch ein äußerst vernünftiger Professor der Mathematik einen langhaarigen Sechzehnjährigen in sich verborgen halten kann. Einen Sechzehnjährigen, der manchmal sogar diese Fünfzehnjährige in der Dunkelheit des Schlafzimmers streifen konnte. Sein knochiger Körper. Seine Lippen. Seine Glut, die auch noch aufflammte, als sie zum tausendsten oder zweitausendsten Mal ineinander versanken.

Sein Blick, wenn das Licht danach eingeschaltet wurde und Alice sich abwandte, sich selbst und ihre Geheimnisse verschloss.

Er sah es, denkt Alice. Und er hat gewartet. Die ganze Zeit. Aber zum Schluss hat er aufgegeben.

Ein Flugzeug macht sich startbereit und dreht seine Nase zur Startbahn. Diesmal eins von SAS. Alice blickt in ihren Kaffeebecher.

»Ich habe mein Leben verpfuscht«, sagt sie.

Sekunden später wird ihr bewusst, dass sie laut gesprochen hat. Sie setzt sich auf und versucht ihre Worte mit einem leisen Räuspern zu tarnen. Aber das ist nicht nötig. Niemand hat etwas gehört. Niemand sieht sie an. Sie ist der einzige Gast in der Cafeteria.

Wem soll man die Schuld geben, denkt sie, als sie zum Auto geht. Wer hat die Verantwortung dafür, dass ich nie begriffen habe, dass man nicht ohne Freunde leben kann? Nur ich selbst? Oder auch Inga und Erland? Kristian? Lars? Augusta?

Sie zuckt mit den Schultern. Es hat keinen Sinn, Gericht zu halten. Alle sind gleich schuld. Alle sind gleich unschuldig. Und das Vergangene gibt es nicht mehr.

Dennoch denkt sie an die Vergangenheit, als sie sich ins Auto setzt und den Zündschlüssel dreht. Wie sich die Vergangenheit doch in den letzten Wochen verändert hat. Wie das, was vorher ihr Blickfeld ausfüllte, zusammengestaucht ist und fast unsichtbar wurde. Wie das, was vorher zersplittert und fragmentarisch war, sich zu deutlichen Mustern zurechtfand, ebenso verwickelt und geheimnisvoll wie Lars' Fraktale, aber immer noch übersichtlich und symmetrisch.

Zuerst hatte sie ein Gefühl, als wäre sie untreu. Als würde sie ihren ältesten Sohn verraten. Als würde sie ihn zerstören, indem sie über ihn sprach.

Sie stand am Fenster und drehte Lars den Rücken zu, blickte auf den dunklen Hof. Er saß auf dem Sofa ganz hinten in ihrem Arbeitszimmer, die Füße auf dem Tisch, stumm und unbeweglich, solange sie sprach. Es verwunderte sie, dass ihre Stimme so nüchtern und sachlich klang, dass die Worte ihr so leicht aus der Kehle rannen, dass sie ihre Gedanken und Geheimnisse verraten konnte, ohne dass ihre Stimme zitterte, obwohl sie sehen konnte, dass die Hände, die sie gegen das kalte Glas presste, es taten. Aber sie gab ihrer eigenen Seelenpein nicht nach, erlaubte sich nicht, nach Entschuldigungen und Verteidigungsmöglichkeiten zu suchen. Nach siebenundzwanzig Jahren der Selbstkontrolle war Selbstkontrolle ja wohl das wenigste, was sie von sich selbst erwarten konnte.

Als sie zum Schluss verstummte und sich umdrehte, sah sie, dass Lars beide Hände vors Gesicht gelegt hatte. Er saß eine Weile unbeweglich da, bis er plötzlich tief Luft holte, die Füße auf den Boden stellte und die Augen öffnete.

»Ja«, sagte er und beugte sich vor. »Dann bin ich jetzt wohl an der Reihe damit, die Wahrheit zu erzählen.«

Er hatte Corrinne bereits vor fünf Jahre kennen gelernt. Auf einem Kongress. Vor vier Jahren war sie seine Geliebte geworden. Auf einem anderen Kongress. Jetzt hatte sie sich scheiden lassen, und er wollte sich auch scheiden lassen.

»Ich habe noch fünfundzwanzig Jahre zu leben«, sagte er zum Schluss. »Wenn ich Glück habe. Das ist nicht besonders viel.«

Alice nickte und ließ sich auf ihren Schreibtischstuhl sinken. Sie hatte einen trockenen Hals.

»Deshalb will ich wirklich leben«, sagte Lars. »Ich will es schaffen, ein richtiges Leben zu leben, bevor ich sterben muss.«

Alice erwiderte nichts.

Sie saß immer noch unbeweglich auf ihrem Schreibtischstuhl, als Lars aufstand, um zu gehen, bewegte sich auch nicht, als er auf den kleinen Flur trat und dort Licht machte, schlang jedoch die Arme um sich, als sie hörte, wie er den Reißverschluss seiner Jacke hochzog.

Lars öffnete die Tür und schloss sie leise hinter sich. Seine Schritte hallten auf dem Asphalt des Hofes wider. Der Regen schlug gegen die Scheibe. Der Wind heulte.

Der Winter kommt, dachte Alice.

Als sie ein paar Stunden später aufwachte, stellte sie fest, dass sie am Schreibtisch eingeschlafen war, dass sie vornübergebeugt gelegen hatte, die Wange auf ihrer eigenen Schreibtischunterlage. Trotzdem fühlte sie sich ausgeruht. Vielleicht lag es daran, dass draußen die Sonne schien, eine gelbe Herbstsonne, die den feuchten Asphalt im Hinterhof funkeln ließ.

Sie machte das Fenster weit auf, bevor sie in den Flur ging und sich auszog.

Erst als sie unter der Dusche stand, gestand sie sich ein, dass sie ihren ältesten Sohn nicht mehr sehen konnte, dass das Bild unter ihren Augenlidern verschwunden war. Das ließ sie in der Bewegung innehalten. Sie stand still da, das Gesicht zum warmen Wasser gehoben, und suchte in allen Winkeln ihres Gehirns nach ihm. Doch nein. Er war fort. Das Einzige, was sie von seinem Bild noch hatte, war ein Bild. Die Erinnerung an eine Erinnerung.

Trotzdem konnte sie sich eine Weile später an ihren Schreibtisch setzen, den Computer einschalten und ruhig einen anderen Teil der Vergangenheit in Angriff nehmen. Sie trank einen Schluck Kaffee und suchte mit dem Blick auf dem Bildschirm das richtige Stichwort: *Das Fabrikerbe.* Der Text, der auf dem Bildschirm erschien, war zerfasert und fragmentarisch. Wertlos. Alice löschte ihn, blieb dann eine Weile regungslos sitzen und starrte auf den leeren Bildschirm, bevor sie anfing zu schreiben.

Plötzlich war alles selbstverständlich. Eine Ausstellung über die Industrialisierung musste natürlich von Gegensätzen handeln, da die Industrialisierung ja die Epoche der Gegensätze war. Innerhalb der Fabrikmauern herrschte Zwang. Überwachung und Kontrolle, dort wurden erwachsene Menschen wie verantwortungslose Kinder behandelt, dort wurde ihnen das Recht genommen, auch nur die geringsten Entscheidungen zu treffen, dort lernten die Arbeiter, dass sie verhasst und verachtet waren, und sie lernten, darauf mit Hass und Verachtung zu antworten. Aber außerhalb der Fabrikmauern wuchs die Freiheit. Eines Tages konnten sich die Menschen, die nur eine Generation zuvor von der Geburt bis zu ihrem Tode vollkommen besitzlos gewesen waren, an ihren eigenen Tisch setzen, nicht nur, um zu essen, sondern auch, um miteinander zu reden. Sie sahen einander an, sahen ein, dass allein ihre große Zahl Macht bedeutete und dass die Macht dazu da war, sie zu nutzen. Die Arbeit war von jedem Wissen entleert worden, trotzdem erforderte sie mehr Kenntnisse als je zuvor. Analphabeten hatten lesen gelernt. Sie lasen anfangs ziellos und unsystematisch. Nick Carter wurde mit Platon gemischt, Das Kommunistische Manifest mit der Bibel, Kitschromane mit Zola ... Alice hielt inne.

Aber die Märchen starben, dachte sie. Das darf ich nicht vergessen. Das darf ich mir nicht erlauben zu vergessen.

Sie ist hinter einen großen Holzlaster geraten und musste mit der Geschwindigkeit heruntergehen. Ein Überholversuch hat keinen Sinn, danach wird sie doch nur bei der nächsten Steigung hinter dem nächsten Holzlaster hängen bleiben. So ist das auf der Straße nach Hallstavik, die ist voll mit Holzlastern. Immer. Jeden Tag. Das ganze Jahr. Der Riese am Strand der Edeboviken hat großen Appetit.

Die Sonne steht hoch am Himmel, ein Wald in Rotgelb und Kupferfarbe begrenzt die Stadt. Wenn Alice einmal Gott hätte vertreten dürfen, würde sie dem Sommer die Farben des Herbstes verleihen. Das Grüne beißt sich mit dem Himmel, wenn dieser blau ist, und es sieht traurig und lustlos aus, wenn es bewölkt ist. Alice muss über ihre eigenen Gedanken schmunzeln und streckt den Rücken. Gottes Vertretung? Die Ansprüche einiger Leute kennen einfach keine Grenzen ...

Sekunden später wird sie wieder ernst. Warum hat sie gelacht? Warum weint sie nicht? Lars hat sie verlassen. Er sitzt im Augenblick in einem Flugzeug und hat seine Hand auf Corrinnes gelegt. Wie ist es da möglich, dass Alice in ihrem Auto sitzt und die Farben des Herbstes genießt? Dass sie sich ein wenig müde und resigniert fühlt, aber nicht verzweifelt?

Sie zuckt mit den Achseln. Es gibt vieles, was man über sich selbst nicht weiß, was man auch gar nicht wissen muss.

Sie war schon die ganze Woche sonderbar ruhig gewesen. Ruhig und selbstsicher. Als sie gestern ihre Projektbeschreibung im

Historischen Museum präsentierte, konnte sie allen Einwänden mit kühlem, verhaltenem Tonfall begegnen.

Doch, sagte sie. Es ist notwendig, große Spiegel in der Ausstellung aufzustellen. Das ist eine Art, die Paradoxien der Industrialisierung zu variieren und zu unterstreichen, zu zeigen, dass es eine Epoche war, in der jede Erscheinung ihren Gegensatz bereits in sich barg: Freiheit und Zwang, Aufruhr und Unterwerfung, Reichtum und Armut, Kollektivismus und Individualismus. Außerdem – sie lächelte kurz – gibt es gute Gründe für den Verdacht, dass auch die Zukunft weiterhin das Spiegelbild der Vergangenheit sein wird. Verzerrt vielleicht, teilweise vergrößert und teilweise verkleinert, aber dennoch ein Spiegelbild.

Deshalb sei es auch notwendig, dass die Ausstellung auf die Sache mit den Märchen hinweise. Denn die Märchen waren eine Ausnahme: Sie waren ein Spiegel, der plötzlich gesprungen war. Etwas äußerst Entscheidendes müsse mit der Denkart der Menschen geschehen sein, als sie in die Fabriken gingen: Schließlich kamen sie aus einer Welt, die von allen möglichen Wesen bevölkert war, von Höfen, auf denen grau gekleidete Geschöpfe den Knechten und Mägden bei der Arbeit halfen, aus Wäldern, in denen rothaarige Weiber mit einem Schwanz Waldarbeiter und Köhler zu den lieblichsten Sünden verlockten, aus Gruben, in denen sich plötzlich mächtige Matronen aus den Felswänden befreiten und nach den Bergmännern griffen. Sie war nicht der Meinung, dass die Menschen in der alten Bauerngesellschaft alle daran geglaubt hatten, aber es gab keinen Zweifel, dass sie ihre Märchen kannten und benutzten. Trotzdem nahmen sie nichts davon mit sich in die Fabriken. Zum ersten Mal seit der Mensch zum Menschen geworden war, musste er in einer Welt ohne Märchen leben. Die Kreativität wurde geboren und die Fantasie starb …

Einer der jungen Männer am Konferenztisch räusperte sich. Alice wandte sich ihm mit einem braven Lächeln zu. Du findest mich peinlich, dachte sie. Das sieht man deinen Augen an. Aber das bestärkt mich nur.

»Aber ist das nicht nur eine Frage des Bildungsniveaus?«, fragte er. »Dass die Märchen ein Werkzeug waren, um die Welt zu erklären, ein Werkzeug, das seine Bedeutung verlor, als das Wissen anwuchs?«

»Nein«, erwiderte Alice. »Dann wären sie ja nicht wieder zurückgekommen.«

Er hob die Augenbrauen.

»Zurückgekommen? Meinen Sie, die Märchen wären zurückgekommen?«

»Ja«, nickte Alice und lächelte mütterlich. »Wir leben im Zeitalter des Erzählens. Haben Sie das noch nicht bemerkt?«

Jetzt ist sie in Hallstavik angekommen. Der Geruch feuchten Holzes dringt ins Auto. Der Holzlaster vor ihr fährt schneller und nimmt Anlauf, um die Steigung vor der Skärstabron in Angriff zu nehmen. Alice schaltet herunter und lässt den Abstand größer werden, schaut sich um. Aber nein, sie sieht kein bekanntes Gesicht. Kein Kåre ist auf dem Weg zum Haus des Volkes, keine Marianne schleppt volle Tüten vom Konsum heim. Keine Carina geht mit gekrümmtem Rücken zum Arztzentrum, und kein Bazille eilt zum Arbeitsamt, das Kinn im gleichen Winkel in die Luft gereckt wie Mussolini. Kein Mikael lacht sein Silberlachen, und keine Angelica fährt mit einem mit Reklamezetteln schwer beladenen Fahrrad vorbei.

Ich kenne ihren Blick, denkt Alice, während sie nach links abbiegt. Ich weiß, was er bedeutet.

Vielleicht kann sie ja Angelica mal nach Stockholm einladen. Mit ihr reden und sehen, ob es etwas gibt, womit sie ihr helfen kann.

Sie will direkt zu Augustas Haus fahren, aber nicht lange dort bleiben, eigentlich will sie nur ins Haus und das Wasser abstellen. Nun ja, vielleicht kann sie noch eine Runde im Haus drehen und kontrollieren, ob alles seine Ordnung hat, bevor sie zurück nach Hallstavik fährt, um Marianne den Schlüssel zu übergeben. Sie ist am Sonntag ja etwas überstürzt aufgebrochen, vielleicht hat sie nicht gerade große Lust, sich an Mariannes Küchentisch niederzulassen und ihr zu erzählen, was sie ihr erzählen muss.

Bis jetzt hat sie nur mit einer Person über die Scheidung gesprochen. Petter, er hat eines Tages aus Paris angerufen und mit unterdrücktem Lachen in der Stimme mit ihr gesprochen. Vielleicht ist er ja frisch verliebt, hat sie gedacht, traute sich aber nicht zu fragen. Petter hat hohe Mauern um sein Leben errichtet, und Alice hat sich nie getraut, über sie hinwegzugreifen, sie hat sich mit dem begnügt, was sie durch die Risse hat wahrnehmen können. Er scheint es recht gut zu haben. Abgesehen von der Tatsache, dass er sein Leben hinter hohen Mauern verbringt. Aber wie sollte es auch anders sein? Niemand war in der Lage, Petter zu zeigen, dass man sein Leben auch auf andere Art leben konnte. Und schon gar nicht sie selbst.

Er hatte die Nachricht mit Fassung aufgenommen, nur seine Stimme wurde etwas ernster als üblich. Das war ja schade. Aber wenn es denn keinen anderen Ausweg gab…

Sie sagte ihm nichts davon, dass er einmal einen großen Bruder gehabt hatte.

Das muss warten, dachte sie. Bis wir uns richtig sehen.

Es ist still in Nordanäng. Alice reckt sich, als sie aus dem Auto steigt, bleibt dann eine Weile stehen und horcht. In weiter Ferne kann sie den Puls des Werks erahnen, aber das ist ein Geräusch, das so gedämpft und entfernt ist, dass sie sich nicht wirklich sicher ist, ob sie es eigentlich hört.

Der Herbst hat seinen Höhepunkt erreicht. Sie kann es sehen. Das Fallobst liegt in einem verrottenden Kreis unter dem Apfelbaum, die Blätter des Flieders sind so gelb, dass sie fast ins Weiße übergehen, die Lupinen haben ihre bunten Kleider ausgezogen und sich zu Unkraut verwandeln lassen. Bald kommt der Frost: Er liegt in der weichen Luft bereits auf der Lauer. Es ist Zeit, das Wasser abzudrehen und Augustas Haus in Winterschlaf fallen zu lassen.

Alice schließt die Autotür und geht aufs Haus zu.

Als sie die Tür geöffnet hat, dauert es eine Weile, bevor sie begreift, was sie da sieht. Ist das ein Tier? Sie blinzelt mit den Augen. Ist da ein braunes kleines Tier, das sich auf den Boden in Augustas Haus zum Sterben niedergelegt hat?

Doch dann erkennt sie es. Es ist Haar. Frauenhaar. Augustas Erbe für alle Frauen der Familie.

Alice hockt sich hin, legt eine Hand auf den Mund und streicht mit der anderen über den Pferdeschwanz.

Angelica, denkt sie. Angelica … Was hast du gemacht? Was bist du gezwungen gewesen zu tun?

Hinterher erinnert sie sich an die Stille.

Wie sie feststellte, dass das, was sie zuvor als Stille angesehen hat, eine Welt voller Töne war. Vogelgezwitscher. Das Sausen des Winds. Ein leises Knacken des Autos, wenn der Motor abkühlte.

All das war jetzt fort. Jetzt war es still. Die Welt war wirklich verstummt.

Sie bewegte sich langsam, machte einen großen Schritt über den Pferdeschwanz hinweg, ging dann mit zögernden Schritten in die Küche und schaute sich um. Dort stand ein Teller mit Fleischsuppe auf dem Tisch, ein Löffel lag auf dem Boden darunter. Neben dem Teller stand ein Glas, dicht daneben zwei braune Medizingläschen. Leer und ohne Deckel. Sie ging drei Schritte zum Spülbecken: Der Abfluss war nicht mehr zu sehen, seine kleinen Löcher waren alle mit braunen Stoppeln verdeckt. Jemand hatte Haare abrasiert. Viele Haare. Sie öffnete den Schrank unter der Spüle: Genau. Im Mülleimer lagen fünf benutzte Einmalrasierer.

Im großen Zimmer herrschte ein erstarrtes Chaos. Ein Stuhl lag umgeworfen auf dem Boden. Ein Bild hing schief. Der Telefonhörer hing an seiner schwarzen Schnur zu Boden. Aber das Licht, das durch die heruntergelassenen Rollos hereindrang, war sehr sanft, es bestrich Wände und Boden mit zarten Pastelltönen.

Alice bewegte sich jetzt rascher, sie nahm die Treppe zum ersten Stock in drei großen Schritten, schaltete die brennende Lampe im Flur aus, ohne sich dessen überhaupt bewusst zu sein, und schaute in Augustas Schlafzimmer. Eine Kommodenschublade war zur Hälfte herausgezogen, ansonsten war das Zimmer unberührt. Alice zog die Achseln schützend nach oben, bevor sie zur Tür der Abseite griff und sie öffnete.

Das Bett war nicht gemacht und die Laken verknittert. Aber niemand war da. Niemand lag mit rasiertem Schädel auf dem Feldbett und starrte sie mit leerem Blick an.

Die Erleichterung war so groß, dass ihr die Knie weich wurden. Sie lehnte sich gegen den Türpfosten, blieb einen Augenblick so stehen und schnappte nach Luft, bevor sie in ihrer Tasche nach dem Handy suchte. Drei Klingelzeichen waren zu hören, bevor jemand antwortete.

»Ja«, sagte Marianne in fragendem Tonfall.

Alice räusperte sich, es dauerte ein paar Sekunden, bevor sie ihre Stimme fand.

»Es ist was passiert«, sagte sie heiser. »Es ist was passiert.«

Anschließend war die Welt wieder voller Töne.

Zuerst Mariannes zweifelnde Stimme am Telefon und dann Kåres. Das Motorengeräusch ihres Autos, als es auf der großen Straße näher kam. Das Echo, das über den Wald rollte, als sie ausstiegen und jeweils ihre Tür zuschlugen. Mariannes scharfe Wut – *Was hat sie sich denn nun wieder ausgedacht!* –, als sie durch das Gartentor ging, und ihr unterdrückter Aufschrei, als sie den Pferdeschwanz entdeckte. Kåres Stimme, als er auf der Veranda stand und mit seinem Handy telefonierte. Das Knirschen von Kies auf dem Gartenweg, als die ersten Polizisten zurück zu ihrem Auto gingen, um Bericht zu erstatten; die gedämpften Stimmen der anderen Einwohner von Nordanäng, gut zehn Menschen, die von dem blinkenden Blaulicht des Polizeiwagens herausgelockt worden waren. Alice kannte nur drei von ihnen, Kristoffer und seine Eltern. Ann-Katrin trug eine blaue Strickjacke, sie zog sie enger um ihren Körper, als draußen vor der Fliederhecke ein Taxi anhielt und Carina und Bazille herausstolperten.

»Sind das die Eltern?«, fragte sie mit einer Stimme, die alle anderen Stimmen um einiges übertönte.

Niemand antwortete, aber Kristoffer warf ihr einen schnellen Blick zu, bevor er ihr den Rücken zukehrte und zum Tor ging.

Es war Kristoffer, der sie fand.

Nicht Bertil. Nicht Kåre. Nicht Bazille. Nicht die vier Polizisten. Nicht einer der anderen, die sich eine Stunde zuvor in die Wälder um die Strömsviken aufgemacht hatten, um zu suchen. Sondern Kristoffer.

Sein Gesicht war grau, als er zu Augustas Garten zurückkam, aber er sagte nichts. Er lehnte sich nur gegen Alices Auto und verbarg sein Gesicht in den Händen. Ann-Katrin, die auf der Verandatreppe gesessen und Carina mit Worten überschüttet hatte, verstummte und stand auf, ging drei Schritte auf ihren Sohn zu, blieb dann aber stehen. Hinter ihr richtete Carina sich aufmerksam auf. Marianne biss sich auf die Knöchel.

»Hast du sie gefunden?«, fragte Alice.

Kristoffer nahm die Hände vom Gesicht und nickte.

»Ist sie tot?«

»Ja«, sagte Kristoffer mit der Stimme eines erwachsenen Mannes. »Sie ist tot.«

Er biss sich auf die Oberlippe und drehte den Kopf gen Himmel. Die Sonne glitzerte in seinen Wimpern. Er räusperte sich, und seine Stimme klang etwas unsicher.

»Aber ich hätte sie fast nicht wiedererkannt«, sagte er und schaute zu Boden. »Sie hatte keine Haare mehr.«

Er schaute auf, und sein Gesicht verzerrte sich vor Verwirrung: »Sie war total kahl.«

Sie standen im Garten verstreut und warteten, dass der Krankenwagen aus dem Wald zurückkommen würde. Die Sonne wollte untergehen. Die herbstlichen Farben loderten in dem roten Licht auf, sie vergoldeten Kåres Silberhaar, als er seinen Arm um Marianne legte, und zeichneten tiefe Schatten in Carinas Gesicht, als sie sich an Bazille lehnte. Dieser kaute auf seiner Zunge und starrte mit gerunzelter Stirn auf die Birken auf der anderen Straßenseite:

»Sie ist ermordet worden«, sagte er mit dumpfer Stimme. »Ich wette, sie ist vergewaltigt und ermordet worden…«

Niemand antwortete, aber Carina gab einen leisen Laut von sich, eine Mischung aus einem Seufzer und einem Jammern. Bazille hob das Kinn:

»Oh ja. Sie ist ermordet worden. Und das sage ich euch, um diesen verdammten Psychopathen, der das gemacht hat, um den werde ich mich persönlich kümmern…«

Kåre legte seine Hand auf Bazilles Schulter.

»Sie hat sich die Haare abrasiert«, sagte er leise.

Bazilles Blick flackerte, und er suchte nach Unterstützung im Kreis der Gesichter. Niemand sah ihn an. Bertil saß auf der Verandatreppe, den Arm um Kristoffer gelegt. Ann-Katrin stand draußen auf dem Rasen und zupfte an ihrer Jacke. Alice stand am Zaun und wandte allen den Rücken zu. Plötzlich reckte sie den Hals.

»Da kommen sie«, sagte sie.

Der Krankenwagen hatte gelbe Augen. Sie glühten, bis sie in einer Kurve verschwanden, um gleich wieder aufzutauchen. Eine Sekunde lang wurde es still in Augustas Garten. Alle standen unbeweglich und angespannt da, als ein Schrei plötzlich zum Himmel fuhr.

»Angelica!«, rief Kristoffer. »Angelica!«

Ein Schwan, denkt Alice, als sie nach dem Beerdigungskaffee abwäscht. Er rief wie ein Schwan.

Sie ist allein in Augustas Haus geblieben, es ist ihr gelungen, Marianne zu überreden, nach Hause zu fahren und sie mit allem, was noch zu tun ist, allein zu lassen. Sie haben gemeinsam die Beerdigung ausgerichtet. Alice hat mit dem Pfarrer geredet und den Sarg ausgesucht, Marianne hat Häppchen geschmiert und Kuchen gebacken für den Beerdigungskaffee. Carina hat nichts getan: Sie hat seit sechzehn Tagen unbeweglich im Bett gelegen. Alice hat sie ein paar Mal besucht, sie hat auf der Bettkante gesessen und ihr flüsternd erzählt, welche Kirchenlieder sie ausgewählt hat, wie die Blumenkränze aussehen werden und welches Gedicht sie für die Todesanzeige ausgesucht hat.

»Karin Boye«, sagte sie und strich mit der Hand über Carinas Überwurf. »Sie ist ja die Dichterin junger Mädchen…«

Sie verstummte und wartete auf eine Reaktion, bekam aber keine. Carina lag unbeweglich da und starrte zur Decke. Alice wandte ihren Blick ab und zitierte:

»Durch Eismauern und Eisschweigen geschützt,
liegt der Frieden in meinem Morgenland,
in dem die Luft bleich zittert vor Hunger
nach Sonnenleben und Sonnenbrand.
Dornengestrüpp und Erwartung der Reue
verschließet fest in seinem kalten Holz
all die Flammen, die darum flehen
bald in Blüten ausbrechen zu dürfen voller Stolz.«

Carina seufzte schwer. Alice stand auf. »Das handelt von Angelica«, sagte sie. »Das müssen wir ja wohl zugeben jetzt. Wir alle.«

Bazille stand wie ein Schatten in der Tür zum Wohnzimmer, als sie in den Flur kam. Sie verharrte und sah ihn an, während sie sich die Jacke anzog. Seine Schultern hingen.

»Ich …«, sagte er, verstummte dann aber wieder.

»Ja«, sagte Alice.

Er räusperte sich.

»Ich habe es auch nicht leicht gehabt … Pflegefamilie und so. Viele Schläge.«

Alice war dabei, den Reißverschluss zuzuziehen, ließ jetzt aber die Arme wieder sinken. Bazille schluchzte:

»Ich will nur, dass du das weißt. Dass ihr alle das wisst.«

Alice schob sich die Hände in die Taschen.

»Ich weiß es«, sagte sie. »Wir wissen es alle. Aber …«

Ein paar Atemzüge lang blieb es still.

»Aber was?«, fragte Bazille schließlich.

»Aber mein Mitleid reicht dafür nicht aus«, sagte Alice. »Das habe ich aufgebraucht, als ich gehört habe, dass du ihr die Haare abrasiert hast, als sie zwölf war …«

Bazille trat einen Schritt zurück, seine Stimme war unsicher:

»Ich habe Schläge mit dem Lederriemen gekriegt, als ich zehn war, ich habe immer noch die Narben auf dem Rücken.«

»Es nützt nichts«, sagte Alice. »Brutalität ist keine Entschuldigung für Brutalität.«

Sie hatte die Hände immer noch in den Taschen. Er sollte nicht sehen, wie sie zitterten.

Draußen wird es schnell dunkel, sie muss das Licht in der Küche anmachen, als das Geschirr abgetrocknet werden soll. Es ist nicht so viel, nur zwölf geblümte Tassen und Teller und ein Saftglas. Mikaels. Alice hebt es lächelnd gegen das Licht.

Sie selbst hatte vorgeschlagen, dass der Begräbniskaffee in Augustas Haus eingenommen werden sollte. Marianne war unschlüssig gewesen, sie meinte, es sei zu weit von der Kirche in Häverödal bis nach Nordanäng, und schlug stattdessen ihr eigenes Haus vor, aber als Alice auf ihrem Vorschlag beharrte, zuckte sie mit den Schultern und gab nach. Wenn Alice nun meinte, dass es so wichtig sei, warum nicht... Auch wenn das eine Menge zusätzlicher Arbeit bedeuten würde.

Alice weiß selbst nicht, warum sie so entschlossen war. Sie wusste nur die ganze Zeit, dass sie gar nicht daran dachte, nachzugeben. Vielleicht ist das ja ein unbeholfenes Einlenken im Nachhinein. Ein Zugeständnis. Angelica hatte ja Recht. Es war auch ihr Haus. Ihrs und Mikaels.

Alice seufzt und hängt das feuchte Handtuch an den Haken. Der Abwasch ist fertig. Die Küche ist in Ordnung. Alles ist vorbei.

In dem großen Zimmer brennt eine einzelne Lampe. Das Licht ist altmodisch gelb.

Alice stellt sich in die Türöffnung und betrachtet das Zimmer. Die Stühle mit den geschnitzten Äpfeln sind ordentlich unter den Tisch geschoben, die Bilder hängen, wie sie hängen sollen, der Hörer des schwarzen Bakelittelefons liegt auf seiner Gabel.

Eine Frage flattert vorbei: Wen hat Angelica an diesem letzten Abend angerufen?

Alice zuckt mit den Schultern. Augustas Haus birgt so seine Rätsel. Das ist eines von ihnen.

»Angelica«, sagt sie laut.»Ich hätte merken müssen, wie es dir ging, aber...«

Sie verstummt mitten im Satz. Das sind doch nur Ausreden, was sie da sagen will. Wenn man selbst nicht bemerkt wurde, ist das doch keine Entschuldigung dafür, dass man andere nicht bemerkt.

Dafür gibt es keine Entschuldigung.

Die Treppe knarrt unter ihren schwarzen Pumps, als sie in den ersten Stock hinaufgeht. Sie ist seit diesem bewussten Tag nicht mehr hier gewesen. Marianne hat sauber gemacht und alles an seinen Platz gestellt.

Die Deckenlampe im Flur brennt. Vielleicht ist es deren bleiches Licht, das sie plötzlich daran erinnert, wie sie vor fünfundzwanzig Jahren eines Tages die Tür zur Abseite öffnete. Aber damals war sie nicht allein, Lars trat hinter ihr in den engen Verschlag. Er trug einen dunklen Anzug: Nur wenige Stunden zuvor war Augusta in die Erde versenkt worden.

»Guck mal«, sagte Alice und griff nach dem karierten Kleid, das an einem Haken an der Wand hing. »Das ist mein altes Kleid... Aus den Fünfzigern.«

Lars lächelte, warf aber nur einen kurzen Blick auf das Kleid:

»Ist das dein Zimmer hier gewesen?«, fragte er und schaute sich um.

Alice hängte das Kleid zurück an den Haken.

»Nein«, sagte sie. »Nicht direkt. Das ist nur ein zusätzlicher Raum. So einer, wie man ihn manchmal braucht. Wenn Gäste kommen.«

Das karierte Kleid hängt noch immer an seinem Haken an der Wand, aber es sieht verfallen aus. Der Rock hängt. Der Heftstich, mit dem der weiße Kragen gehalten wird, ist aufgeplatzt. Aber die Petroleumlampe sieht immer noch wie vor mehr als vierzig Jahren aus, und sie steht immer noch auf einem kleinen Hocker neben dem Kopfende des Bettes. Es liegt eine Streichholzschachtel auf dem Hocker. Ohne nachzudenken streicht Alice ein Holz über die Reibefläche und zündet die Lampe an, setzt sich auf den Rand des Feldbetts und schaut sich um. Schwarze Schatten flattern über die Holzwände, genau wie früher. Unter dem kleinen Hocker steht ein Spankorb. Alice beugt sich vor und zieht ihn zu sich heran.

Die vier blauen Schreibhefte liegen oben im Korb. Sie selbst hat immer genau darauf geachtet, dass sie ganz unten lagen. Also hat jemand ihre Erzählungen aus Augustas Haus gelesen. Aber sie selbst will sie nicht noch einmal lesen, sie legt sie sich nur auf den Schoß und streicht mit der Hand darüber, lächelt leise über ihre eigene runde Handschrift, so ähnlich und gleichzeitig überhaupt nicht ähnlich ihrer heutigen Schrift. Dann beugt sie sich wieder vor und schaut in den Korb. Ganz unten liegt ein altes Bibliotheksbuch. Diebesgut aus einer anderen Zeit.

Ihre Finger sind unnatürlich weiß, als sie den roten Umschlag umfasst. Sie merkt sofort, dass das Buch kaputt ist. Zerrissen. Es öffnet sich in ihrer Hand und entblättert sich, ein paar vergilbte Seiten fallen auf den Boden des Spankorbs. Alice lässt sie fallen, legt aber die Reste des Buchs auf ihren Schoß und öffnet es. Die Augen huschen über das Deckblatt:

»Die Mädchen müssen sich zur Verfügung stellen. Karl Singel.« Sie hat das Zitat vergessen. Aber jetzt erinnert sie sich wieder. Jetzt lässt sie ihren Zeigefinger wie ein Mädchen über die Worte gleiten. Plötzlich lacht sie laut auf: Ihr ganzes Leben wäre anders verlaufen, wenn sie sich nicht an einem Tag vor dreiundvierzig Jahren in der Stadtbibliothek von Jönköping aufgehalten hätte. Wenn sie Kristian den Rücken zugekehrt und dieses Buch aus dem Regal genommen hätte. Wenn sie sich an einen Tisch in der Bibliothek gesetzt und die Satzteile in ihrer Bedeutung analysiert hätte, statt sich in die Konditorei einladen zu lassen. Wenn sie gesehen und begriffen hätte, dass *Wir* das Subjekt, dass *einlassen* das Prädikat ist und dass *die Mädchen* das Objekt ist.

Sie bleibt mit dem Buch im Schoß eine Weile sitzen. Es ist noch nicht einmal fünf, und trotzdem ist es draußen bereits dunkel. Der Winter nähert sich, er kommt mit großen Schritten. Wind heult auf, ein paar Regentropfen klopfen gegen das Glas des Gucklochs. Alice hebt den Kopf und lauscht, aber es ist nicht der Wind, den sie hört und nicht der Regen.

Das Haus flüstert.

Sie kann tatsächlich hören, dass Augustas Haus angefangen hat zu flüstern.

EPILOG

Der Fuchs sieht, was sonst keiner sieht.
Er ist ein Silberstrich in einem Silberwald, eine weiße, magere Gestalt in einer weißen, mageren Welt. Er hungert. Der Winter ist sehr kalt, und es vergehen Tage zwischen den glücklichen Augenblicken, in denen er hinter einer Wühlmaus herspringen kann.

Meist liegt er unbeweglich in Deckung, um seine Kräfte zu schonen, legt seine Nase auf seine Vordertatzen und wittert ziellos in der Luft. In der Kälte sind Gerüche äußerst selten. Wühlmäuse sind selten, Gerüche sind selten, Erinnerungen und Gedanken sind selten. Manchmal schließt er die Augen und träumt, gleitet dann wie früher durch einen Kupferwald und lässt sich von dessen Gerüchen trösten.

Deshalb glaubt er, er träume, als eines Tages plötzlich ein ganz besonderer Geruch den Hohlraum seines Schädels erfüllt. Er hebt den Kopf im Dunkel der Heide, zwinkert und dreht die Ohren nach hinten. Er hört etwas. Schwere Schritte in einiger Entfernung. Das leichte Atemholen eines Menschen.

Er bleibt unbeweglich in seinem Versteck liegen, noch lange nachdem die Schritte verklungen sind, wartet den richtigen Moment ab. Erst als es draußen dunkel geworden ist, erhebt er sich, stellt seine Pfoten auf die Erde und streckt sich. Als er hinaushuscht, ist er unsichtbar: Nur eine weiße Bewegung vor einem weißen Hintergrund.

Ein schwarzer Himmel wölbt sich über dem Wald. Er ist voller Sterne. Doch der Fuchs schaut nicht zu den Sternen hinauf, er hat die Nase am Boden und folgt der Menschenspur. Aber die Spur führt nicht weit: nur bis zur Lichtung. Zu der Lichtung, die verknüpft ist mit tausend süßen Düften. Düften, die schon vor langer Zeit verblassten und verschwanden.

Es liegt etwas im Schnee. Ein paar dunkle Stiele. Der Fuchs zögert einen Moment, bleibt dann stehen und wittert, bevor er beschließt, weiterzugehen, näher heranzugehen, zu untersuchen.

Das ist ja nicht gefährlich. Das weiß er.

Das ist nur eine Erinnerung an den Sommer. Ein Gewürz. Oder ein Kraut.

Königsminze.

Origano.

Dost.

Augustas Nachkommen

Vilhelm + *Augusta*
geb. 1895

Olga
geb. 1913

Siri ⚭ Sven
geb. 1931

Unbekannt + *Carina* + Bazille
geb. 1961

Angelica
geb. 1984

Mikael
geb. 1992

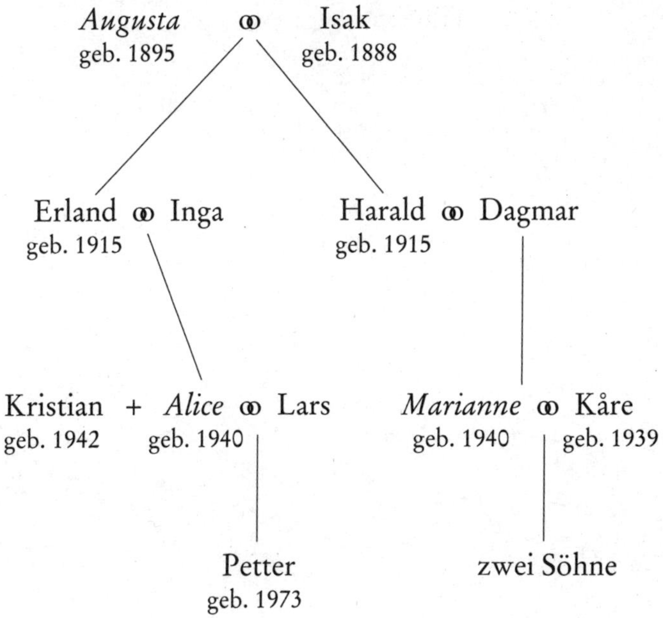
Augusta ⚭ Isak
geb. 1895
geb. 1888
Erland ⚭ Inga
geb. 1915
Harald ⚭ Dagmar
geb. 1915
Kristian + *Alice* ⚭ Lars
geb. 1942
geb. 1940
Marianne ⚭ Kåre
geb. 1940
geb. 1939
Petter
geb. 1973
zwei Söhne